Harper Collins | ya!

*Gena Showalter*

# Immerwelt

## Der Pakt

Roman

Aus dem Amerikanischen von
Tess Martin

Harper Collins | ya!

HarperCollins YA!®

1. Auflage: Januar 2019
Deutsche Erstausgabe

Originaltitel: »Lifeblood«
erschienen bei: Harlequin Teen, Toronto

Published by arrangement with
HARLEQUIN ENTERPRISES II B.V./SARL

Umschlaggestaltung: HarperCollins Germany/Birgit Tonn,
Artwork Harlequin NA
Umschlagabbildung: Harlequin Books S.A.
Lektorat: Siegrid Hoppe
Satz: GGP Media GmbH, Pößneck
Printed in Germany
Dieses Buch wurde auf FSC®-zertifiziertem Papier gedruckt.
ISBN 978-3-95967-251-1

www.harpercollins.de

# WIDMUNG

Für Gott, mein Fels, meine Festung und mein Erretter!

Für Naomi von French 'n' Bookish –
Danke für alles, was du tust. Deine Unterstützung
und deine Begeisterung sind unbezahlbar!

Für Katy Evans und Sarah J. Maas – ihr beide seid
einfach fantastisch und so verflixt talentiert!
Es ehrt mich, euch zu kennen.

Für mein irdisches Unterstützungsteam Vicki Tolbert,
Shonna Hurt, Michelle Quine und Jill Monroe –
ihr seid ein göttlicher Segen.

Für Bryn Collier und die fantastische Werbung.
Danke, danke und tausendmal danke!

Für Siena Koncsol – du brillante Frau, du tust so viel
hinter den Kulissen, und dafür bin ich so dankbar.

Für meine Lektorin Natashya Wilson –
ich bin so dankbar für all die Aufmerksamkeit,
die du meiner Arbeit schenkst!

*»Ich sehe eine schöne Stadt und ein herrliches Volk aus diesem Abgrund sich erheben. Ich sehe die Leben, für die ich meines geopfert habe, friedlich, nützlich, reich und glücklich. Ich sehe, dass ich in ihren Herzen und in den Herzen ihrer Nachkommen ein Heiligtum erbaut habe. Ich tue etwas weit, weit Besseres, als ich je zuvor getan habe, und die Stille, in die ich eingehe, ist eine weit, weit bessere, als mir je zuteilwurde.«*

CHARLES DICKENS,
Eine Geschichte von zwei Städten

## The light Expands and the darkness Narrows
## Das Licht weitet sich aus und die Dunkelheit weicht zurück

Man sagt, dass das ganze Leben an einem vorbeizieht, wenn man stirbt. Das tröstet die Menschen, die geliebt haben und geliebt wurden, quält hingegen jene, die gescheitert sind und nie geliebt wurden.

Ich aber sage, wenn man weiß, wo man die Unendlichkeit verbringen wird, hat man Grund zu feiern! Der Tod ist besiegt. Ewiges Leben herrscht.

Ich bin der Beweis dafür. Mein Erstleben ist vorbei, aber mein Ewigleben beginnt genau in diesem Moment.

*Mein Licht wird leuchten …*

*Die Schatten werden sich zerstreuen … und jedes Leben wird von Bedeutung sein.*

Es ist Zeit, zu tun, wozu ich geboren wurde. Es ist Zeit, aufzustehen und zu leuchten.

Egal, was mir bevorsteht – Krieg, Verfolgung, Hunger, Bedrohungen oder mein Zweittod –, nichts kann mich aufhalten. Auf die Nacht folgt immer der Tag, und diejenigen, die in der Nacht weinen, werden am Morgen glücklich sein.

Der Tag bricht bald an. Die Zeit drängt. Lasst den Kampf beginnen.

Wörterverzeichnis aus dem Buch des Gesetzes

**Agent / Agentin**

*Machen den Weg frei, ebnen den Pfad.*

* Eine von sechs Positionen innerhalb der Sphären, den Anführern direkt unterstellt.

* Kehren ins Land der Ernte zurück, um ausgewählte Menschen davon zu überzeugen, das Bündnis mit der Sphäre ihrer Wahl einzugehen.

* MA bedeutet Myriad-Agent / Agentin, TA bedeutet Troika-Agent / Agentin.

**Anführer / Anführerin**

*Gehilfen und Gehilfinnen sind kostbarer als Diamanten.*

* Assistent / Assistentin der Generäle.

* Verteilt Aufgaben an alle untergeordneten Positionen innerhalb der Sphären.

**Auflöser / Auflöserin**

*Ohne Hoffnung gibt es kein Licht.*

* Der höchste Generalsrang in Myriad.

* Selten, momentan existiert kein einziger.

* Löschen das Licht in anderen aus.

**Bündnis**

*Sprich, und so wird es sein.*

* Blutschwur zwischen zwei separaten Beteiligten (zwischen Menschen und einer Ewigleben-Sphäre). Kann nur durch Gerichtsbeschluss für ungültig erklärt werden.

* Werden die Bündniskonditionen gebrochen, kann ein Mensch bestraft und sogar zum Tode verurteilt werden, ein Geistwesen kann versklavt werden.

**Die Auferstehung**
*Und die Toten werden wiederauferstehen.*
* Einmal pro Jahr führt Troika eine Abstimmung durch;
eine Seele aus der Stille wird ins Geistleben zurückgeholt.
* Der Gewinner muss die Stille verlassen,
ob es ihm gefällt oder nicht.

**Die Stille**
*Frieden, der nicht mit dem Verstand zu fassen ist.*
* Troikaner glauben, dass die Seele nach dem Zweittod
in diese absolute Ruhe eintritt, für immer getrennt lebend
von den Sphären ... von wenigen Ausnahmen abgesehen.

**Erstkönig**
*Er regiert mit Gnade und Macht, immer und ewig.*
* Erschaffer von Troika und Myriad,
der Menschen und ihrer Heimat, dem Land der Ernte.
* Vater der Zweitkönige: Eron, Prinz der Tauben,
und Ambrosine, Prinz der Raben.

**Erstleben**
*Nicht alles, was ist, soll auch sein.*
* Ein menschliches Leben
(eine in einem Körper eingeschlossene Seele).
* Generalprobe für das Ewigleben.

**Ersttod**
*Das Ende ist lediglich der Anfang.*
* Das Ableben eines menschlichen Körpers.
* Geschieht in dem Moment, in dem eine Seele
die Verbindung zu ihrem jeweiligen Körper löst.

**Ewigleben**

*Wo es keinen Anfang und kein Ende gibt.*

* Die Nachwelt, in der Troika und Myriad an der Macht sind und gegeneinander Krieg führen.

* Auch bekannt als die Unendlichkeit.

**General / Generalin**

*Erlernen den Weg, gehen ihn und geben ihn weiter.*

* Dem Zweitkönig direkt unterstellt.

* Überwachen spezielle Teams von Anführern, Headhuntern, Agenten und Gesandten innerhalb der Sphären.

* Planen Kriegsstrategien und führen Armeen in den Krieg.

**Gesandter / Gesandte**

*Hören und verbreiten die guten Nachrichten.*

* Eine der sechs wichtigsten Positionen innerhalb der Sphären, direkt einem Agenten unterstellt.

* Vermitteln Menschen Kenntnisse über die Sphären, schützen vor dem Feind und zeichnen die Heldentaten innerhalb und außerhalb der Sphären auf.

**Land der Ernte**

*Wir werden säen und wir werden ernten.*

* Die Erde, Heimat der Menschen.

**Myriad**
*Autonomie, Glück, Luxus.*
* Die dunkle Sphäre,
regiert von Zweitkönig Ambrosine, Prinz der Raben.
* Magische Wälder flüstern zauberhafte Geschichten
und Geheimnisse lauern in jeder Ecke …
Genuss wird gepriesen und die Feste finden kein Ende …
Sieger sind zum Anbeten, Verlierer zum Zertreten …
Emotionen übertrumpfen Logik immer.
* Motto: Macht bedeutet Recht.

**Penumbra**
*In der Dunkelheit führen die Blinden die Blinden.*
* Eine Krankheit, in Dunkelheit geboren und verbreitet,
sie kann Troikanern das Licht entziehen.
* Herkunft und Heilmittel unbekannt.

**Schleier**
*Jeder, der eintritt, ist willkommen.*
* Eine Türöffnung, die in die Ewigleben-Sphäre hinein-
und aus ihr hinausführt.

**Sphären**
*Heimat ist dort, wo das Herz genährt
oder ausgehungert wird.*
* Königreiche in Ewigleben: Troika, Myriad
und Viele Enden.

**Strömer**
*Der Tag wird die Nacht für immer verjagen.*
* Der höchste Generalsrang in Troika.
* Selten, momentan existieren nur zwei.
* Sie absorbieren die Essenz des Sonnenlichts
vom Land der Ernte und leiten die Strahlen nach Troika.

**Troika**
*Gerechtigkeit, Gleichheit, Entscheidungsfreiheit.*
* Die Sphäre des Lichts,
regiert von Zweitkönig Eron, Prinz der Tauben.
* Von Finsternis unberührt,
harte Arbeit ist hier nicht die Ausnahme, sondern die Regel,
Gleichheit ist kein Ideal, sondern Normalität,
und Angst ist kein geschätzter Freund,
sondern ein verhasster Gegner …
Logik übertrumpft Gefühle immer …
es herrschen strenge Gesetze, wer sie verletzt, wird bestraft.
* Motto: Licht bringt Klarheit.

**Ungezeichnet**
*Ohne Hoffnung gibt es keine Freude.*
* Mensch, der vor seinem Ersttod weder mit Troika
noch mit Myriad ein Bündnis eingegangen ist.
* Verdammt dazu, sein Ewigleben in Viele Enden
zu verbringen.

**Verschmolzen**
*Nur weil man an eine Lüge glaubt,*
*wird sie nicht zur Wahrheit.*
* Ein myriadischer Glaube,
dass eine Seele nach dem Zweittod mit einer anderen
(oder sogar vielen anderen) verschmilzt,
um im Land der Ernte wiedergeboren zu werden.
* Von Troikanern bestritten.

**Viele Enden**
*Wer die Zukunft ignoriert, bezahlt den Preis.*
* Die Sphäre, in der Ungezeichnete nach ihrem Ersttod
gefangen gehalten werden.
* Wo alles Glück stirbt und Albträume
auf entsetzliche Weise lebendig werden.

**Zweittod**
*Ein weiteres Ende, ein weiterer neuer Anfang.*
* Wenn ein Geistwesen all sein Lebensblut verliert.
* Myriad glaubt, eine Seele wird mit einer
oder mehreren Seelen verschmolzen,
um ins Land der Ernte zurückzukehren;
Troika glaubt, eine Seele tritt für immer und ewig
in die Stille ein.

**Zweitkönig**
*Derjenige, dem du folgst,*
*bestimmt über den Weg, den du gehst.*
* Die beiden Söhne des Erstkönigs;
Eron, Prinz der Tauben, und Ambrosine, Prinz der Raben.
* Herrscher jeweils einer Sphäre.

**Von:** L_N_3/19.1.1
**An:** M_C_4/2.17.12
**Betreff:** Tenley Lockwood

---

Madame Cordell, Sie baten darum, Miss Lockwoods Fall übernehmen zu dürfen, und schworen, mich immer – immer! – auf dem Laufenden zu halten. Doch seit deren Erstleben durch einen vergifteten Speer beendet wurde, habe ich noch keinen einzigen Bericht von Ihnen erhalten. Informieren Sie mich. Umgehend!

Licht bringt Klarheit!
General Levi Nanne

**Von:** M_C_4/2.17.12
**An:** L_N_3/19.1.1
**Betreff:** Ihre Geduld und Ihr Vertrauen rühren mich

---

Bitte entschuldigen Sie, dass ich Sie ganze 6,8 Sekunden auf einen weiteren Bericht habe warten lassen, Sir. Falls es Ihnen nicht aufgefallen ist, meine Mannschaft ist gerade damit beschäftigt, myriadische Soldaten abzuschlachten – und dabei selbst abgeschlachtet zu werden. Übrigens hat Archer Prince den Zweittod erfahren. Falls es Sie interessiert. Ich habe Tenley aus den Augen verloren und vermute, dass Myriad sie in seinem Schatten verbirgt. Ich tue mein Bestes, sie zu finden, Sir.

Licht bringt Klarheit! ← Vielleicht denken Sie mal darüber nach, Ihres zu benutzen?

Madame Meredith Cordell

**Von:** L_N_3/19.1.1
**An:** M_C_4/2.17.12
**Betreff:** Rrrring! Rrrring! Das ist Ihr Weckruf

---

Finden Sie sie!

Und um Archer sollten Sie nicht weinen. Er hat ein gutes Leben geführt und starb im Kampf. Sein Name wurde dem BUCH DES NEUEN LEBENS hinzugefügt, somit ist er ein Kandidat für die Auferstehung. Also sehen Sie ihn vielleicht wieder – und vielleicht schon bald!

Licht bringt Klarheit!
General Levi Nanne

**Von:** M_C_4/2.17.12
**An:** L_N_3/19.1.1
**Betreff:** Bitte hinterlassen Sie eine Nachricht nach dem Piepton

---

Wann war »vielleicht« jemals gut genug?

Licht bringt Klarheit!
Madame Meredith Cordell

MYRIAD

**Von:** Z_C_4/23.43.2
**An:** R_O_3/2.17.12
**Betreff:** Die Strömerin

---

Es steht nun fest: Miss Lockwood ist das Bündnis mit Troika eingegangen. Törichte Madame Bennett! Ihre Taten schaden uns allen. Ihretwegen wirkten wir unmoralisch und hinterhältig, weshalb ich Miss Lockwood ihre Entscheidung nicht einmal übel nehmen kann. Meine Frage lautet: Beschützt Killian Flynn nun Miss Lockwood zu unserem Vorteil – oder zu ihrem?

Wie soll ich weiter vorgehen?

Macht bedeutet Recht!
Sir Zhi Chen

**Von:** R_O_3/2.17.12
**An:** Z_C_4/23.43.2
**Betreff:** Anweisungen

---

Sie haben recht. Madame Pearl Bennett hat uns dieses Chaos eingebrockt, doch erfreulicherweise kann ich berichten, dass Killian Flynn den Karren für uns aus dem Dreck ziehen wird. Ich versichere Ihnen, dass alles, was er tut, beabsichtigt und zu unserem Besten ist. Seine Mission ist entscheidend.

Erzählen Sie niemandem von seinen wahren Beweggründen, sonst könnte alles, was er tat und was er noch tun wird, umsonst sein. Lassen Sie die heutige Schlacht ohne Einmischung zu Ende gehen.

Und keine Angst. Was Tenley Lockwood betrifft, ist das letzte Wort noch nicht gesprochen. Killian wird weiter seinen Zauber versprühen und dafür sorgen, dass sie ganz allein den Krieg gewinnt – *für uns*. Er weiß, was auf dem Spiel steht, und er wird uns nicht enttäuschen. Das hat er nie.

Macht bedeutet Recht!
General Rosalind Oriana

# 1. KAPITEL

»In der Not zeigt sich deine größte Stärke … oder größte Schwäche.«

Troika

*Heute*

Der Sand in der Sanduhr rieselt, ein Korn nach dem anderen … dem anderen … aus einer Sekunde werden zwei … drei Sekunden … Ich versuche, meine bruchstückhaften Gedanken zusammenzusetzen. Was schwierig ist. Mein Verstand ist umnebelt, meine Gedanken sind unscharf. Vier …

Etwas wird mir klar. Dass Zahlen meine größte Leidenschaft sind; sie erzählen immer eine Geschichte und sie lügen nie.

Fünf … fünf … fünf. Die Zahl schwirrt in meinem Kopf herum, wiederholt sich ständig. *Klick*. Vor fünf Minuten und vierzehn Sekunden bin ich gestorben.

Halt! Ich bin tot?

Muss ich sein. Mein Herz schlägt nicht mehr und meine Lunge ist kollabiert. Ich kann nicht atmen. Schweiß tropft von meinem Nacken über meinen Rücken, und doch bleibt mein Körper eiskalt.

*Ruhig. Still.* Obwohl mein Körper vernichtet ist, lebt meine Seele weiter. Das ist ein neuer Anfang. Ein neues Leben.

Ruhig? Im Ernst? Von jetzt an habe ich null zweite Chancen mehr. Null zweite Versuche. Alles, was ich tue, wird von Bedeutung sein: Jedes Wort, das ich sage, alles, was ich tue, jede Person, mit der ich mich befreunde, und jeder Feind, den ich umbringe, wird sich positiv oder negativ auf mich auswirken. Ohne Wenn und Aber.

*Willkommen in Ewigleben.*

Diese Worte wispern im Wind, in meinen Ohren klingelt es leise. In Sekundenschnelle steigt die Lautstärke an. Ich zucke zusammen. Meine Knochen vibrieren, und ich spüre ein leichtes Klopfen gegen meine Rippen.

*Klopf, klopf. Klopf, klopf.*

*Bamm, BAMM!*

Ich schnappe nach Luft, und als ich meinen ersten Atemzug tue, erwacht schließlich mein wahres Ich. Meine Brust kühlt ab und meine Lunge füllt sich. Ich kann wieder atmen. Ich bin tot, aber ich lebe noch.

*Erhebe dich! Erhebe dich und glänze!*

Ein weiteres Wispern treibt im Wind ... oder in meinem Kopf spricht eine Stimme.

Bin ich tot *und* verrückt?

Sofort fühle ich mich schwach und schalte zurück auf meine Standardeinstellung: zählen. Sechs ... sieben ...

*Klick*. Siebzehn! Ich bin siebzehn Jahre alt. Ich wurde am zehnten Tag des zehnten Monats um 10 Uhr 10 geboren, und ich starb am elften Tag des elften Monats um 10 Uhr 14.

1 + 1 + 1 + 1 + 1 + 0 + 1 + 4 = 10

Die Hand des Schicksals, würden manche sagen. Falsch! Schicksal ist nur ein Mythos, eine Ausrede, eine Möglichkeit, jegliche Schuld von sich zu weisen. Zwar haben wir vielleicht eine göttliche Bestimmung, doch geschieht nicht alles durch göttliches Eingreifen. Unsere Taten verändern den Lauf unseres Lebens zum Besseren oder Schlechteren.

Wir selbst sind die oberste Instanz.

Meine Gegenwart ist das Ergebnis aller Entscheidungen, die in meiner Vergangenheit getroffen wurden – von mir und auch von anderen Menschen um mich herum. Wir sind verantwortlich ... weiterzählen ... acht, neun ... zehn. Ten!

*Klick, klick*. Mein Name ist Tenley Lockwood. »Ten« für meine Freunde.

5 + 5 = 10. Repräsentiert zwei gleiche Teile.

Das letzte Puzzleteilchen fällt auf seinen Platz. Zwei Sphären in Ewigleben – Troika und Myriad – sind momentan in einen harten, brutalen Krieg verwickelt.

Troika hat dafür gekämpft, mir das Erstleben zu retten, wohingegen Myriad alles unternahm, um es zu beenden. Myriad hat sich als erfolgreich erwiesen. Meine Leiche liegt auf einer blutgetränkten Straße im Herzen von Los Angeles.

*Gratulation, Myriad. Ihr habt die Schlacht gewonnen. Den Krieg werdet ihr nicht gewinnen.*

Mit meinem letzten Atemzug habe ich Troika die Treue geschworen, für immer und ewig, und ich bereue es nicht. Ich achte das Erstleben. Ich mag Regeln und Strukturen. Und ich finde, Strafe soll nicht schaden oder verletzen, sondern einem etwas beibringen.

Nun bin ich also Troikanerin, neu geboren aus Blut und Gewalt. Eine Soldatin in einem Krieg, der so alt ist wie die Zeit. Nun bin ich mit Leuten verfeindet, die ich nie getroffen habe, aber auch mit Leuten, die ich kenne und liebe.

Ich bin nun eine Feindin von Killian, einem Top-Agenten von Myriad.

*Killian!* Sein Name klingt wie ein zerrissener Schrei aus der Tiefe meiner Seele. Man könnte sagen, wir hatten eine Beziehung, aber das ist ein viel zu schwaches Wort. Ich war nach ihm süchtig wie nach einer Droge ... dennoch habe ich Troika seiner Sphäre Myriad vorgezogen.

Trautes Heim, Glück allein. Das ist etwas, was ich praktisch nie kennengelernt habe.

Ich sollte ihn also hassen, doch alles in mir zieht sich bei dieser Vorstellung schmerzhaft zusammen. Ich werde ihm niemals schaden. Er bedeutet mir zu viel.

»Ist sie tot?« Eine barsche, unbekannte Stimme. »Ist sie das Bündnis mit Troika eingegangen?«

»Ja und ja.«

Den heiseren irischen Singsang erkenne ich. Erleichterung

erfasst mich, sie fühlt sich an wie ein kühler Wasserfall. Killian ist nicht von meiner Seite gewichen!

Ich will ihn so dringend sehen, dass ich zittere.

»Ganz schön scheiße, du zu sein«, fährt der Unbekannte fort. In der Ferne ertönt das Klirren von Schwertern. »Jetzt, da Madame Bennett tot ist, bist du Zhi unterstellt. Wenn er herausfindet, dass du das Lockwood-Mädchen nicht für uns gewinnen konntest, wird er deinen Kopf auf einer Lanze aufspießen.«

Aus meiner Erleichterung wird Verzweiflung. Killian ist in Gefahr. Meinetwegen. Ich will ihm helfen, *muss* ihm helfen, als ich jedoch aufzustehen versuche, stecke ich fest wie eingemauert. Sinnlos!

Was ist das Problem? Meine äußere Hülle ist tot, alle Verbindungen zu meiner Seele unterbrochen. Da sollte ich doch in der Lage sein, hinauszuschweben, oder vielleicht nicht?

»Geh.« Killians Befehl klingt bedrohlich. »Beschütze unsere Leute vor den Troikanern.«

»Damit du Lockwood tötest, bevor ihre Seele ihren Körper verlässt, und du dann die Belohnung allein einstreichen kannst? Nein.«

Belohnung?

Auf einmal ist da ein Sirren. Flammen knistern. Rauch erfüllt scharf und beißend die Luft.

Ich höre ein schmerzvolles Aufkeuchen. Ein lautes *Rumms.*

»Liegen bleiben«, zischt Killian.

Er hat also den Unbekannten angegriffen?

Warum sollte er einen seiner Brüder verletzen, um seine Feindin zu retten? Warum sollte er riskieren, bestraft zu werden?

Die Antwort ist leicht: Das würde er niemals tun, außer für mich und nur für mich.

Am liebsten würde ich dahinschmelzen, versuche aber, mich zusammenzureißen. *Befreie dich, beschütze Killian.*

Als er die Möglichkeit hatte, mich zu einem Bündnis mit Myriad zu überreden und damit den Abschluss zu besiegeln, drängte er mich stattdessen, meinem Herzen zu folgen. Wir wussten beide, dass ich nach Troika gehöre. Ihm waren meine Bedürfnisse wichtiger als seine Wünsche, als eine Belohnung oder eine Strafe.

Er hat sein Glück für mich geopfert, aber ich war nicht in der Lage, dasselbe für ihn zu tun. Was für eine miese Freundin bin ich eigentlich?

Ich muss an meine letzten Sekunden denken. Sloan Aubuchon, einst meine Feindin, dann meine Freundin, dann meine *erbitterte* Feindin, durchbohrte mich mit einem vergifteten Speer.

Ich hasse ihn mehr, als ich dich liebe, sagte sie.

Ihn. Dr. Vans, das Monster, das uns in der Prynne-Anstalt, einem »Heim« für eigensinnige Teenager, den schlimmsten Folterungen ausgesetzt hat.

Myriad versprach, Sloan dabei zu helfen, sich an Vans zu rächen, wenn sie das Bündnis mit ihnen einging und mich ermordete. Sie stimmte beidem zu.

Ihr Verrat traf mich genauso tief wie ihr Speer. Natürlich hat ihr Vans Entsetzliches angetan. Dinge, die niemand jemals ertragen sollte. Aber sein Verhalten entschuldigt nicht ihres. In ihrer Rachsucht wurde sie genau wie er, sie verriet mein Vertrauen, wie er ihres verraten hat.

Zumindest hat sie umgehend dafür büßen müssen. Killian riss den Speer aus meinem Körper und spießte sie auf, um mich vor weiterer Gefahr zu schützen.

Noch ein Grund, warum er bestraft werden wird. Ich *muss* ihm helfen.

Ich schlage und trete um mich, mache aber nach wie vor keine Fortschritte.

»Wo ist sie, Killian?« Eine andere Stimme. Diese ist ebenfalls leicht wiederzuerkennen. »Wo versteckst du sie?«

Deacon, ein troikanischer Agent. Mein Freund. Er hat mich immer an einen zähen alten Krieger erinnert, der über genauso viel Ehrgefühl wie Muskeln und Kraft verfügt.

Wenn mich jemand befreien kann, dann Deacon.

»Hier drüben«, krächzt Killian. »Sie ist bereits … Man kann sie nicht mehr retten …«

Etwas Hartes und Warmes umschlingt meine Handgelenke. Auf einmal stehe ich fest auf den Beinen und ich kann sehen!

Ich keuche auf, als ich die Geistwelt, die um mich herum in vollem Gange ist, zum ersten Mal erblicke. Gesprenkeltes goldenes Sonnenlicht ergießt sich aus einem saphirfarbenen, seidigen Himmel. Dicke Wolken benetzen das Land darunter mit atemberaubendem Regen aus Diamantenstaub.

Dann wird mir etwas klar. Das sind keine Wolken, sondern eine ganze Reihe von merkwürdig geformten Gebäuden, auf deren Mauern bewaffnete Soldaten hin und her marschieren.

Auf einmal öffnet sich eine Schleuse in meinem Kopf und überflutet mich mit einer Welle von Informationen: *Das sind Wachtürme, von wo aus Menschen beobachtet und spirituelle Schlachten gekämpft werden können. Sie bewegen sich zwischen den Sphären und dem Land der Ernte, das Besitzverhältnis ändert sich ständig. Je nachdem, wer gerade die Schlacht gewonnen hat.*

Ich runzle die Stirn und schüttle den Kopf. Mir wurde nie etwas über diese Wachtürme erzählt, und trotzdem weiß ich alles über sie? Das kann eigentlich nicht …

Doch, man *hat* es mir erzählt. Vor Jahren. Mit fünf besuchte ich eine Pflichtklasse über Sphären-Geschichte. Ich hatte … hatte … Oh, wow, berauschende Wärme erfasst mich und ich nehme die köstlichsten Düfte wahr: Wildblumen, Obstbäume und reife Beeren. Wie soll ich mich da konzentrieren? Ich atme tief und genüsslich ein.

»Lass niemanden in ihre Nähe, bis sie verbunden ist«, sagt Killian und schüttelt mich.

Verbunden?

»Meine Männer und ich werden den Bereich, so lange wir können, frei halten«, sagt Deacon und eilt davon.

Ich sehe Killian in die Augen und mein Herz schlägt dumpf. Ich verliere mich in diesem herrlichen, gefühlvollen Gold mit den hellblauen Flecken darin. In einem Auge sind fünf Flecken, im anderen drei. Bei unserem ersten Treffen habe ich diese Flecken mit einer Oktave verglichen. In einer Oktave formen die fünfte und die dritte Note die Grundlage aller Akkorde. Immer, wenn er mich ansieht, beginnt mein Blut zu singen.

Heute ist es nicht anders.

Ein myriadischer Soldat durchbricht den Schutzring, der von Deacon und seinen Männern gebildet wird. Ohne mich aus den Augen zu lassen, stößt Killian den Arm nach vorn, einen Dolch in der Hand. Ich keuche auf. Er hat gerade einen seiner eigenen Leute ermordet. Wild. Brutal.

Lebensblut benetzt die Waffe, es ist klar und glitzert, ein makabrer und doch wunderschöner Anblick. Er kommt wieder zu mir, jeder Schritt eine Drohung, aber ich rühre mich nicht vom Fleck, furchtlos. Dieser Junge würde mir niemals etwas antun.

»Hör auf, meinetwegen deine Leute abzuschlachten«, sage ich.

»Ich beschütze dich so, wie ich es für richtig halte, Mädchen.«

Er steckt den Dolch zurück in die Scheide und legt beide Hände an mein Gesicht, seine Handflächen sind vom jahrelangen Kampf voller Schwielen.

Diese Schwielen kitzeln meine Haut, entwickeln Wärme – Hitze. Solch eine köstliche Hitze. Sofort ist der Kampf vergessen. Ich brenne praktisch lichterloh, mein Blut kocht, quält mich – erregt mich. Das alles nur wegen einer unschuldigen Berührung!

Ich habe auf diesen Jungen immer reagiert, aber noch nie

so intensiv. Vielleicht weil wir uns bisher nie wirklich berührt haben, Haut an Haut, nichts, das zwischen uns steht. Kein Fleisch, keine Hülle. Kein Ringen um Leben und Tod.

Ich schmiege mich an seine Hand wie ein Kätzchen, das zum ersten Mal in seinem Leben gestreichelt wird.

Haben alle Geistwesen so mächtige Empfindungen?

Mit geschlossenen Augen atme ich seinen Geruch ein. Torffeuer und Heidekraut. Meine Lieblingsdüfte. Mein Hirn vernebelt sich aufs Neue, Killian berauscht mich, ohne es auch nur zu versuchen.

»Sieh mich an, Mädchen.«

Ich gehorche. Er studiert mein Gesicht, als wolle er es sich tief einprägen. Ich tue dasselbe mit seinem, ich kann einfach nicht anders. Schatten liegen auf seinen Zügen, können seiner überirdischen Schönheit aber nichts anhaben. Seidig schwarzes Haar fällt ihm in die Stirn und zu einer Seite und bildet einen perfekten Rahmen für seine perfekten Gesichtszüge. Seine Augenbrauen sind kräftig und schwarz, seine Haut gebräunt und porenfrei, als ob sie aufgemalt worden wäre. Seine Nase ist scharf geschnitten und seine Lippen sind so üppig, dass man sie fast schon als feminin bezeichnen könnte. Sein kantiges Kinn ist mit hübschen Stoppeln bedeckt.

»In den kommenden Wochen«, sagt er gequält, »musst du mir vertrauen, egal, was passiert. Wirst du das tun?«

»Natürlich.« Ohne darüber nachzudenken, streiche ich mit einer Fingerspitze über diese vollen Lippen. Überall sonst ist er fest und muskulös, aber sein Mund ist zart wie ein Rosenblatt. Ich erschauere.

Seine Pupillen weiten sich, ein Zeichen dafür, dass er mich jetzt noch tiefgreifender wahrnimmt.

»Das hat mit ›natürlich‹ überhaupt nichts zu tun. Es wird dir schwerfallen, aber du musst darauf vertrauen, dass ich immer nur das Beste für dich will.« Sein Griff verstärkt sich. »Bitte.«

Ich möchte ihn beruhigen und habe es auch wirklich vor, doch in diesem Moment weht mir der Wind eine Haarsträhne in die Augen. Stirnrunzelnd halte ich sie ins Licht. Kobaltblau? Was zum …? Bevor ich starb, waren meine Haare schwarz.

»Ich verstehe das nicht«, sage ich.

»Du solltest erst mal die anderen Veränderungen sehen.«

Unsere Hände berühren sich, als Killian mit den Fingern durch mein Haar streicht.

Scharfer Schmerz lässt mich nach hinten taumeln, ich schreie auf.

Hat man mich gerade … erstochen?

»Du bist verspannt.« Killian fängt mich auf, umfasst meine Handgelenke und hält mich aufrecht. »Entspann dich.«

In diesem Tu-was-ich-sage-oder-du-stirbst-Tonfall spricht er normalerweise mit allen anderen, aber nicht mit mir.

Ich werde wütend. »Entspann *du* dich! Ich …« Heftige Schmerzen durchbohren mich, sie sind zu stechend, viel zu stark. »Ich weiß nicht, was … Ich kann nicht … Ich …« Sterbe ich zum zweiten und letzten Mal? So schnell?

»Du wirst gerade an das Netz deiner Sphäre angekoppelt.«

Netz? In meinem Hals scheint ein mit Stacheln versehener Kloß zu stecken. »Ich fürchte, es stimmt was mit der Verbindung nicht«, stoße ich mühsam hervor.

»Da stimmt alles.« Er zieht mich an sich und streicht mir tröstend über den Rücken. »Das muss jeder durchmachen. Sogar Myriader.«

Ich lege meinen Kopf an seine Schulter, atme bewusst ein und aus. Trotzdem fühle ich mich, als wäre ich in einer Grube gefangen, in der ein nicht endender Kugelhagel mich durchlöchert und ich gleichzeitig von Schwertern durchbohrt werde.

*Töte mich! Lass mich sterben.*

Doch … der Schmerz vergeht so plötzlich, wie er begann.

Wärme umhüllt mich, durchdringt mich und leuchtet … leuchtet so hell, dass alle Gefühle, die ich vor langer Zeit in dunklen Ecken verborgen habe, auf einmal aufgedeckt werden. Diese Gefühle krabbeln in alle Richtungen wie winzige Käfer. Hass auf meinen Vater. Wut über die Umstände, die außerhalb meiner Kontrolle lagen. Schmerz über den Verlust meiner Mutter und meines kleinen Bruders.

*Nichts* bleibt mehr versteckt. Ich fauche und schluchze gleichzeitig – Töne, die von einem waidwunden Tier stammen könnten.

»Du bist stark. Du bist mutig«, sagt Killian. »Du schaffst das, Mädchen.«

Als die Wärme sich an drei bestimmten Stellen sammelt – in beiden Händen und in einem Arm –, drücke ich ihn so fest an mich, dass ich ihm vermutlich ein paar Knochen breche. Worüber er sich jedoch nicht beklagt. Die Wärme … sie brennt jetzt. Ich glaube, ich werde gerade … gezeichnet?

In der Mitte meiner Handflächen erscheint ein Kreis mit drei Blättern. Das Troika-Symbol. Anfangs sind sie noch blass, werden aber nach und nach dunkler. An meinem rechten Arm erscheinen drei Zahlenreihen.

»Spirituelle Zeichen«, sagt Killian und streicht mit dem Daumen über eins der Symbole, ohne mich wirklich zu berühren. »Ein äußerliches Zeichen deiner innerlichen Loyalität.«

Endlich, Gott sei Dank, hört auch der restliche Schmerz auf, und ich wimmere erleichtert.

»Ein Schlüssel.« Killian richtet seine Aufmerksamkeit – und seine Phantom-Berührung – auf die Zahlen. »Ich habe Gerüchte gehört, dass Troika die Neulinge zwingt, für ihre Belohnung hart zu arbeiten, was bisher niemand bestätigt oder abgestritten hat.«

Als sein Daumen meine Haut berührt, werde ich von Eiseskälte überflutet und klappere mit den Zähnen. »Ein Schlüssel?«

Killian verzieht wütend das Gesicht, was mich genauso erschreckt wie die Kälte. Er lässt mich los und tritt ein paar Schritte zurück, um mehr Distanz zwischen uns zu schaffen.

Ich bin noch nicht bereit, mich von ihm zu trennen, recke das Kinn vor, gehe auf ihn zu und drücke eine Hand auf sein geliebtes Herz. Eine weitere Kältewelle erfasst mich, diesmal stärker, unerträglich.

»Zero!« Mein Lieblingsfluch. Ich springe zurück und in Sekundenschnelle ist die entsetzliche Kälte verschwunden.

»Ich habe versucht, dich zu warnen«, brummt er.

Als ich in seine Sirenenaugen sehe, begreife ich. Physisch werden unsere Körper sich für immer abstoßen. Dunkelheit und Licht können nicht gleichzeitig existieren. Das eine wird immer das andere verjagen.

Meine Entscheidung für Troika hat das Schicksal unserer Beziehung besiegelt.

Mir schießen Tränen in die Augen. »Killian«, sage ich. Er hat *tatsächlich* versucht, mich zu warnen. Ich habe mir eingeredet, dass wir einen Weg finden werden, zusammen zu sein, ohne zu begreifen, welche Hindernisse sich uns in den Weg stellen würden.

»Was geschehen ist, ist geschehen.« Er schüttelt fast unmerklich den Kopf, während er weiter zurückweicht. »Wenn ich für dich kämpfe, kämpfe ich gleichzeitig gegen meine Sphäre. Wenn ich gegen dich kämpfe, verliere ich dich. Es gibt keinen Mittelweg. Nicht in unserem Fall. Und wie du muss ich mich entscheiden.«

## 2. KAPITEL

»Kummer beweist nur, dass du keinen Beschützer hast. Lass dich von uns beschützen.«

Myriad

Killians Worte hallen in meinem Kopf nach. *Wenn ich für dich kämpfe, kämpfe ich gleichzeitig gegen meine Sphäre. Wenn ich gegen dich kämpfe, verliere ich dich.*

*Kein Mittelweg.*

*Entscheide.*

Tränen – dumme, nutzlose Tränen – laufen mir über die Wangen und hinterlassen heiße, brennende Spuren. Ich dachte, ich wäre bereit, für mein neues Zuhause alles aufzugeben. Ich dachte, ich könnte mit den Konsequenzen leben.

Aber der Preis ist schon jetzt zu hoch.

Was soll ich bloß tun? Killian ist nicht nur die Liebe meines Lebens, er ist auch mein bester Freund, der einzige, den ich noch habe. Archer, ein Junge, den ich liebte wie einen Bruder, starb, als er versuchte, mein Erstleben zu retten. Er ist *heute* gestorben. Schlimmer noch, er ist umsonst gestorben!

Trauer packt mich, nimmt mich in den Würgegriff und tritt mir in den Bauch. Und sie wispert: *Du kannst nichts dagegen tun.*

Jetzt kommen auch noch Selbstmitleid und Hilflosigkeit hinzu, Gefühle, die ich verachte, denn sie sind nicht etwa unschuldig, sondern giftig.

Sie haben meine Vergangenheit verschlungen, mein Glück aufgefressen, bis nichts mehr übrig war; meine Gegenwart und meine Zukunft kann ich ihnen nicht auch noch überlassen.

»Du bist mir wichtig, Killian. Ich bringe das wieder in Ordnung«, verspreche ich, und dieses Versprechen brennt ein Loch in mein Herz.

»Bin ich?« Sein ungläubiger Tonfall trifft mich. »Wirst du?«

Ich war nie der Ansicht, dass Worte genügen, und ich habe nie Leuten vertraut, die viel Wind machen und sauer werden, wenn man es wagt, ihre Freundschaftsbekundungen in Zweifel zu ziehen. Und ich werde jetzt nicht meine Meinung ändern, nur weil diesmal *meine* Gefühle infrage gestellt werden.

Meine Taten entscheiden über unser gemeinsames Schicksal.

»Bist du und werde ich.« Ich hebe das Kinn. »Ich werde es dir beweisen.«

Er schüttelt heftig den Kopf. »Bring dich bloß nicht meinetwegen in Gefahr, Mädchen. Mir wäre es lieber, dass du mich hasst und lebst, als dass du mich lie… magst und stirbst. Deacon«, ruft er. »Sie ist so weit.«

Deacon erscheint neben mir. »Zeit, zu gehen.«

Er nimmt meine Hand, und mein Geistkörper begrüßt diese Berührung, Licht und Licht ergänzen einander. Diesmal wird mir nicht kalt, sondern warm – so, wie es bei Killian hätte sein sollen. So, wie es früher mit Killian *war*.

*Was habe ich nur getan?*

Deacon sieht aus, als wäre er in meinem Alter, obwohl er unendlich viel älter ist. Er ist schwarz und schön, sein dunkles Haar raspelkurz, das Grün seiner Augen ist saftig und lebendig wie der Sommer. Seine Nase ist einen Hauch zu lang und sein Mund einen Hauch zu schmal, doch beides spielt keine Rolle. Er sieht wie der Bad Boy aus, den er in Killian sieht: hart, grob und absolut sexy.

Er trägt eine schwarze Lederweste mit kleinen Silberklingen anstelle von Knöpfen. Die dazu passende Lederhose hat fünf Reißverschlüsse an jedem Bein.

5 + 5 = 10

Moment. Ich habe ihn nur wenige Minuten vor meinem Tod gesehen, und da trug er eine weiße Robe mit weißem Saum. Verwirrt runzle ich die Stirn. Zwar ist es nicht unmöglich, dass jemand mitten im Kampfgetümmel die Kleidung wechselt, aber nicht besonders wahrscheinlich.

Die Antwort erzeugt neue neuronale Bahnen in meinem Hirn – liegt vermutlich an diesem Netz – und ich reibe mir die Schläfen. Seine Seele war in einer Hülle eingeschlossen, die er inzwischen abgestreift hat.

»Falls es dir nicht aufgefallen sein sollte«, sagt er, »befinden wir uns mitten auf einem Schlachtfeld. Du bist schwach und verletzlich. Wir müssen dich *umgehend* in Sicherheit bringen.«

Fortgehen? Ich schüttle den Kopf. Er will mich von Killian trennen.

Gute Idee. *Todfeinde, schon vergessen?*

Diese beiden Jungs haben zuvor an einem Strang gezogen, um mich aus den Fängen einer Verrückten zu befreien, doch da hat Archer auch noch zwischen ihnen vermittelt. Deacon und Killian werden niemals wieder freiwillig an einem Strang ziehen, oder? Sie werden einander nie wirklich vertrauen. Eine Sphäre *kann* der anderen Sphäre gar nicht vertrauen. Es gab zu viel Verrat in der Vergangenheit.

»Nein.« Ich schüttle den Kopf. Ich werde meine Freunde nicht im Stich lassen, wenn sie mich am meisten brauchen. Ich schiele Killian von der Seite an. »Ich bleibe. Ich helfe.«

»Helfen?« Er grinst spöttisch. »Mach dich nicht lächerlich, Mädchen. Du wirst verletzt werden, und ich werde gezwungen sein, dabei zuzusehen. Es ist nicht länger meine Aufgabe, dich zu beschützen.« Seine Verbitterung steht wie eine unsichtbare Wand zwischen uns. Killian dreht sich um und schlüpft in seine Hülle. »Geh! Bevor es zu spät ist.«

*Nicht länger meine Aufgabe …*

Der Schmerz, den ich zuvor fühlte, ist nichts im Vergleich zu diesem jetzt. »Es tut mir leid.« Und es ist meine Schuld. Ich habe uns voneinander getrennt, habe ihn verletzt. Den Jungen, der sein Leben für mich riskierte.

Ihm helfen und Troika helfen. Zwei Bedürfnisse. Doch das eine wird immer das andere ausschließen.

»Eine Entschuldigung ist nichts wert, solange sich nichts an deinem Verhalten ändert.« Er sieht mich nicht an. »Also, beweise, dass du die Entschuldigung ernst meinst, und geh.«

Jetzt bin ich nur noch wilder entschlossen zu bleiben. Ich will ihm meine Zuneigung beweisen, indem ich ihn vor meiner Sphäre beschütze.

Daher bleibe ich, wo ich bin, wappne mich für den Kampf, betrachte prüfend meine Umgebung. *Oh ... Zero*. Ich muss schwer schlucken.

Zahllose Seelen und Hüllen, die entweder dafür kämpften, mich zu retten, oder dafür, mich zu töten, wurden zerstückelt. Der Tod sollte nichts Schönes an sich haben, aber der Anblick ist genauso prachtvoll wie widerwärtig. Lebensblut glitzert im Sonnenlicht und verwandelt den Krieg in ein verdrehtes Märchen.

In meinem Erstleben fiel es mir schwer, Hüllen und Menschen voneinander zu unterscheiden. Aber jetzt? Jetzt erkenne ich den Unterschied auf den ersten Blick. Hüllen sind kompakter und haben eine plastikartige Erscheinung wie lebensgroße Puppen. Ich kann Geistwesen und Menschen auseinanderhalten; Geistwesen lumineszieren, menschliche Haut ist glanzlos. Ich kann sogar Troikaner und Myriader unterscheiden. Troikaner sind der Sonnenaufgang, die anbrechende Helligkeit, und Myriader der Sonnenuntergang, Vorboten der Dunkelheit.

Licht gegen Schatten. Hell gegen dunkel.

Diejenigen, die bisher nicht in Stücke zerschlagen wurden, sind noch immer in eine grausame Schlacht verwickelt. Gegrunze und Gestöhne mischt sich mit dem Geräusch brechender Knochen und dem Gurgeln der Kämpfer, die an ihrem Blut ersticken, ein entsetzlicher Soundtrack. Ich schlage mir eine Hand vor den Mund.

»Der nächste Teil wird dir nicht gefallen, Mädchen.«

Killian schnappt sich einen Speer. Den, mit dem Sloan mich getötet hat – den, der noch immer in ihrer leblosen Brust steckt.

Er zerrt daran, reißt die Waffe zusammen mit ein paar Rippen aus ihrem Leib. »Nach dem Ersttod bleiben die meisten Seelen im Körper gefangen, bis sie von einer anderen Seele befreit werden.« Er langt in ihren Oberkörper, seine Finger geistern durch ihr Fleisch. Er zieht …

Und da ist sie, die echte Sloan. Einen Moment lang werde ich von Zorn überwältigt. Sieh an, die Verräterin! Sie sieht genauso aus wie zuvor und doch vollkommen anders. Die modelhaft hübsche Blondine hat sich in eine erlesene, unvergleichliche Schönheit mit Haaren weiß wie Schnee und Lippen rot wie Wein verwandelt.

Sie hat einen unschuldigen Menschen getötet. Sie sollte äußerlich so hässlich sein wie innerlich.

Ich balle die Hände zu Fäusten. Ich könnte sie erledigen, wie sie mich erledigt hat. Ich könnte ihr Ewigleben beenden, bevor es überhaupt begonnen hat. Denn – verdient sie wirklich eine zweite Chance?

*Und du?*

Diese Frage driftet durch die neuen Bahnen in meinem Hirn, rüttelt mich auf.

Sloan betrachtet die Welt um sie herum mit aufgerissenen Augen von der Farbe des Morgenhimmels. Sie ist verstört und sich keiner Gefahr bewusst. Es gibt keinen besseren Moment, um zuzuschlagen …

Und das werde ich, beschließe ich. Ist mir egal, ob ich eine zweite Chance verdient habe oder nicht. Mir egal, ob ich eine Heuchlerin bin und meinen eigenen Überzeugungen zuwiderhandele.

Was ist nur los mit mir?

Auch das ist mir egal. Ich reiße mich von Deacon los und mache einen Schritt auf sie zu. Schwarze Schatten steigen aus der Erde, bedecken ihre Füße … ihre Waden. Ihr Gesicht ist schmerzverzerrt.

»Hilf mir.« Sie streckt eine zitternde Hand nach mir aus.

Ich bleibe abrupt stehen.

Sie greift nach Killian. Er tritt zurück, lässt sie allein in ihrer Qual. Und dann ist sie weg, keine Spur ist mehr von ihr zu sehen.

»Wo ist sie hin?«, frage ich und werde von Scham gepackt. Denn es ist gut, dass sie verschwunden ist, genauso wie mein Bedürfnis, ihr wehzutun. Ich sollte sie gehen lassen, statt sie zu verfolgen.

»Wohin wohl? Nach Myriad.« Deacon packt mich fest am Oberarm und zieht mich in die entgegengesetzte Richtung. »*Du* jedenfalls musst jetzt nach Troika. Hier bist du verwundbar.«

Der Kampf tobt noch immer, Soldaten töten sich gegenseitig mit glutroten Schwertern, erschießen sich mit ihren Laserwaffen. Links und rechts zerfallen Hüllen, der Anblick ist verheerend.

»Ich bleibe«, krächze ich. Wegrennen ist feige. Ich bin der Grund für diesen Kampf. Ich werde dafür sorgen, dass er endet.

»Was willst du denn tun, Ten?« Deacon verstärkt seinen Griff. »Du sitzt momentan in einer emotionalen Achterbahn.«

»Woher weißt du …«

»Ich habe das ebenfalls erlebt. Ich weiß, dass das Netz Eigenschaften entblößt, die man an sich nicht mag. Ich weiß außerdem, dass du jetzt niemandem außer dir selbst helfen kannst. Keine Ansprache, mag sie auch noch so begeisternd sein, kann etwas am Blutdurst ändern, den die Soldaten momentan verspüren.«

Er stößt mich zur Seite, was mich so erschreckt, dass ich stolpere.

Ein Pfeil fliegt knapp an mir vorbei, während ich mit den Armen rudere.

»Siehst du!«, brüllt er. »Du bist in Gefahr.«

»Geh, Ten. Sofort!« Killian wirbelt herum und ersticht einen Troikaner, der sich von hinten an ihn herangeschlichen hat, mit dem Speer. »Wenn du getötet wirst, war alles, was wir zu deiner Rettung unternommen haben, umsonst.«

Ich sollte froh sein, dass ihm nichts passiert ist, doch die Wut, die Sloan bei mir entfacht hat, wird nur noch heftiger. Ich mache einen Schritt auf ihn zu, um ... was? Ich will ihm nicht wehtun, aber ich kann auch nicht zulassen, dass er weitere Troikaner tötet. Diese Leute ... sie sind jetzt meine Brüder und Schwestern.

Halt! So viel Verbundenheit mit Individuen, die ich gar nicht kenne?

Deacon packt mich noch fester. »Ich kann dich nicht ohne deine Zustimmung nach Troika begleiten. Sag Ja.«

Freier Wille zählt, selbst in einem Kriegsgebiet?

Ich ringe mit meinem Gewissen, während sich immer mehr Troikaner um Killian versammeln und ihn attackieren. Er ist stark und geschickt, aber ist er geschickt genug, um das zu überleben?

Die Angst um ihn – um jeden, der kämpft – lässt mich eiskalt werden.

Einige seiner Kameraden eilen ihm zu Hilfe, und ich bin genauso erleichtert wie beschämt. Schließlich könnten sie meinen Leuten etwas antun.

Noch mehr Pfeile fliegen in meine Richtung. Deacon wehrt sie mit seinem Schwert ab, bewahrt mich vor Verletzungen. Oder Schlimmerem.

Zero! Wenn ich mich ins Schlachtgewühl stürze, kann ich entweder Troika oder Killian helfen, aber nicht beiden.

Ich brauche nicht lange nachzudenken. Ich muss Killian helfen. Vor Kurzem erst habe ich meine Mom und meinen Bruder verloren. Etwas früher am heutigen Tag sah ich, wie mein Vater niedergeschossen wurde. Und ich habe Archer verloren. Killian kann ich nicht auch noch verlieren.

*Du hast ihn schon verloren …*

Nein. Ganz und gar nicht! Und doch versperren mir heiße Tränen die Sicht und laufen über meine Wangen. Das Netz, was immer das auch ist, hat mich in ein emotionales Wrack verwandelt.

Genug mit den Emotionen. Ich muss etwas tun. Jetzt oder nie.

Jetzt! Brüllend stürze ich mich ins Chaos. Gegrunze und Gestöhne. Körperteile fliegen umher, manche mit Absicht und ein Ziel anvisierend, andere, weil sie abgetrennt wurden. Der Geruch von Blut tränkt die Luft, die vor Spannung zu zischen scheint. Entschlossen greife ich nach einem Schwert.

Die Waffe ist zehnmal schwerer, als ich erwartet habe, und mein Arm zittert, als ich versuche, in Stellung zu gehen.

»Halt!«, schreie ich. »Troikaner lieben und vergeben. Hören wir auf zu kämpfen und retten wir Leben. Es muss heute keine weiteren Toten geben.«

Niemand hört mir zu. Deacon hat recht. Eine Ansprache wird niemals diesen Blutrausch durchdringen.

Einer der Troikaner zielt mit Pfeil und Bogen auf Killian. Ich stürze schreiend zu ihm, um ihn zu beschützen. Allerdings bin ich so schwach, dass ich die Distanz nicht überwinden kann und auf der Erde aufschlage. Aber Killian benötigt meine Hilfe sowieso nicht. Blitzschnell hebt er seinen Speer, um den Pfeil abzuwehren, der ein *Pling* verursacht, als er zu Boden fällt.

Mir bleibt keine Zeit, erleichtert zu sein. Andere Soldaten stürzen sich auf ihn und trampeln mich dabei einfach nieder. Kampfstiefel …

Die mich nicht treffen? Genau! Ich bin ja ein Geistwesen, wohingegen die Soldaten in Hüllen stecken. Wir können einander nicht berühren.

Schwankend stehe ich auf. In Lichtgeschwindigkeit sausen zwei weitere Pfeile in Killians Richtung; er ist schnell genug, sie abzuwehren.

Hinter ihm taucht ein Troikaner mit erhobener Stag auf.

Für eine Hülle ist die Stag das Allerschlimmste. Ein einziger Pfeil fängt eine Seele in der Hülle ein, beide können sich dann nicht mehr bewegen und sind vollkommen schutzlos.

Ich habe keine Ahnung, was die Stag einem Geistwesen ohne Hülle antun kann, aber es ist mir auch egal. Diesmal springe ich mit mehr Schwung, und das macht sich bezahlt. Die Pfeile fliegen durch mich hindurch und werden langsamer, was Killian die Möglichkeit verschafft, sich zu ducken.

Schmerz durchjagt mich, ich schreie auf und falle von Krämpfen geschüttelt zu Boden. Lichtblitze setzen meine Organe in Flammen.

Das Mädchen, das auf mich gefeuert hat, starrt mich entsetzt an. Sie hat gerade einen ihrer Leute angeschossen, und ich habe gerade einen Feind gerettet.

Sie ist so verstört, dass sie nicht richtig aufpasst, als Myriader sich mit schwingenden Schwertern auf sie stürzen. Ziel: ihr Kopf.

»Neeeein!« Ein anderer Troikaner stößt sie aus dem Weg. Ein Schwert fährt durch seine Schulter und trennt einen Arm seiner Hülle ab. Lebensblut spritzt aus der Wunde.

Ich bin genauso entsetzt wie das Mädchen. Hüllen und Geistwesen sind miteinander verbunden. Hat der Junge auch als Geistwesen einen Arm verloren?

Killian schwingt sein Schwert über mir, um mehrere Pfeile davon abzuhalten, in meine Brust zu dringen. Er tritt nach hinten und trifft einen Troikaner, der sich angeschlichen hat.

»Ich habe gesagt, du sollst gehen, Ten.«

Ich … kann nicht. Ich kann ihn nicht verlassen. Ich habe Angst, ihn vielleicht nie wieder zu sehen … und das, wovor man Angst hat, lädt man in sein Leben ein. Das weiß ich so sicher, wie ich meinen Namen weiß.

Ich versuche aufzustehen, was mir nicht gelingt.

Er duckt sich unter dem Schwung eines Schwertes und zieht seinem Gegner die Beine weg.

»Wenn sie heute getötet wird«, sagt er zu Deacon, der gerade einen myriadischen Soldaten abwehrt, »dann ist das deine Schuld, aye. Und ich werde mich rächen, indem ich jeden töte, den du liebst.«

Er ist kalt, gnadenlos. Und er ist noch nicht fertig. Er spießt mich praktisch mit seinen Blicken auf, während er mich hochzieht.

»Geh jetzt endlich. Von dieser Sekunde an geht jeder, den ich töte, auf dein Konto, nicht auf meins.«

Die Berührung ist genauso schmerzhaft wie die zuvor, aber noch schlimmer ist die Enttäuschung, die ich spüre. Wegen seiner Worte. Weil ich versagt habe. Und wegen allem, was das für unsere Zukunft bedeutet.

»Lass mich nicht gehen.« Meine Knie sind weich wie Pudding, doch ein Teil von mir – das Mädchen, das sich das Beste erhofft – will, dass er mich wegzerrt. Kein Kampf mehr, keine Entscheidung mehr treffen zwischen einer Heimat und einem Jungen.

Da täusche ich mich jedoch gewaltig. Mit einem Arm hält er mich aufrecht, während er mit dem anderen schnell und brutal den nächsten Troikaner aufhält, der sich auf ihn stürzt.

Mein Fehler.

Ein Aufgebot an MAs eilt herbei. Killian verteidigt mich gegen seine eigenen Leute, was seine Liste der Verbrechen noch länger macht.

Mein Herz schrumpft zu einem winzigen Knäuel aus Schuldgefühlen zusammen. Wenn ich bleibe, richte ich viel mehr Schaden als Gutes an, richtig?

»Ja«, rufe ich Deacon zu. »Ja, ja, ja.«

Deacon erledigt seinen neuesten Angreifer, kommt zu mir und lässt seine Waffe fallen, um mich von Killian wegzuziehen und mich an seine Brust zu drücken.

Killian hält meine Hand so lange wie möglich fest, und ich klammere mich an seine.

Ist das der Abschied?

Das darf kein Abschied sein.

Deacon rennt. Er ist verletzt, Lebensblut spritzt aus einer Wunde in seiner Schulter und durchtränkt sein Hemd. Mein ausgedörrtes Herz schmerzt. Zwar habe ich das Schwert nicht geführt, doch ich war es, die ihn in diese Situation gebracht hat.

Ohne langsamer zu werden, sagt er etwas in einer Sprache, die ich nicht kenne, die ich aber schon einmal gehört habe, als er mit Archer redete. Eine spezielle troikanische Sprache, die von den Myriadern nicht verstanden wird.

Ich sehe Killian fest in die Augen. Er hält inne, vergisst die Schlacht um uns herum. Er ist so schön und stark, doch er wirkt gehetzt. Ein gefallener Engel, der eintausendundeins Dinge bereut.

Er streckt die Hand nach mir aus, ich versuche, sie zu ergreifen.

Ein Lichtstrahl trifft mich. Ich blinzle und stehe mit Deacon zusammen auf der Brüstungsmauer eines der Wachtürme. TAs flankieren uns auf jeder Seite, Gewehr bei Fuß. Killian ist weg. Ich unterdrücke ein Wimmern.

Keine Zukunft mit Killian, keine Gegenwart mit Archer.

»Hör auf, darüber nachzudenken, was du verloren hast«, befiehlt Deacon, »und fang an, daran zu denken, was du alles gewonnen hast.«

Er hat recht. Jetzt ist weder der richtige Moment noch der richtige Ort, um zusammenzubrechen. »Ist das der Grund, weshalb Archers Tod dich so wenig berührt?«

»Das, und außerdem gibt es eine Chance, ihn wiederzusehen.«

*Was?* Bestimmt habe ich mich verhört. Archer hat die Stille betreten. Das ist das Ende.

Ich habe keine Gelegenheit, ihn zu fragen. Myriader materialisieren, kreisen uns ein, haben mit Schatten infizierte Pfeile eingespannt … die sich bald in den Himmel erheben. Troikaner blocken sie mit ihren Feuerschwertern ab, woraufhin sie zu Asche zerfallen.

Als die gegnerischen Truppen als grausiges Durcheinander aus Gliedmaßen und Waffen aufeinander losstürzen, lässt Deacon mich fallen. Ich lande krachend auf dem Boden, noch immer zu schwach, um allein zu stehen. Er runzelt die Stirn, reißt ein kleines Fläschchen von der Kette, die er um den Hals trägt, und wirft es mir zu.

»Bis auf den letzten Tropfen«, ordnet er an.

Ich weiß, was in dem Fläschchen ist, als ich es entkorke. Verflüssigtes Manna, genau das, was ein Geistwesen braucht, um gesund und stark zu werden. Der süße Duft ist verlockend, ich trinke alles aus.

Deacon ersticht einen MA, dreht sich um die eigene Achse und ersticht einen anderen.

Ich werde langsam kräftiger.

Zwei MAs stürzen sich gleichzeitig auf Deacon. Der wiederum wirft sich auf den größeren der beiden. Ich rolle mich auf den Rücken und trete nach den Fußknöcheln des kleineren. Deacon ist es dann, der ihn erledigt, bevor er mir auf die Beine hilft.

»Zeit, zu gehen.«

*Auf keinen Fall!* »Ich bin einsatzbereit. Bleiben wir und kämpfen.«

»Bist du *so* scharf darauf, wieder zu sterben?«

*Hey!* »Ich bin gut.« Sowohl Killian als auch Archer haben mit mir trainiert …

Bei dem Gedanken wird mir schwer ums Herz, ich lasse die Schultern sinken.

»Du bist *überhaupt nicht* gut«, erklärt mir Deacon gnadenlos. »Im Moment bist du wie ein Kleinkind. Du kannst nicht viel mehr als heulen und in die Windel machen. Also …« Er wirbelt herum, um einen MA zu erdolchen. »Wenn Ihre Majestät dann bereit sind, die Reise fortzusetzen …«

Wie kann er es nur ertragen, mir zu helfen? Archer war sein bester Freund, und ich habe Archers Leben aufs Spiel gesetzt, indem ich um eine troikanische Armee gebeten habe, die Killian und Sloan rettet. Killian, der noch immer für Myriad kämpft, obwohl er von seinen Chefs hintergangen wurde, und Sloan, die insgeheim bereits das Bündnis mit dem Feind geschlossen hatte.

Archer war nicht nur ein Agent, er wurde ins Land der Ernte geschickt, um dort die Menschen zu beschützen. Er war nicht nur ein Unterhändler für Bündnisbedingungen oder ein Ratgeber für die Menschen, die bereits bei Troika unterschrieben hatten, er war außerdem integer und gutherzig, ein Mann von Ehre. Eine Seltenheit. Ein Held in Zeiten, in denen Bösewichte die Regel sind.

Archer liebte mich, als ich nicht liebenswert war. Immer und immer wieder hätte er mir irgendwelche Lügen erzählen können, das wäre für uns beide einfacher gewesen. Stattdessen sagte er die Wahrheit, egal, wie schmerzhaft sie war. Er hat die jahrhundertealte Fehde mit seinem größten Feind beendet, um mir zu helfen. Am Ende starb er durch Pfeile, die mir gegolten haben.

Meine Schultern sinken noch weiter herab. »Ja«, sage ich leise. »Lass uns gehen.«

Deacon schlingt einen Arm um meine Hüfte. Wir entmaterialisieren in einem blendenden Lichtstrahl und erscheinen …

Ich atme heftig ein. Wir stehen mitten auf einer kristallenen Brücke. Vor uns ein purpurroter Wasserfall, der von Wänden aus glitzernden Rubin-Geoden umrahmt wird. Die Sedimentschichten ähneln Federn; diese Federn strecken sich nach beiden Seiten aus und erschaffen so die Illusion von Flügeln. Diese Flügel wiederum sind von Edelsteinen wie Topas, Jaspis und Beryll eingefasst.

Die Architektur ist atemberaubend, viel zu perfekt, um von Menschen oder gar der Natur geschaffen worden zu sein. Intelligente Schöpfung.

Also vom Erstkönig erschaffen?

Hier gibt es weder Troikaner noch Myriader, nur Deacon und mich und den kühlen Kuss des feinen Dunsts auf meinen Wangen. Ein Duft, köstlicher als der von Manna – süßer sogar als der von Killian –, durchdringt die Luft.

Deacon baut sich vor mir auf und zischt mich an: »Jetzt, wo wir allein sind … An deinem ersten Tag im Ewigleben hast du Myriad geholfen. Du hast den Typen beschützt, der meine Soldaten getötet hat. Soldaten, die ihr Leben riskiert haben, um dich zu retten.«

Ich kann ihm nicht in die Augen sehen, meine Scham ist zu groß, mein Selbstbewusstsein zerbröckelt wie ein abbruchreifes Gebäude. »Killian hat ebenfalls seine eigenen Soldaten getötet. Er …«

»Du verteidigst ihn *noch immer!*«, sagt Deacon bellend.

Ich senke den Kopf. »Tut mir leid.«

»Nein, tut es dir nicht. Wenn du die Chance hättest, würdest du es wieder machen.« Seine Stimme klingt flach, und noch schlimmer, seine Worte treffen ins Schwarze. »Wie ich bereits sagte, besteht die Chance, dass Archer zu uns zurückkehrt. Eine sehr kleine Chance. Jedes Jahr werden die Namen der Verstorbenen in das *Buch des neuen Lebens* eingetragen. Die troikanischen Bewohner wählen eine tote Seele dazu aus, die Stille zu verlassen. Das nennt sich Auferstehung. Aber wir haben dieses Jahr auch einen Strömer verloren. Und Strömer gewinnen die Wahl eigentlich immer.«

Meine Hoffnung steigt … und sinkt gleich wieder. »Vielleicht können wir die Mehrheit davon überzeugen, stattdessen für Archer zu stimmen?« Ich liebe diesen großen Trottel von ganzem Herzen und möchte mehr Sekunden, Tage und Wochen mit ihm haben. Jahre! Jahrzehnte! »Wir können alles erreichen, wenn wir …«

»Uns gemeinsam etwas überlegen? Hart genug arbeiten? Daran glauben?« Er lächelt höhnisch. »Erfolglose Leute arbeiten sich Tag für Tag ins Grab. Und woran sollen wir glauben,

Ten? An uns selbst? Soweit ich weiß, hat keiner von uns beiden die Fähigkeit, ein Wunder zu vollbringen.«

Ich sinke in mich zusammen. Ein Teil von mir würde am liebsten das Schicksal für unsere Situation verantwortlich machen. Wenn alles aus einem Grund geschieht und unsere Taten nichts an dem ändern, was geschieht, dann haben wir keine Schuld. Doch jede Entscheidung zählt, führt einen auf einen bestimmten Weg, und das weiß ich auch.

»Was soll ich tun?«, frage ich. »Sag es mir, und ich tue es.«

»Bemüh dich nicht.« Noch immer hat er kein Erbarmen mit mir. »Was du morgen tust, ändert nichts daran, was du heute getan hast.«

Eine Welle des Bedauerns überspült mich, ertränkt mich, zitternd schlinge ich die Arme um meine Mitte.

In den schönsten wie auch in den schlimmsten Zeiten reagiert mein Verstand auf zwei Weisen: Entweder beschäftigt er sich zwanghaft mit Zahlen oder er entwirft ein Gedicht.

Und was tue ich also in diesem Augenblick?

Ich bin Ten. Zehn bedeutet die Vollendung eines Zyklus. Aus zwei Zahlen zusammengesetzt. Eins und Null. Eins: Einsamkeit. Ohne Gemeinschaft. Null: weder negativ noch positiv, einfach nur eine ganze Menge Nichts ... so wie mein Stellenwert im Moment.

Zehn von zehn Leuten hassen mich momentan.

Zehn von zehn Leuten werden in ihrem Leben sterben.

Die beiden beliebtesten Zahlen der Welt sind drei und sieben. 3 + 7 = 10. Drei ist bekannt als Dreieinheit – oder Troika. Geist, Seele und Körper. Sieben wird oft als die perfekte Zahl bezeichnet. Sieben Kontinente, sieben Hautschichten – drei Hauptschichten mit vier anderen dazwischen – und die sieben Farben des Regenbogens. Sieben Noten in der Musik. Sieben Dimensionen und Richtungen – zwei entgegengesetzte Richtungen für jede Dimension plus die Mitte ... das Statische ... das, was sich nie ändert.

Für mich hat sich *alles* geändert.

Deacon reibt sich mit einer Hand über das Gesicht. »Wenigstens hat der Kampf im Land der Ernte aufgehört, sobald du den Wachturm verlassen hast.«

»Das freut mich.« Also stirbt nun niemand mehr aufgrund meiner Entscheidungen. Zumindest nicht heute.

Er starrt mich lange an. »Folgendes wird jetzt geschehen. Ich bringe dich nach Troika, wo deine Familie und deine Freunde schon auf dich warten. Du wirst eine Woche damit verbringen, die Sphäre zu erkunden, das Land und die Leute kennenzulernen, dann nimmst du an einer Begrüßungsfeier für diejenigen teil, die vor Kurzem den Ersttod gestorben sind. Danach beginnt deine Ausbildung.«

Ich soll Generalin werden. Sogar Strömerin, was der höchste Generalsgrad ist. Ich soll meine Sphäre vor Myriads schrecklicher Dunkelheit bewahren.

In Troika gibt es sechs Hauptpositionen – General, Anführer, Headhunter, Agent, Gesandter und Heiler – mit Hunderten von Unterpositionen.

Sechs Positionen, so wie es sechs grundlegende Werte gibt: Liebe, Weisheit, Wahrheit, Güte, Gnade und Gerechtigkeit.

»Und in dieser ganzen Zeit«, fährt er fort, »gehst du mir besser aus dem Weg. Ich kann deinen Anblick nicht ertragen.«

Meine Kehle ist sandpapierrau. »Gut.« Ich schulde ihm was. Ich werde seinen Wunsch respektieren – während ich gleichzeitig etwas den Respekt vor *ihm* verliere. Troikaner preisen doch immer die Vorzüge der Vergebung und warnen vor den Gefahren der Rache. Zwei Gründe, weshalb ich mich für diese Sphäre entschied. Zwei Gründe, weshalb ich Killian aufgab.

War ich eine Närrin?

Und dachte ich gerade wirklich *die Troikaner* anstelle von *wir*? Ich seufze. Ich bin Teil dieser Familie, selbst wenn ich mich allein fühle.

Nicht dass Gefühle verlässlich wären. Gefühle vermitteln

einem selten ein realistisches Bild und enden oft in Zerstörung. Ich muss auf mein Herz hören, auf das, was mein Herz weiß, auch wenn mein Verstand es nicht versteht.

*Hallo, spirituelles Gesetz*. Bei Sloan bin ich nur meinen Gefühlen gefolgt. Ich muss die Suppe nun auslöffeln, die ich mir eingebrockt habe. Und der Koch heute heißt Deacon.

Unn-nn-nnd jetzt ziehe ich den Kopf noch weiter ein. Wenn ich meine Gefühle nicht kontrolliere, können die zu einer Waffe werden, die gefährlicher ist als eine Pistole oder ein Messer. Sie können mich in der Dunkelheit festhalten und mich für das Licht blind machen. Sie können dafür sorgen, dass ich in einem Moment in die Luft gehe und im nächsten auf den Boden krache. Ich muss mich über sie erheben. Muss tun, was richtig ist, selbst wenn alles um mich herum falsch ist.

Das werde ich nie wieder vergessen.

Deacon deutet auf den Wasserfall. »Das ist der Schleier der Flügel. Der einzige Weg nach Troika. Troikaner können ohne Befürchtungen hindurchgehen. Wenn Myriader es versuchen, verbrennen sie zu Asche.«

Ein Beben erfasst mich. Botschaft verstanden. Wenn ich versuchen sollte, Killian hindurchzuschleusen, werde ich ihn dadurch töten.

Und ein weiteres Mal reißt mich das Gewicht meiner Entscheidung fast zu Boden – die Entscheidung, auf der Seite der einen Sphäre gegen die andere zu kämpfen … alles, was ich habe, alles was ich bin, einem einzigen Ziel zu widmen … den Jungen zu verlassen, der bereit war, für mich zu töten, sogar für mich zu sterben …

Ich versuche, mich mit einem Gedicht abzulenken.

Glück ist unmöglich
Und nie werde ich glauben
Liebe und Licht zeigen den Weg
Wieder und wieder erlebe ich

Schmerz und Dunkelheit gewinnen immer
Die Lüge lautet
Glück und Freude sind nur eine Entscheidung
Die Wahrheit lautet
Es gibt kein Entkommen.
Nie werde ich glauben
»Etwas Besseres liegt vor uns.«
»Man muss den Kampf des Guten kämpfen.«
Ich denke
»Noch Schrecklicheres liegt vor uns.«
Weil es falsch ist zu behaupten
Wir können dem Abgrund entkommen

So deprimierend! Also drehe ich den Spieß um und wiederhole das Gedicht, beginne am Ende und arbeite mich nach oben weiter, und plötzlich ist da ein neuer Hoffnungsschimmer.

An den ich mich klammere. Im Moment ist er alles, was ich habe.

»Siehst du den Dunst über dem Wasserfall wabern?«, fragt Deacon. »Er ist Teil des Schleiers und hüllt die gesamte Sphäre ein. Es gibt *keine* Stelle, durch die ein Myriader unbeschadet eindringen kann.« Er marschiert über die Brücke, ohne auch nur einen einzigen Blick zurückzuwerfen, mit dem er sich versichert, dass ich ihm folge.

Resigniert laufe ich ihm nach. Es wird Zeit, dass ich meine ewige Heimat kennenlerne. Zeit, Leute zu treffen, mit denen ich mein Ewigleben teilen werde. Meine neue Familie. Die Leute, für deren Schutz ich gekämpft habe.

Eine Frage beschäftigt mich jedoch, als ich unter dem sprühenden Wasser hindurchgehe.

Ich habe mich für sie entschieden … doch was, wenn sie sich nicht für mich entscheiden?

**Von:** K_F_5/23.53.6
**An:** R_O_3/2.17.12
**Betreff:** Ich klopfe mir jetzt einfach mal selbst auf die Schulter

---

Betrachten Sie die Sache mit Tenley Lockwood als erledigt. Sie vertraut mir bedingungslos und will mit mir zusammen sein. Vielleicht bereut sie ihr Bündnis mit Troika bereits. Das Problem ist, dass sie das nächste Jahr in Troika festsitzt – zur Ausbildung. Es dauert also mindestens zwölf Monate – oder zweiundfünfzig Wochen –, bis sie im Land der Ernte eingesetzt wird. Zwölf Monate, in denen ich sie nicht sehen und nicht mit ihr sprechen kann. Zweiundfünfzig Wochen, in denen ich nicht in der Lage bin, meinen »Zauber zu versprühen«, wie Sie es gern ausdrücken.

Wie soll ich sie also davon überzeugen, für uns zu spionieren? Es sei denn … Können Sie Troika mit einem Trick dazu bringen, sie schon früher auf einen Einsatz zu schicken?

Egal. Tut mir leid, dass ich das Unmögliche vorgeschlagen habe. Ich werde meinen Zauber wie versprochen in einem Jahr versprühen.

Macht bedeutet Recht!
MA Killian Flynn

**Von:** R_O_3/2.17.12
**An:** K_F_5/23.53.6
**Betreff:** Zweifeln Sie niemals an mir

---

Ich bin General, Mr. Flynn. Und zwar einer von den besten. Ich kann alles tun. Somit lassen Sie sich also gesagt sein: Sie werden Miss Lockwood eher früher als später wiedersehen. Dafür sorge ich schon.

In der Zwischenzeit bilden Sie unsere neueste Rekrutin aus. Miss Aubuchon scheint mir eine tatkräftige junge Frau zu sein, die keine Mühen scheut, um eine Aufgabe zu erledigen.

Zudem wurden Sie einem neuen Anführer unterstellt. Richten Sie die Berichte über die Entwicklung von Miss Aubuchon an Sir Zhi Chen. Richten Sie die Berichte über die Entwicklung bezüglich Miss Lockwood an uns beide.

Macht bedeutet Recht!
Generalin Rosalind Oriana

**Von:** K_F_5/23.53.6
**An:** R_O_3/2.17.12
**Betreff:** Habe ich tatsächlich feuchte Augen bekommen?

---

Danke, dass Sie mir solch eine Ehre zuteilwerden lassen. Klar bilde ich Sloan liebend gern aus, das Mädchen, das ich gerade erst umgebracht habe. (Teilen Sie mir mit, falls ich Ihnen Sarkasmus erklären muss.) Elena und Charles sind meine Flankierer/Trainees. Eine dritte Person wäre des Guten zu viel, denken Sie nicht?

In Anbetracht meines jüngsten Erfolges möchte ich Sie um einen Gefallen bitten. Bevor Madame Pearl Bennett starb, hat sie die Aufzeichnungshalle besucht, um herauszufinden, wer mit meiner Mutter verschmolzen ist und wo im Land der Ernte das entsprechende Mädchen lebt. Könnten Sie bitte in Madame Bennetts Unterlagen nachsehen? Ich wäre Ihnen sehr dankbar.

Ich bin jedenfalls sicher, dass ich die Sache mit Miss Lockwood besser erledigen kann, wenn ich mich auf sie – und nur auf sie allein – konzentrieren muss.

Macht bedeutet Recht!
MA Killian Flynn

**Von:** R_O_3/2.17.12
**An:** K_F_5/23.53.6
**Betreff:** Wenn Sie mal nicht hinreißend sind

---

Sollten Sie mir noch einmal drohen – offen oder versteckt –, lasse ich Sie zurück in den Zwinger bringen.

Elena und Charles wurden einem anderen zugewiesen. Was Ihre Mutter betrifft, werde ich Ihnen den Namen nur zu gern mitteilen … sobald Sie das tun, was Sie bezüglich Tenley Lockwood versprochen haben. So läuft das bei uns. Helfen Sie mir, dann helfe ich Ihnen.

Macht bedeutet Recht!
Generalin Rosalind Oriana

# 3. KAPITEL

> »Demut schützt vor Selbstbetrug. Stolz bedeutet Untergang.«
>
> Troika

Ich tauche in flüssigen Sonnenschein und in Seligkeit. Doch werde ich vom Wasser nicht nass, nicht einmal meine Klamotten bekommen etwas ab; es geht durch mich hindurch, reinigt mich irgendwie von innen und wäscht für einen großartigen Augenblick sämtliche Probleme weg. Frieden hüllt mich ein. Für Angst oder Traurigkeit ist kein Platz mehr.

Ich atme tief ein … langsam wieder aus … und genieße jede Sekunde.

Killian wird es ganz sicher schaffen, alle Hindernisse zu überwinden. Er ist klug. Brillant, um genau zu sein. Und ich freue mich für Archer. Er hat die Stille betreten. *Jeder* würde sich über einen Dauerurlaub vom Krieg freuen, oder nicht? Zudem bin ich sicher, dass auch ich alle Hindernisse überwinden und mich schnell den neuen Umständen anpassen werde … neue Strukturen, Ausbildung, Traditionen und Leute.

Um meine Eltern mache ich mir keine Sorgen, die Myriad-Loyalisten waren und jetzt in der anderen Sphäre leben … und mich hassen?

Vielleicht, vielleicht nicht. Bevor meine Mutter ihren letzten Atemzug tat, haben wir uns versöhnt. Mein Vater aber hat mich vor seinem Tod verflucht. Egal. Ich bin mit mir im Reinen. Mein Wert hängt nicht davon ab, was er über mich denkt. Ich bin, wer ich bin, und ich bin wert, was ich wert bin. So einfach und so kompliziert ist das Leben.

Ich mache mir nicht einmal über die Eiseskälte Gedanken, die ich spüre, wenn Killian mich berührt. Wir sind zwei Hälften eines Ganzen und werden einen Weg finden, zusammen zu sein.

Ein schweres Gewicht prallt von hinten gegen mich und stößt mich nach vorn. Stolpernd komme ich auf der anderen Seite des Wasserfalls heraus, wo der herrliche Frieden, den ich verspürte, umgehend von Sorgen und Bedenken getrübt wird. Mir ist nicht mehr warm, sondern kalt, und ich bin nicht mehr voller Hoffnung, sondern voller Verzweiflung. In meinem Bauch setzt ein Zucken ein, das sich schnell in meinem Körper ausbreitet.

Deacon verhindert, obwohl er mich nicht mag, dass ich das Gleichgewicht verliere. Ein Junge, der in meinem Alter zu sein scheint, tritt hinter dem Schleier hervor.

»Sorry, sorry«, sagt er mit einem leicht britischen Akzent. »Das war absolut mein Fehler, yeah. Hab nicht richtig aufgepasst.«

Er hat dunkelblondes Haar und bernsteingelbe Augen – und jemand hat ihm ein Veilchen verpasst. Er hat also offenbar gekämpft. In der Schlacht, die wir gerade hinter uns gelassen haben?

Sofort bekomme ich ein schlechtes Gewissen.

Irgendwie kommt er mir bekannt vor, aber ich bin zu verwirrt von meinem Gefühlschaos, um dahinterzukommen, an wen er mich erinnert. Trotz des blauen Auges ist er schön genug, um einer Märchenprinzessin vor Neid die Tränen in die Augen zu treiben. Mit seinen ungefähr eins fünfundsiebzig ist er zwar nicht viel größer als ich, allerdings sind seine Schultern doppelt so breit wie meine.

Erst als er Deacon ansieht und amüsiert fragt: »Neuling?«, bemerke ich, dass ich ihn stumm angestarrt habe. Meine Wangen werden heiß.

»Ja«, antwortet Deacon, seine Stimme klingt angespannt. Er klopft dem Typen auf die Schulter und scheint mit einem unangenehmen Gespräch zu rechnen. »Da gibt es etwas, das du wissen musst, Victor. Archer ist … er wurde …«

Victor hebt eine Hand und atmet schwer aus. »Ich habe es schon gehört, aber ich weigere mich, um ihn zu trauern. Weil ich viel zu beschäftigt damit bin, für seine Rückkehr zu kämpfen.«

Dann zwinkert er mir zu. »Willkommen zu Hause, Frischling. Es wird dir hier gefallen. Wenn du später in meiner Wohnung vorbeikommst, sorge ich höchstpersönlich dafür.«

Deacon stößt ihn leicht gegen die Brust. »Das Seminar über sexuelle Belästigung scheint bei dir ja gut funktioniert zu haben.«

Victor salutiert grinsend, bevor er sich wieder an mich wendet. »Ich bin schon zu spät für das Debriefing, sonst würde ich noch bleiben und dich besser kennenlernen. Ja, ja, ich weiß. Du bist am Boden zerstört. Aber wenn du vorbeikommst – du hast doch gesagt, dass du mich besuchst, oder? –, trockne ich dir die Tränen.« Er flitzt davon.

»Werde ich bei jedem hier das Gefühl haben, dass ich bei der Vergabe von Hässlichkeit am lautesten ›hier‹ geschrien habe?«, frage ich.

»Alle Geistwesen sind makellos. Da ist kein fauler Apfel dabei.«

Gut zu wissen. »Also, wer *war* das?«

»Victor Prince. Archers jüngerer Bruder. Sie standen sich sehr nahe.«

Warum hat er mich nicht angeschrien? Oder mich beschimpft? Warum hat er nicht verlangt, dass ich die Sphäre sofort für immer verlasse? Oder irgendetwas in der Art? Stattdessen hat er mich zu sich eingeladen … damit wir ein bisschen rummachen, wie ich vermute.

*Oh … Zero!* Wahrscheinlich weiß er nicht, dass ich in Archers Tod verwickelt war.

Ich wünschte, die Erde würde sich auftun und mich verschlingen.

»Sieh nur.« Deacon zeigt auf den Weg, den Victor gerade genommen hat. »Troika.«

Ich blicke in die Richtung, in die sein Finger deutet, und in meinem Kopf beginnt ein Trommelwirbel, um den Moment der Wahrheit anzukündigen. Ist Troika so schön, wie Archer versprochen hat, oder handelt es sich dabei um das verbrannte apokalyptische Ödland, das Killian verschmäht?

Ich kann nicht … ich werde nicht … Darauf bin ich nicht vorbereitet. Troika ist noch viel herrlicher, als Archer es beschrieben hat. Schöner als alles, was ich je zuvor gesehen habe. Eine goldene Mauer umrahmt den bogenförmigen Eingang aus Perlen; das exquisite Design wird vom troikanischen Symbol durchbrochen, das an drei Stellen in den Stein gehauen ist. Hinter dem Torbogen erstreckt sich eine pulsierende Metropole, die ebenso fantastisch wie futuristisch aussieht, mit den unterschiedlichsten Gebäuden. Manche sind aus chromartigen Materialien erbaut, andere aus Kristallen, dazwischen finden sich immer wieder Schlösser und andere Bauwerke wie direkt aus dem Märchenbuch. Aschenputtel wäre *so was von* einverstanden; Schneewittchen würde bei dem taufeuchten Blattwerk, das über die mittelalterlichen Wehrmauern rankt, ihr Waldhäuschen sicher nicht vermissen, und der Prinz bräuchte nicht Rapunzels Haar, um den Turm hinaufzuklettern.

Staunend betrachte ich die Blumen, die unter einem Himmel aus klarem, welligem Wasser blühen. Befinden wir uns unter dem Meer? Nein. Erkenntnis: Wir befinden uns unter dem Schleier der Flügel! Rosenblätter fallen und kreiseln träge in der Luft.

Ein Sonnenstrahl tanzt von einer Sonne herab, die ich nicht sehen kann. Ich strecke eine Hand aus … und halte inne. Das troikanische Symbol in der Mitte meiner Handfläche glitzert. Voller Ehrfurcht drehe ich den Arm herum. Die Zahlen glitzern ebenfalls.

»So viele Veränderungen«, murmle ich.

»Du hast in einer unvollkommenen und unreinen Welt gelebt«, sagt Deacon. »Physikalische Körper spiegeln das wider. Geistwesen nicht.«

Er geleitet mich durch den Perlentorbogen. In der Mitte öffnet sich eine Nebelwand und enthüllt sieben kleinere Torbögen, die jeweils aus unterschiedlichen Edelsteinen gefertigt und an verschiedene – gewaltige – Tunnel angeschlossen sind.

»Das sind Portale«, erklärt er. »Es gibt sieben Hauptstädte in der Sphäre und jedes Portal führt in eine davon. Du solltest dich so schnell wie möglich mit dem Transportsystem vertraut machen.«

Er nimmt mich an die Hand und zieht mich in einen Tunnel aus Diamanten.

Diese Diamanten verschwinden schon im nächsten Augenblick und werden von einem schillernden Feuerwerk ersetzt. Mir ist bewusst, dass ich noch immer stehe, noch immer gehe, doch es fühlt sich an, als würde ich in ein Vakuum gesaugt. Die gleißenden Lichter verschwimmen, flitzen an mir vorbei, mir wird so schwindlig, dass ich zu taumeln beginne.

Mit Deacons Hilfe bleibe ich aufrecht stehen. Die Lichter verlöschen, der Diamantentunnel taucht wieder auf. Wir betreten eine goldene Kopfsteinpflasterstraße, die von Gebäuden aus Chrom und Glas gesäumt ist, und befinden uns auf einmal nicht länger am Rand der Sphäre, sondern mittendrin. *Tausende* Leute umringen uns. Männer, Frauen. Jung, alt. Nun, nicht besonders alt. Niemand scheint über fünfunddreißig zu sein. Welch eine wunderschöne Mischung aus Farben und Ethnien, und doch gehören sie zu ein und demselben Volk. Sie sind verschieden und gleichen sich in einem: Ein jeder ist unendlich wertvoll.

Wegen der virtuellen Rundgänge, die ich bereits durch Myriad gemacht habe, weiß ich, dass die Bewohner dort die Kleidung tragen, die auf der Erde für ihre Kulturen typisch war. Das gilt für Troika nicht.

»Alle tragen entweder eine Art Catsuit oder eine Robe«, sage ich. »Wieso?«

»Die Roben sind für Zeremonien gedacht«, entgegnet Deacon. »Die Catsuits sind praktisch superleichte Rüstungen. Das Material schützt uns gegen bestimmte Waffen. Wir müssen jederzeit auf einen Angriff vorbereitet sein.«

Wie ... traurig für uns. Stimmengewirr und Gelächter um mich herum, beschwingt und fröhlich. Niemand scheint sich Sorgen wegen der Bedrohung, die Deacon angesprochen hat, zu machen.

Das versetzt mir einen Stich. War ich jemals in meinem Leben dermaßen unbeschwert?

Erst war ich ein gut behütetes Mädchen, abgeschottet von allen äußerlichen Einflüssen. Dann ein gefoltertes Mädchen in Prynne. Danach ein Mädchen, das eine Sphäre retten und die andere zerstören sollte. Immer war ich nur Mittel zum Zweck. Bis Killian und Archer meine Freunde wurden.

Mit einem Kloß im Hals frage ich: »Wie sind wir in ein paar Sekunden von einem Ort zum anderen gelangt?«

»Als Geistwesen sind wir nicht an physikalische Gesetze gebunden. Die Portale ermöglichen es uns, in Lichtgeschwindigkeit zu reisen.«

Es fällt mir schwer, diese unglaubliche Erklärung zu verarbeiten. Die Lichtgeschwindigkeit beträgt präzise 299.792.458 Meter pro Sekunde.

$2 + 9 + 9 + 7 + 9 + 2 + 4 + 5 + 8 = 55$

$5 + 5 = 10$

*Hör auf zu rechnen!* Deacon ist bereits weitergegangen. Ich haste hinter ihm her durch die Menge. Obwohl sie alle schwer miteinander beschäftigt zu sein scheinen, sind sich die Paare und Familien der anderen um sich herum deutlich bewusst, es gibt keine Rempeleien. Alle sind höflich, und wenn sie »bitte« und »danke« sagen, klingt es aufrichtig.

Verschiedene Parfümdüfte liegen in der Luft und verbinden sich harmonisch mit dem Geruch von Rosen. Vielfarbige Rosenblätter regnen noch immer vom Himmel.

Ich folge Deacon durch eine Tür aus feinem Nebel in ein Glasgebäude. Hier drinnen ist es atemberaubend schön. Die Decke sieht aus wie ein Nachthimmel voller pulsierender Sterne. Die Wände leuchten in Regenbogenfarben, und alle Möbel – Esstische, Stühle und Couchtische – erstrecken sich aus starken Bäumen, die durch den Boden hindurchgewachsen sind. Sie scheinen aus Ästen gezimmert zu sein, die sich noch an den Stämmen befinden. Ein Wald *inmitten* eines Gebäudes. Hier treffen Unglaubliches und Wunder zusammen.

Als ich begreife, wer die Hausbewohner sind, bleibe ich wie angewurzelt stehen – Leute, die ich in meinem Erstleben kannte und liebte, und Verwandte, die ich nie getroffen habe.

Da ist meine Großmutter Meredith; da sich meine Eltern vor meiner Geburt von ihr losgesagt haben, kenne ich sie nur von Fotos. Sie ist wunderschön. Obwohl sie mit über vierzig den Ersttod gestorben ist, scheint sie jetzt ungefähr fünfundzwanzig zu sein, ihre Haut ist faltenfrei, keine einzige graue Strähne in ihrem hellen Haar.

Mom erzählte mir früher von den Abenteuern, die sie mit ihrer Mutter erlebt hat. Wie sie jedes Wochenende zusammen im Obdachlosenheim den weniger gesegneten Menschen geholfen haben.

Meine Handflächen sind feucht. Bin ich eine Enttäuschung für sie?

Meredith unterhält sich mit Clayton »Clay« Anders. Clay und ich haben uns in Prynne kennengelernt und uns angefreundet. Auf unserer Flucht mussten wir durch eisbedecktes Gebirge wandern und wurden von einer Lawine erfasst.

Mich schaudert es. Clay und Sloan wurden bis zu einer Klippe mitgerissen, wo sie sich panisch festklammerten, und ich musste innerhalb von Sekunden die Entscheidung treffen, wen ich zuerst rette. Zu dieser Zeit war Sloan noch ungezeichnet, während Clay in Troika eine sichere Zukunft bevorstand.

Ich entschied mich für Sloan und zog sie mit letzter Kraft hoch, bis sie sicheren Boden unter den Füßen hatte. Ich wollte nicht, dass sie in Viele Enden landete, einer Sphäre voller Gräuel und Schrecken, in der man bis in alle Ewigkeit gefoltert wird.

Danach blieb nicht mehr genug Zeit, Clay zu retten, und ich bereue ...

Nein. Auf keinen Fall. Ich bereue es nicht. Ja, Sloan hat mich dann hintergangen. Ja, Clay starb zu jung. Doch unter den damaligen Umständen traf ich die richtige Entscheidung. Ich schenkte einem ungezeichneten Mädchen eine Chance, die Clay nicht benötigte. *Sie* traf hinterher die falsche Wahl, es war ganz allein ihr Fehler.

Und sieh dir Clay bloß einmal an. Ich presse eine zitternde Hand auf mein Herz, das vor Freude zerbersten möchte. Es geht ihm so gut!

Ich sehe General Levi Nanne, attraktiv wie immer in einem tadellosen Nadelstreifenanzug – braucht er keine Rüstung? –, sein dunkles Haar aus dem wie gemeißelten Gesicht zurückgekämmt. Er hält Jeremy, meinen kleinen Bruder, auf dem Arm und ich quietsche auf.

Jeremy ist mein kleines Wunder. Damit das Land der Ernte nicht überbevölkert wird, existiert dort strikte Geburtenkontrolle. Frauen werden nach der Geburt ihres ersten Kindes sterilisiert. Falls es einmal nicht richtig funktioniert hat und die Frau ein zweites Mal schwanger wird, wird das Kind in eine kinderlose Familie gegeben. Wenn keine Familie gefunden wird, kommt das Kind in ein Waisenhaus. Wenn die Waisenhäuser voll sind, wird das Kind eliminiert.

Meine Mutter bekam Jeremy heimlich. Sie starb kurz nach seiner Geburt, von Madame Pearl Bennett vergiftet, und Jeremy nur Minuten später; Mom hat beim Stillen unwissentlich das Gift an ihn weitergegeben.

Etwas von meinem Glücksgefühl löst sich auf.

*Lass die Vergangenheit los, marschiere hinein in die Zukunft.*

Ansonsten erkenne ich niemanden, spüre aber, dass es sich um meine Blutsverwandten handelt, um Ahnen, die in all den Jahren meines Erstlebens hinter den Kulissen für mich gekämpft haben.

»Ten!«

Clay hat mich entdeckt und eilt auf mich zu. Wir treffen uns auf halbem Weg, ich werfe die Arme um ihn und klammere mich an ihn. Lachend schwingt er mich herum.

»Was sagt die Null zur Acht?«

In der Anstalt hat er mich immer mit einem Zahlenwitz begrüßt. »Hey! Schicker Gürtel!«

Er kichert. »Den Witz hast du nicht vergessen, wie?«

»In egal welchem Leben nicht, mein Freund.«

Er kneift mir in die Nase. Die anderen gesellen sich zu uns und ich werde herumgereicht wie eine heiße Kartoffel.

Als ich wieder bei Clay angekommen bin, lächelt er nicht mehr, sondern sieht mich kummervoll an. »Du hattest noch so viel vor. Du bist zu früh gestorben, Ten.«

Meine Brust zieht sich zusammen. »Genau wie du, mein Freund. Genau wie du.« Ich lege den Kopf an seine Schulter. »Hat Marlowe es nach Troika geschafft?« *Bitte sag Ja. Bitte.*

Marlowe Dillinger ist eine andere Freundin aus Prynne. Das süßeste, netteste Mädchen, das ich je getroffen habe. Sie kam in die Anstalt, weil sie ihrer Mutter Geld gestohlen hat, um – was für eine Frechheit! – Lebensmittel zu kaufen.

Sie unterzeichnete bei Troika in der Hoffnung, der Anstalt zu entkommen. Ihre Mom weigerte sich, für sie zu zahlen, woraufhin sich ein Wärter in ihre Zelle schlich und …

Mein Verstand schreckt davor zurück, mir die Gräuel vorzustellen, die sie durchstehen musste. Am nächsten Morgen hat das Mädchen mit dem goldenen Herzen sich umgebracht. Vielleicht hat sie damit ihren Vertrag gebrochen, vielleicht nicht. Über das Kleingedruckte weiß ich nicht Bescheid.

Clay zuckt zusammen. »Man sagte mir, über Selbstmord wird von Fall zu Fall entschieden. In ihrem ... Sie ist in Viele Enden.«

Mir steigen erneut Tränen in die Augen, doch ich blinzle sie weg. Genug geweint. Marlowes Erstleben war beschissen und ihr Ewigleben ist garantiert noch schlimmer. Das ist nicht fair. Aber ich werde einen Weg finden, sie zu befreien, genauso wie alle anderen, die in Viele Enden gefangen sind. Das werde ich! Ich bin felsenfest dazu entschlossen.

»Ich kenne da einen kleinen Jungen, der unbedingt Hallo sagen will«, sagt Levi.

Ich umarme Clay noch einmal, bevor ich dem General meinen Bruder abnehme. »Zero! Er hat sich vielleicht verändert.«

Levi grinst stolz, seine Liebe für den Jungen ist nicht zu übersehen. »Er wird jeden Tag kräftiger.«

Jeremy Eleven Lockwood. Als ich ihn das letzte Mal sah, waren ihm büschelweise Haare ausgefallen. Seine Wangen waren eingesunken und seine geschwollenen Lippen blau verfärbt, weil er kaum Luft bekam. Jetzt hat er den Kopf voller Locken, die genauso kobaltblau sind wie meine. Seine pfirsichfarbene Haut sieht gesund aus und seine Augen ... sie glitzern wie Edelsteine und halten mich gefangen. Wie ich hat er ein blaues und ein grünes Auge. Obwohl er erst ein paar Wochen alt ist – Geistwesen altern genau wie Menschen, bis sie das Alter der Perfektion erreicht haben –, blicken mich diese Augen mit Intelligenz und Anbetung an.

Ein Blick, den ich bisher nur von zwei anderen kenne: Killian und Archer.

Zero! Ich heule schon wieder und kann nicht aufhören. Bin ich zur weltgrößten Heulsuse geworden?

Eine meiner Tränen fällt auf Jeremys Wange und er kichert. Dann schlingt er ein dickes Händchen um einen meiner Finger und zieht ihn an seinen Mund, um daran zu knabbern.

»Wir sind jetzt für immer zusammen, Babybruder.« Dieser Schwur kommt aus meinem tiefsten Innern.

*Für immer.*

Die Stimme eines kleinen Jungen flüstert diese Worte durch meinen Verstand. So sicher, wie zuvor der Wind geflüstert hat.

»Äh …« Ich schüttle den Kopf. Mein Bruder hat doch bestimmt nicht … er kann doch sicher nicht …

Vielleicht kann er tatsächlich? Neue Welt, neue Regeln. Ich weiß noch nicht, was möglich ist und was nicht. Kein Grund, sich deswegen aus der Ruhe bringen zu lassen. Erstens werde ich schon dahinterkommen. Zweitens, wenn ich frage, werde ich eine kryptische Antwort bekommen, die nur noch mehr Fragen aufwirft, garantiert. So ist Levi nun mal. Und drittens habe ich gerade größere Probleme als die Frage, ob mein Bruder vielleicht oder vielleicht auch nicht telepathisch mit mir gesprochen hat.

Und zwar: Wie kann ich ohne Archers und Killians Hilfe die Leute aus Viele Enden befreien?

Letztlich dreht sich immer wieder alles um meine beiden Jungs, nicht wahr? Und warum auch nicht? Killian war mein Fels, er hat mich festgehalten, wenn ich schwankte. Archer war mein Wegweiser. Er hat mir wiederholt gezeigt, in welche Richtung ich gehen soll, wenn ich nicht weiterwusste.

Wen habe ich noch? Clay ist genauso neu in diesem Leben wie ich. Ich habe Verwandte, die ich nicht kenne, und die, die ich kenne, hassen mich. Ich bin Soldatin in einem Krieg, den ich nicht vollkommen verstehe.

Oh, unsere Geschichte ist mir natürlich bekannt: Der Erstkönig hat Troika für seinen Sohn Eron, Prinz der Tauben, erschaffen, und Myriad für seinen Sohn Ambrosine, Prinz der Raben. Danach erschuf er das Land der Ernte und die Menschen, die es bevölkern – Menschen, die frei wählen durften, in welcher Sphäre sie später leben wollen.

Eine einzige Entscheidung – eine Ewigkeit des Glücks oder der Reue.

Doch es dauerte nicht lange, da beschloss Ambrosine, Eron zu töten, weil er über beide Sphären herrschen will.

Was ich allerdings nicht weiß, ist, wieso die Bewohner der Sphären sich gegenseitig dermaßen hassen. Oder wieso sie entschieden haben, in den Krieg zu ziehen. Haben sie einfach nur den Befehlen ihrer Könige gehorcht?

Warum können wir nicht Freundschaft schließen – eine Beziehung aufbauen? Falls Troika und Myriad zumindest einen Waffenstillstand vereinbaren würden, könnte ich die Leute in Viele Enden ganz einfach retten.

Der Zugang in die Sphäre des ewigen Grauens liegt in Myriad versteckt. Aber Myriad kann ich nun nicht mehr betreten …

Ich muss einen Weg finden.

Ich könnte Killian bitten, für mich dorthin zu gehen. Und riskieren, dass er erwischt, bestraft oder sogar getötet wird.

Keinesfalls. Wenn ich Troika und Myriad dabei helfe, einen vorübergehenden Waffenstillstand zu schließen, könnte ich wieder nach Myriad gelangen. Vielleicht. Wahrscheinlich. Die Chancen stehen zumindest nicht schlecht.

Levi klopft mir auf die Schulter. »Wissen Sie was, Sie Glückskind? Ich bin nun Ihr Ausbilder, und ich gebe Ihnen schon am ersten Tag Hausaufgaben. Wenn Sie wollen, dürfen Sie ruhig einen Moment lang vor Wut fauchen und zischen. Nein? Schön. Lernen Sie das *Buch des Gesetzes* auswendig, schreiben Sie die Worte in Ihr Herz und Sie werden sehen.«

»Ähm, könnten Sie diesen Satz beenden? *Was sehen?*« Und wie soll ich die Worte in mein Herz schreiben?

Er zwinkert mir zu, nach dem Motto: *Finde das selbst heraus, Doofi.*

Schön. Ich hebe die Augenbrauen und schaue ihn an. »Bitte sagen Sie, dass das Buch nur eine Seite hat und dass der zweite Teil meiner Aufgabe nicht wortwörtlich gemeint ist.«

Wieder ein Zwinkern.

Toll!

»Tut mir so leid, dass wir zu spät kommen«, höre ich eine vertraute Stimme. »Wir haben den Unterricht überzogen.«

Voller Freude sehe ich, wie Kayla Brooks und Reed Haynesworth sich einen Weg durch die Menge bahnen. Die kleine, blonde Kayla und den großen, dunkelhaarigen Reed habe ich in Viele Enden kennengelernt. Sie sind die Ersten, die ich gerettet habe.

Aber nicht die Letzten!

Wie viel zu viele andere sind Kayla und Reed viel zu jung gestorben. Sie ist erst achtzehn und er gerade mal neunzehn.

Troika scheint den beiden gutzutun. Sie leuchten.

In ihrem Erstleben waren sie Ungezeichnete, die nicht bereit waren, sich für eine Seite zu entscheiden und in einem Krieg zu kämpfen, den sie nicht verstanden. Stattdessen haben sie sich der VGGS angeschlossen, der Vereinigung gegen Sphären-Schlachten.

Ich bin nicht sicher, wie lange Reed und Kayla in Viele Enden waren, bevor ich hinkam ... nicht ein Mal, nicht zwei Mal, sondern drei Mal. Wir konnten zusammen entkommen und haben dadurch für immer den Verlauf unseres Ewiglebens verändert; aus diesem Grund weiß ich, dass man die Gefangenen befreien kann. Es gibt ein geheimes Portal oder einen geheimen Schleier oder so etwas innerhalb von Myriad, wo wir schließlich landeten.

»Hey Leute.« Ich muss grinsen, als ich sie umarme. »Ich bin so froh, euch zu sehen.«

»Kleine Vorwarnung, meine Freundin.« Reed wirft mir einen mitleidigen Blick zu. »Du hast dir hier bereits Feinde gemacht. Man gibt dir die Schuld daran, dass wir mehrere TAs verloren haben.«

Mein Herz bricht in der Mitte auseinander und Säure läuft heraus. »Ich habe Fehler gemacht. Also werde ich mit den Konsequenzen leben.«

»Sie sind eine neue Seele in einer neuen Welt«, sagt Levi seufzend. »Keiner von uns hatte einen perfekten Start, und jeder, der sich mit Ihnen anlegt, bekommt es mit mir zu tun.«

Diese Demonstration seiner Unterstützung freut und deprimiert mich zugleich. Ich will nicht, dass die Leute nur so tun, als würden sie mich mögen, aus Angst davor, Ärger zu bekommen.

Jeremy wedelt mit den Armen und kickt mit den Beinen, und da ich mich mit Babys nicht auskenne, weiß ich nicht, was ich tun soll. Man sieht mir wohl mein Unbehagen an, denn Levi nimmt ihn mir ab. Aus Dank erbricht sich mein Bruder auf seine Krawatte.

»Du kleiner Lümmel.« Levi lacht und klopft Jeremy sanft auf den Hintern. »Genau das bist du, oder nicht, junger Mann?«

Jeremy pupst.

Auf einmal steht meine Großmutter neben mir und stößt mich mit der Schulter an. Sie ist die Mutter meiner Mom, stark, aber elegant, beinahe majestätisch, und aus der Nähe sieht sie sogar noch schöner aus. Absolut atemberaubend. Ein goldener Catsuit lässt sie von Kopf bis Fuß glänzen.

»Ich bin froh, dass du am Ende das Licht gewählt hast«, sagt sie.

Licht bringt Klarheit. Das ist der Schlachtruf unserer Sphäre.

»Soll ich dich Oma nennen?«, frage ich scherzhaft. »Oder vielleicht Omama?«

Sie schnaubt. »Wenn du mich auch nur ein einziges Mal so nennst, lege ich dich übers Knie und haue das Licht gleich wieder aus dir raus.«

Die Schlagfertigkeit einer alten Dame steckt also auch in einer jungen Seele.

»Nenn mich doch einfach Meredith«, schlägt sie vor und zupft an einer Strähne meines blauen Haars.

»Klar. Aber ich werde jedes Mal einen Schreck bekommen«, gestehe ich. »Du dürftest eigentlich nicht so …«

»Heiß sein?« Sie bauscht sich geziert ihre goldenen Locken. »Warte erst, bis du meine Mutter kennengelernt hast – deine *Ur*großmutter – Hazel.«

Neugierig suche ich die Gesichter um mich herum ab. »Ist sie hier?«

»Nein, sie ist auf einem Einsatz. Der Job wartet nie.«

Soweit ich weiß, können nur zwei Gruppen die Sphäre verlassen. »Dann ist sie Agentin? Oder Gesandte?«

»Agentin. Und zwar eine sehr gute.«

Also arbeitet sie mit menschlichen Seelen, wohingegen ich mit Licht arbeiten werde. Ich soll Sonnenlicht absorbieren – was mehr ist als nur Wärme und Licht, wie man mir sagte – und die Strahlen dann nach Troika leiten.

»Und ... was bist du?«, frage ich.

»Ich bin Anführerin. Ich arbeite direkt unter Levi als eine seiner vielen Assistentinnen.«

Was bedeutet, dass sie eine Stufe über einem Agenten steht und ihr offizieller Titel Madame lautet. »Cool. Aber ich habe noch einen höheren Rang als du, richtig?«, sage ich lächelnd.

Wieder ein Schnauben. »Schätzchen, du hast einen höheren Rang als wir alle. Oder besser gesagt, wirst du ihn haben. Erst mal musst du jedoch eine Menge lernen. Hier ist der Beweis.«

Sie bewegt sich so schnell, dass ich nicht rechtzeitig reagiere, schlingt ein Bein um meine Knie und verpasst mir einen Stoß.

Ich knalle hart auf den Hintern, doch noch bevor ich Luft holen kann, rapple ich mich wieder hoch. *Bleib niemals unten!*

Ihre Augen funkeln triumphierend. Sie deutet mit dem Kinn auf meinen rechten Arm. »Hast du deinen Schlüssel bereits decodiert?«

Erst da wird mir klar, dass ich über die Zahlen reibe, die in meine Haut gebrannt sind. »Äh ... nein. Hab ich nicht. Wie genau soll ich denn meinen ... Schlüssel ... decodieren? Und was für einen Schlüssel überhaupt?«

Sie ignoriert meine Fragen. »Warte nur ab. Bis es so weit ist, wird das Netz eine unsichtbare Verbindung zwischen dir und jedem anderen Troikaner bereitstellen. Wir sind alle miteinander verbunden, eine Armee aus Millionen Seelen mit einem Herzen. Schöpfe aus unserer Stärke und unserem Frieden.«

Ich stelle mir vor, wie das Herz von Troika in mir schlägt, mich am Leben hält, während mein eigenes über den Verlust von Killian und Archer weint. »Warum muss ich meinen Schlüssel decodieren?«

Sie zeigt mir ihren rechten Arm, in den die Worte *Glaube, Hoffnung* und *Liebe* tätowiert sind. »Wenn du es tust, kannst du verschlossene Türen innerhalb des Netzes öffnen.«

Ähm … »Warum sind diese Türen verschlossen?«

»Die Informationen, die sich dahinter befinden, sind gewaltiger, als dein mickriges Hirn momentan begreifen kann.«

Mickriges Hirn? »Wie nett du bist, Großmutter.« Ich schaue sie an und klimpere mit den Wimpern. »Dein Schlüssel besteht aus drei vollkommen normalen Wörtern. Meiner ist nur eine sinnlose Folge von Zahlen.«

»Oh, dahinter steckt jede Menge Sinn. Ich musste drei Dinge tun, die ich vorher nie gemacht habe. An mich selbst glauben, erwarten, dass mir nur Gutes passiert, und die Leute um mich herum lieben, auch wenn es mir manchmal schwerfiel. Das alles ist leichter gesagt als getan.«

»Verstehe ich nicht. Du bist doch früher mit meiner Mutter in Obdachlosenheime gegangen.«

»Manchmal trügt der Schein. Ich habe das nur getan, weil ich es musste. In Wahrheit war es mein Mann, dein Großvater, der anderen immer zu Hilfe eilte.«

Mein Großvater Steven, ein Mann, den ich nie kennengelernt habe. »Wo ist er?«

»Mit Hazel zusammen im Einsatz. Er freut sich darauf, dich kennenzulernen.« Sie wirft mir einen Handkuss zu und spaziert davon.

Eine Frau, die ich noch nie zuvor gesehen habe, kommt zu mir, umklammert meine Hand und sieht mich flehend an. Mein Herz weiß etwas, was mein Verstand nicht weiß: Sie ist eine Verwandte meines Vaters.

»Meine Tochter«, sagt sie. Der Saum ihrer Robe schwingt leicht. »Bitte, du musst ihr helfen.«

Mein Magen beginnt zu brennen, als hätte ich eine Mischung aus Batteriesäure und Glassplittern geschluckt. »Wobei helfen?«

»Sie ist ungezeichnet. Das verstehst du natürlich besser als die meisten. Du kannst sie bestimmt überreden, Troika zu wählen. Sie braucht dich …«

Deacon eilt zu meiner Rettung! Er legt einen Arm um die Schultern der Frau und flüstert ihr vermutlich etwas Tröstliches zu. Sie wird blass, nickt aber, und er führt sie weg. Ich blicke ihnen mit großen Augen hinterher und wünschte, ich wüsste mehr über diese Sphäre, über meine Fähigkeiten, meine Pflichten – oder wenigstens irgendwas Nützliches. Ich würde ihr so gern helfen, obwohl ich mir offenbar nicht mal selber helfen kann.

Ich sehe Levi an. »Wie kann ich ihrer Tochter dabei helfen, sich für Troika zu entscheiden? Ich bin keine Agentin.«

»Sie müssen erst mal krabbeln lernen, bevor Sie zu laufen beginnen.«

*Jemand rette mich bitte.* »Besten Dank, Konfuzius.« Ich kann so kryptisches Gerede wirklich nicht ausstehen.

»Sie werden hier anfangs für *jeden* Job ausgebildet«, fährt er fort. »Indem Sie alles selbst ausprobieren, verstehen Sie die Leute besser, denen nur Sie helfen können.«

Klasse. Hervorragend. Bloß kein Druck, nicht wahr?

Levi winkt Clay zu uns. »Bringen Sie Ten in ihre neue Wohnung. Sie hatte einen langen Tag und sollte sich etwas ausruhen.«

Meine eigene Wohnung … ein echtes Zuhause. Ich habe seit

über einem Jahr kein Zuhause mehr gehabt. Die Anstalt war lediglich ein Gebäude mit einer Pritsche für mich und drei warmen Mahlzeiten.

Ich verabschiede mich von den anderen, dann bringt Clay mich nach draußen. Die Menge hat sich deutlich gelichtet. Ich bin so damit beschäftigt, meine neue Umgebung zu bestaunen, dass ich gar nicht mitbekomme, wie wir einen weiteren Tunnel betreten.

Die Wände glühen und verschwimmen, wieder habe ich das Gefühl, in ein Vakuum gesaugt zu werden, und wenige Sekunden später trete ich hinaus in einen Garten aus Wildblumen. Obst- und Nussbäume stehen in voller Blüte, Glyzinienranken türmen sich über uns und bilden ein violettes Dach.

»Wo sind wir?«, frage ich.

»Das nennt sich Die Hauptstadt des Neuen.«

Ich nicke, als ob ich wüsste, was das bedeutet.

Wir verlassen den Garten und gelangen auf eine Straße, die gesäumt ist von Gebäuden aus allen Epochen, von ägyptischen Pyramiden bis hin zu futuristischen Raumschiffen. Als Clay vor einer gotischen Kathedrale stehen bleibt, jagt mir ein Schauer über den Rücken.

Furcht? Oder Ehrfurcht? Ich bin nicht sicher!

»Hier«, erklärt er, »wohnen die meisten Elite-Trainees, egal, worin genau sie ausgebildet werden. Du bist im obersten Stockwerk untergebracht und weil du so wahnsinnig wichtig bist …«, er kichert, während er Anführungszeichen in die Luft malt, »wohne ich gleich nebenan. Es gibt acht weitere Schüler in dem Stockwerk. Eine Mischung aus Gesandten, Agenten und Heilern.«

Ich will etwas sagen, wirklich, aber es kommt nur unverständliches Geschwafel heraus. Die Schönheit *verblüfft* mich. Zwei Türme mit spitzen Laubengängen, dazwischen ein Giebel mit einem Blumenornament aus Stein. Ein massives ovales Fenster ziert dessen Zentrum. Bleiglasfenster, die mit Schmiedeeisen in Form eines Lebensbaums geschmückt sind, glitzern im Sonnenlicht.

Clay legt zwei Finger unter mein Kinn und hilft mir, den Mund zuzuklappen.

Mir fällt die Zeichnung an seinem Handgelenk auf – drei miteinander verflochtene Ringe – und dann finde ich auch meine Stimme wieder. »Hast du deinen Schlüssel schon decodiert?«

»Noch nicht«, murrt er.

Ich stoße ihn mit der Schulter an. »Ist es falsch, so froh zu sein, dass wir beide im selben Boot sitzen?«

»Ja! Du solltest mich bitten, dir in den Hintern zu treten.«

Lachend betreten wir die Kathedrale. Die Bewohner sind ungefähr zwischen sechzehn und zwanzig Jahre alt. Manche lächeln mich an, andere runzeln die Stirn. Ein paar schauen böse.

Da konzentriere ich mich doch lieber auf die großartige Architektur. Über jeder Tür befindet sich ein Triptychon – Gemälde, die auf drei separate Tafeln verteilt sind. Die Wände zieren Marmorsäulen, komplexe Mosaiken – auch hier wiederholt sich das Dreierschema – und Wandmalereien. Das alles schmückt ein herrlicher dreiteiliger Deckenfries.

Als wir um eine Ecke biegen, entdecke ich eine Treppe, die sich kunstvoll in die Höhe windet. Jungen und Mädchen rennen hinauf und hinunter. Wieder reagieren sie ganz unterschiedlich auf meinen Anblick.

Ich versuche einen Typen zu ignorieren, der mich finster mustert. Als ich höre, wie Killians Name geflüstert wird, frage ich mich, ob die Leute mehr wegen meiner Beziehung zu einem Myriader wütend auf mich sind als wegen meiner Taten auf dem Schlachtfeld.

»Hier leben die Schüler also. Werden wir hier auch ausgebildet?«, frage ich.

»Nein. Du wirst dir in die Hose machen, wenn du herausfindest, wo wir trainieren.«

Ich schnaube. »Soll ich schon mal Windeln für Erwachsene bestellen?«

»Je früher, desto besser.«

Ich erhasche einen Blick auf Victor, der sich mit einer hübschen Rothaarigen unterhält. Die beiden sind so in ihr Gespräch versunken, dass sie mich nicht bemerken. Dann entdecke ich ein vertrautes Gesicht. Das Mädchen, das ich heute in der Schlacht gesehen habe. Das mit den dunklen Haaren, dessen Pfeil mich traf, als ich mich schützend vor Killian warf.

Sie sieht mich auch, bleibt mitten auf der Treppe stehen und starrt mich an.

Ich unterdrücke ein Stöhnen.

»Das«, sagt Clay, »ist Miss Elizabeth Winchester. Sie ist ein bisschen merkwürdig. Sie spricht nur mit bestimmten Leuten, verteidigt aber stets unsere schwächeren Mitglieder mit schockierender Heftigkeit.«

»Sie ist auch ein Trainee, oder?« Was bedeutet, dass wir auf einer Stufe stehen. *Los, tu mir den Gefallen.*

Nix, keine Gefallen heute. Ein Trainee hätte an einer Schlacht ja gar nicht teilnehmen dürfen.

Clay bestätigt meine Vermutung. »Sie hat die Ausbildung gerade abgeschlossen und wird bald ausziehen. Bis dahin – du solltest vielleicht immer deine Rüstung tragen. Wenn Blicke töten könnten …«

Ein schlechter erster Eindruck lässt sich nicht rückgängig machen. Ich kann nur härter arbeiten, noch mehr tun und beweisen, dass ich jetzt besser, klüger und stärker bin als zuvor.

Bloß – bin ich besser, klüger und stärker als zuvor? Ich bin ein Mädchen, das mit beiden Beinen auf Troika-Boden steht, während Teile seines zerbrochenen Herzens bei Killian in Myriad sind.

»Keine Sorge«, sagt Clay. »Eines Tages werden sie alle hinter dir stehen.«

*Ja. Hoffen wir mal, dass sie dann keinen Dolch in der Hand halten.*

Mit erhobenem Kopf steige ich die Treppe hinauf.

Als ich Elizabeth erreiche, packt sie mich am Arm und verdreht ihn leicht. »Pass bloß auf, Zahlenmädchen. Ich schulde dir noch was, und ich bezahle meine Schulden *immer*. Einschließlich Zinsen.«

# 4. KAPITEL

»Stolz wird dich tragen, wenn du schwach bist.«

Myriad

Clay zeigt mir mein Apartment. Strahlend preist er die Besonderheiten an, und ich versuche, mich auf seine Worte zu konzentrieren, wirklich, aber …

Ich kann Elizabeths Warnung nicht vergessen. Sie hat mich Zahlenmädchen genannt. Als würde sie mich kennen. Bis heute haben wir uns nie getroffen. Also muss ihr jemand, der mich *tatsächlich* kennt, von meiner Zahlenbesessenheit erzählt haben. Wer? Und was hat derjenige noch erzählt?

»Ist einer von meinen Freunden mit Elizabeth befreundet?« Ich unterbreche Clay, der gerade irgendwas von der Fernbedienung schwafelt.

Seufzend tätschelt er mir den Kopf. »Als mutmaßliche Strömerin bist du hier schon seit Wochen Gesprächsthema. *Sehr viele* Leute wissen *sehr viel* über dich. Gesandte und Agenten – nicht nur Archer – haben früher auf dich aufgepasst, dich beschützt, und immer wenn sie in die Sphäre zurückkehrten, haben ihnen neugierige Leute Fragen gestellt.«

Ich balle die Hände so fest zu Fäusten, dass meine Fingernägel sich in die Handflächen bohren. Diese Gesandten und Agenten sind als Geistwesen erschienen, das heißt, sie konnten mich sehen, ich sie aber nicht. Somit könnte jeder, den ich treffe – Fremde! –, intime Details über mein Leben wissen. Peinliche Details.

Vielleicht sollte ich mich in einem Loch verkriechen und nie wieder herauskommen.

»Wenn du mir das Apartment noch mal zeigst«, sage ich zerknirscht, »dann pass ich diesmal auch auf.«

Er lacht. »Ich weiß, dass du mir nicht zugehört hast. Schon gut. Starten wir einen zweiten Versuch.«

Er schiebt mich zur Tür und breitet im kleinen Flur die Arme aus. »Das ist dein Eingangsbereich.«

Ich gehe mit ihm durch die Zimmer und lausche jedem seiner Worte. Was ich feststelle: Mein neues Zuhause ist winzig, aber luxuriös, voll möbliert mit all den Annehmlichkeiten, die mir in Prynne verweigert worden waren. Es gibt ein cooles Hologramm, das mir überallhin folgen kann und Filmmaterial über Neugeborene und Neuankömmlinge zeigt, Werbung, Ankündigungen und Interviews mit Agenten.

In diesen Interviews sprechen die TAs über die Menschen, die sie kürzlich gezeichnet, und all die anderen Erfolge, die sie im Land der Ernte erzielt haben. Ich frage mich, wie oft ich hier wohl erwähnt wurde. Ein Gedanke, den ich *nicht* weiter verfolgen will. Sonst flippe ich noch aus.

Die Hologramme wirken unglaublich lebensecht; die Leute scheinen in meiner Wohnung zu sein.

Lebt Killian auch so?

»Setz dich auf die Couch«, sagt Clay mit funkelnden Augen.

Ooo-kay. Sobald ich das getan habe, erscheint ein aufgeklapptes goldenes Buch vor mir. Erschrocken japse ich nach Luft.

»Mach ruhig.« Clay imitiert eine böse Königin oder einen Drogendealer. »Fass es an. Du weißt, dass du es willst …«

Ich hebe eine Hand. Als ich mit einer Fingerspitze die Illumination berühre, wird eine Seite umgeblättert. Erschrocken weiche ich zurück.

Er lacht vergnügt. »Lies.«

Ich überfliege die Seite, und die Zahlen auf meinem Arm beginnen zu prickeln.

*Taten zählen. Immer. Im Ewigleben sitzt du genauso am Steuer wie in deinem Erstleben. Übernimm die Verantwortung für deine Entscheidungen. Sei freundlich. Du weißt nie genau, was im Leben eines anderen vor sich ging. Welche Leiden er durchstehen musste.*

»Warte! Das ist das Buch des Gesetzes, oder?« Eine Anleitung über das Leben in Troika.

»Ja klar.«

Aufgeregt lese ich weiter: *Du bist kostbar, ein Geschenk. Du bist einzigartig. Es gibt Leute in dieser Welt, denen nur du helfen kannst. Du fühlst dich nicht liebenswert? Denk immer daran: Egal, wie tief du gefallen sein magst, du kannst wieder aufstehen. Du kannst aufstehen und stärker sein als zuvor. Deine Schwäche in der Vergangenheit kann zu deiner Stärke in der Zukunft werden.*

Zitternd blättere ich auf die nächste Seite.

*Wir haben einen Feind, nur einen einzigen Feind. Den Prinz der Raben. Bekämpfe ihn, denn er will dich vernichten. Gib dich niemals geschlagen. Du bist – wir sind – das Licht der Welt.*

»Okay, okay. Das reicht für heute.« Clay zieht mich hoch und das Buch verschwindet. »Deine Führung ist noch nicht zu Ende.« Während er das sagt, verpasst er mir einen kleinen Stoß.

»Hey.« Ich falle zurück auf die Couch und das Buch erscheint wieder.

Lachend zieht er mich ein zweites Mal hoch und das Buch verschwindet. Ja gut, kapiert. Das ist ein ziemlich einfacher Ein-Aus-Schalter.

Clay hält die schicke Fernbedienung in die Höhe, dann gibt er sie mir. »Das hier ist dein neuestes Lieblingsspielzeug. Damit kannst du die Hologramme ein- und umschalten.«

*Das hier* ist aus Metall und wie das troikanische Symbol geformt. Die Knöpfe sind auf den drei äußeren Blättern verteilt, wegen der Aussparung in der Mitte liegt es gut in der Hand.

»Du kannst es mit deinem Willen bedienen und dir auf jedem Bildschirm ein anderes Hologramm ansehen. Wahrscheinlich wirst du es Tag und Nacht laufen lassen. Levi sagte mir, dass du eine spezielle Verbindung zu Jeremys Kinderzimmer hast.«

»Was?« Ich gebe ihm die Fernbedienung zurück. »Zeig's mir.«

Er drückt ein paar Knöpfe, woraufhin sich das Bild auf der nächstgelegenen Wand verändert, es zeigt einen leeren Raum mit einem Babybett, einem Schaukelstuhl und einem Korb voller Spielzeug.

»Verdammt, bin ich gut.« Clay grinst. »Du solltest wahrscheinlich einen anderen Bildschirm ebenfalls anlassen. Denn die Geschenke willst du bestimmt nicht verpassen.«

Die Geschenke: Du brauchst einen brandneuen handgezimmerten Tisch? Der-und-der hat gerade einen fertiggestellt und kann es kaum erwarten, ihn dir zu schenken. Oder willst du eine brandneue festliche Robe aus viktorianischem Musselin? Der-und-der hat gerade eine genäht und würde sich freuen, sie dir zu geben.

Da muss es doch einen Haken geben. Oder ist das ehrliche Großzügigkeit? Etwas geben, ohne eine Gegenleistung zu erwarten? So, wie Killian seine Zukunft aufs Spiel setzte, um meine zu sichern. So, wie Archer sein Leben gegeben hat, um meins zu retten.

Ich streiche mir über mein schmerzendes Herz. »Ich brauche nichts.« Nichts Materielles zumindest.

Um mich abzulenken, spiele ich an der Fernbedienung herum und finde schnell heraus, dass ich die Farbe jeder Wand ändern und automatisch mein Bett frisch beziehen lassen kann. Sehr praktisch.

»Du hast sogar ein Laufband.«

Clay deutet auf eine Wand mit strategisch angebrachten Silberknöpfen, die genau zu meiner Größe und meinem Gewicht passen. Diese Knöpfe rotieren und vibrieren jedes Mal, wenn ich ihnen nahe komme.

»Nachdem du mindestens fünf Meilen gegangen oder gerannt bist, wird ein Massagegerät daraus.« Er hantiert an den Metallverbindungen herum.

Ein kleiner Teil der Wand löst sich sowohl von der Decke als auch vom Boden, bleibt in der Mitte befestigt und kippt, bis sich ein starkes Gefälle ergibt. Die Rollen fangen an sich zu drehen und erschaffen das erwähnte Laufband.

»Rennen macht Spaß«, bemerkt er.

»Falls du *pennen* meintest, gebe ich dir recht.«

Clay schnaubt kurz und zieht mich ins Schlafzimmer. Das Bett ist klein, ein Einzelbett, aber die Matratze ist wolkenweich und kühlt oder wärmt einen automatisch, je nach Körpertemperatur. Eine Tür im hinteren Teil führt ins Badezimmer. Waschbecken, Toilette und eine Dusche, bei der man »sanfter Sommerregen« oder »sintflutartige Regenfälle« einstellen kann.

Vom Badezimmer aus gelangt man in einen voll ausgestatteten begehbaren Schrank, dort findet sich alles von schwarzen Leder-Catsuits bis hin zu kunstvollen, feierlichen Roben, manche mit grünem Saum, andere mit goldenem, manche rot mit schwarzem Saum, jede einzelne in meiner Größe.

»Diese Sachen … das sind reine Luxusartikel«, sage ich. »Troikaner sind doch angeblich so fleißig, es geht ihnen nur um Pflichten und nicht ums Vergnügen. In Myriad hingegen dreht sich alles um Genuss.« Warte. *Beschwere* ich mich etwa gerade? Ich bin echt das Letzte.

Er tätschelt meine Hand. »Es den Leuten hier so angenehm wie möglich zu machen ist wichtig. Zufriedene Leute sind produktive Leute. Außerdem gibt es an Spaß und Freude überhaupt nichts auszusetzen.« Er führt mich in den kleinsten Raum der Wohnung. »Na gut. Letzte Station. Die Küche.«

Ernsthaft? »Hier gibt es weder einen Ofen noch einen Kühlschrank.«

»Du musst nie wieder kochen. Das einzige Essen, das deine Seele will, ist Manna.«

Er deutet auf ein Regal, wo das Manna auf verschiedene Arten zubereitet aufgereiht steht: flüssig, als Waffeln, weich wie Eiscreme, zu kleinen Kuchen gebacken.

»Außerdem gibt es jede Menge Honig, Früchte und Nüsse, die du druntermischen kannst, das schmeckt besser als alles, was du als Mensch je gegessen hast.«

Er öffnet ein Glas, taucht einen Löffel hinein und hält mir die tropfende Leckerei hin. »Das ist Manna mit Pekannüssen und Honig.«

Er steckt mir den Löffel in den Mund, und als die Süßigkeit meine Zunge berührt, schließe ich verzückt die Augen. Mein Lebensblut beginnt wie elektrisiert zu zischen. Ich könnte mindestens zehn Rennen laufen. Nein, zwanzig. Hundert! Ich könnte …

Ich gähne.

»Oh-oh. Du wirst jeden Moment umfallen.« Clay legt einen Arm um meine Hüften. »Deine Seele ist an so viel Stimulation nicht gewöhnt und braucht jetzt etwas Ruhe.«

»Nein, ich …« Absolute Erschöpfung durchströmt meine Venen, meine Glieder sind auf einmal schwer wie Felsbrocken. Schwarze Punkte trüben meine Sicht, meine Beine zittern.

»Siehst du!« Er hilft mir ins Schlafzimmer und steckt mich unter die Bettdecke. »Schlaf gut, Zahlenmädchen.«

Ich schließe die schweren Lider, flüstere »eins … zwei … dreeeiiii«, und bin weg …

Ich träume von meinen Zeichen, jede einzelne Zahl leuchtet auf. Aufgeregt stelle ich fest, dass es ein klar zu erkennendes Muster gibt.

Die Zahl Zehn führt die erste Reihe an, gefolgt von sieben Zahlen, die jeweils eine Periode bilden. Daraus ergibt sich die Summe 688. Die zweite Reihe beginnt mit der Zahl Elf, gefolgt von sieben Zahlen; die Summe ergibt 859. Dann geht es mit der Zwölf weiter, gefolgt von sieben Zahlen, Summe: 228.

Wenn man die drei Summen addiert, erhält man 1.775.

Das Jahr der amerikanischen Revolution. Ist das irgendwie bedeutsam? Ich meine … soll ich vielleicht meine eigene

Revolution starten? Nein, nein. Warum sollte das notwendig sein?

Falls meine Zahlenreihen den Worten von Merediths Schlüssel ähnlich sind, müssten sie für drei Ideale stehen.

Der Traum verändert sich, die Ideale spielen erst mal keine Rolle mehr. Auf einmal stehe ich auf einem Berg, die Welt liegt zu meinen Füßen, der Wind spielt mit meinem Haar. Ich bin allein.

Über mir ein Krächzen.

Ich starre in den Himmel, mein Magen fühlt sich an wie von Nadeln durchbohrt. Ein Schwarm monströser Vögel kreist über mir. Zacken ragen aus den Schnäbeln, die Flügel sind ein wildes Durcheinander aus Rasierklingen, der Rest ihrer Körper besteht nur aus Knochen, keine Muskeln, keine Haut oder Federn. Metallklauen glitzern im Sonnenlicht.

Mein Selbsterhaltungstrieb schreit: *Lauf!*

Ich sprinte los. Solche Vögel kenne ich bereits, ich habe sie in Viele Enden erlebt, wo sie versucht haben, mich bei lebendigem Leib zu fressen. Wie haben sie mich hier gefunden? Ich muss mich verstecken. Wo? Panisch blicke ich mich um, betrachte den Wald unter mir. Es gibt keine Möglichkeit, sich zu verstecken, und ich …

… pralle gegen eine harte Wand. Gefahr! Ich bäume mich auf, bereit, um mein Leben zu kämpfen. So leicht werde ich nicht untergehen.

Mit geballten Fäusten hole ich aus. Die Wand – ist ein Junge, wie mir klar wird. Ein Junge in meinem Alter. Ein Junge, den ich kenne. Er fängt meine Hand ab und lacht.

»Killian!« Ich werfe die Arme um seinen Nacken. Meine Haut wird heiß und dann kalt, ein Freudenschauer durchrieselt mich, der Geruch von Torffeuer und Heidekraut hüllt mich ein. »Komm mit. Wir können nicht hierbleiben. Die Vögel. Wir müssen …«

Er legt einen Finger auf meine Lippen, lächelt sein unschlagbares Lächeln – dieses rare Lächeln –, seine wie Sirenengesang verlockenden Augen glitzern vor ungetrübtem Glück. Ich werde ganz still. So hat er mich noch *nie* angesehen, es ist, als ob sich all seine Sorgen in Luft aufgelöst hätten. Als ob er Licht wäre. Mein Licht.

»Vergiss die Vögel«, sagt er, seine Stimme klingt nach Rauch und Kieselsteinen. »Konzentriere dich völlig auf mich, Mädchen.«

Schauer jagen durch meinen Körper. Ich kann mich nicht von seinem Blick lösen. Er ist mein Rettungsboot. Das Versprechen, dass alles gut wird.

Als Kind gestorben, ist er in einem myriadischen Waisenhaus aufgewachsen. Dann wurde er noch als Kleinkind adoptiert und ein paar Jahre später wieder zurückgegeben. Er hat eine Zurückweisung nach der anderen erlebt, unendlich viele Probleme, Kummer und Sorgen. Jetzt ist seine Seele voller Narben.

Wie ist es mir bloß gelungen, seinen Schutzpanzer zu durchdringen?

Er legt eine Hand in meinen Nacken, zieht mich näher an sich und drückt die Stirn an meine. »Ohne dich bin ich verloren, Ten.«

»Du wirst nie verloren sein.« Ich schlinge die Finger um sein Handgelenk, mein Herz weint. *Lass nie wieder los.* »Ich werde dich überall finden.«

*Krächz, krächz.*

Ich schreie auf, denn mir fällt ein, dass wir Publikum haben. Die Vögel sind näher gekommen, haben die Krallen gespreizt und sind bereit, uns …

»Konzentrier dich auf mich, Mädchen.« Killian küsst mich.

Er schmeckt so gut, ich zerfließe in seinen Armen …

Wieder ändert sich der Traum, Killian verschwindet. Ein frustrierter Schrei formt sich in meiner Kehle. *Neeein!* Ich will mit ihm zusammen sein. Ich will diesen Kuss erleben, die Süße auskosten und mich in seiner herrlichen Kraft verlieren.

Wie kann ich zu ihm zurückkehren?

Ich drehe mich um mich selbst, auf der Suche nach einem Weg aus diesem … Obstgarten? Zero! Ich stehe in dem Obstgarten, den ich auf dem Weg zur Kathedrale durchquert habe. Hier ist etwas Schreckliches geschehen. Die Blätter sind verwelkt, die Früchte verfault, Würmer kriechen aus den Löchern.

Eine Menschenmenge umgibt mich, pfercht mich ein, sie alle strecken die Hände nach mir aus, zerren an meinen Kleidern.

»Warum hast du mir nicht geholfen?«, heult jemand.

»Du hättest mich retten können«, jammert ein anderer. »Aber du hast mich meinen Qualen überlassen.«

»Du solltest meine Schwester zeichnen. Stattdessen hast du sie nach Myriad geschickt.«

*Bang, bang.*

Mit einem Ruck setze ich mich keuchend und nass geschwitzt auf, trotz der Kühle, die meine Matratze ausstrahlt. Das Oberlicht schaltet sich automatisch an, beleuchtet das ungewohnte Schlafzimmer. Mein Schlafzimmer. Mein *neues* Schlafzimmer. Ich zittere, mein Blut scheint zu kochen.

Diese Träume …

Können nur eins von zwei Dingen bedeuten: etwas oder nichts. Wie lange habe ich geschlafen?

Heftig ausatmend lasse ich mich zurück in die Kissen sinken. Wenn ich die Augen schließe, kann ich dann zu Killian zurückkehren? Wird er mich küssen? Ich drücke die Decke an meine Brust.

*Bang, bang.*

Wieder setze ich mich auf. Ein Bild von Meredith und Clay blitzt an der Wand auf, die beiden scheinen vor meinem Apartment zu stehen. Sie trägt einen umwerfenden pinkfarbenen Catsuit mit Schleifen und Volants, ihr goldenes Haar ist zu einem Pferdeschwanz zurückgebunden, während Clay in solides Schwarz gekleidet ist.

»Ich weiß, dass du da bist«, ruft sie.

Oh ja. Sie warten tatsächlich vor meiner Tür.

Ich schwinge die Beine über den Bettrand, stehe auf und durchquere mein Apartment. Dabei schalten sich Lichter an, um mir den Weg zu weisen.

Gähnend öffne ich die Tür. Meredith und Clay kommen herein.

Sie blickt mich von Kopf bis Fuß an und macht *tzztzz*. »Du bist jetzt schon seit zwei Tagen hier und trägst noch immer deine Menschen-Klamotten?«

*Wie bitte?* »Zwei Tage? Vergeht die Zeit hier vielleicht schneller?«

»Die Zeit verändert sich erst, wenn du in die Stille eintrittst.« Clay stößt Meredith mit dem Ellbogen an. »Ich sagte doch, dass sie schläft.«

»Tja. Jetzt bist du wach, nicht wahr, Liebes«, sagt sie. »Das nenne ich mal perfektes Timing. Ich habe jemanden gebeten, meine Schicht zu übernehmen, damit ich dich in der Sphäre herumführen kann.«

»Warte mal. Moment. In der Stille vergeht die Zeit anders?« Ich wippe auf den Fersen. »Schneller oder langsamer?« Wie lange glaubt Archer, bereits weg zu sein?

»Ein Tag ist wie tausend Jahre, und tausend Jahre sind wie ein Tag.«

*Argh*. Ihre Antworten sind genauso kryptisch wie die von Levi.

»Ich warte gern, während du duschst und dir was anderes anziehst.« Sie rümpft die Nase. »Bitte.«

»Schön.« Begierig darauf, den Rest von Troika zu sehen, putze ich mir die Zähne und dusche, so schnell es geht.

»Damit du nicht erst lange überlegen musst, was du anziehen sollst, habe ich dir ein Outfit aufs Bett gelegt«, höre ich Meredith rufen. »Und ein bisschen Manna.«

Als ich aus dem Badezimmer komme, liegt da ein schwarzer Catsuit wie der, den Clay trägt. Damals in Prynne musste ich einen pissgelben Overall tragen, somit ist das hier eine erhebliche Verbesserung.

Ich verspeise eine herrlich süße Manna-Waffel, die mir sofort einen Energieschub verpasst, und ziehe den hautengen Anzug an. Dann geselle ich mich wieder zu meinen Gästen.

»Heiß.« Clay hält den Daumen hoch.

»Miau.« Meredith tut so, als würde sie mit langen Krallen durch die Luft fahren.

Ich bekomme heiße Wangen, als wir zusammen das Gebäude verlassen. Jeder Jugendliche, an dem wir vorbeikommen, starrt mich an. Niemand lächelt, niemand winkt. Und ich werde nicht lügen: Das tut weh.

Meine Begleiter bemerken offenbar nichts von diesem suboptimalen Empfang, und ich weise sie auch nicht darauf hin. Ich möchte nicht, dass die Jugendlichen Ärger bekommen, schon gar nicht für eine Wut, die ich nur zu gut verstehen kann. Davon abgesehen würde nichts, was Meredith oder Clay sagen, etwas an der Meinung meiner Gegner ändern.

Aber jetzt mal ehrlich! Ich kann doch nicht der einzige Bösewicht hier sein. Hat hier noch nie jemand eine Beziehung mit einem Myriader gehabt? Oder Zeit mit einem Verwandten aus der anderen Sphäre verbracht? Gibt es keine Eltern, deren Kinder sich für die andere Seite entschieden haben? Kein Ehepaar, das durch den Krieg getrennt wurde?

»In Troika«, sagt Meredith, »gibt es sieben Hauptstädte. Der Garten des Transfers, Die Bäder der Erneuerung, Der Tempel der Tempel, Die Hauptstadt des Neuen, wo sich deine Wohnung befindet, Das Museum der Weisheit, Das Haus der Geheimnisse und Der Turm der Macht.«

Wir gehen in einen Tunnel – oder ein Portal – und nach einer Reise in Lichtgeschwindigkeit betreten wir …

»Das Haus der Geheimnisse«, erklärt sie und grinst stolz.

Wir stehen auf einem belebten Gehsteig. Einem *kreisförmigen*, von Wolkenkratzern gesäumten Gehsteig von der Größe eines Football-Platzes. In der Mitte – beinahe wie eine Insel – befindet sich ein Oval aus glitzerndem Dunst … oder vielleicht aus geschmolzenem Glas? Das Dunst-Glas ist von einem gezackten Rahmen aus Rohdiamanten eingefasst, die an riesengroße Wimpern erinnern.

Meine Eltern waren wirklich sehr wohlhabend, aber nichts, was sie besaßen, ist mit dem hier zu vergleichen. Überhaupt nichts im Land der Ernte kann man hiermit vergleichen.

Niemand hier trägt einen Catsuit. Alle sind in schlichte weiße Roben gekleidet. Mein Gedächtnis – oder vielleicht das Netz – nennt mir den Grund dafür. Hier handelt es sich um ein Geschäftsviertel, und die farbigen Roben trägt man bei anderen Aufgaben und bei Feierlichkeiten.

Die Spannung ist spürbar, geschäftiges Treiben überall. Männer und Frauen strömen in Gebäude hinein oder heraus, wobei nur wenige sich der Insel in der Mitte nähern. Niemand lächelt oder lacht. Ein paar Leute scheinen entspannt zu sein, als ob sie mehr wüssten als die anderen.

»Das Auge«, sagt Clay, der auf das Dunst-Glas deutet.

Meredith nickt. »Das Auge blickt ins Land der Ernte. Auf diese Weise sind Headhunter in der Lage, Menschen zu beobachten und Dossiers für die Anführer zusammenzustellen. Die Anführer verfassen daraufhin eine Rekrutierungsstrategie und wählen den besten Agenten dafür aus.«

Ich bin zwischen drei Gefühlen hin- und hergerissen. Ehrfurcht – Wissen ist Macht, und diese Leute benutzen ihres wie ein Schwert. Dann Wut. Wie oft wurde mir hinterherspioniert? Und schließlich Neid. Kann das Auge auch nach Myriad sehen? In die Stille? Und was ist mit Viele Enden? Wenn ich einen Blick auf Killian und Archer erhaschen oder ein zukünftiges Schlachtfeld studieren könnte …

Mein Herzschlag setzt einen Moment aus. Ich bin eine Heuchlerin. Kein bisschen besser als die Leute, die mich ausspioniert haben. »Kann das Auge …«

»Nein«, unterbricht sie mich.

»Du weißt doch gar nicht ...«

»Ach nein?« Sie hebt eine Augenbraue. »Du bist nicht der erste Neuling hier, den ich herumführe, und alle wollen dasselbe wissen.«

Okay, gut. Wahrscheinlich weiß sie tatsächlich, was ich fragen wollte. Enttäuscht wechsle ich das Thema: »Ich sehe gar keine Tiere. Sind Haustiere in der Sphäre nicht erlaubt?« Ich wollte immer einen Hund oder eine Katze haben, doch meine Eltern waren strikt dagegen.

»Ach, Schätzchen, die Tiere!« Clay legt einen Arm um meine Schultern. »Es gibt für sie ein Schutzgebiet in Der Hauptstadt des Neuen. Tiere dürfen jederzeit überall hin, aber sie ziehen es meistens vor, im Schutzgebiet zu bleiben oder in das Sanatorium zu gehen, wo die Heiler arbeiten. Du kannst gerne beide Orte besuchen.«

Ich runzle die Stirn. »Warum bevorzugen die Tiere das Schutzgebiet? Warum leben sie nicht bei ihren Familien?«

Meredith schnaubt. »Warum fragst du nicht die Tiere selbst? Die erzählen dir *liebend* gerne, warum.«

Will sie damit etwa andeuten, dass Tiere ... sprechen? Nein, sicher nicht. Aber ... vielleicht? Sprechende Hunde oder Katzen wären wirklich cool!

*Hey, du haben Manna, Mensch! Ich nicht haben Manna. Gib mir dein Manna.*

Wir spazieren den Gehsteig entlang und gelangen zu einem weiteren Portal zwischen zwei Gebäuden. Ich bemerke die Veränderung um mich herum kaum, bis wir wieder hinaustreten. Oder besser gesagt, hinauszutreten versuchen. Denn eine gigantische Menschenmenge hindert uns daran.

»Das«, verkündet Meredith mit erhobener Stimme, damit ich sie trotz des lauten Geplappers um uns herum verstehen kann, »ist Der Tempel der Tempel, wo der Zweitkönig lebt. Es gibt drei verschiedene Teile. Der Tempelhof befindet sich auf der Westseite, von dort gelangt man in Die Schwaden der Unschuld. Die Schwaden der Unschuld – kurz SDU – führen zum Großen Thron, wo Eron präsidiert.«

»Und wenn der Erstkönig Troika besucht, wohnt er ebenfalls hier«, fügt Clay mit sehnsüchtig klingender Stimme hinzu.

Er will den Erstkönig treffen, nicht wahr?

Ich habe beide Könige erst einmal gesehen, das war, als Archer es mir ermöglichte, durch seine Augen nach Troika zu blicken.

Ein schmerzlicher Stich lässt mich leise einen Zischlaut ausstoßen. »Wie oft kommt der Erstkönig zu Besuch?«

»Einmal im Monat.«

Plötzlich schimmert ein Licht aus den Zeichen in Merediths Handflächen. Sie runzelt die Stirn und tippt auf eins, woraufhin eine Textnachricht erscheint und über ihrer Hand schwebt. Sie seufzt.

Als sie mit dem Kinn zum Portal zeigt, wird mir klar, dass wir gehen müssen. Wir treten ein und kehren in Das Haus der Geheimnisse zurück. Nächster Halt – wird dann wohl mein Apartment sein. Die Führung ist offenbar beendet.

»Stimmt was nicht?«, frage ich sie.

»Nein.«

Mehr sagt sie nicht, und ich beschließe, sie nicht zu bedrängen. Ich bin ein Frischling und habe null Ahnung.

Allerdings beschließe ich, Fragen über die Sphäre zu stellen, solange ich die Chance dazu habe. »Wo lebt die Verlobte des Zweitkönigs?« Ich habe einmal einen Blick auf Prinzessin Mariée erhaschen können, und sie ist noch schöner als die Sphäre selbst, das Haar hell wie Maiglöckchen, die Wangen rosenrot, die Augen blau wie der klarste Ozean. »Wie lange sind die beiden schon verlobt? Und warum wird sie Prinzessin genannt, obwohl sie noch nicht in die königliche Familie eingeheiratet hat? Gibt es hier noch andere Prinzessinnen?«

Clay wird wachsbleich, was mich irritiert.

Meredith fällt in sich zusammen wie eine Blume in der Sommerhitze. »Mariée ist verschwunden. Ich meine, wir wissen, dass sie lebt – weil sie die andere Strömerin ist und ihr Licht durch das Netz weiterhin scheint, aber niemand hat sie seit deinem Ersttod gesehen oder auch nur etwas von ihr gehört. Sonst würde sie höchstpersönlich die Führung mit dir machen und sich um deine Ausbildung kümmern.«

Ich reibe mir über den rasenden Pulspunkt an meinem Hals. Wenn sie momentan außer Gefecht gesetzt ist, werde ich sofort gebraucht und nicht erst irgendwann später.

Aber bloß kein Druck, richtig?

Keuche ich gerade? Ich glaube, ich keuche.

»Und nein, es gibt keine anderen Prinzessinnen«, fügt meine Großmutter hinzu, wahrscheinlich, um mich von einer möglichen Panikattacke abzulenken. »Den Titel hat sie seit der Verlobung. Nach der Hochzeit wird sie die Zweitkönigin sein. Oh! Und sie sind seit fast zweitausend Jahren verlobt.«

Ich verschlucke mich beinahe an meiner Zunge. »Ähm, findet ihr nicht, dass das ein bisschen arg lange ist?« Meine Meinung: Macht doch mal endlich Nägel mit Köpfen.

»Wenn man für immer lebt, bedeuten zweitausend Jahre gar nichts. Es heißt, dass sie die Sache endgültig besiegeln, sobald wir den Krieg gewonnen haben.«

Eine meiner Locken zwirbelt sich in einem plötzlichen Windzug und sie nimmt die Haarsträhne zwischen die Finger.

»Was ist das mit deinem Freund?«, fragt Meredith.

»Wir sind das klassische Beispiel von: *Es ist kompliziert.*«

Wenn er allerdings in diesem Moment in Troika auftauchen würde, würde ich ihn in eine lauschige Ecke ziehen und ihm die Luft aus der Lunge küssen. Ich vermisse ihn so, wie ich einen Arm oder ein Bein vermissen würde. Er ist für mich mit das Wichtigste auf der Welt.

Zwei Leute hasten an uns vorbei, ihr Gespräch zieht meine Aufmerksamkeit auf sich. Ich klammere mich mit aller Macht an diese Ablenkung. Sie sprechen … Russisch, da bin ich ziemlich sicher. Es erinnert mich an die troikanische Sprache. »Wohin kann ich gehen, um Troikanisch zu lernen?«

»Nirgendwohin«, antwortet Meredith. »Das lernst du in dem Moment, in dem du deinen Schlüssel benutzt, und keine Sekunde früher.«

Wieder leuchtet das Licht auf ihren Zeichen auf. Sie liest die neue Nachricht und versteift sich. »Offenbar brauche ich zu lange. Wir müssen gehen.« In schnellem Schritt eilt sie uns voraus zum ersten Portal.

Kaum haben wir Die Hauptstadt des Neuen erreicht, küsst sie mich auf die Wange und sagt: »Ich hole dich morgen Abend um sieben ab und begleite dich zu deiner Willkommensparty.« Sie verschwindet in ein anderes Portal.

»Gehst du schon nach Hause, Nummern-Mädchen? Nein? Gut, das dachte ich mir. Wir werden uns jetzt etwas amüsieren.« Clay bringt mich zurück in das Waldwunderland.

Reed und Kayla sitzen ganz hinten an einem Tisch und sehen entspannt und völlig sorgenfrei aus. An den anderen Tischen sind Leute, die ich noch nie gesehen habe … Leute, die, als sie mich bemerken, sofort ihre Gespräche unterbrechen. Schweigen breitet sich aus.

Ich verlagere mein Gewicht von einem Bein auf das andere. Krieg ist ziemlich einschüchternd, aber das hier ist schlimmer.

Reed runzelt die Stirn. Ich schlucke. Wird er so tun, als ob er mich nicht kennt?

»Ich sollte gehen«, wispere ich.

Eine Sekunde später winkt Reed uns zu sich.

Clay beweist seine Loyalität, indem er meine Hand nimmt und mit mir zusammen zu unseren Freunden geht.

»… Archer«, höre ich jemanden sagen.

»Ich weiß. Sie ist an seinem Tod schuld«, antwortet jemand anders.

Alle Farbe weicht aus meinem Gesicht.

Meine Entscheidungen, meine Konsequenzen.

Bevor ich nach Prynne kam, haben meine Eltern alle Entscheidungen für mich getroffen. In Prynne hat Dr. Vans für mich entschieden. Was ich aß, was ich trug, mit wem ich sprach. Als ich irgendwann endlich wieder die Kontrolle über mein Leben erlangte, habe ich vollkommen versagt. Und Archer musste den Preis dafür bezahlen.

Er hatte hier ein Leben. Eine Familie. Leute, die auf ihn zählten. Durch meine Schuld haben sie ihn verloren.

Am liebsten würde ich rufen: *Wir bringen ihn durch die Wiederauferstehung zurück. Sagt es weiter! Stimmt für Archer!* Aber ich weiß nichts über die anderen, die ebenfalls im Rennen sind. Vielleicht hoffen die Leute hier, einen geliebten Verwandten zurückholen zu können.

»Ich sollte gehen«, wiederhole ich. Ich bin mit diesen Leuten durch das Netz verbunden, deswegen spüre ich nicht nur ihr weiß glühendes Starren; ich spüre auch ihre brennende Abneigung.

Wie soll ich einen Krieg zwischen den Sphären beenden, wenn mich nicht mal die Leute mögen, die mich eigentlich mögen sollten?

*Kopf hoch. Du wirst schon einen Weg finden.* Am Ende zählt nur das Ergebnis. Und scheitern ist keine Option. Meine Mom lebt in Myriad, zusammen mit einer Familie, die ich nie kennenlernen konnte. Und dann ist da natürlich Killian.

»Wir bleiben.« Clay drückt meine Hand. »Was hat zwei Beine und kann nicht laufen?«

Ich bin nicht in der Stimmung für Witze – also gibt es keinen besseren Zeitpunkt, einen zu machen. »Was wohl. Eine Hose.«

Er reckt drohend die Faust zur Decke. »Eines Tages werde ich dich kriegen!«

Als wir unsere Plätze am Tisch einnehmen, bietet uns Reed ein Stück Manna von seinem Teller an. Clay nimmt an, doch ich schüttle den Kopf. Es würde mir sofort wieder hochkommen, garantiert.

»Also, was ist heute das Tagesgericht?«, fragt Clay.

»Erdbeere und Honig«, antwortet Kayla. »Bisher das Leckerste.«

Okay. Wir befinden uns ganz klar in einem Manna-Restaurant. Meine Neugier gewinnt die Oberhand. »Wer baut das Manna an? Und wie genau zahlen wir dafür?«

»Es gibt Agrarland in der Hauptstadt des Neuen.« Reed tippt in seine Handfläche, schreibt dann etwas in das aufscheinende Licht, woraufhin eine Landkarte in der Mitte des Tisches erscheint. Er deutet auf ausgedehntes Ackerland. »Landwirte – sie sind den Agenten unterstellt – pflanzen es an.«

Es gibt mir Hoffnung, mit welcher Selbstverständlichkeit er über troikanische Technologien spricht. Obwohl er erst seit Kurzem hier ist, weiß er schon so viel.

»Was das Geld betrifft«, sagt Kayla, »Trainees erhalten eine wöchentliche Pauschale für das Nötigste.«

Reed schnaubt. »Geld, das du hortest, weil du Angst hast, irgendwann keins mehr zu bekommen. Wann kapierst du, dass es hier nicht wie im Land der Ernte zugeht?«

Kayla räuspert sich und drückt die Hand flach auf den Tisch. Ein Licht leuchtet durch ihre Zeichen, es piept dreimal. »So. Ich habe gerade für eine weitere Runde Manna bezahlt. Gern geschehen.«

Tatsächlich erscheint kurz darauf eine lächelnde Kellnerin – ebenfalls eine Unterabteilung bei den Agenten – mit einem Teller Erdbeer-Honig-Manna.

»Mögt ihr für immer erleuchtet sein«, sagt sie, bevor sie wieder abzieht.

Kayla bietet mir etwas an und verdrückt dann selbst zwei Stücke. »Wärst du fünf Minuten früher gekommen, hättest du Victor Prince kennengelernt. Er ist …«

»Archers Bruder. Ja.« Ich rutsche unbehaglich auf meinem Stuhl hin und her. »Ich habe ihn getroffen, als ich hier ankam.«

»Oh.« Sie streicht mit einem Finger über den Tellerrand. »Er gibt mir Nachhilfe. Er …«

Im Restaurant ist es auf einmal still geworden, Kaylas Stimme dröhnt laut. Sie wird rot. Ich blicke zum Eingang und erstarre.

Dort steht Elizabeth mit einem großen, dunkelhaarigen Typen an ihrer Seite.

Sie stiert mich an, und ich hebe das Kinn. Wenn sie mich als Boxsack benutzen will, schön. Auf geht's. Schmerz für Schmerz. Ich bin bereit und werde mich nicht wehren, weil ich es verdient habe. Aber ich lasse mich nicht einschüchtern.

Kayla zittert, als hätte Elizabeth es auf sie abgesehen. Jede Form von Konfrontation ist schwer für sie. In Viele Enden hat sie sich aus so ziemlich jedem Kampf herausgehalten.

»Entweder die Myriad-Unterstützerin geht«, verkündet Elizabeth, »oder ich. Eure Wahl. Aber ich rate euch, klug zu wählen. Eine von uns wird euch helfen. Die andere wird euch in den Rücken fallen.«

Gemurmel wird laut. Jetzt sehen mich alle mit zusammengekniffenen Augen an. Meine Wangen sind heiß und wahrscheinlich genauso krebsrot wie die von Kayla.

»Ich entscheide mich für dich«, sagt Reed zu mir. »Ich werde mich immer für dich entscheiden. Du hast mir das Leben gerettet.«

Ich bin von Dankbarkeit überwältigt, weiß aber zugleich, dass Elizabeth ihm ab sofort das Leben zur Hölle machen wird. »Nein«, sage ich. »Du solltest für sie stimmen.« Mir ist übel, als ich mich erhebe. »Sie ist …«

»Auf keinen Fall.« Clay stellt sich neben mich und Reed folgt ihm eilig. Kayla ebenfalls.

Meine Dankbarkeit wächst. »Setzt euch wieder, Leute«, murmele ich, aber sie bleiben, wo sie sind.

Killian würde Elizabeth ins Gesicht lachen, ihr vielleicht den Finger zeigen und sagen, dass *sie* verschwinden solle, weil er auf jeden Fall bleiben würde.

Archer hätte sich von ganzem Herzen entschuldigt und wäre ohne großes Theater gegangen.

Ich vermisse meine Jungs.

»Ich werde gehen. Diesmal«, sage ich so würdevoll wie möglich. »Ich bin schuld an Archers Tod, und dafür übernehme ich die volle Verantwortung. Ich akzeptiere eine Bestrafung.«

»Lügnerin«, zischt Elizabeth. »Du erwartest Vergebung.«

Ihr Begleiter beobachtet uns mit ausdruckslosen Augen. Ich weiß nicht, was er denkt.

»Eines Tages hoffe ich auf Vergebung, ja.« *Werde ich mir jemals selbst vergeben können?* »Archer hat mir beigebracht, wie viel Wert Troika auf Vergebung legt … und Vergebung ist eher eine Entscheidung als ein Gefühl.« Ich hebe die Arme und rufe: »Leute, ich gebe eine Runde zweite Chancen aus. Auf mich.«

Elizabeth funkelt mich an.

Jetzt, wo ich meinen Standpunkt klargemacht habe, schreite ich an ihr vorbei. Sie ballt die Hände zu Fäusten, wobei sie offenkundig darüber nachdenkt, mir eine zu verpassen. Doch dann entscheidet sie sich dafür, wegzugehen. Kluges Kind.

Ich fange zwar keine Schlägereien an, aber ich beende sie immer.

Ohne weiteren Zwischenfall verlasse ich das Gebäude, meine Freunde dicht auf meinen Fersen.

»Ihr hättet bleiben sollen«, sage ich.

»Alle für einen, einer für alle«, entgegnet Clay.

Kayla schnaubt. »Dann sind wir jetzt also die vier Musketiere?«

Reed wackelt mit den Augenbrauen.

»Keineswegs.« Clay spannt seinen Bizeps an. »Wir sind die Clayminators.«

»Ich bin eher für die Kayniacs«, sagt Kayla.

»Würde mich nicht überraschen, wenn sie uns Idiotenhaufen nennen«, sage ich und lache. »Davon abgesehen, sollte uns jemand irgendwie bedrohen, müssen wir bloß sagen: *Zwingt uns nicht, bis TEN zu zählen*. Dann werden alle bösen Jungs nach ihrer Mama schreiend nach Hause rennen.«

Großes Gelächter.

Meine Heiterkeit hält jedoch nicht lange an. Während wir auf mein Apartment zusteuern, werfe ich verstohlen einen Blick über die Schulter. Nichts und niemand ist zu sehen, doch ich habe das Gefühl, als würden meine Probleme mir folgen.

Und warum sollten sie auch nicht? Sie sind an meine Fußknöchel gekettet, Ziegelsteine, die ich seit Jahren mit mir herumschleppe.

# 5. KAPITEL

»In Beständigkeit liegt Macht.«

Troika

Punkt sieben Uhr am nächsten Abend steht Meredith vor der Tür. Ich habe die Begegnung mit Elizabeth fast vergessen.

Fast.

Den Rest des gestrigen Tages habe ich mich in meiner Wohnung verkrochen und mir Videoübertragungen von Jeremy und sogar von Meredith angesehen, die ihn und Levi besucht hat. Clay, Reed und Kayla blieben noch eine Stunde, bevor sie zum Unterricht mussten. Ich stellte ein paar Fragen über die Vorgehensweise von der VGGS, während ich insgeheim darüber nachdachte, wie man dem Krieg gegen Myriad ein Ende bereiten könnte.

Reed erklärte, sie hätten Menschen aus beiden Sphären versammelt und sie gebeten, ihre Probleme zu schildern, damit sich etwas ändert und künftige Zusammenstöße verhindert werden. Aber die ewigen Mächte hätten sich eingeschaltet und die ganze Sache gestoppt.

Das brachte mich auf eine Idee, und ich dachte mir die ersten drei Schritte eines, wie ich vermute, Zehn-Punkte-Plans aus.

*Treffen mit Elizabeth ausmachen, damit sie die Möglichkeit hat, mir ihre Probleme mit mir zu schildern. Sie für mich gewinnen – und auf diese Weise auch alle anderen. Und schließlich die Troikaner davon überzeugen, dass uns ein Krieg mit Myriad nur schadet.*

Also alles ganz *einfach*.

Vielleicht organisiere ich eine Party für »Anonyme Myriad-Liebhaber/innen«.

T + M = Tuismus.

Tuismus: Das Interesse der anderen vor das eigene stellen.

Wenn man die Buchstaben T und M durch ihre numerischen Entsprechungen ersetzt – 20 und 13 –, ergibt das 33.

Dreiunddreißig ist die Ordnungszahl von Arsen, einem Gift, und zugleich das Alter, das oft als das Alter der Perfektion bezeichnet wird.

Dreiunddreißig ist das numerische Äquivalent zu AMEN: 1 + 13 + 5 + 14 = 33.

Ich werde Hilfe bezüglich meines Tuismus brauchen. Was wäre, wenn ich Killian davon überzeugen könnte, ein Bündnis mit mir zu schließen? Wir könnten …

Was? Andere überreden, sich uns anzuschließen? Beweisen, dass Troikaner und Myriader einander lie… mögen können?

Ich zerre an meinem Kragen. Man muss ja nicht gleich mit Worten wie *Liebe* um sich werfen, richtig? Killian würde vermutlich Panik bekommen.

Zero! Ich muss Kontakt zu ihm aufnehmen, aber ich habe keine Möglichkeit, das zu tun.

Meredith räuspert sich, und da erst wird mir klar, dass ich an der Tür stehe und in die Ferne starre. Meine Wangen werden heiß und ich winke sie herein. Sie rauscht in einer Wolke aus Orchideenduft an mir vorbei.

Heute trägt sie eine formelle weiße Robe mit schwarzem Saum. Der Stoff betont in einem Moment ihre Formen und fällt im nächsten Moment wieder locker herab.

Sie hält einen Haufen Metallglieder in die Höhe. »Ich bringe dir ein Kleid.«

*Das* soll ein Kleid sein? »Du machst Witze, oder?«

»Meistens schon, aber niemals in Bezug auf Mode.« Grob zieht sie mir den Catsuit aus und zwängt mich in das Metallgewebe. Dann lächelt sie strahlend. »Du siehst hinreißend aus.«

»Danke.« Ich entschuldige mich und gehe ins Schlafzimmer, wo ich ein Küchenmesser an meinem rechten Schenkel befestige.

So sehr ich mich auch nach Frieden sehne, ich kann meine Feinde nicht einfach ignorieren. Ich muss für alles gewappnet sein. Eine Lektion, die ich in Prynne gelernt habe.

Neugierig auf meinen »hinreißenden« Anblick betrachte ich mich im Spiegel. Das Oberteil meines Kleides ist aus kleinen Ovalen gefertigt, die so angeordnet sind, dass sie fast wie Federn aussehen. Diese falschen Federn bilden ein tiefes V zwischen meinen Brüsten, verzweigen sich dann zu geflochtenen Ketten, die sich um meine Hüfte schlingen und mir wie ein Wasserfall bis zu den Fesseln reichen.

Das ganze Ensemble müsste eigentlich fünfzig Kilo oder mehr wiegen, ist aber so leicht wie ein Baumwollhemd. Noch verblüffender ist, dass ich mich darin hervorragend bewegen kann.

Ich wünschte, Killian wäre hier. Er würde, nachdem er mich ausführlich gemustert hat, sagen: *Hübsches Kleid. Und jetzt zieh es aus.* Und ich würde heiser auflachen, um mein begehrliches Erschauern zu verbergen. Ich würde darauf brennen, mich in seine Arme zu schmiegen.

Ich brenne auch so.

Wo ist er jetzt gerade? Was macht er? Mit wem ist er zusammen?

Ich habe letzte Nacht von ihm geträumt, und ich bin noch immer aufgewühlt. Eine Sekunde lang spürte ich die zarte Berührung seiner Lippen, bevor er sich wie Morgendunst auflöste.

Ich werde das Gefühl einfach nicht los, dass er mich braucht. Dass wir einander brauchen.

Was, wenn er in irgendwelchen Schwierigkeiten steckt? Was, wenn er verzweifelt versucht, mich zu erreichen, weil er meine Hilfe braucht?

Was, wenn er wieder im Zwinger eingesperrt ist?

Mich schaudert. Der Zwinger steht ganz oben auf Myriads Liste der Bestrafungen. Dort ist Käfig auf Käfig gestapelt, und in jedem einzelnen hält man eine Seele gefangen. Männer und Frauen, Jungen und Mädchen. Alter spielt keine Rolle. Sie alle befinden sich da, halb verhungert, eingepfercht, erniedrigt.

Ich halte mir die Augen zu, als könnte ich so irgendwie das entsetzliche Bild loswerden.

Ich *muss* einfach einen Weg finden, mit Killian Kontakt aufzunehmen.

Den Kopf erhoben, kehre ich zu Meredith zurück. »Werden alle so wie ich angezogen sein?« Gut. Ich klinge normal, heiter.

Statt darauf einzugehen, sagt sie: »Oh, Zuckerschneckchen. Du musst das darstellen, was du sein willst, nicht, was du bist.«

»Dann sollte ich eigentlich einen Taschenrechner tragen.« Wäre mein Erstleben länger gewesen, hätte ich am liebsten Rechnungswesen studiert.

»Tzz. Du klingst wie ein Nerd.«

»Und du klingst wie eine alte Lady.«

Wir lächeln uns zu, wobei mir allerdings auffällt, dass ihre Augen ernst bleiben. Bei genauerem Hinsehen entdecke ich einen angespannten Zug um ihren Mund.

In Anbetracht ihrer Reaktion auf die gestrige Nachricht scheint hinter den Kulissen etwas Unangenehmes geschehen zu sein.

»Sag mir, was los ist, Madame.« Ich lasse meine Stimme so herrisch wie möglich klingen. »Das ist ein Befehl von deiner Vorgesetzten.«

Ihre Anspannung lässt nach und sie grunzt leise. »Du willst es wissen? Schön. Du wirst sowieso gebrieft werden.«

Werde ich?

»Myriad beschützt schon lange ein Mädchen, das bereits bei ihnen unterzeichnet hat, als ob es … nun, es wirkt, als wäre es genauso wichtig wie du. Und es könnte so sein. Es gibt Gerüchte, dass sie infiziert ist, und zwar mit …« Sie erschauert, als sie sich vorbeugt, um ein einziges Wort zu wispern: »Penumbra.«

Ich durchforste mein Hirn, finde aber keinerlei Hinweis. »Was ist …«

Meredith hält mir den Mund zu und schüttelt den Kopf, ihre Augen sind groß wie Untertassen.

Schon gut, schon gut. Ich hebe die Hände, ganz die Unschuld. Topsecret-Thema. Verstanden. »Dann sagen wir ab sofort einfach Büstenhalter dazu.«

Sie lässt die Hand sinken, ein halbes Lächeln umspielt ihre Mundwinkel. »Der *Büstenhalter* ist eine hochgradig ansteckende Krankheit, die wir bisher nur vom Hörensagen kennen. Nie zuvor hat es einen Ausbruch gegeben. Die Hälfte unserer Leute glaubt, dass es sich dabei nur um Angstmache handelt, während die anderen sie für eine tickende Zeitbombe halten. Angeblich können nur Menschen daran erkranken, doch der Infizierte kann die Fähigkeiten eines Auflösers entwickeln.«

Auflöser – der höchste Generalsrang in Myriad. Mein Gegenstück. Ich ziehe Licht an – oder besser gesagt, werde es eines Tages anziehen – und Auflöser löschen es aus.

»Und was glaubst du?«, frage ich.

»Ich glaube an die tickende Zeitbombe. Im *Buch des Gesetzes* wird vorausgesagt, dass die Welten, wie wir sie kennen, eines Tages enden werden. Und wie könnte man das besser erreichen als so? Aber das ist eine andere Geschichte, die ich dir irgendwann einmal erzählen werde.«

Ich muss mich verdammt anstrengen, um ein ausdrucksloses Gesicht beizubehalten. Die Welten werden enden? Das ist das erste Mal, dass ich von irgendwelchen bevorstehenden Katastrophen höre!

*Wieso gehst du davon aus, dass die Veränderung katastrophal sein wird?*

Die körperlose Stimme, die ich an meinem Todestag gehört habe, meldet sich irgendwo in meinem Hinterkopf wieder. Das ist das Netz. Meine Verbindung zum Herzen Troikas. Da bin ich mir inzwischen sicher.

Ich atme tief ein und aus. »Wenn die Welten, wie wir sie kennen, sich verändern, dann könnten sie sich auch zum Besseren verändern.« Beispielsweise … könnte künftig Frieden herrschen.

Sie hält den Kopf schräg. »Das ist wohl wahr. Aber weil wir noch nie etwas mit dieser Krankheit zu tun hatten, gibt es keine Heilung dafür. Wie auch immer, wir sind davon überzeugt, dass Strömer der Schlüssel sind. Wenn Pen… wenn der *Büstenhalter* totale Dunkelheit bedeutet, dann muss das Licht ihn verjagen.«

Kalte Finger der Furcht streichen über meinen Rücken. Wegen der im Einsatz verschollenen Prinzessin Mariée werden die troikanischen höheren Mächte erwarten, dass ich die Ausbreitung von Penumbra eindämme, oder nicht? Kein Wunder, dass sie mich briefen wollen.

Ich soll uns retten. Ich. Mutterseelenallein.

Ich bin noch nicht so weit.

Ich werde nie so weit sein. Aber helfen werde ich trotzdem.

»Was verursacht einen … *Büstenhalter*-Ausbruch?«, frage ich. »Warum können andere Troikaner nicht das nötige Licht aussenden?«

»Sagt dir der Ausdruck Fackelbrand etwas?« Als ich den Kopf schüttle, fügt sie hinzu: »Licht bedeutet Macht für uns, es ist unsere Version von Elektrizität. Wenn ein Mensch von zu viel Elektrizität getroffen wird, schaltet sich sein Körper ab. Fackelbrand ist das spirituelle Äquivalent dazu.«

*Magenkrampf*. Ich weiß so vieles nicht – so vieles, was ich wissen *muss*, wenn ich überleben will. »Dieser Krieg«, sage ich seufzend. »Die Sphären kämpfen seit Jahrhunderten gegeneinander. Weiß überhaupt noch jemand, *warum* sie kämpfen?«

»Selbstverständlich. Richtig gegen falsch. Werte gegen Gesetzlosigkeit.« Sie stößt mich mit einer Schulter an. »Wo wir gerade von kämpfen reden. Wie ich gehört habe, hattest du einen Streit mit Elizabeth.«

Meine Großmutter für meinen Friedensplan gewinnen – *ers-*

*ter Treffer.* »Sie ist sauer auf mich. Und das kann ich ja auch verstehen. Wirklich. Aber ich will nicht gegen sie kämpfen. Ich will gegen gar niemanden kämpfen. Warum können wir nicht einfach alle miteinander auskommen?«

»Das ist leicht zu beantworten. Wenn wir nicht für das kämpfen, was richtig ist, werden wir von dem, was falsch ist, überwältigt.«

Okay. *Zweiter Treffer.*

Sie blickt auf eine Armbanduhr, die sie nicht trägt, und stößt mich sanft zur Tür. »Genug geplaudert. Wir müssen los.«

»Gut«, murre ich.

Wir verlassen das Apartment. Im Flur wimmelt es von Trainees, die einfach rumhängen und sich unterhalten. Die meisten tragen Rüstung, während einige wenige in Roben gekleidet sind. Alle unterbrechen das, was sie gerade tun, um sich zu verbeugen … vor Meredith?

Ooo-kay. Zwar sind wir alle gleich, was Liebe und Ansehen betrifft, doch auf diese Weise erweisen sie ihren Respekt gegenüber Merediths Stellung als Anführerin. Die Tatsache, dass ich neben ihr gehe, sorgt dafür, dass ein paar Leute mir zulächeln und einige andere winken. Vielleicht haben sich aber auch die Drohungen, die Levi gestern Abend ausgestoßen hat, herumgesprochen. Niemand starrt mich an. Einige Mädchen betrachten sehnsüchtig mein Kleid.

Wir gelangen über zwei Portale zum Tempel der Tempel. Hier ist wieder einiges los, jedoch viel weniger als letztes Mal, wodurch ich ein paar Dinge registriere, die mir zuvor nicht aufgefallen sind. Der Tempelhof strotzt vor Rosen in allen möglichen Farben. Keine einzige Blüte ist trocken oder verwelkt, kein Blatt hängt. Die Stiele haben keine Dornen.

Danach betreten wir Die Schwaden der Unschuld, und auf einmal verstehe ich, was es mit dem Namen auf sich hat. Ein himmlischer Duft liegt in der Luft. Ich habe das Gefühl, mit jedem Atemzug pures Leben einzuatmen.

Vierzehn Männer und Frauen stehen vor der goldenen Mauer, die den Eingang schützt. Ich betrachte jedes einzelne Gesicht meiner Kollegen ganz genau, während ich gleichzeitig Fluchtwege auskundschafte.

*Erst die Arbeit, dann das Vergnügen.*

Die vierzehn Anwesenden repräsentieren unterschiedlichste Nationalitäten und scheinen ganz normale Troikaner zu sein, doch sind sie die Einzigen, die türkisfarbene Roben mit in die Schultern eingearbeiteten Metallösen tragen. Levi ist unter ihnen.

Vierzehn, ein Vielfaches von sieben. Das Doppelte. In der Numerologie bedeutet es die Erlösung von Schmerz, Problemen und Panik.

Vor langer Zeit dauerte ein Hochzeitsfest der Menschen vierzehn Tage.

Rechts der vierzehn bilden acht Leute eine Schlange. Acht ist die Ordnungszahl für Sauerstoff. Meredith und ich stellen uns hinter ihnen an, was uns zu Nummer neun und zehn macht. Wie passend.

»Rücken durchgedrückt, Schultern gestrafft«, sagt sie, während wir uns langsam nach vorn bewegen. »Du wirst gleich unsere mächtigen Generäle treffen.«

Nervosität packt mich. Werden sie mich ablehnen oder willkommen heißen?

Als wir vorn angekommen sind, stellt Meredith uns einander vor. Gerade als ich denke, dass ich mir ihre Namen niemals merken werde, läuft das Netz an. Agape, Ying Wo, Tasanee, Bahari, Mykhail, John, Spike, Alejandro, Marcos, Jane, Chanel, Luciana, Shamus und natürlich Levi. Sie kommen von überall aus der Welt, und sie begrüßen mich so, wie sie alle anderen begrüßen, mit aufrichtiger Wärme und Zuneigung. Ich werde umarmt, getätschelt und wegen meiner Obsession für Zahlen aufgezogen.

»Du wirst hier Gutes bewirken«, erklärt Alejandro.

Ich möchte ihn am liebsten bis ans Ende der Unendlichkeit anstarren. Er ist die personifizierte Schönheit. Dunkles Haar, dunkle Augen, dunkle Haut. Der Inbegriff von Perfektion.

»Das hoffe ich«, entgegne ich.

Ich schwebe praktisch, als Meredith mich in den Tempelhof geleitet, wo sie mich den acht anderen vorstellt, die mit uns in der Schlange standen. Sie sind ebenfalls neu.

Acht – das Symbol für Unendlichkeit. Ein Stoppschild hat acht Seiten. Mit mir sind wir neun. Laut Yoga hat ein Körper neun Öffnungen – zwei Augen, zwei Ohren, einen Mund, zwei Nasenlöcher und die Öffnungen für … ähm, eine für Abfallbeseitigung und die andere zur Fortpflanzung. Eine Katze hat neun Leben. Glück findet sich bei den Amerikanern auf Wolke neun.

Die Neuen sind Raanan – der Typ, der mit Elizabeth im Manna-Restaurant war –, Fatima, Winifred, Nico, Rebel, Hoshi, Sawyer und Clementine. Auch sie kommen von überallher. Zum Glück ermöglicht es uns das Netz, einander zu verstehen, egal, welche Sprache wir sprechen.

Mit sechs Jahren – sechseinhalb, *Fußstampfen* – ist Fatima die Jüngste. Sie kam bei einem Hausbrand ums Leben. Mit dreiundsiebzig ist Nico der Älteste. Ich komme mir total bescheuert vor, weil ich ihn irgendwie … heiß finde.

Zu meiner Freude bin ich nicht die Einzige mit merkwürdigen Haaren. Clementine hat pinkfarbene Ringellocken, Nicos Wuschelkopf ist tomatenrot und Hoshis schnurgerades Haar hat die Farbe von Pflaumen, dunkel mit violettem Stich.

Alle außer Raanan begrüßen mich begeistert; er bleibt stumm mit nachdenklichem Gesichtsausdruck. Trotzdem bin ich erleichtert, wie problemlos wir anderen Kameradschaft schließen, obwohl wir Fremde sind. Fremde in einem fremden Land rotten sich zusammen, schätze ich.

»So wie einige der anderen über dich gesprochen haben«, sagt Fatima und grinst unschuldig, »habe ich damit gerechnet, dass du Hörner, Reißzähne und einen gezackten Schwanz hast.«

»Ja, oder?« Rebel, der vierzehn ist, stößt dem kleinen Mädchen spielerisch mit dem Ellbogen in die Seite. »Ich bin ehrlich gesagt megaenttäuscht.«

Raanan runzelt die Stirn, als Hoshi und Clementine aufspringen und klatschen.

»Er ist hier!«, kreischt Clementine. »Kann mich mal jemand kneifen? Nein, nicht! Wenn das ein Traum ist, will ich nicht aufwachen.«

»Ich habe gebetet, noch einmal einen Blick auf ihn werfen zu können«, gesteht Hoshi.

Ich schaue über meine Schulter und sehe ... Victor Prince. Er ist in ein angeregtes Gespräch mit einem mir unbekannten Mädchen vertieft und hat seine Bewunderer bisher nicht bemerkt.

Meine gute Laune verschwindet wie Luft aus einem Luftballon mit Loch. Tage sind seit Archers Tod vergangen. Mein süßer, liebenswerter Archer.

Und ich bin noch voller Schmerz.

Ich vermisse dich jede Minute, jede Sekunde.
Bist du hier irgendwo? Die Hoffnung schwindet.
Ich möchte schluchzen, aber hier, jetzt, kann ich nur auf die Knie sinken.
Ich spüre nichts als Leere.
Sag mir doch bitte, wie ich weitermachen soll.
Bis ans Ende der Ewigkeit bist du, kleiner »Bow«, verschwunden.

Hat die Trauer Victors Optimismus ausgelöscht? Ich habe nichts mehr über die Auferstehung gehört. Wie können wir die anderen davon überzeugen, für Archer zu stimmen? Werden wir es überhaupt versuchen?

Sanfte Musik erklingt. Eine Live-Band spielt inmitten der Rosenfülle. Die Instrumente sind wie so viele andere Dinge in Troika anders, als ich es kenne, und sie klingen … oh, wow, wie sie klingen! Die Melodie ist unvergesslich schön. Meine Ohren kribbeln, mir kommen die Tränen.

»Hast du schon jemals so etwas Wunderschönes gehört?« Winifred starrt mit verträumtem Blick zur Band.

»Bitte entschuldigt, aber ich muss euch Ten leider entführen.« Meredith legt einen Arm um meine Taille und zieht mich zum großen Thronsaal, obwohl die Tür geschlossen ist.

»Wieso …« Ich entdecke den Zweitkönig rechts neben der Tür, wo er mit einem Mann und einer Frau spricht.

Seine violette Robe ist prächtiger als jede, die ich bisher gesehen habe. Sie ist mit goldenem Garn zusammengenäht, die Säume glitzern wie mit Lebensblut getränkt. Er ist groß, mit gewöhnlichem Gesicht, doch seine Augen … sie sind blauer als der Morgenhimmel, strahlender als Saphire und schöner als Blauparadiesvögel.

Der Mann und die Frau bemerken, dass wir uns nähern, und treten einen Schritt zurück, um uns den Weg frei zu machen. Mein Mund wird trocken, mein Magen schlägt Purzelbäume. Ich werde gleich den troikanischen König kennenlernen. Höchstpersönlich.

*Bloß nicht stolpern. Und beim Sprechen nicht spucken. Oh, Zero, ist mein Atem okay?*

Meredith verbeugt sich und ich mache es ihr unbeholfen nach.

Als der König uns anlächelt, könnte ich schwören, dass gerade über der gesamten Sphäre die Sonne aufgegangen ist. Gewöhnliches Gesicht? Nein, dieser Mann ist der Inbegriff von Schönheit.

»Ich freue mich, dass du dich für Troika entschieden hast, Tenley.«

Er kennt meinen Namen! Und obwohl er nur elf Worte gesagt hat, verspüre ich einen Stromstoß, als ob ich eine komplette Karaffe Manna getrunken hätte. Ich bin vollkommen elektrisiert. »Vielen Dank …« Eron? Zu salopp. Großer König? Vielleicht in diesem Rahmen zu formell. Verflixt, wie lautet bloß die korrekte Anrede? »Majestät.«

Er neigt den Kopf. Ein Punkt für Ten. Ins Schwarze getroffen.

Also … ist jetzt wohl ein guter Augenblick, um meine Meinung über den Krieg zu formulieren?

Als hätte sie meine Gedanken gelesen, zieht Meredith mich weg. Verärgert sehe ich sie an, und sie sagt: »Eine Feier ist *nicht* der richtige Zeitpunkt, um über Politik zu sprechen.« Sie bleibt vor dem Paar stehen, das vor uns mit dem Zweitkönig gesprochen hat.

»Das«, sagt sie, »ist meine Mutter. Deine Urgroßmutter Hazel. Sie ist Agentin.«

Ich reiße vor Verblüffung und vor Freude die Augen auf. Dabei hätte ich es mir denken können. Hazel ist zierlich und blond, genau wie Meredith, mit ähnlich hoheitsvoller Haltung. Aber … wie kam bloß meine dunkelhaarige Mutter in diese Familie?

Hazel sieht ihre Tochter an und schnalzt mit der Zunge. »Habe ich dir nicht gesagt, dass du nicht Barbie mit den Neuen spielen sollst?«

Ihre Stimme erinnert mich an ein Schlaflied: sanft, süß und beruhigend.

Meredith schnaubt. »Nein, du sagtest, ich soll auf dich warten, damit du mitspielen kannst.«

Hazel nickt und mustert mich dann mit einem kleinen Lächeln von Kopf bis Fuß. »Hoffentlich erwartest du nicht, dass ich dich Ten nenne. Ich weigere mich, meine Urenkelin als Zahl zu bezeichnen. Ich werde dich Blue nennen.«

Sie weigert sich, mich als Zahl zu bezeichnen, obwohl das nun mal mein Name ist, aber mit einer Farbe hat sie kein Problem? Ich nehme mir ein Beispiel an Clay und tätschle ihr den Kopf.

»Mit Blue bin ich einverstanden. Wie wäre es, wenn ich dich Ömchen nenne?«

»Ja!« Sie stößt die Faust in den Himmel. »Ömchen, gute Idee.«

»Und das«, sagt Meredith lachend, »ist Steven, dein Großvater. Er ist auch Agent, allerdings in einer komplett anderen Abteilung. Er baut Manna an.«

Steven schüttelt lächelnd meine Hand. Er ist eher groß mit eindeutig indianischen Wurzeln. »Es ist so wunderbar, dich kennenzulernen, Tenley.«

»Nenn mich Ten. Oder Blue«, füge ich zwinkernd hinzu. Ich frage mich, ob er und meine Großmutter noch verheiratet sind.

Was zum Teufel. Ich spreche es einfach an.

»Durch die Hochzeit zweier Menschen sind ihre Körper miteinander verbunden, nicht ihre Seelen.« Sie schlägt Steven auf die Schulter. »Mit dem Ersttod ist die Verbindung aufgehoben. Aber keine Sorge. Jetzt sind wir beste Freunde.«

Den Blick auf etwas – oder jemanden – hinter uns gerichtet, runzelt Hazel die Stirn. »Was macht *sie* denn hier?« Verärgerung klingt aus ihren Worten. »Nur Freunde und Familie der Neuen haben Einladungen erhalten.«

Ich werde von einer düsteren Ahnung gepackt, mitgerissen wie von einem Fluss ohne Damm. Ich drehe mich um und … entdecke Elizabeth. Großartig!

Sie flüstert der sommersprossigen Rothaarigen an ihrer Seite etwas zu, und die beiden starren mich böse an, bevor sie sich ihren Weg zu Nico, Raanan und Sawyer bahnen, die sich in einer Ecke versammelt haben.

»Sie ist entfernt mit Raanan verwandt.« Meredith droht ihrer Mutter mit dem Zeigefinger, und langsam begreife ich, warum sie eine Anführerin ist. »Und wir freuen uns, dass sie hier ist, nicht wahr? Wir hoffen, dass sie sich gut amüsiert. Richtig? Richtig! Weil wir unsere Troika-Gefährten lieben, ganz gleich was geschieht.«

Nun. Jetzt verstehe ich auch Raanans Schweigen mir gegenüber.

»Richtig«, murrt Hazel. »Glück. Spaß. Liebe.«

Ich entdecke Clay, Reed und Kayla, die gerade in den Hof kommen, und verspüre ein fröhliches Prickeln. »Hier!«

Sie eilen zu uns. Bevor ich sie umarmen kann, bemerken sie Meredith und senken grüßend den Kopf. Hazel und Steven begrüßen sie per Handschlag.

Clay betrachtet mich und wackelt mit den Augenbrauen. »Hey, Baby, du bist bestimmt die Quadratwurzel aus minus eins, weil du keinesfalls echt sein kannst.«

Ich stoße ein Lachen aus.

Meredith verdreht die Augen. »Deine Anmachsprüche musst du mal ernsthaft überarbeiten, Clayton.«

»Das sagst du jedes Mal.« Sein Lächeln wird breiter. »Aber das war keine Anmache. Das hier ist eine: Auf einer Skala von eins bis zehn bist du eine Neun … und ich bin der eine, der dir noch fehlt.«

Sie wirft den Kopf in den Nacken und lacht voller Vergnügen.

Moment mal. Halt. Macht der achtzehnjährige Clay gerade meine *Großmutter* an? Krass! Killian ist wenigstens nur eineinhalb Jahre älter als ich.

Killian …

Vergiss das mit der Kontaktaufnahme. Ich will ihn sehen, seinen Duft einatmen. Ich will ihn berühren, ihn umarmen und ihn küssen. Ich möchte seine Haut ohne einen Hauch von Schmerz an meiner spüren. Und das hat nichts mit meiner Verliebtheit zu tun. Nicht nur. Ich denke … ich denke, das Netz versucht mir zu sagen, dass ich nicht ohne ihn hier sein sollte.

Unmöglich. Oder? Das troikanische Netz würde niemals einen Myriader willkommen heißen.

Und doch schreit mein Herz weiterhin nach *Killian*.

Sein Name besteht aus sieben Buchstaben. Die numerische Entsprechung ist: 11 + 9 + 12 + 12 + 9 + 1 + 14 = 68.

68 ist ein Code, der »zurückgeben« bedeutet, während 86 der Code für »entfernen« ist.

Kayla wedelt mit einer Hand vor meinem Gesicht herum. »Solltest du vorhaben, Elizabeth von ihrem Racheplan abzubringen, indem du unglücklich dreinschaust, dann hast du dein Ziel erreicht.«

»Ich vermisse Killian«, gestehe ich leise. Sie hat ihn nie kennengelernt, und darüber bin ich froh, denn vor mir hat er mit all seinen »Aufträgen« geschlafen. Seine Lieblingsmethode. Der schnellste und einfachste Weg, ein Mädchen davon zu überzeugen, sich Myriad anzuschließen, weil es sich verzweifelt wünscht, für immer mit ihm zusammen zu sein.

Was kann ich sagen? Der Junge hat es eben drauf.

Anfangs hatte ich Angst, dass ich nur eine weitere Nummer für ihn bin (harhar). Nur eine weitere Eroberung. Aber er ist freiwillig für mich in den Zwinger gegangen, nur um mir die Zeit zu verschaffen, in Ruhe eine Entscheidung über meine Zukunft zu treffen. Er hat die Befehle seiner Anführer, mich zu bekämpfen, missachtet, und mich stattdessen beschützt. Und schließlich hat er mich trotz des Krieges dazu gedrängt, mich Troika anzuschließen.

Wie könnte ich jemals an seiner aufrichtigen Zuneigung zweifeln?

»Du darfst die Sphäre ein Jahr lang nicht verlassen«, erklärt mir Kayla. »Erst musst du deine Ausbildung abschließen.«

Ich öffne den Mund, um etwas zu entgegnen, aber das Mädchen, das mit Elizabeth gekommen ist, nähert sich uns gerade – ohne Elizabeth – und richtet seine ganze Aufmerksamkeit auf Clay.

Wenn sie glaubt, dass es eine gute Idee ist, meinem Freund etwas anzutun …

Er ist ein guter Kerl mit einem guten Herzen, und ich werde mit ihr »Ten Ways To Die« spielen, falls sie ihm auch nur ein Haar krümmt.

Nach ein paar Minuten Rumgealbere ziehen sie zusammen ab. Ich bin versucht, ihnen zu folgen, doch Clay sieht so glücklich aus. Also lasse ich ihn kommentarlos gehen und konzentriere mich auf das Gespräch hinter mir.

»… so gespannt darauf, zum ersten Mal jemanden zu töten.« Das ist Clementines Stimme.

»Ich weiß!«, entgegnet Hoshi. »Diese Myriader werden wir *fertigmachen.*«

Sie reden so, als ob es leicht wäre, ein Leben zu beenden, als ergäben sich daraus keine Konsequenzen. Ich weiß es besser. Ich habe schon getötet. Ein Wärter in der Anstalt hatte sich einmal eine *gute Zeit* versprochen, als er in meine Zelle schlich. Ich habe ihn mit seinem eigenen Gürtel erdrosselt. Ein anderer Wärter schlug auf Insassen ein, die zu fliehen versuchten. Ich erstach ihn.

Jedes Mal war es Selbstverteidigung, und trotzdem ist es mir nicht gelungen, diese dunklen Flecken von meiner Seele zu waschen.

Bald wird von mir erwartet, dass ich ganze Armeen vernichte.

Schweiß perlt mir über den Nacken, obwohl mir im Innersten eiskalt ist.

Victor stellt sich neben mich, gut aussehend in einer weißen Robe mit schwarzen Stickereien. Er schüttelt jedem in unserer Gruppe die Hand. Kayla strahlt, als er ihr die Hand küsst.

Er zwinkert mir zu. »Möchtest du vielleicht tanzen, neues Mädchen?«

Überglücklich, dass er so nett zu mir ist, nicke ich. Erst als er mich wegzieht, fällt mir auf, dass sonst niemand tanzt. »Warte«, beginne ich.

»Nein. Kein Rückzieher.« Er schwingt mich herum und zieht mich lachend an sich. »Das machen wir jetzt.«

Er sieht seinem Bruder so ähnlich, dass ich nicht anders kann, als mich an ihn zu lehnen.

»Wie gefällt dir Troika bisher?«, fragt er.

Auf der Suche nach Elizabeth mustere ich die Gesichter, entdecke sie jedoch nirgends. Kayla sieht mich finster an. Als sie meinen Blick bemerkt, dreht sie mir den Rücken zu.

Merkwürdig. »Das Land oder die Leute?«, frage ich Victor.

»Ich nehme an, das bedeutet, dass dir das Land gefällt, du ein paar Leuten aber am liebsten an die Gurgel gehen würdest.« Er legt mir eine Hand auf die Schulter, die andere flach unten an meinen Rücken, sorgsam darauf bedacht, mich nirgends zu berühren, wo er nicht sollte. »Ich verrate dir jetzt etwas, was du noch nicht weißt. Einer von den Soldaten, die Killian getötet hat … Elizabeth war mit ihm zusammen.«

*Oh … Zero.* Ich ziehe den Kopf etwas ein. »Was kann ich tun, damit sie mir vergibt?«

»Wenn man etwas dafür tun muss, hat es nichts mit Vergebung zu tun.«

Plötzlich ein schriller Schrei, die Menschenmasse wird von Panik erfasst.

»Hilfe«, ruft ein Mädchen. Die kleine Fatima? »Helft ihnen! Bitte!«

Eine andere Neue hastet an mir vorbei, Entsetzen im Gesicht.

»Ist schon gut.« Ein Typ rennt hinter ihr her. »Es ist nicht so, wie es aussieht.«

Ich löse mich aus Victors Armen und flitze in die entgegengesetzte Richtung zur schreienden Fatima. Sie liegt zu einer Kugel zusammengerollt auf dem Boden und starrt vor sich hin, als würde sie gerade ihren schlimmsten Albtraum erleben. Jede Menge Leute versuchen, sie zu beruhigen.

»Was …« Da sehe ich den Grund für ihren Anfall und schreie auf.

*Killian.* Killian ist hier. Er ist an eine Säule gekettet, seine Füße sind in Flammen gehüllt, sein Gesicht ist schmerzverzerrt. Er schreit. Clay ist an die nächste Säule gekettet, seine Füße sind ebenfalls von Flammen umgeben. Er zerrt erfolglos an seinen Ketten.

Während ich zu ihnen renne, fallen mir drei Dinge auf.

1) Nicht ein einziger General, Anführer oder Agent kümmert sich um die Jungen.

2) Die Flammen strahlen keine Hitze aus.

3) Die Luft ist frisch, es riecht nicht nach verbranntem Leder oder Fleisch.

Doch über die Gründe dafür nachzudenken bleibt keine Zeit. Und auch nicht für die Überlegung, wen ich zuerst retten soll. Clay ist Troikaner. Jeder Soldat wird ihm nur zu gern zu Hilfe eilen, aber außer mir wird niemand Killian befreien.

Ich ziehe das Messer heraus, das ich unter meinem Kleid versteckt habe, und schlittere den Rest des Wegs über den Marmorboden, um hinter Killian abzubremsen. Dann strecke ich die Hand nach dem Schloss an seinen Ketten aus und …

Werde starr. Meine Finger gehen einfach durch ihn hindurch.

Verwirrt taste ich nach ihm. Er ist für mich nicht greifbar.

Das verstehe ich nicht. Ich neige mich zu Clay hinüber, und auch durch ihn geht meine Hand hindurch.

Es sind Hologramme, wie mir auf einmal klar wird. Nur Hologramme.

Ich bin zugleich erleichtert, wütend und entsetzt. Wer denkt sich so ein krankes Szenario aus? Und warum?

Über die Antwort muss ich nicht lange nachgrübeln. Elizabeth steht selbstgefällig grinsend nicht weit entfernt. Ihre Freundin bei ihr – genauso wie Clay. Und ich sehe den Schmerz in seinen Augen. Zwar war er in keinerlei echter Gefahr, aber er weiß, was ich weiß: Wieder einmal habe ich mich entschieden, zuerst einen anderen zu retten.

»Hab ich doch gesagt«, verkündet Elizabeth. »Wir können uns unserer neuen Strömerin einfach nicht sicher sein. Sie wird sich immer für einen Myriader statt für einen Troikaner entscheiden.«

**Von:** Z_C_4/23.43.2
**An:** K_F_5/23.53.6
**Betreff:** Vorstellung, Bitte und Frage

---

Unser erster gemeinsamer Einsatz! Ich hoffe, Sie sind genauso begeistert, wie ich es bin, Mr. Flynn. Ich habe Gutes über Sie gehört, und ich freue mich darauf, Sie in Aktion zu erleben. Natürlich wird es einige Zeit brauchen, bis Sie mir vollständig vertrauen, und das kann ich verstehen. Momentan bin ich für Sie ein Unbekannter.

Zwei Dinge sollten Sie über mich wissen: Ich liebe meine Sphäre, und ich werde alles in meiner Macht Stehende dafür tun, um diejenigen in meiner Obhut zu beschützen. Ich möchte Sie dazu ermuntern, was Sie für richtig halten zu tun, um unser Ziel – Freiheit für alle – zu erreichen. Ich werde Sie niemals mit albernen Regeln einschränken; das Einzige, was ich von Ihnen verlange, ist, dass Sie mir den Respekt erweisen, der meinem Rang gebührt, und mich immer auf dem Laufenden halten.

Nun zu Ihrem Einsatz. Hoffentlich verstehen Sie, dass zu siegen nicht unser einziges Endziel ist. Wir kämpfen für unsere Art zu leben. Für das Recht, Gefühle zu empfinden, statt sie zu ignorieren. Das Recht, nach einem harten Arbeitstag Spaß zu haben und die Zeit zu genießen. Das Recht, sich nicht anzupassen, keine stumpfsinnigen Drohnen zu sein, sondern Individuen mit eigenen Wünschen und Bedürfnissen.

Wir müssen Miss Tenley Lockwood beweisen, wie viel besser Myriad für sie wäre. Für jeden!

Ich freue mich darauf, zu hören, wie Sie das erreichen wollen. Zudem erwarte ich eine Bestätigung, dass Sie Ihre scheinbare Zuneigung zu Miss Lockwood der Sache zuliebe übertrieben haben. Ich werde Ihnen jedes Wort glauben. Ich vertraue Ihnen so lange, bis Sie mir einen Grund geben, an Ihnen zu zweifeln, und Sie werden mir vertrauen. Ich glaube an das Prinzip von Geben und Nehmen.

Oh! Eine letzte Bemerkung noch. Mir wurde am frühen Morgen von einem Vorfall berichtet. Offenbar haben Sie Sloan Aubuchon quer durch den Schulungsraum geschleudert. War so viel Gewalt gegenüber Ihrem Schützling notwendig?

Macht bedeutet Recht!
Sir Zhi Chen

**Von:** K_F_5/23.53.6
**An:** Z_C_4/23.43.2
**Betreff:** Stellungnahme, Wahrheit und Schulterklopfen

---

Sie können versichert sein, dass mir die Wichtigkeit meiner Mission bewusst ist. Wenn Troika Miss Lockwood verliert, werden sie untergehen, während wir aufsteigen.

Wenn Sie meine Akte gelesen haben, wissen Sie, dass ich für unsere Sphäre gelogen, betrogen und verführt habe. Darin bin ich gut. Sehr gut. Aber Ihnen gegenüber werde ich immer ehrlich sein.

Frage: Glauben Sie wirklich, dass meine Zuneigung zu einer Troikanerin aufrichtig sein könnte? Ich bin entschlossener denn je, und ich werde tun, was immer nötig ist, um mein Ziel zu erreichen.

Was Sloan Aubuchon betrifft, ich habe sie nicht nur einmal durch den Schulungsraum geschleudert – ich habe sie *dreimal* durch den Schulungsraum geschleudert. Sie wird nie wieder einen Ausbilder von hinten anfallen, egal, wie sehr sie ihn hasst. Gern geschehen, Myriad.

Macht bedeutet Recht!
MA Killian Flynn

**Von:** Z_C_4/23.43.2
**An:** K_F_5/23.53.6
**Betreff:** Ich bin beeindruckt

---

Wir alle könnten uns eine Scheibe von Ihnen abschneiden, Mr. Flynn. Sie führen Ihr Leben mit Leidenschaft und kämpfen für das, was Sie wollen. Wie es sich für einen echten Myriader gehört. Weiter so!

Sicher freuen Sie sich zu hören, dass unsere Bemühungen, Miss Lockwood aus Troika herauszuholen, gute Fortschritte machen. Ich behaupte, Sie werden sie innerhalb von wenigen Tagen sehen.

Macht bedeutet Recht!
Sir Zhi Chen

# 6. KAPITEL

»Veränderung ist das Fundament des Erfolgs.«

Myriad

Den nächsten Tag verbringe ich in meiner Wohnung, wo ich versuche, meinen peinlichen Auftritt zu vergessen. Nach Elizabeths Ansage verließ ich die Feier und es gelang mir, nachdem ich ein paar falsche Portale genommen hatte, den Weg zurück zur Kathedrale zu finden. Niemand folgte mir.

In der Nacht hatte ich Albträume. Killian erschien nie auf dem Berggipfel, und die Vögel haben mich in Scharen angegriffen. Innerhalb von Minuten rissen sie mich in Stücke und labten sich an meinen Organen. Organe, die sich schnell wieder regenerierten, nur um aufs Neue verspeist zu werden. Die Schmerzen ... ich spüre noch immer ein Stechen in der Seite.

Nachdem ich mich irgendwie befreien konnte, schleppte ich meinen geschändeten, blutigen Körper in ein Kornfeld, keine Menschenseele war zu sehen. Ich war allein. Niemand wollte oder brauchte meine Hilfe, und ich fiel schluchzend auf die Knie.

Ich überlege, für den Rest meines Ewiglebens auf Schlaf zu verzichten.

Heute hat niemand an meine Tür geklopft, worüber ich froh bin. Bisher habe ich nichts anderes getan, als die Leute, die ich eigentlich beschützen soll, zu verärgern und zu beunruhigen. Ich habe alles falsch gemacht.

Ich bin Ten, das Unikum. Ten, die für einen Sieg unabdingbar ist. Ten, die Besondere. Aber ... vielleicht haben Levi und Archer und alle anderen sich geirrt? Vielleicht bin ich *nichts* Besonderes? Vielleicht bin ich unabdingbar für ein Scheitern?

Niedergeschlagen lasse ich mich auf das Sofa plumpsen. Das *Buch des Gesetzes* beginnt direkt vor mir zu leuchten, nach dem Motto: *Ta-da, hier bin ich, die Antwort auf all deine Probleme*. Wenn es bloß so wäre.

Ich habe keine Lust zu lesen, tue es aber trotzdem. Wissen ist Macht. Vielleicht bekomme ich das wenigstens besser hin.

*Und auch wenn du alles andere vergisst, denke immer daran: Liebe ist die Antwort. Liebe deine Sphäre. Liebe deine Leute. Liebe dich selbst. Das ist richtig und das ist gut. Nur wenn du dich für die Liebe entscheidest, verbreitest du Licht.*

Die Zahlenzeichen beginnen zu pulsieren, als ich die Seite umblättere. Jemand muss alle anderen in der Sphäre daran erinnern, sich für die Liebe zu entscheiden!

*Die anderen sind nie der Grund für deine Probleme. Deine eigenen Gedanken sind deine …*

Ich blättere um.

*Lass dieses Wort Wurzeln im fruchtbaren Boden deines Herzens schlagen, damit, sollte ein Sturm kommen – und er wird kommen –, du dich an etwas festhalten kannst.*

Genug! Das ist nicht besonders hilfreich.

Frustriert drücke ich eine Reihe von Knöpfen auf der Wunder-Fernbedienung, und das Buch verschwindet. Noch ein paar Knöpfe und eine detaillierte Karte von Troika erscheint an der Decke.

Ich habe die Karte gestern Abend entdeckt und mir die Standorte der Portale eingeprägt. Neben den sieben Hauptportalen, die in verschiedene Städte innerhalb der Sphäre führen, gibt es jede Menge kleinerer Portale – eher Treppen –, durch die man sich innerhalb der Städte fortbewegt. Jede Stadt umfasst Hunderttausende Quadratmeter.

Ich beschließe, die Mußestunden mit meiner Lieblingsbeschäftigung zu verbringen: zählen. Auf der Karte sind nur sechsundsechzig Bäume markiert – neununddreißig auf der einen und siebenundzwanzig auf der anderen Seite. Wieso?

Sechsundsechzig ist die Ordnungszahl von Dysprosium, einem Lanthanoid. Ein Lanthanoid ist eines von fünfzehn Metallelementen, die als »Seltene Erden« bekannt sind.

Fünfzehn ist eine Dreieckszahl: 1 + 2 + 3 + 4 + 5 = 15

Neununddreißig ist die Ordnungszahl von Yttrium. Entspricht drei Trimestern, der Dauer einer menschlichen Schwangerschaft.

Siebenundzwanzig lautet die Ordnungszahl von Kobalt. So viele Knochen gibt es in einer menschlichen Hand. Und das ist die Anzahl der »Würfelchen« in einem Zauberwürfel.

*Wumms!*

Die Wohnungstür wird aufgestoßen, Holzsplitter fliegen durch die Luft. Drei maskierte Männer marschieren in mein Apartment, und ich setze mich hastig auf. Meine Gedanken und mein Puls überschlagen sich.

Kämpfen oder fliehen?

Bei den Angreifern kann es sich nicht um Myriader handeln; Myriader können den Schleier der Flügel nicht passieren.

Haben die drei vor, mich aus der Sphäre zu werfen?

Kämpfen!

Als die Eindringlinge auf mich zukommen, trete ich gegen die Vase auf dem Couchtisch. Sie trifft den mittleren ins Gesicht. Er ist groß und muskulös, das Porzellan zersplittert; grunzend stolpert er nach hinten.

Ich rolle mich auf den Boden, rutsche unter dem Tisch durch und springe auf der anderen Seite auf. Der linke Angreifer – der sich auf mich werfen wollte – knallt auf die Couch und dann auf den Tisch.

Ich flitze in die Küche, doch der rechte Angreifer erwischt mich, bevor ich mir ein Messer schnappen kann, er schlingt starke Arme um meine Hüften und hält mich fest. Egal, wie sehr ich kämpfe, es gelingt mir nicht, mich zu befreien.

Nein. Nein! Die anderen beiden packen mich bei den Fußgelenken, dann tragen sie mich aus der Wohnung. Ich zapple wild herum und schreie um Hilfe. Falscher Stolz ist hier gerade nicht angebracht. Was auch immer sie mit mir vorhaben, ich werde es ihnen nicht leicht machen.

Wohnungstüren öffnen sich. Drei Trainees spähen heraus, um zu erfahren, was hier vor sich geht. Ein Junge wird bleich und zieht sich zurück. Eins der Mädchen – Winifred – tritt in den Flur.

Einer der Angreifer schießt mit einem Dazer auf sie und sie erstarrt. Mistkerl! Ich weiß zwar, dass dieses Seelen-Betäubungsgewehr keine Schmerzen verursacht und keinen anhaltenden Schaden hinterlässt, aber zumindest hat er ein junges Mädchen verwundbar gemacht.

Und warum zum Henker hat er den Dazer nicht bei mir benutzt?

Vielleicht soll ich erst gefoltert werden, bevor man mich hinauswirft?

Angst packt mich, doch ich kämpfe weiter. Das letzte Mädchen im Flur – Elizabeth, die endlich mal aus der Trainee-Abteilung verschwinden muss – beobachtet die Entführung mit einer gewissen amüsierten Zufriedenheit. Aus meiner Angst wird Wut.

»Hab Spaß, Zahlenmädchen«, ruft sie. »Ich jedenfalls habe eine Menge.«

Von Clay, meinem direkten Nachbarn, ist nichts zu sehen. Es ist früh. Er ist hier und er hat Ohren; auf keinen Fall kann er diesen Tumult überhören. Will er nichts mehr mit mir zu tun haben?

Das habe ich wohl verdient.

*Macht ruhig, Jungs. Bringt mich weg.*

Ich werde zum Aufzug getragen. Sanfte Musik dringt aus den Lautsprechern. Ich hätte meinen Mut zusammennehmen und Clay gestern Abend noch besuchen sollen. Stattdessen bin ich ihm feige aus dem Weg gegangen. Ich hätte mich auf Knien bei ihm entschuldigen müssen. Er ist mein bester

Freund. Ich hätte ihm den Grund für meine Entscheidung erklären sollen.

Er hätte aber … auch nicht gleich den Stab über mich brechen müssen, oder?

Ist es falsch von mir, so etwas zu denken? Vielleicht. Das Problem ist, dass die Reaktionen von anderen – ob eingebildet oder echt – meine Handlungen niemals bestimmen dürfen. Daran glaube ich doch angeblich, oder nicht?

Verdammt noch mal! Ich werde entkommen, und dann werde ich ihm sagen, wie viel er mir bedeutet.

Der Aufzug klingelt, die Türen gleiten auf. Als sie mich in die Halle zerren, trete ich wieder in Aktion, winde mich und trete mit aller Kraft um mich.

»Könntest du eben mal einen Moment stillhalten?«, brummt eine mir bekannte Stimme.

Warte mal. Clay?

»Ich glaube, du hast mir die Rippen gebrochen.«

Zweifellos Clay.

Ich schwanke zwischen Erleichterung und Verwirrung. Clay würde mir niemals wehtun, selbst wenn er zutiefst enttäuscht von mir ist. Das ist wohl eine Art … Test?

»Du sollst nicht reden«, zischt ein anderer Typ.

Deacon? Er ist mir seit meiner Ankunft erfolgreich aus dem Weg gegangen und ist jetzt ein Teil von … was immer das hier auch ist?

»Tut mir leid, Mann«, murrt Clay.

Wir kommen nach draußen. Licht hüllt mich ein, begrüßt mich wie ein alter Freund und wärmt mich von innen nach außen.

Während wir weitergehen, rufe ich mir die Karte von Troika in Erinnerung, um unseren Weg zu verfolgen. Durch eine Treppe gelangen wir tiefer zur Die Hauptstadt des Neuen, wo die höheren Tiere leben müssen. Villen überall, wo man hinsieht. Wir betreten ein Portal und kommen im Museum der

Weisheit heraus. Ich bin zum ersten Mal hier und ich bin … wow. Ich entdecke eine ägyptische Pyramide, einen russischen Palast und eine rumänische Festung. Ein Tipi.

Die stolze Schönheit jedes einzelnen Gebäudes macht mich sprachlos.

Wir nehmen eine weitere Treppe, dann ein weiteres Portal und landen schließlich in Der Turm der Macht, einer Stadt, die so heißt wegen ihrer zahlreichen Wolkenkratzer mit … Laderampen anstelle von Balkonen? Fliegende Autos schwirren herum. Ich schüttle ehrfürchtig den Kopf.

Ich werde in eine der vielen kolosseumsartigen Arenen befördert, die die Wolkenkratzer flankieren, und auf den Sandboden geworfen. Ich springe sofort auf, ohne auf die schwarzen Flecken vor meinen Augen zu achten. Die maskierten Männer bleiben an ihren Plätzen stehen, während Levi, Meredith, Kayla und Reed sich zu uns gesellen; sie alle bilden einen Kreis um mich.

Ein Zittern durchläuft mich, doch ich hebe stolz das Kinn. *Ihr wollt euch mit mir anlegen? Dann los.*

»Gentlemen«, sagt Levi und nickt.

Besagte »Gentlemen« ziehen ihre Masken ab, es handelt sich um Deacon, Clay und Victor.

Insgesamt sind hier also außer mir sieben Leute.

Sieben Tage in der Woche. Ein Siebeneck. Glückszahl Sieben.

Ich blicke Levi düster an, den General, der offensichtlich den Befehl gegeben hat, mich zu entführen. »Ich kann mir bessere Methoden vorstellen, mich einzuladen zu … was immer das hier ist.«

»Ja, aber es gab keine bessere Methode, Ihnen zu demonstrieren, wie schwach Sie sind.«

»Nun, betrachten Sie die Sache als demonstriert.« Ich breite die Arme weit aus. *Legt los.* »Will vielleicht noch jemand über mich herfallen?«

»Oh, keine Sorge. Jeder Einzelne wird über Sie herfallen.« Er verschränkt die Arme. »Und jetzt sagen Sie mir bitte, dass Sie heute Morgen Ihren Schlüssel benutzt und die Türen des Netzes geöffnet haben.«

»Das würde ich ja gern, aber dann müsste ich lügen.«

Er runzelt die Stirn. »Sie sollten weniger Zeit damit verbringen, sich selbst leidzutun, und mehr damit, was wirklich zählt. Wir brauchen Sie, und die Menschen im Land der Ernte brauchen uns. Verstehen Sie, wie das läuft?«

So nervig, aber so wahr.

Er geht um mich herum und malt dabei mit den Füßen einen Kreis in den Sand. »Eine Gabe kann nur etwas bewirken, wenn sie auch angenommen wird.«

Ich balle die Hände zu Fäusten. »Wenn Sie vorhaben, mich zu verwirren, dann bravo. Ziel erreicht.«

Er lächelt mich an, wirkt dabei aber kein bisschen fröhlich. »Sie müssen sich selbst für Archers Tod vergeben. Wenn nicht, begehen Sie Vertragsbruch. Wussten Sie das? Wer Groll hegt, wird bestraft. Sogar, wenn der Groll gegen sich selbst gerichtet ist.«

Empört entgegne ich: »Hat diese Tatsache schon mal jemand Elizabeth gegenüber erwähnt?«

»Wie wäre es, wenn Sie sich auf sich selbst konzentrieren, hm?« Er zwinkert mir zu. »Nachdem Sie neu hier sind, will ich mal nicht so sein und erkläre Ihnen ein paar Dinge. Elizabeth wurde eine Schonfrist gewährt. Eine Zeit *ohne* Bestrafung, in der man nachdenken kann und vergeben lernt. Sie mögen diese Schonfrist jetzt vielleicht verfluchen, doch könnte ich wetten, dass Sie eines Tages, wenn Sie selbst sie brauchen, dafür dankbar sein werden.«

*Wah.* Ich finde ihn sekündlich ätzender. »Welche Strafen werden hier verhängt?« Ich kenne *den Transfer*, bei dem man seine eigenen Verfehlungen durch die Augen seiner Opfer sieht. Aber es muss noch andere geben.

»Verlust von Heim und Arbeit. Einzelhaft. Ja, es gibt hier ein Gefängnis, und Groll ist ein ernsthaftes Verbrechen. Abneigung in jeglicher Form wirft einen Schatten auf das Netz und betrifft uns alle.«

Nun. Dann sollte ich jetzt wohl das Netz hell und glänzend halten. Ich blicke Clay an. »Es tut mir leid. Ich wusste, dass andere zu dir eilen und dich retten würden, aber ich hatte Angst, dass niemand …«

Er hebt eine Hand. »*Mir* tut es leid. Meredith hat mir die Situation erklärt. Ich hätte dir vertrauen müssen.«

Meredith sieht nur das Beste in mir, obwohl sie mich kennt. Diese Tatsache erscheint mir *tatsächlich* hell und glänzend.

Ich suche sie mit meinen Blicken und forme lautlos mit den Lippen: *Danke schön.*

Sie wirft mir eine Kusshand zu.

»Sie sind Strömerin.« Levi übernimmt wieder die Gesprächsführung.

»Bin ich?«, frage ich leise. »Bisher habe ich keine außergewöhnlichen Kräfte an mir festgestellt.«

»Ein paar Rückschläge, und schon zweifeln Sie an meinem Wort und an Ihren eigenen Fähigkeiten. Vielleicht sind Sie *wirklich* ganz gewöhnlich.«

Ich starre ihn an. »Ein *paar* Rückschläge?«

»Jeder kann einen Marathon beginnen. Nur die Stärksten werden ihn auch beenden, sogar nachdem sie gestürzt sind.«

Unn-nn-nnd er hat schon wieder recht. Zero! »Bitte hören Sie mit diesem Motivationsgequatsche auf.«

»Na schön. Dann kommen wir jetzt zur Sache.« Er wischt eine unsichtbare Fluse von seiner Schulter. »Normalerweise würden wir keinen Trainee ins Feld schicken, doch ein spezieller Fall ist zu unserer Kenntnis gelangt, und Sie, Tenley Lockwood, sind die Einzige, die diese Aufgabe erledigen kann.«

»Zudem würden wir niemals eine Strömerin losschicken,

solange unsere einzige andere Strömerin vermisst wird«, fügt Meredith hinzu, die Stimme angespannt.

Schreck lässt mein Lebensblut schockgefrieren. Ich kann mir vorstellen, worum es geht. Um das Mädchen, das Meredith vor der Willkommensfeier erwähnt hat, das mit Penumbra infiziert ist.

»Die Prinzessin wird nicht vermisst«, verkündet Levi. »Der Zweitkönig hat heute Morgen mit seinen Generälen gesprochen. Myriad hat ein hohes Kopfgeld auf die Prinzessin ausgesetzt. Um nicht zu riskieren, dass einer von uns sich gegen sie stellt, um sich persönlich zu bereichern, hat er sie versteckt, so wie wir es vermuteten.«

Myriads Vorgehen empört mich, doch bin ich froh zu hören, dass die Prinzessin in Sicherheit ist.

Levi durchbohrt mich mit einem strengen Blick. »Zurück zum Fall. Das Schlimmstmögliche ist passiert. Der Tag, den so viele gefürchtet haben, ist gekommen. Myriad hat einen Menschen erfolgreich mit einer Krankheit namens Penumbra infiziert.«

Ich wusste es!

Die anderen stöhnen entsetzt auf.

»Die gibt es also wirklich?«, fragt Reed.

»Das war nicht nur ein Gerücht?« Kayla scheint in sich zusammenzusinken und zu schrumpfen.

Levi nickt, dann fährt er fort: »Diese Information darf keinesfalls nach außen dringen. Verstanden?« Nachdem er es laut ausgesprochen hat, fügt er hinzu: »Sie sind die Einzige, die einen Ausbruch verhindern kann, Miss Lockwood, und das bedeutet, dass ich Ihnen einen Crashkurs über … alles geben muss. Wir werden auch an Ihren Marotten arbeiten und Ihnen helfen, durch alle auf Sie zukommenden Probleme zu wachsen.«

Durch sie zu *wachsen*, hat er gesagt. Nicht nur sie zu *meistern*. Das gefällt mir. »Aber ich bin bloß ein Mädchen. Ein Mädchen, das erst seit Kurzem tot ist. Wie kann ich …«

»Ihnen fehlt lediglich die richtige Motivation.« Seine Augen funkeln. »Vielleicht hilft Folgendes ja: Killian Flynn betreut das infizierte Mädchen.«

Ich fahre wie vom Blitz getroffen zusammen. Auf einmal ist es mir unmöglich, Luft zu holen. Mein Blut erhitzt sich. Ich werde Killian sehen, mit ihm sprechen ... gegen ihn kämpfen?

*Wah, wah, wah*. Das kann einem ganz schön die Laune verderben. Wir werden in diesem Krieg auf entgegengesetzten Seiten und mit vollkommen unterschiedlichen Zielen kämpfen.

»Warum sollten Sie mich ausgerechnet mit ihm zusammenbringen?«, frage ich.

Mit feierlichem Gesichtsausdruck antwortet Levi: »Diese Mission ist dermaßen wichtig ... die Konsequenzen, wenn Sie versagen, sind so weitreichend ... Ich würde *alles* tun, um dafür zu sorgen, dass *Sie* alles tun, um uns zu retten. Wenn Sie Mr. Flynn davon überzeugen können, uns zu helfen, umso besser.«

Mein Magen verkrampft sich. *Aber natürlich setzt mich hier keiner unter Druck, nicht wahr?*

»Bilden Sie mich aus«, sage ich. »Ich werde tun, was ich kann, um zu helfen.«

Seine Augen funkeln anerkennend. »Das hier sind Ihre Teamkollegen. Mit ihnen werden Sie direkt zusammenarbeiten. Jeder hat eine andere Spezialität, und ich glaube, dass Sie sich gegenseitig gut ergänzen, auch wenn es Ihnen an Erfahrung mangelt. Wie Archer hat Victor Zeit mit Killian verbracht, bevor er zu uns überwechselte. Und nachdem Killian Ihnen geholfen hat, Kayla und Reed aus Viele Enden zu retten, werden sie ihn einerseits nicht angreifen, Ihnen aber umso mehr helfen. Clay und Meredith lieben Sie und werden Sie mit ihrem Leben beschützen.«

Niemand wird jemals wieder sein Leben für mich opfern!

»Warum *verabschiedest* du dich nicht auch gleich von deinen Teamkollegen? Killian wird uns alle umbringen – mit deiner Hilfe, da bin ich mir sicher.« Elizabeth hat das Kolosseum betreten und kommt auf uns zu. »Ob gewollt oder ungewollt.«

Ich starre Levi an. »Was macht sie hier?«

»Hey! Zahlenmädchen!«, faucht sie. »So redet man nicht mit einem General. Das wissen selbst Kinder …«

Levi sieht sie böse an und sie verstummt. »Elizabeth ist ebenfalls ein Mitglied Ihres Teams, Miss Lockwood. Schonfrist hin oder her, Abneigung, Groll und Bosheit kosten immer ihren Preis.« Er hat die Stimme nicht erhoben, doch ist die Verärgerung auch so deutlich zu spüren. »Sie beide werden lernen müssen, zusammenzuarbeiten und einander zu vertrauen. Wenn nicht, werden Sie draußen im Feld Ihre Aufgabe nicht erfüllen können.«

Ich werfe die Arme in die Luft. »Warum riskieren wir das überhaupt?«

»Wenn Sie Ihre Gefühle füreinander nicht in den Griff bekommen, wie sollen Sie dann jemals Ihre Gefühle in den Griff bekommen, wenn etwas anderes schiefläuft? Und irgendwas *wird* schieflaufen. Wir würden ein großes Risiko eingehen, wenn wir Ihnen nicht beibringen, Ihre Gefühle zu transzendieren.«

»Ich werde dir *niemals* vertrauen«, zischt Elizabeth mir zu. »Lieber verbringe ich die Ewigkeit in Myriads Zwinger, als mit dir zusammenzuarbeiten …«

»Genug, Miss Winchester«, blafft Levi sie an. »Sie wurden schon einmal verwarnt. Sie, die Sie die Ausbildung bereits abgeschlossen haben, sollten eigentlich ein Beispiel für unsere Trainees abgeben. Und zwar ein gutes.«

Überraschend respektvoll senkt sie den Kopf.

Besonders freuen kann ich mich über ihre Zurechtweisung jedoch nicht. Es fällt mir schon schwer genug, mir vorzustellen, was alles vor mir liegt, was ich alles tun *muss*. Und jetzt soll ich mich auch noch mit Elizabeth herumärgern? Na toll.

Die Vergangenheit kann man nicht ändern, und ihre Meinung von mir wird – *darf!* – keinen Einfluss auf meine Realität haben. Was sie über mich denkt, sagt mehr über sie aus als über mich. Aber ich bin darauf angewiesen, dass dieses Mädchen mit mir zusammenarbeitet, nicht gegen mich.

»Ich kann Killians Vergangenheit nicht verteidigen«, sage ich zu ihr. »Er hat getan, was er getan hat, so wie du und ich getan haben, was wir getan haben. Du hast um zweite, dritte und vierte Chancen gebeten, da bin ich sicher. Sollte er nicht dieselbe Chance bekommen? Und ich auch?«

Sie stiert mich an, dann murrt sie: »Zähl dich doch ins Knie.«

Ähm. Ich … habe keine Ahnung, was ich darauf entgegnen könnte.

»Na schön. Wir wollen anfangen.«

Levi drückt auf seinen Handrücken und ein blauer Schimmer erscheint. Er tippt etwas in den Schimmer, woraufhin ein paar Sekunden später neben ihm eine Hülle materialisiert. Eine Hülle, die mir zum Verwechseln ähnelt.

»Wohin Sie auch gehen, erfahrene Agenten werden die Gegend absichern. Sie werden niemals ohne bewaffnete Wache sein. Man wird Sie mittels Ihrer Hülle orten können.«

Ich höre kaum zu, weil ich viel zu sehr damit beschäftigt bin, die Hülle zu bestaunen. Sie – es – hat glatte schwarze Haare und keine Zeichen, was der einzige wirkliche Unterschied zwischen uns ist. Die Augenhöhlen sind leer und klar, aber das wird sich in dem Moment verändern, in dem meine Seele hineinschlüpft. Sowohl Menschen wie auch Geistwesen werden meine echten Augen sehen.

Die Augen sind immerhin das Fenster zur Seele.

Die Hülle hat sogar … hey! »War der Pickel wirklich nötig?«, frage ich.

»Wenn man sich perfekt unter den Menschen einfügen will«, entgegnet Levi, »dann muss man sich auch perfekt einfügen.«

»Wow. So viel Weisheit.« Menschen werden nicht merken, dass ich eine Hülle bin, außer wenn sie mich anfassen; Hüllen erzeugen keine Körperwärme.

Wobei selbst dann kaum jemand die Wahrheit begreifen wird. Bevor ich Killian und Archer kannte, hatte ich keine Ahnung, dass ich mit Hüllen Kontakt hatte, und dachte, an ihrer kühlen Haut sei ein Drüsenproblem schuld.

Oh, welche Macht die Vernunft doch über uns hat.

»Archers Hülle war perfekt«, murmle ich. »Will heißen, ohne irgendwelche Makel, falls Sie eine genauere Erläuterung benötigen.«

Levi hebt eine Augenbraue. »Pickel sind kein Makel, sondern Pickel. Menschen gibt es in allen möglichen Typen, Formen und Größen. Haben Sie vergessen, wie Archer in Bows Hülle schlüpfte?«

Bow war eine dickliche Mädchenhülle, in der ich seinerzeit den Jungen kennenlernte, der den Kurs meines Ewiglebens vollkommen verändern sollte. »Nein.« Ich bin noch immer sauer. »Ich werde Bow niemals vergessen.« Im Übrigen habe ich in ihrer/seiner Gegenwart geduscht. Wobei man ihm zugutehalten muss, dass er diese Zeit meistens dafür nutzte, seine eigenen Brüste zu bewundern.

»Archer wusste, wie man sich bei den Menschen einfügt, ohne sich zu sehr zu bemühen.« Levi klatscht in die Hände. »Weiter. Jede Hülle ist mit drei Etuis für Waffen ausgestattet. Jeweils eins für Schwerter, Dolche und Schusswaffen. Man nennt sie Whells – Weapon Hull with Enhanced Link and Load – und falls Sie einen anderen Waffentyp benötigen, gibt es speziell angefertigte Whells. Bis Sie sich in den Hüllen verankert haben, sind Whells unbrauchbar. Und zu guter Letzt: Wenn Sie zum Beispiel mit einem Schwert kämpfen wollen, muss Ihre Hülle das Whell ergreifen, das für Schwerter gedacht ist. Verstanden?«

Ich nicke, obwohl sich in meinem Kopf alles dreht. »Was ist

mit den Feuerschwertern?« Die habe ich an jenem Tag gesehen, als ich gestorben bin.

»Pyres benötigen kein Whell. Sobald Sie Ihren Schlüssel decodiert haben, werden Sie in der Lage sein, sich selbst ein Feuerschwert zu erschaffen. Eine äußerliche Manifestation Ihres Lichts. Bis dahin ... Wir fahren fort.«

»Halt! Myriader haben ebenfalls Pyres, aber sie besitzen kein Licht.«

»Eine billige Fälschung, das können Sie mir glauben. Ihre Schwerter heißen Glaciers, und sie rauchen, weil sie aus etwas Ähnlichem wie Trockeneis sind. *Nun.* Ein Geistwesen kann ohne Hülle nicht mit Menschen in Kontakt treten«, fährt er fort, »und deswegen ist die allererste Regel wesentlich: in der Hülle zu bleiben.«

Klingt leicht genug.

Er deutet auf meine Hülle. »Na los. Versuchen Sie es.«

Zuversichtlich, alles verstanden zu haben, versuche ich die Hülle wie einen Fahrstuhl zu betreten – und werde umgehend von einer mächtigen Kraft abgestoßen. Ich runzle die Stirn, starte einen neuen Versuch einzutreten, und ...

... werde abgestoßen.

Mein Publikum reagiert unterschiedlich.

Deacon bleibt ausdruckslos.

Clay grinst. »Das Problem hatte ich auch.«

Meredith und Victor feuern mich an. »Du schaffst das!«

Kayla und Reed betrachten mich besorgt.

»Gib auf, Zahlenmädchen«, ruft Elizabeth. »Du wirst eh versagen, das wissen wir alle.«

Levi rügt sie nicht. »Überlegen Sie nicht, wie Sie sich verankern sollen«, erklärt er, »sondern fragen Sie sich, *warum* Sie nicht bereits verankert sind.«

Soll das vielleicht ein blöder Witz sein? »Nur zu Ihrer Information, in meinem Zeugnis wird stehen: *hundsmiserabel schlecht.*«

Die anderen prusten los, doch er verdreht die Augen. »Was einem erklärt wird, vergisst man schnell. Was man selbst herausfindet, daran erinnert man sich für immer.«

Also schön. *Warum* habe ich mich nicht verankert?

*Verankern.* Ein Verb. Sichern, befestigen, festzurren. Also … ich habe meine Seele in der Hülle nicht gesichert, nicht befestigt und festgezurrt, weil … ich nicht *versucht* habe, meine Seele in der Hülle zu sichern, zu befestigen und festzuzurren?

Ich straffe die Schultern und hebe das Kinn.

»Da ist sie ja«, sagt Levi lächelnd. »Die Kämpferin, die ich kenne und manchmal mag.«

Ich rolle die Finger ein, wild entschlossen, mich diesmal richtig in die Hülle hineinzugraben. Und bei diesem dritten Versuch klappt es. Mein fester Entschluss ist wie Klebstoff, es entsteht eine regelrechte Sogwirkung zwischen dem Lebendigen und dem Leblosen. Eine Sogwirkung, die nicht länger als ein paar Sekunden andauert; ich werde erneut ausgestoßen, aber das ist mir egal. Ich habe es einmal geschafft, also kann ich es wieder schaffen.

Levis Grinsen wird breiter. »Wenn Sie das nächste Mal hineinsteigen, klopfen Sie auf Ihren Handrücken, dann erscheint eine Tastatur. Meine Adresse ist in Ihrer Datenbank gespeichert. Schicken Sie mir eine Nachricht.«

*Und soll ich mir vielleicht, wenn ich schon mal dabei bin, gleichzeitig noch einen Hasen aus dem Hintern zaubern?* »Was soll in der Nachricht stehen?«

»Was immer Sie wollen. Das ist praktisch Ihre einzige Chance, mir zu sagen, was Sie von mir halten. Und zwar ohne Angst vor Konsequenzen wegen Respektlosigkeit gegenüber einem Vorgesetzten.«

Ich klimpere mit den Wimpern, und zum ersten Mal seit meinem Tod verspüre ich nicht einmal den Hauch von Niedergeschlagenheit. »Weil ich vielleicht bald *Ihre* Vorgesetzte sein werde?« Er ist General, ja, doch als Strömerin stehe ich einen Rang höher als er. Eine Tatsache, die mir gefällt. Sehr.

Er blickt in den herrlichen Himmel, ein Himmel aus gesprenkeltem Wasser, der die gesamte Sphäre einhüllt. »Bringt mich in die Stille! Bitte!«

»Sie ist eindeutig Archers Rekrutin, nicht wahr?« Meredith kichert.

Und schon sind da wieder dieser Schmerz und die Trauer.

»Miss Lockwood.« Levi stößt einen tiefen Seufzer aus. »Ein einziger Gedanke kann zur absoluten Zerstörung oder zum endgültigen Sieg führen. Schließen Sie die Augen und stellen Sie sich vor, in der Hülle zu bleiben. Wenn Sie das vor sich sehen können, dann können Sie es auch tun. Also, sprechen Sie mir nach: Es sehen, es tun. Es sehen, es tun.«

»Es sehen, es tun. Es sehen, es tun.« Um ihm eine Freude zu machen, stelle ich mir mein Geistwesen innerhalb der Hülle vor ... zu meiner Überraschung und Freude durchfährt mich ein Gefühl von Macht. Entschlossen und aufgeregt denke ich: Ich *kann* das! Ich kann in der Hülle bleiben.

Ich trete in meine Hülle ... und dieses Mal bleibe ich, wo ich bin.

**Von:** T_L_2/23.43.2
**An:** L_N_3/19.1.1
**Betreff:** rwat trey

---

Soed

A

S

S

Seow gpc/ehceo fo e y echd iiiii

EOC.SOECC EPOS.Sdl clwo dowleo wos w w ro.s

kr.

**Von:** L_N_3/19.1.1
**An:** T_L_2/23.43.2
**Betreff:** Ihre Nachricht-Kompetenz – oder Ihr Mangel daran

---

Wow, Miss Lockwood. Sie wissen wirklich, wie man jemanden beleidigt. Leider habe ich nie gelernt, völligen Unsinn zu lesen. Doch üben Sie weiter. Schlimmer kann es (offensichtlich) nicht werden.

Licht bringt Klarheit!
General Levi Nanne

PS: Normalerweise beende ich meine Nachrichten mit: *Licht bringt Klarheit!* Für Sie mache ich eine Ausnahme und ende mit: *Der Klügere gibt nach!*

**Von:** T_L_2/23.43.2
**An:** L_N_3/19.1.1
**Betreff:** Tesy Tesr Test

---

Si könneb sich Ihr Lich in Hinnern schieb.

Aber errnsthft. Wie findn Sie des??//?

Generalin-in-Ausbildung
Twn Lockqood

**Von:** L_N_3/19.1.1
**An:** T_L_2/23.43.2
**Betreff:** Gähn!

---

Anscheinend sind Sie nun bereit zuzugeben, dass Killian nicht der richtige Partner für Ihr Ewigleben ist. Denn offenbar wollen Sie ihn nicht wiedersehen. Und vielleicht ist das ja auch besser so. Wenn Sie so weitermachen, wird es erst ein Wiedersehen geben, wenn Sie beide um die sechstausend Jahre alt sind. Und eine Windel ist nicht besonders schick.

Licht bringt Klarheit!
General Levi Nanne

**Von:** K_F_5/23.53.6
**An:** T_L_2/23.43.2
**Betreff:** Tenley Lockwood

---

Das ist ein Test. Versuch es besser zu machen.

MA KF

**Von:** K_F_5/23.53.6
**An:** T_L_2/23.43.2
**Betreff:** Manchmal hasse ich dich

---

1. Aber nur weil ich dich mit jedem einzelnen Atemzug mehr vermisse.
2. Vergiss nie, dass deine Nachrichten überwacht werden. Antworte nicht auf diese.
3. Wahrscheinlich fragst du dich, warum ich dich kontaktieren kann. Archer hat mir vor seinem Tod eine troikanische Verbindung gegeben. Und keine Sorge. Sein Ansehen wird darunter nicht leiden, denn seine Vorgesetzten waren einverstanden, uns zu helfen, dir zu helfen.
4. Ich bin einfach klasse. Du magst Zahlen, also bekommst du Zahlen.
5. Ich weiß, dass du Probleme mit deinem Dad hattest, aber ich weiß auch, dass du verzeihen kannst. Wofür ich nur dankbar bin, wenn du gerade mir etwas verzeihst. Aber: Bestimmt freust du dich zu hören, dass er hier sehr respektvoll behandelt wird. Die Kehrseite der Medaille ist, dass deine Mutter um einen Gerichtstermin gebeten hat, weil sie zu Troika überlaufen möchte. Momentan ist sie untergetaucht. Ich habe dafür gesorgt, dass Freunde von mir sie jede Sekunde des Tages beschützen. Ihr wird nichts geschehen, darauf hast du mein Wort. Natürlich schuldest du mir jetzt was, und ich erwarte selbstverständlich eine Gegenleistung. So nett bin ich.
6. Du sagtest, dass du mir immer vertrauen wirst. Vergiss das niemals.

7. Rate mal, wer jetzt Sloans Mentor ist? Ich gebe dir einen Tipp. Er träumt jede Nacht von dir.
8. Du bist die beste Freundin, die ich je hatte. Ich vermisse es, dich anzusehen, mit dir zu reden, mit dir zu lachen. Wenn ich mich in dein Schlafzimmer schleichen könnte, um dir beim Schlafen zuzusehen, würde ich das tun. Total egal, wie komisch das klingen mag.
9. Wenn wir uns das nächste Mal sehen, werden wir streiten. Daran führt kein Weg vorbei. Also sei bereit.143

MA KF

**Von:** T_L_2/23.43.2
**An:** K_F_5/23.53.6
**Betreff:** Vermiss dich totl

---

1. Danke, dass du dich ummeine Mutta kümmerst.
2. Ich werde ins Land der Erne gescxickt – wir sehen uns dorrt.
3. Was bedeutet 143/

Falls das deine Art is, Schluss zu machn, tut myr leid, so funkioniert das nicht.

Strömerin-in-Ausbildung
Ten Lockwood

**Von:** Mailer-Erratum
**An:** T_L_2/23.43.2 K_F_5/23.53.6
**Betreff:** DIESE NACHRICHT KONNTE NICHT ZUGESTELLT WERDEN

---

Ein Bericht wurde an Ihren Vorgesetzten General Levi Nanne gesandt.

# 7. KAPITEL

»Du findest genau das, was du suchst. Sei es gut oder schlecht.«

Troika

Über eine Woche lang trainiere ich in meiner Hülle gemeinsam mit meinen Teamkollegen. Mit einer Unmenge von Whells und anderen Waffen. Und das zu allen Tages- und Nachtzeiten. Die Generäle kommen regelmäßig vorbei, um zu sehen, ob ich Fortschritte mache oder nicht. Alejandro, der in seinem Erstleben hundertprozentig ein Supermodel gewesen sein muss. Luciana, die klein, kurvenreich und mit bezaubernden Sommersprossen übersät ist. Shamus, der Inbegriff des schottischen Kriegers. Und Ying Wo, anmutig wie ein Sonnenstrahl.

Die Generäle sind für die Sicherheit und das Wohl der Troikaner verantwortlich, für die Kriegsplanung ebenso wie für das Wohlergehen der Bevölkerung. Sie sind führende Experten auf ihrem Gebiet.

Nicht dass ich mich deswegen etwa unter Druck gesetzt fühle, ebenfalls perfekt zu funktionieren!

Jeden Tag sagt Levi: »Nehmen Sie meine Hand. Schicken Sie mir einen Lichtstrahl über das Netz.«

Jeden Tag gelingt es mir nicht, was mich schwer frustriert.

In meiner knappen Freizeit lese ich das *Buch des Gesetzes.* Wissen ist nun mal Macht und Beharrlichkeit bedeutet Stärke – und ich will eines Tages das stärkste und mächtigste Mädchen sein, das jemals gelebt hat!

Geständnis: Die Hälfte der Zeit verstehe ich nicht, was ich lese.

Auf der ersten Seite steht: *Dein Leben wird nicht durch das Gesetz bestimmt. Es wird von der Einstellung deines Herzens bestimmt. Man kann nur in seinem eigenen Licht wandeln. Verletze niemals dein Licht.*

Somit sind die Gesetze nicht so wichtig wie unsere Absichten … oder sie sind genauso wichtig wie unsere Absichten, doch wenn wir es gut meinen, werden uns unsere Fehler verziehen? Und wie verletzt man Licht? Indem man das Falsche tut, wenn man weiß, was das Richtige wäre? Oder einfach nur, indem man das Falsche tut?

Wie auch immer, wenn ich lese, pulsieren meine Zeichen, somit bekomme ich intuitiv offenbar das Wichtigste mit. Es ist ein bisschen so, wie wenn ich Manna esse. Zwar kenne ich die Vitamine und Mineralien nicht, die ich meiner Seele gebe, doch meine Zellen absorbieren die Nährstoffe trotzdem.

Und ich begreife ganz und gar, wie wichtig verzeihen ist. Meine Verbitterung ist Gift – aber ein Gift nur gegen mich selbst.

Ich zwinge mich, die Wut auf Elizabeth loszulassen. Wenn das Gefühl wieder an die Oberfläche kommt, und das passiert, konzentriere ich mich auf ihre guten Seiten. Wie loyal und leidenschaftlich sie ist. Leider revanchiert sie sich nicht dafür, nein. Sie klammert sich an ihre Wut, als wäre sie ihre neue Freundin, und demütigt mich bei jeder passenden und unpassenden Gelegenheit.

Sie sagt: »Wenn du tatsächlich unsere Rettung sein sollst, dann kann ich über das Schicksal unserer Sphäre nur weinen.« Oder: »Ich frage mich, ob der Erstkönig bei deinem Anblick bereut, jemals Menschen erschaffen zu haben.« Oh, und den hier finde ich besonders gut: »Ich wette, dein Name steht dafür, wie oft du jedem um dich herum das Leben zur Hölle gemacht hast. Zehn Mal.«

Zum Glück hat der Rest der Sphäre mir verziehen. Ich werde überall mit einem Lächeln begrüßt.

Was sie wohl von mir halten würden, wenn sie wüssten, dass ich eine Nachricht von Killian bekommen habe? Und was würden sie denken, wenn sie meine Reaktion auf diese Nachricht hätten sehen können?

Jedes Mal, wenn ich daran denke, muss ich lachen, dann breite ich die Arme aus und drehe mich um mich selbst. Der unantastbare, unbezähmbare Killian Flynn scheint mich wirklich zu lieben!

Mitten in meinem Apartment tue ich genau das. Ich lache. Breite die Arme aus. Drehe mich. Inzwischen glaube ich, dass 143 die numerische Entsprechung von *I love you* ist. 1 – ein Wort mit einem Buchstaben. 4 – ein Wort mit vier Buchstaben. 3 – ein Wort mit drei Buchstaben.

Bevor ich Killians Nachricht erhielt, habe ich mich immer vor dem Wort Liebe gescheut. Doch warum? Jetzt kommt mir meine Furcht albern vor. Ich meine, was ist so beängstigend an fünf kleinen Buchstaben? L-I-E-B-E.

Liebe gibt. Liebe beschützt. Liebe ist erhaben und niemals zerstörerisch. Liebe macht stark.

Ich glaube, ich 143 Killian auch. Mein Herz wird ganz weich, wenn ich seinen Namen nur höre. Er ist stark, klug und witzig. Er ist mutig. Er lernt, wie man gütig ist. Wenn er mich anschaut, sehe ich nicht den Schmerz der Vergangenheit, sondern das Strahlen der Zukunft.

Ich würde die Welt auseinanderreißen, um mit ihm zusammen sein zu können.

Aber wie kann das funktionieren?

Wir werden uns der Feindseligkeit zweier Welten stellen müssen. Ich muss sowohl körperlich als auch mental stärker werden. Muss eine Soldatin werden, die alle unter ihren Schutz gestellten Wesen verteidigen und Beleidigungen ignorieren kann.

Gestern sagte Elizabeth: »Und wenn du falschliegst, was deinen myriadischen Lustknaben betrifft, hm? Was, wenn er deine Gefühle für ihn nur ausnutzt? Und das tut er!«

Sie will Zweifel in mir säen. Ich muss vorsichtig sein. Der

Zweifel ist eine heimtückische Kreatur. Er kriecht in einen hinein, macht es sich gemütlich und ruiniert einfach *alles*.

Killian hat seine Loyalität mir gegenüber mehr als nur einmal bewiesen. Er hat mein Vertrauen verdient. Er versteckt meine Mutter, er beschützt sie sogar, damit sie zu uns überlaufen kann.

Eines Tages werden sie und ich vielleicht nebeneinander auf den Straßen von Troika spazieren gehen, Hand in Hand. Dank Killians Liebe und Mühen.

Womöglich geht er ja eines Tages noch einen Schritt weiter und arbeitet mit mir zusammen mit dem Ziel, den Krieg zu beenden. Gemeinsam können wir alles erreichen! Schließlich ist nicht jeder Myriader ein Repräsentant der Finsternis, wie auch nicht jeder Troikaner ein Repräsentant des Lichts ist. Es gibt gute und schlechte Leute in beiden Sphären.

Die Zeichen in meinen Händen vibrieren, ich zucke zusammen und mache mich bereit für … Oh. Richtig. Meine innere Uhr. Seit ich weiß, wie man sich in eine Hülle hinein- und aus ihr hinausbegibt, bin ich auch in der Lage, eine leuchtende Tastatur oberhalb meines Handgelenks zu erzeugen. Ich kann etwas eintippen, egal, ob ich innerhalb oder außerhalb der Hülle bin. Und ich habe gelernt, wie man einen Wecker stellt.

Es ist Zeit für mein nächstes Training mit Levi in Der Turm der Macht.

Ich stopfe das Waffenarsenal, das ich gesammelt habe, in einen Rucksack und werfe dem Hologramm meines Bruders einen Kuss zu. Er liegt in einem wunderschönen Holzbettchen. Vier geschnitzte Pfosten, die wie Baumstämme mit nach oben gebogenen Ästen aussehen, ragen zur Decke. Er strampelt und lacht mich an.

Auf *seinen* Wänden läuft eine Live-Übertragung von mir, und er sieht mir gern zu. Ich scheine ihn gut zu unterhalten.

Mein Herz quillt über vor Liebe zu ihm und bestärkt mich nur noch mehr in meiner Entschiedenheit, den Krieg zwischen den Sphären zu beenden. Eines Tages wird er alt genug sein, um in der Armee zu dienen. Wenn dann Frieden herrscht, wird er niemals kämpfen müssen und kann stattdessen die Früchte meiner Anstrengungen ernten.

»Ich komme dich besuchen, wenn ich mit dem Training fertig bin«, sage ich.

Er pupst.

Meredith war vorhin bei ihm. Jetzt sitzt sein Kindermädchen neben ihm in einem Schaukelstuhl und liest im *Buch des Gesetzes*. Sie rümpft die Nase und wedelt mit einer Hand vor ihrem Gesicht herum. »Das war mehr als nur ein Pups, nicht wahr, mein Schatz«, sagt sie und steht auf. Sie ist ein schönes Mädchen mit rotem Haar und vielen Sommersprossen. »Ich könnte wetten, dass du deine Windel gerade mit Giftmüll gefüllt hast.«

Unn-nn-nnd das ist dann wohl das Startsignal für mich. »Tschüss Leute«, sage ich.

»Tschüss Ten«, antwortet sie. »Ich wünsche dir ein erleuchtetes Training.«

»Vielen Dank.« Ich mag sie. Sie war von Anfang an nett zu mir. Lächelnd verlasse ich mein Apartment ... die Kathedrale. Licht ergießt sich aus einem herrlichen, wässrigen Himmel, streichelt und wärmt mich. Mein Innerstes summt vor Energie.

Womöglich bin ich noch nicht bereit für meine erste Mission, aber ich kann es trotzdem kaum erwarten, dem mit Penumbra infizierten Mädchen zu helfen. Als ich in der Prynne-Anstalt fast verrottete, träumte ich oft davon, dass jemand kommen und mich retten würde. Und das waren dann Archer und Killian.

Sofort ist da wieder dieses vertraute, schmerzhafte Schuldgefühl – *ich vermisse dich so sehr, Archer.* Und mitreißende Vorfreude – *ich brauche dich wie die Luft zum Atmen, Killian.*

Levi hat meinen E-Mail-Austausch mit »dem Myriader« nicht erwähnt und ich auch nicht. Wenn ich dafür bestraft werden sollte, dass ich mit dem Feind Umgang pflege, dann lieber erst nach meinem ersten Einsatz … weil ich nämlich fest vorhabe, diesen Umgang erneut zu pflegen.

Ich nehme die übliche Route über zwei Treppen und drei Portale. Über die erste Treppe gelange ich in die Mannafelder. Ich zähle hundertsiebenunddreißig Leute, die an diesem strahlend sonnigen Morgen schwer arbeiten.

Mein Name – nun, mein bevorzugter Name, Ten Lockwood – ergibt 137, wenn die Buchstaben in ihr numerisches Gegenstück verwandelt werden.

20 + 5 + 14 + 12 + 15 + 3 + 11 + 23 + 15 + 15 + 4 = 137

Ich zupfe eine lila Blüte aus einem Busch und knabbere daran, während ich zum ersten Portal gehe. Das Frühstück der Sieger, die immer auf dem Sprung sind. Die Leute nicken mir zu, winken und lächeln.

Ich entdecke den rothaarigen Nico, den hinreißenden Rebel und die bezaubernde Clementine. Die Jungs halten jeweils den Daumen hoch.

»Wie läuft es mit deinem Training?«, fragt Clementine.

»Es geht langsam voran«, antworte ich. »Und bei euch?«

»Ich bin spitze.« Nico spannt seinen Bizeps an. »Leider kann man das von diesen beiden Clowns hier nicht behaupten.«

Kichernd boxt ihm Rebel in die Schulter. »Du kannst höchstens mit einer Muskete gut umgehen, alter Mann.«

Clay kreuzt die Fäuste über ihrem Herzen. »Wir werden Agenten unter dem Kommando von Generalin Chanel sein. Sie ist die Beste!«

»Es sei denn, wir kommen zu spät«, bemerkt Nico.

Sie blickt auf das Gerät an ihrem Handgelenk. »Oh Mist! Wir müssen uns beeilen.«

»Habt einen erleuchteten Tag«, rufe ich ihnen hinterher, während wir in unterschiedliche Richtungen hasten.

Das nächste Portal bringt mich zum Haus der Geheimnisse. In meinem schwarzen Catsuit falle ich auf. Alle anderen tragen eine weiße Robe. Das Netz liefert mir den Grund dafür: Die Fäden kennzeichnen verschiedene Unterpositionen. Gold – die Verantwortlichen. Rot – die Assistenten. Grün – die Trainees.

Hoshi, Sawyer und Winifred sind hier, den Kopf über einen Tisch voller Bücher gebeugt. Sieh nur. Fatima ist ebenfalls da. Sie sitzt in der Mitte, ist fast zu winzig, um sie zu erkennen. Das kleine Mädchen hat auch schon mit dem Training begonnen?

Ich nehme gerade eine weitere Treppe in einen anderen Teil der Stadt, da beginnen die Zeichen in meiner Handfläche zu vibrieren. Toll! Ich habe noch fünf Minuten, um es in den *Turm der Macht* zu schaffen.

Ich lege einen Zahn zu. Meine Zeichen glühen weiter, als ob … als ob sie Licht absorbieren würden?

Als Strömerin habe ich die Fähigkeit, Sonnenlicht zu absorbieren und in Licht umzuwandeln, das ich auf andere übertragen kann. Oder zumindest *sollte* ich diese Fähigkeit haben. Die Strahlen verleihen mir Energie, doch dann verblassen sie. Genau das ist der Grund, weshalb ich Levi kein Licht schicken kann, wenn unsere Hände sich berühren.

Frust und Enttäuschung treiben mich um. Aber mal im Ernst, was habe ich denn erwartet? Ich habe meinen Schlüssel bisher nicht decodiert und somit nicht die geheimen Türen innerhalb des Netzes entriegelt. Was immer das verdammt noch mal bedeuten soll! Ich bin völlig ahnungslos, und niemand weiß, wie er mir helfen kann. Mein Code ist anders als ihrer, und ihrer ist nicht wie meiner.

Ich erreiche das dritte Portal … steige aus und …

*Wumm!*

Ich werde seitlich umgerissen und lande auf Händen und Knien. Scharfer Schmerz explodiert in meinem Kopf, bevor mich heftiger Schwindel erfasst. Fast werde ich ohnmächtig. Lebensblut läuft mir in die Augen, verschleiert meine Sicht. Obwohl ein grelles Geräusch in meinen Ohren schrillt, höre ich das schadenfrohe Gelächter eines Jungen und eines Mädchens.

Plötzlich saust etwas durch die Luft. Vorsicht! Ich rolle mich hastig auf den Rücken, trete nach oben, um … Ein Brett knallt gegen meine Wade, und jetzt explodiert ein anderer Schmerz in meinem Innern. Das Brett bleibt an mir hängen, scharfe Nägel bohren sich in mein Fleisch bis in die Muskeln.

Ich muss vor Schmerz würgen, als ich das Brett wegreiße, schlage aber sofort damit nach jedem und allem in meiner Nähe.

*Bumm!*

Ein Grunzen. Schlurfende Schritte. Wen habe ich getroffen? Ich richte mich mit zittrigen Beinen auf, gerade rechtzeitig, um drei Gestalten zu sehen, die wegrennen; mein Verstand wehrt sich gegen die Tatsache, dass ich attackiert wurde, doch das wurde ich. Drei gegen einen. Ich bin davon so erschüttert, dass ich beinahe erneut auf die Knie sinke.

Troikaner haben einen Mitbürger überfallen.

Diese Erkenntnis hinterlässt einen dunklen, klebrigen Film auf meiner Haut. Einen Schatten?

Plötzlich spüre ich, wie ein starker Arm mich umfasst, doch ich weiche zurück. Freund oder Feind?

»Hey, hey. Bist du okay?«

Die Stimme kenne ich zumindest. Victor. »Mir geht's gut. Mir geht's gleich wieder gut.« Stimmt das? Ob als Menschen oder Geistwesen – die Leute sind eben so; wenn freier Wille existiert, gibt es auch immer die Möglichkeit, sich für das Gute oder das Böse zu entscheiden. Ich kann also jederzeit attackiert werden.

»Erzähl mir, was passiert ist«, verlangt er.

Ich erkläre es ihm, so gut ich kann.

Er stößt mich sanft zum Portal. »Los, ich bringe dich zu einem Heiler. Der wird dir Herz, Verstand und Körper wieder zusammenflicken.«

So ziemlich alle Trainingseinheiten – *hüstel* – endeten für mich mit blutigen Verletzungen. Doch musste ich nur etwas Manna essen und – *wumms* – heilte meine Seele sich selbst. Es gab keinen Grund, zu einem Heiler zu gehen. Ich grüble über Victors Worte nach. *Herz, Verstand und Körper zusammenflicken.* Offenbar kümmern sich Heiler um mehr als nur um körperliche Verletzungen.

»Nein.« Meine Zähne klappern, doch ich trete zur Seite. Was, wenn ich dann nicht trainieren darf? Wenn man mir befiehlt, mich einige Zeit zu erholen? »Es geht schon. Ich muss zum Training mit Levi. Und du auch.« Inzwischen sind wir bereits *zu spät.*

»Wenn man zu einem Heiler geht, wird ein Bericht geschrieben und eine Untersuchung wird eingeleitet. Mittels des Netzes können wir jeden identifizieren, der während des Überfalls hier in der Nähe war. Deine Angreifer werden gefasst und bestraft. Wahrscheinlich mit einem Transfer.«

Durch einen Transfer lernt man am besten, dass wir andere nur so behandeln sollten, wie wir selbst behandelt werden wollen.

»Wenn man das alles so leicht herausfinden kann, wer würde es dann jemals wagen, die Gesetze zu überschreiten?«, frage ich.

»Nun … manche Leute wissen, wie sie ihren Aufenthaltsort vor dem Netz verbergen können«, erklärt er. »Trotzdem sollten wir es auf jeden Fall überprüfen.«

Ich habe keinen Zweifel daran, dass meine Angreifer ihren Aufenthaltsort verbergen können. »Hast du gesehen, was passiert ist?« Ich lasse das Brett fallen und reibe mir die Schläfen, in der Hoffnung, damit die Schmerzen und den Druck etwas zu lindern.

Eine lange Pause folgt, bevor er seufzt. »Als ich durch das Portal kam, hast du hier allein mit einem Nagelbrett in der Hand gestanden.«

»Das heißt also nein.« Ich wische mir übers Gesicht, um klarer sehen zu können. Victor steht vor mir, sein Haar ist zerzaust, seine bernsteingelben Augen glänzen vor Besorgnis. »Ich will trotzdem zu keinem Heiler.«

Er beugt sich herab, um das Brett aufzuheben. »Das ist ein ganz schön mieser Anfang für dein Ewigleben, oder?«

»Bestimmt gab es schon schlimmere.«

»Nicht dass ich wüsste.«

Toll. Wunderbar. Ich humple auf das Kolosseum zu und er bleibt an meiner Seite. »Warum sollte jemand so etwas tun?«

»Vor deiner Ankunft haben wir einen Strömer verloren«, sagt er. »Seitdem ist unser Licht kraftlos.«

»Eben! Warum also würde jemand riskieren, mich zu töten? Ich werde gebraucht.« Ob man mich nun mag oder nicht.

»Dunkelheit macht die Leute ... launisch. Davon abgesehen bin ich nicht sicher, dass man heute deinen Zweittod wollte. Ich schätze, deine Angreifer wollten dir einfach nur wehtun.«

Eine der tätowierten Zahlen kribbelt genauso, wie sie es tun, wenn ich im *Buch des Gesetzes* lese. Ich runzle die Stirn, schaue nach links und nach rechts, nach oben und unten, bemerke jedoch nichts Ungewöhnliches.

Eine mögliche Erklärung wäre ... dass seine Worte diese Reaktion ausgelöst haben. Aber hat er recht oder nicht?

Das Kribbeln wird schmerzhaft, doch bin ich nicht in der Verfassung, den Grund herauszufinden. »Genug von mir geredet. Reden wir über dich. Wir trainieren zwar zusammen, aber ich habe keine Ahnung, welche Position du hast.«

»Ich bin Gesandter.« Er schlägt sich wie ein Gorilla an die Brust. »Einer der besten. Ich flüstere den troikanischen Anhängern ermutigende Worte zu, rege ungezeichnete Menschen dazu an, mit ihren TAs zu sprechen, und berichte den Agenten über alle möglichen Geschehnisse.«

Archer war in seinem Job auch der Beste. »Ich weiß, wieso dein Bruder sich nach Troika abgesetzt hat. Warum du?«

Er verspannt sich, bevor er gesteht: »Ich wollte mehr Zeit mit ihm verbringen.«

Oh … autsch. Ein stachliger Klumpen wächst in meinem Hals. »Ich bin daran schuld, dass er jetzt weg ist.«

»Ich bin jeden Tag fester davon überzeugt, dass er die Auferstehung gewinnen kann, obwohl ein Strömer mit im Rennen ist. So wie alle hier auf deine Verwicklung in seinen Tod reagieren … er wurde mehr geliebt, als mir klar war.«

Seine Worte machen mich zugleich traurig und froh.

Für mich beweist die Auferstehung, dass Myriad sich irrt und Seelen der Toten niemals mit Seelen von Menschen verschmelzen, um ins Land der Ernte zurückzukehren. Für jemanden wie, sagen wir mal, Killian beweist es vielleicht, dass nur Myriader diese Verschmelzung erleben können.

Eine Lüge. Nur eine Lüge. Eine von so vielen.

Killian glaubt wie alle anderen in Myriad, dass meine Seele mit einer ihrer höchsten Generalinnen verschmolzen ist. Er glaubt auch, dass die Seele seiner Mutter mit einem Menschen verschmolzen ist, dass sie jetzt ein neuer Mensch ist, lebendig und wohlauf.

Wird er die Situation so beurteilen wie ich oder so, wie ich befürchte? Die Antwort darauf ist immens wichtig. Immerhin lenken unsere Ansichten unsere Schritte und führen uns auf den entsprechenden Weg.

Lügen sind Fesseln. Wahrheit bedeutet Freiheit.

Lügen werden uns voneinander trennen. Die Wahrheit kann uns zusammenführen.

»Kann jede Seele gewinnen, oder nur eine, die dieses Jahr gestorben ist?«, frage ich. »Und wann findet die Auferstehung statt?«

»Nur die Seelen, die dieses Jahr gestorben sind. Und in einem knappen Monat.«

Wie bitte? Da bleibt ja kaum Zeit, um einen Plan auszutüfteln. »Warum tut ihr das? Ich meine, versteh mich nicht falsch, ich wäre überglücklich, wenn es geschieht. Ich verstehe nur nicht, wozu das Ganze.«

»Den Grund hast du gerade genannt. Es macht uns glücklich.«

Ich kaue auf meiner Unterlippe. »Ich würde gern mit denen sprechen, die in der Vergangenheit auferstanden sind.«

Er seufzt. »Ich dachte mir, dass du das sagen würdest, und habe mich bereits umgehört. Versteh das jetzt bitte nicht falsch, aber jeder, mit dem ich gesprochen habe, weigert sich, dich zu treffen. Freier Wille und so.«

Kann man so was irgendwie *richtig* verstehen? So viel zum Thema, noch mal nachtreten, wenn jemand sowieso schon auf dem Boden liegt. »Wie viele von ihnen leben noch?«

»Nicht so viele, wie du vielleicht denkst. Sobald sie einmal die Stille erlebt haben, sind sie bereit, zurückzukehren. Sie haben nicht besonders große Lust, hierzubleiben.«

Großartig! Meine Erfolgschancen schwinden schnell. »Was passiert, wenn ein Auferstandener wieder stirbt?«

»Er kehrt in die Stille zurück und ist von der Wahl ausgeschlossen.«

Wir gehen durch den Torbogen in das Kolosseum, wo Levi und die anderen bereits warten.

»Ich kann immer noch nicht fassen, dass ich von einem General ausgebildet werde«, sagt Victor leise. »Als ich damals mit anderen Gesandten trainiert habe, da hat sich ein Anführer um uns gekümmert. Eigentlich solltest du von der Prinzessin trainiert werden, was eine große Ehre wäre, aber – verrat bloß nie, dass ich das gesagt habe – Levi ist besser. Er ist stärker und klüger und leitet unsere vorderste Verteidigungslinie. Dass du mit ihm trainierst … und dass du eines Tages sogar einen Rang über ihm stehen wirst … ich bin schwer beeindruckt.«

Mir bleibt keine Zeit, etwas zu entgegnen. Andererseits hätte ich sowieso nicht gewusst, was. Ich hatte ja keine Ahnung, dass man uns so verehrt.

Als Clay und Meredith mich erblicken, eilen sie besorgt herbei und wollen wissen, was passiert ist. Elizabeth zeigt keine Gefühlsregung, und ich frage mich … gehört ihr vielleicht das Brett? Ist sie für den Überfall verantwortlich?

»Zurück in die Reihe«, ruft Levi.

Meine Freunde zucken zusammen, murmeln eine Entschuldigung und stellen sich wieder auf ihre Position.

Er sieht mich finster an. »Sie sind zu spät.« Als er das Lebensblut sieht, das mein Oberteil durchtränkt hat, bellt er: »Was ist passiert?«

Ich lasse Elizabeth nicht aus den Augen, als ich antworte: »Ich wurde angegriffen.«

Ihr Gesicht bleibt ausdruckslos. Sollte sie die Verantwortliche sein, zeigt sie jedenfalls keinen Hauch von Reue, aber auch keinen Triumph.

Levi klopft in seine Handfläche, die Tastatur leuchtet auf. »Warum haben Sie kein Manna zu sich genommen? Warum haben Sie kein ärztliches Attest bekommen?«

»Ich hatte kein Manna dabei und ich bin nicht zum Heiler gegangen.« Ich wechsle schnell das Thema, bevor er mir befehlen kann, zu einem zu gehen. Ich will auf keinen Fall riskieren, aus dem Spiel entfernt zu werden. »Und wo sind Reed und Kayla?« Meine Rückendeckung.

»Woanders«, antwortet er nur. »Warum waren Sie bei keinem Heiler?« Er zieht eine Kette über seinen Kopf herunter und wirft sie mir zu. »Die sind dazu da, Ihnen zu helfen.«

»Ich bin okay.« Ich fange die Kette auf, an der ein Fläschchen mit Manna hängt. »Oder *werde* es gleich sein.«

»Wer immer das war … ich finde es heraus und sorge dafür, dass dem Recht Genüge getan wird.«

Seine Stimme klingt so grimmig … mich schaudert, meine Angreifer tun mir fast etwas leid.

»Und jetzt trinken Sie das Manna. Und lassen Sie das Fläschchen nach dem Training wieder auffüllen. Tragen Sie die Kette immer, für den Fall, dass so etwas noch einmal passiert.«

Ich leere den Inhalt und hänge mir die Phiole um den Hals. Meine Wunden … heilen nicht. Ich bin schwer enttäuscht.

Bevor Levi das auffallen und er mich doch noch zu einem Heiler schicken kann, frage ich: »Wo ist Deacon?«

»Im Einsatz.« Levi lässt den Blick über mich schweifen. Er runzelt die Stirn, als würde er etwas sehen, was ich nicht sehe. »Haben Sie Ihren Schlüssel decodiert?«

Mann! Er hat echt nur eins im Kopf. »Das wissen Sie doch. Warum fragen Sie dann ständig?«

Alejandro taucht hinter ihm auf, schlägt ihm auf die Schulter und lächelt mir zu. »Er fragt immer wieder, damit Ihre Entschlossenheit, ihn zu knacken, größer wird – oder zumindest Ihre Entschlossenheit, ihm *Ja* ins Gesicht zu schreien, sodass er endlich aufhört zu fragen.«

Die beiden Generäle schütteln sich die Hände und wechseln einen besorgten Blick. Meinetwegen?

»Zeit, Ihre Kondition zu trainieren«, erklärt mir Levi. »Sie laufen jetzt so lange um die Säulen herum, bis Sie nicht mehr können.«

Ich *hasse* es, meine Kondition zu trainieren, gehorche heute aber ohne ein Wort der Widerrede. Ich muss stärker werden. Ich muss härter werden. Ich renne und renne, verlange mir alles ab.

Die ganze Zeit unterhalten Levi und Alejandro sich, keinem von ihnen scheint zu gefallen, worüber sie sprechen. Ich frage mich … hat sich die Penumbra-Situation verschlimmert?

Als ich über meine eigenen Füße stolpere, konzentriere ich mich wieder auf meinen Lauf. Ich renne wie der Wind. Ein schwacher, abflauender Wind allerdings. Zu meinem Entsetzen verliere ich weiterhin Lebensblut.

Genau wie Körper beginnen auch Seelen vor Anstrengung zu schwitzen, und nach kurzer Zeit bin ich klitschnass. Meine

Glieder brennen und zittern, Erschöpfung macht sich breit, aber zugleich geschieht etwas Unglaubliches. Der klebrige Film, den ich zuvor bemerkt habe, verschwindet allmählich. Ich habe nicht die Kraft, weiter an meiner Wut über die Attacke festzuhalten – und genau das war es, was an mir haften geblieben war. Wut. Levi muss das gesehen haben.

Daraufhin heilen auch endlich meine Wunden, jeglicher Schmerz verfliegt.

Lektion gelernt. Wut blockiert die Wirkung von Manna. Gefühle zählen.

Ich renne noch eine Runde ... und noch eine. Ich bin kurz davor, zusammenzubrechen, als Meredith sich an die Seitenlinie stellt, um mich anzufeuern. Victor gesellt sich zu ihr, die beiden geben mir mentalen und physischen Auftrieb. Ich schaffe weitere drei Runden. Clay schüttet mir Wasser ins Gesicht, um mich abzukühlen, danach renne ich noch zwei Runden.

Elizabeth steht abseits und beobachtet mich mit kaum verhüllter Abneigung, bis Levi die gesamte Gruppe auffordert, mir zu folgen. Alejandro hat ihn mit übler Laune zurückgelassen.

Mit meinen Teamkollegen um mich herum renne ich noch eine Runde ... vier ... sechs ...

Tausendmal möchte ich aufgeben, aber auf keinen Fall werde ich als Erste aufhören. Eine gute Soldatin hält immer durch, und genau das tue ich. Durchhalten.

»Na schön«, ruft Levi schließlich. »Das reicht.«

Trotzdem laufe ich noch eine Runde. Als ich zu einer weiteren ansetze, kreischt mein Körper: Das war's, hör auf. Ich breche zusammen. Gras und Erde füllen meinen Mund, doch ich keuche so schwer, dass mir das egal ist.

Levi kommt zu mir und streckt einen Arm aus. »Nehmen Sie meine Hand. Schicken Sie mir einen Lichtstrahl.«

Obwohl ich schweißüberströmt bin, setze ich mich auf und

verschränke meine Finger mit seinen. Ich schließe die Augen, um mich besser auf die lebhaften Strahlen und die wirbelnde Wärme in meinem Herzen und meinem Verstand zu konzentrieren. Das Zuhause des Netzes.

Ich versuche mit aller Kraft, mich einzuklinken, einzuklinken in … nichts. Ich klinke mich nirgends ein, das Licht tanzt gerade außerhalb meiner Reichweite.

Levi lässt mich los und ich öffne die Augen. Ich rechne damit, ihn enttäuscht zu sehen, aber er lächelt ermutigend und verpasst mir eine verdammte Kopfnuss.

»Sie haben bewiesen, dass Sie durchhalten können, selbst wenn Sie verletzt und müde sind. Sie haben bewiesen, dass Sie Ihre Wut loslassen und tun können, was nötig ist. Ich bin sehr erfreut, Miss Lockwood.«

Ich muss ein Grinsen unterdrücken und entgegne spöttisch: »Bitte mäßigen Sie Ihre Begeisterung. Zu viele Komplimente könnten mir zu Kopf steigen.«

Seine Mundwinkel zucken. »Morgen früh werden Sie und Ihre Kollegen den infizierten Menschen besuchen. Sie werden das Mädchen beobachten, mehr nicht. Sofern sie nicht das Leben eines anderen menschlichen Wesens gefährdet, werden Sie weder mit ihr sprechen noch auf irgendeine andere Weise mit ihr kommunizieren. Noch nicht. Verstanden?«

Endlich! Fortschritt! Indem ich zackig salutiere, versuche ich, meine Aufregung zu verbergen. »Sir, yes, Sir.«

»Besuchen Sie die Aufzeichnungshalle im Museum der Weisheit. Studieren Sie unsere Akten über Dior Nichols.«

Moment. Bitte mal kurz auf die Bremse treten. »Sagten Sie *Dior Nichols*?«

»Ja. Sie ist diejenige, die mit Penumbra infiziert ist.«

Um mich beginnt sich alles zu drehen, als würde ich in einer Achterbahn feststecken. Dior ist die zwanzigjährige Medizinstudentin, die Archer für Troika gewinnen wollte. Dabei hat er sich in sie verliebt und hätte auch Erfolg gehabt, hätte Killian sie ihm nicht weggenommen, sie überredet, bei Myriad zu unterzeichnen, und ihr die schlechtesten Vertragsbedingungen aller Zeiten untergeschoben.

Der *alte* Killian, meine ich.

»Wenn Sie nie etwas mit Penumbra zu tun hatten, wie können Sie dann sicher sein, dass sie sich damit infiziert hat?«

»Ich habe höchstpersönlich das Land der Ernte betreten, um Miss Nichols zu beobachten. Ich habe gesehen, wie sich die Dunkelheit unter ihrer Haut windet, wie diese Dunkelheit versucht hat, einen ihre Freunde anzufallen. Ich habe keinen Zweifel daran, dass wir es hier mit Penumbra zu tun haben.«

Dior Nichols, Patientin null. Das kann kein Zufall sein.

Archer hat sie nicht nur geliebt; er hat sie angebetet und er hat Killian gehasst, weil der ihr die Zukunft ruiniert hat.

Killian setzte in diesem Fall nicht seine übliche Methode ein – knallharte Verführung –, deshalb weiß ich nicht genau, wie er sie herumgekriegt hat. Ich weiß nur, dass er ihretwegen ein sehr schlechtes Gewissen hat.

Laut Diors Vertrag kann sie keinem troikanischen Patienten helfen, ohne dafür bestraft zu werden. Gleichzeitig darf sie als Ärztin natürlich niemanden wegen seiner Sphärenzugehörigkeit wegschicken. Eine schreckliche Zwickmühle, eine klassische Catch-22-Situation.

Zweiundzwanzig, die Ordnungszahl von Titan, härter als Stein. Die Anzahl der Spieler beim American Football. Die Anzahl der Buchstaben im hebräischen Alphabet.

»Habe ich Zeit zum Duschen?«, frage ich Levi.

Er betrachtet mich und rümpft die Nase. »Nein, aber Sie werden sich die Zeit nehmen müssen.«

Witzig. Ich steuere auf den Umkleideraum zu, bleibe jedoch noch einmal stehen, um ihm über die Schulter einen Blick zuzuwerfen. »Wünschen Sie sich manchmal, dass der Krieg vorbei wäre?«

»Ja. Natürlich«, antwortet er ohne Zögern. »Doch der Tag,

an dem wir zu kämpfen aufhören, ist der Tag, an dem wir besiegt werden.«

Hat Meredith nicht dasselbe gesagt? »Und was, wenn Myriad auch nicht mehr kämpfen will?«

»Die Bewohner sehnen sich vielleicht nach Frieden, aber ihr König wird das niemals zulassen. Er wird erst aufhören, wenn er tot ist … oder jeder Troikaner.«

# 8. KAPITEL

»Wenn du aufhörst zu suchen, wirst du finden.«

Myriad

Nachdem ich mich kurz abgeschrubbt habe, trete ich aus der Duschkabine und stelle fest, dass Meredith an der Tür wartet. Sie reicht mir eine weiße Robe mit weißer Einfassung, eine Kombination, die ich bisher noch nicht gesehen habe, und tauscht das leere Fläschchen an meiner Kette gegen ein volles aus.

»Danke«, sage ich.

Sie nickt, ihre Miene ist ernst. »Elizabeth hat in ihrem Erstleben schon in jungen Jahren ihre Familie verloren und ist von einer Pflegefamilie in die nächste gegeben worden. Sie wurde nicht immer gut behandelt. In der letzten Familie war es so schlimm, dass sie weglief und in alle möglichen Schwierigkeiten geriet. Archer war ihr TA und hat ihr Leben vollkommen verändert. Als sie vor etwas über einem Jahr hierherkam, hat sie sich Hals über Kopf in einen Jungen namens Claus verliebt. Sie hat für ihn dasselbe empfunden, was du für Killian empfindest. An dem Tag, an dem du gestorben bist, hat Killian dann Claus umgebracht.«

Ich möchte mir die Ohren zuhalten, den Kopf schütteln und nein, nein, nein schreien. Ich wusste, dass Killian das Leben ihres Freundes ausgelöscht hat. Mehr wusste ich nicht. Ich wusste nichts von den Schrecken ihres Erstlebens.

Meine Großmutter zwingt mich dazu, Elizabeth als Person und nicht als meine Widersacherin zu betrachten. Eine Person mit Hoffnungen und Träumen und Verletzungen, genau wie ich.

Ich möchte sie am liebsten anknurren und ihr sagen, dass sie getrost damit aufhören kann, schließlich hat mich diese herzlose Zicke verhöhnt, beleidigt und verprügelt.

Gleichzeitig möchte ich Elizabeth in den Arm nehmen und sie trösten, wenn sie weint.

»Los«, sagt Meredith zum Glück. »Du hast eine Aufgabe zu erledigen.«

Ich schiebe die Gedanken an Elizabeth beiseite, über meine Gefühle zu ihr kann ich mir auch später noch klar werden. Ich drücke Meredith einen Kuss auf die Wange. »Ich hab dich lieb«, sage ich und mache mich schleunigst auf den Weg in die Aufzeichnungshalle.

Dabei bin ich aus Furcht vor einem weiteren Angriff die ganze Zeit in Alarmbereitschaft. Dass ich mich einmal überraschen ließ, selber schuld. Bei einem zweiten Versuch werden sie meinen Zorn zu spüren bekommen.

Am Ziel angekommen bewundere ich einen Moment lang das riesige viktorianische Gebäude, das von einer schwarzen Ziegel- und Granitmauer umgeben ist. Viele Leute eilen hinein und hinaus.

Insgesamt gibt es zehn Fenster aus Buntglas. Die drei größten zeigen (1) den Erstkönig, (2) den Zweitkönig und (3) Prinzessin Mariée, von deren Schultern Tauben aufsteigen, die herrlichen weißen Flügel weit ausgebreitet. Die anderen sieben Fenster sind nebeneinander angeordnet und durch größere Fenster aus farblosem Glas voneinander getrennt.

Zwischen den Darstellungen des Erstkönigs und des Zweitkönigs befinden sich Paneele, auf denen das Land der Ernte zu sehen ist, eine Sonne und blühende Bäume. Zwischen dem Prinz der Tauben und der Prinzessin sind die vier Jahreszeiten in einem Kreis dargestellt. Ein Vogel fliegt in den Himmel, während ein Fisch unten schwimmt. Auf den nächsten Paneelen ist auf dem oberen Teil eine Seele abgebildet und darunter ein Mensch, die beiden strecken die Hände nacheinander aus. Und schließlich ist da noch ein Fenster ohne Bild, einfaches Glas in verschiedenen Blautönen.

Hinter einer eisernen Balustrade befinden sich sieben Eingänge, die zu einer breiten Treppe in der Mitte des Gebäudes führen. Zu beiden Seiten erstreckt sich jeweils eine malerische Brücke nach oben in den zweiten Stock, wo sieben Säulen Bogengänge formen. Zwischen den Säulen stehen Bronzestatuen von Tauben in verschiedenen Positionen. Eine auf dem Boden beim Fressen. Eine auf einer Bank. Eine in einem Baum. Fliegend – durch die Wolken stoßend, über den Wolken dahinschießend und schließlich umgeben von einem bernsteingoldenen Lichtstrahl.

So viel Symbolik. Viel zu viel, um alles auf einmal zu entschlüsseln.

Ich gehe die Treppe hinauf und entdecke zwischen den Säulen drei Granitplatten an den Wänden, die wilde Kriegsszenen zeigen. Es gibt vier Giebelnischen, die von Blumen überquellen, und dort treffe ich auf Reed und Kayla, die jeweils einen Bücherstapel tragen und vor Aufregung zu vibrieren scheinen.

»Hier entlang.« Kayla dreht sich auf einem Bein um, ihre Robe schwingt mit der Bewegung. Der Stoff ist hellgrün mit dunkelgrünem Saum, was ihrem Status als Agentin-in-Ausbildung entspricht.

Je weiter wir hineingehen, desto ehrfürchtiger werde ich. Das Innere der Halle ist sogar noch prächtiger als die Außenanlage. Gewölbte Decken und lebensgroße Skulpturen von Generälen, die unsere Armeen im Laufe der Jahrhunderte in die Schlacht geführt haben. Es gibt mehrere Kronleuchter, aber sie sind nicht mit der Decke verbunden. Wie leuchtende Tränen tanzen sie durch die Luft, um verschiedene Formen und Muster zu erzeugen.

Ich bin so fasziniert, dass ich über meine eigenen Füße stolpere – zweimal.

»Guten Morgen, Fräulein Anmutig«, höre ich eine spöttische männliche Stimme.

Als ich mich umdrehe, sehe ich Raanan, der mich starr anblickt. Er sitzt von Büchern umgeben an einem Tisch – und wie mir klar wird, hat er gerade mit mir gesprochen. Es ist das erste Mal, dass ich seine Stimme höre.

»Ich bin ziemlich heiß, ich weiß«, murrt er. »Brauchst mich nicht anzustarren. Später werden dich deine erotischen Fantasien über mich daran erinnern, wie ich aussehe.«

Schweigend gefällt er mir besser. Und mal im Ernst, macht er mich gerade an – oder sich selbst? »Was tust du hier?«

»Ich lerne für einen Test. Ich vermute mal, du auch.«

Sein trockener Ton deutet an, dass ich eine Idiotin bin. Oder zumindest eine Irre.

»Du vermutest falsch. Ich lerne für eine *Mission*.« Ooo-kay. *Mein* Ton deutet an, dass ich selbstgefällig und hochmütig bin, zwei Dinge, die ein Troikaner nun wirklich nicht sein sollte. Bevor ich auch noch fies werden kann, beende ich lieber das Gespräch, indem ich ihm den Rücken zukehre und wieder nach meinen Freunden sehe.

Kayla und Reed haben an einem Glastisch direkt neben Raanan – toll! – Platz genommen und ordnen ihre Bücher in Dreierreihen. Als sie damit fertig sind, senken sich einige Glasplatten mit den Büchern unter die Tischplatte und vergrößern gleichzeitig die Arbeitsfläche.

»Erstaunlich.« Meine Stimme hallt von den Wänden wider und hastig halte ich mir den Mund zu. »'tschuldigung.«

»Wenn du das schon cool findest, dann warte mal ab.«

Das Seltsame ist, dass Kaylas Stimme *nicht* widerhallt. Sie sagt zum Tisch: »Zeig mir den Text über Tenley Lockwood, den ich markiert habe.« Sie grinst mich an. »Jeder will natürlich wissen, was er über sich selbst herausfinden kann. Und das ist dann der Beweis dafür, dass die Informationen, die man über andere liest, stimmen.«

Als ein Text auf dem Glas erscheint, werde ich rot. »Jeder kann meine Lebensgeschichte lesen? Alles über meine Fehler?«

Jemand zischt: »Pssst!«

Kaylas Grinsen wird breiter. Sie nimmt meine Hand, drückt sie auf den Tisch, und nach wenigen verwirrenden Sekunden, als Neonfarben über meine Haut blitzen, lässt sie mich los.

»So. Jetzt bist du verbunden«, sagt sie.

Verbunden?

»Sobald du dich mit deinen schlechten Entscheidungen und peinlichen Momenten beschäftigt hast, werden sie redigiert.«

»Beschäftigt?«, plappere ich nach. Dieses Mal hallt meine Stimme nicht. Was ich nicht verstehe, aber ich kann mich nur mit einem Rätsel nach dem anderen beschäftigen.

»Du weißt schon … alles durcharbeiten, sich selbst und anderen verzeihen, sich entschuldigen, dieses Zeugs. Und womit du dich nicht beschäftigt hast, nun, darüber musst du dir auch keine großen Sorgen machen. Das meiste an Informationen ist nur den Generälen zugänglich.«

Mein Herz hämmert, als ich den überwiegend redigierten Text durchlese: *Tenley Lockwood – fette schwarze Linie – während ihres Ausbruchs aus der Prynne-Anstalt. Nachdem – fette schwarze Linie – mit Archer Prince. Fette schwarze Linie – mit MA Killian Flynn. Fette schwarze Linie – Prynne-Anstalt wurde geschlossen.*

Die Anstalt wurde geschlossen?

Nun. Eins ist jedenfalls ganz klar: Niemand kommt jemals mit einem Verbrechen davon, und kein Geheimnis wird für immer ein Geheimnis bleiben. Ob im Erstleben oder im Ewigleben, irgendwann wird man bestraft oder belohnt.

»Auf Levis Wunsch hin habe ich bereits nach deinen Angreifern Ausschau gehalten«, sagt Kayla. »Bisher ist der Vorfall aber in keinem Bericht aufgetaucht.«

»Okay, ich habe genug gesehen. Du kannst meine Datei wieder schließen.«

Sie tippt in ein unsichtbares Keyboard und sagt: »Bitte zeig mir jeden Satz, den ich über Dior Nichols markiert habe, und die entsprechenden Fotos.«

Der Text wird durch einen anderen ersetzt, Fotografien von Dior Nichols in verschiedenen Altersstufen erscheinen.

*Dior Magnolia Nichols sprach am 1. November mit TA Elizabeth Winchester, um einen Weg zu finden, das Bündnis mit Myriad aufzulösen. Wir werden entsprechend verfahren.*

Vor Gericht. Natürlich! Nur auf diese Weise kann man den Vertrag über sein Ewigleben annullieren oder auflösen lassen.

Myriad hat wahrscheinlich erfahren, dass sie überlaufen will, und sie mit Penumbra infiziert.

»Was geschieht, wenn Dior überläuft und ich versage und es nicht schaffe, sie … du weißt schon, zu reinigen?«, frage ich und fühle mich sofort wieder wie in einem Druckkochtopf, und zwar einem, der auf die höchste Stufe gestellt ist.

»Du wirst nicht versagen«, sagt Reed, allerdings leicht stockend.

»Ich verstehe das nicht. Wieso sollen wir ausgerechnet jetzt ein Bündnis mit Dior schließen?«, krächze ich. »Warum warten wir nicht, bis sie wieder gesund ist?« Ich weiß, dass Penumbra angeblich nur Menschen befallen kann, doch was wird aus unserem Netz, falls sie stirbt? Das kann nicht gut für uns sein.

»Wir picken uns unter den Menschen nicht nur die Rosinen heraus.« Kayla wedelt tadelnd mit dem Finger vor meiner Nase herum. »Wir bieten jedem, wirklich *jedem*, Zuflucht. Immer. Wir sind alle gleich, ein Leben ist genauso wichtig wie ein anderes, und die Umstände diktieren niemals unser Verhalten.«

Eine Einstellung, die ich selbstverständlich von ganzem Herzen unterstütze. Und doch … »Indem wir Dior aufnehmen, gefährden wir aber wahrscheinlich Millionen andere Leben. Troikanische Leben.«

»Wir gefährden Millionen Leben, wenn wir Dior abweisen.« Reed massiert sich den Nasenrücken. »Findet man einen Grund, einen Menschen abzuweisen, dann findet man auch Gründe, andere abzuweisen. Wenn wir auf einmal Beschränkungen einführen, brechen wir die Gesetze, auf denen Troika aufgebaut wurde. Und wir werden zu Myriad.«

Kayla verschränkt ihre Finger mit meinen und drückt unsere Hände auf ihren hämmernden Herzschlag. Sie strahlt tiefste Verzweiflung aus. »Du musst sie von Pen… von dieser Dunkelheit befreien. Du *musst* einfach. Das ist die Lösung all unserer Probleme.«

Der Druckkochtopf könnte jeden Moment explodieren.

Ich ziehe meine Hand zurück und reibe mir den Nacken. »Gibt es hier irgendetwas, das mir dabei helfen kann, meinen Schlüssel zu knacken?«

»Machst du Witze? Ich habe meinen auch noch nicht decodiert.« Sie hebt ihren Arm und zeigt mir die drei Symbole, die sich von ihrem Ellbogen bis zu ihrem Handgelenk ausbreiten. Ein Regentropfen, eine gewundene Linie und eine Flamme.

Reed streckt seinen Arm aus, krempelt den Ärmel hoch und zeigt mir drei Tiere, die in seine Haut tätowiert sind: ein Löwe, ein Lamm und ein Fisch. »Ich bin auch noch verriegelt, aber ich habe etwas herumgeforscht. Unsere Schlüssel sind eine Art Chiffre.«

Er … hat recht! Ich spüre, wie die Aufregung in mir Funken sprüht. Ich kann nicht glauben, dass ich den Schlüssel zu unserem Schlüssel übersehen habe. Jetzt gesellt sich ein Gefühl von Hoffnung dazu, was die Aufregung weiter anfacht. Irgendwo in Troika gibt es eine Mitteilung – vielleicht einen Brief an die Trainees oder ein spezielles Buch … eventuell sogar eine Rede, die gehalten wird. Irgendetwas! Und diese Worte werden mit meinen Ziffern und ihren Symbolen übereinstimmen und das Netz entriegeln.

Meine Zahlen pulsieren, was beweist, dass ich auf dem richtigen Weg bin.

»Wo ist Dior jetzt?«, frage ich.

»Elizabeth hat sie überredet, unterzutauchen«, antwortet Reed.

Wenn das mal kein Beweis dafür ist, wie hoch Troika den freien Willen schätzt, dann weiß ich auch nicht. Hier stehen Leben auf dem Spiel, und doch lassen wir Dior ihre eigene Entscheidung treffen.

Er zeigt auf eine Textzeile, die geschwärzt wurde. »Wir erfahren erst, wo genau sie ist, wenn Elizabeth sich morgen früh mit Madame Meredith trifft. Dann werden wir zu ihr geschickt.«

Ich habe einige meiner härtesten Kämpfe außerhalb eines troikanischen Schutzraumes ausgefochten. Im Rückblick bin ich froh darüber. Sie haben mir meine Grenzen aufgezeigt, mich dazu getrieben, mich zu verändern und zu wachsen. Abzuhärten.

»Aber wie soll ich denn das große P bekämpfen?«, frage ich.

»Levi sagte doch, dass wir sie nur beobachten sollen.« Kayla stupst mich an. »Schon vergessen?«

Stimmt. Wenn wir beobachten, lernen wir. Und ich muss unbedingt mehr lernen.

»Dior hat einige schreckliche Jahre hinter sich.« Kaylas Kinn zittert. »Wir müssen ihr helfen. Wenn wir es nicht tun, wer dann?«

Zero! Sie hat recht. Wenn einer meiner Freunde in so einer Situation wäre, würde ich Himmel und Hölle in Bewegung setzen, um zu helfen. Wieso nicht für Dior? Davon abgesehen habe ich Archer versprochen, alles in meiner Macht Stehende zu tun, um ihr das Leben zu erleichtern.

Also werde ich das auch tun.

»Ich finde schon einen Weg, ihr zu helfen«, sage ich. »Muss ich sonst noch irgendetwas wissen, bevor ich losziehe?«

»Ja.« Warmer Atem streift meinen Nacken. »Du kannst den Rest der Informationen mit dir nehmen.«

Ich wirble herum und starre in Raanans Gesicht, der jetzt hinter mir steht. »Die persönliche Intimsphäre ist zwar unsichtbar, aber trotzdem real. Bitte respektiere meine.«

Seine Augen blitzen belustigt auf. Er hebt die Hände, ganz

die Unschuld, die Ärmel seiner Robe rutschen bis zu den Ellbogen und entblößen *seinen* Schlüssel, drei verschiedene Schwerter. Ich bin nicht sicher, ob er mich weiter belästigen oder mich eher besänftigen will.

»Er hat recht.« Reed nimmt meine Hand und drückt sie so an die Tischkante, dass meine Troika-Zeichen auf ein in das Glas geätzte Symbol treffen. »Hier sind ein paar kurze Infos. Die kannst du heute Abend durcharbeiten.«

Im gleichen Tempo, wie die Seiten auf der Tischplatte erscheinen, wird die Information auf mein Data-Pad geladen. Oder vielleicht auch direkt in mein Gehirn. Mir wird schwindlig. Zu viel, zu viel. Zu schnell!

Ein paar kurze Infos, kreischen meine Gehirnzellen.

»Ist Osmose nicht was Tolles?«, fragt Kayla lachend.

»Nein!«, murre ich.

»Wart's ab«, sagt Reed.

Raanan fügt hinzu: »Das wird sich alles gleich beruhigen … drei … zwei … eins.«

Dem Erstkönig sei Dank lässt der Schwindel nach. Ich hole tief Luft, stoße sie langsam wieder aus und begreife, dass die Informationsflut dabei ist, sich allmählich zu legen, dass sie sich in meinem Unterbewusstsein niederlässt, bis ich damit anfangen werde, sie zu studieren.

»Okay, doch, ich glaube, ich bin ein Fan von Osmose.« Ich reibe mir die Schläfen, um dieses merkwürdige Prickeln loszuwerden. »Danke für …«

Raanan verdrückt sich ohne ein weiteres Wort. Was für ein komischer Kauz. Kaum hat er beschlossen, mir gegenüber nicht länger reserviert zu sein, zieht er es voll durch. Ich weiß wirklich nicht, was ich von ihm halten soll.

»Hey, wollt ihr später vorbeikommen und mit mir zusammen die Informationen durchgehen?«, frage ich. »Ihr könntet Manna mitbringen, da ich praktisch keins mehr habe …« *Wink mit dem Zaunpfahl.*

»Oh, das würde ich gern«, sagt Kayla, »ich habe bloß schon was vor.« Sie öffnet den Mund, um mehr zu sagen, schließt ihn dann aber wieder.

Interessant.

»Ich hab auch was vor«, sagt Reed schulterzuckend.

*Sehr* interessant. Haben sie zufällig zusammen etwas vor … entwickelt sich da gerade eine leidenschaftliche Romanze?

»Kein Ding. Amüsiert euch gut.« Ich umarme die eine, dann den anderen. »Wir sehen uns später.« Ich werde nach Hause gehen, meine neuen mentalen Dateien durchgehen und daran arbeiten, meinen Schlüssel zu decodieren, damit ich Dior besser helfen kann.

Als ich die Halle verlasse, nach wie vor in höchster Alarmbereitschaft, hüpft ein himmelblauer Schimmer aus meiner Handfläche.

Neugierig tippe ich auf die Zeichen. Eine Nachricht von Victor erscheint: *Wie wäre es, wenn wir uns treffen und uns eine Aktion überlegen, wie Archer die Auferstehung gewinnen kann?*

Mein Herz schlägt schneller. Ja! Ich brauche Archer. Er wird mir helfen, meinen Schlüssel zu decodieren. Er wird mir helfen, Dior zu retten – und ganz nebenbei auch Troika.

Ich antworte, wobei mir das Tippen mit einer Hand nach wie vor schwerer fällt, als ich mir je hätte vorstellen können: *Bei mir? Und brung Manna mit.*

Seine Antwort erscheint ein paar Sekunden später: *Wie ich sehe, kannst du noch immer nicht gescheit tippen. (Zum Glück verstehe ich Ten.) Bin schon auf dem Weg.*

Er kommt sogar vor mir an und hat eine Tüte mit Manna-Waffeln in der Hand.

Victor, das bemerke ich schnell, ist ganz anders als sein älterer Bruder. Archer hat dem Ausdruck »direkt sein« eine völlig neue Bedeutung gegeben, während Victor eher auf Subtilität und teilweise sogar Irreführung setzt.

»Nach unserem Training mit Levi habe ich mich umgehört«, sagt er. »So ziemlich alle wollen, dass der Strömer zurückkehrt, und ich konnte ihnen nicht klarmachen, dass wir den Strömer nicht brauchen. Wir haben ja dich, deswegen ist Archer eindeutig die beste Wahl.«

»Und wieso denkst du das?« Kaum gefragt, packt mich schon das schlechte Gewissen. Wie kann ich so eine Frage überhaupt stellen? Ich müsste ihm doch sofort unumwunden zustimmen! Wofür brauche ich einen Beweis, dass mein Freund die beste Wahl wäre?

Er verdreht die Augen. »Eines Tages wirst du hier in der Sphäre richtig viel Macht haben. Dann musst du dich mit Leuten umgeben, denen du vertrauen kannst.«

Und dem Strömer kann ich nicht vertrauen?

»Wir müssen die Leute spüren lassen, dass Archer die bessere Wahl ist, ohne es direkt zu sagen«, fährt Victor fort. »Sobald wir *behaupten*, dass er der Beste ist, werden sie aufhören, uns zuzuhören. Niemand ändert seine Meinung, nur weil man etwas behauptet.«

Wir hocken uns auf den Wohnzimmerboden und fallen über das Manna her. Als wir den letzten Krümel verdrückt haben, lehne ich mich an die Couch. Victor legt sich auf den Teppich und wirft einen kleinen Ball in die Luft. Fangen und werfen. Fangen und werfen. Ich glaube, der einfache Rhythmus hilft ihm beim Denken.

Ich frage mich, was die anderen Neulinge heute Abend vorhaben, ob sie neue Freundschaften geschlossen haben. Ob sie einen neuen Lebenssinn gefunden haben.

»Was schlägst du vor?« Ich nehme schließlich das Gespräch wieder auf, als ob keine Zeit vergangen wäre. »Ich habe nie versucht, andere Leute zu erreichen, ohne ihnen als Erstes klarzumachen, was ich will.«

»Erstens werden wir herausfinden, wer momentan am einflussreichsten in der Sphäre ist, und auf denjenigen konzentrieren wir uns. Oder auf diejenige. Eine Person kann Tausende anführen. Zweitens werden wir Dior ins Spiel bringen. Sie hat sich praktisch mit der troikanischen Version vom Sensenmann angesteckt. Ein weiterer Strömer könnte beim Kampf gegen diese Krankheit helfen, aber Dior muss einer Reinigung überhaupt erst mal *zustimmen*. Wird sie das? Da sie Archer geliebt hat, ist er vielleicht der Einzige, der sie überreden kann, Ja zu sagen.«

»Ich … ich weiß nicht, wie ich das finde.« Bin ich einfach ultrasensibel oder ist das tatsächlich etwas, was der alte Killian vorgeschlagen hätte?

1) Wir würden mit den Ängsten der Leute spielen. Angst ist aber ein Feind, der einem ein Messer an den Hals drückt.

2) Die Auferstehung findet in weniger als einem Monat statt. Was, wenn wir Dior schon viel eher dazu überreden können, sich reinigen zu lassen – also Penumbra zu neutralisieren? Wenn das geschieht, wird Archer nicht mehr gebraucht. Jedenfalls nicht auf die Art und Weise, die Victor gerade vorgeschlagen hat.

Sein Plan kommt mir etwas hinterhältig vor. Aber er ist schließlich Archers Bruder; er ist in Myriad aufgewachsen, ist ein Sohn des Zweitkönigs – und eigentlich ein Prinz. Er hat seine Vorgehensweise von denselben Leuten gelernt wie Killian.

Ein Schimmern entspringt seinen Zeichen. Er liest die Nachricht und ächzt. »Ich muss los.« Dann setzt er sich auf, sieht mich an und wackelt mit den Augenbrauen. »Ich habe ein heißes Date.«

Mit meiner zur Schau gestellten Ruhe ist es vorbei. Archers Schicksal steht auf dem Spiel, wir brauchen eine funktionierende Idee für seine Rettung. Das schaffe ich nicht alleine, und Victor will mich jetzt einfach sitzen lassen?

»Du gehst zu einem Date, stöhnst aber, als ob du Schmerzen hättest?«, frage ich genervt.

Er wirft mir zart den Ball gegen die Nase. »Weil das mit euch Mädchen immer harte Arbeit bedeutet.«

Ich reibe mit den Fäusten über meine Augen, als würde ich heulen. »Armes Baby. Also, wer ist das Mädchen?«

»Geht dich nichts an, Miss Lockwood.«

»Du willst ihre Identität schützen? Dann muss es ja was Ernstes sein.« Im *Buch des Gesetzes* steht, dass wir am besten mit jemandem zusammen sein sollten, den das Netz für uns ausgewählt hat. 1) Das soll angeblich den Frieden bewahren zwischen, nun, zwischen allen. Man streitet sich nicht mit Rivalen oder glaubt, dass man mit jemandem zusammen sein sollte, der eigentlich besser zu einem anderen passt. 2) Auf diese Weise sollen wir uns auf das Wesentliche konzentrieren. Auf den Krieg nämlich. 3) So sollen chaotische Trennungen vermieden werden.

Wurde Victors Freundin vielleicht nicht vom Netz gebilligt? Da wir einen freien Willen besitzen, können wir natürlich zusammen sein, mit wem wir wollen. Vom Netz gebilligt oder nicht. So oder so braucht er nichts zu verheimlichen.

Ich frage mich, ob mein wiederkehrender Traum von Killian eine Art Billigung durch das Netz bedeutet.

Reines Wunschdenken? Ich meine, warum sollte das Netz einen Myriader für mich auswählen? Warum keinen Troikaner?

»Denk einfach darüber nach, was ich gesagt habe, okay?« Er steht auf. »Wenn du mir hilfst, dann helfe ich dir bei etwas, das du wirklich, wirklich willst … dabei, den Krieg zu beenden.«

Ich schürze die Lippen. »Woher weißt du, dass ich den Krieg beenden will?«

»Will das nicht jeder?« Er hebt die Schultern. »Sieh's ein. Du bist nicht besonders schwer zu durchschauen.«

Er verzieht sich, bevor ich ihn mit einer Million Fragen bombardieren kann. Wie würde er mir helfen? Warum hat er mir nicht schon längst geholfen? Kann er mindestens drei Situationen aufzählen, in denen ich nicht besonders schwer zu durchschauen war? Ich muss unbedingt an meinem Auftreten arbeiten.

Ich bleibe im Wohnzimmer zurück und spiele mit seinem Ball. Es gibt keinen Grund, über sein Angebot nachzudenken, weil ich ihm bei seinem Plan nicht helfen werde. Nicht solange ich anderen Leuten Angst einjagen muss. Archer würde *ausflippen*, wenn ich das täte. Es muss einen anderen Weg geben, die Leute für unsere Sache zu gewinnen.

Was das Beenden des Krieges angeht … in dieser Hinsicht hat mir das Gespräch mit Victor tatsächlich weitergeholfen. Ich habe bisher in zu großem Maßstab gedacht, denn in einem Punkt hat er recht: Will man Tausende erreichen, muss man mit einem beginnen. Dieser eine wird helfen, andere zu erreichen. Diese anderen werden wiederum andere erreichen und so weiter und so fort.

Aus einem Flüstern kann ein Brüllen werden.

Jetzt sprühen die Funken der Aufregung in mir noch heißer als zuvor. *Einer nach dem anderen.*

Und die Erste wird … Dior sein.

Ich kann ihr helfen. Ich muss es einfach können. Das Schicksal Troikas hängt davon ab.

Ich mache mich auf den Weg zum Schleier der Flügel, meine Seele sicher in der Hülle verstaut, Whells überall an mir festgeschnallt. Nur für den Fall. Und ich habe mich sehr, sehr fest verankert, weil es immer besser ist, auf Nummer sicher zu gehen. Niemand und nichts wird mich aus meiner Hülle rausschmeißen; ich würde lieber sterben, als loszulassen. Die ganze Nacht habe ich mit meiner Hülle trainiert und mir Informationen über Dior eingebläut, als würde ich für eine Prüfung lernen.

Bevor sie in einen Schutzraum gebracht wurde, lebte Dior Nichols in Oklahoma City, Oklahoma. Sie war Assistenzärztin in der Notfallaufnahme im Baptist Hospital. An ihren freien Tagen spielte sie mit ihrem Hund Gingerbread und half als Freiwillige in einem myriadischen Obdachlosenheim.

Sie hat ein gutes Herz, fast zu gut, um wahr zu sein, doch ihr Leben ist das Gegenteil von perfekt. Jedes Mal, wenn sie einem Troika-Anhänger geholfen hat, hat Myriad ihr etwas Wertvolles weggenommen – dieses Recht hat sie ihnen bei ihrem Vertragsabschluss eingeräumt.

Dem früher einmal glücklichen Mädchen geht es inzwischen schrecklich. Ihre einzige Chance besteht darin, vor Gericht zu ziehen.

Sie hat mit dem Gedanken gespielt, sich umzubringen, was mich tief berührt. Ich möchte sie schütteln und rufen: Gib niemals auf! Solange du atmest, gibt es Hoffnung!

Der einzige Grund, warum Dior ihrem Leben kein Ende gesetzt hat, ist eine Klausel in ihrem Vertrag. Im Kleingedruckten steht, dass sie bei Selbstmord einhundert Jahre im Zwinger verbringen muss.

Einhundert Jahre in einem winzigen Käfig eingesperrt.

Hat sie den Vertrag vor der Unterschrift nicht gelesen? Oder war es ihr zu dieser Zeit einfach egal?

Ich weiß jetzt zumindest, wie Killian sie rumgekriegt hat. Er hat sich in dem Moment um sie gekümmert, als sie am verletzlichsten war, als ihr Vater, mit dem sie allein lebte, sich bei einem Autounfall das Rückgrat brach. Nach unzähligen Operationen wurde sein Zustand ständig bedenklicher, er lag im Sterben.

Archer sagte: *Vertrau darauf, dass wir das Richtige tun.*

Und das tat sie. Eine Zeit lang. Doch die Situation wurde immer schlechter statt besser. Zumindest in Diors Augen. Als Mensch wusste sie nicht, was in der spirituellen Sphäre vor sich ging. Wusste nichts von den kleinen Reparaturen, die vorgenommen wurden, bevor die große Veränderung eintreten konnte.

Killian sagte: *Warte nicht länger. Dein Vater wird das Krankenhaus auf seinen eigenen Beinen verlassen, und zwar heute. Du musst nur hier unterschreiben.*

Geduld ist nicht grundlos eine Tugend.

Voller *Un*geduld hat sie unterschrieben, und ihr Vater *ging* tatsächlich aus dem Krankenhaus wie versprochen. Nur brach er direkt vor dem Eingang zusammen, sein Herz versagte wegen der Anstrengung. Er starb gleich dort auf dem schmutzigen Asphalt.

Er war wie versprochen nach Hause gegangen, doch war er nach Hause nach Myriad gegangen, in die Sphäre seiner Wahl. Ein weiterer Grund, wieso sie den Vertrag unterschrieben hatte. Sie wollte ihr Ewigleben mit ihrem geliebten Vater verbringen.

Was Killian ihr angetan hat … war hässlich. Sehr, sehr hässlich. Um Archer zu verletzen, hat er die Wahrheit auf übelste Art und Weise verzerrt. Eine verabscheuungswürdige Tat von einem verabscheuungswürdigen Jungen, der Archer direkt nach der Vertragsunterzeichnung ins Gesicht gelacht hat – über den Herzschmerz, den er verursacht hatte, gelacht hat.

Ich weiß ganz tief im Herzen, dass er nicht länger dieser Junge ist, aber seine Taten ekeln mich noch immer an – was mich ärgert. Wie kann ich es wagen, andere zu verurteilen? Ich habe auch Fehler gemacht. Viele, viele Fehler. Ich habe Menschen verletzt, ungewollt und gewollt. Ich habe Menschen *umgebracht*. Ich habe Leben ruiniert und Familien auseinandergerissen.

Ich möchte nicht verurteilt werden für das, was ich einmal war – also sollte ich Killian nicht für das verurteilen, was *er* einmal war.

Erste troikanische Regel: *Liebe jeden, sogar dich selbst.*

Zweite troikanische Regel: *Vergib jedem, sogar dir selbst.*

Das habe ich jetzt kapiert. Obwohl es alle möglichen anderen Regeln gibt, ist Nummer eins das A und O. Der *Grund* für die anderen Regeln. Nummer zwei hilft uns, Nummer eins einzuhalten.

Ich werde nicht mehr über den alten Killian nachdenken. Ich denke nur noch über den Killian von heute nach. Er sucht gerade nach Dior, und er wird nicht damit aufhören, bis er sie gefunden hat. Das ist sein Job. Kann gut sein, dass wir uns einen Kampf liefern werden. Und zwar einen harten Kampf, so, wie er es vorausgesagt hat.

Egal, was passiert, ich werde tun, was zu tun ist. Ich werde tun, was richtig ist, und nicht aufgeben.

Victor, Clay und Elizabeth sind schon vor mir am Schleier der Flügel.

Ich bleibe neben Clay stehen, der meine Hand nimmt und sie fest drückt.

»Wie soll das laufen?«, fragt er. Das heute ist auch seine erste Mission.

»Madame Meredith hat unsere Hüllen komplett unter Kontrolle«, erklärt Victor. »Sobald wir durch den Schleier treten, wird sie uns auf einem Lichtstrahl an eine bestimmte Stelle im Land der Ernte schicken. Clay und ich werden vor dem Schutzraum Wache stehen, gemeinsam mit ungefähr hundert weiteren Agenten, die wir wahrscheinlich nicht sehen können. Sie sind schon dort, und Reed ist unter ihnen.«

»Du, Zahlenmädchen.« Elizabeth schnippt mit den Fingern, ohne auch nur in meine Richtung zu schauen. »Du wirst Dior im Schutzraum beobachten. Auf diese Weise sollst du dich an das Gefühl gewöhnen, in einer Hülle im Land der Ernte zu sein und mit deinen Teamkollegen zu kommunizieren, ohne dass die Menschen etwas davon mitbekommen.« Endlich sieht sie mich doch an. Dabei kneift sie die Augen zu winzigen Schlitzen zusammen, ihre Wimpern verschmelzen fast miteinander. »Wichtig ist, unter allen Umständen ruhig zu bleiben. Angst zieht Myriader an wie die Fliegen.«

Sie leidet. Sie hat alles verloren. Was sie braucht, ist Mitgefühl anstelle von Kritik. Ich nicke also. »Ich werde es versuchen.«

»Nein, du wirst es einfach tun, schlicht und ergreifend. Und«, fährt sie fort, »falls du auf die Idee kommst, Dior Angst einzujagen, um Killian hervorzulocken, damit er dir bei deiner Aufgabe *hilft* …«

»Das würde ich niemals tun«, unterbreche ich sie wütend.

»Tu es nicht«, beendet sie ungerührt ihren Satz. »Als er dir das letzte Mal geholfen hat, gab es noch eine Chance, deine Seele für Myriad zu gewinnen. Die hat er nun nicht mehr. Was bedeutet, dass er dich schneller hintergehen wird, als du ›*Bitte, Killian, nicht*‹ sagen kannst.«

»Du kennst ihn nicht«, sage ich sanft. Diese Worte werde ich vermutlich irgendwann jedem Troikaner gegenüber wiederholen müssen.

»Oh, ich kenne ihn allerdings. Ich habe mit eigenen Augen gesehen, wie er vorgeht. Er hat eine Menge Mädchen verführt. Wie kommst du darauf, dass ausgerechnet du ihm etwas bedeutest?«

»Wie kommst du darauf, dass es nicht so ist?«

Sie bläht die Nasenflügel und schnaubt. »Ich habe gegen ihn gekämpft. Ich habe gesehen, wie meine Freunde durch seine Hand gestorben sind. Ich habe gesehen, wie Claus gestorben ist.« Aus ihrer Wut wird Schmerz. »Killian benutzt einen, er lügt und betrügt. Das Einzige, was du von ihm bekommen wirst, ist … ein gebrochenes Herz.«

**Von:** Z_C_4/23.43.2
**An:** K_F_5/23.53.6
**Betreff:** Die Früchte unserer Bemühungen!

---

Mein Spion in Troika hat mich darüber informiert, dass Tenley Lockwood heute im Land der Ernte ankommen wird. Sie wird einen Menschen besuchen, den Sie für uns gezeichnet haben. Miss Dior Nichols. Die beiden werden sich in einem troikanischen Schutzraum aufhalten, die Koordinaten finden Sie in der Anlage.

Ich bin gespannt auf Ihren nächsten Spielzug. Gibt es etwas, womit ich Ihnen helfen kann, Mr. Flynn?

Macht bedeutet Recht!
Sir Zhi Chen

**Von:** K_F_5/23.53.6
**An:** Z_C_4/23.43.2
**Betreff:** Ich mache das schon

---

Ich weiß ganz genau, wie ich Miss Lockwood herumkriegen kann.

Aber Sie können tatsächlich etwas tun. Miss Lockwood mag vielleicht beinhart wirken, doch in Wahrheit ist sie ein echtes Herzchen. Sobald sie Miss Nichols kennengelernt hat, wird sie verzweifelt versuchen, das Elend des Mädchens zu lindern. Sie wird sich wünschen, dass Gingerbread zurückkehrt – nicht nur eine Scheibe von ihm, sondern das ganze Tier. Wenn Sie den Hund freilassen, kann ich ihn der kleinen Idiotin als Zeichen meiner »Zuneigung« schenken. Und das zu meinem Vorteil nutzen.

Macht bedeutet Recht!
MA Killian Flynn

**Von:** Z_C_4/23.43.2
**An:** K_F_5/23.53.6
**Betreff:** Gute Idee!

---

Ich sorge dafür, dass Gingerbread in Ihre Obhut gegeben wird.

Wie Sie wissen, ist unsere geschätzte Generalin Oriana vor drei Tagen bei einem Überfall aus dem Hinterhalt getötet worden. Vor ihrem Tod erwähnte sie, dass Sie wissen wollen, welcher Mensch mit der Seele Ihrer Mutter verschmolzen ist, und dass sie versprochen hat, zu diesem Zweck die Bürokratie zu umgehen, sobald Sie Miss Lockwoods Loyalität gewonnen haben. (Schhh, ganz unter uns, ich werde selbst ein paar Nachforschungen für Sie anstellen.)

Oh! Ich möchte, dass Miss Aubuchon Sie auf Ihrer heutigen Mission begleitet. Ich vermute, Miss Lockwood muss erst noch das troikanische Konzept der Vergebung lernen. Doch wieso sollte sie? Miss Aubuchon hat sie getötet. Wenn es geht, sollten Sie Miss Lockwood unauffällig dazu ermuntern, sich zu revanchieren. Helfen Sie ihr herauszufinden, wie befriedigend Rache ist.

Macht bedeutet Recht!
Sir Zhi Chen

# 9. KAPITEL

»Ohne Liebe bedeuten Taten gar nichts.«

Troika

Die Worte *gebrochenes Herz* kreisen in meinem Kopf herum, den ich heftig schüttle, um sie loszuwerden. Jeder hat seine eigene Geschichte, und ich werde der Autor von meiner sein. Jeder Tag beginnt mit einer leeren Seite. Heute werde ich die Seite mit Hoffnung und Anstrengung füllen. Einhundert Prozent geben, nichts zurückhalten.

Besser gesagt, beginne ich meine neue Geschichte genau jetzt.

*Das Mädchen, das Killian Flynn etwas bedeutet, ist auf dem Weg, die Welt zu retten. Es durchschreitet den Schleier der Flügel.*

Ich gehe durch den purpurroten Wasserfall, spüre, wie die Tropfen mich treffen, wie ich von Frieden und Licht eingehüllt werde. Ich atme ein … aus … und bewege mich weiter, ich weiß, dass die anderen hinter mir sind, und dann …

… falle ich.

Mir bleibt keine Zeit, zu schreien oder mit den Armen zu rudern. In einer Sekunde sause ich über lodernde Sterne, von einer Kraft gezogen, die ich nicht kontrollieren kann, und in der nächsten stehe ich in Texas vor einem malerischen kleinen Farmhaus mit umlaufender Veranda, Fensterläden und Blechdach.

Mein Herz schlägt so schnell, als wäre ich gerannt. Ich habe es geschafft. Ich bin ins Land der Ernte zurückgekehrt.

Tausende Einzelheiten überfluten meine Wahrnehmung, große und kleine. Auf dem Boden vor einem alten Schaukelstuhl steht ein Korb mit Erdbeeren. Pekannussbäume werfen

Schatten. Ich sehe die Zeichnungen auf der Rinde, jede einzelne Holzfaser des Schaukelstuhls und die einzelnen Ruten, aus denen der Korb geflochten wurde. Ich höre das Quietschen des Schaukelstuhls, als ein Windstoß ihn erfasst, das Zirpen der Grashüpfer und Heuschrecken, das Trappeln von Füßen, als Eichhörnchen Schutz suchend davonlaufen.

Das komplette Farmhaus und der Wald sind von einer Glocke aus Geleeluft umgeben, die Myriader fernhält – ein schwaches blaues Licht, das wie Diamantenstaub funkelt, genau wie unser Himmel. Myriader können nicht einmal *sehen*, was sich hinter dem Licht befindet, und wenn sie hindurchzugehen versuchen, verbrennen sie zu Asche.

Plötzlich wird Sand in meine Augen geweht, meine Sicht verschwimmt. Ich blinzle heftig.

Der Wind trifft mich, das Gefühl ist irgendwie ... merkwürdig, als ob er gegen eine Wand schlägt, wohingegen ich nur ein leichtes Vibrieren des Aufpralls spüre. Kälte oder Wärme nehme ich nicht wahr. Ich behalte die perfekte Temperatur, äußerliche Faktoren spielen keine Rolle.

Vögel zwitschern, aber im Gegensatz zu den anderen Geräuschen klingt es gedämpft – halt, stimmt nicht, die anderen Geräusche sind ebenfalls gedämpft, so als hätte jemand eine Tonaufnahme leise gestellt.

Ich schnuppere ... und rieche nichts. Werden irdische Gerüche von der Hülle gefiltert?

Clay grinst von einem Ohr zum anderen, als er auf der linken Seite der Veranda Posten bezieht. Victor stellt sich ganz rechts auf.

Elizabeth marschiert zur Tür. Ihre Stimme weht durchs Netz, füllt meinen Kopf aus: – *Versuch bitte, das hier ausnahmsweise nicht zu verbocken.* –

Man hat mir beigebracht, äußerlich nicht zu reagieren, wenn Troikaner mit mir sprechen, ohne die Lippen zu bewegen. – *Ich versuche gar nichts. Ich tu's einfach.* –

– *Witzig.* –

Sie öffnet die Tür. Die Türangeln quietschen.

Ich betrete hinter ihr das Haus und sehe eine Couch, zwei Lehnstühle, eine Ottomane und einen Couchtisch. Alles wirkt sehr zweckmäßig.

Elizabeth verschränkt die Arme und beobachtet, wie ein Mensch auf und ab geht.

*Der* Mensch. Dior Nichols in Fleisch und Blut. Die Frau, die Archers Liebe gewonnen hat. Die Schönheit, die als Waffe im Krieg zwischen Archer und Killian benutzt wurde.

Aus ihren Daten weiß ich, dass ihre Mutter schwarz ist, ihr Vater weiß. Dunkles Haar umrahmt ein Puppengesicht mit kleiner Nase und hinreißend geschwungenen Lippen. Menschen mögen zwar nie makellos sein, aber sie ist ziemlich perfekt. Ihre Haut ist etwas heller als ihr Haar und ihre Augen etwas heller als ihre Haut, fast schon golden.

Doch Levi hat recht. Man sieht die Krankheit. Schatten winden sich unter ihren Wangen bis hinunter zum Hals. Sie sind schmal, fast wie Venen … gefüllt mit etwas, das wie giftiger Schlick aussieht. Ich glaube nicht, dass sie sich dessen bewusst ist; sonst würde sie schreien oder sich selbst anzünden oder so etwas.

Wie hat sie sich infiziert?

»Wer ist das Mädchen?«, fragt sie Elizabeth.

»Ich bin …«, setze ich an.

»Sie ist niemand«, unterbricht Elizabeth mich und wirft mir einen scharfen Blick zu. »Sie ist nur hier, um zu beobachten.«

Ups. Ich halte wohl mal besser den Mund.

Dior geht weiterhin auf und ab, ohne zu bemerken, dass ein Gesandter die ganze Zeit neben ihr herschreitet. Ein Junge, den ich nicht kenne. Levi sagte, er sei einer der Besten, persönlich von den Generälen ausgewählt.

Er ist in Geistform, und er flüstert Dior zu: »Das Erstleben ist eine Gelegenheit. Die Vergangenheit ist die Vergangenheit. Vor dir liegt eine strahlende Zukunft. Hab keine Angst. Kämpfe für das, was du willst.«

Da ich mit Victor und Clay trainiert habe, weiß ich, dass Dior die Worte nicht hört, sie aber irgendwie verinnerlicht, es kommt ihr vor, als hätte sie eine Idee. Sie entscheidet jedoch selbst, ob sie der Idee folgt oder nicht.

Ich bin versucht, mich *ihm* vorzustellen, will ihn allerdings nicht unterbrechen. Oder Dior Angst einjagen. Sie hat schließlich keine Ahnung, dass er hier ist.

»Und warum bist *du* gekommen?«, fragt Dior. »Wurde ein Gerichtstermin für mich festgelegt?«

»Nein. Tut mir leid.«

Elizabeth scheint diese Tatsache aufrichtig zu bedauern.

Dior hört auf, sie trotzig anzustarren. »Wieso nicht? Was ist das Problem? Ich will die Unendlichkeit nicht in Myriad verbringen.«

Die Unendlichkeit. Ein anderer Ausdruck für Ewigleben, der eher von Menschen als von Seelen benutzt wird.

»Ich habe dir gesagt, dass Myriad einen Prozess anfechten würde. Und das haben sie getan. Deswegen müssen wir dich in der Zwischenzeit auf die echt harten Schwierigkeiten vorbereiten, die auf dich zukommen werden.«

Auf einmal sieht Elizabeth mich an. – *Zu viele Prozesse scheitern. Es ist kompliziert, beide Sphären führen Verhöre und Kreuzverhöre des Menschen durch, während die ganze Zeit über Szenen aus seinem Leben auf einem Bildschirm abgespielt werden, sodass jeder sie sehen kann. Wenn sie darauf nicht vorbereitet ist, wird sie zusammenbrechen und wir erleiden einen Verlust.* –

Den Verlust von Dior?

Dior lacht bitter auf. »Dank Killian Flynn habe ich die letzten beiden Jahre nichts anderes als echt harte Schwierigkeiten gehabt. Er ist ein Monster, und ich bin zu allem bereit.«

Wie kann sie es wagen! »Du bist *selbst* für den Schmerz und das Leid in deinem Leben verantwortlich. Du triffst deine Entscheidungen und du trägst die Konsequenzen.«

Elizabeth atmet scharf ein. Der Gesandte, den ich noch immer nicht kennengelernt habe, schaut schließlich doch in meine Richtung, die Augen weit aufgerissen.

Und Dior kommt mit geballten Fäusten auf mich zu.

Eins meiner Zahlenzeichen pulsiert. Eine Warnung, die Klappe zu halten? Zu spät. »Das solltest du lieber nicht tun«, sage ich. »Ich will dir nicht wehtun, werde es aber, wenn es sein muss. Wenn die Frage Kampf oder Flucht ist, entscheide ich mich für Kampf. Immer. Du kannst es also gern versuchen, doch es wird nicht gut für dich enden.«

Levi sagte, ich müsse mein Temperament gegenüber den Menschen zügeln. Ich bin stärker, als sie es sich überhaupt vorstellen können.

Um ehrlich zu sein, ich bin nicht so stark, wie ich sein sollte. Ich muss mich mehr anstrengen. Mein kleines Zusammentreffen mit dem Nagelbrett beweist, dass ich jederzeit mit allem rechnen muss. Vor allem mit jeder Menge Widerstand.

Elizabeth stellt sich zwischen uns und starrt mich nieder. »Einen Menschen zu bedrohen wird für *dich* nicht gut enden, Ten.«

Zero! Sie hat recht. Ich habe mich von meinen Gefühlen leiten lassen. Es ist höchste Zeit, den Kopf einzuschalten, wenn ich hier das Steuer übernehmen will. Sehr viel vorsichtiger fahre ich fort: »Troikanern geht es um Liebe. Sie sind das wahre Licht der Welt. Myriader hingegen begrüßen den Hass. Willst du Troikanerin werden, wie du behauptest, oder weiterhin Myriadin bleiben? Beides kannst du nämlich nicht haben.«

Dior senkt den Blick und holt tief Luft. Falls ich sie besänftigen wollte, bin ich gescheitert.

Sie reißt die Augen auf und starrt mich an. »Du als Troikanerin solltest andere nicht verurteilen. Und doch hast du nichts Besseres zu tun, als genau das zu machen.«

Ich sollte lieber wieder mit dem Hintergrund verschmelzen, denn statt nur zu beobachten, mische ich mich ein. Andererseits, was soll's? Da ich meine Anweisungen sowieso schon ignoriert habe, kann ich auch weitermachen. »Ich habe nur Tatsachen angeführt, mehr nicht.«

»Du bist genauso kalt wie Killian. Ich würde niemals …«

»Tzz, tzz«, unterbreche ich sie. Ich bin *nicht* kalt, genauso wenig wie Killian. »Mit diesen drei Worten – *ich würde niemals* – versuchst du doch lediglich, eine Verurteilung als Meinung darzustellen.«

»Ten, es reicht.« Elizabeth legt einen Arm um Diors Schultern und zieht sie von mir weg, während sie ihr tröstende Worte zuflüstert.

Verdammt noch mal! Ist sie mutig oder einfach nur dumm? – *Was, wenn Dior dir unabsichtlich das Licht aussaugt?* – Ich schleudere Elizabeth die Worte durch das Netz zu.

Sie geht ruhig weiter. – *Bisher gibt es keine Anzeichen dafür, dass Dior dabei ist, sich zur Auflöserin zu entwickeln. Erst dann kann sie mir gefährlich werden. Ich werde sie behandeln wie jeden anderen auch.* –

Du willst sie also mit einem Nagelbrett verprügeln, hätte ich beinahe gefragt. Doch ich bleibe stumm.

»Ach du liebe Zeit. Tut mir leid.« Dior löst sich aus Elizabeths Umarmung. »Das hatte ich ganz vergessen. Sorry.«

»Keine Sorge, ich habe dir ja erlaubt, mich zu berühren«, entgegnet Elizabeth mit sanfter Stimme. Dann legt sie erneut einen Arm um die Schultern des Mädchens, und dieses Mal protestiert Dior nicht.

Vor langer Zeit erließen die Sphären ein Gesetz, das Menschen verbietet, Hüllen zu berühren. Das macht es den eingehüllten Seelen, die in Rekrutierungsbüros, im troikanischen Repräsentantenhaus und anderen Einrichtungen auf der ganzen Welt arbeiten, möglich, ihre Aufgaben ungestört zu erledigen, während es gleichzeitig den ziemlich natürlich aussehenden Hüllen ermöglicht, sich optisch einzufügen und sich damit in aller Öffentlichkeit zu verstecken.

Es gibt nur zwei Ausnahmen von dieser Regel. 1) Wenn der Mensch nicht weiß, dass die andere Person eine Hülle ist, und 2) wenn der Mensch es weiß, aber die Erlaubnis der Hülle hat.

Um nicht noch einmal in Versuchung zu kommen, stakse ich zum weit entfernten Fenster und blicke hinaus. Allerdings bleibe ich dort nicht lange allein. Dior stellt sich zu mir.

Ich werde steif, weil ich mit irgendeiner Form des Angriffs rechne, doch sie sagt nur: »Tut mir leid. Du hast nichts falsch gemacht, und trotzdem habe ich meinen Frust an dir ausgelassen.«

Oh … Zero. Levi würde jetzt sagen, dass derjenige, der sich zuerst entschuldigt, der Stärkere ist. Dior ist ein Mensch, doch trotz meiner Rumprahlerei vorhin ist sie stärker als ich, zumindest in der Hinsicht, die am meisten zählt.

Mein Ärger verfliegt sofort. »Mir tut es auch leid. Archer hat dich geliebt. Er wollte, dass ich dir das Leben leichter mache und nicht schwerer.«

Ein warmer Lichtstrahl fällt durch das Fenster, windet sich um meine Zeichen und … streichelt mich?

Ich frage mich, ob diese Strahlen das troikanische Gegenstück von Penumbra sind. Oder aber die Strahlen sind vollkommen normal, bloß *ich* habe mich verändert.

»Archer.« Tränen füllen Diors golden wirkende Augen, ihr Kinn bebt. »Elizabeth hat mir erzählt, dass er im Kampf gefallen ist.«

Mein Herz zieht sich qualvoll zusammen. »Ja.«

»Ich habe ihn so geliebt.« Tränen strömen ihr über die Wangen. »Ich habe versucht, irgendwie weiterzumachen. Seit ich bei Myriad unterschrieben habe, meine ich. Ich habe mich mit Jungs getroffen und habe jetzt sogar einen Freund. Aber …«

»Ich weiß. Es ist schwer, über Archer hinwegzukommen.«

Sie legt den Kopf zur Seite. »Du hast ihn auch geliebt.« Eine Aussage, keine Frage.

»Sehr sogar. Er war wie ein nerviger älterer Bruder.«

Sie lacht leise. Dann fließen die Tränen noch schneller.

Das Netz surrt in meinem Kopf, pikt wie Bienenstiche. – *Erinnerst du dich an das Jahr, das du als Ungezeichnete verbracht hast, hin- und hergerissen zwischen Troika und Myriad, nicht sicher, was das Beste für dich ist? Jedes Mal, wenn jemand dich unter Druck gesetzt hat, hast du dich gewehrt und dich weiter von einer Entscheidung entfernt. Also sei jetzt die Art von Agentin, die du selbst gebraucht hättest.* –

Dieser Vorschlag erdet mich. Tief einatmen … ausatmen … »Archer hat Killian vor seinem Tod vergeben, was er dir angetan hat. Sie haben zusammen dafür gesorgt, dass ich bei Troika unterzeichne.«

Ihre Augen werden groß. »Er hat mit Killian zusammengearbeitet? Im Ernst?«

Ich nicke. »Du beurteilst Killian nach seinen schlimmsten Taten. Taten aus seiner Vergangenheit. Nach den Fehlern, die er gemacht hat und inzwischen bereut. Am Ende hat Archer ihn aber nach seinen aktuellen Taten beurteilt, und das beweist, wie sehr Killian sich verändert hat. Er ist jetzt anders, Dior. Es tut ihm leid, was er dir angetan hat. Er hat sogar versucht, eine Schwachstelle in deinem Vertrag zu finden, damit du nicht länger bestraft wirst.«

»Doch er konnte keine finden.« Sie sackt etwas in sich zusammen. »Er hat den Vertrag selbst aufgesetzt, und er ist sehr geschickt, was das Kleingedruckte betrifft.« Sie massiert sich den Nacken. »Trotz des Vertrags habe ich mit meinem Leben so weitergemacht, wie ich es vorhatte. Ich habe eine Stelle als Assistenzärztin angenommen und versucht, anderen das Leben zu retten. Was ich nur darf, wenn es sich bei meinen Patienten um Myriader handelt. Und ja, ich weiß, ich weiß. Man hat mir gesagt, dass es mir nichts ausmachen sollte, Troikaner wegzuschicken, weil die später sowieso nur meiner Sphäre schaden werden, nicht wahr? Doch viele Menschen, die ich mag und bewundere, sind Troikaner. Wenn sie vor Schmerz schreien und ich nichts tue, dann bin ich ein Monster.«

»Es tut mir leid.« Und das stimmt. Was für ein schreckliches Schicksal.

»In meinem Vertrag steht außerdem, dass ich in der Unendlichkeit keine Heilerin sein werde, sondern Agentin.«

Ein Schauder schüttelt sie, und schließlich bricht sie doch zusammen, die Beine geben unter ihr nach. Mit einem dumpfen Aufprall landet sie auf dem Boden und schluchzt in ihre Hände.

Ich bin wütend. Ihre Entscheidungen haben sie auf einen schrecklichen Weg voller Risse und Schlaglöcher geführt. Sie ist verletzt und verzweifelt und klammert sich an das letzte Rettungsseil, das ihr zugeworfen wurde. Der Gerichtstermin.

Sie tut mir so leid. Sie kennt mich nicht, doch ich kenne sie. Ich kann ihr helfen. Das weiß ich einfach!

Ich kauere mich neben sie und streiche ihr durch das Haar. Leise aufstöhnend weicht sie vor mir zurück. Und *ich* stöhne ebenfalls, denn scharfer Schmerz explodiert an meinen Fingerspitzen und schießt durch meinen Körper.

»Was war denn *das*?«, will sie wissen.

Ich reibe mir die Arme, es fühlt sich an, als ob ein Gewitter unter meiner Hülle ausgebrochen wäre. »Ich weiß nicht …« Doch, ich weiß es. Ich weiß es, und deswegen beiße ich die Zähne zusammen und blicke zu Elizabeth.

Penumbra.

Wie soll ich sie bloß reinigen?

– *Ist* das *jetzt vielleicht ein Zeichen, dass sie sich in eine Auflöserin verwandelt?* – Ich wende mich an Elizabeth.

– *Nein. Ich vermute, das ist Penumbras Abwehrmechanismus gegen eine Strömerin. Deswegen hieß es ja, dass du sie nicht anfassen sollst.* –

Richtig. Regeln haben schließlich einen Grund. Ob ich ihn kenne oder nicht. »Tut mir leid, Dior. Ich werde künftig vorsichtiger sein.« Ich stehe auf. »Und ich *werde* dir helfen, koste es, was es wolle.« Ich werde mich so verhalten, wie Archer es von mir erwarten würde.

»Ten«, faucht Elizabeth, um mich daran zu erinnern, dass ich schon wieder meine Grenzen überschritten habe.

Ist mir egal. Dieses Mädchen braucht mich. Und ich kapiere es jetzt. Ich verstehe, warum Troika so viel Aufwand betreibt, um eine einzige Seele zu retten. Jeder Einzelne ist wertvoll. Jeder ist das Kind von jemandem und wird von jemandem geliebt. Jeder hat Potenzial.

»Wann hast du zuletzt mit jemandem aus Myriad gesprochen?«, frage ich.

Dior beruhigt sich so weit, dass sie antworten kann: »Vor drei Tagen.«

Ich kaue auf meiner Unterlippe. »Mit Killian?«

»Nein. Mit Rosalind Oriana und Zhi Chen.«

Große Erleichterung; Killian war nicht beteiligt. »Haben sie irgendetwas Ungewöhnliches gesagt oder getan?«

»Wie zum Beispiel?« Sie wischt sich die Tränen weg.

»Sag du es mir.«

Jetzt runzelt sie die Stirn. »Sie kamen zu mir nach Hause und haben eine Ewigkeit über Nichtigkeiten geplaudert. Und dann sind sie wieder gegangen.«

Ich denke über den Zeitpunkt nach und frage: »Warum hast du danach Kontakt mit Troika aufgenommen?«

Sie sieht mich gereizt an, als ob ich sie beleidigt hätte. Sollte ich sie beleidigt haben, dann unbeabsichtigt. Ich suche nur nach Antworten.

»Ist das wirklich notwendig?«, fragt Elizabeth.

»Ja«, entgegne ich, ohne Dior aus den Augen zu lassen.

»Ich hatte genug«, sagt sie. »Der Siedepunkt war einfach erreicht. Und da fiel mir ein, dass Archer einmal zu mir sagte, ich solle mich an Elizabeth wenden, wenn ich jemals etwas brauche. Also habe ich sie gerufen.«

Wie haben Rosalind und Zhi – angenommen, sie waren es – sie mit Penumbra infiziert? »Mit wem hast du sonst noch gesprochen? Mit irgendwelchen Fremden? Oder haben sich vielleicht Patienten merkwürdig verhalten?«

»Nein. Ich war seit einer Woche nicht mehr im Krankenhaus. Der Einzige, mit dem ich außerdem gesprochen habe, ist mein Freund, Javier Diez.«

»Ist er Myriader?«

»Er ist ungezeichnet. Wieso?«

Ich sehe Elizabeth an. – *Weiß sie, dass sie krank ist?* –

– *Nein. Und wir werden es ihr nicht sagen.* –

Weil sie sonst ausflippen würde? Wer nicht? »Wo ist Gingerbread?« Dior könnte jetzt wirklich einen Freund gebrauchen.

Sie beginnt erneut zu schluchzen.

Zero! Was habe ich denn nun schon wieder falsch gemacht?

»Ihr MA hat ihr den Hund weggenommen.«

Aus Elizabeths Nasenlöchern quillt praktisch Rauch, als sie das sagt. Entweder habe ich es mit ihr jetzt auch zu weit getrieben, oder …

»Killian, für den Fall, dass du es genauer wissen möchtest«, ergänzt Elizabeth.

Ich zucke zusammen. Das also. »Wie lange dauert es, einen Gerichtstermin zu bekommen?« Wir müssen Dior aus Myriads Fesseln befreien. Sobald sie bei Troika unterzeichnet hat, können wir sie beschützen, bis sie gereinigt ist, und dafür sorgen, dass sie nicht mit Penumbra ins Ewigleben eintritt und auf diese Weise vielleicht das Netz gefährdet.

»Das kann Monate dauern, je nachdem, wie heftig Myriad weiterhin dagegen ankämpft«, antwortet Elizabeth.

»Gut. Darum kümmerst du dich, und ich kümmere mich um den Hund. Und du«, sage ich zu Dior und denke dabei an die Informationen, die ich über sie gelesen habe, »du bist sehr ungerecht behandelt worden, kein Zweifel, doch Selbstmitleid wird dir nicht weiterhelfen. Sei stark und kämpfe für das, was du willst, wie Elizabeth schon sagte.«

Dior sieht mich an, Tränen glitzern in ihren Wimpern, ihr Gesicht ist rot und fleckig. »Du kannst Ginger zurückbringen? Wirklich?«

Elizabeth stapft zu mir und starrt mir ins Gesicht. – *Du bist hier nur auf Beobachtungsposten und wirst nicht herumkommandieren und tun, was immer dir gerade einfällt.* –

– *Du hast das Recht, deine eigenen Entscheidungen zu treffen, genauso wie ich das Recht habe, meine zu treffen.* –

Steif wie ein Brett – harhar – tippt sie eine Nachricht in ihre Tastatur. Wahrscheinlich kontaktiert sie Meredith. Vielleicht sogar Levi. Nein … das Einhalten der Befehlskette ist in Troika wichtig. Also wendet sie sich *definitiv* an Meredith.

Höchstwahrscheinlich bekomme ich in wenigen Augenblicken den Befehl, mich zurückzuhalten. Tja, das werde ich aber nicht. Auf gar keinen Fall! Zum ersten Mal, seit wir hier angekommen sind, sehe ich einen Hoffnungsschimmer in Diors Augen. Diese Hoffnung ist zerbrechlich und muss gut gepflegt werden. Wenn ich mein Versprechen nicht halte, wird sie das erneut zerstören, und vielleicht wird Dior danach nicht mehr in der Lage sein, noch einmal aufzustehen.

Als meine Handfläche leuchtet, grinst Elizabeth mich höhnisch an.

Meredith hat mir eine Nachricht geschickt. Auf alles gefasst beginne ich zu lesen … nur um vor Überraschung beinahe umzufallen.

– *Weitermachen.* –

*Juuuhuuu! Danke, Omi.*

Elizabeth knurrt, als sie die Nachricht liest, die nichts anderes bedeutet, als dass ich tun kann, was immer ich will.

»Genau aus diesem Grund sollten Verwandte nicht zusammenarbeiten«, grummelt sie.

Leck mich. »Ein guter Plan ist nun mal ein guter Plan.«

Die Tür fliegt auf und ein wild entschlossen aussehender Victor betritt das Farmhaus. »Killian und eine MA-in-Ausbildung haben uns gefunden. Sie befinden sich direkt vor unserer Sicherheitswand.«

In mir spielt auf einmal alles verrückt. Mein Herz schlägt aus dem Takt. Mein Blut beginnt zu kochen und lässt die Seele in meiner Hülle schmelzen. Verschiedene Körperteile zittern … all die Stellen, die Killian berührt hat … Es schmerzt auf köstlichste Art und Weise.

Endlich! Er ist hier. Der Junge, der mich 143, ist in greifbarer Nähe.

Ich streiche mir das Haar glatt, dann meine Kleidung. Wie sehe ich aus? Wie wird er reagieren, wenn er mich sieht?

Dior erblasst. Ihr Blick wird bitterkalt.

»Wie ist er an unseren Wärtern vorbeigekommen?«, fragt Elizabeth. »Wie hat er uns gefunden?«

»Das weiß ich nicht«, antwortet Victor.

»Gehen wir.« Sie packt Dior am Arm und zieht sie auf die Beine. »Ich bringe dich in einen anderen Schutzraum.«

»Halt, überleg doch mal.« Victor verschränkt die Arme vor der Brust. »Wenn du Dior wegbringst, werden die Myriader wieder abziehen. Wenn sie allerdings bleibt, können wir Ten zu ihnen schicken, damit sie mit Killian spricht. Vielleicht rutschen ihm ein paar wichtige Informationen heraus. Zum Beispiel, wie es ihm gelungen ist, uns aufzuspüren. Das willst du doch wissen, richtig?«

Elizabeth wirft mir einen Todesblick zu. »Offenbar machen wir es heute ganz nach ihrer Art. Wenn Zahlenmädchen Diors Sicherheit gefährden will, damit sie mit dem Typen reden kann, der uns vernichten wird, dann bitte.«

Victor klatscht mich ab. »Gut gemacht, Ten! Du bist noch in der Ausbildung, aber man traut dir bereits die Führungsrolle zu. Was für eine Ehre!«

*Magenkrampf.* Was, wenn das ein Test ist und ich ihn verhaue?

»Wenn du jetzt da rausgehst«, erklärt Elizabeth mit ernster Stimme, »wirst du uns alle in Gefahr bringen.«

Dior ballt die Hände zu Fäusten und macht einen Schritt nach vorn. »Hier geht es um mein Schicksal. *Ich* sollte diejenige sein, die entscheidet.«

Äh, nein. Das wäre ein Riesenfehler. Sie hat keinen Überblick über das große Ganze.

Aber ich? Nicht einmal annähernd. Bestimmt vielleicht nur mein Wunsch, Killian wiederzusehen, mein Handeln?

Ich kneife die Lippen zusammen. *Test, eins, zwei, drei.*

Ich nicke Dior zu. Sie hat recht. Ihre Zukunft, ihre Entscheidung.

Zuerst sagt sie nichts, und ich verlagere mein Gewicht von einem Bein auf das andere. Wenn sie ablehnt …

»Du kannst rausgehen.« Sie stößt den Atem aus. »Und dann tust du das, was du mir versprochen hast. Du bringst Gingerbread zurück, gesund und heil.«

Vor Erleichterung geben beinahe meine Knie unter mir nach. »Versprochen.«

»Ihr habt sie gehört.« Victor zeigt triumphierend mit dem Daumen zur Tür. »Geh da raus und hol dir die Antworten, Ten.«

Ich eile zur Tür, bleibe aber abrupt stehen, als Elizabeth mich am Arm festhält. Ihr Blick ist wild, als sie sagt: »Jetzt wirst du die bittere Realität des Krieges zwischen den Sphären kennenlernen, genauso wie die Tatsache, dass dein Feind dich *immer* betrügen wird. Nicht weil du es mit Killian zu tun hast, sondern weil du es mit einem Myriader zu tun hast. Viel Glück.«

# 10. KAPITEL

»Handlung ohne Liebe ist dennoch *Handlung*!«

Myriad

Als ich aus dem Farmhaus jage, weiß ich nur eins ganz sicher: Ich glaube nicht an Glück.

Wenn etwas Gutes geschieht, dann hat hinter den Kulissen irgendjemand hart dafür gearbeitet. Nicht Glück bestimmt darüber, wie Killian mich behandeln wird, sondern sein Charakter.

Auf der Veranda spähe ich auf der Suche nach Killian durch den Buckler – auch bekannt als Geleeluft, eine Art unsichtbare Schutzwand.

Clay kommt zu mir geflitzt. »Ich weiß, was du vorhast, und ich bitte dich – nein, ich *flehe* dich an –, innerhalb des Bucklers zu bleiben. Ich bin schon länger in Troika als du. Ich habe Geschichten über Killian gehört ...«

»Ich weiß, was du gehört hast. Er ist verrückt und böse bis auf die Knochen. Er will gewinnen, egal, was es kostet.« *Bis er mich traf.* »Er hat sich geändert.«

»Nein. Ich meine, ja. Diese Gerüchte habe ich ebenfalls gehört. Aber da gibt es noch andere. Neuere.« Aus seiner Stimme klingt pure Angst. »Schlimmere.«

*Ich suche ihn ...* »Gerüchte interessieren mich nicht. Gerüchte sind wie eine Krankheit, die von Leuten in die Welt gesetzt werden, die mit jemandem abrechnen wollen, und während sie sich verbreiten, werden sie immer übler.«

»Du hast recht. Deswegen habe ich bis jetzt auch nichts dazu gesagt. Aber das hier ... ich glaube, Killians Leben hängt davon ab, dass er dich kaltstellt.«

Vehement schüttle ich den Kopf. »Nein.« Das hätte Killian mir in seiner Nachricht mitgeteilt. »Woher sollte irgendjemand in Troika wissen, wie die Befehle eines Myriaders aussehen?«

»Das weiß ich nicht. Ich weiß nur, dass ich ein Gespräch zwischen Levi und Meredith gehört habe.«

Erschüttert weiche ich einen Schritt zurück. Wenn Levi und Meredith wirklich glauben, dass Killian mich »kaltstellen« will, hätten sie mich doch nicht dazu aufgefordert, seinetwegen noch härter zu arbeiten und noch schneller zu lernen.

*Wo ist er …* »Da musst du was falsch verstanden haben.«

*Wenn wir uns das nächste Mal sehen, werden wir streiten. Daran führt kein Weg vorbei. Also sei bereit.*

Ich lasse die Schultern sinken, schüttle jedoch erneut den Kopf. Er würde mir niemals etwas antun. »Ich werde mit ihm reden.«

»Dann komme ich mit dir.«

»Nein. Für dich ist es gefährlich, für mich nicht.« Ich sehe mich weiterhin suchend um … Verdammt noch mal, wo ist er? »Bleib hier und pass auf dich auf.«

Da! Ein großer, dunkler Fleck hinter der Geleeluft. Ich renne die Veranda hinunter, zwischen den Bäumen hindurch, nähere mich dem Buckler … fast da.

Der Boden bebt, als ob eine gigantische Faust auf den Planeten niedersausen würde. Ich hebe den Blick zum Himmel. Die Kuppel ist verschwunden und ein Wachturm ragt neben dem Farmhaus auf.

Türme sind beweglich wie Wolken und werden immer dorthin gesteuert, wo man sie braucht.

Entlang der Mauer sind TAs und MAs in eine heftige Schlacht verwickelt – kämpfen sie um Dior? Feuerschwerter werden geschwungen wie Blitze.

So viel Gewalt. Wann wird das endlich aufhören? Wie viele Leben werden heute zu Ende gehen?

Innerhalb von Sekunden erscheint der Buckler wieder und auf einmal ist der Kampf nicht viel mehr als ein Klecks am Horizont.

Endlich komme ich in Gang und verlasse die Kuppel. Die Bäume um mich herum schützen mich vor dem Gefecht.

Adrenalin jagt durch meinen Körper, während ich mit Blicken das Dickicht absuche. Wo ist Killian? Wurde er von patrouillierenden TAs erwischt? Verletzt? Was das betrifft, wo sind die TAs eigentlich? Im Wachturm?

Ich drehe mich im Kreis und schreie: »Killian!«

In der Ferne höre ich Blätter rascheln. Ich ziehe den Dolch heraus, der an meinem Stiefel befestigt ist. Äste werden auseinandergebogen ... und Killian erscheint. Sofort habe ich den Rest der Welt vergessen. Sein dunkles Haar ist zerzaust, sein Hemd und die Kampfjacke sind zerrissen. Er hält ein Schwert fest umklammert.

Um seine Hüfte ist ein Seil geschlungen, dessen Ende er hinter sich herzieht. Was immer er da mitschleppt, ist hinter Bäumen verborgen.

Als unsere Blicke sich treffen, erstarren wir beide. Bei seinem wilden Anblick ist es um meine Ruhe geschehen. Seine blau-goldenen Augen jubilieren mir zu ... sie jubilieren immer, und die schmerzvolle Melodie quält mich.

»Ten.«

Sein singender irischer Tonfall verwandelt meinen Namen in tausend andere Worte. In das, woran ich mich klammere – *Liebe.*

Ich bekomme keine Luft mehr, und ich weiß nicht einmal, ob ich das überhaupt will. Jeder Atemzug markiert das Vergehen von Zeit. Bringt uns unserem Abschied eine Sekunde näher. Ich möchte für immer hierbleiben.

»Killian«, sage ich beschwörend. Er ist hier und er steht vor mir. Ein wahr gewordener Traum. Ich wünschte, ich könnte seinen Geruch nach Torf und Heidekraut riechen, meine zwei liebsten Düfte auf der Welt.

Ich wünschte, ich könnte ihn berühren.

Natürlich erinnere ich mich an die bis in die Knochen dringende Kälte, die bei der kleinsten Berührung unserer Körper entsteht, doch das interessiert mich nicht. Ich kenne den Schmerz, ohne Killian zu sein, und ich würde *alles* aushalten, nur um ihn wieder in meinen Armen zu halten.

Ich stecke den Dolch weg und gehe auf ihn zu.

»Was soll das? Bewaffne dich!« Mit hartem Gesichtsausdruck hebt er das Kinn und strafft die Schultern. Dann richtet er sein Schwert aus, die Spitze zeigt in meine Richtung. »Ich habe dir doch gesagt, was passieren wird, wenn wir uns das nächste Mal treffen.«

Ich habe beobachtet, wie er das bei anderen getan hat, und ich weiß, dass er sich gerade auf einen Kampf vorbereitet. Auf die Schrecken, die folgen.

Furcht packt mich im Nacken. Elizabeths Warnung ... Clays Warnung ... Ist es idiotisch, sie zu ignorieren?

*Stopp!* Warum lasse ich Zweifel zu? Als es Zeit war, mich für eine Sphäre zu entscheiden, haben mich meine Zweifel gefangen gehalten. Ich muss meinen Instinkten vertrauen.

Und momentan schreien meine Instinkte: *Erinnere dich an den Traum.* Die Vögel haben mich nur angegriffen, wenn ich mich von Killian ablenken ließ. Vielleicht repräsentieren die Vögel die Zweifel und Erwartungen anderer Leute?

»Ich werde nicht gegen dich kämpfen«, verkünde ich.

»Deine neue Familie hat dich also nicht davon überzeugen können, mich zu hassen?« Seine Stimme klingt emotionslos. »Dann haben sie dir meine schlimmsten Sünden noch nicht verraten.«

Fürchtet er, dass ich ihn verachten könnte? »Du bist eine schreckliche Person, bla, bla, bla. Das habe ich alles gehört. Können wir jetzt zum schöneren Teil übergehen und uns über unser Wiedersehen freuen?«

Ein Funken Hoffnung – Licht? – schimmert in seinen Augen auf, bevor er die Stirn runzelt.

»Du bist noch immer derselbe Dickschädel, wie ich sehe.

Deine Ausbilder verfluchen bestimmt den Tag, an dem sie dich getroffen haben.«

Er auch? »Du kannst nicht hierbleiben. Hier sind überall TAs mit dem Auftrag, jeden Myriader zu töten, der in ihre Nähe kommt.«

Jetzt scheint er überrascht. »Ich habe die Gegend abgesucht. Wir sind in Sicherheit – im Moment.« Er betrachtet mich von Kopf bis Fuß, sein Blick wird freundlich. »Wie geht es dir, Mädchen?«

Erschauernd fahre ich mir mit der Zunge über die Lippen. »Ich bin neugierig. Was bedeutet 143?«

Er lächelt, aber nur kurz. »Was glaubst du denn?«

»Ich … liebe dich«, entgegne ich und verlagere mein Gewicht von einem Fuß auf den anderen.

»Tust du das?« Endlich steckt er sein Schwert weg, seine Sirenengesangsaugen funkeln gefährlich. »Das wusste ich nicht. Danke.«

»Killian.« Ich stemme die Fäuste in die Hüften. »Liebst du mich oder nicht?«

Er streckt einen Arm aus und hält sein Handgelenk unter einen Strahl goldenen Sonnenlichts. Mir fällt auf, dass er ein wenig zittert, was mich dahinschmelzen lässt. Ich …

Seine Hülle wurde tätowiert. Mit den Zahlen 143 und 10.

*Ich liebe dich, Ten.*

Ich presse eine Hand auf mein Herz.

Killian macht einen Schritt auf mich zu und legt seine großen Hände an mein Gesicht. Ich habe erwartet, dass es schmerzt, aber so ist es nicht. Ich habe Kälte erwartet, doch die Temperatur meiner Hülle verändert sich nicht.

Eine troikanische und eine myriadische Hülle können sich ohne Probleme berühren?

Er drückt die Stirn an meine und atmet tief ein. »Ich liebe dich so sehr, dass es wehtut.«

Mein Puls beginnt zu hämmern. Zu ahnen, was er empfindet,

ist nicht dasselbe, wie es zu *wissen*. Ich ... ich ... Ich werfe die Arme um seinen Nacken, umarme ihn, wie ich es mir seit unserem Abschied immer wieder ausgemalt habe. Ich halte ihn so fest, dass ich ihn, gäbe es unsere Hüllen nicht, wahrscheinlich zerquetschen würde.

Er streicht mit den Fingern durch mein Haar. »Ich habe dich vermisst. Ich habe jeden Tag an dich gedacht und jede Nacht von dir geträumt. Ich musste meinen Chefs alles Mögliche vorspielen, um keinen Ärger zu bekommen und deinem Fall wieder zugewiesen zu werden.«

»Ich bin auch jetzt noch ein Fall?«

»Du bist Strömerin, Mädchen. Du wirst immer ein Fall sein.« Er reibt seine Wange an meiner. »Ich soll dich umgarnen und dich dazu bringen, deine Sphäre zu hintergehen.«

Elizabeth würde natürlich sagen, dass er jetzt mit mir spielt, dass er mir all das erzählt, was ich hören will, und damit das, was er gegen mich unternehmen wird, entschuldigt. Und Clay würde sagen, dass er Levi und Meredith doch nicht falsch verstanden hat.

Ich dagegen vertraue Killian vollkommen. »Ich will, dass du auch weiterhin keinen Ärger bekommst. Wie kann ich dir helfen, ohne Troika oder einem Menschen zu schaden?«

Er richtet sich auf, als ob er von einer unsichtbaren Kette nach oben gezogen würde. Staunen liegt in seinen schönen Augen, als er mir forschend ins Gesicht blickt.

»Überzeuge deine Generäle davon, dass sie Dior den Gerichtstermin verweigern müssen.«

Moment, Moment, Moment. »Inwiefern wärst du dann in Sicherheit? Und inwiefern würde es Troika nicht schaden? Oder Dior? Wenn sie nur unter Zwang bei euch bleibt, gehört sie sowieso nicht wirklich zu euch.«

»Meine Sicherheit ist egal. Myriad benutzt Dior gegen dich.«

»Auf welche Weise?«

»Das weiß ich nicht.«

*Jetzt wirst du die bittere Realität des Krieges zwischen den Sphären kennenlernen, genauso wie die Tatsache, dass dein Feind dich immer betrügen wird.*

Was für ein Motiv könnte Killian wohl haben …

*Ähm, hallo!* Das ist leicht. Er hat mir die Antwort bereits mitgeliefert – um zu verhindern, dass Dior vor Gericht zieht.

Ich knirsche mit den Zähnen. Genug! Bauchgefühl vor Sachlage. Herz vor Verstand.

»Ich glaube dir«, sage ich. Die Leute können ruhig denken, dass ich dumm bin, und meine Entscheidungen verurteilen. Sie werden die Situation sowieso immer durch die staubigen Brillengläser der Vergangenheit betrachten. Ich aber sehe, was aus diesem Jungen geworden ist. »Ich kann Dior nicht im Stich lassen. Du hast nicht gesehen, wie sie schluchzend auf dem Boden lag. Wenn du dir wegen Penumbra Sorgen machst …«

»Ja. Nein. Ich weiß nicht.« Er schüttelt den Kopf. »Penumbra ist ein Thema über meiner Gehaltsklasse. Ein gut gehütetes Geheimnis unserer Generäle. Je weniger Leute die Details kennen, desto weniger kann Troika herausfinden.«

»Also weißt du nicht, auf welche Weise Dior infiziert wurde?«

»Ich weiß nur, dass Generalin Rosalind Oriana es war, die Myriad verlassen hat, um sich mit Dior zu treffen, und dass sie nie zurückgekehrt ist. Man sagt, dass Rosalind von TAs in einen Hinterhalt gelockt wurde, als sie auf ihrem Heimweg an einem Wachturm haltmachte. Und sie ist nicht der einzige General, den wir diese Woche verloren haben. Heute Morgen war General Abdul Ibqal zu Besuch bei Javier Diez – Diors Freund – und wie Rosalind starb er auf seinem Heimweg durch einen Hinterhalt.«

Ich hebe eine Augenbraue. »Du klingst skeptisch.«

»Das bin ich auch. Wenn Troika dafür verantwortlich wäre, hätte man sich doch damit gebrüstet. Bisher aber hat man nichts von ihnen gehört, als ob sie gar nicht wüssten, was passiert ist.«

Es gibt noch eine andere Möglichkeit: Myriad könnte seine eigenen Generäle ausgeschaltet haben.

Unmöglich. Das würden sie nicht tun … oder?

»Dior will unbedingt aus dem Bündnis aussteigen, Killian. Ich kann sie nicht hängen lassen, nur weil wir nicht wissen, was hinter den Kulissen vor sich geht. Wenn ich ihr helfen kann, vor Gericht zu ziehen, dann werde ich das tun. Ich muss es tun.« Und ich muss es tun, solange ich die Möglichkeit dazu habe.

Er seufzt schwer. »Ich wusste, dass du das sagen würdest.« Er lässt die Hände über meinen Rücken gleiten und sie kurz auf meinem Hintern ruhen. Alles in mir kribbelt erwartungsvoll – die perfekte Folter. »Überleg genau, wem du vertraust. Es gibt einen Spion unter euch. Auf diese Weise konnten wir deinen Standort herausfinden.«

Einen Spion? »Niemand bei klarem Verstand würde in Troika leben und Myriad gegenüber loyal bleiben.«

»Aber jemand, der *nicht* bei klarem Verstand ist, schon.«

Richtig. »Das müssten wir aber wissen. Ich meine, wir alle sind doch angeschlossen an das …« Ich breche ab, als sich klamme Finger der Furcht nach mir ausstrecken. Wir sind nicht *alle* an das Netz angeschlossen, nicht wahr? Manche Troikaner … wie beispielsweise meine Angreifer … können sich ausklinken und auf diese Weise ihren Aufenthaltsort verbergen. »Ich werde vorsichtig sein«, krächze ich.

Er streicht mit den Fingerknöcheln über mein Kinn, und ich wünschte, ich wünschte so sehr, dass ich ihn Haut-an-Haut spüren könnte und nicht Hülle-an-Hülle. Seine Berührung ist wie der Wind. Ich weiß, dass etwas geschieht, aber ich spüre nur ein leichtes Vibrieren … wie eine ferne Erinnerung. Doch es ist genug. Für heute ist es genug.

»Ich sollte gehen«, sagt er, rührt sich aber nicht vom Fleck.

Jede Zelle meines Körpers schreit: *Nein! Bleib!* Ich antworte jedoch leise: »Ich weiß.« Ich drücke meine Handflächen auf seine Brust und stelle mir vor, dass ich seinen Herzschlag durch die Hülle spüre.

Er stößt ein bitteres Lachen aus. »Ich bin noch nicht bereit, dich zu verlassen. Ich werde nie bereit sein.«

Vertrauter Schmerz durchfährt mich. »Wir sehen uns wieder, oder?«

Sein Blick wird heiß wie tausend Sonnen. »Für uns wird es *immer* ein nächstes Mal geben.«

Ich beginne heftig zu zittern. Seine Worte ... sie sind lebendig gewordene Schönheit, Poesie und Leidenschaft. Sie sind Hoffnung.

Bevor ich Killian kennenlernte, war ich kein romantisches Mädchen. Ich lebte ohne wirkliches Ziel, meine Taten wurden von meiner Wut diktiert. Seinetwegen habe ich mich verändert, bin ich besser geworden.

Das Seil, das um seine Hüfte geschlungen ist, ruckelt. Er runzelt die Stirn, greift danach und zieht ... Sloan Aubuchon ist am anderen Ende festgebunden.

Ich greife nach meinem Dolch, einen Fluch auf den Lippen.

»Sieh nur«, sagt Killian, »das ist meine neue Partnerin.«

Seine ... Partnerin? Ich schlucke Galle hinunter, mir wird schlecht. Mein Freund und meine Mörderin sind also Teamkollegen. Er lehrt sie zu kämpfen, so, wie er es auch mir beigebracht hat. Schlimmer noch, er zeigt ihr, wie sie sich gegen *mich* verteidigen kann.

*Entscheidungen ... Konsequenzen.* Was habe ich denn erwartet, als ich mich für Troika und damit gegen Killian entschieden habe? Dass alles in ruhigen Bahnen verläuft? Dass niemals ein Sturm aufkommt?

Sloan lässt das Seil los, zerrt erleichtert stöhnend die Augenbinde herunter und nimmt die Ohrstöpsel heraus. Als sie mich entdeckt, zieht sie einen Dolch und springt auf. Mit zusammengekniffenen Augen blickt sie zwischen Killian und mir hin und her. Sie keucht, ist blass und von Kopf bis Fuß mit Dreck verschmiert.

Ich weiß, dass es nicht richtig von mir ist, aber es gefällt mir, sie so zu sehen.

»Wenn du Ten etwas antust«, sagt Killian mit beängstigend drohender Stimme, »werde ich dir auf eine Art wehtun, die du dir nicht einmal vorstellen kannst.«

Selbst in dieser Situation verteidigt er mich. Der Schmerz bei mir beginnt sich aufzulösen.

Tausend unterschiedliche Gefühle zeichnen sich auf ihrem Gesicht ab; Scham, Reue und Schuld sind die Spitzenreiter. Schließlich steckt sie die Klinge zurück in den Halter. »Ich werde nicht ... ich weiß, dass du mir nicht glaubst, aber ...«

»Sir Zhi Chen, unser Anführer, sendet dir seinen Segen. Er möchte, dass du Sloan dafür bestrafst, was sie dir angetan hat.« Killian lässt mich los. »Egal, welche Strafe dir passend erscheint.«

Es schmerzt, dass er mich nicht länger berührt.

Sloans Mund klappt auf. »W...wie bitte?«

Ich bin versucht einzuwilligen, das muss ich gestehen. Wenn ich ihr wehtue, bin ich allerdings sogar noch *schlimmer*, als sie es war – als sie ist. Sie hat mich getötet, ja, aber sie wollte mir nie schaden. Während ich mich danach *sehne*, ihr zu schaden.

Doch ich habe Wichtigeres zu tun, und so stecke auch ich meine Waffe weg.

Ihre himmelblauen Augen werden weit, sie zeigt vorwurfsvoll mit dem Finger auf Killian.

»Er benutzt dich nur. Er versucht, deine Zuneigung zu gewinnen, damit du deine Sphäre hintergehst.«

Killian schlägt sie nicht, er neigt jedoch den Kopf und mustert sie so durchdringend, als würde er nicht ganz verstehen, was hier gerade passiert.

»Warum sagst du das?«, frage ich sie. Er hat vorhin zugegeben, dass Myriad eine geheime Agenda verfolgt, doch das kann sie nicht wissen. Ich schüttle den Kopf. »Weißt du was? Vergiss es. Da ich *dir* nicht vertraue, ist deine Antwort sowieso egal.« Ich habe ihr einmal vertraut und den ultimativen Preis dafür bezahlt. Das hier könnte wieder eine Falle sein. Sie tut so, als würde sie mir helfen wollen, nur um mich später zu vernichten.

Tränen treten ihr in die Augen und sie streicht sich über die Brust. »Es tut mir leid, was ich dir angetan habe. Ich liebe dich nach wie vor, trotz allem.«

»Aber noch mehr hast du Dr. Vans gehasst. Ich *weiß*. Ich habe deine Botschaft laut und deutlich vernommen. Und es tut dir nicht leid. Nicht wirklich. Worte, auf die keine Taten folgen, bedeuten gar nichts. Du würdest, was geschehen ist, nicht ändern, selbst wenn du könntest.«

Zitternd schlingt sie die Arme um sich, niedergeschlagen. Was sie allerdings nicht tut: mir widersprechen.

»Eine Frage. Hat Myriad sein Versprechen eures unheiligen Pakts eingehalten? Haben sie dir Dr. Vans ausgeliefert?«

»Ja«, wispert sie. »Er lebt in einem Käfig in meiner Wohnung.«

Er war ein Ungezeichneter. Er hätte in Viele Enden landen müssen.

Ein weiterer Beweis dafür, dass Myriad Zugang zu dieser dritten Sphäre hat.

»Wieso wirkst du dann nicht zufrieden?«, frage ich. »Wieso bist du unglücklich?«

Schnief, schnief. »Ich weiß nicht. Ich habe ihm wehgetan, immer und immer wieder, so, wie er uns wehgetan hat, aber ich kann nicht … Nichts, was ich tue, bringt das hier wieder in Ordnung.« Sie schlägt mit der Faust auf ihre Brust.

Falls sie ihre Qual nur vortäuscht, ist sie die beste Schauspielerin in Ewigleben. Ihre Scham und ihre Schuldgefühle sind fast greifbar.

Meine Wut beginnt zu verpuffen. In diesem Moment verstehe ich ihre Not, und ein Teil von mir hat Mitleid mit ihr.

Es gab eine Zeit, da hasste ich meine Eltern mehr, als ich mich selbst liebte. Sie ließen mich in Prynne einsperren. Sie bezahlten dafür, dass ich gefoltert wurde. Später bezahlte mein Dad sogar dafür, dass er mich umbringen lassen wollte, weil er glaubte, er könnte dann an meiner Stelle Jeremy für seinen Vertrag mit Myriad ausnutzen.

Doch der Hass hat mich nachts nicht gewärmt. Er hat mich nicht umarmt, wenn ich weinte. Hat mich nicht wieder zusammengeflickt, wenn ich verletzt war.

Genauso wie Verbitterung ist Hass giftig. Aber er vergiftet nicht etwa die anderen, sondern mich. Schlimmer noch, indem ich meine Eltern hasste, wurde ich wie sie. Ich tat ihnen an, was sie mir angetan hatten. Wäre ich diesen Weg weitergegangen, müsste ich bis ans Ende meiner Tage mit Schuld und Reue leben.

Da ziehe ich die Liebe vor.

Obwohl ich nicht das Gefühl habe, meinen Groll einfach so loslassen zu können, tue ich genau das. Ich stelle mir vor, dass er wie ein Luftballon davonschwebt. »Ich hoffe, du findest deinen Frieden«, sage ich und meine es von ganzem Herzen.

Meine Zeichen kribbeln und pulsieren so heftig, dass ich es nicht ignorieren kann. Offenbar habe ich das Richtige getan, das Netz ist mit mir zufrieden.

Sloan blinzelt verwirrt, dicke Tränen laufen über ihre Wangen. Ist mir durch Mitgefühl etwas gelungen, was ich mit Wut niemals erreicht hätte … nämlich, sie zu verändern?

»Ich vertraue dir nicht«, sage ich freundlich. »Aber ich möchte, dass Frieden zwischen unseren Sphären herrscht.« Ein Schritt nach dem anderen … »Also lass uns hier beginnen, mit uns beiden. Ich gehe dir aus dem Weg und du gehst mir aus dem Weg.« Ich strecke ihr die Hand hin. »Abgemacht?«

Killian tritt zwischen uns. »Du hast recht, Ten.« Er nimmt meine Hand, und als er meine Fingerknöchel küsst, beginne ich wieder zu zittern. »Du kannst ihr nicht vertrauen.«

Was meint er …

Dann wird mir klar, dass er jetzt nur eine Rolle spielt.

»Kann ich denn *dir* vertrauen?«, frage ich, nur damit Sloan das hört. »Du könntest deine guten Absichten beweisen, indem du Diors Hund zurückbringst, Gingerbread.«

Seine Mundwinkel zucken. Er greift in mein Haar und zupft an einer Strähne, die dunkle Farbe bildet den perfekten Kontrast zur bronzefarbenen Schönheit seiner Hülle.

»Weil ich wusste, dass du darauf bestehen würdest, habe ich bereits entsprechende Vorkehrungen getroffen.«

Süßer Killian. Am liebsten würde ich mich wieder in seine Arme werfen.

Sloan wirbelt herum und starrt auf die Baumreihen. »Ich glaube, da kommt jemand.« Sie schließt die Augen, um sich zu konzentrieren. »Sechs MAs. Ich kann spüren, dass sie wütend sind und schwer bewaffnet.«

Killian zieht fluchend eine Pistole – und zwar eine Pistole, die er auf mich richtet.

Ich runzle die Stirn, vollkommen überzeugt davon, dass ich diese Situation falsch verstehe. »Hey. Was machst du …«

»Du kannst nicht hierbleiben. Tut mir leid, Mädchen, das wird jetzt wahrscheinlich ein bisschen wehtun.« Er presst den Lauf direkt zwischen meine Augen und drückt ab.

# 11. KAPITEL

»Durch Barmherzigkeit verändern wir die Welt zum Besseren.«

Troika

Zero!

Er hat es getan. Er hat es wirklich getan. Killian Flynn hat mich erschossen.

Ja, man kann eine Hülle an einer ganz bestimmten Stelle erschießen, um sie zu zerstören, während die Seele unverletzt entkommt und in Sekundenschnelle nach Hause zurückkehrt. Es gibt auch Möglichkeiten, eine Hülle zu zerstören und zugleich die Seele zu verletzen, genauso wie man eine Seele in einer Hülle einfangen kann, was dazu führt, dass sie verblutet.

Killian hat sich für die erste Option entschieden.

Meine Hülle explodiert, jeder einzelne Nerv in meinem Körper wird von einer Hitzewelle getroffen. Einen Moment lang bin ich im Limbus, ohne Hülle zwar, aber doch gefangen in einem Vakuum, dem ich nicht entkommen kann.

Meine Gedanken überschlagen sich. Früher hat Killian alles für mich getan, und das hat bei mir natürlich gewisse Erwartungen ausgelöst. Wie zum Beispiel: Er will mich küssen, anstelle von: Er will mich in kleine Stücke zerreißen.

Ich weiß, ich weiß. Er hat mich erschossen, um zu verhindern, dass es zwischen mir und den MAs zum Kampf kommt. Und gleichzeitig hat er das Bild aufrechterhalten, das er für seine Leute unbedingt abgeben muss: das des treuen Myriaders, der sich gegen mich wendet, wenn es nötig ist.

Also kann ich jetzt wohl schlecht ausrasten, oder? Im Gegenteil, ich müsste ihm sogar einen goldenen Orden für diesen brillanten Einfall verleihen.

Das Vakuum zieht sich zusammen, bis ich das Gefühl habe, durch einen Geburtskanal gepresst zu werden und in die einladenden Arme … des Schleiers der Flügel zu gleiten.

Ich flitze durch das purpurrote Wasser. Sofort verschwindet jedes Empfinden von Hitze und Schmerz. Ich muss Meredith oder Levi ausfindig machen. Jemand muss mich zurückschicken.

Ich *muss* einfach zurückkehren. Nicht wegen Killian, diesmal nicht, sondern wegen Dior. Ich habe ihr versprochen, Gingerbread zurückzubringen, und genau das werde ich auch tun.

Als ich auf der anderen Seite herauskomme, wartet Kayla bereits auf mich. Sie hat eine neue Hülle für mich dabei, an der neue Whells befestigt sind – eine Nachbildung der ersten Hülle, mit einem wichtigen Unterschied. An ihrem Kinn befinden sich jetzt *zwei* Pickel.

*Zum Totlachen, Levi, einfach zum Totlachen.*

»Woher wusste Meredith, dass ich eine neue brauche?« Ich trete in die Hülle und verankere mich darin.

»Das wusste sie nicht, sie hat es nur vermutet. In dem Moment, in dem sie dir erlaubt hat, die Mission zu leiten. Oh! Ich soll dir sagen, dass Gingerbread an einem Pekannussbaum angebunden ist, und zwar dort, wo du Killian und Sloan getroffen hast. Der Hund war vorhin hinter einem myriadischen Buckler verborgen, aber inzwischen wurde dieser Buckler entfernt.«

Er hat es getan. Er hat es wirklich getan. Warmer Honig fließt über mein Herz. »Woher weißt du … vergiss es. Ich kann es mir schon denken. Das Auge.«

Ich küsse sie auf die Wange und renne durch den Schleier …

… um genau wieder dort zu landen, wo ich angefangen habe: vor der Tür des Farmhauses. Clay, Victor und Elizabeth gehen auf der Veranda auf und ab und streiten miteinander, während sie gleichzeitig in ihre Tastaturen tippen.

Elizabeth bemerkt mich als Erste, ihr Blick verdunkelt sich. »Ich habe es dir gesagt. Ich habe dir *gesagt*, dass er sich immer gegen dich und für seine Sphäre entscheiden wird. Du bist jetzt, wie es diese Art von Kotzbrocken ausdrückt, *nichts Besonderes* mehr.«

Ihr Gift verfehlt das Ziel – mein Herz –, es macht mich nicht einmal wütend. Ich weiß, dass sie sich irrt. Davon abgesehen sind wir Teamkollegen, sie und ich, und wir müssen einen Weg finden, miteinander klarzukommen … was bedeutet, dass eine von uns den ersten Schritt tun muss.

Gemeinsam sind wir stark.

Der Boden bebt heftig, Staub wirbelt durch die Luft. Offenbar wütet die Schlacht im Himmel nach wie vor, und die Zerstörung ergießt sich über das Land der Ernte.

Clay zieht mich an sich. »Dem Erstkönig sei Dank geht es dir gut.«

»Tja, nun, mein Job ist noch nicht erledigt. Kayla hat mir gesagt, dass Gingerbread sich direkt hinter der Wand befindet.« Ist Killian auch dort? Und Sloan? Ich blicke zwischen Clay und Victor hin und her. »Gebt ihr mir Rückendeckung?« Nur für den Fall, dass die MAs nicht weitergezogen sind.

»Natürlich.« Victor nickt.

»*Jetzt* auf einmal brauchst du meine Hilfe?«, spöttelt Clay.

»Ja, bitte, und vielen Dank.«

Wir gehen durch den Garten, Seite an Seite, jeder von uns hält eine Waffe umklammert. Mit Blicken suche ich die Stelle hinter dem Buckler ab, doch von Killian und Sloan keine Spur. Gut. Das ist gut. Denn wenn sie meine Freunde bedrohen oder sie angreifen würden …

Oder wenn meine Freunde sie bedrohen oder sie angreifen würden …

*Bleib ruhig*. Tief ein- und ausatmen.

Als wir die Grenze des Grundstücks erreicht haben, streckt Victor einen Arm aus, um mich aufzuhalten. »Du bist der Boss, Ten, und du kannst natürlich als Erste gehen, wenn du willst. Aber mir gefällt der Gedanke nicht, dass eine Strömerin sich in

Gefahr begibt. Lass mich gemäß den Richtlinien die Lage checken. Nur für den Fall.«

»Nein, ich möchte viel lieber selbst …«

»Danke für dein Verständnis.« Er klopft mir auf die Schulter und eilt mit gezogener Waffe durch den Buckler.

Nun. Ich spüre Ärger in mir aufsteigen, unterdrücke ihn aber. Vielleicht wirke ich ja genau so auf Elizabeth? So penetrant und unerbittlich?

Säen und ernten.

Ich muss langsam wirklich anfangen, mit meinem Team *zusammenzuarbeiten*, statt alle ständig zu übergehen. Sie haben mehr Erfahrung als ich, gemeinsam und auch einzeln. Ich kann ruhig auf dem Rücksitz Platz nehmen … zumindest ab und zu mal.

Victor späht lächelnd durch die glitzernde Wand. »Die Luft ist rein.«

Trotzdem bleibe ich wachsam, als ich mit Clay neben mir losgehe. Aus purer Gewohnheit überprüfe ich die Lage selbst noch einmal. Kein Ästeknacken deutet darauf hin, dass sich uns jemand nähert. Weiter vorn ruckelt eine an einen Baumstamm festgebundene Leine.

»Hierher«, rufe ich und renne los.

»Das könnte eine Falle sein«, sagt Victor. »Mach langsam.«

Clay holt mich beinahe ein. Beinahe. Als wir unser Ziel erreicht haben, sehen wir, wie ein wunderschöner weiß-rötlicher Pitbull einen Schmetterling um einen Baumstamm herumjagt.

Als sie uns bemerkt, beginnt sie mit dem Hintern zu wackeln. Sie sieht nicht so aus, als ob sie misshandelt worden wäre, außerdem hat sie ausreichend Fleisch auf den Knochen. Sie wurde gefüttert und gut gepflegt.

Zum Zerplatzen glücklich – Mission erfüllt! – hocke ich mich vor die Hündin, um sie hinter den Ohren zu kraulen. »Hallo, hübsches Mädchen.«

Ich muss lachen, als sie mir über das Gesicht leckt. Wundert mich nicht, dass Dior sie vermisst. Sie ist in der Lage, bedingungslose Liebe zu schenken. Keine Vorwürfe oder abfällige Bemerkungen. Keine schmerzhafte Zurückweisung.

An ihr Halsband ist eine Notiz geheftet, an *10* adressiert. Neugierig und ein wenig misstrauisch falte ich das Blatt auseinander.

*Du wolltest den Hund, du bekommst den Hund. Gern geschehen. Jetzt schuldest du mir zwei Gefallen, und die werde ich auch einfordern. Dein K.*

Ich schnaube leise.

»Was steht da?«, fragt Clay.

*Es gibt einen Spion unter euch.*

Killians Warnung schrillt durch meinen Hinterkopf.

Ich vertraue Clay. Und Victor auch, was das betrifft. Er ist immerhin Archers Bruder. Trotzdem werde ich auf keinen Fall Killians Leben riskieren.

Also stopfe ich mir die Notiz in den Mund, kaue und schlucke sie hinunter, bevor irgendjemand sie in die Finger bekommen kann. Hüllen sind in der Lage zu essen, sodass sie sich besser unter die Menschen mischen können, aber die Nahrung – oder eine Notiz oder was immer – gelangt in einen Schlauch, den wir danach entleeren müssen.

Clay mustert mich mit einer Mischung aus Ärger und Verzweiflung, bevor er die Leine des Hundes durchschneidet. Victor beäugt mich spöttisch.

Clays Reaktion interessiert mich jedoch mehr. Wieso ist er verärgert?

Weil er vorhat, Myriad Bericht zu erstatten?

Ich unterdrücke ein Stöhnen.

Wenn ich jetzt paranoid werde, ruiniere ich bloß meine Beziehung zu meinem Team. Und vielleicht ist genau *das* Myriads Plan?

*Argh*. Nun verdächtige ich also Killian?

Nein! Ich habe meine Entscheidung getroffen. Mein Bauchgefühl ist wichtig, und ich werde es mir nicht auf einmal anders überlegen.

Wir bringen Gingerbread zum Farmhaus, jeder von uns in seine eigenen Gedanken versunken. Kaum haben wir das Haus betreten, kann der Pitbull Dior riechen und beginnt zu wimmern.

Dior, die am Küchentisch sitzt, springt auf. Glücklich bellend pest die Hündin auf sie zu.

»Gingerbärchen!« Dior fällt auf die Knie und öffnet die Arme. Sie ruft immer wieder: »Danke, vielen, vielen Dank«, während sie gleichzeitig in das Fell des Hundes schluchzt.

Der Anblick ist Balsam auf meiner geschundenen Seele. Genau aus *diesem* Grund bin ich hier. Genau aus diesem Grund habe ich mich für Troika entschieden: um anderen zu helfen. Um ihr Leben zu verbessern.

»Nächster Punkt ist also dein Gerichtstermin«, sage ich, Kilians Warnung ignorierend. »Wie bekommen wir einen Termin, auch wenn Myriad sich dagegen wehrt?«

»Es gibt zwölf Richter, und jeder führt den Vorsitz über einen anderen Sektor im Land der Ernte«, erklärt Victor. »In zwei Wochen werden wir Diors Richter die Fakten vorlegen, der dann entscheidet, ob der Fall vor Gericht kommt oder nicht.«

Die Zeit ist in zwölf Einheiten aufgeteilt – zwölf Stunden sind ein halber Tag. Menschen besitzen zwölf paarige Hirnnerven. Das Jahr besteht aus zwölf Monaten.

»Sind die Richter Troikaner oder Myriader?« Mit anderen Worten, sind sie befangen?

»Weder noch. Wie die Menschen, die Geistwesen und die Sphären wurden sie vom Erstkönig zu einem bestimmten Zweck erschaffen.«

Oookay. »Wenn sie weder Menschen noch Geistwesen sind, was sind sie dann? Was tun sie, wenn sie nicht gerade Urteile sprechen?«

Zögernd blickt er Elizabeth an. »Wie sollen wir das erklären? Sie sind eine Mischung aus Menschen und Geistwesen. Und niemand weiß, was sie sonst tun. Wir interagieren mit ihnen nur während eines Verfahrens.«

»Außerdem habe ich, glaube ich, auch die Verfügung erwähnt, die Myriad gegen uns erwirkt hat«, sagt Elizabeth. »Um die müssen wir uns kümmern, sobald wir einen Rechtsanwalt gefunden haben.«

Es gibt so vieles, was ich nicht weiß. Ich muss noch eine Menge lernen. »Rechtsanwalt?«

Clay deutet auf Dior, die uns eifrig und mit besorgtem Blick beobachtet. »Darüber sollten wir ein anderes Mal sprechen.«

Natürlich.

Das Haus erzittert. Möbel schlittern über den Boden und irgendwelcher Schnickschnack in den Regalen klirrt.

Wird diese Schlacht denn nie enden? »Ich bringe Dior und Gingerbread in einen anderen Schutzraum.«

»Du?« Elizabeth funkelt mich an.

»Ja, ich. Ich weiß auch schon, wohin.« An einen geheimen Ort. Um mit Killian zu sprechen. Je weniger Leute Bescheid wissen, desto besser.

Ich schicke Meredith eine Nachricht und frage, ob der von mir ausgewählte Ort in Ordnung ist.

Ihre Antwort kommt prompt: *Ja. Ich habe dort sauber machen lassen.*

Ich bitte sie, die Koordinaten vor allen anderen zu verbergen, selbst vor jenen, die mich durch das Auge verfolgen.

Erledigt, antwortet sie.

Ich liebe sie! »Clay wird als mein persönlicher Gesandter mit mir kommen«, erkläre ich der Gruppe. Ihm vertraue ich mehr als den anderen.

»Das wird Levi aber nicht gefallen«, murrt Elizabeth.

»Ten … hör mal«, sagt Clay. »Bist du sicher, dass das eine kluge Entscheidung ist? Wir sind beide völlig unerfahren.«

»Ich könnte dein persönlicher Gesandter sein«, sagt Victor.

»Nein. Tut mir leid. Diesmal nicht.« Mein Instinkt sagt mir, dass ich Clay nehmen sollte.

Ohne weitere Einwände abzuwarten, gehe ich zu Dior. Sie hält ihren Hund noch immer im Arm. Diesen geliebten Freund, dem gerade ein neues Leben geschenkt wurde.

Ich lächle sie an. »Dein neues Versteck könnte dir etwas seltsam erscheinen.«

Sie wischt sich die Freudentränen weg und steht auf, Ginger tanzt um ihre Füße herum. »Ich werde mich schon damit arrangieren.«

Elizabeth taucht hinter mir auf. »Hoffen wir mal, dass du auch in einem Stück heil dort ankommst.« Sie tätschelt meine Schulter. »Ten ist noch nie mit einem Menschen im Schlepptau in Lichtgeschwindigkeit gereist.«

Blöde Kuh! Freier Wille zählt, selbst in Zeiten von Gefahr. Sie hofft, dass Dior sich weigert und mich auf diese Weise zwingt, meinen Plan aufzugeben. »Als ob das schwierig wäre«, sage ich.

Kalkweiß entgegnet Dior: »Du hast Archer geliebt und er hat dich geliebt. Ich werde alles tun, was du sagst. Wenn du glaubst, dass das hier das Beste ist, dann bin ich dabei. Wenn du glaubst, dass du es schaffst, dann glaube ich an dich.«

Ihr Vertrauen gibt mir die nötige Kraft. »Ich bin es ja nicht mal, die hier die Arbeit macht, sondern jemand in Troika. Weißt du, was meine Aufgabe ist? Deine Hand festzuhalten. Das ist so leicht, dass sogar Elizabeth es hinbekommt.« Zack!

Elizabeth zeigt mir den Finger.

»Du gibst wirklich ein gutes Beispiel für unsere Sphäre ab«, sage ich daraufhin, was mir einen weiteren wütenden Blick von ihr einbringt.

Ich strecke Dior die Hand hin, doch gerade rechtzeitig fällt mir wieder ein, wie wir auf Penumbra reagieren, und ich lasse den Arm sinken. »Hat hier jemand einen Handschuh?«

Natürlich lautet die Antwort Nein. Ich gehe in die Küche und schnappe mir einen rosa Ofenhandschuh. Der muss reichen. Bevor ich ihn anziehe, schicke ich Meredith eine weitere Nachricht, in der ich sie bitte, uns in sechzig Sekunden an den Ort meiner Wahl zu transportieren. Sie stimmt zu.

*Eins*. Ich nehme Clays Hand und zähle im Kopf die Sekunden. *Zehn ...*

Jetzt reiche ich Dior die Hand mit dem Ofenhandschuh. *Fünfzehn* ... »Lass nicht los, okay? Und du musst auch Gingerbreads Leine gut festhalten.« *Zwanzig ...*

»Ist die Leine ausreichend?« Sie kaut besorgt auf ihrer Unterlippe. »Bist du sicher?«

*Dreißig* ... »Ganz sicher.« *Richtig? Richtig!* »Alles, was irgendwie mit dir verbunden ist, wird mit uns kommen.« *Vierzig ...*

»Wohin gehen wir?«, fragt Clay, fügt dann aber hastig hinzu: »Vergiss es. Ich werde es sowieso gleich wissen.«

*Fünfzig* ... »Bereit?«, frage ich Dior.

Sie erschauert kurz, nickt jedoch.

*Sechzig!*

Meredith kann Dior nicht gezielt orten; sie kann ihre Messungen nur darauf stützen, dass das Mädchen sich in unserer Nähe befindet, und sie trifft genau ins Schwarze. Ein Lichtstrahl umfängt uns drei und den Hund, umgibt uns mit einer Art Schild, um Diors zerbrechlichen menschlichen Körper zu schützen, saugt uns nach oben und trägt uns fort.

Dior kreist und versucht, sich von mir loszureißen.

Hat sie Schmerzen? Wieso? Wir berühren uns doch gar nicht.

Wegen des Ofenhandschuhs kann ich sie nicht so richtig festhalten und bin kurz davor, panisch zu werden. Wenn wir getrennt werden, wird sie aus der Geleeluft hinausgeschleudert und stirbt. Ich reiße Clay an mich und wirble gleichzeitig zu ihr herum, benutze ihn als Schild zwischen uns.

»Halt sie fest«, schreie ich.

Das tut er, und wir landen im Uralgebirge … in der Anstalt Prynne. Alle gemeinsam. Erfolg!

Dior bricht zusammen. Gingerbread leckt ihr tröstend das Gesicht. Sie wimmert, ich sehe, wie Penumbra sich unter ihrer Haut windet, und erschrecke. Penumbra. Natürlich! Es hat auf das Licht reagiert, mit dem wir transportiert wurden.

Dasselbe Licht, das in mir ist.

»Es tut mir so leid.« Ich frage mich, ob etwas Manna ihr helfen oder alles nur noch schlimmer machen würde. So wie sie auf mich reagiert, wahrscheinlich schlimmer. »Penum… du hattest eine heftige Reaktion auf das Licht.« Wenn wir sie wieder wegbringen müssen, sollten wir sie vorher k.o. schlagen.

»Bist du in Ordnung?« Clay tätschelt ihr den Rücken.

»Geht schon«, krächzt sie. »Mir geht's gut. Der Schmerz lässt nach.«

Er richtet sich auf und blickt sich um. »Das soll wohl ein Witz sein, Ten.«

»Niemand wird je auf die Idee kommen, dass wir hierher zurückgekehrt sind.« Zu viele Leute gehen ihren Ängsten aus dem Weg. Ich stelle mich ihnen. Erst wenn wir der Angst ins Gesicht sehen, erkennen wir, was Angst in Wahrheit ist: ein Feigling, der sich vor *uns* fürchtet. Wenn wir uns wehren, rennt die Angst davon.

»Wo sind wir hier? Sieht ganz schön gruselig aus.« Dior entspannt sich etwas. »Und es ist eiskalt.«

Die Festung, in der früher Kids so lange gefoltert wurden, bis sie alles taten, was ihre Eltern von ihnen wollten, ist jetzt nur noch ein Schatten ihrer selbst. Die Wände haben Risse, die Böden sind blutbefleckt.

»Es wird wärmer werden, sobald wir uns in den Personalräumen eingerichtet haben. Dort hast du alle Annehmlichkeiten eines Zuhauses. Und was das hier ist … ein Irrenhaus. Oder ein Zuchthaus, wie Killian es nennt. Das Glück kam einmal hierher, um zu sterben.«

Schaudernd lehnt sie sich auf der Suche nach Trost und Wärme an Gingerbread. »Hast du hier gelebt?«

»Clay und ich waren beide über ein Jahr hier.«

»Dann seid ihr hier gestorben?«, fragt sie leise.

»Fast. Ich bin abgehauen und ein paar Meilen weiter von einer Klippe gestürzt«, antwortet Clay.

Er klingt nicht verärgert. Er ist ganz offensichtlich glücklich mit seinem neuen Leben. Mir fällt eine große Last von den Schultern. Die Last, dass ich damals entschied, erst Sloan zu helfen.

»Ich bin in Los Angeles gestorben«, erkläre ich ihr und belasse es dabei. Es hat keinen Sinn, die ganzen blutigen Details vor ihr auszubreiten.

»Also … was ging hier vor sich?«, fragt Dior, ihr Gesicht wirkt angespannt. »Was genau?«

»Es gab Folterungen, jede Menge davon«, sagt Clay. »Auspeitschungen. Ketten. Dafür hatten sie sogar ein entsprechendes Gestell.«

»Das war's. Bringt mich weg«, verlangt sie.

»Wir sind ganz schön schlechte Verkäufer«, flüstere ich Clay zu. An Dior gewandt sage ich: »Keine Sorge. Durch dich wird aus diesem Ort ein Heiligtum, wo unser Sieg seinen Anfang nimmt. Davon abgesehen gewährt uns der miese Ruf der Anstalt eine Extraportion Schutz. Niemand wird jemals freiwillig hierherkommen.«

»Das stimmt.« Sie seufzt müde. »Na gut. Ich bleibe.«

»Hervorragend.« Ich sollte wahrscheinlich irgendetwas empfinden, als ich mich so umsehe. Da sind die Tische, an denen ich Schleim gegessen habe. Die Räume, in denen ich ausgezogen, ausgepeitscht und über den Boden gezerrt wurde, vor den Augen grinsender Wärter.

Dort hat Archer versucht, mir Troika schmackhaft zu machen. Andererseits hat Killian mir da zum ersten Mal zugezwinkert.

Diese Jungen … sie waren die Katalysatoren, die ich so dringend brauchte, die mir halfen, mich vom Opfer zum Sieger zu verwandeln.

Dior steht mit wackligen Beinen auf, und wir machen uns auf den Weg zu den Personalräumen. Dank Meredith stolpern wir dabei nicht über verrottende Leichen.

Wie erwartet gibt es in den Personalräumen alles, was Dior braucht. Plüschige Sofas und Sessel, unterschiedlich große Betten, Holoscreen-Fernseher, die noch funktionieren, weil sie mit Batterien laufen, die von den Sphären produziert wurden, Schränke voller Lebensmittel. Es gibt ein Badezimmer mit Tür – ein Luxus, der den Insassen nie vergönnt war.

Gingerbread inspiziert jeden Zentimeter.

»Ich werde vorbeikommen, so oft ich kann«, verspreche ich. »Clay bleibt hier. Er wird mich kontaktieren, wenn sich irgendjemand nähert, und natürlich kannst du ihn jederzeit bitten, mich zu rufen, wann immer du mich brauchst. Oh! Und was du auch tust, kämpfe gegen deine Angst an. Offenbar zieht Angst Myriader an wie die Fliegen.«

»Ich kann doch nichts gegen meine Gefühle tun«, entgegnet sie offensichtlich gekränkt.

»Und ob du das kannst. Du kannst entscheiden, worüber du nachdenkst. Dich eher auf das Positive als auf das Negative konzentrieren. Daran denken, dass du nicht allein bist. Du hast ganz Troika auf deiner Seite.«

»Na gut.« Sie legt eine Hand auf ihr Herz. »Danke.«

»Gern geschehen.«

Ein hübsches Lächeln erscheint auf ihrem Gesicht. »Ich weiß, dass nur elf Prozent der Menschen ihren Prozess gewinnen, aber seit du da bist, habe ich ein viel besseres Gefühl.«

Ich wende mich ab, bevor sie bemerkt, dass ich bleich werde. So viel Vertrauen … so viel Druck!

Wie oft bin ich in der Vergangenheit unter Druck eingeknickt. Zu oft!

*Reiß dich zusammen!* Ich werde schließlich jeden Tag stärker. Ich werde nicht einknicken. Diesmal nicht. Nie wieder.

– *Wir wissen nicht viel über Penumbra.* – Ich schicke meine Stimme über das Netz zu Clay. – *Berühre sie nicht, nur für den Fall. Und beobachte sie genau. Berichte mir alles Ungewöhnliche. Absolut alles!* –

– *Das werde ich.* –

Dior tritt hinter mich, und obwohl ich mich versteife, protestiere ich nicht. Ich habe nicht gern Leute in meinem Rücken. Ich hasse es sogar. Zu oft wurde ich schon hinterrücks angefallen.

»Elizabeths Team hat über eine Woche lang versucht, Gingerbread von Killian zurückzubekommen. Du hast es in fünfzehn Minuten geschafft. Wenn er dich unterstützt hat – und ich vermute, das hat er –, dann will er dich entweder reinlegen, oder du bist ihm wirklich wichtig.«

143,10. »Ich bin ihm wichtig«, sage ich mit Überzeugung.

»Ich hoffe, dass du recht hast. Ich hoffe, dass er sich verändert hat. Wenn ja, habe ich nichts dagegen, dass er mit dir zusammen an meinem Fall arbeitet. Aber wenn du dich irrst und er das alles nur tut, damit du *glaubst*, er hätte sich verändert, damit du glaubst, dass er bereit ist, dir zu helfen, nun … Tut mir leid. Du hast wirklich Besseres verdient.«

Meine Gedanken überschlagen sich mit Fragen und insgeheim auch mit Befürchtungen, während Clay und ich den Raum herrichten. Was leicht ist, wir müssen nur in jede Ecke eine spezielle Scheibe legen, einen Knopf drücken und *rumms!*, sofort wird ein Buckler hochgezogen.

Was meine Befürchtungen betrifft … schon vor Killian hat mir einmal ein myriadischer Agent etwas vorgespielt. Er gab vor, Wärter in Prynne zu sein, und behauptete, mich zu lieben und alles zu tun, um mir zu helfen.

Ich fiel auf ihn herein. Und wie hätte es auch anders sein können? Er tröstete mich, wenn ich verprügelt worden war, sorgte dafür, dass ich trotz Essensentzug etwas zwischen die Zähne bekam, und er sagte, dass er mir bei meiner Flucht helfen werde, weil er so viel für mich empfinde … dass ich angeblich seine Seelengefährtin sei und mit ihm nach Myriad gehöre.

Dr. Vans brachte ihn um, bevor wir fliehen konnten. Oder zumindest glaubte ich das. Doch auch das war nur ein abgekartetes Spiel. James war eine Hülle und seine Seele kehrte nach Myriad zurück.

Damals spielte ich zum ersten Mal ernsthaft mit dem Gedanken, mich für Myriad zu entscheiden. Ich wollte mit ihm zusammen sein. Was für ein Fehler das gewesen wäre. Ich wäre für ihn nur eine von Tausenden gewesen.

Die Wievielte bin ich wohl für Killian?

**Von:** T_L_2/23.43.2
**An:** L_N_3/19.1.1
**Betreff:** Trommelwirbel!

---

Ich riskiere mein Leben, Levi Nanne, indem ich Ihnen etwas anvertraue – denn als ich Ihnen schon einmal etwas viel Wertvolleres anvertraute, haben Sie meine Erwartungen mehr als erfüllt. (Ich spreche von meinem Bruder, falls Sie sich wundern.)

Folgendes: Unter uns gibt es einen Spion. Fragen Sie mich nicht, um wen es sich handelt; ich weiß es nicht. (Spoiler-Alarm: Ich bin es nicht.)

Was ich allerdings weiß: Alles, was ich lerne, öffnet eine Büchse der Pandora voller Fragen, und alles, wovon ich dachte, dass ich es weiß, habe ich nie wirklich gewusst. Jetzt bin ich praktisch ein wandelndes Fragezeichen, was mir überhaupt nicht passt. Also müssen Sie mir helfen.

Licht bringt Klarheit!
Strömerin-in-Ausbildung
Tenley Lockwood

PS: Danke, dass ich in Diors Fall die Führung übernehmen durfte.
PPS: Kein einziger Tippfehler, ist Ihnen das aufgefallen?
PPPS: Ich hab das so was von drf.

**Von:** T_L_2/23.43.2
**An:** L_N_3/19.1.1
**Betreff:** Argh!

---

Ich meinte:

Ich hab das so was von *drauf.*

Drauf, drauf, drauf.

**Von:** L_N_3/19.1.1
**An:** T_L_2/23.43.2
**Betreff:** Nur gut, dass ich Teenie-Sprache verstehe

---

Man kann etwas mit seinem Verstand begreifen, doch bis man es nicht tief im Herzen weiß, weiß man im Grunde gar nichts. Außerdem – trifft man eine Entscheidung aus Angst, landet man zur falschen Zeit am falschen Ort. Doch wo Friede herrscht, da findet sich auch die Antwort.

Mir ist bekannt, dass es unter uns einen Spion gibt, weiß Ihre Warnung aber zu schätzen. (Und ich dachte nie, dass Sie es sein könnten.)

Ich ahne, wie Ihre nächste Frage lauten wird. *Woher wissen Sie von dem Spion, oh großartiger General?* Nun, um uns beiden Zeit zu sparen, die Antwort lautet: Ich mache meinen Job sehr gut.

General Levi Nanne
Licht bringt Klarheit!

PS: Ich bin halb beeindruckt und halb enttäuscht von Ihrem Mut. Über die Gründe reden wir beim Debriefing.
PPS: Bevor Sie ausflippen, Debriefings sind üblich … und Ihres hat vor fünf Minuten begonnen. Beeilung!

## 12. KAPITEL

> »Barmherzigkeit geht immer Hand in Hand mit deinem Untergang.«
>
> Myriad

*Vor* fünf Minuten? Das ist ja mal eine lustige Art zu sagen, dass ich spät dran bin. Klasse!

Mein Herz hämmert, als ich nach Troika zurückkehre. Niemand erwartet mich auf der anderen Seite des Schleiers, allerdings erhalte ich eine Nachricht von Kayla mit der Wegbeschreibung zum Tribunal, das sich im *Tempel der Tempel* befindet. Wie Levi befohlen hat, schwinge ich die Hufe, obwohl ich lieber an keinem Debriefing teilnehmen würde.

Zwar war ich nie bei einem dabei, kann mir aber vorstellen, wie dieses ablaufen wird. Ich erkläre, was ich warum getan habe, und Levi zählt auf, was ich falsch gemacht habe … nämlich so ziemlich alles.

Ich haste durch die Portale und über Treppen, meine Gedanken wirbeln wild durcheinander. Levi weiß von dem Spion. Das ist gut. Somit muss ich diese Last nicht allein mit mir herumschleppen. Es reicht, wenn ich einfach einen klaren Kopf behalte, nach Ungewöhnlichem Ausschau halte – nicht, dass ich wüsste, was in Troika überhaupt gewöhnlich ist – und mit einem offenen Auge schlafe.

Ich pralle direkt gegen Raanan, Nico und Hoshi. Die drei fangen mich auf, wobei Raanan es ist, der verhindert, dass ich hinfalle. Seine Augen funkeln amüsiert.

»Schalt mal einen Gang runter, Kleine«, ruft Nico lachend. »Wir wollen gerade …«

»Tut mir leid, hab keine Zeit zum Reden. Aber danke.« Ich

renne weiter, erstaunt, wie sehr unser gemeinsames Training unser Verhältnis zueinander verändert hat.

Die drei wirkten ganz entspannt; wahrscheinlich haben sie in der Pause zusammen Spaß gehabt. Ich jedoch bin ständig auf dem Sprung, arbeite ununterbrochen daran, Troika zu retten und den Krieg zu beenden. Ich beneide und bemitleide sie gleichzeitig. Immerhin, wer jetzt handelt, muss morgen nichts bereuen.

Ich schaue über meine Schulter zurück. Nico und Hoshi sind weitergegangen, doch Raanan steht noch an genau derselben Stelle, den Blick auf mich geheftet. Bohrend, neugierig. Ich frage mich … ob er vielleicht neidisch auf *mich* ist?

Als ich mein Ziel erreicht habe, triefe ich vor Schweiß. Das Tribunal befindet sich in einem Gebäude aus Chrom und Stahl mit schätzungsweise fantastilliarden Stockwerken. Am Empfangstresen wird mir gesagt, dass ein Kurier meine Hülle zurück in mein Apartment bringt, dann bekomme ich einen Besucherausweis ausgehändigt. Das Debriefing findet in Raum 1010 statt.

Als ich die Nummer höre, verharre ich einen Moment. Zweimal die Zehn.

Wenn 10 *vollendet* bedeutet, bedeutet 1010 dann *doppelt vollendet*? Wenn vollendet bedeutet, *eine Tür hat sich geschlossen*, bedeutet doppelt vollendet dann, *eine neue Tür wird sich öffnen?*

Ist das bloß ein Zufall?

Fangfrage. Ich glaube nicht an Zufälle.

In der Lobby und vor den Aufzügen befinden sich viele Agenten, die alle zu Boden blicken, auch beim Sprechen. Kapiert. Das hier ist eine ernste, nervenaufreibende Sache.

*Ding.*

Die Türen öffnen sich zu meinem Stockwerk, und ich betrete einen großen Raum, in dem Levi, Kayla, Reed, Elizabeth und Victor vor sieben Tischen aufgereiht stehen. Sie tragen weiße Roben, während ich noch in meinem Catsuit-Anzug stecke.

Doppelt Zero! Jemand hätte mich über den Dresscode informieren müssen.

Hinter jedem Tisch sitzt ein Troikaner. Leute, die ich nicht kenne.

Ich nehme meinen Platz am Ende der Reihe ein und suche nach Hinweisen, um mehr über die Männer und Frauen – und Jungen und Mädchen – vor mir in Erfahrung zu bringen. Nur die Tische deuten auf individuelle Persönlichkeiten hin. Einer sieht wie der Flügel eines Flugzeugs aus. Ein anderer ist mit handgeschnitzten Rosen verziert, während ein weiterer wie ein einfacher Holzstapel aussieht. Der jüngste Junge, der nicht älter als zehn sein kann, hat einen Tisch in Form eines Autos, und der Tisch des jüngsten Mädchens, das vielleicht acht ist, sieht aus wie ein Glasschuh. Die beiden letzten Tische sind absolut gegensätzlich. Einer hat klare Linien und scharfe Kanten, während der andere aus einer Mischung verschiedener gebogener Metalle besteht.

»Kinder?«, flüstere ich Levi zu.

»Das haben Sie bestimmt schon mal gehört«, flüstert er zurück. *»Herr, wären wir doch alle so unschuldig wie Kinder.«*

Unschuldig – schön und gut. Aber ich soll diesen Kindern alles sagen, was ich getan habe und warum ich es getan habe, und sie sollen das begreifen?

Er stößt mich mit der Schulter an. »Eines Tages, wenn Ihre Ausbildung beendet ist, werden Sie einmal im Jahr selbst eine Woche hinter einem Tisch verbringen und Debriefings wie dieses beaufsichtigen.«

Eine Art Geschworenendienst für Geistwesen. Was bedeutet, dass diese Leute vielleicht nicht gern hier sind. Wie schön für uns.

Er sagt nichts weiter, Schweigen liegt schwer in der Luft, und meine ruhige Fassade beginnt zu bröckeln. Ich stoße ein zittriges Lachen aus und wispere: »Das ist auch nicht besser als die Prügelstunden in Prynne.«

Der älteste Juror beäugt mich verdrossen. Er ist schwarz und hat gezwirbelte Zeichen an Schläfen und Kinn.

»Wenn andere einen warten lassen, ist das auf einmal nicht besonders lustig, oder?«, sagt er und haut mit einem Hammer auf den Tisch. »Wir wollen beginnen.«

»Ich bin so schnell gekommen, wie ich konnte«, sprudelt es aus mir heraus. »Ich habe von diesem Treffen erst vor wenigen Minuten erfahren.«

»Hätten Sie Dior Nichols wie angewiesen lediglich beobachtet, wären Sie pünktlich gewesen«, stellt er klar.

»Ich hatte die Erlaubnis …«

»Erst, nachdem Sie bereits den Gehorsam verweigert hatten.«

Levi versetzt mir einen kleinen Stoß. »Wir alle kommen der Reihe nach dran, aber Sie als selbst ernannte Chefin sind die Erste.«

»Soll das ein Scherz sein?« Ich quieke förmlich. »Das hoffe ich zumindest schwer.«

»Wenn ich Ihnen den Autoschlüssel überlasse, Miss Lockwood, und Sie einen Unfall bauen, wer von uns beiden trägt dann die Schuld?«

Zero! Das hier ist so etwas wie eine Feuerprobe, richtig?

Ein großer Mann, der mir bisher nicht aufgefallen ist, tritt aus der Ecke und nimmt meine Hand. Dass sie zittert, ist mir peinlich, doch ziehe ich sie nicht weg. Er führt mich direkt vor die Tische, wo ein kunstvoll geschnitztes Podium steht. Mein Mund wird trocken. Er hilft mir hinaufzusteigen und kehrt in die Ecke zurück.

»Schau«, sagt jemand.

Geleeluft ergießt sich über jede einzelne Wand, dann beginnt eine Videoaufzeichnung von allem, was während der Mission geschehen ist, und zwar im Schnelldurchlauf. Witzige Sache. Mein Verstand erfasst die Bilder und Töne dank des Netzes in Überlichtgeschwindigkeit. Was Stunden dauern müsste, braucht auf diese Weise nur wenige Minuten.

Am Ende kennen meine Kritiker – und genau das sind diese Leute, wenn ihre düsteren Blicke nicht täuschen – jedes Wort, das gesprochen wurde, jede Aktion, die durchgeführt wurde, ausgenommen Diors Reise nach Prynne und jede Erwähnung von Penumbra.

Warum wurde das gelöscht? Und wer hat es gelöscht? Meredith, die die Ereignisse verfolgt hat? Oder jemand weiter oben in der Nahrungskette? Levi? Oder vielleicht sogar der Zweitkönig?

Einer der Hauptgründe, wieso ich Troika für mein Ewigleben gewählt habe, war das Versprechen, dass es hier Gerechtigkeit für alle gibt. Keine Privilegien für niemanden. Jeder lebt nach denselben Regeln, muss sich denselben Konsequenzen stellen, und die Wahrheit geht über alles. Daraus schöpfe ich Mut.

Als die Geleewand verdunstet, sind alle Blicke auf mich gerichtet. Ich verspüre das dringende Bedürfnis, herumzuzappeln, verlagere jedoch mein ganzes Gewicht auf die Fersen und stehe still.

»Betrachten Sie diese Mission als Erfolg, Miss Lockwood?« Die Stimme kommt von links.

So. Wir beginnen also gleich mal mit einem Knaller. Meine Meinung gegen ihre Einschätzung. Null Problem. Das bekomme ich hin. »Ja, allerdings. Dior Nichols ist in Sicherheit, und sie hat ihren geliebten Hund zurückbekommen.«

»Aber Sie selbst sagten einmal, dass ein Sieg, der durch die falschen Mittel erreicht wurde, kein Sieg ist«, höre ich eine andere, männliche Stimme.

Das sagte ich, ja. Zu Killian. Unter vier Augen. Als Mensch.

Meine Gedanken fliegen wild durcheinander. »Ich …« … habe keine Ahnung, wie ich auf solch ungezügelten Voyeurismus reagieren soll. *Ich hoffe, Sie hatten einen guten Blick auf meinen Hintern*, scheint etwas unpassend.

»Heute wurde Ihre Hülle von einem bekannten myriadischen Feind zerstört. Ist Killian Flynn ein Junge, dem Sie hundertprozentig vertrauen?« Diese Stimme kommt von rechts und gehört zu einem umwerfend attraktiven asiatischen Mann mit grün gefärbtem Haar. »Oh, und falls man es Ihnen nicht gesagt haben sollte, wenn Sie während dieses Verfahrens lügen, werden Sie umgehend von Ihren Pflichten entbunden.«

Hart, aber verständlich. Eine Lüge – groß oder klein, gut gemeint oder nicht – ist die ultimative Form der Respektlosigkeit. Wem man nicht vertrauen kann, der ist eher eine Bürde als ein Gewinn. »Wenn man mit Leuten zu tun hat, die schon von Natur aus Fehler haben, ist nichts hundertprozentig sicher.« Ich erwähne nicht, dass Killian mich nur vor Schlimmerem bewahren wollte. Wir müssen seine Pro-Myriad- und Anti-Ten-Fassade unbedingt aufrechterhalten. »Aber ich denke, mehr als alles andere hinterfragen Sie meine Gefühle für ihn. Sie wollen wissen, ob ich ihn liebe. Die Antwort ist Ja. Ich liebe ihn.«

Ich höre, wie jemand hinter mir nach Luft schnappt, doch ich halte den Kopf oben. Ich werde mich nicht schämen.

»Von Troikanern wird Liebe erwartet«, sage ich und blinzle. Ich habe Killian nicht gesagt, dass ich ihn liebe, oder?

Mich hat seine Liebeserklärung so überwältigt, dass ich es völlig vergaß. Aber es stimmt. Ich liebe ihn. Ihm gehört mein Herz. Es wäre vollkommen sinnlos, die Vor- und Nachteile abzuwägen. 143, 11.9.12.12.9.1.14.

Weiß er, dass ich seine Gefühle erwidere?

Jede Faser meines Körpers drängt danach, ihn sofort aufzuspüren, um es ihm zu sagen, aber ich bleibe stehen. Eins nach dem anderen.

»Er hat viele Troikaner verletzt und getötet«, sagt einer der Juroren. »Leute, die *wir* geliebt haben.«

»Er hat nie kaltblütig gemordet.« Soweit ich weiß. »Wie jeder hier schlägt er nur während einer Schlacht zu. Und machen wir nicht alle Fehler? Sind wir nicht alle dankbar für eine zweite … fünfte … zehnte Chance, die man uns gibt?«

»Meine Mutter hat das auch immer gesagt.« Das jüngste Mädchen spricht Spanisch, und ich verstehe jedes Wort, obwohl ich die Sprache nie gelernt habe. Sie lächelt mich an – sie hat einen entzückend schiefen Zahn –, bevor sie mit den Augenbrauen wackelt. »Außerdem ist Killian Flynn so was von süüüüüß.«

Ich muss ein Lächeln unterdrücken. »Ja, das ist er.«

In Sekundenschnelle verwandelt sich ihre Verträumtheit in Strenge, sie droht mir mit dem Finger. »Ein hübsches Gesicht sollte uns nicht beeinflussen. Hinter einem hübschen Gesicht kann sich ein Monster verbergen. Schönheit vergeht. Charakter bleibt für immer.«

»Killian ist kein Monster.« *Ist er nicht!*

Ich umklammere die Kanten des Pultes so fest, dass meine Fingerknöchel weiß werden. »Wir können nicht einerseits sagen, dass Liebe die Antwort auf jedes Problem ist, und dann nicht *jeden* lieben. Myriader eingeschlossen. Wir müssen über die Sphären hinweg zu den unschuldigen Leuten sehen, zu Frauen und Kindern, die in ihnen leben. Wir sollen anderen helfen. Sollten wir nicht sogar denen helfen, die uns hassen?«

Noch mehr Luftgeschnappe hinter mir, doch inzwischen ist es mir egal.

»Vielleicht haben Sie recht, Miss Lockwood. Aber wie können Sie sich sicher sein? Sie sind übermäßig selbstbewusst, ohne über tatsächliche Erfahrungen zu verfügen, und Sie weigern sich, auf diejenigen zu hören, die diese Erfahrungen haben.« Die älteste Frau faltet die Hände auf ihrer Tischplatte. Mit ihren dunklen Haaren, dunklen Augen und der dunklen Haut könnte sie glatt als Kleopatra durchgehen. »Sie wurden beauftragt, zu beobachten, stattdessen haben Sie sich sofort kopfüber ins Geschehen gestürzt. Ihnen fehlt es an Reife.«

»Ich hatte die Erlaubnis«, sage ich, und eine meiner Zahlenzeichnungen pulsiert. Ich glaube … ich glaube, das bedeutet, dass ich mich zurückhalten soll.

»Sie bekamen die Erlaubnis, nachdem Sie den Befehl Ihres Kommandeurs bereits ignoriert hatten. Da muss ich mich doch fragen, wie schnell Sie bei Ihrem nächsten Auftrag aus der Reihe tanzen?«

»Warum warten wir nicht erst mal ab, ob ich wirklich wieder aus der Reihe tanzen werde?«, sage ich etwas bissig. »Außerdem können wir uns wohl alle darauf einigen, dass die heutige Mission ein Happy End hatte.«

Der älteste Mann lehnt sich vor, die gepiercten Augenbrauen bis zu den Haaren hochgezogen. »Ja. Aber aus diesem Happy End kann morgen leicht ein Melodrama werden. Sie betrachten das Hier und Jetzt, während wir uns auf das Endspiel konzentrieren.«

»Vielleicht muss ja das Endspiel geändert werden«, entgegne ich.

Darauf geht er nicht ein. »Sind wir zu einem Urteil gekommen?«

»Sind wir«, rufen die anderen einstimmig.

»Tenley Lockwood.« Der Älteste durchbohrt mich mit seinem Blick. »Sie werden nicht aus dem Spiel genommen. Aber: Während Ihrer nächsten Mission dürfen Sie keinen einzigen Befehl erteilen. Sie werden tun, was Ihr Kommandeur von Ihnen verlangt. Ohne Widerrede.«

Eine Eisenstange scheint sich in meinen Rücken zu schieben, meine Zeichen pochen heftiger, schneller. »Und wenn ich anderer Meinung als mein Kommandeur bin?«

»Ein Baby muss krabbeln, bevor es gehen kann. Eine unterdurchschnittliche Strömerin wird niemals einen Myriader besiegen.«

*Poch*. Ich knirsche mit den Zähnen. »Sie verlangen von mir, meinen freien Willen aufzugeben.« Was ich nicht tun werde.

Ich habe zu hart für mein Recht gekämpft, selbst zu entscheiden.

»Nein, Miss Lockwood. Wir bitten Sie, freiwillig Ihren Willen einem anderen unterzuordnen. Das ist ein Unterschied. Wir geben Ihnen die Gelegenheit, zu säen und eine gute Gehilfin zu sein, damit Sie eines Tages selbst mit Hilfe rechnen können. Säen und ernten, das ist die Grundlage unserer Sphäre. Sich über eine großzügige Ernte freuen oder sich über eine schlechte ärgern. Etwas anderes gibt es nicht.«

*Poch, poch.* »Auf keinen Fall, niemals. Ich werde keinem Befehl gehorchen, mit dem ich nicht einverstanden bin.«

Er starrt mich unverwandt an. »Wieso glauben Sie, dass Sie es besser wissen? Sie, die Sie so viele Fragen, aber nur wenige Antworten haben? Wie kommen Sie darauf, dass Sie Ihre Teamkollegen anführen können, wenn Sie nicht einmal mit sich selbst zurechtkommen? Hier ist die unverhüllte Wahrheit: Wer Disziplin nicht akzeptiert, kann nicht wachsen.«

Muss wirklich alles, was er sagt, wie eine wertvolle Perle der Weisheit behandelt werden?

*POCH!* »Sie haben recht. Ich kenne nicht alle Antworten, und ich werde nie erfahren, was mit Dior geschehen wäre, hätte ich mich wie befohlen im Hintergrund gehalten. Nun. Ich akzeptiere jede Strafe, die Sie für richtig erachten. Aber lassen Sie die anderen gehen. Ich bin verantwortlich für alle Fehler, die begangen wurden.«

»Einverstanden.« Er schlägt mit dem Hammer auf den Tisch. »So ist es gesagt, so möge es geschehen.«

Der Mann in der Ecke kommt zurück, um mich an der Hand zu nehmen. Er führt mich ans Ende der Reihe. Meine Knie zittern, aber ich drücke sie fest durch.

Levi wird zum Podium geführt … wo man ihn dafür lobt, dass er jeden Umstand in eine Lehrsituation verwandelt hat.

Elizabeth kommt als Nächste dran. Bestürzt stelle ich fest, dass sie kein einziges *schlechtes* Wort über mich sagt.

Nach ihren Befragungen wird Victor, Reed und Kayla für ihre guten Dienste gedankt. Meredith ist als Letzte an der Reihe, sie wird vor den Gefahren der Vetternwirtschaft gewarnt.

Sobald sie sich zurück in die Reihe gestellt hat, werden wir entlassen. Levi führt uns aus dem Raum … dem Gebäude. Draußen beruhigt das Sonnenlicht, das mein Gesicht streichelt, meine angeschlagenen Nerven.

Elizabeth verabschiedet sich murmelnd bei allen außer mir und eilt davon. Sollte ich sie nicht fragen, warum sie mich vor Zeugen unterstützt hat?

Reed hat Unterricht und geht in die andere Richtung.

Meredith umarmt mich. »Ich bin stolz auf dich. Ich wünschte, ich könnte bleiben und mit dir deine erste Mission feiern, aber ich muss auf Clay und Dior aufpassen.« Und weg ist sie. Die Arbeit eines Workaholics ist nie erledigt.

Diese Frau … oh, diese Frau! Ich liebe sie jeden Tag mehr.

Victor und Kayla bleiben noch.

»Ich habe die Erlaubnis erhalten, dich in Archers Apartment herumzuführen«, sagt Victor. »Hast du Lust?«

Das unangenehme Gefühl, das das Debriefing bei mir hinterlassen hat, verpufft. »Ja!« Tausendmal ja! Ich werde sehen, wo Archer lebte, werde zwischen seinen Sachen herumgehen und seinen geliebten Duft einatmen. »Aber warum musstest du dafür um Erlaubnis bitten?«

»Bis zur Auferstehung bleiben die Wohnungen der Toten erhalten.«

Kayla versteift sich. »Ich dachte, wir …« Was immer sie in Victors Gesicht sieht, lässt sie verstummen. »Ich, ähm, muss los. Hab zu tun«, sagt sie mit aufgesetzter Fröhlichkeit. Sie flitzt davon, bevor ich sie wegen ihres seltsamen Verhaltens befragen kann.

»Auf ein Wort, Miss Lockwood.« Levi zieht mich zur Seite. Ich rechne mit einer Rüge wegen meines Vorgehens. Stattdessen blickt er mich voller Stolz an. »Sie haben Ihre Sache heute sehr gut gemacht. Bravo.«

»Ich … Vielen Dank?«

Er stupst mich mit dem Ellbogen an. »Wenn Sie nur genauso gut mit Ihrem Schlüssel vorankämen, wie?«

»Hey!«, entgegne ich empört. »Ich bin schon nahe dran. Nun, näher zumindest.« Ich hebe meinen rechten Arm in die Höhe, um mit einem Finger über die Nummernfolge zu streichen. »Das sind Chiffren. Ich muss nur noch herausfinden, *was* sie decodieren. Irgendwelche Tipps?«

»Ja.«

Ich warte darauf, dass er fortfährt, doch das tut er nicht. »Und?«, hake ich nach.

»Und was? Sie haben schon jede Menge Tipps bekommen. Sehen Sie einfach … in Ihr Herz. Die Antwort findet sich dort.«

Meine Wimpern sind kurz davor, Feuer zu fangen, so wütend blitze ich ihn an. »Na besten Dank, Mann.«

»Wir brauchen unsere Strömerin«, sagt er, »und solange Sie Ihren Zugang zum gesamten Netz nicht freigeschaltet haben, sind Sie nichts als eine gewöhnliche Soldatin.«

»Es ist nichts Schlimmes daran, Soldatin zu sein.«

»Sehr wahr – wenn man Soldatin sein soll. Eine Hand kann niemals ein Fuß sein und ein Fuß niemals ein Ohr. Sie sind Strömerin. Eine geborene Anführerin. Ihnen ist es vorherbestimmt, mit einem einzigen Funken ein Lauffeuer zu entfachen.«

Mein Kopf fällt zurück, ich starre in den schönen, hellen Himmel. »Schon wieder eine Lektion? Ernsthaft? Noch mehr kryptische Worte der Weisheit, die *kein bisschen weiterhelfen*? Warum kann ich keinen normalen Lehrer haben, der mich einen zehnseitigen Aufsatz schreiben lässt mit dem Thema, wie ich mein dummes Verhalten verbessern kann?«

»Hervorragende Idee.« Er kneift mich in die Nase. »Der

Aufsatz liegt bis morgen früh acht Uhr auf meinem Schreibtisch.«

Ich verschränke die Arme vor der Brust. »Warum haben Sie mir nicht gesagt, was passiert, wenn ich Dior berühre?«

»Weil Sie Dior nicht hätten berühren sollen.«

Eine simple Antwort, doch scharf genug, um die Luft aus meinem aufgeblasenen Ego zu lassen. Ich hätte gehorchen sollen. Ich hätte vertrauen sollen.

»Nun«, sagt er. »Falls Sie sich fragen, warum ich Ihre Nachricht an Killian nicht erwähnt habe …«

Zero! Ich kann ein Ächzen kaum unterdrücken. »Müssen wir das hier besprechen?«

»Pst. Levi ist gerade dabei, eine Lektion zu erteilen.«

Ich werfe ihm einen fiesen Seitenblick zu und er lacht.

»Wenn jemand ihn überzeugen kann, zu uns überzulaufen, dann Sie«, sagt er zu meiner Überraschung. »Archer hat es versucht, er wollte es so sehr. Aber wichtiger noch, Sie würden dann nicht mehr eine Beziehung mit einem Feind führen. Und Wunder über Wunder, ich glaube, dass Sie mit Killian wirklich vorankommen. Machen Sie weiter so.«

*Wie bitte?* Das haut mich jetzt vollkommen um. Ständig vollführt er diese kompletten Kehrtwendungen. Es sei denn natürlich, Levi ist es, der mit Myriad zusammenarbeitet und insgeheim will, dass …

Nein. Damit fange ich erst gar nicht an! Den Paranoia-Weg werde ich auf keinen Fall einschlagen.

»Und hier nun mein letzter Gedanke für heute«, fährt Levi fort. »Ihre Tante Lina lebt im Land der Ernte, und sie ist nicht in der Lage, für sich selbst zu sorgen. Indem sie Ihnen geholfen hat, vor den Myriadern zu flüchten, hat sie ihre Vertragsbedingungen verletzt. Myriad hat nun das Recht, sie zu bestrafen, und wie man hört, wurde beschlossen, ihrem Erstleben ein Ende zu setzen.«

»Nein!« Sie werden versuchen, ihr Ewigleben gegen mich

auszuspielen. »Die können doch nicht einfach ... wie können sie ... niemand sollte ...«

»Sie hat die troikanische Zentrale in L. A. aufgesucht und um Asyl gebeten. Durch Ihr Abkommen mit uns sind wir in der Lage, all Ihre Familienmitglieder zu beschützen, selbst Myriader, deswegen konnten wir sie in einer unserer Einrichtungen verstecken. Bevor sie nicht zustimmt, vor Gericht zu ziehen, können wir sie jedoch nur begrenzt schützen. Tun Sie sich selbst den Gefallen und besuchen Sie Ihre Tante. Überreden Sie sie, zuzustimmen. Die Einrichtung ist von TAs umgeben, Sie werden also in Sicherheit sein.«

Tante Lina. Die Zwillingsschwester meines Vaters. Loony Lina, die verrückte Lina. Jeder in unserer Familie dachte, sie wäre irre. Auch ich! Bis vor Kurzem hatte ich keine Ahnung, dass sie nicht verrückt ist, sondern in die Zukunft sehen kann.

»Sie hat versucht, mich umzubringen«, rufe ich ihm in Erinnerung. Blödsinn. Sie *hat* mich umgebracht. Zu dieser Zeit war ich noch ungezeichnet und landete deswegen in Viele Enden.

Okay, okay. Zu ihrer Verteidigung sei Folgendes gesagt: Vorher hat sie mir die Hilfsmittel gegeben, Kayla und Reed zu retten, außerdem hat sie Vorkehrungen getroffen, damit Archer mich finden und mich wiederbeleben konnte.

Doch will ich einen meiner Mörder *für immer* in Troika haben?

»Zudem«, fahre ich fort, »hat Archer mir gesagt, dass frisch Verstorbene ihre Verwandten im Land der Lebenden nicht besuchen dürfen. Weil das zu viele Probleme schafft.«

»In Linas anfälligem Verstand waren Sie schon Ihr ganzes Leben lang tot. Insofern werden keine Regeln gebrochen.« Er tippt zart mit den Fingerknöcheln an mein Kinn. »Besuchen Sie sie. Sonst werden Sie es für alle Ewigkeit bereuen.«

»Ist das ein Befehl, Sir?« Vielleicht meine nächste Mission? Und zwar die, bei der ich ohne Widerrede meinem Vorgesetzten gehorchen soll?

»Ein Vorschlag.«

»Dann brauche ich Zeit, Ihren Vorschlag zu überdenken. Sind wir hier fertig?«

Er seufzt. »Vorläufig.«

Ich kehre zu Victor zurück, der sich bei mir einhakt und mich wegzieht.

»Worum ging es denn?«, fragt er.

»Levi sagte …«

*Überleg genau, wem du vertraust.*

Einstweilen ist nur Levi mein Ansprechpartner, und ich werde niemanden sonst in unseren inneren Zirkel lassen. Daher ist es besser, die Information über Lina für mich zu behalten.

»Er hat mir einfach eine weitere Lektion erteilt«, antworte ich schließlich und sage somit die Wahrheit, ohne wichtige Details zu verraten. »Ein einziger Funke kann einen Flächenbrand verursachen oder so was in der Art.«

Victor schnaubt. »Gut zu wissen, dass ich nicht der Einzige bin, der diese ständigen Lektionen nervig findet.«

Ich finde sie nicht direkt nervig, sondern eher unbequem. Für sich betrachtet sind sie Licht. Genau der Funke, den Levi erwähnte. Sie verjagen die Schatten der Verwirrung und entblößen die Schwächen, die ich überwinden muss.

Allerdings würde ich gern wenigstens ein einziges Mal eine verborgene Stärke bei mir entdecken.

»Sind Debriefings immer so heftig?«, frage ich.

Kichernd tätschelt er mir den Kopf. »Das war nicht heftig, Schätzchen. Das war praktisch ein Sonntagsbrunch mit deinen Freundinnen.«

Ich schlage nach ihm und er lacht wiehernd.

»Erinnere mich daran, dass ich von dir niemals eine Einladung zum Sonntagsbrunch annehme.«

Als wir in der Hauptstadt des Neuen an meinem Gebäude vorbeikommen, sehe ich Raanan, Nico und Hoshi wieder. Dieses Mal sind Rebel, Clementine, Sawyer und Winifred bei ihnen. Ein Treffen? Nur die noch zu junge Fatima fehlt.

Ich verspüre einen sehnsuchtsvollen Stich. Wie schön wäre es, auf meine ganzen Pflichten pfeifen und mit ihnen Zeit verbringen zu können.

Killian würde keine Sekunde überlegen, ob er bei einer Party mitmachen soll oder nicht.

*Genieß den Augenblick*, würde er sagen.

Ich denke aber nicht, dass ich mich entspannen könnte. Wahrscheinlich würde ich nur allen anderen die Laune verderben.

Ich zwinge mich, weiterzugehen, und betrete mit Victor zusammen eine Treppe. Wir landen im nobleren Teil der Stadt, wo majestätische Gebäude die Straßen säumen, jedes davon kann sich eines anderen Designs rühmen. Am besten gefallen mir die mittelalterliche Festung, das Disneyland-Schloss und die Vorkriegsvilla aus den Südstaaten.

Victor bleibt vor der Vorkriegsvilla stehen. Der Weg aus Kopfsteinpflaster wird von einem riesigen violetten Glyzinienbaum überdacht und führt zu einer zweiflügeligen Tür mit Buntglasfenstern. Auf beiden Seiten befindet sich eine Wendeltreppe, die zu einem Balkon im zweiten Stock hinaufführt, wo ein glitzernder Pfeil und ein Bogen hängen.

Pfeil und Bogen. Wie passend.

»Was wird aus diesem Meisterstück der Architektur, falls Archer die Auferstehung nicht gewinnt?«, frage ich.

»Es wird abgerissen und man baut für einen neuen Graduierten ein anderes Heim.« Er tippt mir leicht auf die Schulter. »Aber wir sorgen dafür, dass er gewinnt, oder?«

»Wenn er nicht gewinnt, dann nicht, weil ich nicht alles dafür getan hätte.« Ich weiß nur noch nicht genau, wie wir es anstellen sollen.

Als wir die Villa betreten, klappt mir die Kinnlade herunter.

Eine große Eingangshalle öffnet sich zu einem formellen

Salon, der wiederum in eine glänzende Bibliothek, ein opulentes Speisezimmer und ein freundliches Wohnzimmer übergeht.

»*Hier* hat Archer gelebt? *Mein* Archer?«

»Er hat sich das Recht dazu verdient.« Victor klingt stolz. »Da wir den freien Willen haben, ist die Arbeit, die wir tun, von großer Bedeutung. Wir entscheiden, deswegen werden wir für unsere Erfolge auch belohnt.«

Ich spaziere herum, entzückt von den antiken Möbeln und ganz gefangen von den Porträts an den Wänden. Eins von Victor … eine Handvoll Leute, die ich nicht kenne … Levi … Deacon … Killian …?

Killian?

Mein Herz trommelt gegen meine Rippen. Tatsächlich. Killians schönes Gesicht sieht mich mit einer Mischung aus Traurigkeit und Hoffnung an.

So hat Archer ihn also gesehen. Als jemand, der es wert ist, gerettet zu werden. Und – das gibt's doch nicht. Neben Killians Bild hängt ein Porträt von mir. Auf dieser Leinwand bin ich eine Mischung aus Sonnenlicht und Feuer. Ich brenne mit einer Leidenschaft, von der ich nicht weiß, ob ich sie je gefühlt habe.

»Wer hat die gemalt?«, frage ich, irgendwie in der Lage, trotz meiner Ehrfurcht zu sprechen.

»Archer. Er hat gearbeitet, wenn andere schliefen.«

*Was?* Er hat mir nie erzählt, dass er so unglaublich talentiert ist.

»Ich wusste an dem Tag, als wir uns zum ersten Mal über den Weg liefen, wer du bist«, gesteht Victor mit einem verlegenen Lächeln. »Er hat ständig von dir geredet. Dem Mädchen, das die Welten verändern wird. Er ist der Grund, weshalb ich freiwillig in dein Team gekommen bin.«

Ich habe einen Kloß im Hals. *Das Mädchen, das die Welten verändern wird.*

Nicht eine Welt, nicht zwei. Wahrscheinlich drei Welten. *Druck …*

Ich frage mich, ob Archer jetzt von mir enttäuscht ist.

»Erzähl mir deine Gesichte«, bitte ich, um diesen quälenden Gedanken loszuwerden. »Wie bist du gestorben?«

»In der Gebärmutter. Ich hatte nie ein Erstleben, nur ein Ewigleben.«

Er verstummt, doch ich wedle mit der Hand, um ihn zum Weitersprechen zu bewegen.

»Meine Mutter hat auf einer Party im Land der Ernte Ambrosine getroffen, den Prinz der Raben. Sie hat sich in ihn verliebt, und sie … nun, sie hatten nicht direkt eine *Beziehung*. Sie haben Zeit miteinander verbracht. Er hat ihr ein Haus gekauft und sie eine Zeit lang regelmäßig besucht. Und dann hat sie einen Autounfall überlebt und ich nicht. Ihre Familie in Myriad hat mich aufgezogen, und Ambrosine hat dafür gesorgt, dass wir immer das Beste von allem bekamen.«

»Du wurdest also geliebt?«

»Sogar sehr.«

Ich kann nicht anders, als sein privilegiertes Leben mit dem von Killian zu vergleichen, das voller Armut und Ablehnung war.

Killian verbrachte die ersten Jahre in einem sogenannten Lernzentrum, einem Waisenhaus. Niemand wollte ihn haben, und wahrscheinlich wurde er misshandelt. Die genauen Details kenne ich nicht, ich habe ihn nicht gedrängt, mehr zu erzählen. Das wird er tun, wenn er so weit ist.

Archer, ein von seinen Leuten angehimmelter Prinz, war oft im Waisenhaus, um mit den Kindern zu spielen, und hat sich irgendwann mit Killian angefreundet. Durch diese Freundschaft verbesserte sich Killians sozialer Status. Kurz darauf wurde Killian von Pearl Bennett adoptiert, einer Anführerin, die ursprünglich meine MA war; sie wollte ihn als Spielgefährten für ihre Tochter haben.

Wenig später starb Pearls Tochter, woraufhin der Waisenknabe ihr zur Last wurde.

Sie brachte ihn zurück wie ein schlecht sitzendes Hemd.

Ein paar Jahre später fühlte Killian sich erneut zutiefst betrogen, als Archer, sein bester Freund, das Alter der Verantwortung erreichte und nach Troika überlief. Archer Prince besaß alles, was er sich je wünschte – einen Vater, der ganz in ihn vernarrt war, Geld, Prestige –, und doch verzichtete er auf all das und ließ Myriad und Killian zurück.

Killian war außer sich vor Wut und nicht in der Lage, ihm zu verzeihen.

Jeder hat Narben. »Wie gut kennst du Killian?«

»Ich wusste von ihm, habe aber nie Zeit mit ihm verbracht. Archer und ich haben verschiedene Mütter, wir sind nicht zusammen aufgewachsen.«

Das verblüfft mich. »Wenn du nicht mit Archer aufgewachsen bist, warum bist du ihm dann nach Troika gefolgt?«

»Bevor ich das Alter der Verantwortung erreichte, habe ich meine Ausbildung zum Gesandten abgeschlossen. Immer wenn ich ins Land der Ernte geschickt wurde, hat Archer mich aufgespürt und mir erzählt, wie glücklich er im Licht ist.«

Ich muss lächeln. Archer hat mir auch von diesem Glück erzählt – und erzählt und erzählt.

Ich betrete das zweite Wohnzimmer, wo eine Menge Waffen ausgestellt sind. Eine lange goldene Stange *bettelt* praktisch um meine Aufmerksamkeit.

»Darf ich?« Ich deute auf die Stange.

Victor betrachtet mich mit einem seltsamen Blick. »Aus all den Pistolen, Dolchen, Ketten und Schwertern wählst du ausgerechnet *diese* Waffe? Sie kontrolliert die vier Elemente im Land der Ernte.«

»Cool. Her damit.«

Er lacht auf. »Schön. Hau rein.«

Zitternd greife ich nach der Stange und bin davon überzeugt, gleich etwas sehr Wertvolles in Händen zu halten. Ich schlinge die Finger um zwei ausgeprägte Vertiefungen – perfekt geformte Handgriffe – und hebe sie hoch. Sie ist massiv, schwer, meine Muskeln protestieren umgehend.

Bei näherer Betrachtung fällt mir ein Spalt in der Mitte der Stange auf, zu akkurat, um ein Zufall zu sein. Stirnrunzelnd ziehe ich die beiden Seiten auseinander. Der Spalt wird weiter und enthüllt zwei getrennte Schwerter aus … Opakglas? Edelstein?

Das Schwarz glitzert in verschiedenen Farben, in einem Blatt entdecke ich drei troikanische Symbole, im anderen sieben.

3 + 7 = 10

»Es gehört dir«, sagt Victor. »Levi sagte, ich solle dich auffordern, eine Waffe auszuwählen, egal welche. Archer hatte vor, dir eine davon als Willkommensgeschenk zu geben.«

Mir schießen Tränen in die Augen. Oh, oh. Wasser marsch. »Wirklich?«

Er nickt. »Wirklich.«

Ich weiß nicht, warum oder wann es für die Menschen ein Tabu wurde, Geschenke von großem Wert anzunehmen, aber auf keinen Fall werde ich dieses hier ablehnen. »Danke«, sage ich. Ich werde dieses Geschenk in Ehren halten und ich werde lernen, es zu benutzen. Ich werde Archer stolz machen. Wenn er zurückkommt – und das wird er, etwas anderes werde ich nicht akzeptieren –, zeige ich ihm, wie gut ich geworden bin, indem ich ihn damit umhaue – und er auf den Hintern fällt … oder seine Nas' … ins Gras … was 'n Spaß – ohne Maß!

Eine Träne entkommt nun doch und rollt meine Wange hinab.

Auf einmal beginnt ein Alarm in meinem Kopf zu schrillen. Ich erschrecke mich fast zu Tode. Um mir die Ohren zuzuhalten, lasse ich die Stange fallen. »Irgendwas stimmt nicht.«

Victor erbleicht. »Der Alarm. Kannst du die Nachricht hören, die durch das Netz verbreitet wird? TAs und MAs sind in eine Schlacht im Land der Ernte verwickelt. Wir sind dabei zu verlieren und brauchen mehr Soldaten. Ort … vor dem Haus von Javier Diez.« Er bricht ab, um sich die Schläfen zu reiben. »Nur unsere Gruppe darf wissen, dass Javier wie Dior mit Penumbra infiziert ist. Die Möglichkeit besteht, dass er bereits jemand anderen angesteckt hat.«

Nein, nein, nein. Nach all unseren Vorkehrungen …

Das ist schlecht. Das ist sehr, sehr schlecht.

»Wir dürfen keine Zeit verschwenden.« Victor eilt zur Tür. »Lass uns gehen!«

# 13. KAPITEL

»Das Schicksal sagt: Wenn eine Tür sich schließt,
warst du nicht dafür bestimmt, hineinzugehen.
Wir sagen: Tritt die Tür ein.«

Troika

Gesandte und Agenten rennen über die Straßen, Victor und ich unter ihnen, wir alle eilen auf das nächstgelegene Portal zu. Hüllen und Geistwesen haben sich gleichermaßen für die Schlacht bewaffnet. Ich entdecke sogar zwei Generäle. Die große, dünne Jane und den dunklen, glatzköpfigen Spike. Leute auf Posten ohne Kampfbeteiligung – Headhunter und Heiler – beobachten uns beklommen.

Von Adrenalin angefeuert, presse ich meine neue Stange an meine Brust. Als ich aus Versehen jemanden mit einem Ende zu Boden schlage, zerre ich sie auseinander und stelle zufrieden fest, dass ich in jeder Hand ein Schwert halte.

Levi steht am Schleier der Flügel und ruft den TAs und TGs, die hindurcheilen, ermutigende Worte zu.

Ohne stehen zu bleiben, verschwindet Victor durch den Wasserfall. Ich bin ihm direkt auf den Fersen, bin wild entschlossen, meine Schuldigkeit zu tun, als …

… jemand mich am Handgelenk packt, mich zur Seite und aus dem Weg reißt, bevor ich Victor folgen kann.

Levi ist aschfahl im Gesicht. »Nur Sie und die Prinzessin sind in der Lage, dieser Bedrohung etwas entgegenzusetzen, aber wir können nicht unsere beiden Strömerinnen gleichzeitig in Gefahr bringen. Wir dürfen auch nicht zulassen, dass die Dunkelheit sich auf weitere Menschen ausbreitet. Obwohl Sie noch nicht bereit für diesen Kampf sind, brauche ich Sie da unten. Ich werde Sie jedoch nicht zwingen. Sie haben die Wahl.«

»Das ist meine nächste Mission«, sage ich. »Ich tue, was Sie befehlen.«

»Und ich befehle Ihnen, zu wählen.«

*Manchmal ist Krieg der einzige Weg, um Frieden zu schaffen.*

Diese Worte bekomme ich einfach nicht aus dem Kopf. Krieg ist natürlich niemals eine gute Sache, aber, wie die Geschichte bewiesen hat, zumindest manchmal notwendig. Wenn eine Gruppe versucht, einer anderen zu schaden, ist er unvermeidlich und der einzige Weg, um Schlimmeres zu verhindern.

Krieg ist nie schön. Er ist blutig und brutal. Leute sterben. *Unschuldige* sterben. Wir, die Soldaten – wir müssen tun, was wir für richtig halten.

»Ich kämpfe.« Ich kann nicht zulassen, dass Dunkelheit das Licht auslöscht. Das *werde* ich nicht zulassen.

»Danke«, krächzt Levi. »Sobald Sie da unten sind, können wir Sie nicht einfach hin und her schicken.«

Wegen der Dringlichkeit seines Tonfalls bricht mir kalter Schweiß aus.

»Das Beben, das Sie gespürt haben, entsteht, wenn eine der Sphären einen Buckler aktiviert. Man spürt auch, wenn die andere Sphäre einen Buckler *deaktiviert*. Und man kann sie auf den ersten Blick unterscheiden. Myriads Buckler sind schattig, unsere glänzen. Aber heute werden Sie gar nicht erst überlegen müssen, denn nur Myriad benutzt Buckler. Sie schließen unsere Soldaten ein, um sie dann abzuschießen. Wenn Sie einen sehen, versuchen Sie bloß *nicht*, das Land der Ernte zu verlassen. Bleiben Sie, wo Sie sind, bis der Buckler fällt. Verstanden?«

Obwohl mir das Atmen schwerfällt, nicke ich. »Ich weiß immer noch nicht, wie man … Sie wissen schon was … reinigt.« Penumbra. »Als ich Dior angefasst habe, habe ich ihr wehgetan. Ich habe *mir* wehgetan.«

Er reibt sich mit einer Hand übers Gesicht. »Heute brauchen Sie sich keine Gedanken darüber zu machen, jemanden zu reinigen. Wir wollen einfach nur die beiden Infizierten aus

Myriads Kontrolle befreien. Deswegen möchte ich Sie in der Nähe von Mr. Diez wissen, bis wir in der Lage sind, ihn in eine unbewohnte Gegend zu bringen.«

Ich straffe die Schultern. Um Troika zu retten, werde ich tun, was immer notwendig ist. »Mache ich. Ich gehe zu ihm und weiche ihm nicht von der Seite.«

»Gut. Sollten Sie verletzt werden, trinken Sie einen Schluck Manna.« Er prüft, ob das Fläschchen um meinen Hals voll ist. »Gut. Gehen Sie!« Er schickt mich mit einer Handbewegung weg. »Der Buckler ist aktiviert und Ihr Standort ist gesetzt. Mr. Diez bewegt sich, also können wir Sie nur in einem Radius von einer Meile in seine Nähe bringen. Aber unsere Agenten wissen, dass Sie auf dem Weg sind. Sie werden Sie beschützen und führen.«

Mein Herz hämmert, als ich mich wieder in die Schlange einreihe und durch den Schleier der Flügel haste …

*Wuusch* … verschwommene Sterne … Schwindelgefühl … Aufprall.

Die Landung schmerzt in den Knien, ich pausiere jedoch nicht, sondern mache sofort eine Bestandsaufnahme. Die Nacht ist angebrochen, doch ist es nicht etwa dunkel. TAs stehen auf Wachtürmen und strahlen mit Halogenscheinwerfern in alle Richtungen. Licht, das aber nicht das Licht ist, das wir brauchen, falls das einen Sinn ergibt. MAs sind auch da und tun alles in ihrer Macht Stehende, um die Halogenleuchter zu zerstören.

So. Viele. Geistwesen. Sie sind auf den Türmen, auf den Gebäudedächern und am Boden. Feuerschwerter – *Pyres* – werden überallhin geschwungen. Eisschwerter – *Glaciers* – ebenfalls.

Wir befinden uns in Seattle, mitten auf einer belebten Straße. Hüllen sind dabei, Menschen aus der Kampfzone zu dirigieren, wobei die Menschen die Geistwesen nicht wahrnehmen können.

Wir sind für sie nichts als Wind und Dunst.

Ich suche nach Javier, sein Bild ist in mein Gedächtnis eingebrannt. Troikaner glänzen, während Myriader kleine, dunkle Wolken wie Umhänge tragen. Ich sehe Mitbürger, die ich nie kennengelernt habe … Myriader … ich sehe meine Urgroßmutter Hazel … Und, oh wow. Generalin Jane ist eine Killermaschine. Sie schwingt zwei kurze Schwerter und bewegt sich durch die Menge, als würde sie auf Wasser gleiten. Um sie herum fallen Myriader wie Dominosteine. Ihre Kraft und ihre Schnelligkeit sind unglaublich.

General Spike fällt auf die Knie und rutscht über den Boden, schlägt sich problemlos durch die myriadischen Reihen. Dann schwingt er ein Pyre, die glühende Spitze durchbohrt das Kinn eines Myriaders – des MAs, der gerade einen Troikaner enthauptet hat.

Hier – ein Glacier! Mit einem Schrei gehe ich in Deckung und rolle weg. Reed eilt an meine Seite, um den nächsten Schlag abzuwehren und mich vor einer Verletzung zu bewahren. Oder vor Schlimmerem.

»Danke.« Als ich aufstehe, erscheint ein weiterer Myriader wie aus dem Nichts und holt aus.

Kontakt! Säure läuft über meinen Nacken. Mein Fleisch zischt und schlägt Blasen wie Käse auf einer Pizza. Ich schreie auf vor Schmerz, bleibe aber aufrecht stehen.

Reed tötet meinen Angreifer, kann mir mit meiner Wunde jedoch nicht helfen. Der nächste Feind ist schon da, die beiden kämpfen gegeneinander.

Trotz meines Schmerzes steige ich in den Kampf ein, stoße zu und pariere, wie ich es gelernt habe, sorge für eine weite Distanzzone um mich herum – bis ich über eine Leiche stolpere und stürze.

Drei Troikaner eilen zu meiner Hilfe, Hazel ist unter ihnen. Sie stößt mich gegen eine Wand. Der Aufprall scheint das Gehirn in meinem Schädel zusammenzuquetschen. Ich sehe zwar Sternchen, erkenne aber trotzdem genug, um zu begreifen, dass sie mich mit ihrem eigenen Körper gegen einen weiteren Glacier-Stich beschützt hat. Ihre Kameraden wehren zwei stämmige Männer ab, während ich ihr Manna einflöße.

»Nein, nein.« Sie versucht, ihren Kopf wegzudrehen. Lebensblut läuft ihr aus dem Mundwinkel. »Du brauchst …«

»Du brauchst es mehr. Du kommst wieder in Ordnung«, sage ich. Es ist ein Befehl.

Einige andere Troikaner entdecken uns und eilen herüber. Hazel wird weggebracht. Nach Hause, wie ich hoffe. Die anderen TAs umstellen mich. Eine von ihnen stößt eine Nadel in meinen Nacken – ein Ruck durchfährt mich, Energie.

»Das ist eine konzentrierte Mannadosis«, erklärt sie.

Sie nimmt einen dicken Ledergürtel ab und schlingt ihn um meine Hüfte. Jede Menge Dolche und Pistolen stecken in den Holstern. Halt mal! Sie überlässt mir ihre Waffen? Auf keinen Fall. Ich versuche, ihr den Gürtel zurückzugeben, aber sie ist schon weitergezogen und schlägt sich mit einem MA.

Der Rest meiner Beschützer pflügt mit mir zusammen durch die Menge in Richtung Javier. Auf dem Weg wird einer nach dem anderen ausgeschaltet, meine Schuldgefühle sind schärfer als jedes Schwert. Ich bin der Grund, weshalb sie überhaupt angegriffen werden.

Als nur noch ich übrig bin, attackiert mich ein junger MA. Ich manövriere ihn gegen eine Wand und presse eins der Schwerter an seinen Hals.

»Ich will dir nicht wehtun«, sage ich. Trotz des Energieschubs durch das Manna atme ich schwer. »Lass uns …«

»Halt die Klappe und stirb!« Er tritt nach mir und trifft meine Fußknöchel.

Ich strauchle, bleibe aber stehen und wehre sein Schwert mit meinem ab.

Wo sind die Generäle?

Der MA stößt etwas wie ein Knurren aus und zielt auf meinen Hals. Mein Überlebensinstinkt erwacht, das Wissen um die

Notwendigkeit, meine Leute und die Menschen um uns herum zu beschützen, rauscht durch meine Venen. Ich weiche seinem Schlag aus, springe mit ausgestreckten Armen vor und ramme beide Schwerter in seinen Oberkörper. Die Spitzen ragen auf der anderen Seite aus seinem Rücken heraus.

Er ächzt auf, seine Pupillen weiten sich vor Überraschung.

Wir rechnen einfach nie wirklich mit dem Ende, oder?

Fragen bombardieren mich. Hinterlässt er eine Familie? Werden Kinder nun ohne ihren Vater leben müssen? Brüder und Schwestern ohne ihren besten Freund? Eine Mutter ohne ihren Sohn?

Stopp! Du musst weitermachen. Zu Javier gelangen.

Ich zerre an den Schwertern, doch sie bleiben in seinen Knochen stecken; die Handgriffe beginnen zu vibrieren. Oder vibriert *er*? Jegliche Farbe weicht aus seinem Gesicht, die Haut wird kalkweiß … nein, nein, seine Haut wird dunkel. Jetzt ist er grau. Steingrau … Stein, der aufreißt, zerbröckelt und explodiert. Es regnet Asche.

Ich starre ihn an, verwirrt und abgestoßen.

Links neben mir taucht plötzlich ein blendend greller Lichtstrahl auf, in dessen Mitte Meredith mit einem Pyre in der Hand erscheint.

Sie erschlägt einen Myriader – den, der sich hinter mich geschlichen hatte. »Zu dem Menschen geht es hier entlang.« Sie blickt über meine Schulter, ihre Augen weiten sich. »Pass auf!«

Ich tauche ab. Zu spät. Von hinten fährt ein Glacier in meinen Schenkel. Meine Haut reißt auf und Lebensblut sprudelt hervor. Augenblicklicher Schmerz und Schwäche. Ich schmecke Galle, schlucke sie aber hinunter.

Meredith kommt näher. Mein Angreifer hat zwei Metallschwerter; mit einem sticht er nach mir, mit dem anderen nach meiner Großmutter. *Nein! Nicht sie!* Es gelingt uns beiden, ihn abzuwehren.

Sie verpasst ihm einen Tritt zwischen die Beine. In dieser Hinsicht reagieren Geistwesen genauso wie Menschen. Heulend krümmt er sich.

Mit einem einzigen Schlag trennt sie ihm den Kopf ab. Es ist ein blutiger, gewalttätiger Tod, aber ich habe kein Mitleid mehr. Ich will, dass meine Großmutter überlebt.

Als Meredith das Pyre loslässt, verschwindet es. Sie hilft mir auf wacklige Beine und ergreift zwei Äxte. Zusammen rennen wir los. Sie zielt auf drei … vier … sechs MAs, die sich an mich heranpirschen wollen, womit sie ihre Aufmerksamkeit erfolgreich von mir ablenkt.

Diese Frau … sie ist eine wahre Kriegerin. Sie bietet einen herrlichen Anblick. Jede Drehung, jeder Hieb und jeder Tritt geschehen fast zu schnell, als dass man es überhaupt mitbekommt.

»Pass auf«, schreit sie über den Wahnsinn hinweg. Dann stößt sie einen MA in meine Richtung.

Ich weiß, was sie vorhat, also imitiere ich ihren Schachzug von gerade eben und ramme dem Kerl ein Knie in den Unterleib; als er sich schnaufend nach vorn beugt, schwinge ich eines meiner Schwerter. Sein Kopf fliegt durch die Luft und sein Körper bricht zusammen, Lebensblut glitzert, sprudelt und sammelt sich in einer Pfütze.

Meredith stößt einen anderen in meine Richtung, doch vertrautes blondes Haar und blaue Augen lassen mich innehalten.

Sloan?

Sie ist bleich und zittert, ist nicht auf die Schrecken eines Krieges vorbereitet.

Ist überhaupt jemals jemand darauf vorbereitet?

Lebensblut ist auf ihrem Gesicht, ihrer Brust und ihren Händen verschmiert. Ihr Mund steht in einem seltsamen Winkel offen, ihr Kiefer ist gebrochen. Sie gibt wimmernde Laute von sich.

*Stoß zu!* Was, wenn sie sich umdreht und andere Troikaner tötet?

Und doch zögere ich. Sie hat auch ihre guten Seiten, das weiß ich. Deswegen kann ich sie einfach nicht bestrafen.

»Es tut mir leid«, lallt sie und weicht zurück. »Es tut mir so wahnsinnig leid.«

Ich drücke die Absätze fest in den Boden, statt ihr nachzusetzen.

Meredith stößt einen anderen MA zu mir. Er beugt sich vor, um einem Tritt auszuweichen, mein Bein fliegt in die Luft. Durch den Schwung wirble ich um meine eigene Achse. Lachend hebt er ein Schwert. Sein Fehler. Statt meine Drehung zu stoppen, gehe ich mit ihr. Meine Schwerter durchtrennen seine Mitte, eins nach dem anderen, bevor er selbst auch nur einen Schlag austeilen kann.

Eingeweide schwappen auf die Erde. Ich muss würgen, nicht, weil der Anblick mich ekelt. Das tut er nicht. Seine Organe sind unvergesslich schön, funkeln wie Juwelen. Die Tatsache, dass mir der Anblick *gefällt* – das ist das Problem.

Ein Windstoß, dann ein lautes *Wumm!*. Die Erde erbebt, ein Buckler wird aktiviert.

Ich stolpere über mein Opfer und bin zu schwach, um mich abzufangen. Zero! Ich blute noch immer. Wenn das so bleibt, werde ich bald kollabieren.

Wilde Entschlossenheit hat mich weiter gebracht als Kampfkunst, aber jetzt habe ich meine Grenzen erreicht. Ich habe nicht mal mehr die Kraft, aufrecht zu stehen.

»Sie werden uns umzingeln!«, schreit Meredith.

Ihre Warnung kommt zu spät. Sie *haben* uns bereits umzingelt. MAs bilden einen großen Kreis um uns, hinter ihnen kämpfen TAs darum, uns zu erreichen.

Ein Schuss ...

»Neeeiiin!«

Meredith wirft sich vor mich, um die Kugel mit dem Schwert

abzuwehren, aber in ihrer Panik zielt sie nicht perfekt und die Kugel dringt in ihre Brust. Sie schreit auf, ihr Köper fällt zuckend zu Boden.

In dem Moment, in dem sie aufkommt, werden ihr drei Dolche in den Bauch gestoßen.

*Nein. Nein!* Ich schreie auf. Der Schmerz kommt eher aus meinem Herzen als aus meinem Körper. *Lasst sie in Ruhe! Bitte!*

Voller Wut schwinge ich meine Schwerter. Zwar verpassen die Spitzen einen MA um Haaresbreite, aber das ist egal. Eine Lichtdusche – flammende Metallteilchen? – schießt aus meinen Waffen und schlitzt den Angreifern den Hals auf.

Während sie vergeblich nach Luft ringen, stelle ich mich so hin, dass ich Merediths Körper wie ein Schild abschirme. Ich werde meine Großmutter mit meinem Leben beschützen.

Ein Pfeil saust auf mich zu, den ich mit meinen Schwertern aufhalte. Ein weiterer Pfeil folgt, dann ein anderer. Zu viele, zu schnell. Scharfer Schmerz explodiert auf einmal zwischen meinen Schulterblättern, ich schreie auf. Ich wurde getroffen!

Schmerz wabert durch meine Venen, schwarze Flecken tanzen vor meinen Augen.

Ich ignoriere diese entsetzlichen Qualen und schwinge meine Schwerter weiter. Erneut schießen flammende Teilchen aus den Spitzen. Doch diesmal rechnen die MAs damit und ducken sich rechtzeitig. Zero!

Ein Dolch fliegt in meine Richtung. Trotz der Schmerzen gelingt es mir, ihn abzuwehren, er fällt klirrend vor mir zu Boden. Aus dem Augenwinkel entdecke ich etwas verschwommen Rotes. Ich schwenke herum, bin aber nicht schnell genug – ein Pfeil trifft mich in die Schulter.

Die neue Schmerzwelle wird sofort von einer anderen Empfindung überdeckt. Säure? Gift? Ich stoße ein Zischen aus, als schwarze Spinnweben sich durch meinen Kopf winden.

Die Welt erbebt, ich schwanke. Meine Fußknöchel knicken weg, die Achillessehnen lösen sich auf einmal ab, ich schreie auf, während ich falle. Ich kann nicht atmen. Kann nichts sehen. Der Schmerz … er ist schrecklich und wird immer schrecklicher. Die Schwerter rutschen mir aus den Händen.

Ich versuche, die Pfeile herauszuziehen, habe aber nicht genügend Kraft. Lebensblut spritzt aus mir heraus. Eisige Kälte hüllt mich ein.

Wimmernd dreht meine Großmutter sich zu mir um. So wie sie die Lippen zusammenpresst, muss die Bewegung sehr qualvoll sein. Unsere Blicke treffen sich, meine verschiedenfarbigen Augen sind auf einmal mit den schönen bernsteinfarbenen Fenstern zu ihrer Seele verknüpft, einer Seele, die jetzt voller Bedauern und Kummer ist. Glühend heiße Tränen benetzen meine Wimpern und ihr Anblick verschwimmt.

Das kann nicht ihr Ende sein – unser Ende. Jemand wird eingreifen. Jemand wird uns retten. Oder wir werden nach Troika zurückgebeamt, in Sicherheit gebracht, bevor uns jemand den Todesstoß versetzen kann.

Ja. – *Beamt uns hoch* –, schreie ich alle im Netz an, die vielleicht in der Lage sind, uns zu hören. – *Bitte!* –

Meredith formt ein einziges Wort mit ihren Lippen. *Lebe.* Dann schließt sie die Augen. Gedämpftes Licht dringt aus ihren Ohren … ihrer Nase … dem Mund … den Fingerspitzen … den Poren … so viel Licht, das immer heller und heller wird. Ich bin verstört. Was geschieht hier? Was macht sie?

MAs stolpern rückwärts. Dann …

Ihr Körper explodiert.

MAs jaulen auf und stürzen, als sich Licht und Lebensblut über sie ergießen. Licht und Lebensblut regnen auch auf mich, aber es fühlt sich warm und gut an.

Jetzt habe ich die Kraft, die Pfeile und den Dolch aus mir herauszureißen. Meine Wunden beginnen bereits zu heilen, die Kälte verlässt mich.

Das war sie … das hat sie getan … das hat sie getan, um mich zu retten.

Sie ist gestorben.

*Nein, nein, nein.* Sie ist nicht weg. Sie ist nicht in die Stille gegangen. Nicht Meredith. Meine wundervolle, unglaubliche Meredith.

Ich brauche sie. Ich brauche sie jetzt. *Ich werde sie immer brauchen!*

Sie war gut zu mir, als andere es nicht waren. Sie hat mich geliebt, als andere es nicht konnten. Aber sie ist … sie ist weg, nicht wahr? Sie hat sich Archer in der Stille angeschlossen, weil es mir nicht gelungen ist, den Krieg zu stoppen. Weil es mir nicht gelungen ist, sie zu beschützen. Weil ich versagt habe – Punkt.

TAs umkreisen mich nun, um mich vor weiteren Angriffen zu schützen. Ich hasse es, dass sie sich für mich in Gefahr bringen. Ich habe ihre Hilfe nicht verdient.

»Helft ihr auf«, höre ich in der Ferne jemanden schreien. General Spike, glaube ich.

»Du kannst nicht liegen bleiben, Ten.« Das ist Reeds Stimme, näher als die des Generals, aber noch immer weit entfernt. »Beeilung!«

Er hat recht. Ich kann nicht liegen bleiben. Ich muss tun, wobei Meredith mir helfen wollte. Ich muss zu Javier. Später werde ich trauern. Später werde ich weinen … ich werde weinen und nie wieder damit aufhören.

Zitternd setze ich mich auf. Mein Buckler aus MAs ist bereits ausgedünnt; nur noch drei stehen … und Reed ist der Nächste, der fällt. Ich ächze auf, als ein MA ihn zu Boden wirft und lächelnd eine Klinge auf ihn richtet.

Nein!

Brüllend reiße ich meine Schwerter hoch. Er blockt mich ab, ist aber nicht auf meinen zweiten Schlag vorbereitet. Die Klinge schneidet in seine Schulter, er heult auf. Reed vollführt einen Fußtritt nach oben und trifft den MA in die Brust. Der fällt nach hinten, und ich folge ihm mit festen, drohenden

Schritten, meine Fußknöchel sind geheilt. In dem Augenblick, in dem er auf dem Boden aufkommt, bin ich bei ihm.

Und schlage ihm ohne Zögern den Kopf ab.

»Danke.« Reed und die anderen beiden TAs eilen davon, um sich einer weiteren Gruppe MAs, die auf mich zukommt, entgegenzustellen.

Das Trio wird schnell niedergetrampelt, die Soldaten stürmen über sie hinweg. Wenn ich schon sterben soll, dann werde ich so viele MAs wie möglich mit mir nehmen. Na los!

Etwas Kaltes und Hartes drückt sich auf einmal an mein Genick. Ich versteife mich und will mich gerade umdrehen und zuschlagen, als mir der Geruch von Torffeuer und Heidekraut in die Nase steigt. Mein Herz macht einen Satz. *Killian*. Killian ist hier.

Um zu helfen … oder mir in den Rücken zu fallen?

Keine Zeit! Während der nächste MA auf mich zustürmt, spüre ich den Lauf einer Pistole.

Ich beiße die Zähne zusammen, täusche links an, hole rechts aus – herumdrehen, blockieren – und schwinge die Linke durch. Wie sein Kamerad kann der große Typ meinem ersten Schlag ausweichen, dem zweiten aber nicht. Die Klinge fährt durch seine Mitte. Er fällt und gibt den Blick auf den nächsten MA frei.

Killian schießt ihm zwischen die Augen.

Er feuert weiter. In schneller Folge stürzen acht Myriader zu Boden.

Killian hilft mir und sorgt zugleich dafür, dass es keine Zeugen gibt.

Die Erde bebt, der Buckler verschwindet. Verletzte TAs beginnen ebenfalls zu verschwinden.

Killian führt mich in eine Gasse zwischen zwei hoch aufragenden Gebäuden. TAs drängen die MAs die Straße hinunter, weg von mir.

Momentan befinde ich mich in Sicherheit. Aber ich bin zu angespannt, um meine Schwerter wegzustecken.

Killian scheint sich nicht an ihnen zu stören. Er drückt die Stirn an meine und flüstert: »Hör nie auf, mir zu vertrauen.«

»Werde ich nicht.« So gerne möchte ich mich in seine Arme sinken lassen, mich an ihn klammern und die Schrecken dieses Tages vergessen. Vergessen, welchen Verlust ich erlitten habe, vergessen, dass mein gebrochenes Herz in meiner Brust gerade stirbt.

»Gut.« Er richtet sich auf und starrt mich an, steif wie Stahl, voller Wut. »Deine Sphäre hätte dich auf keinen Fall schicken dürfen. Genau das wollte Myriad doch. Aus diesem Grund haben sie Javier von einer ganzen Armee beobachten lassen.«

Ich blinzle ihn an. »Ich wusste …«

Aber er ist noch nicht fertig. »Wenn ich dich wieder rette, Mädchen, wird mein Chef kapieren, dass ich gar nicht versuche, dich für die myriadische Sache zu gewinnen, sondern dass ich dich einfach nur beschütze.« Sein Akzent wird mit jedem Wort stärker. »Man wird mich auf die schlimmste Weise bestrafen. Verstehst du? Interessiert es dich überhaupt? Willst du, dass man mir wehtut?«

Er *weiß*, dass ich das nicht will. Etwas anderes anzudeuten kann nur der Versuch sein, mich zu manipulieren. Doch warum sollte er …

*Hör nie auf, mir zu vertrauen …*

Ich runzle die Stirn und starre ihn an. Ich glaube, ich verstehe. Er spielt wieder seine Rolle … was bedeutet, dass wir beobachtet werden.

»Du bist mir wichtig. Ich liebe dich«, sage ich leise. Wer immer sich in der Nähe herumdrückt, wird diese Aussage nicht in Zweifel ziehen. Die Wahrheit der Worte tränkt meine Stimme. »Ich liebe dich aus tiefstem Herzen.«

Killian atmet scharf ein, seine Nasenlöcher blähen sich. Er legt die Hände auf meine Hüften, umgreift sie fest genug, um mich aufzufangen, falls ich fallen sollte.

»Ten.«

Mein Name klingt aus seinem Mund wie eine Segnung.

»Ich will nicht, dass du dein Leben riskierst, Killian. Nicht jetzt, niemals.« Die reine Wahrheit. Aber auch ich muss meine Rolle spielen, um diesen Jungen keiner Gefahr auszusetzen. »Also bitte … hilf mir nicht noch mal, okay?«

Er sieht mich forschend an, und was immer er sieht, lässt ihn weich werden. Wieder legt er die Stirn an meine, unser Atem vermischt sich.

»Das mit deiner Freundin tut mir leid.«

Ein Riss in meiner Brust. »Meine Großmutter«, stoße ich hervor.

Er drückt sanft seine Nase an meine. »Tut mir leid, Mädchen.«

»Ten!« Victor kommt um die Ecke gejagt. Als er Killian sieht, hebt er eine Stag. Er zielt und fragt: »Wo ist Javier? Wo haben deine Leute ihn hingebracht?«

Nun stecke ich meine Schwerter doch weg und breite die Arme aus, um so viel wie möglich von Killians Körper zu verdecken. »Nicht schießen«, rufe ich. »Bitte.« Damit meine ich sie beide. Ich kann Victor jedoch nicht sagen, was Killian getan hat, denn dann würde ich dastehen, als hätte ich Troika hintergangen. Mal wieder. Allerdings werde ich auch nicht zulassen, dass Killian etwas passiert.

Victor blickt zwischen uns hin und her; offensichtlich weiß er nicht, was er als Nächstes tun soll.

»Javier ist weg?« So viel Leid und Tod für nichts! »Weißt du, wo er ist?«, frage ich Killian.

»Nein, aber ich werde tun, was in meiner Macht steht, um es herauszufinden.«

Vielleicht könnte Meredith das Auge benutzen, um …

Nein. Nein, kann sie nicht. Mein Kinn beginnt zu zittern.

»Was ist mit der Person, die er infiziert hat?«, frage ich.

Killian runzelt die Stirn. »Soweit ich weiß, sind nur Javier und Dior infiziert. Wenn ihr etwas anderes gehört habt, war das vermutlich eine Lüge.«

Was gut für uns wäre. Es gäbe nur zwei infizierte Menschen und nicht drei. »Lass uns heimgehen, Victor. Bitte.« Ich will Killian nicht verlassen, ich brauche ihn, doch ich habe keine andere Wahl. Ich werde ihn wiedersehen. Ich muss ihn wiedersehen. Denn ich spüre, wie ich im Innersten zerbreche, und ich weiß nicht, ob ich in der Lage sein werde, mich selbst wieder zusammenzusetzen. Er dagegen ist dazu in der Lage. Er hat es schon einmal getan. »Wir müssen gehen, solange der Buckler unten ist. Wir müssen uns neu gruppieren.«

Killian weicht einen Schritt zurück. Jede einzelne Zelle meines Körpers schreit protestierend auf. *Lauf ihm nach!* Das tue ich nicht. Und somit kann Victor jetzt ungehindert auf ihn schießen.

Sein Finger am Abzug zuckt, ich reagiere blitzschnell, reiße das Knie hoch, packe ihn am Handgelenk, drücke mit einer Hand seinen Arm hinunter und nehme ihm mit der anderen die Waffe ab. Er kann sich nicht gegen mich wehren. Er ist ein Gesandter, kein Agent, und somit nicht im Kampf geübt.

»Jetzt wird nicht länger getötet«, sage ich zu ihm.

Er sieht mich finster an. »Wenn du nach Hause gehen willst, gehen wir nach Hause.« Er tippt einen Code in sein Data-Pad und ergreift meine Hand.

»Ten«, ruft Killian.

Zu spät. Ich bin schon in einem Lichtstrahl gefangen.

**Von:** Z_C_4/23.43.2
**An:** K_F_5/23.53.6
**Betreff:** Hervorragend gemacht!

---

Ihr Talent erstaunt mich immer wieder, Mr. Flynn. Nur eine kleine Kritik: Sie sollten so tun, als ob Sie unsere Soldaten töten, um Miss Lockwood das Leben zu »retten«, damit sie in Ihrer Schuld steht. Sie haben sie aber tatsächlich getötet. Wieso?

Was immer der Grund dafür ist, ich bringe es nicht fertig, Sie zu bestrafen. Miss Lockwood scheint bereit zu sein, alles zu tun, um Sie zu beschützen.

Glauben Sie, dass sie nun so weit ist, den nächsten Schritt zu tun und für Sie ihre Sphäre zu verraten?

Macht bedeutet Recht!
Sir Zhi Chen

**Von:** K_F_5/23.53.6
**An:** Z_C_4/23.43.2
**Betreff:** Nein!

---

Ich brauche mehr Zeit.

Was unsere Leute betrifft – ups. Mein Fehler. Nein, wissen Sie was? *Ihr* Fehler. Sie haben mich mit vorgehaltenem Messer festgehalten und TENLEY LOCKWOOD WIEDERHOLT VERLETZT. Sie sollte ÜBERHAUPT nicht verletzt werden. Sie hätten sie umbringen können. Dann hätten Sie Ihr Ass im Ärmel verloren. Wollen Sie das?

Macht bedeutet Recht!
MA Killian Flynn

**Von:** Z_C_4/23.43.2
**An:** K_F_5/23.53.6
**Betreff:** Konzentrieren Sie sich auf die Details, die zählen

---

Keine der Verletzungen, die Miss Lockwood erlitten hat, war lebensgefährlich. Woher ich das weiß? Sie hat überlebt. Aber ohne verletzt zu sein, hätte sie sich selbst helfen können und hätte Sie nicht gebraucht.

So langsam frage ich mich, ob Ihre Gefühle für Miss Lockwood nicht vielleicht doch echt sind. Zudem frage ich mich, warum Sie so oft die Verbindung zum Netz abgebrochen und somit verhindert haben, dass ich Ihre Aktivitäten verfolge. Ich habe Ihnen viel Spielraum gegeben und Sie Ihr Ding machen lassen, aber ab sofort gehen wir so vor, wie ich es sage. Klären Sie mich über Ihr Verhalten auf.

Macht bedeutet Recht!
Sir Zhi Chen

**Von:** K_F_5/23.53.6
**An:** Z_C_4/23.43.2
**Betreff:** War es das Risiko wirklich wert?

---

JEGLICHE Verletzung hat das Potenzial, lebensbedrohlich zu sein. Was, wenn Miss Lockwood kein Manna bekommen hätte und verblutet wäre?

Was ist aus Ihrem Plan geworden, mir zu vertrauen?

Lassen Sie mich eins klarstellen, für den Fall, dass sie erneut verletzt wird. Wenn Sie ihr wehtun, tue ich Ihnen weh. Eilmeldung: Ohne Miss Lockwood können wir Troika *nicht* besiegen. Myriad versucht es doch schon seit Jahrhunderten. Wenn sie stirbt, wird unsere gesamte Sphäre einen hohen Preis dafür zahlen müssen. Myriad wird den Krieg verlieren. Bürger werden ihre Sphäre verlieren, ihre Häuser und Familien. Und der Grund dafür? Einer *Ihrer* Befehle.

Sie sagten einmal, dass Sie Ihre Sphäre lieben. Wollen Sie wirklich derjenige sein, der sie auslöscht?

Was meine Abtrennung vom Netz betrifft: Der Grund dafür dürfte Ihre Befürchtungen ausräumen. Falls es Ihnen nicht aufgefallen ist, wurde Miss Aubuchons Verbindung exakt zur selben Zeit unterbrochen. Was schließen Sie daraus?

Macht bedeutet Recht!
MA Killian Flynn

**Von:** Z_C_4/23.43.2
**An:** K_F_5/23.53.6
**Betreff:** Sie haben recht

---

Ich hätte Ihre Beweggründe nicht anzweifeln sollen. Ihre Loyalität ist offensichtlich. Genauso wie Ihre Leidenschaft für Miss Aubuchon. Da ich diese Liebesbeziehung unterstütze, gibt es jedoch keinen Grund, die Verbindung zu unterbrechen.

Ich entschuldige mich für meine Anweisungen. In meinem Eifer, das Ziel zu erreichen, habe ich unsere Sphäre in Gefahr gebracht. Das wird nicht noch einmal vorkommen, Sie haben mein Wort.

Wie auch immer, was geschehen ist, ist geschehen. Dies ist der perfekte Zeitpunkt, die Früchte unserer Arbeit zu ernten. Egal, ob Sie für den nächsten Schritt bereit sind oder nicht. Denn wenn Miss Lockwood unserer Sache nicht langsam mal hilft, wird sie ihr sogar schaden, was uns zwingt, über ihre Eliminierung nachzudenken.

Recht bedeutet Macht!
Sir Zhi Chen

# 14. KAPITEL

»Vertraue dem Schicksal. Wenn sich eine Tür schließt, dann warte einfach. Eine andere wird sich öffnen.«

Myriad

Als ich hinter dem Schleier der Flügel hervortrete, verspüre ich nicht wie sonst ein Gefühl von Ruhe und Ordnung, sondern Trauer. Ohne Killians Arme um mich, die die Welt auf Abstand halten, beginne ich zu zerbröseln.

»Es tut mir leid«, sage ich, als Victor mich loslässt. »Ich wollte nicht …«

»Du brauchst dich nicht zu entschuldigen. Ich verstehe es. Du liebst ihn. Du wolltest ihn beschützen.«

Versteht er *wirklich*? Seine Stimme klingt ruhig, aber unter einem seiner Augen zuckt ein Muskel.

Ich gebe ihm die Pistole zurück, die ich ihm abgenommen habe. »Meredith ist tot. Ich habe sie verloren.« Die Worte sind wie Glassplitter in meiner Kehle. Ich habe nicht nur sie verloren – ich habe mich verloren. Meinen Weg.

»Ich weiß. Troika hat heute den Verlust einer großen Anführerin zu beklagen.«

Mir ist ihr Titel vollkommen egal. Für mich war sie keine Anführerin. Sie war meine unglaubliche Großmutter.

»Du wirst sie wiedersehen, Ten.« Victor tätschelt mir die Schulter. »Das weißt du. Es ist nur eine Frage der Zeit.«

Ihre mögliche Auferstehung erwähnt er nicht, und ich brauche mich nicht lange zu fragen, wieso nicht. Er will nach wie vor, dass Archer die Wahl gewinnt.

Ich auch?

»Sie hat mich gerettet. Ich wünschte, sie würde leben und ich wäre tot.« Ich schlinge in dieser verhassten Haltung der

Niederlage die Arme um meine Mitte.

»Das hat sie gewusst, und sie hat dasselbe für dich gewollt.«

Liebe ist das Wichtigste, ist das, was wir alle brauchen, und doch bleibt sie für das bloße Auge immer unsichtbar. Bis heute. Heute sah ich Liebe in ihrer reinsten Form.

Meredith liebte mich genug, um für mich zu sterben.

Ein Schluchzen steigt mir in die Kehle, während mir zugleich ein Gedicht durch den Kopf geht.

Ich kann nicht Auf Wiedersehen sagen. Das ist kein Abschied.
Du bist weg, aber du bist immer noch hier.
Du bist immer noch hier bei mir, tief in meinem Herzen.
Ich werde dich dortbehalten. Ich werde dich nicht gehen lassen.
Wenn ich trainiere, wirst du bei mir sein.
Wenn ich strahle, wird es dein Licht sein, das andere sehen.
Wenn ich leide, wird deine Erinnerung mich trösten.
Wir werden zusammen sein. Du und ich. Für immer.
Aber nicht heute. Heute bist du weg.
Egal, wo ich hinschaue, du bist nicht hier.
Wenn ich weine, bist du nicht hier, um mich zu halten.
Wenn ich schluchze, bist du nicht hier, um mich zu trösten.
Wenn ich still werde, bist du nicht hier.
Warum bist du nicht hier?
Heute bin ich allein.

Normalerweise haben meine Gedichte immer eine doppelte Bedeutung. Eine negative und eine positive Seite. Aber mir fällt nichts Positives ein. Heiße Tränen laufen mir über die Wangen.

»Meredith ist an einem besseren Ort. Und du auch«, sagt Victor. »Jeder in Troika wird dir von nun an vertrauen. Deine

Wünsche – und die Agenten, die du in deinem Team haben willst – werden ab sofort eine Rolle spielen.«

Ich sehe ihn stirnrunzelnd an. »Wovon sprichst du?«

Er grinst. Grinst!

»Du wirst in der Lage sein, die Wahl über die Auferstehung zu beeinflussen.«

*Ist mir egal!* »Ich verstehe noch immer nicht ...« Irgendwie gelingt es mir, meine Stimme ruhig zu halten.

»Ich habe die myriadischen Soldaten gesehen, die du erschlagen hast. Du solltest stolz sein. Du solltest feiern.«

Ich balle die Hände zu Fäusten. Seine Worte sind wie Ohrfeigen. Killian ist es, der die Soldaten getötet hat, aber das kann ich nicht sagen, ohne dessen Geheimnis zu lüften, und *das* werde ich nicht tun.

Ich möchte am liebsten schreien. Ich möchte schreien, bis ich keine Stimme mehr habe. Ich soll uns alle retten, dabei konnte ich nicht mal meine eigene Großmutter retten. Ich konnte nicht mal *eine einzelne Person* retten. Jemanden, den ich liebte. Eine besondere Frau mit einer eigenen, besonderen Lebensaufgabe.

Wenn ich Troikas letzte Hoffnung bin, dann sind wir alle verloren.

Ich kann darüber jetzt nicht nachdenken. Das ist mir alles zu viel.

»Ich gehe nach Hause«, krächze ich.

»Das darfst du nicht. Wir müssen ins Sanatorium, das ist die troikanische Version eines Krankenhauses. Nach jeder Schlacht ist es erforderlich, zu einem Heiler zu gehen.«

Ich habe nicht das geringste Interesse daran, mich untersuchen zu lassen, widerspreche aber nicht. Dazu habe ich nicht mehr die Kraft. Zum Glück fühle ich mich vollkommen benommen und von Kälte eingehüllt, als Victor mich zum nächstgelegenen Portal schiebt. Nur so kann ich das alles durchstehen.

Das Netz versucht, mich zu wärmen, fordert mich sanft auf, zu fühlen und zu heilen, doch ich will nicht gewärmt werden. Ich will nicht fühlen oder heilen.

Victor ist still, als wir das Portal in der Hauptstadt des Neuen verlassen. Andere Soldaten gehen vor und hinter uns, alle steuern in dieselbe Richtung.

Die Leute, die nicht im Kampf waren, säumen die Straßen und jubeln uns zu.

Fatima kommt aus der Menge gerannt und wirft die Arme um mich. Meine Kälte droht einen Riss zu bekommen.

»Ich bin so froh, dass du lebst«, sagt sie, Erleichterung in den dunklen Augen.

Ich wünschte, ich könnte dasselbe behaupten.

Dann eilt sie wieder davon, zurück zu ihrer Gruppe.

Das Sanatorium befindet sich in einem Gebäude, das ähnlich aussieht wie die Kathedrale. Es gibt Unmengen von Buntglasfenstern, eine mit Efeu umrankte Pergola und einen Rosengarten, der zum Eingang führt.

Hunde und Katzen jagen sich gegenseitig über das Kopfsteinpflaster, halten aber immer wieder inne, um jedem, der es möchte, ein Schnurren oder Lecken anzubieten – oder ein Gespräch.

Dann stimmt es also. Die Tiere reden. Ich bin erstaunt, fasziniert und neugierig, doch verdiene ich ihren Trost nicht, deswegen gehe ich achtlos an jeder Kreatur, die meinen Weg kreuzt, vorbei.

Sobald wir die Kathedrale betreten haben, kommen zwei Heiler auf uns zu, als ob sie nur auf uns gewartet hätten. Wir werden einen Flur entlanggeführt. Victor wird in ein Zimmer links gebracht, ich in eins rechts.

Das Wort *Zimmer* ist etwas unpassend. Wandschrank würde es besser treffen. Es gibt gerade genug Raum für eine Liege und ein Medizinschränkchen auf Rädern, mehr nicht.

Trotz der geringen Größe ist der Raum gestaltet, um Entspannung zu erzeugen; über die Wände rauschen Wasserfälle in mit Amethysten gefüllte Becken.

Meine Heilerin löst den Gürtel um meine Hüfte und sagt mit freundlicher Stimme: »Legen Sie sich hin, bitte.«

Schön. Was auch immer. Bringen wir es hinter uns. Ich blicke hinauf auf das Deckenbild. Fliegende Tauben.

Sie überprüft meine Vitalfunktionen und gibt mir eine Spritze mit flüssigem Manna. Sie stellt mir Fragen – *wie fühlen Sie sich, was ist geschehen, was brauchen Sie*? Ich bleibe stumm. Antworten führen nur zu noch mehr Fragen.

Sie füllt das Fläschchen an der Kette um meinen Hals auf. Als sie mit einem Lappen Merediths Lebensblut von meiner Haut wischen will, packe ich ihr Handgelenk. Sie zuckt zusammen.

»Tut mir leid«, sage ich und lasse ihre Hand los.

»Ich möchte Sie nur sauber machen«, sagt sie mit ihrer sanften, beruhigenden Stimme.

»Nein.« Das Lebensblut ist alles, was ich von meiner Großmutter noch habe. Ich werde es mit Stolz tragen.

Der Blick, den sie mir zuwirft, ist voller Zärtlichkeit. »Dann gehen Sie in die Bäder der Erneuerung. Das Wasser wird Sie beleben, Ihren Geist, Ihren Körper und Ihre Seele.«

Ich verspüre nicht den Wunsch, belebt zu werden. »Sind wir fertig?«

Sie seufzt. »Ja.«

Ich bedanke mich, stehe auf und gehe. Auf Victor warte ich nicht; ich gehe nach Hause.

Sobald ich mich in meiner Wohnung eingeschlossen habe, droht das Eis ganz und gar aufzureißen. Ich möchte weinen. Oh, ich möchte so dringend weinen, aber Tränen sind ein Luxus, den ich nicht verdient habe.

Sonnenlicht fällt durch das Fenster und ruft nach mir. Ich brauche es wie Luft, und doch weiche ich dem goldenen, herrlichen Strahl aus. Ein weiterer Luxus, den ich mir nicht gönnen will. Ich lasse mich auf die Couch plumpsen.

Als das *Buch des Gesetzes* aufscheint, steche ich mit dem Finger so lange hinein, bis es verschwindet. Ich hasse es. Ich glaube, im Moment hasse ich mich selbst auch. Hätte ich Levis Angebot angenommen und die Mission abgelehnt, würde Meredith noch leben.

Es klopft laut an der Tür.

»Geh weg«, rufe ich.

Jemand spielt am Schloss herum oder benutzt womöglich einen Schlüssel. Die Angeln quietschen, die Tür öffnet sich.

Levi lehnt am Rahmen und hat die Arme verschränkt. »Wir haben Mr. Diez. Zwei unserer Agenten haben eine Gruppe verfolgt, die den Menschen versteckte. Sie haben um Verstärkung gebeten und ein neues Team Agenten kam, um Mr. Diez wegzubringen. Er hält sich in einem unserer Schutzräume auf, von anderen Menschen getrennt.«

Also hat man mich sowieso nicht gebraucht, wie sich herausstellt. *Meredith* wurde nicht gebraucht.

Ich spüre, wie meine Fingernägel sich in meine Oberschenkel bohren. »Danke für die Info.« Ich zeige auf den Flur; eine nicht gerade dezente Aufforderung, mich allein zu lassen.

»Ich bin noch nicht fertig«, sagt er unbeeindruckt von meiner Unhöflichkeit. »Wir vermuten, dass uns Mr. Diez' Aufenthaltsort nur mitgeteilt wurde, um Sie aus Troika herauszulocken. Genauso verhält es sich wohl auch mit der Behauptung, ein weiterer Mensch sei infiziert worden. Ich entschuldige mich dafür, dass ich Sie gebeten habe, in den Kampf zu ziehen.«

Mein Hals wird eng, ich bekomme kaum noch Luft. Er hat keinen Grund, sich zu entschuldigen. Meine Entscheidungen, meine Konsequenzen.

»Die Situation wurde Miss Nichols erklärt«, fährt er fort. »Sie ist ziemlich aufgebracht und könnte eine Freundin gebrauchen.«

Schweigend wende ich mich von ihm ab. Dior hat Clay. Ich würde alles sowieso nur schlimmer machen.

Er seufzt. »Morgen geht Ihre Ausbildung weiter. Sie werden sich nicht hier verstecken. Sie werden mit mir trainieren, bis Sie Ihren Schlüssel entziffert und vollen Zugriff auf Ihr Licht haben.«

»Und wenn ich das nicht kann?« Ich reibe über die Zahlen auf meinem Arm.

Er kommt zu mir, geht in die Hocke und verpasst meinem Kinn einen sanften Stoß. »Sie können. Und Sie werden.«

Werde ich? Noch ein Riss im Eis. Nein, nein, nein. Meine Augen brennen. Ich presse die Lippen zusammen, um ein Wimmern zu unterdrücken.

Er legt einen Ring auf meine Handfläche. Einen sehr ungewöhnlichen Ring. »Sie wollte, dass ich Ihnen diesen Ring gebe. Ein Sechs-Schuss-Pinfire, mit dem Sie direkt aus der Hand schießen können. Beachten Sie die Kerbe auf der Seite.«

Zitternd schiebe ich den Ring auf meinen Zeigefinger und drücke ihn dann fest an meine Brust.

»Den hat sie von ihrem Großvater bekommen, kurz vor seinem Zweittod, zusammen mit einer Nachricht. *So oft haben wir das Werkzeug, um gegen das Böse zu kämpfen, benutzen es aber nicht. Benutze dies.*« Levi klopft mir auf die Schulter. »Freude bedeutet Kraft, Miss Lockwood, und Sie müssen Ihre wiederfinden.«

Meine Augen brennen *heißer.* »Wie denn? Meredith ist heute gestorben.«

»Ja, und Sie beide wurden voneinander getrennt. Vorerst. Wahre Freude ist jedoch kein Geisteszustand, nicht mal ein Gefühl. Sie ist eine Waffe, mit der man kämpft. Sie stellt sich der Angst entgegen und sagt: *Ich kann alles schaffen, trotz aller Hindernisse.* Sie tragen Sie in sich, und sie will unbedingt befreit werden, doch Sie müssen sich dafür entscheiden, Ihre Situation durch ihre Augen zu sehen. Sie müssen unermüdlich daran arbeiten und aufpassen. Sie müssen das Unkraut – Trauer und Kummer – herausreißen, sobald es zu wachsen beginnt.«

Ich reibe mir über das Gesicht. »Warum haben Sie Meredith in den Kampf geschickt? Sie wussten doch, dass sie …«

»Das haben wir nicht. Wir haben ihr befohlen, in Troika zu bleiben. Sie hat nicht gehorcht.«

Ich fühle mich mit einem Mal klein. Die ganze Zeit suche ich nach jemandem, dem ich die Schuld geben kann, nicht wahr? Doch unsere Gegenwart ist nun mal die Summe all der Entscheidungen, die wir in der Vergangenheit getroffen haben.

»Ich denke, es ist an der Zeit, uns der harten Realität zu stellen, Levi. Was, wenn ich keine Strömerin bin? Was, wenn ich eine Zeitbombe bin, die jeden Moment explodieren kann? Also bitte …« Ich zeige ein zweites Mal zur Tür, mein Arm bebt. »Gehen Sie. Bitte.«

»Gut, ich gehe.« Er richtet sich auf und reicht mir die Hand. »Aber Sie kommen mit mir. Sie werden einen Transfer erleben.«

Natürlich. »Ich werde bestraft.«

»Ein Transfer ist nicht immer eine Bestrafung, Miss Lockwood. Betrachten Sie den Kampf durch Merediths Augen, dann können Sie zu heilen beginnen.«

Ich lecke mir über die Lippen, Furcht steigt in mir auf. Ich habe schon einmal den Transfer bei jemandem beobachtet, diese Erfahrung hat mich erschreckt.

»Kommen Sie«, sagt er und hält mir die Hand hin.

Ich hätte natürlich das Recht, mich zu weigern. Freier Wille. Aber ich lege meine Hand in seine. Das habe ich verdient. Eine Nichtbestrafungsbestrafung.

Er zieht mich auf die Füße und schiebt mich in den Flur, wo Kayla mit einer blauen Robe über dem Arm auf mich wartet. Sie kämpft gegen Tränen an, als sie mir den Stoff über die Schultern legt, und kann mir nicht in die Augen sehen.

Sie gibt mir die Schuld. Ganz bestimmt.

Niemand spricht. In meiner Kehle steckt ein Klumpen aus Schmerz.

Kayla folgt uns nicht.

Nachdem wir zwei Portale genommen haben, landen wir im Tempel der Tempel. Zum ersten Mal wirkt die gesamte Stadt wie ausgestorben.

»Warum sind wir nicht im Garten des Transfers?«, frage ich leise.

»Dieser Transfer ist ein Geschenk. Wir gehen zum Schenkenden.«

Hinter den Schwaden der Unschuld öffnen sich Türen. Ich beginne zu zittern, als wir den Großen Thronsaal betreten. Die Luft ist lieblich parfümiert, fast schon berauschend.

Zwei Kreaturen fliegen über uns und führen uns tiefer hinein. Beide haben einen Kopf mit zwei unterschiedlichen Gesichtern, eins vorn, eins hinten. Ein Mann, ein Löwe, ein Bock und ein Adler. Beide haben zwei Paar Flügel. Das eine Paar wölbt sich über breite Schultern, wohingegen das andere den Unterkörper bedeckt. Einer trägt eine goldene Rüstung, der andere eine silberne.

Ich betrachte ihre Flügel. Auf den ersten Blick sehen die Federn wie die von einem Pfau aus, doch an den Spitzen … an jeder Spitze befindet sich ein menschliches Auge. Ich schnappe nach Luft. Diese Augen beobachten mich.

Die Kreaturen flattern um sieben Lampenfüße herum, und ohne fragen zu müssen, weiß ich, dass die Lampen verschiedene Städte in der Sphäre repräsentieren. Zwei leuchten heller als die anderen, der Grund dafür wird mir wie nach einem Schlag mit einem Baseballschläger klar. Sieben Städte, dafür braucht man sieben Strömer.

Die Prinzessin und ich machen Überstunden, unser Licht wird jedoch schneller abgezogen, als es der Fall sein dürfte. Zwei Frauen erledigen den Job von sieben.

Ein Puzzle, das ich an einem anderen Tag lösen muss.

Eine Marmortreppe führt auf ein Podest mit zwei Alabastersäulen hinauf. Zwischen den Säulen befinden sich zwei Throne.

Ein Regenbogen wölbt sich hinter ihnen, purpurrotes Wasser fließt aus dem Fuß des kleineren, läuft die Treppe hinunter und durch die Mitte des gesamten Raumes. Genau wie der Schleier der Flügel.

Ein Mann in verbeulter Rüstung sitzt auf dem kleineren Thron. Er strahlt Licht aus, strahlend helles Licht. Zwar habe ich den Zweitkönig, Eron, Prinz der Tauben, Erstgeborener des Erstkönigs, schon einmal getroffen, doch fühlt es sich wie das erste Mal an. Ich bin voller Ehrfurcht.

Seine schönen Augen betrachten mich mit Mitgefühl, das ich nicht verdiene. Das Eis schmilzt. Nun laufen mir endlich Tränen über die Wangen und hinterlassen brennende Spuren.

So lange, wie er schon lebt, und so viele ihm nahestehende Personen, wie er bereits verloren hat, versteht er Trauer vermutlich besser als jeder andere.

Er ist die Essenz von Troika; ein Blick genügt, um zu wissen, dass er alles ist, was die Sphäre ausmacht. Liebe. Vergebung. Stärke. Gleichheit. Und diese Rüstung … er ist auch ein Krieger, das wusste ich nicht. Er kämpft an der Seite seiner Leute. Er kämpft *für* seine Leute.

Mit einer anmutigen, fließenden Bewegung steht er auf und kommt die Stufen herab. Unten angekommen bleibt er stehen und streckt mir die Arme entgegen.

Soll ich knicksen?

»Eure Majestät«, sage ich und muss nicht mehr überlegen, was zu tun ist. Durch das Netz weiß mein Herz mehr als mein Verstand. Ich gehe zu ihm und knie nieder, die Arme vor der Brust gekreuzt. Dann erhebe ich mich, löse die Arme wieder und reiche ihm die Hände zum Zeichen meiner Treue.

Ein Zeichen, dass ich einst in Dunkelheit gefangen war, doch jetzt, durch das Licht, frei bin.

Kaum ergreift er meine Hände, als das Lebensblut, das mich bedeckt, sich von meiner Haut löst. Die glitzernden Partikel tanzen in der Luft um mich herum und schweben davon, während der Zweitkönig mich sanft auf die Füße zieht. Mein Herz erbebt.

»Du bist tapfer, Ten. Du bist mächtig. Eine Strömerin von unvergleichlicher Entschlossenheit.«

Die Tränen laufen schneller, als ich den Kopf schüttle. »Nein. Ich bin dickköpfig und dumm und mache unvergleichliche Fehler.«

Er runzelt die Stirn. »Wenn du das glaubst, wirst du genau das sein.«

Ich sage nichts mehr. Ich kann nicht. Da ist ein neuer Klumpen aus Schmerz in meinem Hals.

»Kannst du sehen?«, fragt er und umfasst meine Hände fester. *»Kannst du sehen?«*

Sehen … so, wie Levi es mir einmal gesagt hat? Über den Ausgang zu meditieren, den ich mir wünsche, statt über den Ausgang, vor dem ich mich fürchte? Mein Kinn beginnt zu zittern, als ich den Kopf schüttle. »Noch nicht.«

»Dann sieh.«

Ich senke den Kopf und schließe die Augen, und auf einmal bin ich nicht länger Ten; ich bin Meredith. Ich sehe die Welt durch ihre Augen, ich fühle, was sie fühlt, und höre, was sie denkt.

Ich stehe am Auge und beobachte, wie meine schlimmste Angst sich bewahrheitet. Ten ist in Schwierigkeiten, MAs töten jeden, der ihr zu nahe kommt.

Wenn sie verletzt wird, oder Schlimmeres …

Nein! Wenn sie irgendwann die Kraft anzapft, die sie in sich trägt, wird sie Legionen von Feinden in die Flucht schlagen können. Troika braucht sie. *Ich* brauche sie.

Vor Monaten, als Ten in der Anstalt lebte, hat ihre Mutter mir eine Nachricht geschickt. *Kümmere dich um mein Mädchen.*

In Wahrheit habe ich schon lange davor geschworen, mich immer um sie zu kümmern. Ich habe seit Tens zehntem Geburtstag auf sie aufgepasst und habe sie seit ihrer Geburt *geliebt*. Wenn sie in Gefahr war, habe ich meinen General um

Hilfe gebeten. Und Hilfe wurde immer gewährt. Auch wenn sie das nie mitbekommen hat.

Kann ich wirklich hier auf meiner Position bleiben wie befohlen, jetzt, wo sie mich am meisten braucht?

»Kayla«, rufe ich. »Übernimm meinen Posten.«

Kayla erbleicht. »Ich … ich kann nicht. Ich bin noch nicht so weit.«

Als Kayla nach Troika kam, wurde sie gleich den Agenten zugewiesen. Ich habe sie wegen ihrer Verbindung zu Ten beobachtet, brauchte aber nicht lange, um zu wissen, dass in ihr eine Agentin steckt, die nur darauf wartet, befreit zu werden.

»Doch, bist du. Du bist stärker, als dir klar ist. Und dein Komm wird genau aufzeichnen, wie viele Agenten in den Kampf ziehen. Wird einer verletzt, lass die anderen wissen, dass Verstärkung nötig ist. Falls deine Nachrichten nicht durchgehen, weil ein myriadischer Buckler aktiviert ist, schicke sie wieder und wieder los. Irgendwann wird der Buckler fallen.« Ich renne so schnell, wie meine Füße mich tragen, ein Pyre in der Hand, die Manifestation meines Lichts.

Ich erreiche den Schleier der Flügel und …

… lande mitten im Getümmel. Ich durchsuche Unmengen an Gesichtern, suche … suche … da!

Ten hat einen MA getötet, und es ist unübersehbar, wie sie mit ihren Schuldgefühlen zu kämpfen hat.

Schnell schalte ich selbst einen MA aus. Ich muss meiner Enkelin dabei helfen, zu Javier zu gelangen. Sobald sie ihn berührt hat, so, wie sie Dior berührt hat, wird er niemand anderen mehr anstecken können, zumindest eine Zeit lang nicht, weil Penumbra zu sehr damit beschäftigt sein wird, den Schaden zu reparieren, den Ten angerichtet hat. Dann kann mein Mädchen nach Hause gehen. Wir können uns unseren nächsten Schritt überlegen, ohne dass uns eine ganze Armee im Nacken sitzt.

»Der Junge befindet sich da vorne.« Ein Schatten taucht hinter ihr auf, ein Soldat, der auf sie zielt. »Pass auf!«

Sie zögert nicht. Duckt sich weg und …

Die Spitze eines Glaciers verletzt sie, kalt und scharf dringt sie durch ihre Rüstung in ihr Bein. Ich zucke zusammen, als glitzerndes Lebensblut herausspritzt.

Aus meinem Mitgefühl wird Zorn. Wer meine Enkelin verletzt, wird einen schrecklichen Tod sterben.

Der Soldat startet einen weiteren Angriff. Dem Erstkönig sei Dank ist sie stark genug, um ihn abzuwehren. Eine Sekunde später bin ich bei ihr und wehre nun selbst einen Schlag ab. Seine geteilte Aufmerksamkeit schwächt ihn wie erwartet. Meine Instinkte funktionieren hervorragend, ich verpasse ihm einen Tritt – und schlage ihm den Kopf ab.

Ich lege das Pyre weg und helfe ihr aufzustehen. Ich würde ihr so gern sagen, dass es nie ein Verbrechen ist, sich vor dem Bösen zu schützen, aber ein Gespräch würde uns nur ablenken. Meine Äxte griffbereit, führe ich sie durch die Menge, die zwischen uns und dem infizierten Menschen steht.

Jahrelanges Training ermöglicht es mir, mich zu konzentrieren und ohne Zögern zu töten und weiterzugehen. Nach nur wenigen Wochen Ausbildung ist Ten in der Lage, mir zu folgen. Bald wird sie so weit sein, sich ganz allein aus einer heiklen Situation zu befreien und einen Angriff zu starten.

Kein Wunder, sie wird uns zum Sieg führen!

Da wir schneller vorankommen, wenn wir zusammenarbeiten, stoße ich einen MA in ihre Richtung, um den nächsten hinter ihm auszuschalten.

Ten auf Siegeskurs! Sie tut, was sie tun muss, um ihn einen Kopf kürzer zu machen.

Die nächste Soldatin … lässt sie einfach weggehen?

Ich begreife schnell. Ich erkenne die MA. Ein Mädchen namens Sloan. Da ich ihr ganzes Leben lang über Ten gewacht habe, weiß ich, dass Sloan es war, die sie nach der Flucht aus der Anstalt verraten hat.

*Ihr Herz ist so weich. Das sollten wir … fördern?*

Ich stoße einen anderen MA in ihre Richtung. Erst mal überleben. Fördern können wir später. Sie ist bereit, aber sie wird müde, ihre Bewegungen werden langsamer.

Ich schalte die zwei MAs vor mir aus und stelle mich an Tens Seite. Mehr Soldaten rennen auf uns zu. Egal, wie viele wir abschlachten, ihre Zahl nimmt immer weiter zu.

»Sie werden uns umzingeln!«, schreie ich. Ich habe mich jedoch geirrt. Wir *sind* bereits umzingelt.

Die Troikaner müssten ein Wunder vollbringen, um zu uns zu gelangen – doch selbst dann würden sie diesmal nicht gewinnen. Es sind einfach zu viele, jeder einzelne MA stiert uns mit mörderischem Blick an.

Inakzeptabel! Ich werde meine kostbare Enkelin nicht im Stich lassen.

Als ich einen Soldaten entdecke, der mit einer Pistole auf Ten zielt, stoße ich unwillkürlich einen Schrei aus und werfe mich vor sie.

*Bumm!*

Eine Kugel dringt in meine Brust. Ich stürze zu Boden und werde kurz hintereinander von drei Dolchen durchbohrt. Qualvolle Schmerzen jagen durch meinen Körper, mit meiner Ruhe ist es endgültig vorbei. Da ist nichts anderes mehr als Schmerz, ich bekomme kaum noch Luft. Meine Venen füllen sich mit Gift. Eine Spezialmischung, mit der Myriader Licht trüben.

Ten schreit fassungslos auf, stürzt zu mir und versucht, mich zu beschützen.

*Nein, süßes Mädchen. Nein.* Ich öffne den Mund, um zu protestieren, um ihr zu sagen, dass sie weglaufen soll … weglaufen und keinen Blick zurückwerfen, doch nur ein Wimmern entringt sich meinen Lippen.

Zu meinem Entsetzen wird sie von einem Pfeil in die Schulter getroffen. Und dennoch kämpft mein tapferes Mädchen weiter.

Der Junge hinter ihr beugt sich vor, ohne dass sie es bemerkt, und durchtrennt ihre Achillessehnen. Aufstöhnend stürzt sie zu Boden, die Schwerter entgleiten ihren Fingern.

Schatten … überall um sie herum Schatten, die von Horden von MAs geworfen werden.

Als Troikanerin – und als Strömerin – braucht sie Licht, wenn sie das hier überleben soll. Ich kann ihr Licht geben … wo ist Licht … hier gibt es kein Licht …

Ich keuche auf, als mich die Antwort trifft wie ein Blitz. Hier gibt es Licht … es ist lediglich in mir gefangen.

Ich kann es ihr geben – durch Fackelbrand. Wenn ich das tue, werde ich sterben, denn es wird nichts von mir übrig bleiben. Aber das ist okay. Ich habe ein gutes Leben geführt. Jetzt kann sie ihres leben.

Mein Körper zuckt einmal, zweimal, das Gift jagt mit neuer Kraft durch meine Venen. Mir bleibt nicht mehr viel Zeit … *ihr* bleibt nicht mehr viel Zeit …

Entschlossen drehe ich mich zu ihr um. Unsere Blicke treffen sich. Ihre Augen – diese wunderschönen zweifarbigen Augen – sind gefüllt mit Schmerz, Schuld und Reue. Ich will mich von ihr verabschieden. Das ist es. Das Ende. Ich will ihr sagen, dass es nicht ihr Fehler ist. Meine Entscheidungen, meine Konsequenzen. Das habe ich sie öfter sagen hören. Sie wird es verstehen. Ich will ihr sagen, dass es mir leidtut. Es tut mir leid, dass ich nicht mehr Zeit mit ihr verbringen konnte. Es tut mir leid, dass ich sie hier nicht herausholen konnte. Es tut mir leid, dass ich nicht erleben werde, welch ein unglaubliches Leben sie führen wird. Es tut mir leid, dass ich den Jungen nicht kennenlernen werde, den sie heiratet, die Familie, die sie gründet … Es tut mir leid …

Das einzige Wort, das ich herausbringe, ist: »Lebe.«

*Lebe gut, meine Ten. Lebe gut.*

Ich schließe die Augen und schicke meine Gedanken durch das Netz, greife nach jedem Lichtstrahl, den ich für den Notfall gesammelt und versteckt habe. Ich ziehe das Licht herauf, bis jeder einzelne Strahl von innen gegen meine Haut stößt. Ich bin in Wärme gebadet. So wundervolle Wärme.

Mehr Licht. Zu heiß jetzt. Ich verbrenne.

Noch mehr. Die Strahlen … es sind zu viele, sie sind zu stark. Ich bin keine Strömerin, mein Körper ist nicht dafür gemacht, ein derart massives Aufsteigen auszuhalten. Jeden Moment werde ich …

Ich keuche auf.

Jetzt bin ich wieder Ten, der Transfer ist zu Ende, und ich weine, ich weine so heftig, dass meine Nase zu laufen beginnt, meine Brust sich hebt und senkt. Ich verschlucke mich an meinen Schluchzern.

Der Griff des Zweitkönigs hält mich aufrecht.

Er drückt meine Hände. »Sie hat dich geliebt, und ich hoffe, du beherzigst ihren Rat, gut zu leben, Ten. Lebe gut.«

# 15. KAPITEL

> »Man kann Feuer nicht mit Feuer bekämpfen. Man muss es mit Wasser bekämpfen.«
>
> Troika

Am nächsten Morgen wird zu Merediths Ehren eine Trauerfeier abgehalten. Der Innenhof des Tempels der Tempel füllt sich mit Leuten. Ich würde lieber allein trauern, doch Levi hat gesagt, dass meine Anwesenheit zu meiner Ausbildung gehört, also gehe ich hin. Hazel drückt schluchzend meine Hand. Steven wischt sich Tränenspuren von den Wangen.

Hinter mir heult Kayla Rotz und Wasser.

»Das ist alles mein Fehler«, stößt sie schniefend hervor.

Sie macht sich Vorwürfe, nicht mir? Wir geben ja ein tolles Paar ab.

Trauer brennt wie Feuer in meiner Brust. Kummer steckt wie eine bittere Pille in meiner Kehle fest. Mein bereits gebrochenes Herz wird aufs Neue in zwei Teile gerissen, und ein Teil geht mit Meredith in die Stille. Wenigstens habe ich meine Erinnerungen an sie, die ich für immer in Ehren halten werde. Sie hat mich jeden Tag meines Lebens geliebt. Sie hat für mich gekämpft und sie hat an mich geglaubt.

Für sie werde ich leben. Ich werde gut leben.

Ich halte meine Gefühle unter Verschluss, während ich hinten stehe und die Versammlung betrachte. Überraschenderweise sind die anderen Neuen auch hier. Raanan, Fatima, Winifred, Nico, Hoshi, Rebel, Sawyer und Clementine. Falls sie jemals Zeit mit Meredith verbracht haben, weiß ich nichts davon.

Oder sind sie vielleicht hier, um mich zu unterstützen?

Sie umarmen mich der Reihe nach. »Mein herzliches Beileid.«

Ich bin gerührt, wirklich, das bin ich, und beinahe beginnt meine Fassade zu bröckeln, aber irgendwoher nehme ich die Kraft, stoisch zu bleiben. Ich werde nicht zusammenbrechen. Nicht hier, nicht jetzt.

Meredith hat so viele Leben berührt, und die meisten Anwesenden lachen, als lustige Geschichten über sie erzählt werden.

Der Tod ist das Ende eines Lebens, aber nicht das Ende einer Liebe.

Mächtiger als ein Schwert
Immer darauf bedacht, die um sie herum zu segnen
Strahlend, ein Licht für die Welt
Für alle Ewigkeit voller Liebe und geliebt
Hingebungsvoll hat sie mein Leben erleuchtet
Dankbar, demütig, treu
Voller Hoffnung bis zum Ende …

Nach der Trauerfeier, also nach meiner Trainingseinheit, verbringe ich einige Stunden im Museum der Weisheit, wo ich nach Informationen über Chiffren suche: Geheimzeichen oder Geheimschriften; Codes, mit denen man eine Nachricht verschlüsselt. Ich schlage jede einzelne Zahl nach, die auf meinen Arm tätowiert ist … doch vergeblich.

Clay hält mich wegen Dior auf dem Laufenden. Ihr geht es gut. Und ihm auch. Ich habe mit Tränen gerechnet, als er von Merediths Tod erfuhr, aber er blieb ungerührt.

»Ich werde sie wiedersehen«, erklärte er mir. »Das ist kein Abschied.«

Die Tage ziehen vorbei, und immer wieder halten mich Fremde auf der Straße an, um mich zu fragen, wer meiner Ansicht nach die Auferstehung gewinnen sollte. Jedes Mal antworte ich uninspiriert: »Ich weiß es nicht.« Ich kann nicht länger über mich, mich, mich nachdenken; ich muss an meine

Sphäre denken. Was ist das Beste für die Leute, die meine Großmutter so sehr geliebt haben?

Als erneut eine Schlacht im Land der Ernte ausbricht – wieder wegen Diors Freund –, sagt man mir, dass ich zurückbleiben soll. Ich gehorche.

Wir werden vernichtend geschlagen, noch mehr von unseren tapferen Soldaten werden getötet, und man nimmt uns Javier weg.

Elizabeth kehrt verletzt aus der Schlacht zurück.

Victor kommt gar nicht zurück.

Wir suchen unter den Toten, finden ihn jedoch nicht. Anführer und Headhunter benutzen das Auge, um nach einem Signal seines Komms zu suchen, aber es gibt keine Spur von ihm. Wurde er mit Gewalt vom Netz getrennt? Wo ist er? Ist er okay?

Es ist schrecklich, dass ich nicht mehr für ihn tun kann. Für niemanden!

»Ich verstehe nicht, wie er so einfach verschwinden kann«, sagt Kayla.

Ihre Sorge um ihn macht mich noch nervöser. Trotzdem versuche ich, positiv zu bleiben. »Wir werden ihn finden.« Wir müssen. Er ist ein wichtiges Mitglied unseres Teams.

»Wie?«, hakt sie nach.

»Ich weiß es nicht, aber wir suchen so lange, bis wir ihn gefunden haben.« Ich habe mich darüber informiert, wie man sich vom Netz abkoppeln und/oder sich dem Auge entziehen kann. Es gibt nur drei bekannte Wege. 1) Eine heiße Nadel durch das Komm schieben. Ohne Manna wird es sich nicht wieder reparieren. Solange es kaputt ist, ist man vom Netz getrennt. 2) Sich mit einem Buckler umgeben. Offenbar gibt es drei Stärkegrade und einige verhindern jegliche Form der Kommunikation und Verfolgung. 3) Vor Gericht ziehen und nach Myriad überlaufen.

Was ich glaube? Victor ist ein Kriegsgefangener, und sein

Komm wurde mit Absicht beschädigt. Wahrscheinlich lässt man ihn hungern und foltert ihn, um an Informationen zu gelangen.

Diese erneute Niederlage … ich brenne geradezu vor Hilflosigkeit.

*Lockdown.*

Meine Träume bleiben dieselben. Ich kann mich vor einem Schwarm Skelettvögel retten, wenn ich mich auf Killian konzentriere, während eine Menge mich umringt und um Hilfe fleht. Seit letzter Nacht erkenne ich ihre Gesichter. All die Troikaner, die im Kampf gefallen sind. Archer. Meredith. So viele andere. Zu ihnen gesellen sich die Troikaner, die im Kampf fallen *könnten*, wenn ich nichts unternehme.

Frustriert steuere ich auf das Kolosseum zu, in dem meine nächste Trainingseinheit stattfindet. Levi ist mit etwas anderem beschäftigt und fordert mich auf zu rennen – und zu rennen und zu rennen –, als ob ich an einem Marathon teilnehmen würde. In der dritten Stunde bin ich ziemlich sicher, dass er mich komplett vergessen hat. Ich bin in Schweiß gebadet, jeder Muskel in meinem Körper schreit und zittert. Aber ich bleibe nicht stehen. Ich treibe mich an, bis ich im Sand zusammenbreche.

Endlich kommt er zu mir. Er steht neben mir, mit meinen Schwertern in den Händen.

Ich blicke ihn an. »Sie sind in meine Wohnung eingebrochen, wie ich sehe.« Ich hatte die Waffen unter meinem Couchtisch versteckt, um nicht daran erinnert zu werden, was ich mit ihnen angerichtet habe.

»Ja. Gern geschehen.«

»Was genau ist das überhaupt? Die Schwerter haben eine Seele in Stein verwandelt und brennendes Metall über eine Menge Agenten gesprüht.«

»Nein, das war kein Metall, sondern pures Licht. Die Schwerter nennt man auch *Segen und Fluch*. Das eine bietet eine zweite Chance. Das andere vollstreckt umgehend das Urteil. Und beide beschützen ihren Besitzer.«

Ähm … »Und wie hält man sie auseinander? Wie kann eine *Waffe* jemandem eine zweite Chance bieten? Sind sie fühlende Wesen? Und wenn wir schon dabei sind, wie ist Archer an sie gekommen?«

»Der Zweitkönig hat Archer die Schwerter geschenkt, als er eine Mission erfolgreich abgeschlossen hatte. Sie sind keine fühlenden Wesen, sondern eine Erweiterung von dir. Alles, was man über Segen und Fluch wissen muss, findet man über das Netz heraus, in einem speziellen Raum, den nur ihr Besitzer entriegeln kann. Selbst, ohne vorher den Schlüssel dechiffriert zu haben.«

*Echt?*

»Los. Versuchen Sie es.«

Das tue ich. Ich schließe die Augen und konzentriere mich auf das Netz, genau wie es Meredith tat, als sie nach all den Stellen suchte, an denen sie ihr Licht versteckt hatte.

Mein Kinn zittert.

*Lockdown.*

Ein schimmernder roter Fluss strömt durch meinen Hinterkopf und erinnert mich an den Wasserfall vor dem Schleier der Flügel … und an das Wasser, das vom zweiten Thron herabfließt. Dieses Wasser stürzt auf mich zu, steigt an und reißt mich mit sich fort.

Es trägt mich zu einer Tür, wo ich auf die Füße gestellt werde, während das Wasser sich zurückzieht. Die Tür leuchtet, signalisiert, dass ich näher kommen soll. Aufgeregt drehe ich den Knauf … und in Sekundenschnelle durchflutet ein ganzer Datenstrom meinen Kopf. Ein riesiger See. Ich zucke zusammen. Zu viel! Doch auf einmal verstehe ich, wieso ich dafür arbeiten muss, meinen Schlüssel zu entziffern. Ich muss erst bereit für das sein, was ich lernen werde.

Ich konzentriere mich auf die nackten Tatsachen.

*Segen* bietet einen erneuten Anlauf. Eine zweite Chance, wischt die alten Taten fort und schafft Platz, um eine neue Wahl zu treffen.

*Fluch* sorgt dafür, dass sich der Zustand eines Herzens im Körper manifestiert. Wenn das Herz hart wie Stein ist – bildlich gesprochen –, verwandelt sich der Körper in Stein. Wenn das Herz ein Inferno aus Hass ist, verbrennt der Körper zu Asche.

»Na schön. Sie waren jetzt für über eine Stunde in Ihrem Kopf beschäftigt«, sagt Levi und reißt mich so aus meinen Gedanken. »Zeit, dass wir mit den Schwertern trainieren.«

Über eine Stunde? Er macht wohl Witze.

Macht er nicht. Meine Knie sind wie Pudding, als ich aufstehe.

Er reicht mir *Fluch und Segen* und zeigt mir, wie ich meine Handgelenke drehen soll. Anfangs fallen mir die Schwerter öfter aus der Hand, als ich sie drehen kann, aber ich mache weiter, bis ich sie federnd in entgegengesetzte Richtungen schwingen kann.

»Gut«, sagt er. »Sie müssen ebenfalls lernen, wie man sie wieder miteinander zu einem Paar verbindet. Als Stange bleiben sie nicht in Knochen stecken und haben eine viel längere Reichweite. Damit können Sie mehr Angreifer auf einmal ausschalten.«

Richtig. Ich schiebe die Schwerter zusammen, bis sie in der Mitte einrasten. Als ich die Stange schwinge – um einiges schwerfälliger –, wird die äußere Verkleidung heiß … fast zu heiß. Auf jeden Fall zu heiß. Doch trotz der Hitze bleiben meine Hände unverletzt … zumindest, bis ich einen Daumen aus dem Griff herausschiebe. Eine der Flammen leckt über meine Haut und verbrennt sie.

Stöhnend lasse ich die Stange fallen. Die Flammen verschwinden.

Levi grinst. »So was muss ich mir auch besorgen.«

Ich schnappe mir die Stange erneut, überrascht darüber, dass das Metall bereits wieder kalt ist. »Meins.« Meine müden Muskeln protestieren, was ich aber weder mit Worten noch mit Taten zugebe, weil ich fürchte, dass Levi das Training dann sofort abbrechen würde.

*Bring mir mehr bei! Bring mir alles bei!*

Er kichert. »Von Großzügigkeit halten Sie wohl nicht viel, Miss Lockwood?«

»Ich denke darüber nach, Ihnen mit meiner Waffe das Leben zu retten. Großzügiger geht es ja wohl nicht.«

Während er erneut lacht, fällt ein Schatten über uns. Ich fahre herum und sehe …

Deacon. Einen *lächelnden* Deacon.

Bin ich im Märchenland gelandet? Beim letzten Mal hat er mir noch den Stinkefinger gezeigt.

»Ich habe gehört, dass du ein ganzes Kontingent an Myriad-Soldaten getötet hast«, sagt er. »Gut gemacht.«

Ich beiße mir auf die Zunge, bis ich die Süße von Lebensblut schmecke. *Ich kann nicht über Killian sprechen, kann nicht die Wahrheit sagen.* Also wechsle ich das Thema. »Und wo warst du?«

Sein Lächeln erlischt. »Ich gehörte zu der ausgewählten Gruppe, die auf Javier aufpassen sollte. Während der Schlacht hätte ich die Möglichkeit gehabt, ihn in einen neuen Schutzraum zu bringen, aber er wollte nicht. Von dem Moment an konnte ich nichts tun, ohne sein Recht auf freien Willen zu verletzen.«

»Wie geht es ihm?«, fragt Levi.

»Bei ihm ist die Krankheit heftiger ausgebrochen als bei Dior. Er rastet immer wieder aus, dann kann ihn niemand beruhigen.«

Ausnahmsweise bedaure ich, dass das Recht auf freien Willen existiert. Wenn ein Mensch uns nicht in seiner Nähe haben will, können wir nicht in seine Nähe kommen. Es gibt nur eine

Ausnahme: Ein Verwandter oder Freund innerhalb der Sphäre bittet in seinem Namen darum. Wie es Meredith so oft für mich getan hat.

*Lockdown!*

Selbst wenn ein Verwandter sich einmischt, gibt es Verhaltensregeln, die alle TAs einhalten müssen.

»Darüber wurde ich informiert«, sagt Levi. »Ein Grund, wieso wir die Schlacht verloren haben, ist Javier selbst. Unsere Soldaten waren in seiner Anwesenheit geschwächt. Wir glauben, dass bei ihm bereits die Umwandlung begonnen hat. Er wird zum Auflöser.«

Ich stoße einen Laut aus, den ich selbst nicht wiedererkenne. Wenn Javier zum Auflöser wird ... »Könnte er gereinigt und dadurch ein Strömer für Troika werden?«

»Das ist ... möglich.«

Eine Chance ist besser als gar keine.

Javier könnte also derjenige sein. Er könnte Troika retten und den Krieg gewinnen. Weil Javier Diez ein ...

In meinem Kopf übersetzt das Netz das Wort *Diez*. Auf Spanisch bedeutet Diez zehn. Ten.

Er ist Javier Zehn.

Diese Erkenntnis erfüllt mich mit einer seltsamen Mischung aus Bestürzung und Hoffnung. Und Druck. Jede Menge Druck. Wenn er bei Myriad unterzeichnet, wird er General. Bevor Rosalind und Abdul starben, wäre er die Nummer zehn gewesen. Zehn bildet einen kompletten Satz.

Myriader haben immer die Zahlen eins und null favorisiert. Innerhalb der Sphäre existieren zehn Städte. Es gibt zehn große Feierlichkeiten. Zehn Punkte auf ihrer Tätowierung.

Am Tag meiner Geburt wurden zehn ihrer Generäle getötet. Ihre Anführer glauben, dass die Seelen dieser Generäle umgehend mit der eines Menschen verschmolzen. Als Erstes mit meiner.

Nach dem Verlust von Rosalind und Abdul braucht Myriad

unbedingt zwei neue Generäle. Javier wäre da schon mal ein guter Anfang. Glauben sie nun, dass es Javier ist, nach dem sie gesucht haben, und nicht länger, dass ich es bin? Zehn ist immerhin zehn, und es gibt unterschiedliche Möglichkeiten, dasselbe auszudrücken:

2 x 5 = 10

1.2.3.4.5.6.7.8.9.10

Größer als 9, aber kleiner als 11.

*.*.*.*.*.*.*.*.*.*.

X

11 – 1 = 10

Ein Zehncentstück.

Eine Dekade.

Decem.

Dix.

Ein heimtückisches Monster mit Reißzähnen und Klauen windet sich in mir – sein Name ist Neid. Ich beneide Javier. Er könnte derjenige sein, den meine Sphäre braucht. Er, nicht ich.

Seit Wochen beklage ich mich nun über meinen Status, und jetzt, wo ich ihn verlieren könnte, will ich ihn zurück? Wow, wie beschissen von mir.

»Ich frage mich, ob unser Sp…« Als mir bewusst wird, dass wir Publikum haben, presse ich die Lippen zusammen.

»Ist schon gut. Deacon weiß, dass es einen Spion unter uns gibt«, sagt Levi, der meine Gedanken erraten hat. »Wir haben jeden überprüft, der wusste, wo wir Javier versteckt halten, haben aber keinen konkreten Hinweis darauf gefunden, dass jemand die Information durchsickern ließ. Was nichts anderes bedeutet, als dass er oder sie sehr, sehr gut darin ist, seine oder ihre Aktivitäten zu verbergen.«

»Vielleicht kämpft Myriad so hart dafür, Dior nicht zu verlieren, weil sie Einfluss auf Javier hat.« Levi sagte mir einmal, dass ich nicht das ganze Bild sehen würde. Er hatte recht. Aber so langsam öffnen meine Augen sich.

»Jetzt kämpfen sie allerdings nicht mehr um sie«, sagt Deacon. »Heute Morgen haben sie ihren Antrag, das Verfahren zu verhindern, zurückgezogen. Es wurde ein Gerichtstermin für heute in zwei Wochen festgesetzt.«

Unbehagen kriecht mir den Rücken hinauf, doch ich sage: »Das ist ja wunderbar.« Sie wird sich freuen. Und ich habe ihr schließlich versprochen, zu helfen. Andererseits muss ich an Killians Warnung denken.

Deacon reibt sich den Nacken, als würde er sich genauso unwohl fühlen wie ich.

»Ich glaube nicht, dass sie dafür schon bereit ist.«

»Warum nicht? Ich verstehe das mit dem Verfahren noch nicht so ganz«, gebe ich zu.

Er sieht Levi an.

Levi überlegt einen Moment, seufzt dann. »Es ist wohl besser, wenn Sie es ihr zeigen. Haben Sie Zeit?«

»Die nehme ich mir. Aber eins nach dem anderen. Wir gehen erst bei deiner Wohnung vorbei, Ten.« Deacon rümpft die Nase. »Du brauchst dringend eine Dusche und eine zeremonielle Robe.«

»Kein Problem. Und nach Hause muss ich nicht. Ich kann die Dusche in der Umkleide ...«

»Dort gibt es aber keine Roben.«

Richtig. Meredith hätte, während ich duschte, eine für mich besorgt und dann auf mich gewartet. Sie hätte mir kluge Ratschläge gegeben und ...

*Lock. Down. Sofort.*

»In Ordnung. Gehen wir.« Via Treppen und Portale reisen wir in Sekundenschnelle Tausende von Meilen, halten an Deacons Haus – Villa – an, um eine Robe für ihn zu holen, dann an einem Markt, um Manna zu kaufen, weil wir beide keins mehr haben.

Ich dusche hastig. Deacon verdrückt die Hälfte des Mannas und hält ein Powerschläfchen auf meiner Couch.

Sauber und trocken bewaffne ich mich, schnalle Klingen an meine Handgelenke, Schenkel und Fußknöchel. Ich schiebe mir Merediths Ring auf einen Finger – *lockdown* – und ziehe eine weiße Robe an. Das Material ist federweich. Während ich mein Haar in einem Knoten auf dem Kopf feststecke, kehre ich zurück ins Wohnzimmer.

»Lass uns gehen«, sage ich und stopfe mir den Mund mit Manna voll. Energie schießt in mich.

Deacon betrachtet mich von oben bis unten und schüttelt den Kopf. »Keine Waffen.« Er tippt in sein Keyboard. Ein Lichtblitz, und seine Hülle erscheint. »Du wirst deine brauchen.«

Zögernd ziehe ich Merediths Ring herunter und lege die Klingen ab, dann steige ich in meine Hülle, die an der Massagewand lehnt. Wir bahnen uns den Weg zum Schleier der Flügel. Die Leute lächeln und winken uns zu. Ein paar wollen mich aufhalten und mit mir plaudern, aber Deacon schickt sie so höflich wie möglich weg.

Alle halten mich für eine Heldin, trotz Merediths Tod. Sie denken, ich hätte nun endgültig meine Loyalität bewiesen. Ich möchte am liebsten den Kopf zum Himmel heben und schreien: *Das war nicht ich. Ich habe nichts richtig, aber alles falsch gemacht. Ich bin eine Versagerin.*

»Du bist so angespannt.« Deacon runzelt die Stirn. »Wieso?«

Ich ignoriere seine Frage. »Wohin gehen wir?« Ich werde ihn nicht anlügen, nicht mal eine kleine unschuldige Lüge wird über meine Lippen kommen. Zumal es keine kleinen, unschuldigen Lügen gibt. Indem ich heute versuche, seine Gefühle nicht zu verletzen, würde ich ihn in Zukunft umso mehr verletzen.

Was ich aus eigener Erfahrung weiß, denn meine Eltern haben mich oft belogen. Genauso wie die Verantwortlichen in Prynne. Madame Bennett. Selbst Freunde und einmal Killian. Vertrauen ist so wertvoll. Hat man es erst mal verloren, ist es schwierig wieder aufzubauen.

Deacon werde ich ebenfalls nichts von Killian sagen.

»Wir gehen zum Gerichtsgebäude. Das ist neutrales Territorium, vom Erstkönig beaufsichtigt. Und wir brechen die Regeln des Erstkönigs nicht. Niemals. Unwissenheit ist keine Entschuldigung.«

»Dann klär mich auf.«

»Keine Waffen im Gebäude. Keine Kämpfe, weder mit Worten noch mit Taten. Er ist Oberster Richter. Wenn einer seiner Stellvertreter in einem Fall das Urteil spricht, ist es endgültig. Man kann keine Beschwerde einlegen. Sowohl Troikaner wie auch Myriader wohnen den Verhandlungen bei, also mach dich auf ein paar sehr böse Blicke gefasst. Wegen der Menschen nehmen wir in unseren Hüllen teil – sie sind es ja, die normalerweise vor Gericht ziehen.«

Normalerweise …

Ich denke an meine Mutter, die sich verzweifelt wünscht, die Seiten zu wechseln, damit sie bei ihrem kleinen Sohn ist. Ich denke an Killian … der in Myriad vielleicht nicht mehr so glücklich ist, wie er es einmal war.

Wenn er vor Gericht ziehen würde … Mit geschlossenen Augen stelle ich mir vor, wie herrlich es wäre, ihn bei mir zu haben, ihn berühren zu können und von ihm berührt zu werden, mit ihm zusammenzuarbeiten statt gegen ihn, und ich muss lächeln. Ich möchte nicht von ihm getrennt sein. Ich will, dass er nicht länger in Gefahr ist, dass ich ihn beschützen kann. Ich will … ihn. Ich will ihn einfach.

*Lebe gut.* Wer auf seinen Traum zugeht, lässt das schlechte Gewissen hinter sich. *Ich komme dich holen, Killian.*

»Hier entlang.«

Schnell und effizient – wie der Junge selbst – führt Deacon mich zum äußeren Rand der Sphäre. Wir treten durch etwas, das wie ein Abwehr-Nebel aussieht, und landen direkt vor dem Schleier der Flügel.

Noch ein Schritt und wir werden an die Grenze eines Wachturms geweht. Auf der einen Seite scheint die Sonne, die andere Seite liegt im Schatten. Steinstufen führen hinauf zum größten Wolkenkratzer, den ich je gesehen habe.

Während wir hochsteigen, nicken uns Troikaner zu. Myriader starren uns wie vorhergesagt böse an. Direkt hinter der gewaltigen zweiflügeligen Eingangstür werde ich von einem Wärter abgetastet. Da ich unbewaffnet bin, rechne ich damit, weitergehen zu können, doch er zieht das Haargummi aus meinem Haar.

Ich sehe ihn böse an. »Ernsthaft?«

»Erstickungsgefahr.« Schulterzuckend wirft er das Gummi auf einen Spiegel, der an der Wand hängt ... nur dass es durch das Glas gleitet, weil es nämlich kein Glas ist; es ist ein Buckler, der ... einen Mülleimer verbirgt?

Will ich auch haben!

Deacon und ich gehen weiter. Die Eingangshalle ist farb- und schmucklos. Es gibt nicht ein einziges Möbelstück, nur weitere Treppen und ungefähr tausend Türen. Unsere Schritte hallen, als wir nach oben gehen ... weiter nach oben ... Die Treppe bewegt sich mit uns, dreht sich und windet sich um Ecken herum. In jedem Stockwerk gehen wir durch einen Schleier aus Geleeluft. Ich habe den Eindruck, dass wir nicht nur durch ein Gebäude gehen, sondern gleichzeitig durch einen Irrgarten.

Irgendwann bleibt Deacon stehen und tippt auf einen Bildschirm mit einer leuchtenden Digitalnummer. 1001.

Im Buch »1001 Nacht« erzählt die Heldin ihrem Ehemann, dem König, tausendundeine Nacht lang jeweils eine neue Geschichte, um seine Neugier anzustacheln und ihre Hinrichtung hinauszuzögern.

*Magenkrampf.*

»Okay, lächeln.«

Auf Zehenspitzen schleichen wir hinein und ...

Keine Ahnung, was ich erwartet habe, das jedenfalls nicht. Es sieht genau wie in einem Gerichtssaal im Land der Ernte aus.

Ein Zuschauerraum mit Bänken, eine hüfthohe Wand mit einer Schwingtür trennt den vorderen vom hinteren Bereich. Dahinter befindet sich ein Tisch für troikanische Vertreter und einer für myriadische Vertreter.

Der Richtertisch nimmt die hintere Wand ein, ein Gerichtsstenograf auf der einen und ein Zeugensitz auf der anderen Seite. Daneben gibt es einen zweiten Sitz. Was allerdings auffällt: Der Boden ist aus Asphalt und hat mehrere Abflüsse.

Mir wird eiskalt. Die »Bestrafungsräume« in Prynne hatten auch Abläufe.

Der Richter ist nicht der Erstkönig. Ich habe unseren Schöpfer nur einmal gesehen, als Archer mir durch seine Augen einen flüchtigen Blick auf Troika gestattete, er hat einen starken Eindruck bei mir hinterlassen. Er ist groß und stark, und Licht, so intensives Licht, strahlt aus seinen Augen und sogar aus seinen Poren, sodass man seine Gesichtszüge nicht erkennt. Er trägt einen Regenbogen auf dem Rücken wie eine Waffe, wie einen echten Bogen. Er strahlt Macht aus, und als ich ihn anblickte, begann mein Blut zu zischen, meine Haut fühlte sich an, als würde ein Gewitter über die Oberfläche brausen.

Dieser Mann ist … seltsam. Halb Mensch, halb Geistwesen, wie Victor und Elizabeth mir erklärten. Er sieht aus, als wäre er aus Wind und Fleisch gemacht. Wie ein Geist, aber gesprenkelt, als ob Wasser auf ihn regnete.

– *Hier.* –

Ich höre Deacons Stimme über das Netz flüstern. Er deutet auf zwei freie Plätze auf den Bänken und wir setzen uns.

– *Also, was geht hier vor sich?* – Ich bin froh, dass niemand sonst mich hören kann.

– *Der Mensch, der sich vor Gericht verantwortet, sitzt auf dem Zeugensitz. Er ist der einzige Mensch im Raum. Ihr troikanischer Rechtsanwalt, genannt TR, sitzt neben ihr.* –

Der Mensch ist eine ungefähr dreißigjährige Frau, die in ihre Hände schluchzt.

– *Der Typ neben ihr, der gerade auf das Hologramm, das auf der Metallwand abgespielt wird, schlägt, ist ein MA, der vorübergehend als MR fungiert* –, fährt Deacon fort.

Der Richter wirft uns einen strengen Seitenblick zu, als ob er wüsste, dass wir in unseren Köpfen ein Gespräch führen. Dann wendet er sich an den TR: »Sind Sie sicher, dass Sie das tun wollen?«

Nach kurzem Zögern nickt der TR und sagt: »Ja, Sir.«

»Gut. Fahren Sie fort.«

– *Was tun wollen?* –, frage ich Deacon.

– *Jedes Gerichtsverfahren muss mit Blut bezahlt werden. Nachdem beide Sphären sich darauf geeinigt haben, dass dem Menschen nicht geschadet werden darf, zahlt der Rechtsanwalt der Verliererseite den Preis.* –

– *Doch warum wird ausgerechnet Blut verlangt?* – Ich verstehe das nicht.

– *Auf die eine oder andere Art muss man für ein Bündnis bezahlen, auch wenn es gelöst wird. Blut enthält Zellen, Nahrung für das Gewebe, Sauerstoff, Antikörper gegen Krankheiten, Hormone und andere Substanzen, die zur Erhaltung der Gesundheit beitragen. Blut ist das Leben allen Fleisches, und nichts ist wertvoller oder einmaliger. Nur Blut kann diese Frau an ihr Bündnis binden – oder sie davon befreien.* –

Oh … Zero. Ich verstehe. So oder so wird heute jemand sterben.

Das Hologramm verändert sich und zeigt … einen Ausschnitt aus ihrem Leben? Vielleicht ihre Vergangenheit? Eine jüngere Version von ihr blickt über die Schulter, bevor sie Geld aus einer fleckigen Tasche nimmt.

»Sehen Sie das?«, fragt der MR den TR. »Ihre Mutter hat hart für dieses Geld gearbeitet. Geld, das sie brauchte, um Medikamente zu kaufen. Sie hatte Krebs. Sie hat nicht mehr gelebt, sondern nur noch existiert, und nur die Schmerzmittel verschafften ihr etwas Erleichterung. Dieses Mädchen, das Sie in Ihre Herde aufzunehmen hoffen, hat ihrer sterbenden Mutter das Geld geklaut – für Drogen.«

– *Ähm, warum will Myriad sie dann behalten?* – Die Frage platzt aus mir heraus, nicht weil ich die Frau verurteile, sondern weil ich das Vorgehen verstehen will. – *Warum will Troika sie haben? Warum sind wir bereit, für sie einen unserer Bürger zu opfern?* –

– *In der Liebe geht es nie um die Taten einer Person. In der Liebe geht es um die Person selbst. Diese Frau wird geliebt. Sie hat sowohl in Myriad wie auch in Troika Verwandte. Verwandte, die alles dafür tun, sie zu behalten oder sie für sich zu gewinnen. Darüber hinaus, die erwähnten Vorfälle … die nagen seit Jahren an ihr. Sie ist heute nicht mehr das Mädchen, das sie einmal war. Das wissen wir. Myriad weiß das ebenfalls. Sie erwähnen diese Dinge nur, um den Fall zu gewinnen.* –

Eine andere Szene. Das Mädchen spricht mit einem anderen Mädchen: »Tammy ist so eine Schlampe. Ich weiß nicht, warum wir mit ihr befreundet sind. Payton brauchte nur mit dem Finger zu schnipsen, und schon kam sie angerannt.« Kicher, kicher.

Wieder Szenenwechsel. Das Mädchen liegt im Bett, an den Körper eines Jungen geschmiegt. Sie nennt ihn Payton. ER ist also derselbe Junge, mit dem Tammy geschlafen hat.

»Sie betrachten sich selbst doch sicher als schreckliche Person, oder vielleicht nicht?«, fragt der MR sie, und sie weint heftiger. »Sie klauen. Sie lügen. Sie verhöhnen Ihre angeblichen Freundinnen. Schlimmer noch, Sie sind eine Heuchlerin. Sie machen andere fertig für Dinge, die Sie selbst tun. Soll ich fortfahren? Muss Troika noch mehr über Ihren verachtenswerten Charakter erfahren, bevor wir dieses Verfahren beenden können?«

Ich rutsche unbehaglich auf meinem Platz herum und starre den troikanischen Rechtsanwalt an, der still sitzen bleibt.

– *Warum erhebt der TR keinen Einspruch?* – Mein Ton ist

scharf. Mir fällt es ja sogar schwer, den Mund zu halten.

*– Er darf nur Fragen über seine eigenen Absichten beantworten. Alle anderen muss der Mensch beantworten. –*

*– Aber wieso? –*

Bevor Deacon antworten kann, sagt der MR zum TR: »Sie können unmöglich dieses Stück Dreck in Ihrer Sphäre haben wollen. Sagen Sie mir, dass Sie nicht so dumm sind.«

»Ich möchte dieses wunderschöne Leben für meine Sphäre gewinnen, ja.« Die Stimme des TRs ist fest.

»Wunderschön«, ruft der MR höhnisch. »Haben Sie sich die Aufnahmen denn nicht angesehen?«

*– Sogar wenn wir gewinnen, muss der Mensch die Anforderungen unseres Vertrages erfüllen. Er muss sich selbst vergeben und auch den Leuten, die ihr heute wehgetan haben. Wenn sie das nicht kann, kämpfen wir umsonst. –*

Deacons Worte klingen traurig und schwer. Sie bleiben in meinem Kopf hängen und baumeln wie ein Damoklesschwert.

»Und Sie«, faucht der MR die Frau an. Er behandelt sie wie ein Stück Hundekacke unter seinem Schuh. »Wollen Sie sich wirklich von Myriad lösen und auf die troikanische Seite wechseln? Zu denen, die so lange Ihre Feinde waren? Glauben Sie tatsächlich, Sie können sich selbst verzeihen, wie viel Schmerz und Leid Sie anderen Menschen angetan haben? Glauben Sie, man wird *Ihnen* verzeihen?«

Sie zittert. Der MR versucht, ihr jegliche Menschlichkeit zu nehmen, sie allein auf das zu reduzieren, was sie anderen angetan haben soll. Ich umklammere die Kante der Bank.

»Was, wenn die Troikaner Perfektion von Ihnen erwarten?«, fährt der MR fort. »Und wie könnte es bei deren unzähligen Regeln und Bestimmungen denn anders sein? Können Sie perfekt sein?«

Sie streicht sich mit der Zunge über die Lippen und schüttelt den Kopf. »Das kann niemand.« Ein Wispern. Er hat sie fest im Griff.

»Sehr richtig, niemand kann das. Wenn Sie bei uns bleiben, werden wir Sie akzeptieren, wie Sie sind, egal, was Sie getan haben. Sie müssen einfach nur zugeben, dass es ein Fehler war, ein Gerichtsverfahren anzustrengen, und Troika abschwören.«

»Sagen Sie ihm, dass Ihre Verbrechen der Vergangenheit angehören«, flüstert Deacon, genauso von diesem Drama gefangen wie ich. »Sagen Sie ihm, dass Sie sich von Ihrer Vergangenheit befreit haben. Sagen Sie ihm, dass Sie bereit sind, neu anzufangen.«

Ich zittere, als würde ich selbst vor Gericht stehen. – *Unser Rechtsanwalt hat sie doch bestimmt auf so etwas vorbereitet?* –

– *Hat er. Aber zu wissen, was auf einen zukommt, ist nicht dasselbe, wie es wirklich zu erleben.* –

Das Damoklesschwert schwingt heftiger.

Von Bedauern und Schmerz überwältigt laufen die Tränen noch schneller über ihre Wangen, als sie hervorpresst: »Ich habe schreckliche Dinge getan. Unverzeihliche Dinge.«

Der TR vergießt jetzt selbst eine Träne.

»Es tut mir leid«, flüstert sie. »Ich habe einen Fehler gemacht. Ich kann nicht riskieren, dass Ihre Leute mich hassen. Ich bleibe bei Myriad.«

Jubel erklingt auf der einen Seite, Stöhnen auf der anderen.

»So soll es sein.« Der Richter schlägt mit seinem Hammer auf den Tisch.

Enttäuschung legt sich über mich wie eine kratzige Decke.

»Genau so.« Deacon umklammert seine Knie so fest, dass seine Fingerknöchel weiß werden. »Genau so enden achtundneunzig Prozent der Fälle.«

Und das ist es, was Dior über sich ergehen lassen muss. Dior, die einen Groll gegen Myriad hegt. Die sich selbst für die Dinge hasst, die sie anderen Menschen angetan hat.

Wir müssen sie vorbereiten. Wir müssen sie so *hart* vorbereiten, bis sie bereit ist, nur einen einzigen Satz zu sagen. Nämlich: »Ich wähle Troika.«

Wild entschlossen springe ich auf.

– *Los. Wir haben viel Arbeit vor uns, wir müssen einen Fall gewinnen und ein Mädchen retten.* –

– *Noch nicht.* – Deacon packt mich am Handgelenk und zieht mich zurück auf die Bank. – *Das Verfahren ist noch nicht vorbei.* –

– *Aber der Richter hat den Hammer geschlagen.* – Und ich weiß, was jetzt kommt. Ich will es nicht sehen. – *Lass uns gehen. Bitte.* –

– *Der Rechtsanwalt hatte die Kraft, sein Leben zu riskieren. Wir müssen die Kraft aufbringen, seinen Tod zu bezeugen.* –

Meine Brust zieht sich zusammen, als ich sehe, wie der MR den TR angrinst, der aufsteht und um das Podium herumgeht. Er bleibt vor dem MR stehen, die Arme fest an die Seiten gepresst. Ich bekomme fast keine Luft mehr.

Mitgefühl verdunkelt seinen Blick. Mitgefühl und eine Entschlossenheit, die viel kraftvoller ist als meine.

Was man in seinem Blick nicht findet: Bedauern.

Ein Schauder durchfährt mich, als der Richter den Hammer aufschraubt und eine Klinge zum Vorschein kommt, die darin verborgen ist. Eine Klinge, die er dem MR reicht.

»Waffen sind nicht erlaubt«, rufe ich und bin bereit, eine Strafe zu riskieren, um dem hier ein Ende zu setzen. Meine Worte verhallen ungehört.

Deacon legt eine Hand auf mein Knie. »Sein Name ist Tom. Er hat eine Frau, die er liebt. Er arbeitet in seiner Freizeit in einem Waisenhaus, bringt Kindern Baseballspielen bei. Er ist freundlich.«

Ich will Deacon anschreien, dass er die Klappe halten soll. Ich muss das alles nicht wissen. Ich *will* es nicht wissen. Ich will gehen. Aber der TR – sein Name ist Tom, der freundliche Tom mit einer Ehefrau – hat meine Feigheit nicht verdient.

Und dann … oh, und dann …

Mit einer einzigen Handbewegung schneidet der MR dem

TR die Kehle durch. Ich schreie auf, der Grund für die Abflüsse am Boden ist jetzt mehr als eindeutig.

Tom presst die Hände an seine Wunde. Lebensblut strömt zwischen seinen Fingern hindurch und aus seinem Mund. Schmerz füllt seine Augen, doch das Mitgefühl und die Entschlossenheit weichen nicht daraus.

Die Frau krümmt sich und übergibt sich. Tom stürzt zu Boden und schlägt dumpf auf. Er zittert … zittert … kämpft gegen den Tod … und wird schließlich still.

»Der Preis ist bezahlt«, sagt Deacon heiser. »Obwohl er umsonst gezahlt wurde.«

**Von:** K_F_5/23.53.6
**An:** S_A_5/46.15.33
**Betreff:** Let's get together

---

Komm in meine Wohnung. Da gibt es etwas, das ich im Dunkeln tun will …

Macht bedeutet Recht!
ML Killian Flynn

**Von:** S_A_5/46.15.33
**An:** K_F_5/23.53.6
**Betreff:** Schon unterwegs

---

Hoffentlich weißt du diesmal Besseres mit deinen Händen anzufangen.

Macht bedeutet Recht!
MA-in-Ausbildung
Sloan Aubuchon

**Von:** K_F_5/23.53.6
**An:** Z_C_4/23.43.2
**Betreff:** Jetzt wird's abgefahren

---

Ich kappe die Verbindung, um mir mit Sloan eine kleine Auszeit zu gönnen. Ich weiß, ich weiß. Ihnen wäre es lieber, wenn die Verbindung bestehen bliebe. Doch ist das hier keine Bitte um Erlaubnis, sondern lediglich eine Information. Wir brauchen etwas Privatsphäre. Und ja, natürlich heißt es, intime Momente werden nicht aufgezeichnet, aber das Risiko will ich nicht eingehen. Ich bin auch so schon unwiderstehlich genug.

Macht bedeutet Recht!
MA Killian Flynn

**Von:** Z_C_4/23.43.2
**An:** K_F_5/23.53.6
**Betreff:** Na schön

---

Ich gebe Ihnen und Miss Aubuchon den Rest des Wochenendes frei, ohne Fragen zu stellen. Viel Spaß, lassen Sie sich verwöhnen. Trinken Sie, feiern Sie, entspannen Sie sich und genießen Sie das Leben. Und ich habe eine neue Mission für Sie. Miss Lockwood ist gerade sehr verletzlich. Also werden Sie sie daran erinnern, dass sie Trost in Ihren Armen finden kann. Details angefügt.

Macht bedeutet Recht!
Sir Zhi Chen

# 16. KAPITEL

»Lass das Feuer brennen. Du wirst aus der Asche auferstehen und stärker als zuvor sein.«

Myriad

Wie soll ich Dior nur auf das vorbereiten, was ihr bevorsteht? Ich bin ja *selbst* nicht darauf vorbereitet.

Wer wird ihr troikanischer Rechtsanwalt sein? Wer wird sein – oder ihr – Leben für einen Menschen riskieren, der unter Druck zusammenbrechen mag? Bisher hat sich niemand freiwillig gemeldet.

Archer würde vortreten, ohne zu zögern, aber er ist nicht hier. Wer bleibt also übrig? Ich? Ich weiß über Gerichtsverfahren nur das, was ich heute gesehen habe. Wäre ich eine Hilfe oder ein Hindernis?

Wird Dior es aushalten können, wenn einem Publikum ihre schlimmsten Taten vorgeführt werden? Ist sie bereit, ihre dunkelsten Geheimnisse zu teilen?

Feuer brennt in meiner Brust, während gleichzeitig Eiskristalle meine Venen verstopfen. Ist sie stark genug, einen solchen Albtraum durchzustehen? Ist sie in der Lage, sich selbst zu vergeben und noch einmal von vorn anzufangen? Oder hat die Vergangenheit sie zu fest im Griff und zerrt sie in die Dunkelheit zurück?

Nein, falsch. Klammert *sie* sich zu sehr an die *Vergangenheit*?

*Die Weisen steigen auf, während die Narren sich duellieren.*

Wir können sie nicht vorsichtig darauf vorbereiten, hier funktioniert nur die harte Tour. Und selbst das könnte schiefgehen!

Ich bin wie betäubt, als Deacon mich aus dem Gerichtssaal

schiebt. Ein Myriader geht kichernd an uns vorbei.

Zwar balle ich die Hände zu Fäusten, lasse sie aber an meiner Seite herabhängen. *Narren duellieren sich.*

Erkenntnis aus dem Netz. Und wahr! Eine Regel des Erstkönigs zu brechen hilft mir jetzt auch nicht weiter.

Wir verlassen den Wachturm und betreten das Portal. Als wir wieder herauskommen, steht Levi vor dem Schleier der Flügel, er wirkt ernst.

»Uns hat eine Information erreicht«, sagt er anstelle einer Begrüßung. »Javier Diez hat in etwa einer Stunde eine Verabredung mit Mr. Flynn. Wir möchten, dass Sie ihn treffen, Miss Lockwood.«

Killian. Mein Herz flattert. Ihn treffen? Ja, bitte. Mich um Javier Diez kümmern? Auf keinen Fall.

»Ich bin noch nicht so weit.« Ich fühle mich so unzulänglich, dass sich mein Hals zusammenschnürt. Wenn ich alles vermassle? Ihn zu unserem Feind mache? Dafür sorge, dass man ihn umbringt? »Ich würde lieber nach Victor suchen.« Denn für diesen Freund habe ich längst nicht genug getan.

»Such- und Rettungsdienst gehört nicht zu Ihren Aufgaben, Miss Lockwood.« Levi durchbohrt mich mit einem strengen Blick. Den hat er wirklich drauf. »Ihre Aufgabe ist immer die, die ich Ihnen übertrage. Vergessen Sie das nicht.«

Ich habe ihn enttäuscht. Zero! »Und wenn das nur wieder eine Falle ist?«

»Ist es nicht.« Er macht auf dem Absatz kehrt und geht durch den Wasserfall.

Ich folge ihm, betrete Troika, atme tief die süße Luft ein und kann mich sofort besser auf meine Gedanken konzentrieren … darauf, wer und was ich bin. Die mutige und mächtige Ten Lockwood. Das hat der Zweitkönig gesagt. Zweimal!

Versagen werde ich nur, wenn ich aufgebe. Ich kann Javier und Dior helfen. Ich kann und ich muss.

»Wie können Sie das wissen?«, hake ich nach.

»Sie müssen mir einfach vertrauen.«

»Na gut. Ich gehe. Aber was ist mit Javiers freiem Willen? Er hat unsere Hilfe abgelehnt.«

»Sein Ururgroßvater hat um eine zweite Chance gebeten.«

Ich entdecke Reed und Kayla, die unter einem Baum stehen. Er hat ein Bündel Kleider im Arm, sie umklammert drei Whells und zwei Waffen. Moment. Das sind meine Waffen. Meine Stange und mein Ring.

»Warum?«, frage ich.

»Wir haben ein paar Sachen aus deiner Wohnung geholt.« Kayla drückt Deacon die Waffen in die Hand und zieht an meiner Robe.

Die Jungen drehen mir den Rücken zu und schützen mich mit einem Schild vor neugierigen Blicken.

»Das macht dir hoffentlich nichts aus.«

»Hey!«, rufe ich, als meine Robe zu Boden gleitet. »Ich kann mich auch noch später umziehen.«

»Hätte es dich umgebracht, zusammenpassende Unterwäsche zu tragen?«, murrt sie, während sie Reed das Kleiderbündel abnimmt.

»Vielleicht. Wenn ich zum Beispiel Wäsche waschen und die Maschine auf mich fallen würde.«

Lächelnd hilft sie mir, in einen meiner schwarzen Catsuits zu schlüpfen. Einen von den engeren. Ich schlage ihre Hände weg, um die Aufgabe selbst zu erledigen, und während ich das tue, bürstet sie mein Haar und dreht es zu einem … Ich weiß nicht einmal, wie man das nennt.

Kayla schnallt mir eine doppelseitige Tasche auf den Rücken, in der sie zwei Whells verstaut. Dann bricht sie die Stange in zwei Teile und reicht sie mir. »Es kann losgehen.«

»Also, was genau ist meine Aufgabe bei Javier?«, frage ich Levi.

»Erfolg haben«, antwortet Levi. »Ihm helfen. Demonstrieren Sie ihm troikanische Liebe. Beweisen Sie, dass unsere

Sphäre sein Zuhause ist.« Er tippt in seine Handfläche und dann in die leuchtende Tastatur. »Sie haben hart trainiert, und Ihre Ausdauer ist inzwischen fast durchschnittlich. Sie schaffen das.«

»Wow. Ich bin ja echt um-wer-fend«, sage ich in einem Ton so trocken wie die Wüste. »Praktisch unverwüstlich.«

»Bleiben Sie im Licht und lassen Sie sich vom Netz führen.«

Genau.

»Wahrscheinlich würden Sie gern wissen, warum Mr. Diez sich mit Mr. Flynn treffen will«, sagt Levi mit funkelnden Augen. »Mr. Flynn ist jetzt Mr. Diez' MA. Das bedeutet, Sie werden mit Ihrer alten Flamme um Mr. Diez' Ewigleben konkurrieren.«

Kayla packt mich an den Schultern und sieht mir tief in die Augen. »Frag Killian nach Victor. Bitte. Er wird dir alles sagen, was du wissen willst. Er ist Wachs in deinen Händen. Bitte bring Victor einfach nach Hause, okay?«

Über das Wort *Wachs* könnte man streiten. Außerdem ist so eine Vehemenz untypisch für sie. *Mag* sie Victor? Ich dachte, sie hätte etwas mit Reed laufen.

»Ich werde ihn fragen«, verspreche ich, überlege aber zugleich, ob man Killian für eine Antwort bestrafen würde. Bevor noch irgendjemand um weitere Gefallen bitten kann, die sich nachteilig auf den Jungen, den ich liebe, auswirken könnten, kehre ich zu unserem eigentlichen Thema zurück. »Dann sollten wir jetzt zur Aufzeichnungshalle gehen, damit ich mir Informationen über Javier besorgen kann.« Diesmal werde ich alles richtig machen.

Levi nickt und Kayla hakt sich bei mir ein.

Als wir unser Ziel erreicht haben, wartet Generalin Agape schon an einem Tisch im hinteren Teil auf uns. In der menschlichen Sphäre würde man ihr Aussehen vielleicht als gewöhnlich beschreiben, aber ich sehe nur die Kraft, die in ihren schönen dunklen Augen liegt.

Sie steht auf und winkt uns zu sich. Ich kenne sie nicht so gut wie Levi, deswegen verbeuge ich mich aus Rücksicht auf ihre Stellung.

»Ich habe mit General Nanne über die Situation gesprochen und dafür gesorgt, dass für Sie ein Tisch und alle notwendigen Informationsquellen zur Verfügung stehen.« Sie wirkt sehr würdevoll in ihrem Metallkleid. »Ich befehlige einen Großteil der Spione, die sich im Land der Ernte als Menschen ausgeben. Und ich habe persönlich alle Informationen zusammengestellt, die wir über Javier Diez haben.«

»Vielen Dank, Generalin«, sage ich.

Kayla starrt sie stumm an, ihr steht der Mund offen.

Generalin Agape nickt uns kurz zu und schreitet davon.

Als Kayla sich erholt hat, gibt sie mir sämtliche Informationen der Generalin weiter. Das Wichtigste: Javier ist zwanzig Jahre alt und wir haben am selben Tag Geburtstag. 10. Oktober um 10 Uhr 10.

Wie unwahrscheinlich ist das?

Nun, das ist leicht zu beantworten. Überhaupt nicht, da es ja geschehen ist.

Man sagte mir, meine Seele hätte bei meiner Geburt unvergleichlich hell geleuchtet. Ich frage mich, ob das bei seiner Seele auch der Fall war.

Viele myriadische Generäle starben an dem Tag, an dem Javier geboren wurde. Viele myriadische Generäle starben, als ich geboren wurde.

Erneut frage ich mich, ob Javier *der eine* ist. Der ausschlaggebende Faktor in diesem Krieg.

Wie oft habe ich verkündet, dass Troika einen Riesenfehler begangen hat, mich auszuwählen? Nun könnte es einen Beweis dafür geben, dass ich die ganze Zeit recht hatte.

Zero! Ich keuche auf.

Was zum Henker ist los mit mir? Ich sollte froh darüber sein. Dann steht er unter dem Druck, den Sieg herbeizuführen – alle zu retten. *Falls* er sich für Troika entscheidet. Wird er? Bisher ist er ein Ungezeichneter.

Seine Mutter ist Myriadin, aber nach der Scheidung ist er bei seinem troikanischen Vater aufgewachsen; sicher hatte sein Vater mehr Einfluss auf ihn.

Javier wurde über die Jahre zu einem richtig harten Kerl, der sich durch sämtliche Betten schlief und Alkohol trank, als wollte er beweisen, dass es so etwas wie eine Alkoholvergiftung nicht gab. Mit Autodiebstahl verdiente er sein Geld.

Tja. Jetzt ist mir klar, warum mich meine Freunde wie ein Partygirl aufgemotzt haben. Ich soll für diesen bösen Jungen einen heißen Anblick abgeben.

Was ich zugleich schmeichelhaft und beleidigend finde. Und okay, okay, dankbar bin ich auch, weil ich wirklich auf jede Hilfe angewiesen bin.

Ich werde gegen Killian kämpfen. Er hat bei Frauen sicherlich mehr Erfolg als bei Männern, niemand kann das andere Geschlecht so gut verführen wie er. Aber er ist andererseits genau der Typ, den Javier gut findet; ebenfalls böse, grob und zäh und knallhart bis auf die Knochen.

Am Ende wird es einen Gewinner und einen Verlierer geben. Und wir beide hassen es, zu verlieren.

Sollte ich als Siegerin hervorgehen, wird er dann in den Zwinger gesteckt?

Sollte *er* als Sieger hervorgehen, werde ich ihn dann hassen?

Mir schaudert, als ich mich frage, ob dieses Mal – in unserem Fall – Liebe ausreicht. Leben stehen auf dem Spiel.

»In Ordnung.« Genug darüber gegrübelt, was vielleicht oder auch nicht geschehen wird. Angst wird nie mein Freund sein. »Ich habe noch ungefähr vierzig Minuten Zeit, bevor ich in das Treffen zwischen Javier und Killian reinplatzen kann. Ich würde gern Dior und Clay besuchen. Könnt ihr mir helfen?«

Und danach ... danach möchte ich Tante Lina sehen.

Ich meine, ich begebe mich gleich auf gefährliches Terrain.

Was, wenn ich getötet werde? Wenn ich Lina heute nicht sehe, bekomme ich vielleicht keine zweite Chance mehr dafür. Das ist aber noch nicht alles. Ich vertraue Levi in jeder anderen Beziehung hundertprozentig, also auch in dieser. Wenn er glaubt, dass ich für Linas Ewigleben etwas bewirken kann, werde ich meinen Groll beiseiteschieben und mit ihr sprechen.

»Natürlich.« Kayla drückt meine Hand. »Auf dass dein Besuch und deine Mission erleuchtet seien.«

Während ich zum Schleier der Flügel renne, geht Kayla zum Auge, von wo aus sie den Verlauf beobachten, mich vor Angriffen warnen und alles daransetzen wird, vorauszuahnen, was ich brauche. Wo sie den Job erledigt, für den Meredith eigentlich gedacht war.

Der Gedanke lässt mich zusammenfahren, ich verliere den Halt. Das wird meine erste Mission ohne meine Großmutter sein.

Ich zucke zusammen, als Trauer mir heiß in die Brust sticht.

*Lockdown!*

Ich schreibe Levi, dass ich vorhabe, die Hälfte der Zeit mit Dior und die andere Hälfte mit meiner Tante zu verbringen. Er gibt mir nicht nur die Genehmigung, sondern organisiert darüber hinaus eine Eskorte, die ich am Schleier der Flügel treffen soll.

Natürlich ist Deacon dort. Wie ich befindet er sich noch in seiner Hülle.

»Heute bin ich dein Flankierer«, sagt er.

Flankierer ist eine Agenten-Position, das heißt, er wird mich beschützen und zugleich meine Taten aufzeichnen.

»Danke.« Er hat einmal Archer flankiert, und er gehört zu den Besten der Besten. »Diesen Minnesänger-Aspekt deiner Aufgabe kannst du aber meinetwegen getrost vergessen.«

Er schnaubt. »Das hatte ich sowieso vor.«

»Schön. Als Erstes auf dem Programm«, sage ich, »steht ein Besuch bei Dior und Clay.«

Wir betreten das Portal …

*Wuuusch*. Wir fallen. Ein glühender Lichtstrahl explodiert … unter unseren Füßen bildet sich fester Grund. Das Licht verblasst. Mir wird kurz schwindlig, dann finde ich Halt.

Ich sehe mich um. Die Belegschaftsräume sind gemütlicher denn je, voller Decken und Kissen, Spiele und Spielzeug für Gingerbread, es hängt sogar eine funkelnde Weihnachtslichterkette an der Zimmerdecke.

Zwar ist noch lange nicht Weihnachten, aber es sieht hübsch aus.

Clay und Dior sitzen an einem kleinen runden Tisch, spielen Karten und lachen. Sie hat etwas Gewicht verloren, ihre Wangen sind eingefallen. Ihre Haut ist trocken und schuppig, unter ihren Augen liegen dunkle Ringe. Ihr dunkles Haar wirkt schlaff und leblos.

In meinem Kopf schrillt ein Alarm los. Ich weiß jetzt ohne jeden Zweifel, dass Penumbra sie *zersetzen* wird, wenn ich einfach so wieder verschwinde.

Gingerbread, der zu ihren Füßen ruht, fängt an zu bellen, als er mich bemerkt. Clay springt auf, Dior versteift sich.

»Ten.« Clay entspannt sich.

»Schön, dich wiederzusehen«, sagt Dior.

Deacon erzählt ihr von ihrem bevorstehenden Gerichtstermin, und sie lächelt erleichtert, während zugleich Furcht wie ein kalter, zerstörerischer Wind durch mich fährt.

Ich stopfe die Hände in die Taschen und schiebe die Hüfte vor, zwinge meinen Körper zu vermitteln, dass ich kein bisschen besorgt bin. *Nee, ich doch nicht*.

– *Wie geht es ihr?* – Ich schicke meine Stimme durch das Netz.

Clay sieht mich ernst an. – *Sie wirft sich die ganze Nacht hin und her. Wenn sie dann mal einschläft, hat sie Albträume.* –

– *Sie hat dir kein Licht abgesaugt?* – Falls ich ihn in eine bedrohliche Lage gebracht habe …

*– Nein, überhaupt nicht. –*

Dem Erstkönig sei Dank! »Du freust dich sicher, zu hören, dass ich in ungefähr vierzig Minuten mit Javier sprechen werde«, sage ich zu Dior. »Wir möchten ihm ein Bündnis mit Troika anbieten.«

Sie drückt sich eine Hand aufs Herz, und diese Geste erinnert mich an ein Vogelbaby, das zu schwach zum Fliegen ist.

»Danke. Ich weiß, dass er manchmal etwas schwierig sein kann, aber er ist auch süß und liebevoll, und er stellt sich *immer* vor einen.« Sie kaut auf ihrer Unterlippe. »Ihm wurde bereits ein Bündnis von Troika angeboten, das er abgelehnt hat. Er glaubt, dass Gleichheit überbewertet wird. Was nichts mit Rasse zu tun hat«, fügt sie hastig hinzu. »Er hasst einfach Faulheit. Sein Vater war ein Trunkenbold und darauf angewiesen, dass Javier und dessen Stiefmutter seine Rechnungen bezahlten. Javier sagt, er könnte niemals eine Sphäre unterstützen, in der die Faulen genauso belohnt werden wie die Fleißigen.«

»Wir nehmen auch die Faulen in unserer Sphäre auf, ja, aber sie werden nicht belohnt.« Deacons Stimme klingt kühl.

»Was ihm sein TA bei mehreren Gelegenheiten erklärt hat«, sagt sie und seufzt.

»Warum hat er dann nicht bei Myriad unterschrieben?« Man würde doch zumindest denken, dass er mit seiner Freundin zusammen sein wollte.

»Die preisen Genuss, und laut Javier ist Genuss nur eine andere Form von Faulheit.«

Ähm, hart arbeitenden Mitbürgern Autos zu klauen, um damit leichtes Geld zu verdienen, ist ebenfalls eine Form von Faulheit, aber dieses Körnchen Weisheit behalte ich für mich.

Ich trete an den Tisch und setze mich ihr gegenüber auf einen Stuhl. Aus der Nähe sehe ich die dunklen Adern unter ihrer Haut, sie sind dicker, länger und *lebendig*. Wie rauschende Flüsse.

»Wie fühlst du dich?«, frage ich.

Sie sieht mich nicht an. »Müde, schwach. Mir tut alles weh.«

Ich fahre mir mit der Zunge über die Lippen. »Es wird vielleicht erst einmal schlimmer, bevor es besser wird, aber wenn du nicht aufgibst, *wird* es besser werden.« Eines Tages werde ich in der Lage sein, sie zu reinigen.

Sie umklammert die Tischkante. »Clay hat mir von Penumbra erzählt. Wie hat Myriad mich infiziert?«

Ich werfe Clay einen Blick zu.

»Levi wollte, dass sie davon erfährt«, sagt er und zuckt mit den Schultern.

Was ich vor meiner Ankunft hier hätte erfahren sollen. »Das wissen wir nicht.« Ein General hat sie besucht und starb dann bei einem angeblichen Angriff aus dem Hinterhalt. Dior wurde infiziert. Später wurde Javier von einem General besucht, der anschließend ebenfalls bei einem angeblichen Angriff aus dem Hinterhalt starb. Zufall? Nein und nochmals nein. Aber wie ist die genaue Verbindung?

Deacons Komm leuchtet auf. Er liest die Nachricht, dann sieht er mich erwartungsvoll an. »Ich soll dich zu deiner Tante bringen? Zu der, die versucht hat, dich umzubringen?«

Jetzt schon? »Sie hat es nicht versucht.« Ich sehe Dior an, die in ihre Hände weint. Ich strecke einen Arm nach ihr aus, um ihr auf den Rücken zu klopfen, unterlasse es aber gerade noch rechtzeitig.

Wie unglaublich frustrierend.

»Ich bin bald zurück«, sage ich zu ihr. »Wir stehen das gemeinsam durch.«

Deacon tippt etwas in sein Komm, nimmt meine Hand und zieht mich hoch. Innerhalb von Sekunden werden wir in die Ecke eines kleinen Raumes transportiert. Rechts von uns befinden sich ein bequem wirkendes Bett und eine Toilette mit einer Trennwand davor. Links ein – wie ich vermute – Einwegspiegel. Eine Frau mit dunklem, grau meliertem Haar geht auf und ab.

»Ich gebe Bescheid, wenn deine Zeit um ist.« Deacon verlässt den Raum und schließt die Tür hinter sich.

Lina reagiert nicht auf meine Anwesenheit. Sie geht weiter auf und ab, der Saum ihres papierdünnen Krankenhaushemds ist zerrissen und schleift auf dem Boden.

»Ich jubelte. Ich jubelte«, singt sie. »Und dann weinte ich.«

Sie ist also Loony Lina.

Überrascht stelle ich fest, dass mich Mitgefühl einhüllt wie eine warme Umarmung. Andererseits bin ich schließlich Troikanerin. Mitgefühl ist in meine DNS einprogrammiert.

Diese Frau hat mich getötet, ja, aber lange bevor der Wahnsinn bei ihr zugeschlagen hat, haben wir zusammen gelacht und einander geliebt. Wenn mein Vater sich weigerte, Zeit mit mir zu verbringen, spielte sie mit mir. Wenn meine Mutter zu beschäftigt mit ihrer Malerei war, um auf mein kindisches Geplapper zu hören, sang Lina mir vor. Und sie versuchte mit aller Kraft, mich vor den Gefahren zu warnen, die in der Zukunft auf mich zukamen.

*Ten tears fall, and I call. Nine hundred trees, but only one is for me. Eight times eight times eight they fly, whatever you do, don't stay dry. Seven ladies dancing, ignore their sweet romancing. Six seconds to hide, up, up, and you'll survive. Five times four times three, and that is where he'll be. Two I'll save, I'll be brave, brave, brave. The one I adore, I'll come back for.*

Dieses alberne Lied war mein Wegweiser zur Erlösung. Es hat mich gerettet. Es hat auch Kayla und Reed gerettet, jede Zeile war eine Anweisung, die wir dringend brauchten, um uns in Viele Enden zurechtzufinden und aus Myriad fliehen zu können.

Und … mir wird auf einmal klar, dass ich die Anweisungen nicht bis zum Ende befolgt habe. Ich zucke so heftig zusammen, dass ich fast umkippe. Ich habe Killian im Zwinger eingesperrt zurückgelassen. Er ist jetzt zwar frei, aber in Zukunft womöglich nicht. Ich bin nicht zurückgekehrt, um ihn zu holen.

Eines Tages werde ich ihn holen!

Diese Tatsache wühlt etwas tief in mir auf. Hoffnung womöglich. Oder Aufregung. Ich werde nach Myriad zurückkehren, oder eventuell nach Viele Enden, und ich werde es mit Killian an meiner Seite wieder verlassen. Vielleicht sogar auch mit Marlowe.

Ich beginne breit zu grinsen. *Das* ist es. Das muss einer der Gründe sein, warum Levi mich aufgefordert hat, Lina zu besuchen. Damit ich an eine Zukunft erinnert werde, die mir versprochen wurde. Ein Ziel, das ich vor meinem Ersttod verfolgte.

Lina bleibt stehen, ihr Kopf ruckt in meine Richtung, sie fixiert mich mit ihren milchigen Augen.

»Ich war bereit. Bereit zu sterben. Warum hast du mich nicht sterben lassen?«

»Lina«, sage ich, mein Kinn zittert. Sie spricht fast immer so, als hätten gewisse Ereignisse schon stattgefunden, selbst wenn es nicht so ist. »Ich will, dass du lebst und dass du gut lebst. Und wenn du stirbst, möchte ich, dass du mit mir in Troika lebst. Würde dir das gefallen?«

Schweigen.

Ich strecke eine Hand nach ihr aus, doch sie weicht zurück, als ob sie wüsste, dass ich nur eine Hülle bin. »Ist schon okay. Du kannst mich berühren. Ich gebe dir die Erlaubnis.«

Ich trete einen Schritt näher, gebe ihr Zeit, sich an mich zu gewöhnen, während ich meine Hände lasse, wo sie sind. Der milchige Film verschwindet und enthüllt blaue Augen, die mich scharf mustern.

»One fox in the henhouse«, sagt sie. »In two days he'll try to eat his mouse.«

Ein weiterer Reim. Weitere Anweisungen? Mein Kiefer schmerzt, so fest beiße ich die Zähne zusammen, um keine Fragen zu stellen. Aus Erfahrung weiß ich, dass ihre Antworten mich nur noch mehr verwirren würden. »Lina, lass mich dir helfen, so, wie du mir geholfen hast. Lass mich dafür sorgen, dass dich eine gute Zukunft erwartet.«

»Ich blieb.«

Okay. Wir sprechen also wieder in der Vergangenheitsform. »Du bliebst … hier?«

»Nein, nein. Ich war zu Hause. Zu Hause!«

Sie wirkt panisch und ich hebe die Arme, die Handflächen vorgestreckt, um sie zu beruhigen. Ich will ihr keine Angst einjagen. »In Ordnung. Du bliebst zu Hause.«

Sie weicht noch weiter zurück. »One fox in the henhouse. In two days, he'll try to eat his mouse. Three, yes, three warnings will come. By four five six, you'll be glum. Look, look, look, for the seven. Eight, nine, Ten is in heaven.«

Das sind also tatsächlich Anweisungen, doch wer ist der Fuchs? Und wer ist die Maus?

Warum werde ich den Kopf hängen lassen? Und was meint sie mit Himmel?

»Ich schlafe jetzt«, sagt sie, setzt sich aufs Bett … und legt sich schließlich hin.

Ich möchte ihr über die Stirn streichen, so, wie sie es früher bei mir gemacht hat, aber ich will sie nicht aufregen.

»Lina.« Mein Herz zieht sich zusammen, als würde jemand in meine Brust fassen und das Organ in seinen Händen zerdrücken. »Du sollst wissen, dass ich dir verziehen habe.« Eine meiner Zahlentätowierungen kribbelt und leuchtet auf. Zugleich fällt mir eine Last von den Schultern, eine Last, von der ich nicht wusste, dass ich sie trage. »Ich verzeihe dir alles.«

Sie gähnt. »Der Schlüssel … die ganze Zeit in deinem Herzen.«

Ich zucke zusammen. »Der Schlüssel? Ist in meinem Herzen?« Eine zweite Reihe von Zahlen kribbelt und leuchtet.

»In Blut geschrieben.« Noch ein Gähnen. Sie schließt die Augen, ihre Gesichtszüge werden weich, die Anspannung verschwindet. »Schlafe jetzt.«

Ich lege eine Hand auf mein Herz. Eigentlich sollte diese Frau meine Feindin sein. Aber das ist sie nicht. Wird sie nie sein. Ich werde sie immer lieben.

Wie können andere Familien sich über Jahrhunderte hinweg hassen? Wie können Ehemänner und Ehefrauen sich gegenseitig bekriegen? Wie können Mütter ihren Kindern den Rücken zuwenden?

Ich möchte Lina nicht verletzen. Ich möchte sie mit Licht tränken.

Ist ihr zerbrechlicher Verstand in der Lage, einen Gerichtsprozess durchzustehen? Würde sie unter dem Druck zusammenbrechen?

Es klopft leise an der Tür. Es ist nur ein Höflichkeitsklopfen, denn Deacon kommt herein, ohne auf eine Antwort zu warten.

»Es wird Zeit für uns zu gehen.«

Ich verstaue meine Trauer und meine Verwirrung ganz hinten im Kopf zusammen mit dem Gedicht. *Lockdown!*

Ich weiß, dass ich mich mit all dem irgendwann beschäftigen muss. Ich kann meine Gefühle nicht mehr viel länger unterdrücken. Das Schließfach in meinem Hinterkopf ist so voll, dass es jederzeit explodieren könnte.

Später. Ich kümmere mich später darum.

Heute muss ich eine Mission abschließen, und die verdient meine gesamte Aufmerksamkeit.

»Ich komme zurück«, verspreche ich meiner Tante und stelle mich dann neben Deacon. In wenigen Minuten werde ich Javier treffen … und mich mit Killian auseinandersetzen.

Bereit oder nicht, ich bin unterwegs.

## 17. KAPITEL

»Du kannst nicht anerkennen, was richtig ist, solange du das Falsche tust.«

Troika

Deacon transportiert uns in … ein Fitnessstudio? Oookay. Dieser Ort ist wenig beeindruckend, ich hätte ja eher damit gerechnet, Killian und Javier in einem Striplokal vorzufinden. Aber kein Problem, kann ich mit umgehen.

In der Mitte steht ein Boxring, wo sechs knapp bekleidete Frauen in den Seilen hängen und zwei sehr maskulinen Jungs dabei zusehen, wie sie sich zu Klump schlagen.

Ich fasse es nicht! Einer von ihnen ist Killian.

Er befindet sich in einer Hülle, groß, schön, makellos. Sein schwarzes Haar ist glatt zurückgekämmt, sein herrlicher Körper glänzt vor Schweiß.

Hüllen lassen sich so programmieren, dass sie schwitzen und zusammenzucken können; sie können auch programmiert werden, *nicht* zu schwitzen und nicht zusammenzuzucken.

Ich bin froh, dass Killian sich für Ersteres entschieden hat.

Sabbere ich etwa? Ich glaube, ich sabbere.

Er bringt Javier seine Art des Boxens bei – keine Regeln, keine Ehre, alles ist erlaubt für den Sieg. Sie tragen nur Boxershorts, ihre blanken Oberkörper sind muskulös und gut definiert – wobei Killian weitaus athletischer ist – und mit Zeichen übersät.

Der Anblick der 143,10-Tätowierung wärmt mich an meinen empfindsamsten Stellen.

Um fair zu sein, ich bin von *jedem* Bild fasziniert, das in Killians Haut tätowiert ist. Unter all den Linien, Sternen und abgetrennten Köpfen glaube ich manchmal, eine Art Landkarte zu erkennen. Was ich nicht weiß, ist, ob es sich um eine Landkarte von Myriad handelt oder von einem Ort im Land der Ernte. Er hat es mir nie verraten.

*Konzentrier dich, glotzen kannst du später noch.*

Richtig.

– *Javier scheint heute in viel besserer Verfassung zu sein.* – Deacons Stimme über das Netz. – *Genau genommen wirkt er fast … gesund.* –

Wir stehen, von den anderen unbemerkt, in einer dunklen Ecke. Jubel braust auf und Deacon seufzt.

– *Mit ihm fertigzuwerden wird anstrengend sein. Du musst jetzt deine Große-Mädchen-Hose anziehen, Ten.* –

Bevor wir ankamen, sagte Deacon zu mir: »Wir werden in einem Gebäude auftauchen. Es wird sowohl innen wie auch davor MAs geben. Sobald man uns bemerkt, werde ich einen Buckler aktivieren, aber tu um Himmels willen nichts, was ihre Aufmerksamkeit erregt.«

»Warum hat Myriad keinen Buckler um das Gebäude hochgezogen?«, fragte ich.

»Weil das ihren Aufenthaltsort verraten hätte. TAs würden es sehen.«

Warte. »Wir haben einen Buckler um Diors Schutzraum hochgezogen. Inwiefern haben wir so ihren Aufenthaltsort nicht verraten?«

»Du hast nicht hinter die Kulissen geschaut. Wir haben überall auf der Welt zu exakt derselben Zeit andere Schutzschilde aktiviert. Das ist eine komplizierte Strategie, und keine, die wir oft anwenden können. Es gibt andere Wege, etwas zu verbergen, aber lass uns jetzt lieber über das sprechen, was im Moment wichtig ist. Wenn du kannst, locke Javier weg und sag ihm, was immer du vorhast, ihm zu sagen. Wenn Killian dich entdeckt, wird er versuchen, dich aufzuhalten. Ebenso wie die anderen MAs. Ich werde so viele wie möglich ausschalten. Vergiss nicht, sobald der Buckler zurückfährt, wird eine Armee von MAs ausgesandt, um unser Schild zu deaktivieren und uns einzukreisen.«

Tief einatmen … ausatmen. – *Große-Mädchen-Hose … angezogen.* – Hoffentlich. Ich habe hier nur einen Versuch, nur einen einzigen.

Ich spüre, wie in meinem Bauch Galle ausgeschüttet wird. Ich schätze, darin könnte ich eine ganze Ladung Wäsche waschen. Oder besser gesagt, eine Ladung Wäsche ruinieren. Ich werde mich entweder an Killian Flynn vorbeischleichen oder ihn zum Kampf herausfordern, damit ich mit Javier sprechen kann.

Ich bin wirklich eine ganz schön beschissene Freundin.

*Hier herumzustehen hilft* kein bisschen *weiter. Auf die Plätze, fertig, los!*

Adrenalin rauscht durch mich hindurch, als ich zwischen Laufbändern, Crosstrainern, Hantelbänken und Liegerädern auf den Boxring zugehe. Es sind keine weiteren MAs anwesend – zumindest kann ich keine sehen – und nur drei Menschen trainieren gerade.

Was soll ich als Erstes tun? *Denk nach, denk nach.*

»Hände hoch«, sagt Killian zu Javier.

Je näher ich komme, desto mehr werde ich von einer unzerstörbaren Kraft angezogen.

»Aye. Genau so.«

Ich mag es, wenn sein irischer Akzent durchschlägt.

Einen Moment lang stelle ich mir vor, dass der Krieg vorbei ist und wir ganz offen eine Beziehung führen können. Wie ich mich an ihn presse, sein warmer Atem über meine Haut streift und er mit heiserer Stimme meinen Namen flüstert. Ein Versprechen. Leidenschaft. Gänsehaut bricht auf meiner Seele aus, aber zum Glück nicht auf meiner Hülle.

*Hör auf herumzuträumen!*

Das tue ich doch gar nicht. Wirklich nicht. Sieh es, tue es. Richtig?

Ich bleibe stehen, meine Gedanken überschlagen sich. Sobald ich am Boxring angekommen bin, wird Killian mich bemerken. Wie wird er reagieren? Wird er Verstärkung anfordern?

Nein. Nicht sein Stil.

Javier wird mich natürlich ebenfalls bemerken. Er weiß vielleicht, dass ich eine Hülle bin, oder vielleicht auch nicht. *Er* könnte Verstärkung rufen. Der Buckler wird hochgefahren, und die Uhr beginnt zu ticken. Ticktack, ticktack. Sobald die MAs den Buckler deaktivieren, müssen Deacon und ich verschwinden, um nicht überrannt zu werden.

*Denk nach, denk nach.* Wie gehe ich am besten vor? Wie kann ich diesen Menschen auf meine Seite ziehen und *gleichzeitig* Killian beschützen?

»Das ist erst der Anfang. Myriad hat noch viel mehr zu bieten«, sagt Killian gerade. »Eine Kraft, die du nie zuvor kennengelernt hast. Die Fähigkeit, jeden zu besiegen, der dich herausfordert – und auch diejenigen, die es nicht tun. Außerdem, wie du dir wahrscheinlich denken kannst, die Fähigkeit, jede Frau zu bekommen, die du willst.«

Aha. Das Verkaufsgespräch hat also offiziell begonnen.

»Ich kann schon *jetzt* jede Frau haben, die ich will«, entgegnet Javier und teilt einen Schlag aus.

Obwohl sich Penumbra unter der Oberfläche seiner Haut windet, ist er sehr attraktiv. Gutes Aussehen allein reicht natürlich niemals, damit ein Mädchen über Archer hinwegkommt, aber ich schätze, dass dieser spezielle Typ für Dior zumindest eine gute Ablenkung war.

Die Mädchen am Boxring kichern und winken. Killian werfen sie Küsschen zu.

*Meiner! Aufhören!*

Tja, nun. Wer hätte gedacht, dass Tenley Lockwood sich aus Eifersucht einmal in den Hulk verwandeln würde.

Man muss Killian allerdings zugutehalten, dass er völlig ungerührt und unbeeindruckt wirkt.

»Reichtum und Ruhm«, fährt Killian fort. »Was immer du dir wünschst, wir werden es dir verschaffen.«

Was ist mit Liebe, Mitgefühl und Frieden? Diese Art von tiefem Frieden, den ich verspüre, sobald ich den Schleier der Flügel durchschreite, ist einfach unbezahlbar. Ein Frieden, den Killian nie kennengelernt hat.

Was ich nicht alles dafür geben würde, diesen Frieden mit ihm gemeinsam zu erleben!

*Eins nach dem anderen. Erst mal Javier für uns gewinnen, ohne meinen Mann in Gefahr zu bringen.* Auf einmal kommt mir eine Idee, die ich allerdings zuerst verwerfe, weil sie mir zu verrückt erscheint! Aber irgendwie auch ziemlich … cool? Könnte es vielleicht funktionieren?

Ich schätze, das werden wir gleich herausfinden.

Entschlossen verstecke ich mich in einer Ecke und steige aus meiner Hülle. Dann klettere ich so unauffällig wie möglich über die Seile und halte die Luft an.

Wenn irgendjemand in die Ecke sieht und meine Hülle entdeckt, waren all meine Bemühungen umsonst.

Auf der Unterlippe kauend, trete ich in eine der Zuschauerinnen – eine hübsche Blonde – *hinein*, um sie als Schild zu benutzen. Allerdings verankere ich mich in ihr nicht wie in einer Hülle, da ich ihre Bewegungen nicht kontrollieren will.

Wenn sich jemand in einem Menschen verankert, nennt man das *besessen sein*, und das wäre gegen das troikanische Gesetz.

Ich fühle beinahe, wie Levis Verunsicherung durch das Netz pulsiert. Er ist mit Kayla beim Auge und die beiden beobachten mein Vorgehen in Echtzeit. Meine Beschützer.

Killian versteift sich. Er scheint Witterung aufgenommen zu haben und lässt den Blick durch den Raum schweifen. Kann er mich spüren? Ist er sich meiner *so* bewusst?

Ich schmelze ein wenig dahin.

Javier nutzt es zu seinem Vorteil aus, dass Killian abgelenkt ist, und schlägt zu. Volltreffer gegen das Kinn. Mein Mann stolpert nach hinten. Als er sich gefangen hat, renkt er die Knochen seiner Hülle wieder ein.

»Gut gemacht.«

»Noch mal.« Javier hüpft von einem Fuß auf den anderen, seine Augen funkeln wild.

»Du bist zu aufgedreht. Wir machen eine Pause.« Killian öffnet den Klettverschluss seiner Handschuhe und sieht sich wieder suchend im Raum um … sein blau-goldener Blick streift kurz die Blondine … und kehrt sofort zu ihr zurück. Er starrt sie mit zusammengekniffenen Augen an.

Kann er mich durch ihre Haut sehen? Ich schlucke schwer.

Ich denke, die Blondine sieht ihn stirnrunzelnd an – oder lächelnd, so genau weiß ich das nicht. Er blinzelt, als wäre er verwirrt.

Nein, er kann mich nicht sehen … zumindest nicht direkt. Gut. Das ist gut.

Javier zieht die Handschuhe aus. »Ich sagte, noch mal.« Er verpasst Killian einen Schlag mit bloßer Faust.

Killian knallt in die Seile. Ich unterdrücke wütend und besorgt ein Zischen und ein Aufstöhnen.

*Ruhig, ganz ruhig. Er befindet sich in einer Hülle. Es geht ihm gut.*

Finster blickend springt Killian auf. »Den ersten Schlag konnte ich noch durchgehen lassen. Aber den hier? Auf keinen Fall.«

Er knallt die Faust in Javiers lächelndes Gesicht. Dessen Kopf fliegt zur Seite, Blut läuft aus einem seiner Mundwinkel.

Javier wischt es weg, dann lacht er. »Mehr.«

Killian gibt ihm mehr, Schlag um Schlag um Schlag … jeder einzelne genau und kontrolliert, mit größtmöglicher Wirkung – bis Javier auf der Matte liegt, nicht in der Lage, aufzustehen, aber noch immer lächelnd.

»*Jetzt* können wir Pause machen«, presst Javier keuchend zwischen blutverschmierten Zähen hervor.

Ich schneide eine Grimasse. Auf Dior hat Penumbra keine solch unheilvolle Auswirkung, und ich frage mich, ob der Charakter eines Menschen sich vielleicht auf die Schwere der Krankheit auswirkt.

Das Gebäude erzittert, vier MAs stürmen in den Raum – zwei in Hüllen, zwei als Geistwesen –, alle mit erhobenen Waffen. Da habe ich meine Antwort. Ein Buckler wurde hochgezogen, und zwar ein troikanischer. Ich spüre das süße Pulsieren von Licht.

Deacon springt aus dem Schatten und wirft sich den Hüllen entgegen. Zu dritt knallen sie mit voller Wucht auf den Boden.

Meine Blondine taucht kreischend zwischen den Seilen hindurch, um sich zu den Jungs zu stellen. Ich bleibe zurück. Killian entdeckt mich und bohrt mit seinen Blicken Löcher in mich.

»Ab mit dir in die Umkleidekabine«, befiehlt er Javier. »Sprich mit niemandem außer mir. Und gehe mit niemandem außer mir weg.«

Javier ist offensichtlich nicht daran gewöhnt, Befehle entgegenzunehmen, und bleibt, wo er ist; er keucht, lächelt aber wieder.

Ohne mich aus den Augen zu lassen, verpasst ihm Killian einen harten Schlag. Javiers Körper zuckt, dann wird er bewusstlos.

Die Blondine tätschelt sein Gesicht und schaut Killian mit einer Mischung aus Ehrfurcht und Angst an.

Ich renne zu den beiden MAs, die in Geistform hier sind, hebe den Arm und ziele mit Merediths Ring.

*Bumm, bumm!*

Der größere Mann fällt um. Ohne eine Sekunde zu verlieren, schleudert der andere Typ einen Dolch in meine Richtung. Ich ducke mich, wünschte, dass ich Zeit hätte, noch einmal zu zielen – doch zu spät, wir knallen zusammen und fliegen gemeinsam durch den halben Raum. Dabei umklammere ich seinen

Nacken, nutze ihn praktisch als Anker und schwinge mich um ihn herum.

Vom Aufprall ist er benommen. Leichte Beute. Ein Knie auf seinen Schultern, presse ich den Ring an seinen Hals und schieße.

Schuld. Bedauern. Beides empfinde ich, als Lebensblut aus seinem bewegungslosen Körper strömt.

Zwar weiß ich, dass er mich nicht mehr hören kann, sage aber trotzdem: »So hätte es nicht enden müssen.«

Er ist tot, weg, und er wird nicht mit einem neugeborenen Menschen verschmelzen; er wird nicht in die Stille eintreten, die sich nur für Troikaner öffnet. Somit bleibt nur noch …

Viele Enden?

Ich habe hoffentlich nicht diesen Mann … und all die anderen, die ich in einer Schlacht tötete … nach Viele Enden geschickt! *Killian* wird doch nicht etwa eines Tages selbst in dieser Albtraum-Sphäre enden.

Durch zusammengebissene Zähne atme ich zischend ein, während ich bemüht bin, nicht die Fassung zu verlieren. Killian … in Viele Enden gefangen …

Mir gefriert das Blut in den Adern.

Aus den Augenwinkeln sehe ich, wie ein Myriader seine Hülle verlässt und sich mir nähert.

Verdammt! Ich muss einen kühlen Kopf bewahren!

Als ich aufspringe, schwingt er ein Glacier. Ich neige mich zurück, entgehe nur knapp einer Verletzung und greife nach *meinen* Schwertern. Dann richte ich mich gerade auf, strecke die Arme aus, bis mein Körper ein T bildet. Er schlägt mir wie erwartet in den Bauch, ich beuge mich keuchend vor, während ich zugleich meine Handgelenke zusammenpresse und auf diese Weise eine Art Schere erschaffe.

Schon ist sein Kopf ab.

Mein Motto im Kampf: schnell, schmerzlos und endgültig.

»Ich möchte niemanden mehr verletzen, werde es aber tun,

wenn es sein muss.« Ich wirble herum, während ich spreche und mich dabei an alle im Raum wende.

Niemand hört mir zu. Sechs weitere MAs sind nun hier, und einer von ihnen ist Sloan, die Verräterin; sie alle versuchen, Deacon auszuschalten. Er tut sein Bestes, die übereifrigen Agenten kaltzustellen, *ohne* Sloan zu verletzen, in die er schließlich einmal verliebt gewesen ist.

Menschen bringen sich in Sicherheit, Chaos entsteht. Killian bleibt die ganze Zeit schützend vor Javier stehen.

»Pass auf«, schreit Killian mir zu.

Ich wirble herum, als zwei hüllenlose MAs auf mich zustürmen, und bin kampfbereit, doch Deacon verlässt seine Hülle und jagt heran, um die beiden zu Boden zu werfen. Die anderen Gegenspieler, die noch nicht gemerkt haben, dass er nicht mehr in der Hülle ist, stürzen sich darauf – bis auf Sloan. Sie zerrt zwei Pistolen heraus, eine in jeder Hand, und rammt sie ihren eigenen Leuten an den Hinterkopf.

Deacon und ich starren sie erschüttert an.

»Hast du das hier im Griff?«, frage ich Deacon.

»Aber klar.«

Ich flitze zu meiner Hülle, stecke *Segen* und *Fluch* in die Scheide – ich kann es nicht riskieren, Killian zu verfluchen – und schlüpfe hinein. Nachdem ich zwei andere Schwerter aufgehoben habe, klettere ich in den Ring. Die Zeit wird knapp.

Killian betrachtet mich von Kopf bis Fuß und hebt eine Augenbraue. »Hast du vor, mich zu erstechen, Mädchen?«

»Höchstens mit Amors Pfeil.«

Sein Gesicht wird weich. Während er mich umkreist, bleibt sein Blick am Ausschnitt meines Catsuits hängen. Er ballt die Hände zu Fäusten – damit er mich nicht berührt? Seine Pupillen weiten sich.

»Dann bist du also gekommen, um mich zu verführen?«

Ist ihm klar, dass er über seine 143,10-Tätowierung streicht?

Jenseits des Boxrings erklingt Gegrunze und Gestöhne, als Deacon und Sloan die restlichen MAs ausschalten.

»Warum tust du das?«, fragt Deacon sie schwer atmend.

»Halt einfach die Klappe und töte die Zeugen«, faucht sie ihn an.

Ich bewege mich mit Killian und wünsche mir nichts mehr, als dass er mich in seine Arme reißt. »Wenn ich beschließen sollte, dich zu verführen, Killian Flynn, dann wirst du dir diese Frage nicht mehr stellen. Besser gesagt, wirst du nicht genug Luft bekommen, um zu fragen.«

»Nun denn.« Seine Augen glitzern teuflisch. »Ich freue mich schon auf deinen Versuch.«

»Du meinst, auf meinen Erfolg.«

»Fertig«, ruft Sloan. Sie zieht ein Schwert aus dem letzten MA ... und stakst zu einem Tisch im hinteren Teil. Dort überprüft sie das Sicherheitssystem. »Die Menschen haben sich draußen in Sicherheit bringen können.«

Menschen können ohne Schwierigkeiten durch Buckler durchgehen.

Tatsächlich sind alle MAs erledigt. Sechzehn an der Zahl. Ich hatte mit mehr gerechnet.

In Sekundenschnelle wird Killian ernst und düster. Jetzt geht es um die Arbeit und nicht ums Vergnügen. Vorbei ist es mit seinem Charme, jetzt ist er wieder dieser so schrecklich verletzte und zerstörte Junge.

»Reden wir ganz offen, Ten. Durch euren Buckler über der Boxhalle funktioniert mein Komm nicht, das heißt, mein Chef kann nicht mithören.«

»Und was ist mit Sloan? Sie ...«

»... ist auf unserer Seite.«

Ich muss den Kopf schütteln, um die Verwirrung loszuwerden. »Sag jetzt bitte nicht, dass du meiner Mörderin vertraust.« Ich weiß, dass sie mir heute geholfen hat. Ich weiß, dass ich sie bei der letzten Schlacht habe leben lasen. Aber hier geht es um eine Herzensangelegenheit.

»Wieso nicht? Im Gegensatz zu dir ist sie immer für mich da«, knurrt er.

Mir wird mit einem Schlag eiskalt, ich versteife mich. »Seid ihr ... seid ihr beide ...«

»Und jetzt beleidigst du mich!« Er spuckt die Worte praktisch aus. »Ich würde dich *niemals* betrügen. Und sie wird es auch nicht mehr tun. Sie hätte mich schon tausendmal hintergehen können, aber sie hat mir geholfen, dir zu helfen. Lassen wir unseren Chef einfach in dem Glauben, dass wir es miteinander treiben. So können wir unsere Komms abschalten, unbemerkt durch die Sphäre wandern und jeden Plan, den Myriad für dich hat, zunichtemachen.«

Zu viel. Zu viel Information für mich, da ich noch darum kämpfe, meine vielen widersprüchlichen Gefühle zu zügeln. Betrogen, aber geliebt. In Gefahr, aber beschützt. Außer Kontrolle, aber in Sicherheit.

»Du bist wegen Javier hier«, fügt er hinzu, »doch den bekommst du nicht. Er ist zu gefährlich für dich.«

Diese spezielle Karte werde ich ihn allerdings nicht ausspielen lassen. »Während du hier herumrennst und mit voller Absicht *dein* Leben in Gefahr bringst, soll ich meinen Job *nicht* erledigen, um nicht in Gefahr zu geraten? Hast du eigentlich eine Ahnung, was es für mich bedeuten würde, wenn dir etwas passiert?«

Er ignoriert meine Frage. »Javier will mit keinem Troikaner sprechen. Du musst jetzt gehen, und du musst mir vertrauen, wie du es versprochen hast.«

Zugegeben, diese Karte zu ignorieren fällt mir schon schwerer. »Ich bleibe hier. Und ich werde mit ihm reden.«

In Killians Augen, deren Anblick noch immer mein Blut singen lässt, blitzt Wut auf.

»Wie hat Troika uns wohl gefunden, Ten, was denkst du? Weil wir zu blöd sind, uns zu verstecken? Ich versichere dir, das sind wir nicht. Oder vielleicht, weil jemand deine Sphäre informiert hat?«

»Letzteres, aber …«

»Mein Auftrag ist es, zu kämpfen und dir Javier schließlich zu überlassen.«

»Wieso? Warum will Myriad ihn aufgeben?«

»Ich kenne den genauen Plan nicht. Ich weiß nur, dass du dein Leben riskierst, sobald du in seine Nähe kommst.«

»Vielleicht willst du ihn aber auch einfach nur behalten und mich mit dieser Behauptung dazu bringen, zu gehen«, fauche ich ihn an. »Javier hat einen Blutsverwandten, der uns gebeten hat, mit ihm zu sprechen, also werde ich mit ihm sprechen.«

»Der Verwandte hat hier überhaupt nichts zu melden«, blafft er zurück.

Ich atme ein … aus … werde ruhiger. Ich meine, ich spreche schließlich gerade mit Killian. Der Liebe meines Lebens. Er lügt mich nicht an. Er glaubt, was er sagt.

»Du hast recht«, sage ich. »Der Verwandte kann nicht für Javier entscheiden. Javier kann mich natürlich auffordern zu gehen – *falls* er das will. Er könnte sogar verlangen, dass ich mich für immer von ihm fernhalte. Aber erst wird er mich *auf jeden Fall* anhören. Ganz bestimmt will er wissen, wie es Dior geht.«

»Er hat in den letzten beiden Tagen mit zwei anderen Mädchen geschlafen.« Sein Ton klingt trocken. »Man könnte wohl behaupten, dass er über Dior hinweg ist.«

Ich schürze die Lippen. Wie leicht es Killian fällt, über das Ende einer Beziehung zu sprechen.

Vergiss Javier. Jedenfalls für diesen Moment. Ich habe Kayla etwas versprochen. »Weißt du, wo Victor Prince festgehalten wird?«

Killian wirft mir ein kaltes Lächeln zu. »Ja … weil ich ihn verschleppt habe.«

*Wie bitte?* »Lebt er noch?« Ich umklammere die Schwerter fester.

»Ja.« Er nickt. »Vorerst.«

Es gibt nicht viele Gründe, aus denen Killian einen troikanischen Gesandten leben lässt. Genau genommen gibt es nur einen: seine Schwäche – die er für mich hat. »Du denkst, dass du mir auf diese Weise hilfst.« Ich begreife jedoch nicht, inwiefern mir Victors Gefangenschaft helfen sollte. »Mir wäre es allerdings viel lieber, wenn du auf dich aufpasst und Victor nach Hause lässt.«

Jetzt schüttelt er den Kopf. »In diesem Fall hast du kein Mitspracherecht.«

Ich versuche es auf andere Art und Weise. »Seine Freunde vermissen ihn. *Ich* vermisse ihn.«

Fehler! Er versteift sich. »Wenn ich ihn behalte, hörst du also auf, mich zu lieben?«

»Nein«, sage ich, aber das beschwichtigt ihn nicht.

Unter einem seiner Augen zuckt ein Muskel. »Vielleicht hat er etwas an sich, das mir nicht gefällt. Etwas, das mir noch *nie* gefallen hat, selbst als er in Myriad lebte.«

»Vielleicht gefällt es ihm nicht, dass Victor dich anfassen kann und er nicht«, ruft Sloan dazwischen.

»Halt die Klappe, Untergebene«, knurrt er.

»Killian …«, beginne ich.

»Nein.« Zornig funkelt er mich an. »Wir stehen in diesem Krieg auf unterschiedlichen Seiten, Mädchen. Eine Wahl, die *du* getroffen hast. Erwartest du etwa von mir, dass ich meine Waffen niederlege und mich ergebe?«

»Nein, ich …«

»Gut. Weil ich das bisher nicht getan habe und nicht tun werde. Ich bin nämlich zu sehr damit beschäftigt, für dich zu kämpfen.« Sein irischer Akzent wird dicker. »Alles, was ich getan habe, diente dazu, dir eine bessere *Ewigkeit* zu sichern. Ich beschütze dich auf die einzige Weise, die mir möglich ist. Und das tue ich, ohne zu lügen. Kannst du dir überhaupt vorstellen, wie schwierig das ist? Trotzdem tue ich es, weil ich weiß, wie sehr du Lügen hasst. Weil ich ein Mann sein will, der deiner wert ist, selbst wenn er dich nicht haben kann.«

»Ich bin nichts Besonderes. Ich bin nicht einmal *deiner* wert. Aber ich bin hier. Ich gehöre dir.«

Mit seinen blau-goldenen Augen starrt er mich voller wehmütigem Verlangen an, dann wird sein Gesichtsausdruck wieder hart.

»Ich werde aus dieser Sache nicht lebend herauskommen, Mädchen, das weiß ich.«

»Du wirst nicht sterben.« Panik packt mich im Nacken und drückt zu. »Hast du verstanden?«

Er schenkt mir ein kleines, trauriges Lächeln. »Ich lebe auf geborgte Zeit. Wenn das hier vorbei ist, wird man meine Verbrechen aufdecken und mich bestrafen. Man wird mich nur am Leben lassen, um dich damit in der Hand zu haben – um zu verhindern, dass du deine Armeen in die Schlacht führst.«

»Ich besitze keine Armeen!«

Er redet einfach weiter: »Glaubst du wirklich, dass ich das zulasse? Nein, Mädchen. Ich würde lieber sterben, als dir zu schaden, und ich werde dafür sorgen, dass ich mit Glanz und Gloria untergehe.« Jetzt lacht er, aber ohne eine Spur von Humor. »Was ich Dior angetan habe, wird man mir antun, nur hundertmal schlimmer. In deiner Sphäre sagt man, wir ernten, was wir säen. Karma. Der Gerechtigkeit wird Genüge getan, findest du nicht?«

»Killian.« Ich mache einen Schritt auf ihn zu.

Er springt zurück, um jeglichem Körperkontakt aus dem Weg zu gehen. »Ich habe immer daran geglaubt, dass geschieht, was geschehen muss, und alles so ausgeht, wie es ausgehen soll. Das hier«, er breitet die Arme aus, »ist mein Schicksal.«

»Nein.« Ich stampfe mit dem Fuß auf. »Alles wird gut ausgehen, wenn wir für das Richtige kämpfen. Die richtigen Entscheidungen treffen. Du sagst, du willst deine Waffen nicht niederlegen und dich nicht ergeben, doch genau das tust du gerade. Genau dafür hast du dich entschieden. Noch hast du die Wahl, du kannst zu uns überlaufen.«

»Unmöglich. Deine Sphäre würde mich *niemals* aufnehmen.«

»Vielleicht nicht sofort. Aber kämpfe *mit* uns statt gegen uns, dann werden sie lernen, dich zu lieben.«

»Um mit ihnen zu kämpfen, müsste ich erst mal vor Gericht ziehen. Würdest du meine Rechtsanwältin sein wollen, Mädchen?«

»Ja!«, rufe ich. »Ja! Und es wäre mir eine Ehre. Ich liebe dich.«

»Nein. Ich würde niemals zulassen, dass du …«

Das gesamte Gebäude erzittert, das Fundament rattert unter unseren Füßen. Staub wirbelt durch die Luft, und als ich nach hinten torkle, falle ich sogar aus meiner Hülle. Killian flitzt zu mir, um mich aufzufangen, bevor ich auf dem Boden aufkomme, indem er seine Hülle ebenfalls verlässt. Das Beben lässt nicht nach, und wir beide stürzen hin. Im Fallen lasse ich die Schwerter los, um mich an ihm festzuhalten.

Auf halbem Weg dreht er sich um die eigene Achse, um den Aufprall für mich abzumildern. »Tut mir leid, es tut mir so leid«, murmelt er, als er wieder zu Atem kommt.

Ich bin mir nicht sicher, wofür er sich entschuldigt. »Nein, mir tut es leid.« Der Buckler wurde deaktiviert, somit ist es an der Zeit, dass wir uns voneinander trennen. Doch natürlich bin ich nicht dazu bereit. Nicht einmal annähernd. Ich will ihn nicht so zurücklassen. Und Zero! Ich habe noch nicht mit Javier gesprochen. Ich kann nicht gehen, bevor ich meine Mission erfüllt habe.

Killian scheint sich von mir auch nicht trennen zu wollen. Er rollt sich auf mich. Wo immer wir uns berühren, werde ich eiskalt. Er zischt, und mir wird klar, dass ich ihn verbrenne. Trotzdem kann ich ihn tief in mir spüren. Er ist so schön. Ich streiche mit den Fingern über seine Wangenknochen, ohne ihn zu berühren. Ich liebe die Form seines Kiefers, den Schwung seiner Augenbrauen, bewundere seine langen Wimpern und finde Trost im Anblick seines eigensinnigen Kinns.

»Alles, was ich tue, tue ich für dich«, wiederholt er, der starke irische Akzent ist zurück, wie immer, wenn er von Gefühlen übermannt wird. »Ich würde alles für dich tun – außer dich in Gefahr bringen.«

Meine Brust schmerzt. Meine Zeichen kribbeln. Jeder Schritt hin zu einem Traum ist ein Schritt weg von der Reue. »Möchtest du Myriad verlassen?« Moment, ich formuliere das lieber neu: »Willst du mit mir zusammen in Troika sein?«

»Du würdest …«

»Denk nicht an die Konsequenzen, nur daran, was du willst. Willst du zu mir kommen?«

Er senkt seinen blau-goldenen Blick auf meine Lippen. Und er sagt ein Wort, nur eins, doch das besiegelt sein Schicksal. »Ja.«

Ich möchte vor Glück jubeln. Ein einziges Wort, das mich für alle Zeiten verändert.

»Aber …«, sagt er.

Ich schüttle den Kopf. »Kein Aber.« Trotz der Schmerzen drücke ich meine Lippen auf seine. Der Kuss, wie in einem meiner Träume, ist viel zu schnell vorbei. »Wenn ich muss, werde ich dich dazu zwingen. Aber du willst es bestimmt, denn solange du in Myriad bist, ist mein Leben in Gefahr.«

Er kneift die Augen zu winzigen Schlitzen zusammen. »Manipulierst du mich gerade, Mädchen?«

»Ich habe vom Meister gelernt.«

Der zärtliche Moment endet mit einem Knall, die Tür schwingt auf, unzählige MAs stürmen herein. Sie sind nicht allein. Zahllose TAs stürzen hinter ihnen her.

Die beiden Armeen prallen zusammen. Gegrunze, Gestöhne und Waffengeklirre. Speere und Pfeile fliegen.

Killian und ich rollen auseinander, Killian versperrt mir den Weg zu meiner Hülle.

»Verschwinde von hier«, befiehlt er.

Ich bin neben Javier gelandet … und auf einmal kommt mir eine Idee. »Du hast recht. Es ist Zeit für mich, zu gehen. Aber du sollst wissen, dass alles, was ich tue, für dich ist.«

Während ich das sage, tippe ich in mein Data-Pad eine Eil-Nachricht an Kayla: *Hilfe! Kannst du meine Hülle neben mich transportieren? Außerdem brauche ich einen Ortswechsel mit einem Menschen im Schlepptau. Und zwar jetzt!*

Javier ist mit Penumbra infiziert, ja, und das Licht wird ihm wehtun, aber er ist bewusstlos und wird das somit – hoffentlich – gar nicht merken.

Meine Hülle erscheint in einem grellen Lichtschein neben mir. Kayla hat es geschafft! Ich drehe mich schnell herum, trete hinein und verankere mich. Dann greife ich nach Javiers Hand.

»Ten!«, schreit Killian, dem klar wird, was ich vorhabe. »Nicht. Sie werden dich niemals …«

Seine Stimme bricht ab, als ein Lichtstrahl mich trifft. Das Fitnessstudio verschwindet und ein neuer Ort formt sich um mich herum.

**Von:** Z_C_4/23.43.2
**An:** K_F_5/23.53.6
**Betreff:** Sie haben einiges zu erklären

---

Mir wurde von meinen Soldaten berichtet, dass Sie Miss Lockwood davon abbringen wollten, Mr. Diez aus dem Fitnessstudio mitzunehmen. Warum, Mr. Flynn? Damit unser Plan funktioniert, müssen die beiden zusammen sein.

Macht bedeutet Recht!
Sir Zhi Chen

**Von:** K_F_5/23.53.6
**An:** Z_C_4/23.43.2
**Betreff:** Ich bin diese ständigen Erklärungen wirklich leid

---

Kumpel, ganz ruhig. Miss Lockwood ist ein kluges Mädchen. Sie vermutet, dass wir sie mit dem infizierten Menschen manipulieren wollen. Was ist also falsch daran, es aussehen zu lassen, als ob ich etwas dagegen gehabt hätte?

Wie auch immer.

Sie sagten, ich solle mir das Wochenende freinehmen und ein bisschen Zeit mit Sloan verbringen. Allerdings würde ich für den heutigen erfolgreich erledigten Job lieber einen anderen Auftrag bekommen. Was könnte ich für Sie tun?

Macht bedeutet Recht!
MA Killian Flynn

**Von:** Z_C_4/23.43.2
**An:** K_F_5/23.53.6
**Betreff:** Ich habe noch immer meine Zweifel

---

Es gibt ein Mädchen in Paris. Eine entfernte Verwandte von Miss Lockwood. Sie ist eine Ungezeichnete. Wenn Sie mir Ihre Loyalität zweifelsfrei beweisen wollen, dann gewinnen Sie sie für uns.

Danach kommen Sie nach Myriad zurück, damit wir über Ihre Entführung von Victor Prince sprechen können.

Macht bedeutet Recht!
Sir Zhi Chen

**Von:** T_L_2/23.43.2
**An:** L_N_3/19.1.1
**Betreff:** Ich habe Javier Diez

---

Was soll ich mit ihm machen?

Licht bringt Klarheit!
Strömerin-in-Ausbildung
Ten Lockwood

PS: Schritt für Schritt für Frieden – wäre das nicht ein schönes neues Motto für unsere Sphäre?

**Von:** L_N_3/19.1.1
**An:** T_L_2/23.43.2
**Betreff:** Was glauben Sie wohl?

---

Reden Sie ihm ins Gewissen.

Licht bringt Klarheit! – Bleiben wir bei unserem alten Motto. Es funktioniert nämlich.
General Levi Nanne

# 18. KAPITEL

»Manchmal müssen gute Leute Böses tun.«

Myriad

Kayla entscheidet sich aus irgendeinem Grund, mich in ein verwahrlostes Hotelzimmer zu schicken. Ich verziehe das Gesicht, als ich mich umsehe. Die Decke ist mit Schimmel gesprenkelt, der Teppich voller Flecken, die ich nicht näher ergründen will, und die Möbel sind offenbar aus einem Ramschladen.

Ein schnarchender Javier erscheint auf dem Boden zu meinen Füßen.

Während ich darauf warte, dass er aufwacht, schicke ich Kayla eine Nachricht: *Hätte es nicht wenigstens ein Dreisternehotel sein können?*

Ich bin ziemlich sicher, dass auf jeder größeren Oberfläche dieses Raums durch Geschlechtsverkehr übertragbare Krankheitserreger zu finden sind. Ich will mich natürlich nicht beschweren … zumindest nicht sehr. Meine Hülle kann man bleichen. Oder verbrennen. Ja. Verbrennen wäre vermutlich das Beste. Ich hoffe nur, die nächste Hülle ist pickellos.

Mein Komm leuchtet auf und ich lese Kaylas Antwort: *Du hast um einen schnellstmöglichen Ortswechsel gebeten. Schnellstmöglich hast du bekommen, und zwar das nächstgelegene von einem Troikaner geführte Hotel. Es sollte ganz in Ordnung sein. Laut unseren Berichten haben wir für eine komplette Renovierung des Gebäudes bezahlt. Übrigens, Levi hat TAs und TGs um das Haus herum postiert.*

Der Inhaber muss das Geld für andere Zwecke ausgegeben haben, so viel steht fest. Ich frage mich, wie sie mit dieser Tatsache umgehen werden.

Ist aber im Moment nicht wichtig. Vielleicht wacht Javier

mit besserer Laune auf, wenn er statt auf dem Boden auf einem Bett liegt? Da meine Hülle kräftiger als ein menschlicher Körper ist, fällt es mir nicht schwer, ihn auf eins der beiden Einzelbetten zu hieven. Als ich mich allerdings wieder aufrichte, zittere ich.

Hat sein Penumbra mich geschwächt?

Ich weiche zurück. Am Fenster stelle ich mich zwischen die Vorhänge und lasse mich von goldenen Sonnenstrahlen stärken.

Aus fünf Minuten werden zehn. Ich hocke mich auf das unbenutzte Bett. In der Stille geht mir Linas neues Lied durch den Kopf. *One fox in the henhouse. In two days, he'll try to eat his mouse. Three, yes, three warnings will come. By four five six, you'll be glum. Look, look, look, for the seven. Eight, nine, Ten is in heaven …*

Könnte Javier der Fuchs sein? Immerhin ist er durch Penumbra ja fast so etwas wie ein Auflöser.

Welche Warnungen werden kommen und warum werde ich den Kopf hängen lassen? Was ist *die Sieben*?

Mein Hirn scheint irgendwie frittiert zu sein, ich fühle mich völlig benommen.

Endlich drückt Javier seinen Rücken durch und streckt die Arme aus. Mein Herz schlägt wild, als er blinzelnd die Augen öffnet.

Als er mich sieht, setzt er sich hastig auf und runzelt die Stirn. »Wer bist du?« Er blickt sich hektisch um. »Wo sind wir?«

Lasst die Spiele beginnen.

»Ich bin Ten, deine troikanische Agentin. Was unseren Aufenthaltsort betrifft … Ich vermute, wir befinden uns in einer von Menschen geschaffenen Petrischale.«

Er reibt sich mit den Handflächen die Augen. »Ich habe dem letzten Typen bereits gesagt, dass ich mit eurer Sphäre nichts zu tun haben will.«

»Und ich verzeihe dir.« Ich klimpere mit den Wimpern. »Bestimmt hast du das nicht so gemeint. Sonst hättest du schon längst bei Myriad unterzeichnet.«

»Falsch. Ich lasse mir gern alle Möglichkeiten offen.«

»Hab ich gehört.«

Er macht es sich auf dem Kissen gemütlich und klopft neben sich auf die Matratze. »Wenn du bleiben und darüber reden willst, wo ich in der Ewigkeit leben werde, musst du dich schon nackt ausziehen.«

Gibt es wirklich Frauen, die so was charmant finden?

Ich bin nicht schüchtern – wie könnte ich das sein? Als ich in Prynne lebte, wurde ich jede Sekunde des Tages von Kameras beobachtet, selbst beim Duschen. Wärter, die sich die Aufnahmen ansehen durften, haben mir oft unanständige Angebote gemacht.

»Nein danke. Ich bin mit Killian zusammen. Du erinnerst dich an ihn, oder? Das ist der, der dir eine mitten ins Gesicht geknallt hat.«

»Und?« Er klopft erneut. »Du und ich können trotzdem … nett zueinander sein.«

Wütend starre ich ihn an. »*Du* bist mit Dior Nichols zusammen.«

Endlich macht er einen Rückzieher. »Ist sie hier?«

»Nein. Tut mir leid. Aber sie ist in Sicherheit.«

Er schwingt die Beine über den Bettrand und setzt sich auf. Sein Oberkörper ist nackt, seine Fingerknöchel sind aufgerissen und schorfig.

»Bring mich zu ihr. Ich will sie sehen.«

Ein Summen im Netz lässt mich zögern. »Noch nicht«, sage ich. Ist es vielleicht meine Aufgabe, die beiden voneinander getrennt zu halten?

Er starrt mich an, während er vermutlich darüber nachdenkt, was er als Nächstes sagen soll. Die schwarzen Adern unter seiner Haut sind dicker als die von Dior, sie ziehen sich sogar bis in seine Augen hinein.

»Wie bin ich hierhergekommen?«

»Ich habe dich getragen.« Das ist die Wahrheit, verrät aber nicht mehr als unbedingt nötig.

Er betrachtet mich von Kopf bis Fuß und stößt ein Lachen aus. »Ja. Klar.«

Ich bin versucht, es ihm zu demonstrieren. *Er ist eventuell ein Auflöser – schon vergessen?* »Hör zu. Dior steckt in Schwierigkeiten. Und du auch.«

Er wird sofort ernst. »Willst du mir drohen?« Seine Stimme klingt wie ein Peitschenschlag.

Er lässt mir keine Zeit zu antworten, sondern startet einen Überraschungsangriff, indem er sich auf mich stürzt und mich auf die Matratze presst. Ich habe keine Angst, aber ich lasse mich auch nicht grob behandeln. Also schiebe ich meine Beine zwischen uns und stoße mit so viel Kraft zu, dass er auf das andere Bett fliegt.

Ich springe auf, doch meine Knie geben beinahe unter mir nach. Zero! Schon wieder geschwächt. Als ich ihn betrachte, fällt mir auf, dass er ebenfalls zittert. Er ist gegen mein Licht nicht immun.

Wir treten einander entgegen. Sein Blick scheint Feuer zu spucken.

»Wenn du Dior auch nur ein Haar gekrümmt hast …«

Oh, plötzlich interessiert er sich für seine Freundin? »Ich würde ihr nie etwas antun.« Aber, ähm, nachdem ich das bereits getan habe – genau genommen zweimal –, füge ich hastig hinzu: »Jedenfalls nicht mit Absicht.«

Er lässt den Kiefer knacken. »Ich habe gehört, dass eure Sphäre sie dazu ermutigt, vor Gericht zu ziehen. Wenn das stimmt und ihr sie nicht rettet, bringt ihr sie in Gefahr. Laut meinem MA verlieren die meisten ihren Prozess.«

Gut gemacht, Killian. Gut gemacht. Er hat vorsorglich ein paar Hindernisse aufgebaut, für den Fall, dass ich Javier in die Finger bekomme.

Er ist noch nicht fertig. »Diors Erstleben und Ewigleben wird noch schlimmer werden, wenn sie verliert.«

*Wenn*, sagte er. Nicht falls. »Hohes Risiko, hoher Gewinn. Sie ist krank, und das bist du auch. Ihr seid beide mit Penumbra infiziert, einer Krankheit ...«

Er schüttelt den Kopf. »Nein.«

»Doch.«

»Nein. Ich bin gesund.«

»So fühlst du dich jetzt vielleicht, aber ...«

»Ich bin gesund«, beharrt er. »Und sie ist es auch.«

Und der Preis für den dickköpfigsten Typen im Land der Ernte geht an ...

Habe ich so damals auf Archer gewirkt? Gegenüber Killian und Levi? Ja, wahrscheinlich. So frustrierend! Ein Wunder, dass mich niemand abgemurkst hat.

Okay. Ich kann auf zwei unterschiedliche Arten damit umgehen. Auf die harte Tour, indem ich versuche, ihn mit Argumenten zu überzeugen, oder die härtere Tour, indem ich ihn anfasse und ihm beweise, dass in ihm Dunkelheit steckt.

Was zum Henker? Ich halte mich an meinen eigenen Ratschlag. *Hohes Risiko, hoher Gewinn.*

Ich komme ihm näher. Er versteift sich, als rechne er mit einem Schlag. Bevor ich es mir anders überlegen kann, drücke ich ihm rasch eine Hand an die Wange. Hautkontakt.

*Bumm!*

Ein gewaltiger Luftstrom schleudert mich durch den Raum. Ich pralle gegen eine Wand, der Gips bekommt einen Riss und ich gleite zu Boden. Etwas knallt in meinen Ohren. Dann füllt schrilles Pfeifen meinen Kopf. Ich versuche, den Schleier vor meinen Augen wegzublinzeln, aber die Welt bleibt schwarzweiß, als ob ich farbenblind geworden wäre, und Javier ...

Ihn sehe ich zusammengesackt in der anderen Ecke des Zimmers liegen. Blut läuft ihm aus Augen, Nase und Ohren.

Was habe ich getan?

Warme Flüssigkeit tropft mir aus den Mundwinkeln. Meine Lunge verweigert die Arbeit; sie ist leer. Ein Pfeifton kommt aus meiner Brust.

Die Tür fliegt auf und Reed stürzt in das Zimmer. Er erfasst die Situation mit einem einzigen Blick, dafür wurde er schließlich ausgebildet.

»Komm nicht näher«, krächze ich. Mir wurde das Licht abgesaugt, und ich möchte jetzt nicht aus Versehen auch noch sein Licht abziehen.

Ohne darauf zu achten, kniet Reed sich neben mich, reißt mir die Kette vom Hals und flößt mir Manna ein.

Weitere TAs stürmen herein. Um Javier mitzunehmen, vermute ich. Ich verliere das Bewusstsein, das Schwarz und das Weiß fließen zusammen, bis alles verschwommen ist … und schließlich vollkommen verschwindet.

»… gesund werden?«

»Ja, Sir. Ich rechne mit vollständiger Genesung. Sie sollte jeden Augenblick aufwachen.«

Den ersten Sprecher kenne ich gut – Levi. Der zweite ist auch kein Unbekannter. Es handelt sich vielleicht um den Heiler aus dem Sanatorium.

Ich öffne die Augen und muss erst mal gegen einen Schwindelanfall ankämpfen. In meinen Schläfen pocht es.

Stöhnend reibe ich darüber. »Was ist passiert? Wo ist Javier?«

Schweigen. »Ich werde jetzt gehen«, sagt der Heiler schließlich. »Danke, dass Sie mir Ihre Strömerin anvertraut haben.«

Leise Schritte, dann wird vorsichtig eine Tür geschlossen. Lautere Schritte. Levi beugt sich voller Sorge über mich.

Ich befinde mich in einem geräumigen Schlafzimmer mit einem Kronleuchter, zwei weißen Säulen am Ende des Bettes und einem weißen Teppich, der genauso geformt ist wie meine Zeichen. Das ist kein Krankenzimmer im Sanatorium.

»Woran erinnern Sie sich?«, fragt Levi.

»Ich …« Bilder überfluten mich, ich knirsche mit den Zähnen. »An alles. Javier und die Explosion. Was ist geschehen?«

Er hilft mir, mich aufzusetzen. »Sie haben keine Kontrolle über Ihr Licht, und er hat keine Kontrolle über seine Dunkelheit. Licht hat Sie beschützt, Dunkelheit hat ihn beschützt. Und beide haben sich gegenseitig abgestoßen. Die Kräfte prallten aufeinander …«

Ich stöhne auf, als ich erneut von Schwindel gepackt werde. »Ist er okay?«

»Er erholt sich. Er war einverstanden, in unserer Obhut zu bleiben, wenn er bei Dior sein darf. Keine ideale Situation, aber wir können damit umgehen. Solange sie zusammen sind, wird sich vermutlich ihr Zustand verschlechtern, Penumbra wird stärker werden. Wir müssen im Umgang mit ihnen noch vorsichtiger sein.«

Das Widerstreben, das ich Javier gegenüber gespürt habe, ergibt auf einmal Sinn. Das Netz wird ein immer komplexerer Teil von mir und zu einer allgegenwärtigen Hilfe, wenn ich in Schwierigkeiten stecke.

»Muss ich an einem Debriefing teilnehmen?«, frage ich.

»Betrachten Sie diese Unterhaltung als Debriefing. Beginnen wir mit Lina.«

Ich erzähle ihm von dem Lied, danach diskutieren wir über mögliche Bedeutungen – vergebens. Er ist genauso verwirrt wie ich.

Jemand klopft leise an die Tür.

»Herein«, ruft Levi.

Millicent, Jeremys Kindermädchen, kommt mit meinem Bruder auf dem Arm ins Zimmer. Ich bin so froh, ihn zu sehen, dass ich leise aufwimmere.

Glucksend streckt er die Ärmchen nach mir aus. – *Ten!* – Seine Stimme füllt meinen Kopf aus. »Sind alle Babys in der Lage, durch das Netz zu kommunizieren?«, frage ich Levi.

Er runzelt die Stirn. »Jeremy spricht durch das Netz mit Ihnen?«

Auf der Unterlippe kauend nicke ich. »Mit Ihnen nicht?«

»Nein.« Levi reibt sich das Kinn, während er meinen Bruder mustert. »Das bereits in so jungem Alter zu tun …«

Bedeutet, dass er stark ist. Ich lächle.

Da ich gerade mit Penumbra in Kontakt gekommen bin, möchte ich den Kleinen nicht berühren, deswegen winke ich ihm nur zu. »Hey Kumpel. Ich habe dich so vermisst.«

Levi nimmt Millicent den Jungen und einen Ball ab, kauert sich auf den Boden und setzt Jeremy zwischen seine ausgestreckten Beine.

»Rufen Sie einfach, wenn Sie mich brauchen.« Millicent verlässt das Zimmer.

Ich setze mich meinem Bruder gegenüber. Er kichert, als wir den Ball hin und her rollen.

»Killian will zu uns überlaufen«, sage ich und beobachte Levis Reaktion genau. »Er wird es allerdings nicht wirklich tun.«

Sein Gesichtsausdruck verändert sich nicht. »Durch die Aufzeichnungen des Auges konnte ich sehen, wie Mr. Flynn Sie ansieht. Er wird es tun. Er *braucht* Sie.«

Ich möchte gleichzeitig jubeln, verträumt seufzen, eine Million Fragen stellen und die Stirn runzeln.

»Was immer Sie zu ihm gesagt haben, es hat funktioniert«, fährt Levi fort. »Er hat Mr. Prince freigelassen.«

Ich werde von einer kühlenden Welle der Erleichterung erfasst. *Danke, Killian.* »Ist Victor in Troika? Geht es ihm gut?«

»Ist er, und ja, es geht ihm gut, wobei er sich nicht daran erinnern kann, was geschehen ist.«

Warte mal. »Killian hat ihm die Erinnerung genommen?«

Levi zupft an einem seiner Ohrläppchen. »Das könnte sein, wobei ich nicht weiß, wie er das angestellt haben sollte.«

»Ich werde Killian fragen.« Und ihn damit in weitere

Schwierigkeiten bringen? Ich beginne, auf meiner Unterlippe zu kauen. »Werden Sie mir mit ihm helfen?«

Er lächelt, als hätte ich ihm gerade das perfekte Weihnachtsgeschenk gemacht. »Ja, Miss Lockwood. Ich werde Ihnen helfen.«

Seine Bereitschaft überrascht mich nicht. Levi will das Beste für mich und sogar für Killian. So ein Typ ist er nun mal.

»Warum liegt Myriad in der Dunkelheit?« Wenn ich die Schlacht mit Killian gewinnen will, muss ich mehr über seine Heimat erfahren. »Warum fühlen sich die Bürger zum Schatten und nicht zum Licht hingezogen?«

Levi und ich kichern, als Jeremy aus Versehen den Ball mit dem Fuß anstößt.

»Wussten Sie, dass früher einmal Troika und Myriad durch eine Brücke verbunden waren und Licht auf beide Sphären strahlte?«, fragt Levi. »Wahres Licht kommt vom Erstkönig, die Sonne ist ein kleines Stück seines Herzens. Dann attackierte der Prinz der Raben das Königreich seines Vaters – die Stille. Myriad wurde in Dunkelheit gehüllt, Ambrosine verstoßen und die Brücke niedergebrannt. Als Nächstes überfiel der Prinz das Königreich seines Bruders.«

»Dann ist Ambrosine also das Problem. Nicht seine Leute.« Der Kapitän entscheidet darüber, wohin das Schiff segelt. Der Anführer erzählt seinen Leuten Wahrheit oder Lügen, er erzeugt bei jedem von ihnen Liebe oder Hass.

Wie kann ich diese Information benutzen, damit endlich Frieden herrscht? Sollte ich vielleicht über den Tod von Ambrosine nachdenken?

Was, wenn die Brücke wiederaufgebaut werden könnte …?

Levi mustert mich neugierig. »Ich schätze, Sie haben recht. Das Ewigleben-Netz entströmt seinen Königen. Myriader sind mit Ambrosine verbunden, Troikaner mit Eron.«

Zero! Ein Schritt vor, zwei Schritte zurück. »Tötet man einen, tötet man alle?«

»Das kann ich ehrlich gesagt nicht beantworten«, sagt er seufzend. »Wie Sie natürlich wissen, wurde noch nie ein Prinz getötet.«

Wir verfallen in Schweigen, jeder in seine Gedanken verloren. Ich schiebe Jeremy immer wieder den Ball zu. Als ihm irgendwann die Augen zufallen, fühle ich mich vollständig gestärkt, ganz sicher habe ich keine Dunkelheit mehr in mir. Ich nehme ihn in die Arme, schaukle ihn in den Schlaf und trage ihn ins Kinderzimmer – Levi zeigt mir den Weg, schließlich sind wir bei ihm zu Hause. Ich lege meinen kleinen Bruder in dessen Wiege und küsse ihn auf die Schläfe.

»Wo ist Victor jetzt?«, frage ich flüsternd.

»Er ruht sich zu Hause aus. Miss Brooks ist bei ihm und sorgt dafür, dass er alles hat, was er braucht.«

Gut.

Als wir das Kinderzimmer verlassen, tätschelt Levi mir die Schulter. »Gehen Sie nach Hause. Sie könnten selbst etwas Ruhe vertragen. Sie hatten einen harten Tag. Und vergessen Sie Linas Lied für heute, mein brillanter Verstand arbeitet daran.«

Auf einmal packt mich eine Woge der Zuneigung, und so werfe ich die Arme um seinen Nacken. »Danke. Für alles.«

Er klopft mir etwas linkisch auf den Rücken. »Ja, nun.« Er räuspert sich. »Sie sollten jetzt besser gehen, bevor ich noch auf die Idee komme, Sie ein paar Runden joggen zu lassen.«

Ich schnaube leise, mache mich aber hastig auf den Weg zur nächstgelegenen Treppe. Als ich aus dem Gebäude trete, bin ich wenige Häuserblöcke von der Kathedrale entfernt.

Die Straßen sind belebt, Familien, Freunde und Kollegen spazieren an den vielen Verkaufsständen für Leinen, handgeschnitzte Möbel und Dekorationen vorbei. Wie es scheint, haben alle gleichzeitig beschlossen, den Freiluftmarkt zu besuchen.

Es gibt jede Menge Roben und Catsuits in einem ganz anderen Stil, als ich es gewohnt bin.

»Hi Ten!«, ruft Clementine.

Winifred winkt grinsend. »Schön zu sehen, dass es dir wieder gut geht. Willst du mit uns shoppen gehen?«

Ihr warmer Empfang tut gut. »Würde ich ja gern, aber mir wurde befohlen, mich auszuruhen.«

»Tja, Mist. Vielleicht nächstes Mal.«

Sie werfen mir Kusshände zu, bevor sie davoneilen.

Einer der Händler kommt zu mir und legt mir ein Stück Manna in die Hand. »Bitte genießen Sie es.« Er verbeugt sich vor mir. »Das ist mein Geschenk, weil Sie so hart für die Sphäre arbeiten.«

»Ich …«

Bevor ich höflich ablehnen kann, ist er schon an seinen Tisch zurückgeeilt. Aber warum auch ablehnen? Das würde unfreundlich wirken. Ich meine, er wollte mir etwas Gutes tun, also sollte ich mich einfach über seine Geste freuen. »Danke«, rufe ich ihm zu, und er strahlt.

Als ich die Kathedrale betrete, kommt eine Nachricht von Kayla herein: *Hast du Zeit? Ich könnte wirklich eine Freundin brauchen.*

Obwohl ich den Frischlingen gerade sagte, dass ich keine Zeit hätte, bringe ich es nicht über mich, meine Freundin in der Not allein zu lassen. *Ich würde mich gern mit dir treffen, aber ich soll mich ausruhen. Befehl von Levi. Komm in meine Wohnung!*

Nach einem Moment schreibt sie: *Treffen wir uns in den* Bädern der Erneuerung. *Levi würde das gut finden, versprochen. In 5 Minuten!*

Ich kehre um.

Als ich die Bäder erreicht habe, genieße ich einen Moment lang den Anblick: eine kunstvolle Struktur, die aus mehreren Wasserbecken besteht – heiße und kalte Quellen –, dazwischen Torbögen und massive Steinskulpturen in Form von Blumen, Vögeln, Pferden und geflügelten Kriegern.

Licht fällt auf mich, und als ich es aufsauge, lässt mich der plötzliche Zustrom von Energie vibrieren. Mein Körper verschlingt die Strahlen, als wäre ich kurz vorm Verdursten.

Der Druck auf die Blackbox in meinem Kopf lässt nach. Einfach so. Ich bin überwältigt.

Kayla kommt aus dem Portal, sie wirkt verstört. Nachdem sie mich umarmt hat, führt sie mich zu einer der Thermalquellen. Wir setzen uns an den Beckenrand und tauchen die Zehen in das violette Wasser, das gegen meine Haut zischt. Ich schnappe kurz nach Luft.

»Was ist los?«, frage ich. »Ist was mit Victor?«

Sie versteift sich und sagt: »Ein anderes Mädchen ist in seiner Wohnung aufgetaucht, und er hat mich gebeten zu gehen. Ihr Name ist Martha, sie ist eine der Anführerinnen unter General Bahari. Die sind für die Kommunikation verantwortlich, gehören also zu den ganz Klugen. Wie soll ich mit so einer konkurrieren? Sie sagte, sie wäre eine Freundin und dass sie eine Schulter zum Ausweinen bräuchte. Aber für mich sah es so aus, als bräuchte sie einen Typen zum Rummachen.« Sie zuckt die Achseln. »Tut mir leid. Das war blöd. Es ist nur … dieser Ort … diese Regeln. Hast du manchmal nicht auch das Gefühl, dass einfach alles zu viel ist? Dass es vielleicht besser gewesen wäre, sich zu entscheiden …« Sie presst die Lippen zusammen, schüttelt den Kopf. »Vergiss es.«

»Sich für Myriad zu entscheiden?«, frage ich sanft. »Wo die Party niemals endet?«

Sie schaut nach links und nach rechts, um sicher zu sein, dass niemand zuhört. Dann nickt sie.

»Eigentlich nicht«, antworte ich aufrichtig. »Ich mag Strukturen. Aber hier geht es auch nicht um die Sphäre und die Regeln, oder? Es geht um einen Jungen.«

Ihr Kinn zittert. Sie wischt sich mit den Handrücken über die Augen. »Wenn ich Victor wichtig wäre, würde er doch Zeit mit mir verbringen wollen, oder? Und nicht mit anderen Mädchen. Es sollte ihm wehtun, mir wehzutun.«

Nun. Da kann ich nicht widersprechen. »Hast du mit ihm über deine Gefühle gesprochen? Leider können Jungs keine Gedanken lesen.«

»Nein, aber …«

Aber? »Seid ihr ein Paar?«, frage ich.

»Das dachte ich. Vor seiner Entführung hat er gesagt, dass er mich mag. Er sagte auch, dass wir die Sache geheim halten sollten, weil unsere Beziehung nicht vom Netz genehmigt ist. Aber das dürfte eigentlich keine Rolle spielen, weißt du? Er kann ja frei entscheiden. Jetzt frage ich mich, ob ihm dieser freie Wille sagt, dass er andere Mädchen treffen sollte.«

Autsch. »Vielleicht solltest du ihn nach seinen längerfristigen Plänen fragen?« In dieser Hinsicht habe ich allerdings wenig Erfahrung. Ich war nur mit James zusammen – bei dem ich nicht gemerkt habe, dass er mich die ganze Zeit belogen hat – und mit Killian.

»Das zumindest habe ich getan«, murmelt sie. »Er sagte, dass ich die Einzige bin. Er sagte, dass er den nächsten Schritt mit mir gehen will … du weißt schon, aber jedes Mal, wenn ich ihn dränge, sich wirklich an mich zu binden, weicht er mir aus.«

*Tja, also*. Sex. Ich kann mich gut an die Zeit erinnern, als ich so schüchtern war, dass ich schon allein bei der Erwähnung des S-Wortes rot wurde. Dieses Mädchen bin ich jedoch nicht mehr. Prynne hat mich verändert.

»Ich weiß, dass es unsere Regeln aus einem bestimmten Grund gibt, dass wir den Anweisungen des Netzes folgen sollten, weil ›für immer‹ eine sehr, sehr lange Zeit ist und wir nicht so wie das Netz das gesamte Bild sehen können«, fährt sie unglücklich fort, »aber vielleicht sollte ich einfach mit Victor schlafen? Er wird mich verlassen, wenn ich es nicht tue. Und es ist immerhin bloß Sex, stimmt's?«

»Ähm, man schläft nicht mit einem Kerl, nur damit er einen nicht verlässt. Wenn ihm dein Körper wichtiger ist als deine Seele, dann ist er es nicht wert.« Mein Ton klingt streng. Ich mag keine Erfahrung auf diesem Gebiet haben, aber ich weiß, dass ein Junge sich um sie bemühen sollte. »Sex ist kein Beziehungsallheilmittel.«

Killian und ich haben keinen Sex – können keinen haben. Und doch tut er alles, was in seiner Macht steht, um mir zu helfen. Er will immer nur das Beste für mich. Er *schätzt* mich.

So, wie ich ihn schätze. Er ist stark, klug und witzig. Er ist beschützend und besitzergreifend. Er ist entschlossen. Zu denen, die er liebt, ist er gütig. Großzügig.

Er ist bereit, für mich zu sterben. Wie könnte ich jemals in der Lage sein, weniger für ihn zu tun?

Für mich ist Killian alle Schwierigkeiten wert. Jeden Schmerz, den ich erleiden muss. Davon abgesehen, wenn ich nicht um das kämpfe, was ich will, kann ich hinterher auch nicht rumheulen, weil ich es nicht bekommen habe.

»Was soll ich bloß tun?«, fragt sie.

»Hör auf deinen Bauch. Auf dein Herz.« Guter Rat. Ein Rat, den ich unbedingt selbst befolgen muss. »Und setze niemals aufs Spiel, was richtig ist.«

# 19. KAPITEL

»Jeder Verstand braucht einen Türsteher.«

Troika

In dieser Nacht kann ich nicht schlafen. Ich denke über Lina nach, darüber, wie ich sie dazu veranlassen könnte, vor Gericht zu ziehen – und zu gewinnen! –, und über ihr Lied. Am Morgen bin ich erschöpft und noch immer ratlos.

Levi überrascht mich mit einem Besuch. »Heute machen wir es einmal anders«, sagt er anstelle einer Begrüßung. »Statt zu trainieren, übernehmen wir eine Mission.«

Mein Magen zieht sich zusammen. »Warum?«

»Zwei Fliegen, eine Klappe.«

»Muss ich das verstehen?«, murmle ich. »Wissen Sie, General Nanne, Sie haben wirklich eine Gabe. Sie schaffen es, dass ich Sie gleichzeitig mag und nicht mag.«

Ach, wem will ich hier etwas vormachen? Ich liebe diesen Mann. In vielerlei Hinsicht ist er eine Art Vaterfigur für mich geworden. Ein Vater, wie es mein eigener nie war. Levi unterstützt mich. Er ermutigt mich.

Vielleicht habe ich mich inzwischen sogar an diese nervigen Lebensweisheiten gewöhnt.

Vielleicht! Ich sagte vielleicht!

»Sie wollten, dass ich Ihnen mit Killian helfe«, sagt er. »Nun will ich, dass Sie mir bei einem möglichen Neuzugang helfen.«

»Ich höre.«

»Erinnern Sie sich an die Frau, die Sie an Ihrem ersten Tag hier gebeten hat, ihre Tochter Brigitte zu retten? Brigitte ist eine entfernte Verwandte Ihres Vaters. Sie ist ungezeichnet, und Mr. Flynn wurde ihr zugewiesen.«

Myriad glaubt offensichtlich, je mehr Mitglieder meiner Familie sich für sie entscheiden, desto unwahrscheinlicher ist es, dass ich gegen sie kämpfe.

Diese Teufel!

Na schön, ihre Wahl – ihre Konsequenzen.

Was ihnen dabei nicht klar zu sein scheint, ist, dass wir *alle* miteinander verbunden sind. Wenn nicht durch Blut, dann durch Gefühle, Erfahrungen oder Leid. Das Leben einer Person wird immer in das Leben einer anderen hineinspielen.

»Wenn Sie die Mission akzeptieren …«

»Akzeptiert«, unterbreche ich ihn hastig.

Er kichert. »Ich werde TAs in der Umgebung stationieren und einen Buckler aufstellen, der andere MAs fernhält, und auf diese Weise die Gefahr für Sie möglichst gering halten. Allerdings hat Brigitte einen Peilsender.«

Wut packt mich. Mit Peilsendern kenne ich mich bestens aus. Dr. Vans implantierte einen in meine Flanke. Als meine Tante ihn entfernte – in einem ihrer klaren Momente –, flehte ich sie an, ihn mir nicht zu nehmen. Dieser Peilsender schüttete eine bewusstseinsverändernde Droge aus, die mich glauben ließ, dass ich ausgerechnet dieses Objekt meines Untergangs behalten wollte, es sogar brauchte.

»Da fällt mir ein«, sage ich. »Sind Sie mit Ihrem brillanten Verstand hinter die Bedeutung von Linas Lied gekommen?«

*One fox in the henhouse. In two days, he'll try to eat his mouse.*

Die Zeit wird knapp.

»Bin ich … nicht.« Er trommelt mit den Fingerspitzen an sein Kinn. »Aber ich mache mir keine Sorgen, wir kommen schon noch dahinter. Und Sie gehen jetzt. Eine Hülle wartet bereits auf Sie. Übrigens werden Sie nicht überwacht. Das Auge wird die Mission nicht aufzeichnen.«

»Wieso nicht?«

»Weniger Fragen, mehr Taten.«

Argwöhnisch sage ich: »Bekommen Sie deswegen Schwierigkeiten?«

Genau genommen bin ich nur befugt, mit Menschen, die Penumbra haben, zu arbeiten.

Er verdreht die Augen. »Glauben Sie wirklich, ich würde Sie ohne Freigabe losschicken?«

Eine Frage mit einer Frage beantworten – um mich abzulenken?

Nein, doch nicht Levi. Das würde er nicht tun. Er ist zu geradlinig.

Ich renne los. Meine Hülle wartet tatsächlich am Schleier der Flügel auf mich, die Pickel knalliger denn je. Whells sind unter einem Ledermantel befestigt, unter den Armen befinden sich Schlitze, damit man die Waffen leichter ziehen kann. An einem Finger steckt ein Whell für Merediths Ring-Waffe.

Ich verankere mich in der Hülle, fliege praktisch durch den herrlich purpurnen Wasserfall – wie friedvoll – und lande in … einer von einem einzigen Mondstrahl beleuchteten dunklen Gasse. Vor mir, am Anfang der Gasse, spazieren Menschen über einen von Lampen erhellten Gehweg. Mein plötzliches Auftauchen hat niemand bemerkt. Perfekt!

Ich trete aus der Gasse, suche die Gegend ab … suche … da! Mein Herz macht einen Sprung vor Aufregung und Liebe. Kilian sitzt vor einem Café an einem Tisch.

Die Frau ihm gegenüber ist mollig und hübsch, sie hat rosige Wangen und jede Menge Sommersprossen.

Zwei Fliegen, eine Klappe.

Die Straßen sind gepflastert, die Gebäude um mich geschichtsträchtig. Uralte Bäume prägen das Stadtbild und verleihen ihm hübschen ländlichen Charme.

Die Bedienung fragt mich, ob ich gern einen Tisch hätte. Auf Französisch. Ich verstehe sie, genauso wie ich die Leute in Troika verstehe, obwohl ich ihre Sprache nie gelernt habe.

Ich öffne den Mund, um in derselben Sprache zu antworten,

doch es kommen englische Wörter heraus. Mit geschlossenen Augen konzentriere ich mich auf das Netz, durch das ein Strom des Wissens fließt. Ähnlich wie Gedanken, aber irgendwie weicher. Ein hauchdünner Faden.

»Mademoiselle?« Eine Hand auf meiner Schulter. *»Est-ce que tout va bien?«*

Ist alles in Ordnung?

Ich konzentriere mich auf sie. Sie ist ein Mensch, und sie ist Troikanerin. Als sie die Hand wieder sinken lässt, kann ich die Zeichen in ihrer Handfläche sehen.

*»Oui.«* In fließendem Französisch sage ich, dass ich hier Leute treffe, die bereits einen Tisch haben. Und ich versuche, dabei nicht vor Begeisterung auf und ab zu hüpfen. So was von cool!

Ihre Antwort warte ich nicht ab, sondern gehe direkt auf den Tisch zu. Als ich mich zwischen Killian und Brigitte setze, bebt die Erde. Die Leute um mich herum erschrecken, doch ich weiß, dass gerade ein Buckler aufgestellt wurde.

Killian, der über mein plötzliches Auftauchen nicht überrascht zu sein scheint, hebt eine Augenbraue, seine Augen werden dunkel vor Wut. Er hat mir wohl noch nicht verziehen, dass ich Javier mitgenommen habe. Blöd für ihn. Ich werfe ihm eine Kusshand zu.

»Tut mir leid, dass ich mich verspätet habe«, sage ich in perfektem Französisch.

Brigitte runzelt die Stirn, verwirrt über mein Auftauchen.

*Ich muss sie für uns gewinnen. Ihn für uns gewinnen. Und vor allem versuchen, niemandem auf die Füße zu treten.*

Ich höre Levis Stimme in meinem Kopf: *Nur versuchen reicht nicht, Miss Lockwood.*

Richtig. Brigitte weiß nicht, dass ich eine Hülle bin. Sie hält mich für einen Menschen. Und Killian wahrscheinlich auch.

»Ich bin seine Freundin«, sage ich und stoße den Daumen in Killians Richtung.

»Ah. Das ist also das Mädchen, von dem du mir erzählt hast«, sagt sie zu ihm.

Er hat von mir *erzählt*? Einem Menschen? Was zum Henker hat er ihr erzählt?

»Das ist sie«, sagt er barsch.

Zumindest streitet er es nicht ab. Ich tätschle seine Hand und zwinkere ihm zu. »Wir arbeiten an unseren Problemen, nicht wahr, Zuckerschnäuzchen? Ich werde unsere Liebe niemals aufgeben, und ich werde dich niemals aufgeben, egal, wie mies du dich auch verhältst.«

Sein Mund klappt auf, dann stößt er aus: »*Du* bist es, die sich ständig selbst in Gefahr bringt, deswegen werde ich dir eine Tracht Prügel verpassen, sobald sich die Gelegenheit ergibt.«

Ich unterdrücke ein Lachen. »Nicht das. Alles, aber nicht das.« Ich klimpere mit den Wimpern.

Brigitte blickt etwas benommen zwischen uns hin und her.

Na schön. Dann wollen wir mal zur Sache kommen. Ich überlege mir, wie ich vorgehen soll, und sage: »Killian ist ein Myriad-Anhänger, aber daran arbeiten wir bereits. Wahrscheinlich hat er dir die Welt versprochen, und ich kann nur hoffen, dass du skeptisch bist, weil du bestimmt von dem Mädchen gehört hast, das bei Myriad unterschrieben hat, ohne das Kleingedruckte zu lesen. Sie war Medizinstudentin, und in ihrem Vertrag steht, dass sie keinem Troika-Anhänger helfen darf, sonst drohen ihr schwere Bestrafungen.« Ich fahre mit den Händen durch die Luft, um meine Worte zu betonen, und ich weiß, dass ich wie ein Wirbelwind wirke, aber ich habe nicht viel Zeit. »Wie gesagt, bestimmt hast du davon gehört, also muss ich es nicht noch einmal erzählen.«

Sie öffnet und schließt den Mund. »Habe ich nicht.« Sie lehnt sich zurück und sagt zu Killian: »Erzähl mir vom Kleingedruckten.«

»In *deinem* Vertrag wird es kein Kleingedrucktes geben.« Killian verschränkt die Arme vor der Brust, und obwohl er die Worte an sie richtet, lässt er mich dabei nicht aus den Augen.

»Bist du dir da sicher?« Um meine menschliche Fassade aufrechtzuerhalten, greife ich nach seiner Kaffeetasse und trinke – und muss gegen ein Schaudern ankämpfen. Ich schmecke die Bitterkeit des Kaffees, die Süße von Zucker und spüre die Wärme der Flüssigkeit, die in die Hüllenversion eines Magens läuft. »Troika jedenfalls gibt jedem den gleichen Vertrag.«

»Darauf wette ich. Aber eine Kochplatte ist nun mal nichts, womit man prahlen könnte«, sagt er, den Blick jetzt auf meine *Lippen* geheftet.

Seine Pupillen weiten sich, das Schwarz verschluckt beinahe das Blau-Gold.

»Inwiefern bist du dir sicher?« Von einem Kribbeln erfasst rutsche ich auf dem Stuhl hin und her. »Und die Kochplatte beweist nur, dass bei uns niemand bevorzugt wird.«

»In Myriad gibt es keine strikten Regeln, die nur dazu dienen, einen zu kontrollieren. Wenn wir etwas wollen, dann nehmen wir es uns. Wir folgen unserem Herzen, wohin auch immer es uns führt. Und Bevorzugung muss nicht unbedingt was Schlechtes sein.«

»Wenn du nicht der Bevorzugte bist, dann schon«, entgegne ich, und ich könnte schwören, dass er mich mit Stolz betrachtet. »In Troika bekommt jeder Hilfe, der darum bittet. Wir lieben. Wir vergeben. Wir geben euch zu essen, wenn ihr hungrig seid. Wir helfen euch, eure Rechnungen zu bezahlen. Wir sind die Familie, die du dir immer gewünscht hast.«

»Eine Familie, allerdings ohne Ruhm oder Anerkennung«, sagt Killian, klingt aber nicht so recht überzeugt.

Er bemüht sich gar nicht besonders, oder? »Ruhm.« Ich schlinge die Arme um mich. »Ruhm hält einen nachts ja *so was von* warm.«

Er bedeckt seinen Mund mit einer Hand – um nicht zu lachen?

»Willst du wissen, was Troika nicht tut? Einen Peilsender in einen Menschen implantieren.«

Brigitte sieht mich verdutzt an.

»Du solltest dir schnell einen troikanischen Arzt suchen und dich durchchecken lassen.«

Sie beginnt zu zittern, alle Farbe ist aus ihren Wangen gewichen, sie ist kalkweiß. Dann springt sie so plötzlich auf, dass ihr Stuhl nach hinten umkippt.

Sie weicht vor uns zurück. »Ich will nichts mehr hören. Ich habe noch nie gern über die Unendlichkeit gesprochen, und ihr zwei macht es nur schlimmer. Als Sphären-Vertreter macht ihr wirklich einen miesen Job. Davon abgesehen habt ihr offenbar untereinander eine Menge zu klären. Ich werde hier nicht gebraucht.«

Ich versuche nicht, sie aufzuhalten, weil ich alles gesagt habe, was ich zu sagen habe. Ich habe ihr genug zum Nachdenken gegeben. Ich habe den Samen gesät, wie Levi es ausdrücken würde.

Zu meiner Überraschung hält auch Killian sie nicht auf. Als sie davonstürmt, starren wir einander an, gefangen in immer größer werdender Anspannung.

»Endlich allein«, sagt er tonlos. »Genau so, wie Myriad es wollte. Darüber bist du froh, aber das solltest du nicht sein.«

»Du willst sagen, du *hoffst*, dass ich darüber froh bin.«

»Warum nicht. Das griechische Wort für Hoffnung ist *elpís*, was bedeutet, unerschütterlich auf ein erwartetes Ergebnis zu vertrauen.«

Oh. »Dann nein. Ich bin nicht froh. Noch nicht. Aber ich hoffe, dass ich es sein werde.«

Ich stehe auf, beuge mich vor, lege Killian eine Hand in den Nacken und ziehe ihn an mich.

# 20. KAPITEL

»Jeder Gedanke ist wertvoll.«

Myriad

Killian lässt sich nicht nur von mir küssen – er erwidert den Kuss. Er greift in mein Haar im Nacken. Das ist keine Geste, um Stärke zu demonstrieren oder um mich zu dominieren. Er scheint zu befürchten, dass ich ihm jeden Moment weggenommen werden könnte. Dasselbe Gefühl durchbraust auch mich.

Ich brenne vor Lust, obwohl die Hülle die körperlichen Empfindungen dämpft. Ich bin tief in meiner Seele gebrandmarkt, und ich will nichts anderes, als ihn festhalten … ihn festhalten und ihn nie wieder gehen lassen.

Er war mein letzter Kuss. Ich will, dass er mein einziger Kuss ist.

Seine Lippen sind weich und seidig, unsere Zungen umspielen einander, er schmeckt so süß, dass auch noch meine letzte Schutzmauer einstürzt und mich verletzlich und wund zurücklässt; ich liebe es. Ich liebe ihn.

Alle möglichen Empfindungen durchströmen mich. Drückende Hitze. Elektrizität pulsiert durch meine Adern, durch meine Muskeln und Knochen, in meiner Hülle wird meine Haut empfindsam. Bei jeder Bewegung, jedem Atemzug entsteht unwiderstehliche Spannung, die alles nur noch schlimmer macht – oder besser. Ja, auf jeden Fall besser. Ich werde von einem Wirbelwind der Gefühle erfasst, jede Zelle in mir lebt auf. Mein Leben hat einen Sinn – den Jungen zu lieben, der mich liebt. Und unser Kuss … dieser Kuss ist wild, berauschend. Er entschädigt uns für jede Sekunde, die wir getrennt waren, jede Schlacht, die wir kämpften. Ich kann es nicht länger leugnen: Ich bin wirklich bereit, für diesen Jungen zu sterben.

Gewisper, dann dringen Gekicher und Applaus in mein Bewusstsein. Wir werden vielleicht nicht von Troika beobachtet, aber auf jeden Fall von den Leuten hier. Schwer keuchend lösen wir uns voneinander. Killians Blick bleibt auf mich gerichtet, ich spüre, wie ich rot werde.

»Lass uns von hier verschwinden.« Er nimmt meine Hand und zieht mich zwischen den Tischen hindurch weg von unserem Publikum. Auf dem Gehsteig wird er schneller, geht mit langen, ausgreifenden Schritten.

»Der Buckler …«

»Glaub mir. Ich bin noch nicht bereit zu sterben. Ich werde die Grenze nicht überschreiten.«

»Sind eure Flankierer in der Nähe?« Ich suche die Schatten ab. »Gibt es in deiner Sphäre auch ein Auge? Wirst du von deinem Chef beobachtet?«

»Ich habe gesagt, dass du wahrscheinlich nicht kommst, wenn zu viele MAs in der Gegend sind. Und momentan grenzt mich ein Buckler von meinem Chef ab.«

Er sieht mich so teuflisch grinsend an, dass meine Knochen schmelzen, ich schwöre.

»Ich glaube, ich habe *gehofft*, dass du kommst.«

Ich habe wirklich ein fettes Problem. Dieses Grinsen …

Wird mich noch ins Verderben stürzen.

Wenn es jemanden gibt, der mir richtig wehtun kann, dann ist es Killian. Seit wir uns kennen, besitzt er eine merkwürdige Macht über mich, als ob wir irgendwie aneinander gebunden wären.

Könnte *er* der Fuchs sein?

Dieser flüchtige Gedanke raubt mir fast den Atem. Killian hat sich vielleicht verändert, vielleicht liebt er mich, vielleicht ist er bereit, für mich zu sterben, aber selbst dann glaubt er noch immer an den Spruch: Sieger sind zum Anbeten, Verlierer zum Zertreten. Er sehnt sich nach der Aufmerksamkeit und Anerkennung, die er als Kind nie bekommen hat. Etwas, das ich verstehen kann.

Meine Eltern waren gut zu mir … anfangs. Doch je älter ich wurde, desto wichtiger wurde ihnen ihr Beruf. Dad war Senator im Haus von Myriad, wo er dafür sorgte, dass Sphären-Gesetze für Menschen verabschiedet wurden. Mom hatte ihre Malerei. Eines Tages wachte ich auf, machte mir Frühstück und begriff mit einem Schlag, dass ich mich seit Jahren praktisch allein großzog.

Nur wenn ich bestraft werden musste, verbrachten sie Zeit mit mir, und diese Erkenntnis schmerzte. Sehr. Ich kam immer an letzter Stelle für die Menschen, die mich eigentlich hätten lieben sollen.

Mit sechzehn wurde dann ein Faustpfand aus mir.

Wegen meiner angeblichen Verschmelzung mit einer myriadischen Generalin bot die Sphäre meinen Eltern mehr Geld, meiner Mutter mehr Ruhm an – aber nur, wenn ich bei Myriad unterzeichnete.

Ich war keine Tochter. Ich war der Schlüssel zum Erfolg.

Der Blick, den Killian mir zuwirft, ist dunkel vor Ärger und Traurigkeit, als könnte er meine Gedanken lesen.

»Ich habe dich einmal gebeten, mir zu vertrauen, egal, was kommt. Ich habe dich aus gutem Grund darum gebeten. Und du sagtest, dass du mir vertrauen würdest. Hast du es dir anders überlegt?«

Elizabeth würde sagen, dass er bereits zu Beginn meines Ewiglebens angefangen hat, an meinem Untergang zu arbeiten. Welchen besseren Zeitpunkt hätte es dafür schließlich geben können?

»Nein«, antworte ich. »Ich habe es mir nicht anders überlegt.« Ich habe kurz gezweifelt. Na und? Das werde ich nicht länger tun. Ich werde nicht zulassen, dass mein Zweifel wächst und zur Sorge wird.

Vielleicht ist es dumm, ihm so vollkommen zu vertrauen, ja, aber ich werde es trotzdem tun, weil ich es versprochen habe. Dieser Junge hat seine Liebe für mich mehr als bewiesen.

Außerdem, was wäre die Alternative? Ihn zu verlassen und nie zu erfahren, was aus uns hätte werden können.

»Gut.« Er bleibt mitten auf dem Gehsteig stehen, um seine Hände an mein Gesicht zu legen. »Nur damit du es weißt, dir wehzutun steht heute nicht auf meinem Plan, Mädchen.«

»Oh, dann könnte es also morgen draufstehen?«

»Mein Plan ist, dir *niemals* wehzutun, okay?«

Ich schmiege mich an ihn und nicke. Er küsst mich zärtlich, aber kurz.

»Du weißt, dass es nur an uns liegt, ob aus unserer Beziehung etwas wird, ja?« *Komm von der Dunkelheit ins Licht, Killian.* »Nicht das Schicksal entscheidet. Sondern wir.«

»Hör auf zu reden.« Er zieht mich in die Gasse. Dorthin, wo ich zuerst gelandet bin. Grinsend drückt er mich an die Wand. »Wir haben Wichtigeres zu tun.«

Ich keuche auf, als ich den kühlen Stein im Rücken spüre … der heiße Mann vor mir lässt mich jedoch noch heftiger keuchen.

Wieder legt er die Hände an mein Gesicht, bestimmt und zart zugleich. »Wegen dir habe ich nichts als Ärger, Mädchen. *Das* ist dir doch klar, oder?«

Ich drücke mich an ihn. »Ich dachte, wir hätten Wichtigeres mit unseren Mündern zu tun.«

»Oh, das haben wir.« Seine Augen funkeln, dann drückt er die Lippen auf meine.

Unsere Zungen umkreisen sich, und diesmal halten wir uns nicht zurück. Wir nehmen und geben, nehmen und geben, der Kuss ist leidenschaftlich und hitzig. Die Lust steigert sich ins Unermessliche, meine Knie zittern. Sein Atem ist meiner, mein Atem ist seiner.

Hier, in diesem Moment, existieren wir nur füreinander.

Ich brenne für ihn. Mein Herz hämmert, ich verzehre mich nach ihm.

Stöhnend drückt er die Zähne auf meine Unterlippe, besitzergreifend. »Von dir will ich immer noch mehr.«

Er lässt die Hände auf meine Hüften gleiten und hebt mich hoch. Ich umschlinge ihn mit den Beinen, er ist mein Anker.

Die Erde bewegt sich …

Nein, nein, sie bebt nur etwas, und Killian hält mich fest.

»Der Buckler wurde entfernt. Jetzt kann man uns sehen«, sagt er und küsst mich wieder.

Ich weiß nicht, wie er das macht, aber irgendwie gelingt es ihm, etwas in seine Tastatur zu tippen, ohne den Kuss zu unterbrechen, woraufhin wir verschwinden und …

Ich hebe den Kopf und schnappe nach Luft, als ich die neue Umgebung erkenne. Eine Höhle. *Unsere* Höhle. Die im Ural, ein paar Meilen von der Anstalt entfernt.

Kurz nach meiner Flucht aus Prynne kämpfte ich gegen drei riesige Wüstlinge, die mich … nun, das spielt keine Rolle mehr. Ich war zwar kampferprobt, vielleicht sogar ziemlich gerissen, doch zugleich auch halb erfroren und vor Hunger und wegen einer Züchtigung kurz zuvor vollkommen geschwächt. Killian fand mich und trug mich hierher, um meine Wunden zu versorgen.

Das war der Tag, an dem ich herausfand, dass er sich in einer Hülle befand und ein myriadischer Agent war.

Kurze Panik – weiß er, wie nah wir Dior sind? Doch ich rege mich schnell wieder ab. Vielleicht ja, vielleicht nein. Außerdem ist es ziemlich egal, er muss nicht in ihrer Nähe sein, um darauf zu bestehen, dass ich sie Myriad überlasse – davon abgesehen ist er vollkommen auf mich konzentriert.

Eisiger Wind pfeift um die Höhle. Was unseren Hüllen natürlich nichts ausmacht. Killian zieht ein Klappmesser aus der Tasche. Instinktiv zucke ich zurück. Er blickt mich stirnrunzelnd an, dann jagt er die Klinge in seinen linken Arm.

Ich japse entsetzt auf. »Stopp! Du tust dir weh!«

»Nein, ich deaktiviere mein Komm.« Wunderschönes Lebensblut tropft aus der Wunde. »Aber es wird bestimmt besser, wenn du mich küsst.«

»Oder schlimmer, wenn ich dich trete.«

Er täuscht ein Knurren vor und sticht das Messer in meinen linken Arm. Ich fühle …

Ein leichtes Kribbeln. »Das war enttäuschend.«

Lachend wirft er mich auf einen Berg aus Decken und Kissen. Als er mich an den Armen festhält, fällt ihm eine dunkle Haarsträhne über die Augen.

»Jetzt kann uns niemand sehen«, sagt er. »Ich kann mit dir anstellen, was immer ich will …«

Ich lecke mir über die Lippen. »Ach ja? Was hast du also vor?«

»Das.«

Er kitzelt mich, ich muss prusten vor Lachen.

»Du bist ja ein heimlicher Romantiker.« Ich streiche mit einem Finger über sein Kinn.

Er schließt die Augen halb. »Deinetwegen. Nur deinetwegen.«

Das sind nicht etwa hübsche Worte, nein, das sind wunderschöne, herrliche Worte. »Du darfst dich niemals, unter keinen Umständen, meinetwegen in Gefahr bringen.«

Wieder knurrt er grinsend. »Ich mache, was ich will und wann ich es will. Du bist nicht meine Chefin.«

Ich schnaube leise. »Wie lange planst du schon, mir *das* zu sagen?«

»Wochen.«

Jetzt lächle ich ihn an. »Hast du diesen kleinen Ausflug auch schon so lange geplant?«

»Länger.«

Unn-nn-nnd dafür liebe ich ihn nur noch mehr. Einfach so.

»Das ist einer der Gründe, wieso ich Sloans Hilfe gebraucht habe«, fügt er hinzu. »Ich habe immer wieder mein Komm deaktiviert und musste dafür eine glaubhafte Erklärung haben.«

Schmetterlinge beginnen in meinem Bauch zu flattern. »Also weiß sie, was du für mich tust, und du vertraust ihr vollkommen?«

»Das tue ich.«

Trotzdem. Die Nervosität von vorhin kehrt zurück. Unsere Zukunft in die Hand meiner Mörderin zu legen … »Killian …«

»Nein. Kein Wort mehr über Sloan. Ich möchte über uns sprechen. Über dich. Du machst mich fertig, Ten.«

Das ist ein recht grobes Geständnis, seine Stimme klingt dunkel und heiser.

»Du kämpfst für das, woran du glaubst, mit unvergleichlicher Leidenschaft. Du kämpfst für die *Leute*, an die du glaubst. Du kämpfst sogar dafür, deinem Feind zu helfen und ihn zu retten. Du hast ein riesengroßes Herz, du bist sogar in der Lage, einen Jungen zu lieben, der früher so schreckliche Dinge getan hat.«

Tränen schießen mir in die Augen. »Wir sind nicht unsere Vergangenheit.«

»Sag ich doch.« Er knabbert genüsslich an meinen Lippen. »Du hast ein großes Herz.«

Wir küssen uns wieder. Ich habe das Gefühl, von einem Strudel fortgerissen zu werden. Killian ist meine einzige Rettungsinsel. Als er eine Hand unter mein Hemd gleiten lässt, drücke ich mich sehnsuchtsvoll dagegen. Jede Berührung zündet in mir die Lust nach mehr Zärtlichkeiten. Er weiß genau, wie er mich anfassen muss, wie er mich streicheln und liebkosen muss, er bringt mich um den Verstand, schenkt meiner Hülle maximale Lust.

Obwohl unsere Sphären uns jederzeit orten können – Vielleicht? Höchstwahrscheinlich? –, kann ich die Finger nicht von ihm lassen. Ich lerne ihn kennen. Jeden Muskel seiner Hülle. Jeden Millimeter seiner seidigen Haut. Jedes männliche Detail, das ihn von mir unterscheidet.

Doch ich wünschte, ich könnte *ihn* spüren. Den echten Killian.

Er stöhnt auf, als ich etwas tue, was ihm gefällt, und er stöhnt, als ich etwas tue, was ihm *wirklich* gefällt. Gleichzeitig lässt er mich wieder und wieder stöhnen. Er kennt meinen Körper besser als ich selbst. Er weiß, wo genau ich empfindsam bin und wo ich seine Berührung am meisten herbeisehne.

Schwer atmend hebt er den Kopf, um mir in die Augen zu sehen. Schatten und Licht flackern über sein Gesicht; schließlich überwiegt das Dunkle, er presst den Mund fest zusammen.

»Gut, Mädchen. Wir müssen aufhören.«

*Neeeein! Mehr! Wir müssen weitermachen.*

Ich streiche mit den Fingern durch sein weiches, weiches Haar, dann lege ich die Hand an sein Kinn. Seine Bartstoppeln kitzeln meine Haut. Ich zittere. »Du … hast recht.« Keine Ahnung, woher ich die Kraft nehme, aufzuhören. »Ich möchte, dass wir bei unserem ersten Mal ohne unsere Hüllen sind.«

Mehr als das, ich möchte ihm einen Grund zu leben geben.

Er sieht mich mit funkelnden Augen an. »Und ich möchte nicht weitergehen, bevor unsere Zukunft nicht geklärt ist.«

Kann ich tatsächlich hoffen? »Du meinst, bis du offiziell übergelaufen bist.« Um zu überleben, *muss* er überlaufen.

Er rollt auf die Seite und zieht mich an sich. »Bis ich mir sicher bin, dass ich *wirklich* überlaufen werde.«

»Das wirst du.« Ich schmiege mich an ihn und streiche mit einer Fingerspitze über seine Brust. »Wenn es sein muss, werde ich dich jeden Tag mit einem Kuss dazu ermutigen.« Ich seufze schwer. »Oh, was ich nicht alles für die Liebe tue.«

»Als ob du nicht jede Sekunde davon lieben würdest.« Er nimmt mich in den Schwitzkasten und reibt mit den Fingerknöcheln über meinen Kopf, bis ich um Gnade bitte.

Als er mich loslässt, strecken wir uns wieder aus. Während ich zu Atem komme, reibt er sich mit einer Hand über das Gesicht.

»Es tut mir leid, dass ich dich erschossen habe.«

Ich lache überrascht auf. Wie schnell wir es schaffen, vom Küssen zum Herumalbern und zum Entschuldigen zu wechseln. Etwas merkwürdig zwar, aber ich könnte mich daran gewöhnen. »Schon vergessen. Du hast es mit bester Absicht getan.«

»Ganz genau.«

Er hält mich fester, als befürchte er, ich könne ihm entgleiten. Dann beugt er sich zu mir, um zart mein Ohrläppchen zwischen seine Zähne zu nehmen.

»Du kannst mich fragen, was du willst, ich werde dir die Wahrheit sagen.«

Ein Schauer durchrieselt mich. Killian Flynn gibt mir *Carte blanche*? Ja, ja, tausend Mal ja. »Wurde für meine Mom schon ein Gerichtstermin festgelegt?«

»Noch nicht. Aber Levi hat sich bereiterklärt …«

»Du hast mit *Levi* gesprochen? Wie? Wann?«

»Ja, ich habe mit ihm gesprochen. Mehrfach. Manchmal taucht er auf, wenn ich auf einer Mission bin. Einfach so, rums, und er ist da, direkt vor mir. Wie auch immer«, murmelt er. »Levi hat sich bereiterklärt, für den Fall deiner Mutter einen Rechtsanwalt zu finden.«

Ich bin begeistert. Aber warum hat Levi mir nichts davon erzählt?

Was hat er mir noch alles verschwiegen?

Tief einatmen … ausatmen … Okay, um Levi kümmere ich mich später. »Danke für alles, was du für sie tust. Und mein Dad? Wie geht es ihm?«

»Er wird zum Agenten ausgebildet, aber nicht zusammen mit den anderen Neuankömmlingen. Er hat einen Privatlehrer bekommen, weil er auf der Überholspur ist.«

Was mich nicht überrascht. Am Ende seines Erstlebens wurde aus seiner Liebe zu mir – falls er mich jemals wirklich geliebt hat – Hass. Er macht mich für den Verlust seines Ansehens und seines Reichtums verantwortlich und hat Leute bezahlt, die mich umbringen sollten.

Die Erinnerung schmerzt.

Ich taste über die Zeichen an Killians Handgelenk – die zehn Punkte in Myriads Zeichen.

»Na schön. Fair ist fair. Jetzt kannst du mich alles fragen, und ich werde ehrlich antworten«, sage ich, wobei mir vor seinen Fragen ein wenig graut.

Er zögert nicht. »Es ist höchste Zeit, dass du gestehst. Wie wild bist du darauf, über meine Zeichen zu lecken?«

Ich schlage mir eine Hand vor den Mund, um nicht loszuprusten. »Das willst du von mir wissen? Na schön. Die Antwort ist, sehr. Fürchterlich. Wie verrückt. Gibt es die Zeichen auch auf deinem Geistwesen?« Bisher habe ich seine Seele nur vom Hals aufwärts gesehen.

»Da musst du wohl abwarten und es selbst herausfinden. Übrigens, die Pickel deiner Hülle sind niedlich.«

Ich schlage seine Hand weg. »Du Ratte! Wie kannst du es wagen, die Makel meiner Hülle zu erwähnen?«

»Die *niedlichen* Makel deiner Hülle.«

Jetzt schlage ich ihm gegen die Brust. »Ich bin ganz kurz davor, dir die Zunge abzubeißen.«

Er bricht in schallendes Gelächter aus, seine aufrichtige Heiterkeit wärmt mich vom Kopf bis zu den Füßen.

»Du brauchst meine Zunge mehr als ich, Mädchen. Aber bitte schön. Tu, was du nicht lassen kannst. Ich werde mir einfach eine neue besorgen.«

Ja, so etwas habe ich ihn schon einmal tun sehen. Genau genommen an dem Tag, an dem ich meinen Ersttod erfuhr.

Wir werden schlagartig still, als uns die Ernsthaftigkeit unserer Situation wieder bewusst wird. Er dreht den Kopf seitwärts, um mir in die Augen zu sehen – um mich anzusehen, als wäre ich ein Schatz, ohne den er nicht leben kann.

»Mit dir zusammen zu sein ist … schwieriger, als ich dachte«, sagt er.

»Ich weiß. Ich hasse es auch, mit dir zusammen zu sein.«

Er legt sich auf mich, küsst mich wieder, küsst mich leidenschaftlich und wild, bis ich zittere und keuche und mich verzweifelt nach mehr sehne. Nach ihm. Nur nach ihm.

»Beantrage einen Gerichtstermin«, sage ich beinahe flehend. »Komm zu mir nach Troika. In Myriad bist du nicht glücklich.«

Gequält schüttelt er den Kopf. »Ich kann noch nicht gehen.«

»Doch, du kannst!« Ich muss irgendwie zu ihm durchdringen. »Killian … Ich weiß, dass du an Verschmelzung glaubst. Du denkst, dass die Seele deiner Mutter mit einem Menschen verschmolzen ist, aber Myriad irrt sich. Troikanische Seelen betreten nach dem Zweittod die Stille, und myriadische Seelen … ich glaube, sie kommen nach Viele Enden. Seelen sterben nie, richtig?« Ich rede hastig weiter, bevor er protestieren kann. »Nach dem Zweittod müssen sie irgendwohin, und es gibt eine Verbindung zwischen Myriad und Viele Enden. Warum sonst sollte es eine Verbindung geben?«

Er versteift sich, streitet aber nicht mit mir. Und ich denke … ich glaube, dass ich bei ihm endlich etwas weitergekommen bin.

*Schritt für Schritt …*

»Ich weiß nicht, ob Myriader nach dem Zweittod in Viele Enden landen«, sagt er heiser. »Als du von dort entkommen bist, hast du keinen Beweis dafür finden können. Und ich kann mir auch nicht vorstellen, wie das gehen soll. Aber ich weiß, dass die Sache mit der Verschmelzung eine Lüge ist. Als sowohl mein General wie meine Anführerin sich weigerten, mir den Namen meiner Mutter zu nennen, weil es angeblich so kompliziert sei, ihn herauszufinden, habe ich die Sache selbst in die Hand genommen. Mich heimlich umgesehen.«

Zitternd frage ich: »Welchen Namen hast du herausgefunden?«

»In ihrem Erstleben hieß sie Honor Flynn. Der Mensch, mit dem sie angeblich verschmolzen ist, heißt Estelle Orzo.« Angespannt fährt er fort: »Ich habe sie besucht. Das Mädchen … meine Mutter war *kein* Teil dieses Mädchens.«

Die Wut in seiner Stimme verleiht seiner Überzeugung noch mehr Gewicht.

*Jetzt Vorsicht walten lassen.* »Du bist als Baby gestorben und hast deine Mutter nie kennengelernt. Wie kannst du da so sicher sein?« Was hat ihn letztendlich überzeugt?

»Was dieses Mädchen gemacht hat … Meine Mutter würde sich niemals so benehmen. Sie hätte nie versucht, mit mir zu schlafen. Honor Flynn muss irgendwo anders sein. Vielleicht hast du recht, vielleicht ist sie in Viele Enden.«

Ich drücke ihm tröstend die Hand. »Also … was sollen wir jetzt machen?«

»Ich muss einen Weg finden, nach ihr zu suchen. Wenn sie dort ist, kann ich sie nicht dalassen. Ich habe sie nie gekannt, aber ich *muss* sie kennenlernen.«

Furcht windet sich wie eine Schlange um mich, eine Boa, die alle Hoffnung ersticken will. Killian wird sich weiterhin in Gefahr bringen, und eines Tages wird man ihn erwischen.

»Ich finde einen Weg zurück nach Viele Enden, Killian, das schwöre ich dir. Ich weiß nicht, wie viele Seelen dort sind – ob es nur Ungezeichnete sind oder auch Myriader. Ich weiß nicht, wie viele in den Bergen gefangen sind als Futter für Vögel und Affen.« Diese Monster! »Aber wir können sie alle retten … gemeinsam.«

Genau diese Worte hat Archer einmal zu mir gesagt. Doch damals habe ich es lieber allein versucht und ihn dadurch verloren. Ich kann nur beten, dass Killian es nicht ebenfalls allein versuchen will.

»Was weißt du noch über den Eingang und den Ausgang von Viele Enden?«, fragt er.

»Jedes Mal, wenn ich dort hinkam, bin ich vorher gestorben und einfach da aufgewacht. Zweimal wurde ich wiederbelebt und bin auf diese Weise genauso schnell wieder rausgekommen. Das letzte Mal musste ich zum Grund eines Sees voller gefräßiger Wassernixen schwimmen.« Mir schaudert.

»Ein See«, sagt er.

Ich frage mich, ob es so einen vielleicht auch in Myriad gibt.

Ich wechsle das Thema – vorläufig –, weil ich ihn nicht auf dumme Ideen bringen will. Ich möchte nicht, dass er ohne mich nach Viele Enden geht. »Irgendwelche Hinweise auf den Spion?«

»Noch nicht.«

Wer könnte es sein? Kayla, Reed, Deacon, Victor? Ich vertraue ihnen. Elizabeth? Zu gern würde ich sie verdächtigen. Levi? Obwohl ich böse auf ihn bin, kommt er mir nicht wie ein Fuchs, sondern eher wie ein Schäfer vor. Er kämpft *gegen* Füchse, hält sie von seiner Herde fern.

»Wenn ich raten müsste, würde ich sagen, es ist Victor«, sagt Killian. »Er ist zwar übergelaufen, hat jedoch trotzdem Verbindungen nach Myriad.«

»Was für eine Überraschung. Du hast doch längst zugegeben, dass du ihn nie leiden konntest.«

»Ja, aber ich kann ihn noch weniger leiden, seit du ihn kennst«, grummelt er und lacht dann. »Ihm ist immer eine ganze Schar Mädchen hinterhergerannt. Jeder hat er die große Liebe geschworen, sich jedoch nie gebunden.«

Nun. Das passt auf jeden Fall gut zu Kaylas Erfahrungen mit ihm. »Ist das der *eigentliche* Grund dafür, dass du ihn entführt hast? Um ihn von mir fernzuhalten? Und wie konntest du seine Erinnerung löschen?«

»Ich habe ihn entführt, weil ich vermute, dass er der Spion ist, und ich wollte sicherstellen, dass er Myriad keine Informationen mehr zukommen lassen kann. Aber in dieser Zeit wurden trotzdem Informationen weitergegeben. Und nein, ich habe seine Erinnerung nicht gelöscht.«

Ich streiche Victor von meiner Wer-ist-der-Spion-Liste. Einer weniger. »Wer dann? Und warum hast du gesagt, Victor sei der Spion, wenn du weißt, dass er es nicht ist?«

»Ich habe nicht gesagt, dass ich ihn nicht länger verdächtige.

Er könnte einen Weg gefunden haben, deine Geheimnisse auch während seiner Gefangenschaft weiterzugeben.«

Möglich, aber nicht sehr wahrscheinlich. »Warum hast du ihn dann freigelassen?«

»Habe ich nicht. Sir Zhi Chen, mein Anführer, hat ihn aufgestöbert.«

Mein Hals zieht sich zusammen. »Hast du Ärger bekommen, weil du deine eigenen Leute angegriffen hast?«

Er zieht amüsiert einen Mundwinkel hoch. »Ich habe eine entsprechende Geschichte drum herum gesponnen und wurde sogar belohnt.«

Puh. »Das überrascht mich nicht. Geschichten drum herum spinnen ist deine Spezialität.«

»Eigentlich habe ich die Geschichte sogar um die Wahrheit herum gesponnen. Ich sagte, ich hätte beweisen müssen, dass ich alles für dich tun würde – absolut alles –, damit du mir vertraust. Zhi weiß nicht, dass ich das alles aus Liebe zu dir tue, er glaubt noch immer, dass ich einfach nur deine Gefühle für mich ausnutze.«

Er gibt mir einen leidenschaftlichen Kuss, der mich vollkommen umhaut, dann steht er auf und zieht mich hoch.

»Und jetzt muss ich gehen. Ich bin schon zu lange vom Netz abgeschaltet.«

Ich streiche meine Kleidung glatt, trinke ein Fläschchen Manna und tippe in mein Komm.

»Warte. Ich habe etwas für dich.« Killian weicht meinem Blick aus, als er tief in die Tasche seiner Jeans greift.

Ich lache. »Wenn du jetzt sagst, dein Geschenk wäre dein Penis …«

»Bitte. Dieses wirklich *riesige* Geschenk hebe ich mir für einen anderen Tag auf.« Er lässt eine Halskette direkt vor meiner Nase baumeln. Der Anhänger ist wie das Symbol Pi geformt.

Ich schlage mir eine Hand vor den Mund, meine Augen werden weit, mein Herz ganz groß. Pi ist das Verhältnis des

Umfangs eines Kreises zu seinem Durchmesser. Ein Kreis endet nie.

Zero! Schon zum zweiten Mal an diesem Tag schießen mir Tränen in die Augen. Das soll ein Symbol für unsere Beziehung sein, nicht wahr?

»Ich hab es selbst gemacht«, gesteht er, er knurrt jetzt praktisch. »Ich stelle Sachen her. Normalerweise Waffen. Was jetzt gerade vollkommen unwichtig ist.« Mit finsterem Blick drückt er meinen Daumen in die Mitte des Symbols, woraufhin ein leichtes Vibrieren in meinen Arm fährt. Eine Sekunde später brummt sein Komm.

»Siehst du? Sobald du drauf drückst, werde ich durch einen elektrischen Puls in meinem Data-Pad gerufen. Und bin in der Lage, dich zu orten – dir zu helfen –, egal, wo du bist.«

Ich zittere nicht nur, als ich es in die Hand nehme, ich zerschmelze praktisch aufs Neue. Dann lege ich das Lederband um meinen Nacken und verstecke das Symbol unter meinem Oberteil. »Es ist noch tausendmal wertvoller, weil du es selbst gemacht hast.« Als er mich zärtlich ansieht, füge ich hinzu: »Ich … ich möchte, dass du das hier hast.«

Ich trete aus meiner Hülle und bedeute ihm mit einer Geste, dasselbe zu tun. Dann ziehe ich den Pistolenring ab und stecke ihn auf seinen Finger. Seine Hände sind natürlich viel größer als meine, deshalb passt er nur auf seinen kleinen Finger.

Wir kehren in unsere Hüllen zurück. »Er hat Meredith gehört, meiner Großmutter. Es ist ein Stück von ihr … ein Stück von mir. Ein Stück davon, wer und was ich bin.«

Er betrachtet den Ring, dann mich, dann wieder den Ring. Dann schließt er kurz die Augen, und sein Gesicht … beginnt zu leuchten, als ob es von innen angestrahlt würde.

»Danke, Mädchen. Ich werde diesen Ring immer in Ehren halten.« Sanft zieht er mich an einer Haarsträhne. »Und ich hoffe, dass du dieses Halsband benutzt, wenn dein Leben in Gefahr ist. Versprich es mir.«

»Wenn ich irgendwann wieder im Land der Ernte bin und mein Leben in Gefahr ist … und es dich nicht in Gefahr bringt, dich zu rufen … dann werde ich es benutzen, versprochen.« Er kann den Schleier der Flügel nicht passieren, um zu mir nach Troika zu kommen, aber ich fürchte, er würde es trotzdem versuchen, wenn ich in Schwierigkeiten steckte – und dafür sogar sterben.

# 21. KAPITEL

»Übereinstimmung ist kraftvoll.«

Troika

Ich bin noch immer ganz aus dem Häuschen über Killians Geschenk – und sein Versprechen –, als ich durch den Schleier der Flügel trete.

Levi wartet in einem eleganten Nadelstreifenanzug auf mich. Niemand sonst ist in der Nähe, und auf einmal kommt die Wut mit voller Wucht zurück.

Ich stemme die Fäuste in die Hüften und starre finster zu ihm hoch. »Warum haben Sie mir nichts von meiner Mutter erzählt?«

Er presst die Lippen zu einer dünnen Linie zusammen. »Das wollte ich erst dann tun, wenn ich einen Rechtsanwalt für ihren Fall gefunden habe.«

»Ich hab gute Neuigkeiten für Sie. Sie haben einen gefunden. Ich werde ihre Rechtsanwältin sein.«

Er kneift die Augen zusammen. »Genau aus *diesem* Grund wollte ich erst einen Anwalt finden, bevor ich mit Ihnen spreche. Ich wusste, dass Sie sich freiwillig melden würden.«

»Ich werde härter kämpfen als jeder andere. Ich werde …«

»Nein, Miss Lockwood. Das werden Sie nicht.« Er beugt sich vor, um mir direkt ins Gesicht sehen zu können. »Das ist ein Teil Ihres Problems. Sie denken, dass Sie härter kämpfen werden als jeder andere, weil Sie Ihre Mutter lieben. Die Wahrheit ist aber, dass wir *alle* hart für *alle* Troikaner und *alle* potenziellen Troikaner kämpfen, weil wir sie *alle* lieben. Sie hingegen müssen gegen Penumbra kämpfen und nicht vor Gericht, wo man Sie töten könnte.«

*Plop*. Meine Wut löst sich in Luft auf, ich atme tief aus. »Sie haben recht. Tut mir leid.«

Er wirkt überrascht. Dann nickt er, richtet sich auf und streicht über sein Revers.

»Stimmt. Ich habe jedoch nicht damit gerechnet, so schnell bei Ihnen durchzukommen.«

»Vielleicht hat Killian ja einen guten Einfluss auf mich?«, frage ich vorlaut.

Er zwickt mich in die Nase, sagt aber nichts mehr.

»Ist es jetzt Zeit für mein Debriefing?«

»Nur mit mir.« Mit einer Bewegung seines Kinns fordert er mich auf, loszulegen. »Erzählen Sie mir alles.«

Ich berichte, was ich zu Brigitte gesagt habe, und das, was Killian mir verriet: den Grund für Victors Entführung und was dabei herausgekommen ist.

»Es handelt sich um einen wirklich guten Spion.« Er seufzt. »In unserem Team kann kein verdächtiges Verhalten festgestellt werden.«

»Vielleicht suchen wir an der falschen Stelle. Was, wenn der Spion weiter oben sitzt? Jemand, der Zugang zu sämtlichen Informationen hat und unsere Fälle in aller Ruhe studieren kann?«

Er runzelt die Stirn. »Einer unserer Generäle?«

Ich verabscheue diesen Gedanken zwar, aber wieso nicht?

Wir betreten und verlassen ein Portal. In der Hauptstadt des Neuen sind die Straßen mit Leuten bevölkert, die zum Training oder zur Arbeit oder nach der Nachtschicht nach Hause gehen. Alle, die uns bemerken, bleiben stehen und verbeugen sich.

Selbst Elizabeth und Raanan.

Nico ist mit den rothaarigen Zwillingen, die mit Archer befreundet waren, unterwegs, und Hoshi und Rebel verlassen gerade ein Manna-Restaurant. Levi nickt jedem zu, und ich mache es ihm nach und versuche, dabei total cool zu wirken, obwohl ich am liebsten schreien würde: *Wir sind alle gleich! Hört auf euch zu verbeugen.*

Außerdem möchte ich schreien: *Stimmt für Archer! Nein, nein, stimmt für Meredith! Nein, wartet. Stimmt für Archer!* Die Auferstehung rückt immer näher, und Troika kann *wirklich* einen dritten Strömer gebrauchen.

»Der Strömer, der dieses Jahr gestorben ist«, sage ich. »Wie war ihr – oder sein – Name?«

»Sein Name. Orion Giovante. Guter Mann. Stark. Brutal ehrlich. Ein bisschen hitzköpfig. Ein Krieger, der seine Armee lieber direkt in die Schlacht führte, als hinter den Kulissen die Fäden zu ziehen. Er weigerte sich, verwundete Soldaten zurückzulassen, und starb bei dem Versuch, sie zu retten.«

Das klingt fantastisch. »Wir brauchen ihn, oder?«, frage ich leise.

»Genau genommen brauchen wir *fünf* weitere Strömer.«

Was leider im Moment nun mal keine Option ist. Es sei denn … »Wenn Myriad Auflöser produzieren kann, warum können wir dann keine Strömer produzieren?«

»Wenn ich die Antwort wüsste, Miss Lockwood, gäbe es bereits mehr Strömer.«

Wir nehmen eine Treppe in Levis Wohngebiet. An seinem Haus angekommen, lasse ich die Hülle an der Eingangstür zurück. Sie wird später in meine Wohnung gebeamt werden. *Notiz an mich: beamen lernen.* Wir gehen direkt ins Spielzimmer. Jeremy und Millicent stapeln Klötzchen übereinander. Oder besser gesagt Millicent stapelt sie, und Jeremy wirft sie wieder um.

Als Jeremy mich sieht, beginnt er quiekend auf mich zuzukrabbeln. Er *krabbelt*!

»Mann, Kumpel. Du hast über Nacht so viel dazugelernt!« Ich platze fast vor Stolz.

»Er ist stark und klug«, sagt Millicent grinsend.

Ich hebe ihn hoch, trage ihn zur Spielzeugkiste und setze mich mit ihm auf dem Schoß davor. Goldenes Sonnenlicht strömt durch das ovale Fenster und streichelt uns, während er sich einen Quietscheball für uns aussucht – besser gesagt, ihn kichernd von mir wegrollen lässt.

Millicent entschuldigt sich und geht, damit wir in Ruhe reden können, und Levi schließt die Tür. Dann lehnt er sich mit verschränkten Armen an die Wand.

»Leider bin ich noch immer nicht hinter Linas Warnung gekommen. Alles, was ich weiß, ist, dass Sie die Maus sind.«

Der Themenwechsel verstört mich etwas, doch nur kurz. »Ja. Das glaube ich auch. Vielleicht soll der Hühnerstall Troika sein? Erst dachte ich, dass sie damit mein Apartment meint, aber ein Hühnerstall deutet auf mehr als nur ein Huhn hin, und ich lebe allein.« Ich reibe mir über das Gesicht. »Vielleicht sollte ich Lina noch einmal besuchen.«

Er zuckt zusammen. »Sie bat darum, freigelassen zu werden. Wir mussten sie gehen lassen. Wir hätten sie nicht gegen ihren freien Willen festhalten können.«

Einen Moment lang möchte ich ihm am liebsten ins Gesicht springen, weil er mir das nicht sofort mitgeteilt hat. Aber genau genommen kann ich froh sein, dass er mir überhaupt davon erzählt. Er ist mir keine Rechenschaft schuldig. Er ist General, und er muss sich mit Tausenden Untergebenen und all ihren Verwandten und Freunden beschäftigen.

Darüber hinaus hat er mir, Tage bevor ich selbst dazu bereit war, bereits vorgeschlagen, Lina zu treffen. Hätte ich meinen Hintern schneller hochgekriegt, hätte ich mehr Zeit mit ihr verbringen und sie davon überzeugen können, vor Gericht zu ziehen. »Wo ist sie?«

»Gute Frage. Myriad hat sie nicht, wie ich glaube. Die hätten sonst längst versucht, sie gegen Sie auszuspielen.«

Das ist wahr.

Er wirft mir ein halbes Lächeln zu. »Ich denke, im Moment sind Sie in Ihrem Apartment am sichersten. Ihr Team kann bei Ihnen bleiben. Ich werde Männer und Frauen, denen ich vertraue, um das Gebäude herum postieren.«

Ich möchte zwar nicht, dass sich andere meinetwegen in Gefahr bringen, weiß aber auch, dass eine gute Vorbereitung über Sieg und Niederlage entscheiden kann. »Gut. Ja. Vielen Dank.«

Er blinzelt. »Was ist bloß heute mit Ihnen los? Sonst weigern Sie sich doch ständig, Befehlen zu gehorchen?«

»Ich bin schließlich nicht blöd. Zumindest nicht immer«, murmele ich. Ich strecke die Beine aus und schlage die Füße in meinen Schuhen zusammen. *Tap, tap, tap*. Der Rhythmus beruhigt mich. »Sind Sie diesen Krieg nicht leid, Levi?« Ich schon, und ich kämpfe ihn erst seit ein paar Monaten. »Ich sehne mich nach Frieden.«

»Hauptsache, wir siegen, da spielt Erschöpfung keine Rolle«, sagt er nur.

»Haben die Sphären eigentlich jemals Friedensgespräche geführt?«

»Nein. Wozu? Wir können nicht harmonisch nebeneinander existieren. Wir wollen dasselbe – Menschen – und nur einer von uns kann gewinnen.«

»Teilen ist heilen.«

»Um mit Myriad zu teilen, müssten wir Kompromisse schließen. Aber wenn wir Kompromisse schließen würden, wären wir nicht länger das, was wir sind.«

*Tap, tap, tap*. »Ich werde Ihnen das Gegenteil beweisen, Levi. Ich werde für den Frieden kämpfen. Und einen nach dem anderen dafür gewinnen.«

Seine Zeichen leuchten auf. »Tun Sie, was Sie nicht lassen können.« Nachdem er die Nachricht gelesen hat, ist es um seine gute Laune geschehen. »Ich habe Brigitte von einer Gruppe TAs verfolgen lassen, nachdem sie das Café verließ. Sie wurden von MAs überfallen, die Verletzten kehren gerade zurück.« Er zeigt zur Tür. »Gehen Sie ins Sanatorium. Heute werden unsere Heiler Ihre Ausbildung übernehmen. Sie müssen deren Arbeit besser kennenlernen.«

Erpicht darauf zu helfen werfe ich Jeremy eine Kusshand zu

und breche auf. Licht streichelt mich, Wärme füllt mich aus. Ich atme tief ein und langsam aus und versuche, die Sonnenstrahlen durch meine Poren zu pressen, um andere zu wärmen und aufzufüllen.

Die Strahlen lösen sich in nichts auf, wie ich enttäuscht feststellen muss.

Die nächsten Stunden verbringe ich im Sanatorium, wo ich das tue, worum meine Heilerin – Dawn – mich bittet. Die meisten Patienten sind freundlich und dankbar.

Dann betrete ich den letzten Raum im zweiten Stock.

Elizabeth hockt auf einer Krankentrage. Sie trägt BH und Unterhose und ist mit Schnittwunden übersät.

Sie blutet heftig, ihr Licht schwindet.

Das kann ja heiter werden.

Sie sieht mich finster an. »Wieso bist *du* hier?«

»Befehl von Levi.« Ich stelle das Tablett mit Medizin und Verbandszeug auf einen Tisch neben ihrem Bett. »Wir sollten dich besser zusammenflicken, bevor du verblutest und den Zweittod stirbst.« Ich greife nach einer großen mit Manna gefüllten Spritze.

»Von dir lasse ich mir keine Spritze geben. Dir würde es doch Spaß machen, mir wehzutun«, murrt sie und schlägt meinen Arm weg. »Ein Heiler! Hallo! Ist da jemand?«

»Jetzt komm schon. Sei kein Baby.« Ich gehe um sie herum und steche die Nadel in eine ihrer vielen Verletzungen.

Sie zischt auf. »Deine *Mom* ist ein Baby.«

»Ein Witz über meine Mom also? Das ist ja so was von erwachsen.« Ich ziehe einen Stuhl an ihr Bett. »Und außerdem ist es mir egal, wie unhöflich du bist. Ich bleibe hier, bis ich weiß, dass deine Wunden gut heilen.«

»Wie du meinst.« Sie nimmt sich eine weitere Spritze vom Tablett und injiziert sich das Manna in eine andere Wunde. Nach wenigen Sekunden scheinen ihre Schmerzen nachzulassen, sie trägt Heilsalbe auf und beginnt, sich zu bandagieren.

»Fertig.« Sie ist kreidebleich und hat dunkle Ringe unter den Augen. »Du kannst jetzt gehen.«

»Was für ein Problem hast du mit mir? Vom Offensichtlichen abgesehen, meine ich. Ja, ich habe einen Fehler gemacht und Leute kamen ums Leben. Aber dafür hast du mich bereits bestraft, richtig?«

Sie wird rot.

»Das Nagelbrett«, füge ich hinzu, nur um auf Nummer sicher zu gehen. »Du warst dabei.«

Schweigen. Dann ein knappes Nicken.

»Wer hat dir geholfen?« Wahrscheinlich Raanan. Aber wer noch? Ich kann mich an drei Personen erinnern.

Sofort wird ihr Gesicht wieder unfreundlich. »Ich habe die anderen überredet, dich anzugreifen. Ich allein trage die Verantwortung.«

Ich bewundere ihre Loyalität. »Tut mir leid, Elizabeth.« Seit Merediths Tod weiß ich, wie sehr ich diesem Mädchen wehgetan habe. Sie vermisst ihren Freund, und das ist meine Schuld. »Am Tag meines Ersttodes habe ich Killian beschützt, weil er mir wichtig ist, so, wie dein Freund dir wichtig war – ist. Zu welcher Sphäre er gehört, war mir in dem Moment egal, ich habe ihn einfach instinktiv beschützt. Ich wünschte … ich wünschte, wir würden keinen Krieg führen. Ich wünschte, es gäbe keine Schlachten, keine Toten.«

Ich bin keinen Deut besser als Archer und Killian, oder? Auch ich nutze jede Gelegenheit, um meinem Ziel näher zu kommen.

Auf einmal scheint sie nicht mehr streiten zu wollen, sie lehnt sich zurück.

»Ich habe ein furchtbar schlechtes Gewissen. Wegen der Auferstehung … denn ich werde nicht für Claus stimmen. Wir brauchen viel zu dringend einen weiteren Strömer.«

Ihre Bereitschaft, ihren Freund zum Wohl der Sphäre aufzugeben, treibt mir Tränen in die Augen. »Ich weiß«, sage ich leise. »Ich möchte am liebsten für Archer oder für Meredith stimmen, aber …«

Meine Zeichen leuchten auf, eine Kurznachricht von Clay schwebt über meinem Handgelenk: *Wir haben ein Problem.*

Ich komme einfach nicht zur Ruhe. »Ich muss los«, rufe ich. »Dior steckt wahrscheinlich in Schwierigkeiten.«

»Dann los.« Sie schickt mich mit einer Handbewegung fort. »Und Ten?«

Ich bleibe stehen. Ich glaube, es ist das erste Mal, dass sie meinen Namen ausspricht.

Raanan kommt ins Zimmer. Er wirkt besorgt. »Bist du okay? Ich habe es gerade erst gehört.«

Elizabeth lässt mich nicht aus den Augen. »Ich vergebe dir.«

»Ich vergebe dir auch.« Ich gehe zurück zu ihrem Bett, um sie zu umarmen, dann schlage ich Raanan auf die Schulter. »Euch beiden.«

»Mir?« Er schnaubt. »Was habe ich denn getan, außer dass ich viel zu gut aussehe?«

Ich verdrehe die Augen und flitze aus dem Zimmer. Während ich eine Treppe nehme, schreibe ich eine Nachricht an Levi. In meinem Apartment angekommen, schlüpfe ich in die Hülle und stecke meine Hände in Lederhandschuhe. Dann jage ich zum Schleier der Flügel.

Kayla, die beim Auge ist, spricht durch das Netz mit mir. – *Grünes Licht.* –

Durch das Wasser hindurch – *wuuusch* – und ich lande in Prynne, wo mich komplettes Chaos erwartet.

Javier hat sich auf Clay gestürzt, der sein Bestes tut, ihn abzuwehren, ohne ihn zu verletzen. Dior fleht die beiden an, aufzuhören.

Mein Herz donnert wie ein Gewitter in meiner Brust. Ich schiebe die Streithähne auseinander. Die Handschuhe verhindern jeglichen Hautkontakt.

Außer sich schreit Javier: »Fass sie nicht an. *Wage* es nicht, sie anzufassen.«

Er versucht, an mir vorbei wieder nach Clay zu greifen. Ich stoße ihn mit voller Kraft zurück, er stolpert.

»Genug. Entweder du beruhigst dich oder haust ab.«

Er schnaubt und knurrt wie der böse schwarze Wolf, bleibt aber, wo er ist.

Clay reibt sich das Kinn, die Haut seiner Hülle ist aufgerissen. Ich bin stolz auf ihn, weil er sich so behauptet hat, obwohl er eigentlich eher friedlich als kämpferisch ist.

»Sie hatte einen Anfall.« Er trinkt das Fläschchen Manna aus, das um seinen Hals hängt. »Also habe ich sie auf die Seite gerollt und, na ja, was dann passiert ist, hast du ja gesehen.«

Dior eilt an Javiers Seite, reißt etwas Stoff aus ihrem T-Shirt und bedeckt damit die Schnitte auf seinen Fingerknöcheln. »Danke, dass du mich beschützen wolltest, Baby. Ich liebe dich so sehr.«

Beschützen? Vor Clay? Dieses Verhalten erscheint mir nicht besonders Dior-typisch. Hat Penumbra ihre Gefühle für Javier verstärkt, diesem Blödian, der mit allem schläft, was nicht bei drei auf den Bäumen ist? Schwarze Adern schlängeln sich über jeden Zentimeter ihrer sichtbaren Haut.

Ich kaue auf den Innenseiten meiner Wangen. »Warum ruhst du dich nicht etwas aus, Clay, und …«

»Nein«, sagt er kopfschüttelnd. »Ich bleibe. Ich werde hier gebraucht.«

»Na schön.« Ich hebe die Arme, Handflächen nach außen. Blöder freier Wille. Ich starre Javier an. »Solltest du noch einmal Clay oder irgendeinen anderen Troikaner angreifen, bekommst du es mit mir zu tun. Und du weißt doch noch, was das letzte Mal passiert ist, als wir uns berührt haben, oder?«

Freier Wille funktioniert in beide Richtungen. Ich kann mich frei dafür entscheiden, ihm in den Hintern zu treten.

Er starrt stumm zurück.

Um auf Nummer sicher zu gehen, schreibe ich Levi eine Nachricht mit der Bitte um eine Handvoll TAs und TGs für Clays Unterstützung. Wir haben den Standort bisher geheim gehalten, um Dior und Javier vor Myriad zu beschützen, doch – wenn Killian recht hat – will Myriad die beiden gar nicht wirklich haben.

Ich versuche, mit Dior zu sprechen, aber sie weicht jedes Mal zurück, wenn ich einen Schritt auf sie zu mache.

»Könntest du bitte einfach gehen?« Sie reibt sich die Arme, als ob ihr kalt wäre.

»Du hast sie gehört.« Javier zeigt zur Tür. »Verschwinde.«

Ich würde es ja persönlich nehmen, wenn ich nicht genau wüsste, was die beiden empfinden. Abstoßung. Ihre Dunkelheit empfinde ich wie ein ekliges Pulsieren an meiner Haut, auch ich kann es kaum erwarten, es loszuwerden.

Clay umarmt mich und flüstert: »Ob du es glaubst oder nicht, ich mache Fortschritte mit Dior. Ich kann jetzt nicht aufgeben.«

Das verstehe ich, und ich bewundere ihn für seine Hartnäckigkeit und sein mitfühlendes Herz. »Schick mir eine Nachricht, wenn du mich brauchst.«

»Das werde ich.«

*Viel Glück*, forme ich lautlos mit den Lippen und kehre nach Hause zurück.

Mitternacht. 2.01 Uhr. 4.39 Uhr. Ich gehe in meinem Apartment auf und ab, *Segen* und *Fluch* fest in der Hand, beobachte ich weiterhin die Uhr.

Wie versprochen befindet sich mein Team in meiner Wohnung, während Wächter im Rest des Gebäudes patrouillieren. Linas Lied geht mir durch den Kopf, immer und immer wieder, und ich versuche Antworten zu finden.

*One fox in the henhouse. In two days, he'll try to eat his mouse.*

Zwei Tage sind vorüber, also ist *heute* der Tag. Es kann jeden Moment losgehen.

*Three, yes, three warnings will come. By four five six, you'll be glum. Look, look, look, for the seven. Eight, nine, Ten is in heaven …*

Bedeutet »Ten ist im Himmel«, dass ich den Zweittod sterben und die Stille betreten werde?

Meine Nerven sind zum Zerreißen gespannt, meine ruhige Fassade zerbröselt mehr und mehr. Ich bin noch nicht bereit zu sterben. Ich habe zu viel zu tun.

Auf einmal gehen sämtliche Lichter aus, es herrscht totale, erschreckende Finsternis.

Meine Zeichen glühen, als die Lichter wieder angehen. Ich stöhne auf, weil ich mit dem Schlimmsten rechne. Levi schreibt: *Jeder einzelne TA in Ihrem Gebäude ist mit einem Schlag bewusstlos geworden. Der Fuchs ist im Hühnerstall. Bin auf dem Weg. Bitte schreiben Sie mir, dass es Ihnen gut geht.*

Drei Warnungen. Das muss die zweite sein, die Lichter waren die erste. Zero! Mein Apartment ist also *doch* der Hühnerstall. Schließlich bin ich nicht länger allein, mein ganzes Team ist bei mir. Victor, Deacon, Elizabeth, Reed und Kayla.

Ich werde von Panik gepackt. Sind alle okay?

»Leute«, rufe ich, während ich Levi antworte und ihn wissen lasse, dass es mir gut geht.

Schweigen.

Auf einmal hallt ein Schlag von den Wänden wider, eisige Furcht kriecht mir über den Rücken. Die dritte Warnung?

Meine Nerven vibrieren, als ich auf die Uhr sehe. Es ist 4.56 Uhr.

4.5.6.

*By four five six, you'll be glum.*

Die Ziffern in dem Lied – vier fünf sechs. Die Uhrzeit des Angriffs?

In diesem Moment zersplittert meine Schlafzimmertür, und dahinter steht Victor mit düsterem Gesicht und erhobener Waffe.

# 22. KAPITEL

»Verlasse dich auf niemanden.«

Myriad

Mein erster Gedanke ist: Er ist hier, um mir zu helfen.

Mein zweiter: Er ist der Fuchs.

Das Gefühl, verraten worden zu sein, lässt mich zurückstolpern. Sein Gesicht und seine Kleider sind mit Lebensblut bespritzt, und es ist nicht sein eigenes. Er ist unverletzt.

Er hat meine Leute angegriffen.

Er feuert einen Dazer auf mich ab. Geduckt schwinge ich meine Schwerter, glühende Splitter fliegen in seine Richtung und schlagen ihm die Waffe aus der Hand. Ich wehre ab, wie Levi es mir beigebracht hat. Die Kugeln prallen vom Metall ab und fallen zu Boden.

»Da ist aber jemand besser geworden«, sagt Victor mit kaltem Lächeln.

Levi ist auf dem Weg zu mir. Ich muss Zeit schinden. »Wie hast du Myriad Informationen zukommen lassen können, während Killian dich gefangen hielt?«, frage ich.

»Wie wohl? Ich habe vorausgeplant und Wanzen in deiner Küche installiert. Und auch an anderen Stellen.« Er wechselt den Munitionsclip, feuert aber keine zweite Runde ab. Noch nicht. »Ich möchte dich nicht verletzen, Ten.«

»Warum schießt du dann auf mich?«, schreie ich.

»Geschwächt wirst du dich nicht wehren, wenn ich dich ins Land der Ernte schleppe, damit du dort meinen Chef treffen kannst.«

»Ich kenne deinen Chef bereits. Sein Name ist Levi.«

»Ich habe *nie* für Levi gearbeitet.« Er zielt auf mich. »Ich arbeite für Myriad. Das habe ich schon immer und das werde ich auch immer. Meine Familie ist dort, und ich will das Beste für sie. Eine Ewigkeit ohne Troika.«

Seine Familie. Meint er damit seinen Vater? Den, der für die Kluft zwischen den Sphären verantwortlich ist, für die Zerstörung der Brücke? Den, der die Flammen des Hasses ständig schürt?

Ich hebe das Kinn. »Ich liebe Archer und will seinem Bruder nicht wehtun. Oder Schlimmeres! Deswegen bitte ich dich, aufzugeben. Wenn dir Archer auch nur das Geringste bedeutet, dann …«

»Er bedeutet mir nichts. Er hat unsere Sphäre verraten. Und du … du warst für mich nur so wichtig wie die Informationen, die ich durch dich bekommen habe. Ich bin nicht sicher, wer genau dich manipuliert, der Typ, der dich an der Leine hält, oder sein Chef, aber das werde ich herausfinden.«

Der Typ … meint er Killian?

Ich kämpfe gegen die nächste Panikwelle an, das Pi-Halsband brennt mir fast ein Loch zwischen die Brüste.

»Also? Willst du es auf die sanfte oder die harte Tour?«, fragt Victor.

»Auf die harte.« Ich trage meine Rüstung und überall am Körper Waffen. Ich werde mich nicht einfach so ergeben.

»Wie du willst.«

Ich mache einen Schritt zurück. Er kommt näher – und löst damit die Fallen aus, die ich aufgestellt habe. Ein Pfeil schießt aus der Armbrust an der Wand, doch es gelingt ihm, auszuweichen. Im Stolpern aktiviert er die zweite Falle, einen Dazer, und Victor beginnt wie wild um sich zu schießen.

Die Kugeln treffen auf meine Schwerter.

Die Zeit scheint stillzustehen, als Victor sich auf mich stürzt. Ich werfe mich mit ausgestreckten Schwertern vor, doch er dreht sich um sich selbst, bevor er auf dem Boden landet, springt wieder hoch und kann meinen Waffen ausweichen, während er mich weiter attackiert. Wie ein Wirbelwind bewege ich mich rückwärts … über das Bett …

Er presst mich an die Wand und schießt und schießt und schießt. Meine Schwerter sind wie Schutzschilde. Ich stoße ein Bein vor, und als Victor zurücktaumelt, werfe ich mich über das Bett und schlittere bis zur Tür, renne aus dem Zimmer, mein Pferdeschwanz schlägt gegen meine Wangen.

Ich muss die Nummer sieben finden. Wo ist die Sieben? *Was* ist die Sieben?

Schritte hinter mir.

*– Dreh dich um! Jetzt! –*

Der Befehl ist ein Flüstern über das Netz. Es kommt nicht von einer anderen Person, sondern vom Netz selbst. Ich wirble herum, und es gelingt mir, eine weitere Ladung abzuwehren.

Mein Stiefel bleibt an etwas Festem hängen. Zero! Ich stolpere und knalle auf die bewusstlose, blutende Elizabeth, die wegen ihrer kürzlich erlittenen Verletzungen erst gar nicht hätte eingeteilt werden dürfen.

Victor lädt nach und schießt. Auf mich. Auf Elizabeth. Ich schirme sie so gut wie möglich ab. Eine Kugel streift meinen Arm. Ich zische auf, als die Haut aufreißt und Lebensblut wie flüssige, glitzernde Lava aus mir herausströmt.

Ich spüre, wie ich schwächer werde und zu zittern beginne. Mir wird schwindlig. Ich muss um jeden einzelnen Atemzug ringen.

Ich habe keine Zeit, Druck auf die Wunde auszuüben. Victor feuert eine weitere Runde ab. Ich bin schwerfällig, jede Bewegung zündet brennende Schmerzen, trotzdem gelingt es mir, seine Kugeln abzuwehren.

Als er gezwungen ist, eine Pause einzulegen, um nachzuladen, schwinge ich meine Schwerter, und wieder explodieren Splitter aus purem Licht von der Spitze. Er springt aus dem Weg – aber nicht schnell genug. Einer der Splitter trifft ihn in die Brust und schleudert ihn quer durch den Raum.

Er prallt gegen die Wand, und ich nutze die Gelegenheit, gleichzeitig anzugreifen und meine Wunde auszubrennen, indem ich die Schwerter zusammenknalle. Die Stange flammt auf. Brüllend ziele ich mit einem Ende auf Victor, während ich das andere an meine verletzte Schulter presse.

Dieser Schmerz! Mir wird schwarz vor Augen, ich schreie auf; eine dunkle Kruste bildet sich auf meiner Wunde, der Strom aus Lebensblut versiegt.

Victor brüllt auf und reißt sich los.

Ich stoße die Stange in eins seiner Handgelenke, dann in das andere. Er lässt die Waffen fallen.

Wir umkreisen uns, zwei Raubtiere, die nicht aufgeben wollen. Um uns herum liegen Deacon, Kayla und Reed reglos auf dem Boden in einer Pfütze aus Lebensblut.

*Bloß nicht darauf reagieren, bloß nicht!* »Wie hast du sie ausgeschaltet?«

»War leicht. Ihr seid alle so naiv.«

Sohn eines Myriadertrolls! »Und warum hat es mich nicht erwischt?«

»Warum wohl? Du bist Strömerin.«

Das Lichtgeflacker. Hat er sie alle gleichzeitig mit einer Art Bombe der Dunkelheit zur Strecke gebracht?

Genug Hinhaltetaktik. Ich schwinge die Stange. Als er nach rechts springt, reiße ich die Schwerter auseinander, schleudere eines von mir. Die Klinge dringt in seine Brust und kommt auf der anderen Seite heraus. Er schwankt und sieht mich verwirrt an, als ich näher komme, um ihn mit dem anderen Schwert zu töten.

Auf einmal bin ich wieder in meinem Schlafzimmer und Victor steht in der Tür. Ich halte die Schwerter in den Händen, er die Pistolen. Wir sind beide unverletzt.

Von Entsetzen gepackt starre ich ihn an, meine Gedanken überschlagen sich als …

… die Antwort mich trifft wie ein Schlag. Das hier ist ein

Segen. Eine zweite Chance. Eine Chance, noch einmal ganz von vorn anzufangen und dabei genau zu wissen, was während unseres Kampfes geschehen wird.

»Wie hast du das gemacht?«, fragt er.

»Ich habe gar nichts gemacht. Das waren die Schwerter. Sie geben dir die Chance, zu gehen. Und ich würde vorschlagen, dass du sie ergreifst. Denn sonst werde ich dich *wirklich* töten.«

Er kneift die Augen zusammen, sein Finger zuckt am Abzug, aber er schießt nicht. »Oder ich werde *dich* töten. Ich hatte mehrfach die Chance dazu. Ich habe Elizabeth überredet, dich zu überfallen. Als sie wegrannte, hätte ich dir den Kopf abschlagen können, und niemand hätte etwas davon mitbekommen. Immer wenn ich dich besucht habe, hätte ich dich vergiften können. Ich habe dich leben lassen – weil ich wusste, dass du Myriad helfen kannst.«

Killian, ja. Myriad niemals. »Du kannst nicht zu deiner geliebten Sphäre zurückkehren, ohne vorher vor Gericht zu gehen. Meinst du, dass jemand freiwillig dein Anwalt sein wird?«

»Ich hatte nie vor, zurückzugehen. Ich werde hier zum Tode verurteilt werden.« Er hebt das Kinn. »Die Strafe wird meinen Verbrechen angemessen sein, weil ich keine Reue zeigen werde. So ein Ende nehme ich für Myriad gern in Kauf.«

Ein Hämmern an der Wohnungstür. »Ten!«, ruft Levi. »Ten!«

Die Zeit hat doch nicht wieder von vorn begonnen, wie mir klar wird; nur wir haben das. »Deine letzte Chance«, sage ich zu Victor.

»Ten!« *Hämmer, hämmer, hämmer.*

Victors Zähne blitzen auf, er stößt ein drohendes Knurren aus. Dann zieht er den Abzug. *Bumm! Bumm! Bumm!* Ich lasse die Schwerter rotieren, um die Kugeln abzuwehren. Gleichzeitig zwinge ich Victor, rückwärts aus meinem Zimmer zu gehen, wobei ich meinen eigenen Fallen ausweiche. Hier ist es zu voll, ich brauche mehr Platz.

Dieses Mal stolpert *er* über Elizabeth. Als er fällt, stoße ich zu, benutze die Schwerter wie eine Schere und durchschneide eins seiner Handgelenke. Ein dumpfer Aufschlag. Die abgetrennte Hand landet auf dem Boden, die Pistole noch umklammernd.

Er jault auf, Lebensblut spritzt aus seinen Wunden. Ich stoße zu, er rollt zur Seite. Das tun wir wieder und wieder und wieder, bis die Spitze meines Schwerts in einer Bodendiele stecken bleibt. Ich zerre vergebens daran. Er zielt mit der zweiten Pistole auf mich und drückt ab.

Ich drehe mich weg, aber nicht schnell genug, die Kugel jagt in meine Hüfte. Ich verliere viel zu viel Lebensblut. Adrenalin und wilde Entschlossenheit sind inzwischen meine einzigen Kraftquellen.

Victor gibt einen weiteren Schuss ab. Ich werfe mich über die Couch, der Schmerz bringt mich fast um.

Mitten in der Luft erscheint das *Buch des Gesetzes*. Ich tauche hindurch, die Arme ausgestreckt, um mich bei der Landung abzufangen; eins meiner Zeichen scheint auf die geöffnete Seite, und im Bruchteil einer Sekunde geht mir ein Licht auf, mit einem Mal verstehe ich den Sinn der Zahlen.

Die erste Zahl jeder Reihe ist eine Buchseite, die anderen beziehen sich dann entweder auf einen Buchstaben oder auf ein Wort.

Ich bin begeistert und würde am liebsten sofort mit dem Entschlüsseln beginnen.

*Später!*

*Die Sieben*, sagte Lina. Ich brauche die Sieben, wenn ich hier lebend herauskommen will.

Ich lande auf dem Boden, rolle mich ab und bleibe unter dem Couchtisch liegen. Ich will gerade auf die andere Seite kriechen, um den Tisch so zu kippen, dass ich ihn als Schutzschild benutzen kann, als mir dessen Beine auffallen. Sie sind aus Holz, und so, wie sie unter der Tischplatte gebogen und befestigt sind … sehen sie aus wie die Zahl Sieben.

Ja! Ich trete gegen eins der Beine, trete noch einmal und noch einmal … Zero! Es gibt einfach nicht nach.

Victor packt mich an einem Fußknöchel und zerrt mich unter dem Tisch hervor. Das war ein Fehler. Jetzt trete ich nach *ihm*. Er ist geschwächt und außer Atem, und als er sich krümmt, trete ich schnell noch einmal gegen den Tisch. Schweiß läuft über meine Schläfen, meine Muskeln zittern. Endlich biegen sich die Scharniere, das Metall löst sich von der Tischplatte und steht hervor.

Nicht gerade das Wunder, das ich brauche. Victor zieht mich ein zweites Mal unter dem Tisch heraus. Ich umklammere verzweifelt das Tischbein, doch er wirft mich auf den Rücken und rammt beide Knie in meine Schultern, um mich auf dem Boden festzuhalten.

Ich spüre das kalte Ende der Waffe an meiner Schläfe.

*Nein, nein, nein!* Ich darf nicht verlieren. Nicht so. Nicht gegen ihn.

Schnaufend sagt er: »Runde eins geht an Ten. Runde zwei an Victor.«

*Wumm!*

Victor fällt von mir herunter. Ich springe verwirrt auf. Elizabeth lehnt mit ausgestrecktem Arm an der Küchentheke, Rauch kräuselt sich aus dem Lauf der Pistole in ihrer Hand nach oben.

Keine Zeit zur Freude – sie lebt! – und keine Zeit, um mich bei ihr zu bedanken. Victor richtet sich mühsam auf, seine Waffe auf sie gerichtet.

»Nein!« Ich werfe mich auf ihn. Zusammen prallen wir gegen die Wand, bleiben aber stehen.

Mit seinem unverletzten Arm schlägt er nach mir, einmal, zweimal, dreimal, ich kippe um. Er folgt mir zu Boden, hebt dabei die Pistole auf, die er fallen gelassen hat. Ich trete mit einem Fuß gegen seinen Arm und sie fliegt in meine Richtung.

Er verlagert sein ganzes Gesicht auf eine seiner Fersen, um seinerseits nach mir zu treten, doch ich drücke mich auf die Knie und stoße ihn mit aller Kraft weg. Er stolpert über einen Körper und … erstarrt. Erstarrt einfach.

Das hölzerne Tischbein, das ich gelöst habe, ist durch seine Brust gedrungen und ragt aus seinem Rücken wieder heraus.

Er kämpft noch ein paar Sekunden, Lebensblut sprudelt gurgelnd aus seinem Mund.

Die Sieben. Es ist vorbei. Er ist erledigt.

Eher erschöpft als erleichtert falle ich auf mein Gesicht. Ich kann nicht mehr klar denken, als ich scharfen Schmerz an meiner Wange spüre. Egal. Zu viele andere Schmerzen, über die ich mir Sorgen machen sollte.

Das jedenfalls kann nicht der Himmel sein.

»Ten! Ten!« Levis Stimme. Fäuste, die gegen die Tür hämmern. »Sie müssen die Abschirmung deaktivieren.«

»Wie?« Meine Lippen formen das Wort, aber kein Ton kommt heraus. Schwarze Sterne tanzen vor meinen Augen, am liebsten würde ich mein Halsband benutzen, um Killian zu rufen. Ich will Killian sehen. Ich will seine Arme um mich spüren, will spüren, wie er mich festhält. Ich will, dass sein Atem meine Haut streift, will ihn riechen. Will seine tröstenden Worte hören. Er würde sagen, dass alles gut wird, und ich würde ihm glauben.

Aber ich darf ihn nicht in Gefahr bringen. Das werde ich nicht tun. Selbst wenn es ihm gelänge, den Schleier der Flügel zu passieren, ohne zu Asche zu verbrennen, müsste er gegen Legionen von Troikanern kämpfen, um zu mir zu gelangen.

»Der Fuchs wird irgendeine Art Gerät bei sich haben. Finden Sie dieses Gerät, Ten!« Levi hämmert wieder, lauter und schneller jetzt.

Ich versuche, mich zu bewegen, doch es gelingt mir nicht. Ich glaube zu sehen, wie Elizabeth zu Victor kriecht und seine Taschen durchsucht.

Sie muss das Gerät gefunden haben, denn die Tür fliegt auf und Levi kommt mit einer Armee im Schlepptau in meine Wohnung gestürmt.

Weil ich weiß, dass wir jetzt in Sicherheit sind – der Fuchs ist besiegt –, lasse ich mich in die Dunkelheit treiben …

Hey. Vielleicht ist Dunkelheit letztlich doch gar nicht so schlecht …

Ich weiß nicht, wie viel Zeit vergangen ist, als Stimmengewirr in mein Bewusstsein dringt. Ich blinzle. Ich liege auf einem Krankenbett. Mir tut alles weh, ich bin benommen und Levi sitzt neben mir.

Die Stimmen sind immer noch zu hören, aber die Worte sind nicht an mich gerichtet. Sie kommen aus anderen Räumen, wie mir klar wird. Ich bin im Sanatorium.

Erinnerungen überfluten mich. »Elizabeth«, krächze ich. »Deacon, Reed, Kayla.«

»Deacon, Reed und Kayla sind auf dem Weg der Besserung. Elizabeth …« Levi sieht einen Moment zur Seite, als einziges Anzeichen seines inneren Aufruhrs, bevor er mir direkt ins Gesicht blickt. »Wegen der Verletzungen, die sie heute Morgen bereits erlitten hatte, konnte sie nicht gerettet werden.«

»Nein.« Es ist nicht lange her, dass sie zu Victor kroch und seine Taschen durchsuchte … und dabei wahrscheinlich ihren letzten Atem ausstieß. Als mich diese Erkenntnis trifft, wimmere ich auf. Sie verblutete, während sie uns rettete. »Nein.« Diesmal wispere ich das Wort.

Er sieht mich streng an. »Eine Wahrheit nicht zu glauben ändert nichts an ihr, Miss Lockwood.«

Ich würde ihn am liebsten anschreien. Ihn schütteln. Ich möchte mich in seine Arme werfen und weinen. Weil er recht hat. Ich weiß, dass er recht hat. Ich weiß tief in meinem Herzen, dass Elizabeth gegangen ist. Sie ist gegangen und ist nun kein Licht innerhalb des Netzes mehr.

Troika hat eine wertvolle Soldatin verloren. Ein Mädchen, das bis zum Ende loyal war. Ich habe eine mögliche Freundin verloren.

Ich werde nicht weinen. Ich werde stark sein. Ich werde mich *ihrer* Stärke würdig erweisen. »Warum haben Sie darauf bestanden, dass sie mich bewacht?«

»Habe ich nicht.« Er wirft mir ein kleines Lächeln zu. »Das war sie.«

Meine Trauer fühlt sich jetzt scharf an wie die Klinge eines Rasiermessers. Ich kämpfe gegen Tränen an. »Sie wird uns fehlen«, flüstere ich.

Wenn ich Linas Rätsel nur eher gelöst hätte ... wenn ich geahnt hätte, dass Victor uns verrät ...

Levi drückt meine Hand. »Es ist nicht Ihre Schuld, Miss Lockwood. Es ist ganz allein die Schuld von Mr. Prince.«

Das weiß ich, aber es zu wissen ändert an meinen *Gefühlen* nichts. »Hat er überlebt?« Mein Kinn zittert. Plötzlich kommt mir ein merkwürdiger Gedanke: Als Levi so fieberhaft versuchte, sich Eintritt in meine Wohnung zu verschaffen, nannte er mich Ten.

»Ja, doch, er hatte Hilfe. Unsere Gefängniswärter wurden alle auf einen Schlag bewusstlos, genauso wie zuvor das ganze Team. Durch einen Blitz aus allumfassender Dunkelheit. Dann hat jemand seine Zelle geöffnet.«

Ich hasse die Vorstellung, dass Victor irgendwo da draußen ist – mit einem Komplizen! »Was ist mit seinem Vertrag? Wurde der nicht aufgehoben? Sollte seine Verbindung zu Troika nicht gekappt sein?«

»Selbst Leuten wie Mr. Prince wird eine Gnadenfrist gewährt. Wir bevorzugen niemanden.« Levi drückt meine Hand erneut. »Machen Sie sich seinetwegen keine Sorgen. Wir werden mit seinen Freunden und mit jedem Mädchen, mit dem er zusammen war, sprechen. Wir werden ihn und seinen Komplizen finden. Ruhen Sie sich aus, Miss Lockwood. Sie haben begonnen, den Zugang zum Netz freizuschalten. Das kann ich spüren. Sie haben noch einiges zu tun.«

»Wie immer, oder?«

Das ignoriert er. »In dem Moment, in dem Sie damit Erfolg haben – und das werden Sie –, wird der Krieg nur noch heftiger werden. Alles wird sich dann ändern.«

**Von:** Z_C_4/23.43.2
**An:** K_F_5/23.53.6
**Betreff:** Was soll ich nur mit Ihnen machen?

---

Es ist Ihnen nicht gelungen, das französische Mädchen für uns zu gewinnen, und heute Morgen stellten wir fest, dass eine Ihrer ehemaligen Schützlinge Miss Lockwoods Mutter versteckt.

Sicher freuen Sie sich zu hören, dass beide Bürger in den Zwinger gebracht wurden.

Was Miss Lockwood betrifft: Sie hat von Victors Verbindung zu Myriad erfahren und steht zudem kurz davor, ihren Schlüssel zu benutzen. Die Generäle haben beschlossen, dass sie uns inzwischen mehr Ärger als Vorteile bringt, dass sie eine echte Gefahr für unsere Freiheit darstellt. Deswegen werden Sie Miss Lockwood jetzt herauslocken und sie töten.

Ein weiterer Misserfolg wird von uns nicht toleriert, Killian.

Macht bedeutet Recht!
Sir Zhi Chen

# 23. KAPITEL

»Mit Güte erhellst du die Welt. Mit Grausamkeit verdunkelst du dich selbst.«

Troika

Am nächsten Tag werde ich aus dem Sanatorium entlassen. Ich kehre in mein Apartment zurück, das jemand geputzt hat. Die kaputten Möbel hat man ersetzt, Victors Wanzen aufgestöbert und entfernt. Ich überlege, um eine andere Wohnung zu bitten; die Möbel mögen sich verändert haben, doch meine Erinnerungen sind äußerst lebendig.

Der Tod kam hierher und hat seine Spuren hinterlassen. Nun gibt es hier Schatten, die auf die Namen Schmerz und Trauer hören.

Während des Erstlebens rechnet man mit dem Tod. Wir sind Menschen und unsere Körper altern. Das ist eine Tatsache so sicher wie das Vergehen der Zeit. Hier im Ewigleben sind wir Seelen mit dem Potenzial, für immer zu leben.

Müde lege ich *Segen* und *Fluch* auf meinem brandneuen Couchtisch ab.

Als Levi mich ins Sanatorium brachte, hat er die Schwerter mitgenommen. Denn da wusste er schon, was ich nicht wusste – dass ich nie wieder von ihnen getrennt sein will. Ich muss nun immerzu auf der Hut sein. Ich muss immer zum Kampf bereit sein, selbst in Zeiten scheinbaren Friedens.

Im Rückblick gibt es jede Menge Anzeichen für Victors Verrat. Seine hinterlistige Art, für Archer Stimmung zu machen – womit er lediglich die Auferstehung eines Strömers verhindern wollte, da bin ich mir sicher. Der Druck, den er auf Kayla ausgeübt hat. Killians tiefes Misstrauen ihm gegenüber.

Ich lasse mich auf die Couch plumpsen, zielstrebig. Das

*Buch des Gesetzes* öffnet sich. Genug gejammert. Was geschehen ist, ist geschehen und kann nicht geändert werden. Es ist Zeit, nach vorne zu blicken, zu arbeiten und Antworten zu finden.

Also folge ich der ersten Ziffer meiner Zahlenzeichnung und schlage Seite zehn auf.

Die zweite Zahl kann einen Buchstaben in einem Wort oder das Wort selbst bedeuten, und ich brauche nicht lange, um herauszufinden, dass es sich um das Wort handelt. Meine Aufregung nimmt zu.

Als mir die Bedeutung aufgeht, muss ich lachen. Treue. Leidenschaft. Freiheit. Drei Dinge, die ich noch dringender brauche als Waffen. Sie werden mir durch alle schweren Prüfungen hindurchhelfen.

Plötzlich öffnen sich Türen im Netz für mich, ich werde von Licht durchströmt. Licht ist Wissen. Dunkelheit ist Verwirrung. Licht ist Stärke, als wäre man an eine Batterie angeschlossen. Licht ist Liebe, der Grund, wieso wir leben. Es ist Hoffnung. Egal, wie großartig oder düster unsere Situation ist, alles kann besser werden. Licht ist Wahrheit. Es gibt keine Schatten, in denen sich Geheimnisse verbergen können.

Ich muss für das kämpfen, woran ich glaube. Ich muss meinem Herzen gegenüber treu sein. Ich muss mit Leidenschaft kämpfen. Am Ende kann ich die Seelen befreien, die in Viele Enden gefangen sind. Ich muss mein Licht in eine sehr dunkle Welt bringen. Ich muss tun, was richtig ist, selbst wenn andere mir unrecht tun.

Die Zahlen *bewegen* sich über meine Haut, dehnen sich aus, verlaufen ineinander und bilden das troikanische Symbol. Ich lache auf.

Das Licht, das durchs Fenster fällt, wird durch mich angezogen, ein Strahl nach dem anderen umhüllt mich, taucht in mich ein, wärmt mich. Füllt mich ganz und gar aus. Ich bekomme Gänsehaut.

Weitere Türen öffnen sich. Ein Strom aus Bildern läuft vor meinem inneren Auge ab, ich keuche auf. Dann schließe ich die Augen und konzentriere mich auf das schönste, einen See aus unglaublichen Farben.

In der Ferne schlägt ein Blitz ein. In Diamantenstaub getauchte Wolken wirbeln umeinander, tanzen funkelnd im Licht, zugleich strahlen Sterne hell genug, dass man sie sehen kann.

Jemand schwebt auf mich zu ... jemand mit aus Gold gesponnenem Haar und einem unfassbar schönen Gesicht.

Mein Herz macht einen Satz, als er mich anlächelt.

»Archer!« Ich spüre, wie ich ihm entgegeneile. *Das.* Das ist Glück pur und unverfälscht.

Er fängt mich auf und wirbelt mich lachend herum.

»Ich habe dich so vermisst.« Als er mich wieder auf die Füße stellt, kann ich ihn einfach nicht loslassen. Ich nehme sein Gesicht in meine Hände. »Wieso kann ich dich sehen?«

Er küsst meine beiden Augenlider. »Du bist Strömerin. Du kannst Türen öffnen, die sonst niemand öffnen kann.«

Moment! »Ich kann Türen in die Stille öffnen? Ich kann jederzeit einfach vorbeikommen?« Dann kann ich auch Meredith und Elizabeth sehen und sogar den anderen Strömer? Ich quietsche vor Begeisterung.

Sein Lächeln wird breiter. »Klar kannst du das.«

Ich reiße ihn ungestüm an mich. »Wo sind die anderen? Was machst du hier oben? Bist du glücklich?«

»Eine Frage nach der anderen.« Er kneift mich in die Nase. »Die anderen sind im Ansichtsraum. Wenn wir in die Stille eintreten, wird uns ein Film über unser Leben gezeigt. Zum ersten Mal sehen wir dann die ganze Geschichte, erfahren, was die anderen, mit denen wir zu tun hatten, dachten, und finden heraus, was passiert wäre, wenn wir anders entschieden hätten. Je länger das Leben war, desto mehr Erinnerungen kann man sich ansehen.«

»Warum bist *du* nicht im Ansichtsraum? Sollte das bei dir nicht neunzehn Jahre dauern?«

»Die Zeit verläuft hier anders, ein Tag ist wie tausend Jahre und tausend Jahre sind wie ein Tag. Und ja. Ich bin glücklich. Aber wenn jemand einem die Stille ruinieren kann, dann Ten Lockwood.«

»Hey!« Ich stupse ihn an.

Er kichert.

Vorsichtig frage ich: »Weißt du, was in Troika geschieht?« Muss ich ihm von seinem Bruder erzählen? Oder von Dior?

Er wird umgehend ernst. »Ja, das weiß ich.« Er legt einen Arm um meine Schultern und ich lasse den Kopf an ihn sinken. »Elizabeth hat es mir erzählt, bevor sie in den Ansichtsraum ging.«

»Es tut mir furchtbar leid, Archer.«

»Mein Bruder …« Er lässt mich los, um an den Rand der Klippe zu treten. »Er hat bei Troika unterschrieben, doch sein Herz gehörte immer Myriad.«

Ich stelle mich neben ihn. »Weißt du, wo er ist?« Ich würde wetten, dass Victor noch irgendwo in unserer Sphäre ist, aus Angst, nun nicht mehr in der Lage zu sein, den Schleier der Flügel zu passieren. »Wo könnte er hingegangen sein?«

»Er hatte bestimmt einen Plan B. Einen Schutzraum.« Archer schließt die Augen und atmet tief ein. »Danke, dass du Dior hilfst.«

»Hey, du musst mir nicht danken. Bisher habe ich alles verbockt.« Ich richte mich etwas auf und füge hinzu: »Wenigstens bin ich jetzt in der Lage, mit meinem Licht gegen Penumbra anzukämpfen.«

»Versprich mir, dass du vorsichtig sein wirst.«

In diesem Moment würde ich ihm alles versprechen. »Das werde ich. Du hast mein Wort.«

»Gut. Und beende außerdem deine Beziehung mit Kilian.«

Ich verdrehe die Augen. *Das* werde ich ihm nicht versprechen. »Netter Versuch. Ich glaube, dass er vielleicht mein Seelenverwandter ist. Ich liebe ihn, und er liebt mich.«

»Bestimmt tut er das. Du bist ziemlich umwerfend, und er ist schließlich nicht dumm.« Er starrt mich lange an, wie um zu beweisen, dass er es ernst meint. »Aber Liebe ist manchmal nicht genug, Ten.«

»Genau genommen kann laut dem *Buch des Gesetzes* Liebe niemals scheitern. Liebe ist *immer* die richtige Antwort. Liebe ist Leben.«

Er schnaubt ungläubig. »Dass du jetzt meine eigenen Überzeugungen gegen mich verwendest ... eine Schande! Ich bin gleichermaßen beeindruckt und sauer.«

Ich streiche mir geziert durchs Haar. »Ich gebe mein Bestes.«

Wir lächeln uns gegenseitig liebevoll an.

Ein leichtes Vibrieren geht durch das Netz, begleitet von einem Gefühl von Dringlichkeit. Ich runzle die Stirn, weil ich von Archer zurückweiche, als würde ich an einem Faden weggezogen. »Ich glaube, ich werde in Troika gebraucht.«

Seine Augen flimmern vor Enttäuschung. »Ich verstehe. Dann geh.«

Ich kann ihn so nicht zurücklassen. Da ich weiß, dass er Gedichte liebt – aber nur Gedichte, die sich reimen –, sage ich: »Du bist tough und stark, also alles beim Alten. Lass uns von jetzt an immer Kontakt halten. Ich muss fort, es gibt so viel zu tun. Du Glückspilz kannst bleiben und weiter ruhen. Doch süßer Prinz, ich kehre zurück. Und verpass dir 'nen Tritt in ... dein bestes Stück.«

Er bricht in Gelächter aus. »Du bist etwas eingerostet. Wenn du daran gefeilt hast, darfst du dich wieder bei mir melden.« Er schickt mich mit einer Handbewegung fort. »Jetzt geh schon. Zeig ihnen, wo der Hammer hängt, so, wie ich es dir beigebracht habe.«

Ich werfe ihm eine – nur halb ernst gemeinte – Kusshand zu und öffne die Augen. Ich sitze auf dem Sofa in meinem Wohnzimmer.

Ein schriller Ton pfeift in meinem Hinterkopf. Ein Alarm … ich werde zur Schlacht gerufen. Anders als beim letzten Mal bekomme ich jetzt die Details mitgeteilt.

Eine große Anzahl MAs hat Prynne überfallen. Haben wir das Victors Berichten zu verdanken?

Vermutlich hat Killians Chef sich die Sache mit Dior und Javier überlegt. Er will nicht, dass ich noch länger Zugriff auf das infizierte Pärchen habe.

Ich greife nach meinen Schwertern und springe auf. Als ich aus der Kathedrale auf die Straße laufe, werde ich sofort von TAs und TGs umringt, die auf das Portal zustürmen.

Mir fällt auf, dass die Leute unterschiedliche Leuchtkraft besitzen. Manche glitzern strahlend wie Lebensblut. Andere wieder schimmern nur schwach.

Der Typ neben mir sieht mich verblüfft an. »Du bist heller als die Sonne!«

*Bin ich?*

Reed drängt sich zu mir durch. »Gut gemacht. Als du deinen Schlüssel decodiert hast, ist das Netz praktisch vor Licht explodiert.«

*Juhuu?*

Wir erreichen den Schleier der Flügel, jagen hindurch und landen direkt vor der Anstalt.

Wind bläst, Eiskristalle wirbeln herum wie kleine Geschosse. Es ist Nacht geworden. Der Mond steht hoch und scheint golden, die Strahlen fallen durch die Wolken auf mich, als suchten sie mich, streicheln meine Haut. Sie stärken mich, und ich glaube, ich stärke sie ebenfalls; sie werden kräftiger und schieben sich zurück durch die Wolken.

*Rumms.* Ein MA, der vom Dach gesprungen ist, landet direkt vor mir. Kampfbereit in einem Schutzanzug, der ihn von

Kopf bis Fuß bedeckt, damit seine Haut auf keinen Fall auch nur einem Hauch von Licht ausgesetzt wird.

Er stößt mit einem Glacier nach mir, das ich mit einem Schwert abwehre, während ich ihm das andere in den Bauch bohre. Kein tödlicher Treffer, jedenfalls nicht für ein Geistwesen, nur einer, der ihn lähmt. Doch der Griff von *Fluch* beginnt zu vibrieren, woraufhin der Körper des MAs zu Asche wird.

*Das* tötet ihn, der Zustand seines Herzens.

Andere MAs wollen sich auf mich stürzen, was ihnen aber nicht gelingt, denn über hundert TAs landen um mich herum und schirmen mich ab.

Kampfgebrüll zerschneidet die Luft. Troikaner krachen mit Myriadern zusammen. Feind gegen Feind. Gegrunze und schmerzhaftes Gestöhne überall. Metall klirrt. Flammen knistern.

Der Kampf ist eröffnet.

*Rette die Menschen.* »Hat jemand Dior und Javier gesehen?«, schreie ich.

»Drinnen!«, höre ich Reed zurückbrüllen.

Ich kämpfe mir den Weg bis zur Eingangshalle frei, bin so blitzschnell, dass niemand in der Lage ist, mich zu erfassen. Das Netz führt mich mit Anleitungen, die deutlicher nicht sein könnten – weil ich endlich zuhöre. Ich weiß, wann ich mich ducken und mich drehen und wann ich zuschlagen muss.

Doch kaum habe ich einen Soldaten erledigt, tauchen zwei neue auf, immer mehr MAs konzentrieren sich auf mich. Kann ich hier wirklich siegen? Als ich die Personalräume erreicht habe, wird mir eins meiner Schwerter aus der Hand geschlagen.

Zero! Kein Anzeichen von Dior oder Javier. Wo sind sie?

Die Erde bebt, ich stolpere. Myriad hat einen Buckler aufgestellt. Ich höre das Zischen der Schatten. Ich sitze in der Falle, was mich nicht weiter stört. *Wir müssen das hier endlich beenden!*

Ich schwenke das Schwert, aus der Spitze spritzt pures Licht. MAs fallen um wie die Fliegen, aber natürlich jagen sofort neue hinterher. Wie lange kann ich sie noch abwehren?

Eine Peitsche trifft mich von hinten, wickelt sich um mein Schwert und zerrt es mir aus der Hand. Jetzt habe ich also auch mein zweites Schwert verloren. Ich werde von Angst geschüttelt, kämpfe sie jedoch nieder. Angst ist Dunkelheit. Angst hat in diesem Kampf keinen Platz.

– *Erinnere dich.* – Das Netz wispert mir das zu.

Ich … erinnere mich. Ich erinnere mich an die Worte, die Killian einmal zu mir gesagt hat. *Das Schlachtross scharrt hartnäckig mit den Hufen, freut sich über seine Kraft und stürmt in die Schlacht, es scheut das Schwert nicht. Der Köcher klappert an seiner Seite, daneben der blitzende Speer und die Lanze. In fieberhafter Erregung galoppiert es über die Erde; es kann nicht stillstehen, sobald die Trompeten erklingen. Beim Schall der Trompeten schnaubt es: ›Aha!‹ Es wittert schon von Weitem den Geruch der Schlacht, hört den Schrei eines Feldherrn und die Schlachtrufe.*

Ich bin das Schlachtross, und ich werde tun, was getan werden muss. Ich werde mich kopfüber in den Kampf stürzen, nicht bereit, eine Niederlage zu akzeptieren – selbst wenn es das Ende meines Ewiglebens bedeuten würde.

MAs sammeln sich. Fest entschlossen gehe ich in die Knie, dann strecke ich ein Bein aus und drehe mich um mich selbst. Soldaten fallen zu Boden, als ihre Fußknöchel zusammenknallen. Während ich mich aufrichte, schlage ich zu, und während ich zuschlage, strahlt mein troikanisches Symbol hell auf. Der nächste Hieb brennt sich *durch* die Brust eines MAs, meine Faust kommt auf der anderen Seite wieder heraus – ein Schwert aus Feuer umklammernd.

Ich schwanke, aber er schwankt noch mehr. Sein Körper zuckt, Licht fließt durch seine Adern, jagt unter der Oberfläche seiner Haut hindurch. Schreiend vor Schmerz stürzt er zu Boden.

»Tut mir leid«, sage ich. »Ich wollte nicht, dass es so endet.«

Die anderen MAs weichen zurück. Haben sie Angst vor mir?

Hinter ihnen stürmen TAs herein und versetzen ihnen die notwendigen Todesstöße. So muss es sein, und das ist allein Myriads Schuld. Sie haben die Menschheit bedroht; sie müssen dafür bezahlen.

»Tut mir leid«, wiederhole ich. Als ich die Hand öffne, verschwindet das Pyre. Ich hebe meine Schwerter auf. Der Typ mit der Peitsche ist jetzt tot.

Ich sehe Reed fest an. Er nickt. Hinter ihm bewegen sich Schatten. Auch hinter den anderen Troikanern. Ich rufe eine Warnung aus, doch zu spät. Speere durchbohren die TAs von hinten.

Reeds Knie geben unter ihm nach, er bricht zusammen.

»Nein!« Ich renne zu ihm, aber noch bevor ich bei ihm bin, werde ich von einer Kraft, die stärker ist als ich, hochgerissen …

Von einem Lichtstrahl getragen gleite ich durch den myriadischen Buckler, als wäre er aus Butter. Ich erreiche ein Plateau, über dem ich in der Luft schwebe, und starre hinunter auf die tobende Schlacht. Brutal. Blutig. Mein Magen dreht sich um. Reed ist nur ein Fleck auf dem Boden.

Er ist ein Geistwesen. Er kann überleben. Er muss.

*Ich darf nicht noch einen Freund verlieren.*

Eine dunkle Kuppel erstreckt sich kilometerlang in jede Richtung. Das Loch, das ich erschaffen habe, wächst wieder zusammen, schließt sich. Ich weiß nicht, wie oder warum das geschieht.

Ich muss zurück. Ich kann meine Truppen nicht im Stich lassen.

*– Orion starb mit exakt diesen Worten auf den Lippen. –*

Es ist eine Frauenstimme, die durch das Netz fließt. Prinzessin Mariée. Sie hilft mir. Eines Tages werde ich stark genug sein, dasselbe zu tun.

»Lieber sterbe ich im Kampf, als in Sicherheit zu leben«, erkläre ich ihr.

*– Ohne dich werden wir alle untergehen. –*

Loyalität. Leidenschaft. Freiheit. »Nein, das glaube ich nicht. Das Herz von Troika wird nie zu schlagen aufhören.«

Auf einmal falle ich. *Wuuuusch!* Mein Herz und mein Magen scheinen den Platz zu tauschen, als ich durch den Buckler jage. Auf dem Boden rolle ich mich ab, springe auf und bringe in schneller Folge drei Gegner zur Strecke.

*Geht nicht anders. Muss Reed retten, muss die Menschen retten.*

Ein weiterer MA stellt sich mir in den Weg. Ich hebe meine Schwerter – da stößt Sloan ihn nieder und macht den Weg für Killian frei.

Erleichtert schreie ich auf, am liebsten würde ich die Arme um seinen Hals werfen. Er ist hier und er lebt!

Sein dunkles Haar klebt an seinem Kopf, nass von Lebensblut. Er hat einige Schnittwunden im Gesicht, der Kragen seines Hemds ist zerrissen und entblößt dicke Narben an seinem Hals. Er hat nur eine einzige Waffe: Merediths Ring.

Sein Blick gleitet über meinen noch immer leuchtenden Arm, dann nickt er erleichtert, weil ich unverletzt bin.

Ein TA nähert sich ihm mit erhobenem Schwert von hinten, ich greife nach Killians zerrissenem Kragen und zerre ihn zur Seite, dabei rufe ich: »Nein!« Aufhören.

Loyalität.

Was, wenn Killian heute getötet worden wäre? Was, wenn Reed bereits in die Ruhe eingetreten ist? Was, wenn die ganze Menschheit ins Kreuzfeuer geraten ist?

Meine Entschlossenheit ändert den Kurs. »Aufhören! Alle hier – hört einfach auf.«

Leidenschaft.

Rundes scheibenförmiges Licht platzt aus mir heraus, vollkommen überrascht sehe ich, wie es über die Massen fliegt.

MAs fallen auf die Knie, sogar Killian und Sloan, und TAs erstarren, die Schlacht ist unterbrochen. Alle Blicke sind auf mich gerichtet. Augen werden groß.

Die Anspannung bleibt. Frieden ist eine zerbrechliche Sache, so zart wie ein dünner Faden. Auf einmal bin ich unsicher. Was soll ich als Nächstes tun?

Killian rappelt sich auf, streckt den Arm aus und zielt mit dem Waffenring auf seine Brüder. »Hört sie an«, ruft er. »Jetzt.«

Freiheit. Ich kann diese Leute anführen. Ich kann mich selbst dabei sehen. *Ich kann es sehen, also kann ich es tun*. Mein Leben ist ein Buch voller leerer Seiten, meine Taten und Worte sind der Stift.

»Wir haben gegeneinander gekämpft und uns bekriegt, dadurch aber nur Schmerz und Leid erschaffen«, rufe ich. Ich bemerke zwei troikanische Generäle. Mykhail und Luciana. Beide sind mit Lebensblut besudelt, ihre starre Haltung bezeugt ihren grimmigen Wunsch, endlich weiterkämpfen zu können. Mein Blick fällt auf Reed. Er hält sich die Seite, ist jedoch am Leben.

Ein kühlendes Gefühl der Erleichterung erfasst mich. »Myriader, ihr hasst uns wegen unseres Lichts, und wir hassen euch wegen eurer Dunkelheit. Beides kann nicht nebeneinander existieren. Das wissen wir. Wir *alle* wissen das. Aber warum müssen wir uns deswegen bekriegen?«

*Hört mich an. Bitte.*

Es herrscht Stille, doch ich weiß genau, dass nicht jeder die Geschichte mag, die ich schreibe. Das hier sind aufgepeitschte Soldaten, wild darauf, zu kämpfen.

»Ich bin bereit für einen Waffenstillstand«, ruft Sloan, wofür ich ihr dankbar hin.

»Verrecke«, brüllt jemand.

Das ist das Startzeichen. Schreie werden ausgestoßen, die Krieger gehen zurück in Kampfposition.

Derselbe TA wie zuvor taucht erneut hinter Killian auf. Mir bleibt nur der Bruchteil einer Sekunde, um eine Entscheidung zu treffen. Soll ich den TA aufhalten und Killian retten, dabei wieder einmal meine eigenen Leute hintergehen, oder soll ich zulassen, dass Killian getroffen wird, und beten, dass er sich davon erholt?

Kein Kampf. Ich werfe mich vor Killian, die Schwerter erhoben und bereit. Was auch kommen mag, ich liebe ihn. Feind oder nicht, ich werde ihn beschützen. Ich werde bis zu meinem letzten Atemzug für ihn kämpfen.

Ich werde tun, was richtig ist, selbst wenn andere mir unrecht tun. Ihn zu retten ist richtig. Ihm zu helfen – und anderen wie ihm zu helfen – ist richtig. Wenn meine Leute sterben, betreten sie die Ruhe. Glücklicher. Wenn Killian stirbt, wissen wir nicht, wo er hingeht. Und ich kann nicht riskieren, dass er nach Viele Enden kommt.

Der TA hält inne, er will mich nicht verletzen.

»Ist okay, Mädchen.« Killian zieht mich an seine Seite. »Ist schon okay.«

Er ist bereit zu sterben, nur damit ich niemanden von meinen eigenen Leuten angreifen muss? Er weiß schließlich, wie sehr ich das verabscheue.

Mein Herz zieht sich zusammen. Dieser Junge … er ist mir so unglaublich wichtig. Er *ist* wichtig, Punkt.

Mein Ziel, diesen Krieg zu beenden, habe ich nicht aus den Augen verloren – meine Feinde zu retten, einen nach dem anderen.

Um Einigkeit zu demonstrieren, stellt Sloan sich neben mich. Ich staune. Das Mädchen, das mich getötet hat, ist bereit zu sterben, um mich zu retten.

Die TAs weichen zurück, aber andere haben Killian, den mächtigen Troikaner-Schlächter, den berühmten Verführer von Menschen, entdeckt – sozusagen den Hauptgewinn.

Wir können sie unmöglich alle abwehren.

Zwei TAs werfen sich auf Killian. Vom Netz geleitet beschwöre ich einen Lichtstrahl herauf. Er schießt in meine Richtung, erfasst mich und hebt mich in die Höhe, bis ich horizontal und schützend vor Killian und Sloan schwebe.

Ein Schwert dringt in meine Brust, ein anderes in meinen Schenkel. Eine Flut aus Schmerz überrollt mich. Ich knirsche mit den Zähnen. Wenigstens sind Killian und Sloan in Sicherheit.

Als ihnen klar wird, dass sie ihre Strömerin verletzt haben, fallen die Soldaten auf die Knie.

Killian heult vor Entsetzen und Wut auf – Wut, die er auf die beiden Troikaner richtet, die mir das angetan haben.

»Dafür werde ich euch *umbringen*«, zischt er und zielt.

»Nein«, stoße ich zwischen den Zähnen hervor. »Tu ihnen nichts. Bitte.« Der Strahl setzt mich sanft auf dem Boden ab. »Tu ihnen ... nichts ... beende ... den Krieg ...« Das Atmen fällt mir zunehmend schwerer, meine Lunge schnürt sich zusammen, meine Kehle brennt. »Bitte.«

Seine Angst um mich scheint größer als sein Rachedurst zu sein, denn er schießt nicht. Er beugt sich vor, hebt mich hoch und drückt mich an seine Brust.

TAs strecken die Hände nach mir aus, um mich aus den Armen ihres Feindes zu reißen. Sloan kämpft erbittert wie ein Raubtier, das Blut geleckt hat, gegen sie.

»Sie gehört *mir*.«

Killians Herz hämmert an meiner Schläfe, was mir Trost spendet, mich beruhigt. Aber wir sind nicht in unseren Hüllen, deswegen ist der Körperkontakt schmerzhaft.

Ich unterdrücke ein Wimmern. Er hält mich fest, trägt mich durch das Kampfgetümmel.

»Dior ...«, sage ich. »Javier.«

»Dein Team gewinnt diese Schlacht, Mädchen, und meins zieht sich zurück. Die beiden Menschen bleiben in der Obhut ihrer TAs zurück, vielleicht werden sie sogar schon an einen anderen Ort gebracht, bevor ich diesen Satz beendet habe. Aber du …« Killian knurrt tief in der Kehle.

»Ich liebe dich auch … ich bin schon mal fast gestorben …« Ich will ihm sagen, dass ich mich damals erholte und dass ich mich auch diesmal erholen werde. Das hier – das ist nur eine Kleinigkeit. Aber mein Körper schaltet ab, die Eiseskälte ist zu viel für ihn, Eiszapfen bilden sich in meinem Hals.

Dunkelheit legt sich über meine Gedanken.

# 24. KAPITEL

»Mit Gewalt erreicht man den Sieg. Güte erzeugt Verrat.«

Myriad

Warme Lichtstrahlen strömen durch mich hindurch. Ich muss daran denken, dass Meredith die wertvollen Strahlen im ganzen Netz gespeichert hatte, um sie bei Bedarf zu nutzen, und ich tue dasselbe, fülle einen Raum nach dem anderen. Als ich fertig bin, als es keine Türen mehr gibt, öffne ich die Augen … und befinde mich inmitten von hellem Sonnenlicht.

Ich strecke mich mit träger Zufriedenheit. Als mich die Erinnerungen überfluten, werde ich ganz still. Der Kampf … die Schwertstöße, die für Killian und Sloan gedacht waren … niemand sonst, der Frieden wollte … wie ich aus der Gefahrenzone getragen wurde.

Keuchend setze ich mich auf.

Meine Schwerter sind bei mir, ich greife nach ihnen, bereit zum … Schwimmen? Ich bin von Wasser, Sand und Bananenbäumen umgeben und nicht von kämpfenden Soldaten.

In den Bäumen zittern Äste und Blätter, weil Affen hinaufklettern. Über mir steigen Vögel in die Höhe. Normale Affen und normale Vögel. Ich bin nicht in Viele Enden.

Warme Salzluft streichelt meine Haut. *Überall.* Ich trage nichts als einen BH, Höschen und zwei Halsbänder. Mein Mannafläschchen ist leer. Killian muss mir den Inhalt eingeflößt und meine Kleidung aufgeschnitten haben.

Darüber, dass ich halb nackt bin, will ich mich gar nicht beschweren. Ich glaube, ich brauche Sonnenlicht genauso dringend wie Manna. Ich kann keinen Kratzer, keine Verwundung auf meiner Haut entdecken. Ich bin geheilt.

Wenige Schritte von mir entfernt, schön anzusehen in seiner Hülle – kristallene Wellen umspielen seine Füße –, sitzt mein Retter. Tief in Gedanken versunken starrt er in die Ferne.

Meine Liebe für ihn ist so mächtig, sie ist unausweichlich.

Seit unserem ersten Zusammentreffen bin ich von ihm fasziniert. In den darauffolgenden Wochen, als ich ihn besser kennenlernte, hat die Faszination sogar noch zugenommen.

Anfangs war ich am Boden zerstört. Ein Mädchen, in Millionen Teile zerbrochen vor Schmerz und Kummer, betrogen von so ziemlich jedem Menschen, den es kannte. Ein Mädchen, das keinen Halt und keinen Sinn im Leben hatte, das immer tiefer und tiefer in den Abgrund rutschte. Damals dachte ich, ich könnte mich allein daraus befreien, doch war ich wegen meiner Unentschlossenheit viel zu geschwächt. Das weiß ich heute.

Killian hätte mich zu jedem Zeitpunkt hintergehen können. Er hätte sich für seine Sphäre entscheiden können, hat es aber nie getan. Nicht ein einziges Mal. Er hat sich für mich entschieden. Hat mich an erste Stelle gesetzt. Auch das weiß ich jetzt.

Ich bin ihm wichtig.

Er ist die Antwort auf all meine Fragen … Ich bin die Julia für seinen Romeo, und oh, Zero! Ich will nicht enden wie diese beiden fiktiven, dem Untergang geweihten Liebenden. Voneinander getrennt, weil der Krieg zwischen unseren Familien stärker ist als unsere Liebe.

Nervös lege ich die Schwerter hin und hebe eine Handvoll Sand auf, die Körner rieseln durch meine Finger.

Als er die Bewegung bemerkt, dreht Killian sich zu mir um und sieht mich düster an. Nicht gerade die Begrüßung, die ich mir erhofft habe.

»Wo sind wir?«, frage ich.

»Fidschi.«

Hübsch. »Was wurde aus …«

»Die beiden Menschen wurden in einen anderen troikanischen Schutzraum gebracht, genau wie ich es vermutet habe.

Also konzentrieren wir uns lieber darauf, was *du* zu *mir* gesagt hast. Du bist *schon mal fast gestorben*? Erzähl mir, was passiert ist. Ich bin kurz davor, durchzudrehen.«

Hat er hier etwa die ganze Zeit vor Wut kochend herumgesessen?

Ich reibe mir mit einer sandigen Hand über das Gesicht. »Tut mir leid. Ich wollte nicht …«

»Hör auf, dich zu entschuldigen, und sag lieber, was los war. Ich warte jetzt schon achtundzwanzig Stunden, Mädchen.«

*Wie bitte?* »Ich war über einen Tag bewusstlos?«

Noch während ich diese Frage stelle, lässt mich die Zahl aufmerken. Im *Buch des Gesetzes* steht auf Seite achtundzwanzig: *Es gibt eine Zeit zu säen, und es gibt eine Zeit zu ernten, eine Zeit zu kämpfen und eine Zeit zu heilen, zu zerstören und aufzubauen, zu weinen und zu lachen, zu trauern und zu tanzen, zu umarmen und sich abzuwenden, zu suchen und zu warten, zu behalten und loszulassen, zu zerreißen und zu verbinden, eine Zeit zu schweigen und eine Zeit zu sprechen, zu lieben und zu gehen … eine Zeit für den Krieg und eine Zeit für den Frieden.*

*Frieden* … nach wie vor nur ein frommer Wunsch?

»Ja«, antwortet Killian. »Länger als einen Tag. Jede Sekunde war eine Qual. *Für mich*. Ich wusste nicht, ob du wieder aufwachen würdest. Ich habe die ganze Zeit überlegt, ob ich dich zum Schleier der Flügel bringen soll. Ich habe geweint. Ich habe wie ein Baby geweint … deinetwegen.«

Ich *zerschmelze* fast.

Als ich ihm von Victors hinterhältigem Überfall erzähle, strahlt seine ganze Haltung Aggression und Wut aus. Jetzt kann ich ihn mir gut als den kaltblütigen Mörder vorstellen, für den so viele Troikaner ihn halten.

»Wenn ich nur da gewesen wäre, um dich zu beschützen, aber ich kann ja nicht einmal deine Mutter beschützen«, sagt er grimmig. »Sie und ein Agent, den ich ausgebildet habe, sind jetzt im Zwinger. Ich habe in letzter Zeit zu oft versagt, und die Sache heute hat vermutlich mein Schicksal endgültig besiegelt. Myriad will deinen Tod, und ich habe dich beschützt. Ich werde die Sache erklären, so gut es geht, aber ich fürchte, dass mein Verrat nun offenkundig ist. Wahrscheinlich werde ich zu lebenslangem Aufenthalt im Zwinger verurteilt, sobald ich nach Myriad zurückkehre. Auf diese Weise können sie mich gegen dich ausspielen.«

Mir wird das Herz schwer. Wegen Killian, meiner Mutter und sogar wegen des Agenten. »Geh nicht zurück«, sage ich. »Bleib im Land der Ernte, bis wir einen Gerichtstermin für dich bekommen haben.«

»Ich muss sie befreien. Und das bedeutet, dass ich diese Scharade so lange wie möglich aufrechterhalten muss. Wenn ich eingesperrt werde, dann werde ich eben eingesperrt. Dann habe ich noch immer eine Chance, die beiden zu retten. Sobald ich zum Feind überlaufe, habe ich diese Chance nicht mehr.«

»Killian, bitte. Es muss eine Möglichkeit geben, sie zu retten, ohne dich in Gefahr zu bringen … gemeinsam.«

Schweigend steht er auf. Er ist so groß, ich muss weit hinaufschauen. Die Sonne steht in seinem Rücken, Schatten und Licht tanzen über seine wie gemeißelten Gesichtszüge. Da er eine Hülle trägt, macht ihm das Sonnenlicht nichts aus.

Er setzt sich neben mich, der Geruch von Torffeuer und Heidekraut hüllt mich ein.

Sehnsucht packt mich. *Halt ihn fest und lass ihn nie wieder los. Sei sein Rettungsanker in schweren Zeiten.*

Ich nehme seine Hand, weil ich ihn unbedingt spüren möchte, doch meine Finger dringen durch seine Hülle und berühren das Geistwesen darin. Zischlaute ausstoßend fahren wir auseinander.

Enttäuscht lasse ich die Hand sinken.

»Als du gegen die myriadische Armee gekämpft hast«, sagt er, »hast du geleuchtet. Und noch immer bist du von einem Schein umgeben.«

Er streckt sich, um in den Himmel zu blicken. Er trägt kein Hemd, nur eine zerrissene Jeans und die Lederarmbänder, die er mir vor meinem Tod gegeben hat, seine Tätowierungen sind prächtig anzusehen. »Das ist schön. *Du* bist schön.«

*Berühre ihn … jeden einzelnen herrlichen Zentimeter …*

Ich lasse den Blick über eine Tattoo-Linie gleiten, die durch einen Totenschädel führt, der blutige Tränen weint … dann durch einen zersprungenen Mond, dessen Teile auf eine Decke aus sterbenden Sternen fallen … und durch einen Rosenstrauch. Die Rosen sind schwarz, die Blätter verwelkt, die Dornen scharf.

»Seit deinem Ersttod«, sagt er leise, »habe ich mein Leben vollkommen auf den Kopf gestellt. Ich habe das einzige Zuhause, das ich je kannte, sabotiert. Ich tue, was du sagst, setze Worte in Taten um. Für dich. Und ich bereue nichts. Aber ich kann mich nicht von denen abwenden, die mich brauchen. Das kann ich nicht mehr. Du hast mir das beigebracht.«

»Killian …«

»Und du hast recht. Ich glaube auch, dass wir gemeinsam mehr erreichen können. Ich denke, wir sollten einen Vertrag schließen … untereinander«, sagt er und sieht weg.

In meinem Kopf dreht sich alles. »Einen Vertrag schließen … so wie die Menschen mit einer Sphäre einen Vertrag schließen? Und ewige Treue schwören?«

»Ich habe schon einmal von so etwas gehört«, entgegnet er. »Dass Troikaner und Myriader sich verliebt haben. Durch einen Vertrag binden sie sich aneinander, genau wie wir uns an unsere Könige binden. Wenn wir das tun, gehört alles dir, was mir gehört, und mir, was dir gehört.«

*Es dreht sich schneller …* »Warum willst du das tun? Und was ist aus den anderen geworden?«

Er wendet sich mir zu, sieht mich endlich an, aber mit verhangenem Blick.

»Ich will … so vieles. Ich will dich mit meiner Seele berühren. Ich will, dass du mich berührst. Ich möchte, dass wir eine Familie gründen. Ich möchte Frieden zwischen uns. Ich möchte einen Weg finden, deine Mutter und Sloan zu retten, genau wie du sagtest.«

Mein Herz rast. Wahrscheinlich gibt es Tausende Gesetze gegen das, was er vorschlägt, und Tausende Bestrafungen. Vielleicht sogar Verbannung. »Wirst du in der Lage sein, den Schleier der Flügel zu passieren und Troika zu betreten? Werde ich in der Lage sein, Myriad zu betreten? Den Zwinger?« Werde ich in der Lage sein, nach Viele Enden zurückzukehren?

»In manchen Geschichten heißt es ja, in manchen nein.«

Wenn die Antwort nein ist, würden wir bei dem Versuch also sterben? »Sagen wir mal, es funktioniert. Wo werden wir leben, wenn wir all unsere Ziele erreicht haben? Wann werden wir zusammen sein? Werden wir noch immer für unsere Sphären kämpfen, obwohl wir wissen, dass wir einander damit schaden könnten?«

Er seufzt schwer. »Ich habe nie behauptet, dass ich die Sache schon bis ins letzte Detail durchdacht habe, Mädchen. Ich weiß nur, dass ich alles riskieren würde, um mit dir zusammen sein zu können.«

Millionen Gedanken wirbeln durch meinen Kopf … doch nur ein einziger zählt. Was würde ich für ihn riskieren? Alles.

»Würdest du einen Gerichtstermin beantragen?«, frage ich.

»Nachdem wir einen Weg nach Viele Enden gefunden haben … ja.«

*Die Gedanken wirbeln schneller und schneller.* »Killian … ich …«

»Denk einfach darüber nach. Einverstanden?« Er setzt sich auf und tippt in seine Zeichen. »Und bis dahin – zieh dich an und kehr nach Hause zurück. Deine Leute warten auf dich.«

Ein Stapel gefalteter Kleidung taucht auf. Er reicht mir ein schwarzes T-Shirt, das ich mir überstreife und unter dem ich das Halsband verstecke, und eine sehr enge Lederhose, in die ich mich hineinschlängle. Dann stecke ich meine Schwerter in die Scheide und stehe auf.

Killian folgt mir. Er ist alles, was ich je wollte, und ich möchte nichts anderes, als sein Angebot annehmen. Ob wir die Hindernisse zwischen uns überwinden können?

Gerade will ich mich auf den Heimweg machen, als ich eine Nachricht von Levi bekomme: *Ich sehe Ihr Licht im Netz. Ich konnte Killians Dunkelheit verbergen, und ich habe Kayla gebeten, Sie in Diors neuen Schutzraum zu beamen. In fünf … vier … drei …*

»Ich liebe dich«, rufe ich Killian hastig zu. Ich vermisse ihn bereits.

Er blickt mich wehmütig an. »Ich liebe dich auch.«

Ich strecke eine Hand nach ihm aus …

*Wuuuusch!* Ich werde von einem Lichtstrahl fortgerissen und lande auf der Veranda eines kleinen Blockhauses in einem Wald in Montana.

Ich sehe mich um, lausche, achte auf alles, was merkwürdig sein könnte. Das Knacken eines Astes. Das Knistern von Laub, auf das jemand tritt. Leise Schritte. Ein Schatten. Ein Fußabdruck. Da ist nichts.

An der Eingangstür wartet schon eine Hülle auf mich. Ich verankere mich darin und meine Schwerter gleiten in einen speziellen Whell auf meinem Rücken. Nach wie vor auf der Hut betrete ich das Haus.

Die Einrichtung verzaubert mich sofort. Ein kleines blumengemustertes Sofa, über das ein knallbunter Quilt drapiert ist. Der Couchtisch hat Beine aus Hirschhorn, die Tischplatte ziert ein Spitzendeckchen. Antike Puppen sitzen aufgereiht in einer Glasvitrine. An den Wänden hängen Bilder von troikanischen Gärten.

Levi sitzt mit Dior und Javier an einem Tisch mit Schnitzereien. Er winkt mich heran.

»Kommen Sie zu uns.« Seine Stimme klingt heiser, Anspannung liegt in der Luft.

»Wo ist Clay?«, frage ich. Wurde er im Kampf verletzt?

»Ihm geht es gut. Ich habe ihn nach Hause geschickt, damit er sich ausruhen kann.«

Endlich! Wenigstens ein Häkchen auf meiner persönlichen Positiv-Liste.

Ich gleite neben Levi auf den leeren Stuhl und starre die beiden Menschen mir gegenüber an. Es gelingt mir nicht, mein Entsetzen zu verbergen. Sowohl Dior wie auch Javier sind schwer von Penumbra gezeichnet. Eine schwarze Wolke umgibt sie. Ihre Augen sind nicht mehr golden und seine nicht mehr braun, sondern so schwarz, dass man die Pupillen nicht mehr erkennt.

Zischlaute hallen durch meinen Kopf, mein Licht wird von den beiden abgestoßen.

Un-n-nd das wäre dann ein Häkchen auf der Negativ-Liste.

Zumindest besitze ich jetzt das Werkzeug, um ihnen zu helfen.

»Dior hat zugestimmt, sich reinigen zu lassen«, sagt Levi.

»In Ordnung. Ja.« Kann ich das schaffen? »Wie soll ich Ihrer Meinung nach …«

– *Klopf, klopf.* – Dieses Geräusch höre ich aus dem Netz, ich runzle die Stirn.

»Darauf sollten Sie besser antworten«, sagt Levi.

Woher weiß er …

– *Klopf, klopf.* –

Ich reibe mir die Schläfen, als ich das Bild einer herrlichen, blonden Frau vor mir sehe. Es ist die Prinzessin. Ein langer weißer Zopf liegt über einer ihrer Schultern, ihre schönen Gesichtszüge sind so fein und edel, dass ich es fast nicht ertrage, sie anzusehen.

Instinktiv schließe ich die Augen, um mich zu konzentrieren, woraufhin sich im Netz eine Tür öffnet. Die Prinzessin geht hindurch und lächelt mich an.

»Es ist so schön, dich einmal außerhalb eines Schlachtfeldes zu treffen, Tenley. Ich habe beobachtet, welche Fortschritte du mit dem Netz machst, dein Licht wird immer strahlender.«

Ich verneige mich vor ihr.

»Nein, nein. Gemeinsam werden wir Dior retten. Wollen wir beginnen?« Sie nimmt meine Hand, wir verschränken die Finger miteinander. Ihr Griff ist schwächer, als ich erwartet hätte, und kalt. So kalt.

Zugleich durchfließt ein warmer Strom unsere Verbindung und füllt mich aus. Wärme und Stärke, so hart wie Gold. Doch dann schwindet die Wärme, kalter Wind umweht mich. Diors Körper beginnt zu zucken.

»So ist es richtig«, sagt Levi.

Ich öffne die Augen, und was ich vor mir sehe, erschreckt mich. Ich sitze über den Tisch gebeugt, Diors Hand in meiner. Offenbar habe ich sie ergriffen, als ich die Hand nach der Prinzessin ausstreckte. Diors Mund ist zu einem endlosen, stummen Schrei aufgerissen. Ihre Gesichtszüge sind qualvoll verzerrt.

Meine Finger zucken, doch Levi ergreift unsere Hände, damit wir einander nicht loslassen.

*– Schenke ihr unser Licht. –*

Da ich die Augen nun geöffnet habe, ist die Prinzessin nur ein Wispern in meinem Hinterkopf. Und doch ist ihre Anweisung so klar und deutlich, dass ich einen Lichtstrahl aus dem Netz in meine Hände ziehe. Dior erbebt noch heftiger, die Dunkelheit *wütet* regelrecht unter ihrer Haut. Der Lichtstrahl trifft auf eine Mauer – und kann weder nach oben ausweichen noch nach unten noch um sie herum, und kehrt zu mir zurück.

Wieder zerrt kalter Wind an mir, sticht mich wie tausend Nadeln. Eiskristalle in den Venen, mein Herz schlägt schleppend.

*– Mehr. –*

Ein weiterer Strahl dringt aus meinen Fingerspitzen. Und noch einer und noch einer. Die Kälte wird schlimmer, in mir baut sich schrecklicher Druck auf. Zu viel Licht, um es in Schach zu halten!

Dior zuckt heftiger, ihr Stuhl scheppert.

Javier packt sie an den Händen, um uns voneinander zu trennen. Sein Mund bewegt sich. Ich weiß, dass er spricht, kann ihn aber nicht hören.

»Lassen Sie Miss Nichols los. Sofort.«

Levi. Ich höre ihn. Und ich höre den strengen Ton des Generals.

Javier gehorcht. Ein Wunder.

– *Mehr.* –

Türen im Netz werden aufgerissen. Türen zu Räumen, die ich angefüllt habe. Licht strömt heraus … trifft auf die Mauer und kehrt wieder zu mir zurück, genau wie die anderen Strahlen auch. Der Druck baut sich weiter auf, brennender Schmerz innerhalb der immer schlimmer werdenden Kälte.

Dior erhebt sich – nein, sie *schwebt*. Unsere Arme strecken sich über den Tisch, als sie höher und höher steigt. Eine Szene wie aus einem Albtraum.

– *Mehr.* – Die Stimme der Prinzessin ist angespannt, wird schwächer.

*Nein*, versuche ich zu sagen. Noch mehr und wir werden alle zusammen explodieren. Wir können nicht riskieren, Troikas stärkste Strömerin zu verlieren. Ich werde weitermachen, doch sie muss sich von uns lösen.

– *Mehr!* –

Licht prallt gegen die Mauer. Und dann explodieren wir *tatsächlich*. Oder zumindest fühlt es sich so an. Unsere Schreie vermischen sich mit denen von Dior. Die Mauer bröckelt, und die Strahlen jagen durch Dior und pressen etwas, das wie ein *Mensch* aussieht, aus ihr heraus – ein kreischendes Teenagermädchen mit schwarzem Haar und Sommersprossen.

Das Mädchen zerschellt in tausend Splitter und verdunstet.

*– Generalin Rosalind Oriana … muss Dior in Besitz genommen haben wie eine Hülle … Die Generalin ist jetzt tot … es ist ihr Zweittod … unser Licht … Tenley! Zieh das Licht zurück ins Netz, bevor Dior einen Fackelbrand erleidet. –*

Ich ziehe und ziehe und ziehe, in meinem Kopf dreht sich alles. Rosalind Oriana hatte Dior in Besitz genommen … das bedeutet, dass der andere angeblich getötete General Javier in Besitz genommen hat. Auf diese Weise war uns Myriad ständig einen Schritt voraus. Nicht nur wegen Victor. Sie wussten immer, wo wir die beiden Menschen versteckt hielten, weil die Generäle Myriad informierten.

Dior knallt auf den Boden, bewusstlos, unsere Hände haben sich nun endlich voneinander gelöst. Ich sacke nach Luft ringend zusammen.

»Die Prinzessin.« Ich keuche. Ist sie – ja! Sie lebt. Ich erkenne ein Glimmen ihres Lichts im Netz.

Levi überprüft meine Vitalzeichen, während der bleiche Javier sich um Dior kümmert.

»Sie werden schon wieder.« Levi klopft mir grinsend auf die Schulter. »Ich bin so stolz auf Sie, Ten.«

»Javier … er sollte Dior nicht berühren …« Wenn sie sich erneut mit Penumbra ansteckt …

»Das tut er nicht.« Levi zeigt in die Richtung des Paares. »Er kann nicht. Es tut zu weh. Sie ist noch immer mit Licht gefüllt. Aber nicht zu viel Licht«, fügt er hinzu, als ich aufzustehen versuche.

Zu schwach. *So* schwach. Das Einzige, was ich bewegen kann, ist mein Blick. Levi hat recht. Javier kauert neben Dior, die gerade aufwacht, doch er berührt sie nicht. Er hält Abstand.

Ich begreife. Der andere General weiß, dass ihr Licht ihn aus dem Körper des Menschen verjagen und sein Ewigleben beenden würde.

Wir müssen … wir müssen … meine jeweils fünfzig Kilo

schweren Lider schließen sich, ich kann sie nicht länger offen halten …

Lichter aus, Ten.

Die Lichter flackern, dann leuchten sie hell. Aus Sorge vor weiteren Schmerzen richte ich mich behutsam auf, Erinnerungen und Fragen kreisen durch meinen Kopf.

Das Netz beantwortet jede Frage, sobald man sie stellt.

Kann ein Geistwesen Besitz von einem Menschen ergreifen?

*– Nur sehr hohe Positionen haben diese Fähigkeit. Darüber hinaus muss der Mensch seine Zustimmung geben – auch wenn er vielleicht gar nicht weiß, dass er das tut. –*

Ich muss daran denken, dass ich selbst mal einen Menschen als Schutzschild benutzt habe, und zucke zusammen. Können Troikaner auch von Menschen Besitz ergreifen?

*– Inbesitznahme ist Troikanern verboten, weil dadurch der freie Wille untergraben würde. –*

Warum wissen nicht alle Troikaner darüber Bescheid?

*– Zu viele TAs würden diese besessenen Menschen lieber töten, als die Leben ihrer Strömer zu riskieren. –*

Meine Schläfen beginnen zu pochen. Javier muss ebenfalls gereinigt werden, aber ich bin dazu momentan nicht in der Lage. Wenn ich mich jetzt kopfüber in den Kampf stürzen würde – und Reinigung ist ein Kampf –, würde ich verlieren. Und ich will gewinnen! Die Zeit ist nicht auf unserer Seite. In den nächsten Tagen wird Penumbra – also der myriadische General – nur noch heftiger von Javier Besitz ergreifen.

Ich betrachte meine Umgebung. Nach wie vor befinde ich mich in der Blockhütte, aber man hat mich auf das Sofa gelegt.

Levi sitzt auf der Armlehne und zwinkert mir zu. »Gut geschlafen, Miss Lockwood?«

»Wie lange war ich weg?«

»Nur eine Stunde.«

Eine strahlende Dior tanzt durchs Haus, ihr Lächeln ist fröhlich und ansteckend. Javier beobachtet sie mit finsterem Blick.

Sie kommt zu mir, um mich zu umarmen. Als unsere Haut sich berührt, entsteht Wärme, und sie lacht auf.

»Danke. Vielen, vielen Dank. Mir war gar nicht klar … der Unterschied ist einfach unglaublich. Ich habe mich nie besser gefühlt und … danke!« Sie lässt mich los und umarmt Levi.

Zwar glänzen seine Augen liebevoll, doch räuspert er sich und sagt streng: »Na schön. Dann fahren wir fort.«

Sie setzt sich an den Tisch, hopst aber praktisch auf ihrem Stuhl auf und ab. »Kommt jetzt Javier dran?«

»Nein«, sagt Javier.

Gleichzeitig sagt Levi: »Nicht heute. Miss Lockwood muss sich erst erholen.« Er betrachtet Javier stirnrunzelnd. »Ich weiß, dass Sie gegen Miss Nichols Reinigung waren, doch wie Sie sehen, hat sie es überlebt. Und das werden Sie ebenfalls. Vertrauen Sie mir, Junge, Sie wollen gereinigt werden! Ich weiß, dass Sie nicht sehen konnten, was da aus Miss Nichols herauskam, aber es war nicht schön, und genau so ein Ding lebt auch in Ihnen.«

»Ist mir egal.«

Levi wendet sich verärgert von ihm ab und sieht mich an. »Weil um Miss Nichols so brutal gekämpft wird, hat das Gericht entschieden, ihr Verfahren vorzuziehen. Es beginnt schon morgen.«

Unmöglich! »Sie hat doch noch nicht mal einen Rechtsanwalt.«

»Hat sie.« Er tätschelt Diors Hand. »Mich.«

»Das dürfen Sie nicht tun. Sie sind General. Sie werden in der Sphäre gebraucht. Wir können nicht riskieren …« Das Ende des Satzes erstirbt auf meiner Zunge, zum Schweigen gebracht durch das Netz.

Menschen dürfen nicht wissen, welchen Preis wir zu zahlen

bereit sind. Unsere Opferbereitschaft darf sie nicht beeinflussen.

Ich balle die Hände zu Fäusten. – *Wir brauchen Sie, Levi.* – Vorwurfsvoll schleudere ich ihm diese Worte durch das Netz entgegen.

*– Sie braucht mich auch. Sie braucht jemanden, der stark ist und an den sie sich anlehnen kann. Sie muss wissen, dass jemand zu ihr hält, egal, was geschieht. –*

– *Levi* – Er ist bereit, sein Leben für jemanden zu geben, der in diesem Moment noch sein Feind ist.

Ich etwa nicht?

– *Wenn sie einknickt, werden Sie sterben.* – Ich schimpfe weiter. – *Ohne Wenn und Aber.* –

Er lächelt mich liebevoll an. – *Einer nach dem anderen. So beenden wir einen Krieg, oder nicht?* –

So ein Narr. Er bekämpft Feuer mit Wasser.

»Was ist los?« Dior blickt zwischen uns hin und her. »Was geht hier vor sich?«

Weil mir nichts anderes übrig bleibt, entgegne ich: »Bereiten wir uns vor.« Wir müssen sie davon überzeugen, an sich selbst und an das zu glauben, was sie wirklich will, egal, was passiert, und dass ganz Troika hinter ihr steht, ebenfalls egal, was passiert.

Levis Zeichen leuchten gleichzeitig mit meinen auf. Eine Nachricht von Kayla. Und als ich sie lese, wird mir eiskalt: *Clay ist zum LdE zurückgekehrt. Warum, weiß ich nicht. Kurz darauf hat er einen Notruf geschickt. Jemand von Myriad verfolgt ihn offenbar. Ich habe TAs ausgesendet, um ihm zu helfen, aber die können ihn nicht finden. Ich auch nicht. Sein Licht ist verschwunden. Ich glaube, dass Myriad ihn hat.*

# 25. KAPITEL

»Lass dich nicht beirren. Es existiert nur das Richtige oder das Falsche. Grautöne gibt es nicht.«

Troika

Levi verfällt sofort in Aktion und schreibt umgehend Nachrichten. TAs tauchen auf, um Dior und Javier wegzubringen. Darüber bin ich froh. Ich will nicht, dass Javier – solange er vom General besessen ist – hört, worüber wir sprechen.

»Ich mache mich auf die Suche nach Clay«, sage ich. Warum ist Clay ins Land der Ernte zurückgekehrt? Und das, obwohl ein General ihm befohlen hat, sich auszuruhen?

»Sie dürfen sich nicht in Gefahr bringen«, erwidert Levi kopfschüttelnd. »Ich weiß, dass Sie das langsam nicht mehr hören können, aber es ist trotzdem wahr. Deacon wird ...«

»Ich *muss* ihm helfen.« Irgendwie. Ich habe Clay schon zu oft im Stich gelassen. »Noch nie habe ich eine Mission abgelehnt, Levi. Lassen Sie mich gehen. Ich kann etwas tun, was Clay nicht möglich ist, nämlich mit Killian sprechen und so an Insiderinformationen kommen.« Natürlich spiele ich den Jungen, den ich liebe, nicht gern gegen seine eigene Sphäre aus, doch genau das werde ich heute tun. Ich liebe Clay ebenfalls, und um ihm zu helfen bin ich zu allem bereit.

Levi nickt knapp, dann tippt er eine Nachricht in seine Tastatur. »Aber Sie werden nicht kämpfen«, bestimmt er. »Stattdessen werden Sie hierbleiben und mit Killian sprechen. Sie haben genau fünf Minuten. Sobald Deacon kommt, geben Sie alle Informationen an ihn weiter und kehren nach Troika zurück. Ich schicke in der Zwischenzeit Suchtrupps los.«

Zumindest vertraut Levi darauf, dass Killian uns hilft und uns nicht hintergeht. Das ist schon mal ein riesiger Schritt nach vorn. Und ob es Levi klar ist oder nicht: Dieses Vertrauen könnte den Frieden einläuten. Nicht den Frieden mit Myriad, aber mit Killian höchstpersönlich.

Eine Seele. Eine Veränderung.

Levi sieht mich fest an. »Ich würde bei Ihnen bleiben, doch ich habe ein Treffen mit den anderen Generälen angesetzt. Möge Ihr Handeln erleuchtet sein.«

Und schon ist er weg, in einem Lichtstrahl entschwunden.

Ich drücke den Daumen auf das Pi-Symbol, das ich um den Hals trage. Dann, während ich warte, gehe ich auf und ab, zu ruhelos, um stillzustehen.

Plötzlich schießt ein Schatten durch die Decke bis zum Boden, in dessen Mitte Killian erscheint. Er befindet sich wie ich in einer Hülle, das Gesicht sorgenvoll angespannt.

»Clay wird vermisst.« Ich werfe ihm die Arme um den Nacken. »Wir glauben, dass Myriad ihn hat.«

Er hält mich fest, und der Geruch von Torffeuer und Heidekraut hüllt mich ein.

»Das stimmt. Ich konnte meinen Anführer davon überzeugen, dass ich dich an der Angel habe, somit halten sie mich noch immer auf dem Laufenden. Victor hat sich inzwischen erholt und Clay mit einem Trick dazu verleitet zu glauben, dass du entführt wurdest. Clay wollte dich retten und ist direkt in die Falle getappt.«

Schlimmer könnte es kaum kommen.

Nein! Er lebt. Es gibt also Hoffnung.

»Weißt du, wo Clay festgehalten wird?«, frage ich.

»Nein, tut mir leid, Mädchen. Bis ich *meine Loyalität einwandfrei bewiesen habe*, erhalte ich nur ausgewählte Informationen.« Seufzend setzt er sich auf die Couch und zieht mich auf seinen Schoß. »Ich kenne dich. Du hast vor, nach ihm zu suchen. Tu das nicht. Genau das wollen sie mit seiner Entführung erreichen.« Er greift in seine Tasche und zieht ein Flash-Scribe heraus, das wie ein kleiner schwarzer Knopf aussieht. »Nach allem, was du in der letzten Schlacht getan hast, fürchten unsere Generäle dich.«

»Das sollten sie auch! Ich bin durch und durch böse. Oder durch und durch *gut.*«

Lächelnd küsst er mich auf die Mundwinkel, Bewunderung leuchtet in seinen blau-goldenen Augen auf. »Ja, das bist du.«

Ich schmiege mich an ihn und er streicht mir durchs Haar.

Wir berühren uns, als ob es das letzte Mal wäre.

Meine innere Uhr meldet sich und ich versteife mich. »Ich will nicht, dass du gehst, aber Deacon ist auf dem Weg hierher und ...«

Vor der Tür explodiert ein Lichtstrahl.

Zu spät. Deacon ist da. Er ist in Schwarz gekleidet und mit Schwert, Speer und Schild für eine Schlacht bewaffnet. Er nickt Killian zu, dann mir. Killian nickt zurück.

Ich sehe sie nacheinander an. »Ihr zwei habt kein Problem miteinander?«

»Wir ... haben uns unterhalten.« Deacon setzt sich uns gegenüber auf einen Stuhl. »Und jetzt bringt mich auf den neuesten Stand.«

»Clay lebt«, sagt Killian. »Sie benutzen ihn als Köder, also wird er nicht getötet, solange Ten am Leben ist.« Er deutet auf das Flash-Scribe. »Ihr müsst euch das anhören.«

Zitternd drücke ich auf das kleine Gerät. Zuerst hört man Rauschen und Knistern, als ob jemand rennen würde.

»Haben wir den Jungen?«

»Das ist der Prinz der Raben«, klärt Killian uns auf. »Einer seiner Assistenten hat mir das Flash-Scribe gegeben, mit den Worten, dass ich offenbar eine Schwäche für ein troikanisches Mädchen hätte. Ich denke, man hat ihn beauftragt, mir das Flash-Scribe zu geben. Damit wollen sie wohl herausfinden, wie ich mich verhalten werde, vielleicht wollen sie dich mit dem, was du hören wirst, auch manipulieren. Aber wenn das, was gleich folgt, wahr ist, musst du es erfahren. Du musst jetzt stark sein.«

Die Aufnahme geht weiter.

»Ja, Sir.«

»Hervorragend. Verbreiten Sie die Nachricht. Sorgen Sie dafür, dass die Strömerin von seiner Entführung erfährt.«

Schritte. Das Klicken einer Tür, die geöffnet und geschlossen wird.

Der Mann, der zuvor die Befehle erteilt hat, spricht weiter: »Stellen Sie die Truppen auf. Jeden einzelnen Gesandten, Agenten und Anführer. Sorgen Sie dafür, dass die Strömerin nicht nach Troika zurückkehren kann. Ich will, dass unsere Leute die Sphäre umzingeln. Blockieren Sie sämtliches Licht. Je schwächer ihre Leute sind, desto leichter wird unser Sieg.«

Der Hass in seiner Stimme ist genauso deutlich hörbar wie seine Worte. Dieser Mann ... er brachte Killian bei, dass man Sieger anbetet und Verlierer zertritt, er hat Killian dazu ermutigt, alles zu tun – zu lügen und zu stehlen und zu töten –, um eine Schlacht zu gewinnen.

Kein Wunder, dass er einen seiner Söhne Victor genannt hat.

Jetzt hört man schnelle, hämmernde Schritte. Eine Tür wird geöffnet und geschlossen.

»Wie viele Agenten haben wir in Troika?«

»Neun.«

»Sehr gut. Sie sollen ...«

Das Gerät schaltet ab, man hört nur meine lauten, gekeuchten Atemzüge.

Killian streicht über meine Arme. »Wenn das stimmt ... es tut mir leid.«

Zero! Unter uns befinden sich also womöglich noch mehr Monster. Das Böse als das Gute getarnt.

Von der Mischung aus Dringlichkeit und Verunsicherung überwältigt – einer giftigen Mixtur – würde ich mich am liebsten in Killians Arme schmiegen und aufgeben. Natürlich müssen wir etwas unternehmen, aber ohne einen klaren Plan zu handeln wird uns nicht weiterbringen.

»Woher wissen wir, dass *du* nicht auch ein Teil des Plans bist?«, fragt Deacon und beißt die Zähne fest zusammen. »Woher wissen wir, dass du uns nicht hintergehst?«

Killian sieht mich ernst an. »Das könnt ihr nicht wissen.«

»Ich *weiß* es«, sage ich fest. »Ich vertraue dir. Immer. Du und ich werden Clay retten. Deacon, geh nach Hause und warne unseren König, dass es einen Angriff geben könnte. Ich komme zurück, sobald ich kann.«

Killian schüttelt schon den Kopf, bevor ich zu Ende gesprochen habe.

»Ich habe es dir doch gesagt, Mädchen. Sie wollen dich in die Falle locken. *Ich* werde Clay suchen. Ich kann mich verstecken, du nicht. Du bist Licht. Du wärst zu sehen wie ein Leuchtfeuer.«

»Ich sage das ja nur ungern, aber er hat recht.« Deacon steht auf. »Ich begleite Killian. Du kehrst nach Troika zurück. Wenn wir den Angriff nicht stoppen können, wird unser Volk dein Licht dringend brauchen.«

Dieser Logik habe ich nichts entgegenzusetzen, so sehr ich es auch möchte.

»Ich lasse nicht zu, dass Clay etwas passiert«, sagt Killian beschwörend, die Arme fest um mich geschlungen. »Ich finde ihn, und ich bringe ihn in Sicherheit.«

In meinem Erstleben war Killian schuld an Clays Ersttod. Er griff Archer an, während wir einen schneebedeckten Berg hinunterrannten. Dadurch wurde eine Lawine ausgelöst, die Clay über eine Klippe schleuderte.

Ob Killian es zugibt oder nicht, er tut das nicht für mich. Nicht nur. Er will ein Verbrechen wiedergutmachen, für das sein König ihn damals gelobt hat.

»Das weiß ich.« Meine Brust zieht sich zusammen. Wir beide stehen kurz davor, uns in äußerst gefährliche Situationen zu begeben. »Wenn mir was passiert …«

»Dir wird *nichts* passieren.« Er schüttelt mich. »Du wirst

kämpfen, und du wirst überleben. Etwas anderes werde ich nicht akzeptieren.«

Ich küsse ihn leidenschaftlich, und ich küsse ihn schnell – Deacon ist für einen Moment vergessen. Killian erwidert meinen Kuss, seine Kraft sickert in mich, als würde ich Licht von ihm abziehen – weil ich genau das tue?

Ja! Das tue ich, und diese Erkenntnis überwältigt mich. Trotz seiner Bindung an Myriad trägt er *Licht* in sich.

Licht, das seiner Liebe zu mir entspringt?

*Liebe ist immer die Antwort. Liebe scheitert niemals.* Liebe ist Leben.

Jetzt nehme ich nicht länger, sondern gebe, fache das Feuer an. Nur ein wenig. Nicht zu viel. Ich will ihn damit nicht überwältigen oder womöglich einen Fackelbrand verursachen.

Als er ein Zischen ausstößt, weiß ich, dass ich so weit gegangen bin, wie es möglich ist. Also springe ich auf und tippe den Code für Troika ein. Ich zittere.

Killian erhebt sich, ein regelrechter Turm aus Angriffslust und Aggression, bereit, seine eigenen Leute zu vernichten, um meinen Freund zu retten, nur weil ich ihn darum gebeten habe.

Ist es ein Wunder, dass ich ihn liebe? »Du bist unglaublich, Killian Flynn.« Ich sehe ihm so lange in die Augen, bis die Hütte um mich herum verschwindet.

Ich tauche außerhalb des Schleiers der Flügel auf – und runzle die Stirn. Das Licht … wo ist das Licht? Obwohl ich es so eilig habe, verharre ich einen Moment, um in den Himmel zu schauen … und stöhne auf. Es wird *auf jeden Fall* einen Kampf geben. Ich kann es nicht mehr verhindern. Dunkle Schatten fallen auf das Wasser. Viele, viele Schatten, die myriadische Soldaten werfen.

Das Leben kann sich von einer Sekunde auf die andere ändern, kann besser werden oder schlechter und alles dazwischen. Durch die große Schlacht, die vor uns liegt, wird sich

Troika vollkommen verändern. Lebensblut wird vergossen werden, Leute werden sterben. *Unschuldige* werden sterben.

Schnell schiebe ich die aufsteigende Panik beiseite und jage durch das Wasser. Mein Halsband schlägt gegen meine Brust. Ich werde Killians Geschenk nicht länger unter meinem Hemd verstecken. Wir verstecken uns, weil wir Angst vor der Meinung anderer haben oder vor dem, was unserer Ansicht nach Schlimmes geschehen könnte. Doch diese Angst liegt hinter mir.

Heute werde ich kämpfen. Für einen – für alle.

## 26. KAPITEL

»Lass dich nicht unter Druck setzen. Es gibt kein Richtig oder Falsch, nur Tausende Grautöne.«

Myriad

Ich haste durch ein Portal, über eine Treppe in ein weiteres Portal und steige in der Hauptstadt des Neuen aus – in der Chaos herrscht. Rauch wabert um die Gebäude und liegt schwer in der Luft. Die Straßen sind verstopft von Bewohnern, die panisch durcheinanderrennen. Ich kann über die Menschenmenge nicht hinaussehen. Die meisten sind mit Ruß bedeckt, ihre Kleider sind zerrissen und fleckig, Lebensblut fließt aus unterschiedlichsten Wunden.

»Was ist passiert?«, frage ich einen Mann, der sich langsam im Kreis dreht.

Er achtet nicht auf mich, sein Blick irrt umher.

»Bomben«, schluchzt eine Frau. »Wir wurden bombardiert.«

»Thomas! Thomas! Haben Sie meinen Sohn gesehen? Wo ist mein Sohn?«

»Matilda!«

Überall werden Namen geschrien, während ich mich durch die Menge schiebe. *Jeremy*. Ich muss zu Jeremy. Myriadische Spione haben angegriffen, selbst Babys sind zum Abschuss freigegeben.

Weiter vorn stolpert ein verletztes kleines Mädchen und fällt zu Boden. Niemandem sonst fällt das auf. Sie wird niedergetrampelt werden.

Ich kämpfe mich zu ihr durch und hebe sie hoch. In der Sekunde, in der wir uns berühren, leuchten meine troikanischen Zeichen auf, das Netz sorgt dafür, dass mein Licht in sie dringt. Sie schnappt nach Luft, die Schnitte in ihrem Gesicht und an ihrer Brust beginnen sich zu schließen. Ich renne bereits weiter.

Ich bin genauso dankbar wie verblüfft. Jetzt verstehe ich. Ein Strömer ist ein Gefäß, das eine Substanz beschützt oder sie in ein anderes Gefäß überleitet.

Ich trage die Kleine durch das Gedränge... doch schon bald teilt sich die Menge von selbst, als die Leute mein Licht bemerken. Das wilde Geschrei lässt nach.

»Matilda!« Eine Frau mit tränennassem Gesicht rennt zu uns und reißt das kleine Mädchen in ihre Arme. »Dir geht es gut, dir geht es gut.«

Die beiden umarmen sich, das Mädchen jammert: »Mama, Mama, ich hatte solche Angst.«

Ich betrachte die Menschenmenge. Wahrscheinlich habe ich nur einen Augenblick Zeit, die Leute zu beruhigen, bevor die nächste Panikwelle ausbricht. Mein Blick fällt auf Winifred, Rebel, Clementine und Nico. Und dort ist Sawyer mit Fatima in seinen Armen. Erleichterung hilft mir, mich zu erden. Ich bin so froh, dass es ihnen gut geht.

»Myriadische Armeen sind hier«, rufe ich. »Sie wollen, dass wir in Panik geraten, damit wir leichtere Beute sind. Nicht alle von euch sind Krieger, das weiß ich. Manche von euch arbeiten in den Gärten und auf den Mannafeldern. Andere stellen Kleidung her und halten unsere Städte sauber. Doch das Herz Troikas schlägt in uns allen. Zusammen sind wir stark. Bleibt ruhig und handelt klug. Passt auf unsere Kinder auf. Gebt den Myriadern nicht, was sie wollen: unsere Angst. Wir werden diejenigen finden, die uns das angetan haben. Und wir werden siegen!«

Ich weiß nicht, ob ich sie erreicht habe, renne aber weiter zu einer Treppe. Oben angekommen muss ich husten, überall ist Rauch, mein Hals brennt. Meine Augen beginnen zu tränen. Trotzdem laufe ich die Straße entlang ...

Hinter einer dunklen Rauchwolke treffe ich auf Generalin Tasanee und General John, die zusammen mit Hazel und Steven den Schutt durchwühlen, der einmal die Kathedrale war. Ich schlage mir eine bebende Hand vor den Mund. Als Hazel mich entdeckt, schreit sie vor Freude auf. Sie stößt Steven an, dann rennen beide zu mir, um mich zu umarmen.

Mein Magen verkrampft sich. Die Spione haben offenbar zuerst die Agenten angegriffen, um unsere besten Kämpfer auszuschalten.

Um mich zu beruhigen, versuche ich, mich auf Zahlen zu konzentrieren. Die wahrscheinliche Anzahl von Leuten in dem Gebäude im Vergleich zur wahrscheinlichen Anzahl von Überlebenden.

Die Chancen stehen schlecht.

Keine Trauer. Nicht hier, nicht jetzt. Ich werde gebraucht.

»Helfen Sie uns.« Generalin Tasanee keucht. Ihr pechschwarzes Haar hängt strähnig um ihr rußverschmiertes Gesicht. Ihr lederner Catsuit ist an mehreren Stellen eingerissen.

»Ich muss meinen Bruder Jeremy finden.«

Sie nickt verständnisvoll. Gerade als ich weiterrennen will, packt Hazel mich am Handgelenk.

Mit Tränen in den Augen sagt sie: »Wir haben Reed gefunden. Er war … er … Kayla hat ihn ins Sanatorium gebracht.«

Ich rede mir ein, dass er gesund werden wird. Ich rede mir ein, dass wir alle heilen werden, aber ich zittere, während ich renne und renne und die Umgebung an mir vorbeizischt. Ich betrete eine weitere Treppe und mache mich auf das Schlimmste gefasst. Doch dem Erstkönig sei Dank! Die Häuser sind noch intakt.

*Wumm!*

Der Boden bebt, ein heftiger Windstoß schleudert mich zurück, alle Luft weicht aus meiner Lunge. Ich richte mich mit wackligen Beinen wieder auf, schwarzer Rauch steigt in der Ferne auf … dort, wo einmal Levis Haus stand.

*Nein. Nein, nein, nein.*

Ich absolviere einen Hindernislauf über Geröll und Schutt,

meine Augen tränen, meine Brust brennt. Als ich die Überreste von Levis Haus erreicht habe, fange ich an, mich durch den Schutt zu wühlen … da! Millicent, Jeremys Kindermädchen. Sie ist verletzt und blutet, nur halb bei Bewusstsein, doch sie lebt.

»Jeremy«, schreie ich. »Wo ist Jeremy?«

»Er w…war nicht hier«, stößt sie aus.

»Wo ist er? Bitte! Sagen Sie mir, wo er ist!«

»D…das weiß ich nicht. Tut mir leid. Tut mir so leid.« Ihr Kopf fällt zur Seite, ihre Augen schließen sich.

Vom Netz geleitet lege ich eine Hand auf ihr Herz und ein Lichtstrahl durchdringt sie. Das Licht … sie wird wie eine Batterie aufgeladen.

»Achtung!«, höre ich jemanden hinter mir rufen.

Mir bleibt jedoch keine Zeit zu reagieren. Ein schweres Gewicht wirft mich zu Boden. Als ich mich aufrichte, rollt Generalin Bahari von mir, einen Pfeil in der Brust.

Sie … hat mich gerettet?

Sie greift nach meiner Hand, eine stumme Bitte um Hilfe … und dann beginnt ihr Körper zu zucken. Schaum läuft ihr aus den Mundwinkeln. Gift?

Um uns herum klettern Troikaner aus dem Schutt. Wir bleiben unbemerkt. Mit zitternder Hand ziehe ich den Pfeil aus ihrer Brust. Ihr Körper wird still, ich drücke meine Faust auf die Wunde, um den Strom von Lebensblut zu stoppen und gleichzeitig einen Lichtstrahl freizusetzen.

Ihre Augen öffnen sich und werden rund. Ich drehe mich um, um zu sehen, was sie sieht. Ein Typ, den ich nicht kenne, jagt auf uns zu, einen zweiten Pfeil bereits in seinen Bogen gespannt. Er besitzt kein Licht.

Der Pfeil fliegt. Ein anderer Mann wirft sich vor mich, um mich abzuschirmen, er leuchtet hell wie ein Weihnachtsbaum. Also hat man uns doch bemerkt. Grunzend fällt der Weihnachtsbaum zu Boden. Genau wie die Generalin beginnt er zu zucken, Schaum bildet sich vor seinem Mund.

Ich entferne auch diesen Pfeil, gebe ihm Licht und springe dann wild entschlossen auf. Niemand wird mehr einen Angriff abwehren, der für mich gedacht war.

Während ich losrenne … schneller und schneller … fliegt ein weiterer Pfeil in meine Richtung. Das schaffe ich. Ich ziehe meine Schwerter, wirble sie so, dass der Pfeil daran abprallt und nutzlos zu Boden fällt.

Zu meiner Rechten kommt ein weiterer Mann aus dem Rauchnebel gesprintet, er hält einen Speer in der Hand. Zielt. Sein Licht ist gedämpft – er ist einer von Myriads Spionen. Ich weiche dem Speer aus, schwinge die Arme, Strahlen puren Lichts sprühen aus den Spitzen meiner Schwerter und durchschneiden seine Brust.

Ich sollte so etwas wie Triumph verspüren, doch bin ich einfach nur traurig.

Der andere Spion zielt mit einem Pfeil auf mich, ich ducke mich, während ich renne. Als ich ihn erreicht habe, schlage ich die Schwerter zusammen, erschaffe damit die Stange – und jage die feurige Spitze in seine Schläfe. Er stolpert, ich treffe ihn noch einmal, dann reiße ich ihn von den Füßen.

Während er stürzt, zerre ich die Stange auseinander. Einer der Griffe vibriert, und als er auf dem Boden landet, durchdringt die Schwertspitze seine Brust. Sein Körper zuckt wie der der Generalin, die er beinahe getötet hätte. Schwarze Flüsse rauschen durch seine Adern und sein Fleisch wird hart.

Erst als sein gesamter Körper zu Stein geworden ist, richte ich mich auf. Wieder verspüre ich keinen Triumph. Was ich hier tue, macht mir keinen Spaß, aber ich werde keine Reue empfinden. Wer in mein Haus kommt, sollte besser auf sein Benehmen achten. Diese Leute sind meine Familie. Ich werde sie bis zum letzten Atemzug verteidigen. Wenn das bedeuten sollte, dass es nie Frieden zwischen den Sphären geben wird, dann ist es eben so. Auch wenn ich niemals aufhören werde, dafür zu kämpfen.

*Troikaner versuchen nicht. Sie tun es.*

Ich wische mir mit dem Handrücken Blut vom Mund, dann fällt mein Blick auf Raanan, der die Waffe des Spions aufhebt.

»Was soll ich tun?«, fragt er.

Die gesamte Sphäre erzittert, das Geröll zu meinen Füßen schlägt aneinander. Erneute Schreie, eine noch dickere Wand aus Rauch richtet sich in der Ferne auf, bedeckt den Himmel und verdunkelt viel von unserem wertvollen Licht.

Voller Entsetzen wird mir etwas klar: Myriad hat meine Reinigung von Dior gewollt, weil ich danach geschwächt sein würde. Ich sollte möglichst hilflos sein, wenn sie meine Leute angreifen. *Sie waren mir die ganze Zeit einen Schritt voraus.*

»Ten! Ten!«

Ich fahre herum und entdecke Kayla, die auf mich zueilt. Ihr helles Haar flattert und sie trägt eine Menge Waffen, die an ihrem zierlichen Körper festgeschnallt sind, Schwerter schlagen bei jedem Schritt an ihre Beine.

Sie lebt!

»Levi schickt mich, um alle Agenten, die den Angriff überlebt haben, zu versammeln. Er beordert Soldaten durch den Schleier der Flügel, um die Armee davor zu vertreiben, damit das Licht uns wieder erreicht.« Während sie spricht, wirft sie jedem, der in Reichweite ist, eine Waffe zu.

Ich teile das letzte Restchen Licht, das ich noch habe, um sicherzustellen, dass alle hier stabil sind.

»Geh. Hilf den anderen«, sage ich zu ihr. »Ich werde meinen Bruder suchen.«

Raanan klopft mir auf die Schulter und ein Lichtfunke entzündet sich. Keiner, den ich erschaffen habe. Er schnappt nach Luft. Ist er … könnte er …?

Angeführt von der vollständig genesenen Generalin Bahari eilt die Gruppe davon.

»Ich weiß, wo Jeremy ist«, erklärt Kayla mir.

Dank dem Erstkönig! Über Raanan kann ich später noch nachdenken. »Bring mich zu ihm.« Vielleicht habe ich zu viel

Licht geteilt. Ich bin schwach, zittere und taumle. »Bitte.«

»Komm mit.« Sie eilt in die entgegengesetzte Richtung. »Er ist im Turm der Macht.«

Ich folge ihr, meine Erleichterung ist allumfassend. Je weiter wir gehen, desto mehr Schatten ziehen über den wässrigen Himmel. Meine Zeichen werden dumpf. Irgendwo in meinem Hinterkopf explodieren Vibrationen, die mir sagen, dass hier etwas gewaltig schiefläuft.

»Kayla.« Ich keuche, als wir uns dem Portal nähern.

Sie steigt ein, ohne innezuhalten. Ich folge ihr mit der Absicht, sie festzuhalten und sie wieder herauszuziehen. Jeremy muss woanders hingebracht worden sein, weil …

*Wumms!*

Ein Nagelbrett trifft mich voll im Gesicht, ich schwanke und lasse beinahe meine Schwerter fallen. Vor Schmerz taumele ich. Lebensblut strömt über meine Augen und benetzt meine Zunge. Ich höre einen Mann lachen.

»Das wird nie langweilig.«

»Stopp! Victor!«, schreit Kayla. »Du hast gesagt, sie würde nicht verletzt werden.«

Victor. *Natürlich*. Aber über die Tatsache, dass Kayla mir eine Falle gestellt hat, komme ich nicht hinweg, über die Tatsache, dass sie ihm hilft, eine ganze Sphäre Unschuldiger zu zerstören.

Ich blinzle heftig, um wieder klar sehen zu können. »Wo ist Jeremy?«

»Ihm geht es gut«, versichert sie mir. »Ich habe ihn in einen Bunker gebracht, bevor … bevor …«

… die erste Bombe detonierte, beende ich gedanklich ihren Satz. Sie hat es getan. Sie hat mich hintergangen und bei diesem Plan geholfen. Die Erkenntnis zerreißt mich fast.

Victor lässt das Brett fallen und zieht eine Pistole. »Überraschung! Dein Kumpel ist aus seinem Versteck gekommen und stärker denn je.«

Er winkt, die Hand, die ich ihm abgeschlagen habe, ist beinahe vollkommen nachgewachsen.

Die Sphäre wird heftig erschüttert, es ist, als ob mein Hirn gegen meinen Schädel rattert. Noch eine Bombe? Ich bleibe am Boden liegen, gebe mich geschlagen. Erst habe ich Sloan geliebt und ihr vertraut, und sie hat mich getötet. Dann habe ich Kayla geliebt und ihr vertraut, und nun tut sie das hier.

»Wie?«, krächze ich.

Sie beugt sich vor, ihr Gesicht ist rot vor Scham. »Es tut mir leid, Ten. Wirklich. Aber ich liebe ihn.«

Das ist keine Liebe, möchte ich schreien. »Er hat versucht, mich umzubringen. Mehrfach! In meiner Wohnung hat er sogar versucht, dich zu töten.«

»Nein«, sagt sie. »Er wollte dich nur schwächen. Und mich hat er verletzt, damit niemand erfährt, dass ich ihm helfe. Er hat mir einen Gefallen getan.«

So dumm kann sie doch nicht sein. Das kann sie einfach nicht sein.

»Arme Ten.« Victor lächelt großspurig. »Überlistet und besiegt.«

»Du möchtest Frieden, Ten«, fährt Kayla fort, die offenbar verzweifelt will, dass ich sie verstehe. »Und so bekommen wir ihn.«

»So? *So?*«, schreie ich. »Du meinst, indem Unschuldige abgeschlachtet werden?«

»Ein paar sterben, um viele zu retten«, entgegnet sie hastig. »Das hat Victor mir versprochen. Unser Licht wird durch Penumbra verdunkelt, dann sind die Sphären gleich.« Mit ihrem Blick fleht sie mich an, meinem eigenen Untergang zuzustimmen. »Der Krieg wird enden.«

*Närrin!* »Licht und Dunkelheit können nicht gleichzeitig existieren.« Archer und Killian haben das immer und immer wieder gesagt. »Man kann mich nicht mit Penumbra infizieren, sondern mich nur damit töten.«

»Nein.« Vehement schüttelt sie den Kopf. »Das hat Victor mir versprochen.«

»Ten hat recht. Irgendwann werden wir sie *tatsächlich* töten. Aber keine Sorge, Baby. Du wirst nicht dabei sein, um es mit anzusehen.« Er zielt und schießt ihr eine Kugel zwischen die Augen.

»Nein!« Ich springe auf. In diesem Moment ist es mir egal, was sie getan hat oder wie furchtbar sie mich hintergangen hat. Ich will nur, dass es ihr gut geht.

Ich eile an ihre Seite – oder versuche es zumindest.

Victor schießt vor meine Füße, um mich aufzuhalten.

»Bleib, wo du bist.«

»Wie kannst du ihr nur so wehtun?«, zische ich.

»Das ist leicht. Sie hat ihren Zweck erfüllt. Und jetzt wirf deine Schwerter in meine Richtung.«

Ich zögere. Es sind keine anderen Troikaner in der Nähe. Zumindest kann ich keine sehen. Sie wurden abberufen, um gegen die Bedrohung von außerhalb zu kämpfen.

Victor ist clever. Er wusste genau, wohin er mich locken musste.

Sind noch mehr Soldaten über diesem Gebiet positioniert, weil sie wissen, dass mir ein einziger Lichtstrahl genügen würde, um eine Feuersbrunst auszulösen?

Ich lecke mir über die Lippen und werfe meine Schwerter von mir … aber nicht allzu weit.

Mit finsterem Blick stapft er zu ihnen und kickt sie hinter sich. Solange er abgelenkt ist, reibe ich schnell mit dem Daumen über Killians Halsband. Ich weiß, dass er nicht in die Sphäre kommen kann, aber vielleicht, nur vielleicht, kann er meine Position bestimmen und helfen, den Bereich über dem Turm der Macht zu räumen.

Ich muss Victor nur dazu bringen, so lange zu reden, bis Killian ankommt.

»Warum hast du mich nicht längst getötet?«, frage ich. »Hast du immer noch nicht kapiert, was passiert, wenn du mich leben lässt?«

Er lächelt freudlos. »Ich habe beschlossen, einen Vertrag mit dir zu schließen.«

Ich lache schnaubend. »Machst du Witze? Warum sollte ich jemals zustimmen? Und warum solltest *du* das wollen?«

»Warum wohl? Es geht um Macht. Mit dir an meiner Seite wird der Prinz der Tauben keine andere Wahl haben, als sich Myriad zu unterwerfen. Der Krieg wird beendet, wie du es ja angeblich willst, und ich nehme meinen rechtmäßigen Platz in Troika ein. Den des neuen Zweitkönigs.«

Eher sterbe ich. »Du wirst nie genug Macht besitzen, um König zu werden.«

Sein Komm leuchtet auf, aber er achtet nicht darauf. »Entscheide dich, Ten. Das ist deine einzige Chance zu überleben. Und du willst überleben, oder nicht? Du möchtest zumindest weiter gegen mich kämpfen. Um deine Freunde vor meinem Zorn zu schützen.«

Jede Entscheidung zählt. Jede Tat hat Konsequenzen. Was man sät, das erntet man. »Liebe gibt, anstatt zu nehmen. Indem ich mich selbst rette, verdamme ich die anderen. Und das werde ich nicht tun.«

Ein winziger Lichtstrahl dringt durch die Schatten über uns und fällt wenige Schritte vor mir auf die Erde. Killian ist da!

Victor blickt stirnrunzelnd in den Himmel.

*Jetzt!* Mit hämmerndem Herzen werfe ich mich in das Licht.

# 27. KAPITEL

> »Ein Problem sollte niemals der einzige Fokus in deinem Leben sein.«
>
> Troika

Ich lande mitten im Lichtstrahl, innerhalb von Sekunden wird mir endlich wieder warm, es ist, als ob ich an eine Lichtmaschine angeschlossen worden wäre. Das Zeichen auf meinem Arm flackert einmal, zweimal … leuchtet … und dann beginnt das Netz in meinem Hinterkopf zu summen.

Als Erstes: Victor entwaffnen.

Er will Troika von innen heraus zerstören. Ich muss ihn aufhalten.

Als ich aufstehe, erkennt er seinen Fehler – lass deinen Feind niemals aus den Augen. Er zielt und drückt ab, aber ich habe jetzt einen guten Lauf, im wahrsten Sinne des Wortes, und die Kugel saust über meine Schulter hinweg.

Ich hebe die Schwerter auf und schwinge sie.

*Wumm, wumm.* Die Kugeln fliegen an mir vorbei, ich stoße nach Victor. Wir bewegen uns gleichzeitig, einer von uns greift an, der andere weicht aus. Es gelingt mir, ihn nach hinten zu drängen.

»Du wirst mich nicht schlagen.« Ich kann meinen Sieg durch das Netz *voraussehen*, jeder meiner Schritte wird davon geleitet.

»Falsch. Du *bist* bereits geschlagen.«

Eine Lüge. Nur eine weitere in einer langen Reihe von Lügen.

Mit einer einzigen, geschmeidigen Bewegung lädt er seine Pistole nach. Eine Kugel fliegt in meine Richtung. Während ich mich ducke, fällt mir ein Muster in seinem Vorgehen auf, als würde er zu einer Musik tanzen, die ich nicht höre. Schritt,

Schritt, nach links ducken, nach rechts, Schuss. Schritt, Schritt, ducken.

Indem ich mein Licht als Treibstoff nutze, beschleunige ich den Takt, verändere den Rhythmus. Nach einem Treffer mit der Stange fällt er zur Seite, feuert aber gleichzeitig einen Schuss ab. Victor landet auf dem Boden und stürzt sich auf mich. Ich hechte in die andere Richtung und gehe tief in die Knie, als wollte ich ihm die Füße wegschlagen.

Als er hochspringt, reiße ich die Stange nach oben statt nach unten, treffe seine Waden und bringe ihn aus dem Gleichgewicht. Wieder fällt er. Ich reiße die Stange auseinander und wirble ein Schwert so, dass ich einen seiner Füße abschlage, bevor er landet. Wumms. Er ist auf dem Boden und greift nach seinem blutspritzenden Stumpf. Also schneide ich ihm die Hand ab, in der er die Pistole hält.

Er schreit. Ich kreise um ihn herum … um seine andere Hand abzutrennen.

Sein nächster Schrei ist nur noch ein Abklatsch des ersten, Lebensblut schießt aus allen drei Wunden.

Entschlossen, der Sache ein Ende zu bereiten, schließe ich die Schwerter wieder zusammen und presse die Stange an den Puls an seinem Hals. Eine Flamme verbrennt ihn.

»Gnade, Gnade«, heult er.

Ich keuche, mein Herz rast. Dieser Junge hat mir so viele Schwierigkeiten bereitet. Er hat mich hintergangen, mich verletzt und meine Freunde getötet. Wenn er die Chance dazu bekommt, wird er es wieder tun.

Mein Herz weint. *Lass ihn leben. Verschone den Feind, einen nach dem anderen … die Hoffnung stirbt zuletzt.*

Aber ich will ihn wirklich, wirklich töten. Er hat den Tod verdient.

Ein breiter Lichtstrahl erfasst uns, hell und warm. Ich sehe auf und stoße den Atem aus, den ich offenbar angehalten hatte. MAs sind auf der Flucht. Hat Troika gewonnen?

»Gnade.« Victors Stimme ist schwächer, er verliert Kraft so schnell wie Lebensblut. »Gnade. Bitte, Ten.«

»Wenn es andersherum wäre und ich dich um Gnade bitten würde, würdest du mich mit einem Lächeln auf deinem arroganten Gesicht töten.«

Er zuckt zusammen, denn er weiß, wie wahr meine Worte sind.

Ich bin jedoch nicht er. Wofür ich mich heute entscheide, bestimmt darüber, wer ich morgen sein werde.

Ich richte mich auf und nehme die Stange von seinem Puls. »Ich werde dich nicht töten. Ich bin nicht dein Richter, und ich werde nicht über deine Strafe bestimmen.«

Schritte erklingen in der Ferne. Ich wirble mit erhobener Waffe herum, bereit für den Kampf.

Eine troikanische Armee, von Levi angeführt, hastet aus dem Portal.

Vor Erleichterung schießen mir Tränen in die Augen. Ich ziehe die Stange auseinander, stecke die Schwerter ein und renne hinüber zu Kayla. Sie ist bewusstlos, regungslos, hat aber noch einen Puls.

Ich gebe ihr alles Licht, das ich erübrige, während ich rufe: »Helft ihr!« Victor ist der Beweis dafür, dass Geistwesen schwieriger zu töten sind als Menschen. Ich denke … hoffe … dass sie das überstehen kann.

Levi gibt eine Reihe von Befehlen. Drei Soldaten kümmern sich um Kayla, zwei andere um Victor. Als beide ins Sanatorium gekarrt werden, beginne ich zu zittern.

»Kayla hat behauptet, dass Jeremy in Sicherheit ist«, sage ich. »Wenn sie gelogen hat …«

»Das ist er. Ich habe ihn gesehen.«

Meine Knie geben nach, ich stürze zu Boden. Jetzt laufen mir Tränen über die Wangen. »Laut der Informationen haben wir – hatten wir – neun myriadische Spione in unserer Sphäre«, erkläre ich Levi. »Zwei habe ich getötet. Victor ist der dritte.«

»Der Zweitkönig kann tun, was wir nicht vermögen, nämlich die aufspüren, die ihre Komms deaktiviert haben. Er wird sie so lange wegsperren, bis wir sie befragen können.«

Levi kommt näher, stößt einen leisen Zischlaut aus und lässt sich neben mir auf die Erde nieder. Auf seiner Brust ist ein nasser Fleck, der größer wird, er verliert Lebensblut.

»Sie brauchen Licht, aber ich habe keines mehr übrig«, sage ich. »Warum gehen Sie nicht mit den anderen ins Sanatorium?«

»Das werde ich. Später. Es wird Sie freuen zu hören, dass wir den Feind vertreiben konnten ... mit Killians Hilfe.«

Mein Herz setzt einen Moment aus. Er hat es getan. Nach allem, was geschehen ist, hat er es für mich getan. Er hat sich für mich entschieden, hat gegen seine Leute gekämpft, um mich zu retten.

Ich fange so heftig zu weinen an, dass ich fast würgen muss.

Ich möchte die Arme um Killian schlingen. Ich möchte seinen Herzschlag spüren, ihn riechen. Ich will, dass sein Atem meine Haut streift, mich genauso zeichnet wie das troikanische Symbol. Ich will seine Lippen auf meinen spüren.

Ich will ihm danken.

»Was ist mit Clay?« Ich reiße den Saum meines Hemdes ab und presse den Stoff auf Levis Brust.

Aufstöhnend nimmt er mir den Fetzen ab und drückt ihn selbst an seine Wunde. »Killian und Deacon haben ihn befreit, bevor sie in die Schlacht gezogen sind. Offenbar gibt es troikanische Sympathisanten in Myriad. Clay hat ihnen beim Kampf geholfen.«

Killian hat sein Versprechen gehalten, er hat meinen Freund gefunden und ihn nach Hause gebracht.

Ein eingehaltenes Versprechen ist wie ein Stern in dunkelster Nacht. Eine Brücke zwischen uns. Eine Brücke, die niemand jemals wird zerstören können.

Ich erzähle Levi genau, was passiert ist. Von Kaylas Verrat. Victors Plan. Sein Blick wird traurig.

»Was wird mit Kayla geschehen? Falls sie überlebt?« Wird sie bestraft? Verbannt?

»Darüber entscheidet der Zweitkönig.«

»Und Victor? Was passiert mit ihm?«

»Er hat seinen Vertrag gebrochen, seine Gnadenfrist ist vorüber. Er wird verbannt werden. Er wollte Myriad, er kann Myriad haben.«

Ich hoffe, dass ihn die Gnade, die ihm heute zuteilwurde – und jeden Tag, den er hier lebte –, für immer verfolgen wird, dass ihm bewusst wird, was er verloren hat.

»Unsere Sphäre ...«

Levi seufzt schwer. »Wir müssen viel wiederaufbauen.«

*Viel* ist eine Untertreibung. »Und die Verluste?«

»Ich würde ja sagen, es sind zu viele, um sie zu zählen, aber ganz sicher werden Sie einen Weg finden.«

Im Moment kann ich keinen Humor aufbringen. Ich kralle die Finger in die Erde, Schmutz dringt unter meine Nägel. »Wieso war Myriad in der Lage, das zu tun?«

»Sie haben uns mit kleineren Schlachten im Land der Ernte abgelenkt, haben unsere Kräfte gespalten und gleichzeitig eine größere Schlacht auf unserem Grund und Boden begonnen.« Er hält inne, seufzt wieder. »Sie haben das heute gut gemacht, Miss Lockwood. Sie sind über Ihre Befindlichkeiten hinweggegangen, haben die Nöte von anderen über Ihre eigenen Wünsche gestellt. Ich bin stolz auf Sie.«

Ein dicker Kloß formt sich in meinem Hals.

Durch das Netz scheint ein Licht, heller als jedes davor. Meine Zellen knistern und zischen vor frischem Leben. Kraft erblüht in mir wie eine Rose, die sich für die Sonne öffnet. Ich sitze nicht länger vorgebeugt, sondern gerade aufgerichtet.

Die Prinzessin! Sie gibt mir Energie. Nein, nicht nur mir, uns allen. Levi sitzt ebenfalls aufrechter da.

»Eines Tages«, sagt er, »werden Sie auch in der Lage sein, so etwas zu tun. Und was das hier betrifft ... das überstehen wir.

Wir wurden zu Boden geworfen, aber wir bleiben nicht liegen.« Er erhebt sich, reicht mir eine Hand und hilft mir auf die Beine. »Wir stehen heute wieder auf.«

Wir nehmen verschiedene Treppen und Portale, um durch die Sphäre zu reisen. Die Hauptstadt des Neuen, Die Bäder der Erneuerung und Das Haus der Geheimnisse haben den meisten Schaden erlitten.

In den nächsten Stunden graben wir durch den Schutt, auf der Suche nach Überlebenden. Die anderen Generäle arbeiten gemeinsam mit uns, genauso wie die Neulinge. Alt und Jung stehen zusammen.

Die rauen Steine schneiden mir in die Hände, mir brechen einige Fingernägel ab, doch sobald wir Überlebende finden, wird meine Entschlossenheit aufs Neue angefacht und ich mache weiter. Irgendwann gesellt sich Deacon zu uns. Er ist mit Ruß und Schmutz bedeckt, er hat einen blauen Fleck am Kinn, aber ansonsten geht es ihm gut.

Etwas später tippt mir jemand auf die Schulter. Erschrocken drehe ich mich um, entdecke Clay und werfe mich in seine geöffneten Arme. Er hält mich fest, als ob ich eine Rettungsinsel inmitten eines Taifuns wäre.

Wir sehr ich diesen Jungen mag! Ich drücke meine Stirn an seine Brust. »Ich bin so froh, dass es dir gut geht.«

Er umarmt mich noch fester. »Wenn du nur Killian hättest sehen können. Er hat sich schwer bewaffnet in die Schlacht geworfen und einen nach dem anderen niedergemetzelt. Niemand konnte ihn aufhalten.«

Guter Junge.

Im Netz öffnet sich eine Tür und ich sehe Archers schönes Gesicht. Wieder steigen mir Tränen in die Augen.

Ich wispere: »Es ist nun die Zeit zu trauern, doch das Leid wird nicht andauern. Viele sind für uns gefallen, ihr Mut wird für immer nachhallen. Wir werden auferstehen und scheinen, werden keine Tränen mehr weinen. Wir werden für das kämpfen, woran wir glauben, all unsere Hoffnung zusammenklauben. Der Sieg wird unser, und in der Dunkelheit wird leuchten unser Schein.«

Archer schenkt mir ein trauriges Lächeln.

Clay nimmt mein Gesicht in beide Hände und hebt meinen Kopf, um mir einen Kuss auf die Schläfe zu geben. »Was vergangen ist, liegt in der Vergangenheit, wo es hingehört, und die Zukunft erwartet uns … aber es gibt noch etwas anderes, worüber wir sprechen müssen.«

Archer schnaubt. »Sag ihm, er nervt.«

Lachend sage ich: »Nicht schlecht.«

»Danke.« Clay wischt mir eine Träne von der Wange. »Ich habe dich gesucht, um dir zumindest eine gute Neuigkeit zu überbringen. Kayla ist wach, und sie will uns sehen.«

Während eine Hälfte des Sanatoriums in perfektem Zustand ist, ist die andere Hälfte zerstört. Zelte wurden um das Geröll herum aufgestellt, Heiler tun, was sie können, um die Verletzten zu retten.

Kayla hat einen Platz auf einer Trage im hintersten Zelt. Sie sitzt aufrecht gegen einen Berg Kissen gelehnt. Es gibt weitere vierzehn Patienten, manchen fehlen Gliedmaßen, andere stöhnen vor Schmerz.

Krieg ist immer hässlich.

Levi ist schneller als wir gewesen. Er sitzt auf einem Stuhl neben ihrem Bett und hält ihre Hand. Die beiden haben uns noch nicht bemerkt; sie sind viel zu sehr miteinander beschäftigt.

»Habe ich … habe ich mein Bürgerrecht verloren?« Ihre Stimme zittert. Sie hat einen Verband zwischen den Augen, der ihre Wunde bedeckt.

»Nein, Miss Brooks. Sie haben Ihr Bürgerrecht nicht verloren. Sie sind nur vom Weg abgekommen.«

Seine Worte überraschen mich, obwohl ich irgendwie damit

gerechnet habe, sie zu hören. Levi ist immerhin der Inbegriff der troikanischen Lebensweise. Er sagt uns nicht, welchen Weg wir wählen sollen; er *zeigt* es uns. Und das ... das ist es, was Menschen zum Besseren verändert. Bedingungslose Liebe.

Kayla schluchzt auf. »Ich war so dumm. Ich hätte niemals glauben dürfen ...«

Jetzt entdeckt sie mich und schluchzt so heftig, dass sie nicht mehr zusammenhängend sprechen kann. Levi steht auf. Obwohl sein dunkles Haar völlig zerwühlt ist, trägt er ein sauberes Hemd.

Er klopft mir auf die Schulter und sagt: »Wer Mitgefühl gibt, wird Mitgefühl empfangen.«

Dann ist er weg. Ich setze mich auf seinen Stuhl neben Kaylas Bett, und zu meiner eigenen Überraschung empfinde ich ihr gegenüber tatsächlich keine Abneigung oder Wut, sondern Mitleid. Ich hätte genauso gut diejenige sein können, die sich gegen ihre Freunde wendet. Der einzige Unterschied ist, dass ich jemandem vertraut habe, der dieses Vertrauen auch verdient; sie nicht.

»Es tut mir so furchtbar leid«, presst sie hervor.

»Ich verzeihe dir«, entgegne ich, nicht, weil sie sich entschuldigt hat. Ich verzeihe ihr, weil ich nicht bereit bin, dem Hass einen Platz in meinem Leben einzuräumen. Hass hat Victor in dieses verheerende Ende getrieben. Hass hat Myriad dazu gebracht, eine Sphäre anzugreifen, in der unschuldige Kinder spielen.

Kayla schluchzt nur noch heftiger.

Auf der anderen Seite ihres Bettes zieht Clay sich einen Stuhl heran. »Du hast jetzt genug wie ein Baby geflennt.« Sein Ton ist streng und unnachgiebig. Völlig untypisch für Clay. »Du hast einen Fehler gemacht. Wer hat das nicht? Du lernst daraus und machst weiter.«

»L...Leute sind gestorben.« Sie wischt sich mit zitternder Hand die Tränen weg. »Ich habe dabei geholfen, sie zu töten ... ich bin eine *Mörderin*.«

»Ja«, sage ich. »Das bist du.« Es stimmt, das kann man nicht leugnen oder beschönigen. »Aber bleib nicht hier und suhle dich im Schlamm. Sondern geh da raus und hilf den Leuten, denen du Schaden zugefügt hast.«

Reed kommt zu uns. Er drückt ihre Hand. »Victor und die anderen myriadischen Anhänger hätten auch ohne deine Hilfe einen Weg gefunden, uns anzugreifen.« Ein Verband bedeckt sein linkes Auge, außerdem hat er eine Schnittwunde am Hals. »Ich wünschte nur, du wärst zu mir gekommen und hättest mir von deinem Plan erzählt. Dann hätte ich dich zur Vernunft bringen können.«

Sie schluchzt wieder. Ich lasse sie sich ausheulen, und während Minuten sich zu Stunden dehnen, döse ich vor mich hin. Zwar bemerke ich, dass Leute kommen und gehen, werde aber erst richtig wach, als Deacon den Kopf durch die Zeltöffnung streckt. Unsere Blicke treffen sich, er sieht mich düster an und winkt mich nach draußen. Ich stehe etwas zu schnell auf, verabschiede mich hastig von den anderen und renne hinaus.

Kaum bin ich bei ihm, da sagt er schon: »Trotz des Angriffs hat Diors Prozess begonnen.«

*Das ist ja wohl ein Scherz.* »Wir sollten den Termin verschieben. Nur um einen Tag. Levi braucht Ruhe und keinen Stress.« Wir alle!

»In dem Chaos haben wir die Frist für eine Terminverlegung versäumt. Jetzt zu verschieben hieße zu verlieren.«

Ich reibe mir den schmerzenden Nacken. »Was tun wir also?«

»Der Großmarkt, in dem die Hüllen hergestellt werden, steht noch, daher besorgen wir uns eine, gehen zum Gericht und zeigen ihm unsere Unterstützung.«

# 28. KAPITEL

»Konzentriere all deine Energie auf dein Problem, bis es gelöst ist.«

Myriad

Ich bin ein einziges Nervenbündel, als wir den Gerichtssaal betreten. Der Raum ist überfüllt. Myriader auf der einen Seite, Troikaner auf der anderen. Als die Türen schrill quietschend hinter uns zufallen, richten sich alle Blicke auf uns.

Die Verhandlung – die bereits begonnen hat – wird kurz unterbrochen. Schweigen herrscht.

Pokerface aufsetzen.

Das Kinn vorgestreckt, gehe ich weiter in den Saal hinein. Javier sitzt auf der vordersten Bank der troikanischen Seite. Er hat ebenfalls ein Pokerface aufgesetzt und verbirgt die Gedanken, die ihm bestimmt durch den Kopf gehen.

Weil Deacon und ich Hüllen tragen, kann Javier uns sehen und spüren. Deacon setzt sich neben ihn und verpasst ihm einen kleinen Schubs, um für mich auch noch Platz zu schaffen. Deacon bleibt als Puffer zwischen uns.

Javier umklammert mit den Händen seine Knie, die Fingerknöchel sind ganz weiß. Nun. Doch ein kleiner Hinweis darauf, wie es ihm geht. Er ist wie versteinert.

Seine Krankheit reagiert auf meine Anwesenheit, die schwarzen Adern winden sich. Das Netz summt wegen unserer Nähe zueinander. Licht ergießt sich in meinem Innern, kleidet jeden Zentimeter in mir aus, um eine Barriere zu bilden.

Ich betrachte die Gesichter der anderen Zuschauer …

Mein Blick fällt auf Killian, und mein Herz explodiert beinahe vor Sehnsucht, auf ihn zuzurennen. Er sitzt mit Sloan auf Myriads Seite und nickt mir fast unmerklich zu.

Warum ist er gekommen? Um mich zu sehen? Oder Dior? Ihm muss klar sein, dass seine Anwesenheit sie in ihrem Entschluss, zu Troika zu wechseln, nur noch bestätigen wird.

Auf einmal richte ich mich wie von einem Faden gezogen auf. Er ist wegen uns beiden hier, nicht wahr?

Dieser großartige Junge. *Mein Junge.*

Ich glaube nicht, dass ich jemals die richtigen Worte finden werde, um ihm für all das, was er für mich tut, zu danken. Ich kann nur hoffen, dass er die Dankbarkeit und Liebe in meinen Augen sieht.

Er blickt mich voller Sorge und Sehnsucht an, und ich zwinge mich, wegzusehen und Sloan zuzunicken. Sie schenkt mir ein zittriges Lächeln.

Die Verhandlung geht weiter, genau wie bei dem anderen Fall befindet sich der Richterstuhl auf einem Podium im hinteren Teil des Raumes. Dior sitzt neben ihm, Levi sitzt neben ihr. Er befindet sich in einer Hülle und trägt eine blassblaue Robe.

Derselbe myriadische Rechtsanwalt, der den letzten Fall betreute, betreut auch diesen – und er macht seine Arbeit hervorragend. Dior weint bereits, während Szenen aus ihrem Leben auf der Wand abgespielt werden. Immer wieder hebt er die vielen Male hervor, in denen sie zugelassen hat, dass ein troikanischer Anhänger litt oder gar starb, nur um einer Strafe zu entgehen.

»Sie sind egoistisch«, sagt er schroff. »Ja, Sie haben den Vertrag unterzeichnet, um Ihrem Vater zu helfen, doch damit haben Sie so vielen anderen geschadet. Ich weiß, ich weiß. Sie haben ausgesagt, dass das Aufheben des Vertrags Ihnen erlauben würde, anderen zu helfen – Troikanern zu helfen. Aber glauben Sie, dass diese Troikaner Ihre Hilfe überhaupt wollen? Wie oft haben Sie deren Brüder und Schwestern sterben lassen, nur um einer Strafe zu entgehen?«

Sie starrt zu Boden, als könnte sie den Anblick der Zuschauer nicht ertragen. »Ich … ich weiß es nicht.«

Ich unterdrücke ein Stöhnen. *Komm schon. Heb den Kopf! Hör mit dem Selbsthass auf und vergib dir.*

Während das Filmmaterial weiter abgespielt wird, Stunde um Stunde, und der Anwalt fortfährt, sie zu beschimpfen, sinken ihre Schultern immer tiefer herab, sie lässt den Kopf hängen.

Als die Aufnahmen schließlich zu Ende sind, knallt er die Hand auf den hölzernen Tresen zwischen ihnen, beugt sich vor und schreit: »Dieser Mann, Levi Nanne, behauptet, er wisse alles, was Sie getan haben, und dass er Sie trotzdem für seine Sphäre gewinnen will. Halten Sie es vielleicht für möglich, dass er Sie nur haben will, um sich an Ihnen zu rächen? Und all die anderen? Ihre wirklichen Opfer? Die müssen Sie hassen!«

Auf einmal geschieht das Unerwartete. Um mich herum erhebt sich ein Troikaner nach dem anderen und sagt:

»Ich vergebe dir.«

»Ich vergebe dir.«

Und so geht es weiter, bis alle die Worte ausgesprochen haben. Und ich denke … ich denke, es handelt sich bei ihnen genau um die Opfer, die der Anwalt angesprochen hat. Um die Menschen, die sie hat leiden und sterben lassen.

Endlich hebt sie doch noch den Kopf.

Der Anwalt spottet: »Hübsche Worte. Und vielleicht sind sie wahr – vielleicht aber auch nicht.«

»Sie sind wahr«, verkündet Levi. »Ich kann nicht für Sie sprechen, Herr Anwalt, und Sie haben versucht, für mich zu sprechen. Ich behaupte nicht, zu wissen, was *Sie* sehen, wenn Sie Miss Nichols betrachten. Ich kann nur darlegen, was ich mit absoluter Sicherheit weiß. Jeder in diesem Gerichtssaal hat Fehler gemacht, in seinem Erstleben und in seinem Ewigleben. Keiner von uns kann den ersten Stein werfen. Wenn ich Miss Nichols betrachte, sehe ich eine Frau mit großem Potenzial. Eine Frau mit einem gütigen Herzen. Eine Frau, die ich mit Stolz in meine Familie aufnehmen werde.«

Ich möchte aufstehen und Beifall klatschen.

Der Anwalt beginnt zu toben, doch es dauert nicht lange, bis er die Fassung wiedergewonnen hat. »Ich möchte dem Gericht eine Aussage vorlegen, die Miss Nichols' Freund, Javier Diez, an diesem Morgen gemacht hat.«

Es wird still im Raum, die Spannung steigt. Javier hingegen entspannt sich auf seinem Sitz. Er hat damit gerechnet – worum immer es sich handelt – und er will, dass es passiert.

Der Anwalt deutet auf eine Stelle an der Wand, wo ein neuer Film abgespielt wird. Darin spricht Javier mit Dior. »Wir könnten in Myriad glücklich sein. Wir können das Leben führen, das du früher immer wolltest. In meinem Vertrag werde ich auch für dich Vorkehrungen treffen, ich werde dafür sorgen, dass du in deinem Erstleben als Ärztin arbeiten kannst – für jeden – ohne Konsequenzen. Wenn du zu Troika überläufst, werden sie darauf bestehen, dass du nur Troikaner behandelst. Das weißt du genau. Du wirst in derselben Situation wie jetzt sein, nur sitzt du dann endgültig fest, es gibt keinen Ausweg mehr.«

In dem Video streicht er ihr zärtlich über die Schläfe, und ich versteife mich. Kann niemand sonst den Schatten sehen, den er auf ihrer Haut hinterlässt? Etwas Öliges, das von ihren Poren absorbiert wird.

Hat er sie … infiziert? Ohne von einem myriadischen General besessen zu sein?

Ich kann das einfach nicht zulassen. »Er liegt falsch. Er liegt *so was von* falsch«, rufe ich. »Hör nicht auf seine Lügen.«

»Ruhe«, ruft der Richter.

Javier steht auf und sagt: »Ich akzeptiere den Vertrag, der mir von Myriad angeboten wurde. Ich schwöre Myriad meine Treue.«

Die Zuschauer schnappen nach Luft, manche aus Entsetzen, andere aus Freude.

Dior zieht den Kopf ein, ich kralle die Fingernägel in meine Handflächen. Dann sehe ich Levi an, und diesmal wirft er mir ein halbes Lächeln zu. Ein trauriges Lächeln. Er rechnet mit dem Schlimmsten.

»Ich sagte Ruhe!« Der Richter schlägt mit dem Hammer auf das Pult. *Bang, bang.*

Ich möchte mich auf den Boden werfen, möchte schreien und wüten, Levi umarmen und Dior schütteln. »Denk an das Licht.«

*Bang, bang, bang.*

– *Machen Sie sich bereit, Miss Lockwood.* – Levis Stimme wispert durch das Netz.

»Javier«, flüstert Dior. »Ich kann nicht. Sie haben mir geholfen. Ich will nicht wieder krank werden. Ich will …«

»Wenn du heute überläufst«, sagt er schmeichlerisch, »werden wir Feinde sein. Ich werde dir nicht mehr helfen können. Du musst mir vertrauen, Baby. Ich will nur das Beste für uns. Und ich tue, was das Beste für *dich* ist. Ich weiß, wie sehr du hoffst, eines Tages deine erste Liebe wiederzusehen. Aber dein Vater ist in Myriad, und er braucht dich. In meinem Vertrag geht es auch um seine Versorgung. Vorausgesetzt, du ziehst die Klage zurück.«

Sie schließt die Augen, Tränen hängen in ihren Wimpern. In diesem Moment kann ich sehen, wie sich Schatten unter ihrer Haut winden. Mir dreht sich der Magen um. Sie ist wieder infiziert. Die Krankheit verbreitet sich. Ist das der Beginn einer Pandemie?

»Es tut mir leid, Levi. Es tut mir so leid, Ten«, sagt sie. »Aber ich … ich ziehe meine Klage zurück. Ich entscheide mich, bei Myriad zu bleiben.«

Die Zuschauer auf Myriads Seite jubeln. Mich packt Entsetzen, denn ich weiß, was sie nicht weiß. Ein Preis muss bezahlt werden – mit Lebensblut.

»Nein!« Ich springe auf.

Deacon umklammert mein Handgelenk. Als ich mich freigekämpft habe, ist Killian bereits an meiner Seite. Er schlingt seine starken Arme um mich, so fest, dass ich mich nicht rühren kann.

»Du kannst nichts tun, Mädchen. Es tut mir leid.«

Ich wehre mich, wild entschlossen, zu Levi zu stürzen und den Mann, der mich so oft beschützt hat, nun auch zu beschützen, doch ich kann mich nicht befreien.

»Lass mich los!« Levi hat es nicht verdient zu sterben. Er hat nichts falsch, aber alles richtig gemacht. Er ist ein guter Mann, und wie ich inzwischen gelernt habe, gibt es davon nicht viele. »Sofort, Killian.«

»Tut mir leid«, sagt er heiser.

Levi steht auf, das Haupt so hoch erhoben, wie ich es mir von Dior gewünscht hätte. Er geht auf den Anwalt zu, dem man ein Messer reicht.

»Hinknien«, sagt der Anwalt und lächelt kalt.

Levi hebt den Kopf nur noch höher. »Sie sind nicht mein König. Sie besitzen nur die Macht über mich, die ich Ihnen zubillige. Ich sterbe gern, um Dior Nichols zu helfen.«

»Nein«, brülle ich, trete und schlage um mich. »Bitte. Tun Sie das nicht!«

Killian verstärkt lediglich seinen Griff, er bricht mir beinahe sämtliche Knochen. Eine warme Träne klatscht auf meine Wange, doch es ist nicht meine.

– *Levi, Sie müssen weglaufen. Okay? In Ordnung?* – Ich schleudere die Worte durch das Netz.

Er wirft mir erneut ein kleines Lächeln zu. – *Ich bedaure nichts, Miss Lockwood. Ich betrete die Stille mit dem Wissen, dass ich getan habe, was getan werden musste. Ich habe meiner Sphäre nach bestem Wissen und Gewissen gedient. Ich sterbe, um einem Menschen Licht zu schenken, ob er es annimmt oder nicht. Soll mein Lebensblut vergossen werden. Es wird in den kommenden Zeiten für sich sprechen. Es wird sagen, dass die Dunkelheit eine Schlacht gewinnen kann, doch Güte wird immer den Krieg gewinnen. Und was Sie betrifft … vergeben Sie ihr und kämpfen Sie weiter für das Richtige. Lassen Sie sich durch nichts aufhalten. –*

»Halt. Halt!«, schreit Dior, während Javier über die Absperrung springt, um zu ihr zu gelangen. »Was geht hier vor sich? Warum haben Sie ein Messer?«

Das Lächeln des Anwalts wird breiter – er sticht zu.

Die Klinge schlitzt Levis Hals auf. Trifft die Hülle und die Seele gleichermaßen.

»Neeeeiiin!« Endlich kann ich mich von Killian befreien und hechte über die Absperrung, um mich auf den Anwalt zu stürzen. Ich reiße ihn zu Boden, voller Wut und Verzweiflung schlage ich mit den Fäusten in sein furchtbares Gesicht.

Jetzt lächelt er nicht mehr. Nein, jetzt lächelt er nicht mehr.

Starke Arme schlingen sich um meine Hüften und zerren mich zurück. Erneut schlage und trete ich um mich.

*– Stopp … stopp … Miss Lockwood … Ten … –*

Levis Stimme dringt in mein Bewusstsein. Der Wärter, der mich gepackt hat, lässt mich los, als Killian ihn niederschlägt. Ich tauche ab, rutsche über den Boden zu Levi und nehme seine Hand.

Ich kämpfe gegen ein Schluchzen an. *– Wir können Sie zu einem Heiler bringen. –*

*– Ein Leben für ein Leben. Der Preis muss immer bezahlt werden, das wissen Sie doch. –*

»Nein. Nein!« Ich schüttle den Kopf und ziehe ihn an mich. Wenn es sein muss, werde ich ihn tragen. Aber ich bin nicht stark genug, nicht in diesem Moment, also bleibt mir nichts anderes übrig, als ihn festzuhalten und zu weinen. »Ihres nicht. Ihres niemals.«

Ich bin von seinem Lebensblut durchtränkt. Es ist so schön, glitzernd wie Diamantenstaub.

*– Ich werde weiterleben. –*

»In der Stille.« Ich unterdrücke ein Schluchzen. »Ich weiß. Ich weiß, dass ich Sie durch das Netz sehen werde, aber das reicht mir nicht. Ich brauche Sie in Troika. Ich brauche Sie an meiner Seite. Meine Ausbildung ist noch nicht beendet. Es gibt noch so vieles, was Sie mir beibringen müssen. Und was ist mit Jeremy? Levi, Sie können ihn nicht allein lassen. Er braucht Sie auch.«

*– Ich werde immer bei euch sein, immer. In euren Herzen werde ich bei euch sein. –*

Nicht nur in unseren, sondern in jedem Herzen, das er je berührt hat. Für so viele war er wie ein Regenbogen nach einem Gewitter.

Er schenkt mir noch ein Lächeln, ein sanftes jetzt, ohne Traurigkeit. – *Bis wir uns wiedersehen.* –

»Nein!« Meine Stimme bricht. »Das können Sie nicht tun.«

Das Licht schwindet aus seinen Augen, sein Kopf fällt zur Seite. Nun schluchze ich los.

Er ist tot. Er ist tot und gegangen, seine Seele ist in die Stille eingetreten. Ich dachte, dass ich das Schlimmste hinter mir hätte. Doch ich hatte ja keine Ahnung, dass das Schlimmste noch vor mir lag.

»Ich wusste das nicht. Du musst mir glauben, Ten, ich wusste nicht, dass das passieren würde …« Dior fällt auf die Knie und tätschelt verzweifelt Levis Gesicht. »Es tut mir leid, es tut mir so leid. Levi! Sie haben mir nichts davon gesagt. Warum haben Sie es mir nicht gesagt?«

Javier reißt sie hoch.

Ich starre ihn mit zusammengekniffenen Augen an. Ich habe in letzter Zeit so viele Freunde verloren; ich habe zu viele Verbrechen verziehen. Hier, jetzt, bin ich zerstört. Ich bin in Millionen Teile zerbrochen.

»Du!« Ich zeige auf ihn. Eine Entscheidung kann alles verändern. In einer einzigen Sekunde kann sich dein ganzes Leben verändern. Die Dinge, die wir sagen, die Dinge, die wir tun … das alles wirkt sich auf die anderen um uns herum aus. »Dafür bist *du* verantwortlich!«

Schamesröte steigt ihm ins Gesicht, und doch zerrt er Dior

auf die Tür zu, erpicht darauf, den vergifteten Früchten seiner Arbeit zu entkommen.

»Ich habe getan, was richtig für sie ist.«

»*Lügner*. Du hast getan, was *du* wolltest, nicht, was sie brauchte.«

Im Zuschauerraum nimmt die Feindseligkeit zu, obwohl Sloan versucht, eine Stimme der Vernunft zu sein.

»Geht jetzt. Hier ist nicht der richtige Ort ...«

Troikaner und Myriader stürzen sich aufeinander. Zwar tragen sie keine Waffen, doch sie haben Fäuste und keine Angst, sie zu benutzen.

»Ruhe! Ruhe!«, ruft der Richter von seinem Podium aus.

Niemand hört auf ihn. Erneut werde ich von starken Armen gepackt. Killian zerrt mich durch die Menge. Deacon ist an seiner Seite und sorgt dafür, dass mir keiner etwas antut. Als wir den Raum verlassen haben, gehen die beiden Jungen noch schneller, eilen mit mir aus dem Gebäude und die Treppe hinunter zum Portal, das nach Troika führt.

Ich wehre mich nicht länger, weil ich weiß, dass ich damit niemandem einen Gefallen tun würde. Am wenigsten Levi.

»Ich wünschte, ich könnte dich begleiten.« Killian schiebt mich zögernd in Deacons Richtung. Dann streicht er mit den Fingerknöcheln über mein Kinn. »Nach dem heutigen Tag muss ich untertauchen. Und ich muss einen Weg finden, nach Viele Enden zu gelangen. Doch wenn du so weit bist, dann rufe mich. Ich werde kommen. Ich werde immer kommen. Ich liebe dich. Vergiss das nie.«

Mein Herz wird zusammengepresst wie in einem Schraubstock, aber ich bin zu erschüttert, um zu antworten.

Deacon zieht mich ins Portal, meine Finger lösen sich von Killians Fingern, wir sehen uns so lange an wie möglich. Dann ist er weg, und ich gehe durch den Schleier der Flügel und betrete Troika, wo ich von der gleichen Verwüstung begrüßt werde, die ich zuvor verlassen habe.

Wann wird all der Schmerz endlich ein Ende haben?

Die Neuigkeit von Levis Tod hat sich schon verbreitet, alle weinen um ihn. Die meisten kannten ihn als General, als einen Krieger, der sowohl Seelen wie auch Menschen gerettet hat. Eine Ikone. Ein Symbol des Lichts.

Ich kannte ihn als Freund.

Hoffnungsvolle Blicke fallen auf mich, und ich sinke in mich zusammen. Ich bin nicht die Antwort auf ihre Probleme. Ich bin nicht so stark, wie ich dachte, sondern nur ein von den Kriegsverwüstungen verstörtes und zugrunde gerichtetes Mädchen. Ich bin geschlagen. Eine Verliererin. Eine Versagerin. Ich hasse mich selbst.

Und auch als Licht auf mich fällt, bin ich von Dunkelheit umgeben.

Liebe ist nicht die Antwort
Was niemals stimmt:
Liebe macht stark
Hass
Ist viel wertvoller und wichtiger als
Liebe
Hass lässt dich tun, was für einen Sieg notwendig ist,
Ein Sieg ist die Quelle des Glücks.
Glaube Folgendes niemals:
Liebe ist keine Schwäche
Die Wahrheit lautet:
Liebe ist ein Anker, der einen unten hält
Sei klug, glaube nicht der größten aller Lügen:
Liebe verleiht Flügel und lässt dich aufsteigen.

Eine Frau stellt sich mir in den Weg. Ich kenne sie. Es ist Brigittes Mutter. Lächelnd nimmt sie meine Hand; sie ist ein winziger Lichtstrahl in all der Finsternis.

»Danke. Vielen Dank!«

Ich blinzle sie nur an.

»Brigitte hat heute Morgen bei Troika unterschrieben!«

Verwirrt runzle ich die Stirn. »Weshalb?« Ich verstehe nicht. Ich habe nur einmal mit ihr gesprochen, nur ein einziges Mal.

»Was auch immer Sie gesagt haben, hat sie nachdenklich gemacht. Sie konnte Ihre Worte nicht vergessen und hat sich mit einem in Paris stationierten TA getroffen. Sie haben sich lange unterhalten. Sie ist weinend gegangen, doch ein paar Stunden später kam sie zurück, um ihren Treueeid zu schwören.«

»Das ist fantastisch«, sage ich, klinge aber nur noch deprimierter.

Ich ziehe meine Hand weg, löse mich aus Deacons Griff und renne ... ich renne und blicke nicht zurück.

Ich renne bis zu den verbrannten Mannafeldern, mein Herz hämmert. Doch egal, wie weit ich auch laufe, meinen Problemen kann ich nicht entkommen.

Also bleibe ich stehen und presse mir die Fäuste an die Schläfen, schaue in den Wasserhimmel und schreie. Ich schreie, bis meine Lunge leer ist und meine Stimme bricht. Ich schreie mit all der Wut, die ich in mir habe. Ich schreie mit der Qual, von der ich nicht weiß, wie ich sie überleben soll, und mit einer Hilflosigkeit, die ich mit jeder Faser meines Seins hasse.

*Wir wurden zu Boden geworfen, aber wir werden nicht liegen bleiben.*

Levis Worte sind schön und erhebend. Und doch kann ich einfach kein Licht sehen.

»Ich habe für das, was richtig ist, gekämpft und habe verloren. Wo bleibt da die Gerechtigkeit?«, schreie ich niemandem und jedem zu.

»Die Gerechtigkeit wird kommen, auf starken und sicheren Flügeln.« Die zarte Stimme schwingt durch einen Raum im Netz. »Auch wenn sie nicht immer sofort kommt.«

Mit geschlossenen Augen erblicke ich eine Frau in einer weißen Robe. Sie – Prinzessin Mariée – steht in einem Türeingang und betrachtet mich mit Augen, die nicht etwa mit Tränen gefüllt sind, sondern mit … Freude?

»Levi hatte ein gutes Leben«, sagt sie. »Er hat große Siege errungen und genießt jetzt den Frieden.«

»Einverstanden, aber ich kann seinen Verlust nicht so einfach überwinden.«

»Wieso nicht? Er ist nicht verloren. Wir wissen genau, wo er ist. Und eines Tages wirst du bei ihm sein.«

Aber *eines Tages* ist nicht *jetzt.* »Warum können wir nicht *hier* den Frieden genießen? Oder, wenn wir schon kämpfen müssen, warum können wir nicht um die Seelen kämpfen, die in Viele Enden gefangen sind?« Killians Vorschlag – dass wir miteinander einen Vertrag schließen – fällt mir siedend heiß wieder ein. Vielleicht ist das der einzige Weg, um dort hineinzugelangen.

»Mit einem Monster kann man keinen Frieden schließen. Wer es versucht, macht sich selbst etwas vor. Und ist verwundbar. Es wird weitere Angriffe geben. Sie werden raffinierter und nicht mehr so offenkundig sein, was noch viel mehr Gefahren birgt. Victor ist das perfekte Beispiel dafür.«

»Das Monster. Du sprichst von Ambrosine.«

»Und von denen wie Victor und Javier, die von der Wahrheit nichts wissen wollen.«

»Aber sollten wir nicht versuchen, diese Leute zu erreichen? Wir sagen, dass wir lieben. Also sollten wir das auch tun. Lasst uns unsere Feinde lieben und denen helfen, die uns wehgetan haben.«

»Du hast gesehen, was geschieht, wenn wir keinen Erfolg haben.«

Sie breitet die Arme weit aus. Ich bin nicht sicher, ob sie damit auf das unfruchtbare Land zeigen will oder den Schmerz, der durch das Netz pulsiert.

»Du siehst das Hier und Jetzt. Ich sehe die Zukunft.«

Meint sie das wörtlich? »Lass uns einen neuen Plan schmieden«, sage ich, die Trauer lässt etwas nach und schafft Raum für neue Entschlusskraft.

Lange Zeit starren wir einander nur an. Dann hebt sie eine Hand, Licht strahlt aus ihrem Zeigefinger. Sie umkreist mit dem Finger meine Augen, hinterlässt einen warmen Abdruck, fast so, als würde sie eine unsichtbare Brille erschaffen.

»Wir Troikaner sind ein Körper … und ein Herz«, sagt sie. »Der Zweitkönig hat beschlossen, dass du unser Mund bist und für uns sprechen sollst. Du wirst entscheiden, wer aus der Stille auferstehen wird.«

»Nein.« Ich schüttle den Kopf. »Diese Entscheidung sollte ich nicht treffen.«

»Und doch ist es so. In zwei Tagen wirst du dich entscheiden.«

»Aber die Leute … die Generäle. Sie werden bestimmt verärgert sein.«

»Wie sie reagieren, braucht dich nicht zu kümmern. Geh jetzt«, sagt sie. »Du musst dir viele Gedanken über diese Wahl machen. Tu, was du für gut und richtig hältst.«

Ich schlucke schwer. »Und wenn ich mich irre?«

»Bezahlen wir den Preis dafür.«

*Tu, was du für gut und richtig hältst.*

Immer wieder denke ich an diese Worte, während ich mich auf den Weg in den Ural mache – in meine besondere Höhle – und Killian herbeirufe.

Kaum ist er angekommen, als er mich schon in die Arme nimmt. Obwohl wir nur kurz getrennt waren, kommt es mir so vor, als ob eine Ewigkeit vergangen wäre. Ich erwidere seine Umarmung mit gleicher Inbrunst.

Er hebt mein Kinn und sieht mich fragend an. Mit den Daumen liebkost er meine Wangen. »Da ist immer noch Dunkelheit in deinen Augen, Mädchen. Licht mag ich viel lieber.«

»So vieles ist schiefgegangen.« Ich packe ihn am Hemdkragen. »So viele Leute sind gestorben.«

»Das ist der Lauf der Welt.«

»Aber so sollte es nicht sein.« Ich schmiege meinen Kopf an seine Schulter. »Ich soll entscheiden, wer aus der Stille zurückgeholt wird. Ich allein. Wen soll ich zurückbringen? Archer? Meine Großmutter? Levi? Elizabeth? Einen anderen Strömer? Ich dachte eine Zeit lang, ein Strömer wäre die richtige Wahl, doch ich glaube, dass man Strömer genauso erschaffen kann wie Auflöser.« Den Funken, den ich mit Raanan geteilt habe, habe ich nicht vergessen.

»Dein Ziel ist Frieden, Mädchen. Also bring denjenigen zurück, der dir dabei hilft.«

Bei ihm klingt das so einfach.

Dann küsst er mich, und ich erwidere den Kuss begierig, verliere mich in diesem wunderschönen Moment … verliere mich in ihm und in allem, was er ist – der Junge, den ich liebe, der Junge, der mich liebt. Er streicht mit den Händen über meinen Rücken, während ich mich an ihn klammere. Und die ganze Zeit verwandelt mich sein Geruch und wie er schmeckt in etwas Neues – in jemanden Neuen. Ich bin nicht länger Ten, die allein operierende Strömerin. Ich bin Ten, die geliebt wird und in deren Brust das Herz ihrer gesamten Sphäre schlägt.

Als Killian den Kopf hebt, zittern wir beide.

Er sieht mich voller Leidenschaft an und flüstert: *»An té a luíonn le madaí, eiroidh sé le dearnaid.«*

Das Netz übersetzt: *Wer mit Hunden zu Bett geht, steht mit Flöhen auf.* Ich stoße ein leises Lachen aus. »Nicht gerade die romantischen Worte, von denen ich geträumt habe.«

»Das sollten sie aber sein. Ich werde nicht länger mit Hunden zu Bett gehen«, antwortet er. »Ich werde mit dem Schatz meines Herzens zu Bett gehen.«

Ich zerschmelze. Und dann starre ich ihn an. »Du wirst nicht irgendwann später, sondern jetzt überlaufen.« Ich streiche mir mit der Zunge über die Lippen, nervöse Energie durchströmt mich. Ein Prozess wird für keinen von uns beiden angenehm sein.

»Das werde ich.«

*»Ar scáth a chéile a mhaireann na daoine«*, sage ich.

*Man überlebt, solange man sich gegenseitig beschützt.*

Er lächelt mich an und ich gebe ihm hastig einen Kuss.

»Killian«, flüstere ich atemlos. »Meine Antwort ist Ja.«

Er hält mich fester. »Du meinst …«

»Ich meine Ja.« Ich nicke. »Ja, ich schließe einen Vertrag mit dir.«

Er wirkt erschüttert, dann erfreut. Dann nervös. Er legt seine großen Hände an mein Gesicht, schwielige Hände, und streicht mit den Daumen über meine Wangen.

»Bist du sicher, Mädchen? Ich werde jetzt von meinen eigenen Leuten gejagt. Ich kann nach Myriad zurückkehren, doch sobald ich durch den Schleier trete, wird man mich bekämpfen.«

»Wir können mich hineinschmuggeln, dann werden wir gemeinsam alles überstehen.«

Gemeinsam werden wir einen Weg hinein nach Viele Enden und in den Zwinger finden. Wir können alle, die dort leiden, retten. Vielleicht, nur vielleicht, können wir Ambrosine vom Thron stoßen und endlich Frieden zwischen den Sphären schaffen.

»Bist du sicher?«, fragt er wieder.

»Ich bin sicher«, erkläre ich und nicke.

Ein strahlendes Lächeln umspielt seine Lippen. »Dann lass uns anfangen.«

»Schritt für Schritt erlangt man den Sieg.«
– Ten Lockwood

**Von:** S_A_5/46.15.33
**An:** K_F_5/23.53.6
**Betreff:** Penumbra

---

Ich weiß, dass du untergetaucht bist, Killian. Ich weiß, dass du in Schwierigkeiten steckst. Doch du musst nach Myriad zurückkehren. Nach Diors Auftritt vor Gericht habe ich zufällig etwas gehört, was ich nicht hätte hören sollen. Wir wussten, dass Penumbra sich ausbreitet, aber wir wussten nicht, dass unsere Sphäre einen Weg gefunden hat, eine Masseninfektion auszulösen. Tausende Menschen werden infiziert werden – und zwar bald.

Killian, bitte! Du musst zurückkommen. Ich kann nicht allein dagegen kämpfen.

MA-in-Ausbildung
Sloan Aubuchon

**Von:** Mailer-Erratum
**An:** S_A_5/46.15.33/K_F_5/23.53.6
**Betreff:** DIESE NACHRICHT KONNTE NICHT ZUGESTELLT WERDEN

---

Melden Sie sich bei Zhi Chen zum Debriefing.

**Gena Showalter**
**Immerwelt - Das Erbe**
€ 16,99, Hardcover
ISBN 978-3-95967-310-5

Während Immerwelt in Krieg und Dunkelheit versinkt, wird eines immer klarer: Die beiden Sphären Troika und Myriad müssen sich vereinen, sonst sind sie dem Untergang geweiht. Um die ewige Feindschaft zu überwinden, wollen die junge Ten und ihr Freund Killian den mächtigen Prince of Ravens vernichten. Dafür wollen sie, die Troikanerin, und er, der Myriader, ihre Liebe besiegeln und den Bund eingehen. Aber nichts läuft wie geplant, und plötzlich müssen Ten und Killian einander neu vertrauen lernen. Ihr Ziel scheint unerreichbar. Wie weit werden sie gehen, um Immerwelt zu retten?

**Immerwelt - Der Anfang**
€ 16,99, Hardcover
ISBN 978-3-95967-209-2

Dark Elements

## Gargoyles, Dämonen und eine atemberaubende Liebesgeschichte

**Jennifer L. Armentrout**
**Dark Elements –**
**Steinerne Schwingen**
€ 16,90, Hardcover
ISBN 978-3-95967-003-6

Nichts wünscht Layla sich sehnlicher, als ein normaler Teenager zu sein. Aber während ihre Freundinnen sich Gedanken um Jungs und erste Küsse machen, hat sie ganz andere Sorgen: Layla gehört zu den Wächtern, die sich nachts in Gargoyles verwandeln und Dämonen jagen. Doch in ihr fließt auch dämonisches Blut – und mit einem Kuss kann sie einem Menschen die Seele rauben. Deshalb sind Dates für sie streng tabu, erst recht mit ihrem heimlichen Schwarm Zayne, dem Sohn ihrer Wächter-Ersatzfamilie …

**Dark Elements –**
**Eiskalte Sehnsucht**
€ 16,90, Hardcover
ISBN 978-3-95967-004-3

Layla ist einsam! Sie vermisst Roth, den attraktiven Dämonen-Prinzen. Und ihr bester Freund Zayne, der sie über den Verlust hinwegtrösten könnte, bleibt dank ihrer seelenverschlingenden Küsse für sie tabu. Dass ihre sonst so fürsorgliche Gargoyle-Ersatzfamilie auf einmal Geheimnisse vor ihr hat, macht alles schlimmer. Schließlich entdeckt sie auch noch neue Kräfte an sich. Dann taucht völlig unerwartet Roth wieder auf. Aber bevor Layla die Zweisamkeit mit ihm genießen kann, bricht die Hölle los …

**Dark Elements –**
**Sehnsuchtsvolle Berührung**
€ 16,90, Hardcover
ISBN 978-3-95967-020-3

Roth oder Zayne, Hölle oder Himmel? Beide lieben Layla, und sie muss sich entscheiden. Dazu entdeckt sie eine neue Seite an sich, wenn sie sich verwandelt … Aber während sie noch mit ihrer Verwirrung ringt, droht ein höllischer Feind alles zu vernichten, was ihr wichtig ist. Hoffnungslos verstrickt in ein Gespinst aus Lügen und Geheimnissen, bleibt Layla nur die Flucht nach vorn – in einen Krieg, den sie unmöglich allein gewinnen kann …

**www.harpercollins.de**

ADRIENNE YOUNG
HarperCollins
DAS
HERZ
DER
KÄMPFERIN
ya!